GEMENGD

VERSIER M

Van Jill Mansell zijn verschenen:

Solo*
Open huis*
Tophit*
Kapers op de kust*
Hals over kop*
Geknipt voor Miranda*
De boot gemist*
Millies Flirt*
Niet storen!*
Kiezen of delen*
Gemengd dubbel*
Geluk in het spel*
De prins op het verkeerde paard*
Schot in de roos*
En de minnaar is...*
Ondersteboven*
Scherven brengen geluk*
Eenmaal andermaal verliefd
Versier me dan
De smaak te pakken ⓔ

* Ook in POEMA POCKET verschenen
ⓔ Ook als e-book verkrijgbaar

Jill Mansell

Gemengd dubbel

Versier me dan

SIJTHOFF

MIX
Papier van
verantwoorde herkomst
FSC® C009076

Uitgeverij Sijthoff en drukkerij Bariet vinden het belangrijk om op milieuvriendelijke en verantwoorde wijze met natuurlijke bronnen om te gaan.

Oorspronkelijke titel: *Mixed Doubles Trilogy*
Vertaling: Marja Borg

Oorspronkelijke titel: *Take a Chance on Me*
Vertaling: Marja Borg

Omslagontwerp: T.B. Bone
Omslagfotografie: HillCreek Pictures

ISBN 978 90 218 0560 3
NUR 343

www.boekenwereld.com
www.uitgeverijsijthoff.nl
www.watleesjij.nu
www.jillmansell.nl

INHOUD

GEMENGD DUBBEL

Voor mama en papa
Liefs en bedankt voor alles

1

Pru had ruzie met haar spaghetti. Die plaagde haar. Dapper draaiend, de slierten dwingend om op haar vork te blijven, vroeg ze zich jaloers af hoe het zou voelen om zoals Liza te zijn, die nauwelijks naar haar bord keek, maar van wie de spaghetti wonderlijk genoeg toch op zijn plaats bleef zitten.
Het was oudejaarsdag, vier uur 's middags, en het was al donker buiten. In Liza Lawsons keuken in Provençaalse stijl zaten, om de blankgeschuurde grenen keukentafel, Dulcie, Liza en Pru een stevige bodem in hun magen te leggen ter voorbereiding op de lange avond die voor hen lag.
Veel te ongeduldig om zich druk te maken om De Draai had Dulcie de zijkant van haar vork als een mes gebruikt en haar spaghetti in stukjes gehakt. Misschien was het niet zoals het hoorde, maar het was efficiënt; haar maag was gevuld en haar bord leeg. Trouwens, als je in Liza's keuken, onder vriendinnen, al geen ongepaste dingen mocht doen, waar dan wel?
Toen Dulcie klaar was met eten, pakte ze een oud schoolschrift uit haar tas. 'Moet je eens zien wat mijn moeder vorige week heeft gevonden toen ze de boel aan het opruimen was.' Ze hield het schrift voor de anderen op. Op de voorkant stonden in een opzichtig, krullerig jaren-tachtig-handschrift de woorden: PRIVÉ en VERBODEN TOEGANG VOOR MOEDERS.
'Komisch, hè?' zei ze vol genegenheid. 'Toen was ik pas vijftien. Ongelooflijk.'
Met haar kin op haar handpalm steunend grinnikte Liza. 'Ik ben nooit vijftien geweest.'
'Ik ben tien jaar lang vijftien gebleven,' zei Pru hartstochtelijk. Toen haar vriendinnen waren overgestapt op panty's, had zij ze van haar dominante moeder niet mogen dragen. In een steeds terugkerende nachtmerrie was ze in witte kniekousen naar het altaar gelopen.
'We zijn allemaal vijftien geweest,' herinnerde Dulcie hen eraan, 'en allemaal op hetzelfde moment. Dat is juist de bedoeling van vriendinnen van je eigen leeftijd hebben,' legde ze overdreven geduldig uit, 'zodat je ervaringen kunt uitwisselen. Zoals bijvoor-

beeld als je verliefd was op Simon Le Bon, dan waren zij dat ook. Of als je 's nachts niet kon slapen omdat je je druk maakte om die enorme puist op je kin, dan wist je tenminste dat zij zich ook druk maakten om hun puistjes. En als je iets niet helemaal begreep over de bloemetjes en de bijtjes, dan kon je het altijd aan iemand vragen die je niet zou uitlachen.'

'Ik heb nooit puistjes gehad,' zei Liza.

'En jullie hebben allebei echt wel gelachen toen ik jullie vroeg wat tongzoenen precies was,' wees Pru hen erop. 'Jullie hebben me toen zelfs wijsgemaakt dat de jongen dan een condoom om zijn tong moest doen. Echt, het is een wonder dat ik daarna ooit nog iemand heb durven kussen.'

Dulcie giechelde toen ze zich haar uitleg en Pru's naïeve geloof in haar woorden herinnerde.

'Hoe dan ook,' zei Liza, 'dat is allemaal een eeuwigheid geleden.' Ze vulde hun glazen bij met Pouilly-Fumé. 'En nu is het oudejaarsdag. We moeten nu onze goede voornemens voor het nieuwe jaar bedenken.'

'Daarom heb ik dit schrift ook meegenomen.' Dulcie opende het en bladerde door de volgekalkte bladzijden. 'God, het moet wel heel saai zijn geweest op school dat ik zoveel heb zitten krabbelen. Ah, hier is het.' Triomfantelijk liet ze hun het lijstje zien. 'Een januari. Mijn goede voornemens zijn:

1. Een zwarte satijnen blouse kopen (puntkraag).
2. Vrijen met je-weet-wel.
3. Vaker huiswerk maken, vooral wiskunde.
4. Iedere week naar *Top of the Pops* kijken.
5. Mijn kamer opgeruimd houden.
6. Zilverkleurige nagellak kopen.
7. Lid worden van de *Starsky and Hutch*-fanclub.

'Een zwarte satijnen blouse met een puntkraag.' Liza trok een gezicht. 'Jakkes.'

'Die voornemens over vaker huiswerk maken en mijn kamer opgeruimd houden waren voor het geval dat mijn moeder het stiekem zou lezen.'

Pru keek niet-begrijpend. 'Wie was je-weet-wel?'

'Geen flauw idee. Ik heb al zitten denken, maar ik kan het me gewoon niet meer herinneren. Toch wel schattig, hè?' zei Dulcie vrolijk. 'Toen ik vijftien was, waren dat mijn goede voornemens voor het nieuwe jaar. Dat was wat belangrijk was. Wat een onschuld.'
'Er is wel wat veranderd inmiddels,' zei Liza spottend. 'Het is zestien jaar later. We zijn oud.'
'Nou, vertel.' Dulcie sloeg het schrift dicht. 'Wat is jouw goede voornemen voor volgend jaar?'
Liza's humoristische blik schoot van Dulcie naar Pru. 'O, ik wil trouwen.' Ze zei het met de nonchalante overtuiging van iemand die weet dat ze ruime keus heeft.
'En jij, Pru?' vroeg Dulcie.
Pru nam een slok wijn. Ze dacht aan Phil, haar man, en zijn vreemde gedrag van de afgelopen tijd. Ze hoopte maar dat er niets mis was op zijn werk.
'Ik wil gewoon getrouwd blijven.'
Dulcie liet haar stoel op de achterpoten leunen, zich opnieuw afvragend wie je-weet-wel toch kon zijn geweest. Het was frustrerend om je dat niet meer te kunnen herinneren. Een blik op haar horloge vertelde haar dat ze beter kon gaan. Patrick zou gek worden als ze te laat thuiskwam; ze hadden om zeven uur met vrienden afgesproken met wie ze naar het dansfeest op de countryclub zouden gaan.
'Dulcie,' drong Liza aan. 'Jouw beurt.'
'Ik?' Met een bons liet Dulcie de stoel weer op alle vier de poten neerkomen. 'Het enige dat ik wil, is een scheiding.'

'Dus wie is de gelukkige?' vroeg Dulcie aan Liza, terwijl ze afscheid namen op de drempel. 'Kennen we hem?'
'Ik heb nog niets besloten.' Rillend in haar dunne witte blouse sloeg Liza haar armen om zichzelf heen en deed een stap achteruit de hal in. Toen ze omhoog keek, zag ze een paar motjes fanatiek om de buitenlamp fladderen, als rivaliserende minnaars die om aandacht vochten.
'Je maakt dus nog steeds testritjes, zo te horen. Zoveel mannen, zo weinig tijd,' zei Dulcie luchthartig. Wat verwachtte Liza eigenlijk? Medelijden? 'Misschien is het maar goed dat je vanavond

niet op het feest komt. Minder competitie voor mij.' Met een zelfvoldane blik voegde ze eraan toe: 'Persoonlijk ben ik van plan om met net zoveel mannen te zoenen als ik maar in handen kan krijgen.'

'Dan zul je ze eerst moeten vangen.' Liza's glimlach was bedrieglijk onschuldig. 'Heb je enig idee hoeveel knoflook er in die pastasaus zat?'

Geschrokken sloeg Dulcie haar handen voor de mond. 'Ik haat je,' riep ze uit. 'Toen ik zei dat ik wilde dat de mannen bij bosjes voor me zouden vallen, bedoelde ik dat ze overmand door lust zouden zijn, niet door knoflookstank.'

'Je moet helemaal niet willen dat mannen bij bosjes voor je vallen. Je hebt Patrick.'

'Ik heb genoeg van Patrick!' Het kwam er als een brul uit. 'Verdomme, jij weet beter dan wie dan ook hoe dat voelt! Waarom zou jij het wel mogen en ik niet?'

'Ik ben niet getrouwd.'

'Natuurlijk niet! Wie zou je willen hebben?'

'Wil je nog een lift naar huis of niet?' vroeg Pru, want als deze twee eenmaal begonnen te kibbelen, kon het nog eeuwen doorgaan.

'Ja, ik kom al, ik kom al. Ook al is mijn leven dan al voorbij.' Dulcie blies in haar gevouwen handen en keek toen hartverscheurend naar Pru. 'Kunnen we onderweg nog even langs een drogisterij rijden om mondwater te kopen?'

'Tot ziens,' zei Liza, ze allebei omhelzend. Ze kuste eerst Pru's koude wang en daarna Dulcies verontwaardigde. 'En een gelukkig nieuwjaar. Moge al onze goede voornemens uitkomen.'

Als het op het leven van mensen aankwam, dan was iedereen het erover eens dat Liza Lawson het soort leven leidde dat je moest benijden.

Ze was vrijgezel, succesvol, blond en mooi, met donkerbruine kom-nu-onmiddellijk-mee-naar-bed-ogen, een smetteloze huid en een betoverende glimlach.

Er is weinig dat aantrekkelijker is dan een vrouw die zich volkomen op haar gemak voelt in haar lichaam, en Liza – een weelderige maat 42 – had nooit de minste aandrang gevoeld om te gaan lijnen. Ze vond zichzelf goed zoals ze was, en alle anderen leken dat ook te vinden. Ze had in elk geval nog nooit klachten gehad.

Liza's baan was ook behoorlijk benijdenswaardig. Haar carrière was in een enorme stroomversnelling gekomen toen ze anderhalf jaar geleden de begerenswaardige baan van restaurantcriticus voor de ontzettend succesvolle *Herald on Sunday* had bemachtigd. Nu verscheen er iedere week een recensie van haar op de laatste bladzijde van het kleurensupplement, vergezeld van een foto waarop ze uitdagend lachte, met haar goudblonde haar over een schouder naar voren vallend en met het begin van een hemels decolleté dat nog net te zien was boven een laaguitgesneden zwarte fluwelen jurk.

Mannen werden continu verliefd op deze foto van Liza, en ze schreven haar om haar dat te vertellen.

Vrouwen benijdden haar, want als er zo uitzien en mogen eten voor je beroep geen droombestaan was, wat dan wel?

En restauranteigenaars vroegen zich gefrustreerd af waarom ze Liza Lawson nooit in hun restaurants zagen, zelfs terwijl ze wisten dat ze die had bezocht, want in het glossy supplement van de *Herald* stond de recensie om het te bewijzen.

De volgende ochtend werd Liza laat wakker en ze liep langzaam naar beneden. Op de mat voor de voordeur lagen twee brieven. Ze stopte ze in de zak van haar ochtendjas, zette een ketel water op voor de koffie en opende een nieuw doosje paracetamol dat ze met een vooruitziende blik gistermiddag nog had aangeschaft. Een kater op nieuwjaarsdag was te verwachten; het was alleen jammer dat hoe ouder je werd, hoe erger de gevolgen van drinken waren.

Het was ook jammer dat ze vandaag moest werken, maar een deadline was een deadline en de klus moest nu eenmaal geklaard worden. Nadat ze brood in het broodrooster had gestopt – een sneetje maar, om haar gevoelige maag tot rust te brengen – zette ze koffie en hoopte dat haar eetlust voor de lunch weer terug zou komen.

Terwijl Liza zat te ontbijten, luisterde ze naar de berichtjes die gisteravond op haar antwoordapparaat waren ingesproken. Een-

tje was van een vroegere minnaar die vanuit Londen belde om haar een gelukkig nieuwjaar te wensen en haar vertelde dat ze te allen tijde welkom was. Het tweede was van haar zus in Nieuw-Zeeland die dronken 'Auld Lang Syne' door de telefoon brulde, samen met wat zo te horen een compleet rugbyteam was. Het derde bericht was van iemand die Alistair heette en haar verlegen maar vastbesloten vertelde dat hij haar al maanden op afstand bewonderde en dat hij het erg leuk zou vinden als ze een keertje met hem mee naar de schouwburg zou willen gaan.
'... we hebben nooit met elkaar gepraat, maar misschien heb je me weleens squash zien spelen op de countryclub,' legde hij weifelend uit. 'Ik ben zevenendertig, 1 meter 88, in redelijk goede conditie... eh, ik heb donker haar, grijze ogen en ik rijd in een blauwe Volvo. Gaat er al een lichtje branden?'
'Nee,' zei Liza, terwijl ze nog een paracetamol doorslikte.
'... o hemeltje, dit wordt niks zo.' Alistairs stem kreeg een bezorgde klank. 'Ik weet verder niet hoe ik mezelf moet beschrijven. Hoor eens, ik hang nu op. Ik woon niet al te ver bij je vandaan. Zal ik maar gewoon een foto van mezelf bij je in de bus gooien? Dan weet je tenminste...'
Op dat moment was het bandje vol, want Liza was vergeten het apparaat de avond daarvoor terug te spoelen.
'Heel slim bedacht, Alistair.' Glimlachend pakte ze de enveloppen uit haar zak. De eerste was een verlate kerstkaart van een andere ex, inmiddels getrouwd en met kinderen, maar aan het wrange PS te zien, had hij daar al spijt van. 'Ik mis je,' las ze onder aan de kaart. 'Ik mis je echt. Zullen we een keertje uiteten gaan?' En daaronder had hij het nummer van zijn mobieltje neergekrabbeld.
De tweede envelop, zoals beloofd zelf bezorgd, bevatte een fotootje van Alistair, die ze, zelfs als hij haar in zijn blauwe Volvo zou overrijden, nog niet herkend zou hebben. Toch zag hij er zeer presentabel uit en, zijn verlegenheid in aanmerking genomen, was zijn handschrift op het bijgevoegde briefje krachtig.
'Ik heb mezelf zeker behoorlijk voor schut gezet met mijn poging om je mee uit te vragen?' had hij met ontwapenende openhartigheid geschreven. 'Maar echt, ik kan je verzekeren dat ik een minder hopeloos geval ben dan je nu misschien denkt. Nog een

paar saillante details – ik ben advocaat, gescheiden, drie kinderen, goed inkomen, vrijstaand huis, gek op toneel, opera, scrabble en maltezers. Nu vind ik het alweer gênant worden – ik klink als een eenpersoons huwelijksbureau. Genoeg. Mocht je contact met me willen opnemen, mijn nummer is... Is dat vooruitzicht te verschrikkelijk voor je, gooi dan alsjeblieft de foto en brief weg en doe alsof dit nooit is gebeurd. Maar ik hoop dat je dat niet doet. Met vriendelijke groet, Alistair Kline.'
Dit was het soort dingen dat Liza overkwam. Zo'n soort vrouw was ze.
Toen Dulcie Liza er een keer van beschuldigde dat ze een flirt was, verklaarde Liza dat dat helemaal niet zo was. Mannen vonden haar nu eenmaal leuk; ze deed zelf niets om hen aan te moedigen. De manier waarop ze met mannen omging, was nooit gekunsteld.
'Knipper ik met mijn wimpers naar ze? Loop ik met mijn decolleté te koop?' vroeg ze. 'Pak ik hun gespierde bovenarm vast om ze te vertellen dat ze zo groot en sterk zijn? Nee, dat doe ik niet. Dat soort dingen doe ik nooit. Dat doe jij.'
Dat was waar, Dulcie kon het niet ontkennen.
'Ik ben getrouwd; dat telt niet. Hoe dan ook, dat is onschuldig geflirt. Amateurgedoe. Jij bent de prof. Jij laat mannen niet denken dat je met ze flirt, jij laat ze denken dat je verliefd op ze bent. Verdomme,' protesteerde Dulcie, 'jij maakt dat die arme stakkers denken dat zij de enige man op de wereld voor je zijn.'
'Je bent jaloers.'
'Natuurlijk ben ik jaloers! Ik wil weten hoe je dat verdomme doet.'
Aangezien ze duizenden keren getuige was geweest van het fenomeen, had Dulcie wel een vaag idee hoe het ging. Ze vermoedde dat het iets te maken had met Liza's donkerbruine ogen en de manier waarop ze mannen aankeek wanneer ze met hen praatte, de manier waarop ze zich totaal op hen concentreerde, de manier waarop ze glimlachte...
Helaas bleek het niet kopieerbaar te zijn. Dulcie had het een paar keer voor de spiegel geprobeerd, maar – nu was ze walgelijk eerlijk – ze zag er dan uit alsof ze last had van verstopping.
Het moest een bepaald talent zijn als je mannen kon betoveren,

en dat had je of je had het niet. Dulcie beheerste het standaardflirten – ze giechelde, ze grapte, ze kon mannen aan het lachen maken, wat al iets was – maar aan Liza zou ze nooit kunnen tippen. Wat jammer was, want het was onmiskenbaar een handige gave om te bezitten.
Omgekeerd benijdde Liza Dulcie, want mannen aantrekken mocht dan nooit een probleem zijn geweest, geïnteresseerd blijven zodra ze hen had, was heel wat anders.
Ze wist niet waarom, maar het lukte haar gewoon niet. Het had misschien iets te maken met een lage verveeldrempel of zoiets. Ze kon hen eerst aanbidden, halsoverkop verliefd, geil – wat dan ook – worden, denken, dit is het, dit is de ware... en dan na vier of vijf weken begonnen de oude, zeurderige, veelzeggende tekens hun kop weer op te steken. Ze had de mannen leren kennen, ze was op de hoogte van hun levensverhalen, ze had al hun beste grappen gehoord. Sluipenderwijs kwam de verveling opzetten. Terwijl de mannen nog steeds betoverd waren door Liza, begon Liza op te merken – en er in toenemende mate geïrriteerd door te raken – dat ze steeds hun keel schraapten, dat ze met hun vorken over de borden krasten, dat ze ergerniswekkende stopwoordjes gebruikten, dat ze naar eindeloze herhalingen van *Star Trek* keken...
Het was een tekortkoming van haar waar ze geen enkele controle over had. Ze dacht dat ze wel een hopeloos oppervlakkig iemand moest zijn, blij met de slagroom op de taart, maar niet geïnteresseerd in de cake eronder. Zodra ze genoeg van iemand begon te krijgen, was er geen weg meer terug. De adrenaline was weggesijpeld, de vonk verdwenen. Weer een relatie die sneuvelde.
Het was droevig. Soms vroeg ze zich af of ze ooit een man zou tegenkomen die haar niet gek maakte van verveling. Dat wilde ze zo verschrikkelijk graag. Ze wilde normaal zijn, trouwen en kinderen en kleinkinderen krijgen. Ze wilde een leven met hen delen, niet een paar duizelingwekkende weken. Als ze op dit tempo doorging, dan zou ze nog eindigen als een treurige, oude vrijster.
Dat was de reden waarom ze Dulcie benijdde, die nu dan misschien vastbesloten was om te gaan scheiden, maar die in elk geval de afgelopen zes jaar met dezelfde man getrouwd was geweest.

2

Liza bracht haar auto om één uur tot stilstand voor de Songbird, een onlangs geopend restaurant een paar kilometer ten westen van Bath. Ze had de verrukkingen – of niet – van het restaurant twee weken geleden al willen onderzoeken, maar een stevige verkoudheid had dat verhinderd. Als je een restaurantcriticus was, waren het reukorgaan en goed functionerende smaakpapillen een voorwaarde.

De *Herald on Sunday* had de bespreking echter snel nodig om de deadline van de drukker te kunnen halen, en voor morgen moest ze de tekst doorfaxen. Hoewel de meeste restaurants op nieuwjaarsdag niet open waren, was de Songbird dat gelukkig wel.

Liza bekeek snel even haar reflectie in de achteruitkijkspiegel. Het was verbazingwekkend wat voor een effect een onopvallende muiskleurige pruik, minimale make-up en een onflatteuze bril konden hebben. Ze werd nooit herkend. Er werd ook nooit met haar geflirt. Ze kreeg geen bewonderende mannenblikken. Ze was zo oninteressant dat de mannen haar aanwezigheid zelden leken op te merken. Ze werd onzichtbaar.

Het was een ervaring die haar altijd weer boeide. En het was handig ook, als je niet wilde dat de publiciteitsgeile restauranteigenaars wisten wie je was.

Mark zat al op haar te wachten toen ze het restaurant binnen kwam. Mark was een ex met wie ze bevriend was gebleven – want hij mocht dan gek zijn op *Star Trek*, hij deelde in elk geval haar passie voor goed eten. Hij begroette haar met een grijns en een kus op haar onopgemaakte wang. Een tafelgenoot was nog een voorwaarde voor het soort werk dat ze deed, want op die manier kon ze twee gerechten proeven in plaats van een. Bovendien voorkwam het dat de nieuwsgierigheid van het personeel werd gewekt door de aanwezigheid van een vrouw – weliswaar een muisachtige – die alleen at.

'Je ziet er goed uit,' zei Mark, nadat de ober Liza's praktische marineblauwe regenjas had aangepakt. 'Nieuwe kleren?'

Ze droeg een hooggesloten crèmekleurige blouse, een bruin vest, een beige plooirok tot over haar knieën en stevige veterschoenen.

Mark genoot enorm van het bedrog; het gaf hem een kick. Wanneer hij samen met Liza uiteten was, merkte hij dat hij vaak medelijdende blikken van serveersters kreeg die zich afvroegen waarom een aantrekkelijke vent als hij zat opgescheept met zo'n stijve tut.

Ze zaten in een hoek van de zaak, en terwijl ze de menukaart bestudeerden, zagen ze een opgewonden blonde vrouw van midden twintig de keuken uit rennen, iets tegen een ober mompelen en weer terugrennen. Toen de deur achter haar dichtviel, dreef de geur van aangebrande knoflook naar hun tafeltje. Een groepje van acht mannen, duidelijk nog in oudejaarsnachtstemming, dromde lawaaiig het restaurant binnen en bestookte het meisje achter de bar met bestellingen. Een luid gejuich steeg op toen het meisje onhandig een glas op de tegelvloer liet vallen.

Dit kon weleens heel veelbelovend worden. Liza had op het kerstfeestje van de krant namelijk een standje gekregen van haar hoofdredacteur.

'We krijgen nogal wat negatieve reacties,' had hij uitgelegd, terwijl hij whisky in een bierglas goot. 'Jouw besprekingen, schat. Veel te complimenteus. Sommige lezers vragen ons of de restaurants ons soms betalen om reclame te maken. Al die nonsens over betoverende presentatie... elegante sausen... hemelse visgerechten... Schat, een criticus moet kritisch zijn, snap je? Je moet je nagels laten zien, een beetje hatelijk doen. Wat gemener durven zijn, wat minder lief. Grijp ze bij de keel, schat. Geef de lezers iets om zich over te verkneukelen. Wees niet bang om de restauranteigenaars aan het huilen te maken.'

Liza wilde helemaal geen hatelijke criticus zijn. Van nature was ze niet iemand die anderen bij de keel greep. Maar ze begreep wat haar hoofdredacteur bedoelde en zijn schampere opmerkingen over haar taalgebruik hadden een gevoelige snaar geraakt. Ze wist dat ze in het verleden de neiging had gehad om de af en toe wat mindere paella, het overdreven gebruik van zout door de kok of de onvoldoende gekoelde *vichyssoise* met de mantel der liefde te bedekken.

Misschien kreeg ze hier in de Songbird de kans om wat gemener te zijn. Ze keek naar de zenuwachtige serveerster die op haar knieën de glasscherven zat op te vegen en probeerde zich te wa-

penen tegen het medelijden dat ze voelde. Als het eten niet tiptop was, besloot ze, dan zou ze ervoor gaan.
Bovendien had ze nog steeds last van een kater. Dat zou ook helpen.
Om te beginnen koos ze een aubergine-parmezaantaart uit de oven. Die goed was, maar misschien een beetje aan de zware kant. En de tomatensaus die het gerecht vergezelde, had wat minder zoet mogen zijn.
Bah, onzin.
Mark had Provençaalse vissoep. Hij verklaarde dat hij verrukkelijk was.
Liza proefde een hap.
'Te veel saffraan,' merkte ze kordaat op. 'En het brood had warm moeten zijn.'
Mark trok zijn wenkbrauwen op. 'Bij wie ben je vanochtend met het verkeerde been uit bed gestapt?'
'Bij niemand. Ik oefen om een gemene trut te worden.'
Het restaurant begon vol te stromen. De groep van acht die voor het raam zat, ledigde flessen wijn in een noodtempo en zong enthousiast: 'Waarom moeten we wachten?' De zenuwachtige serveerster die hen eindelijk bediende, werd in haar kont geknepen. Het andere meisje, de blondine, kwam de keuken uit zetten en beet hun toe dat ze hun handen thuis moesten houden. Op drie vingers van haar eigen linkerhand zaten blauwe pleisters.
'Wat is er met je gebeurd?' gilde de hoofd-kontenknijper. 'Laat me eens raden. Je hebt geprobeerd om de kok aan je mes te rijgen, maar dat is mislukt.'
Als hoofdgerecht had Mark tournedos met wilde paddestoelen en *vin santo* gekozen.
'Is die steak taai?' vroeg Liza gretig.
'Nee.'
'Je hebt om *rare* gevraagd. Dat is niet *rare*, dat is medium.'
Mark leunde achterover. 'Ik geloof niet dat ik je leuk vind als je zo doet.'
'Het is mijn werk.' Met samengeknepen ogen bestudeerde ze haar lamsvlees met polenta en artisjokken. Het zag er hemels uit, wat helemaal niet goed was.
Gelukkig, toen ze het vlees met zijn jasje van kruiden en brood-

kruimels proefde, had ze succes. De aangebrande knoflook die ze eerder hadden geroken, lag hier voor haar, op haar bord.

De wijn was goed, en Mark weigerde halsstarrig om iets fouts aan zijn toetje – een trio van zelfgemaakt ijs in een krokant mandje, overgoten met cognac – te proeven, maar Liza kwam nu goed op dreef. Haar pruimen-abrikozentaart was beslist te machtig, de zoete amandeldeegbodem veel te dik. De korst om de rand was met poedersuiker bestrooid in een mislukte poging om te verbergen dat hij verbrand was.

'Het is druk,' zei Mark, het kleine restaurant heldhaftig verdedigend. 'Dan moet het wel goed zijn, anders was het niet zo populair.'

'Het is nieuwjaarsdag.' Liza liet zich niet van de wijs brengen. 'Alle andere zaken zijn dicht. Trouwens,' wees ze hem erop, 'dat zeg je alleen maar omdat je die blondine leuk vindt.'

'Ik heb medelijden met haar. Arme meid, ze is compleet in paniek.'

'Logisch. Ik zou ook in paniek raken als ik verbrande gerechten zou moeten serveren.'

'Zullen we de rekening vragen?'

'O, nee. Ik wil eerst de koffie nog proberen. Zou het niet fantastisch zijn als het oploskoffie was? O, mijn god...' Ze staarde naar de deur waar twee nieuwe klanten binnenkwamen.

'Wat? Wat is er?' Mark draaide zich om in zijn stoel om te kijken wie er binnen waren gekomen.

Liza was alleen maar blij dat ze haar bril en muiskleurige pruik droeg.

Het was Phil Kasteliz, Pru's man. Hij lachte en hield de hand vast van een vrouw met hoogopgestoken witblond haar. Haar topje in luipaardprint eindigde boven haar navel, en een zwart rubberen rokje begon daar een paar centimeter onder. De hoeveelheid make-up die ze op had, was onthutsend.

Ze leek in niets op Pru.

'Die klootzak,' siste Liza, terwijl de serveerster de nieuwe gasten naar hun tafeltje bracht. Zodra ze zaten, schopte de blondine een van haar zwarte schoenen met stilettohakken uit en begon Phil met haar tenen te plagen.

Mark keek een beetje ongemakkelijk. Hij haatte scènes. (Nog een

reden dat Liza op hem was afgeknapt; zijn ik-wil-graag-een-rustig-leventje-houding had haar gek gemaakt.)
'Wie is hij?' Mark hoopte dat het niet Liza's laatste vriend was. Ze was in zo'n maffe bui vandaag. Hij hoopte nog harder dat ze geen ruzie zou gaan maken.
'Dat is Phil. Hij is de smeerlap met wie mijn vriendin Pru getrouwd is.' Haar donkere ogen vernauwden zich tot spleetjes. 'Ik geloof dat ik zin heb om hem te vermoorden.'
'Dus dat is niet zijn vrouw?'
'Die oude tang, ben je gek? Mijn god, wat een lef heeft die vent!' De knokkels van de hand waarmee Liza het taartvorkje vasthield, waren spierwit geworden.
Mark zag de krantenkoppen al voor zich: RESTAURANTCRITICUS STEEKT GAST DOOD.
Of: VROUW AAN VORK GEREGEN.
Een beetje misselijk zei hij: 'Het lijkt me geen goed idee om een scène te trappen.'
Ze keek hem medelijdend aan. 'Nee, dat geloof ik graag.'
Maar deze keer had Mark gelijk. Misschien was het maar goed dat Phil haar niet had herkend, hoewel hij zo opging in zijn tafelgenote dat ze zich afvroeg of haar vermomming wel nodig was geweest. Zo te zien zou hij het niet eens merken als de ME het restaurant zou binnenstormen en rookbommen gooide.
Liza had nooit veel op gehad met Phil Kasteliz. Zelfs als hij geen makelaar was geweest, dan had ze hem nog niet gemogen. Hoewel hij lange dagen maakte – beweerde hij – leek hij altijd genoeg tijd over te hebben om te gokken, te drinken en plezier te maken met Zijn Maten.
Pru, die hem aanbad, bleef stug volhouden dat ze het niet erg vond dat haar man 's avonds laat nog in de clubs en casino's van Bath rondhing. Phil werkte hard, legde ze geduldig uit wanneer iemand het lef had om hem te bekritiseren. Hij moest zich ontspannen. Hij was niet het type om thuis te zitten, een beetje tv te kijken en wat te klussen. Bovendien, eindigde Pru haar relaas altijd, het kon toch geen kwaad? In elk geval was Phil geen vrouwengek, op dat punt hoefde ze zich geen zorgen te maken. Hij had veel meer belangstelling voor roulette.
Jammer dat het geen Russische roulette was, dacht Liza, die er

overigens nooit een woord van had geloofd. Wanneer je, zoals Phil Kasteliz, in het algemeen niet over enige moraal beschikte, waarom zou je dan proberen trouw te blijven aan je vrouw? Het was zoiets als van een crackverslaafde verwachten dat hij vol afschuw zijn handen in de lucht zou gooien en roepen: 'O nee, ik gebruik nooit hasj!'

Dus kwam het niet echt als een verrassing om Pru's man met een andere vrouw te zien, maar dat veranderde niets aan haar impuls om hem te vermoorden.

Wat Liza meer dan wat ook ergerde, was het soort vrouw met wie hij Pru bedroog. Dat was beschamend voor Pru. Dat haalde haar naar beneden.

Als hij haar dan per se moest bedriegen, dan had hij toch wel het fatsoen kunnen opbrengen om dat te doen met iemand die niet zo'n ordinaire del was?

'Eh... wilt u koffie?' De jonge serveerster was terug. Ze was opnieuw ontsnapt aan de rugbytypes en zag er meer dan ooit uit alsof ze zo een zenuwinzinking zou krijgen.

Mark bedacht dat, mocht Liza het in haar hoofd halen om tot een steekpartij over te gaan, de serveerster de gelegenheid waarschijnlijk zou aangrijpen om mee te doen.

Stel je dan de koppen eens voor: BLOEDBAD IN DE SONGBIRD.

Nee, nog pakkender: BLOEDBAD IN BATH.

Hij begon te knikken.

Liza schudde haar hoofd. 'Nee, alleen de rekening graag.'

Toen de serveerster haastig de tafel begon af te ruimen, schoot haar hand uit. De verbrande korst die Liza op haar bord had laten liggen, viel op het tafelkleed. 'O god, wat erg...'

Liza was normaal gesproken niet bot, maar Phil Kasteliz had haar humeur niet verbeterd. Ze pakte de korst op, bestudeerde hem even nadenkend en zei toen: 'Dat kun je wel zeggen, ja.'

Op weg naar buiten liepen ze vlak langs Phil en zijn lunchgenote heen. De vrouw die deed alsof ze Phil de hand las, zei: 'Ik voorspel een middag in bed met een sexy blondine.'

Phils grijns was meer dan Liza kon verdragen. Luid genoeg zodat hij het kon horen – en toen ze er zeker van was dat hij haar gezicht niet kon zien – mompelde ze tegen Mark: 'Ja, maar waar zal hij die kunnen vinden?'

Het viel niet te ontkennen; wanneer je in de stemming was, was een gemene beoordeling schrijven erg leuk. En ook gemakkelijk. Het stuk van zeshonderd woorden schreef zichzelf bijna.
'Had de kok in de Songbird soms een slechte dag?' tikte Liza op haar computer. 'Of was dit voor hem een normale dag?'
Te wreed? Nee.
'Het viel me op dat het restaurant aanraadt om tijdig te reserveren om teleurstellingen te voorkomen. Welnu, als u echt teleurstellingen wilt voorkomen, dan raad ík u aan om helemaal niet te reserveren.'
Oneerlijk? Onaardig? Misschien, maar het was de waarheid.
'Omdat het idee van koffie ons helemaal niet meer aantrok, zijn we weggegaan. Gelukkig was onze dag niet helemaal bedorven. Op weg naar huis zijn we gestopt bij de patattent van Reg aan de A46. En Regs patat,' eindigde ze zwierig, 'was de hemel in een bakje. Geen verbrande korst te bekennen.'
De waarheid? Nou, niet echt. Regs zaak was gesloten geweest. Maar als hij open was geweest, dan had ze vast van zijn patat genoten, daarvan was ze overtuigd.

3

Liza mocht Dulcie dan benijden om haar huwelijk, maar wat Dulcie betreft was het huwelijk helemaal niets.
Hoe dan ook, ze had haar goede voornemen bedacht. En daar zou ze zich aan houden ook.
Ja, natuurlijk was het jammer, vooral wanneer iedereen altijd maar zei dat ze zo'n geluk had gehad met een aantrekkelijke en aardige man als Patrick Ross, maar ze wisten gewoon niet hoe het echt was. Want wat had het voor zin om een aantrekkelijke en aardige man te hebben wanneer je bijna nooit de kans kreeg om van zijn aantrekkelijkheid te genieten omdat hij verdomme eeuwig aan het werk was?
Het was vooral zo irritant, peinsde Dulcie, omdat je dacht dat je het huwelijkse lot uit de loterij had getrokken. Na jarenlang voor

de foutste mannen te zijn gevallen – en jemig, wat had ze toch een neus voor foute mannen – was de kennismaking met Patrick zo'n schok voor haar geweest dat ze nauwelijks had geweten hoe ze hem moest aanpakken. Het had haar maanden gekost om hem te leren vertrouwen, om te beseffen dat ze niet hoefde te weten hoe ze hem moest aanpakken, omdat hij niet een of andere ingewikkelde truc met haar uithaalde, maar echt zo aardig was als hij leek.

Maf. Het duurde even om daaraan te wennen, vooral als je zo verslaafd was aan klootzakken als zij was geweest. HVK, had Liza het genoemd, zoals in: 'O, Dulcie is HVK. Hopeloos Verslaafd aan Klootzakken.'

Dat was natuurlijk niet Dulcies opzet geweest, maar op de een of andere manier waren haar relaties daar wel op uitgelopen. Dat had iets te maken met de adrenalinestoot die hand in hand ging met chronische onzekerheid of dat soort onzin. Toen ze er een keer iets over had gelezen in een tijdschrift, had ze zichzelf er meteen in herkend. Een man die aardig voor je was, verdiende je duidelijk niet en moest wel een compleet doetje zijn. Als hij daarentegen loog en bedroog en je als een voetveeg behandelde, dan was het duidelijk dat jij zo'n fantastische man niet verdiende en daarom klampte je je wanhopig aan hem vast.

Alleen was Patrick Ross niet naar tegen haar geweest, en hij was ook geen doetje. Hij had de regels van het spel duidelijk nog nooit bestudeerd. Verwarring alom dus. Patrick was grappig, intelligent, en overal waar hij kwam, zwijmelden de meisjes over hem. Zelfs Dulcies ouders hadden hem goedgekeurd, wat voor alle betrokkenen een schrikbarend nieuwe ervaring was geweest.

Patrick was charmant gebleven. Hij belde wanneer hij had beloofd om te bellen en kwam wanneer hij had gezegd dat hij zou komen. Hij bracht cadeautjes voor haar mee, maakte haar aan het lachen en zette haar op feestjes nooit voor schut. Andere meisjes, groen van jaloezie, bleven zwijmelen. Zelfs Dulcies moeder keek af en toe alsof ze ook zou gaan zwijmelen.

Het duurde even, maar uiteindelijk kon ze zich er niet meer tegen verzetten. Ze zegde haar lidmaatschap van de HVK-club op en stond zichzelf toe om verliefd te worden op Patrick Ross. Ze was vijfentwintig, hij was drieëndertig. Zij was lui, hij was am-

bitieus. Zij hield van kippenborst, hij van de pootjes. Zij hield van alcohol, Patrick 'Beter mijn kop helder houden, morgen een belangrijke vergadering' hield van autorijden.
Het was een perfecte combinatie. Volmaakt gewoon.
De eerste vier jaar in elk geval.
Het was pas echt misgegaan toen Patrick er genoeg van had gekregen om geld te verdienen voor zijn baas bij het computerbedrijf waar hij werkte en had besloten om de sprong te wagen en voor zichzelf te beginnen. Het aantal uren dat hij werkte, was belachelijk. Co-assistenten verbleekten erbij tot parttimers. Hij verliet het huis nog voordat Dulcie wakker was en kwam pas weer terug tegen de tijd dat ze in bed kroop.
'Ik zie je nooit meer,' had ze op een avond gejammerd toen het haar allemaal te veel was geworden. 'Je ziet me nooit meer met make-up op. Het is niet eerlijk...'
'Het spijt me.' Patrick was op bed gaan zitten en had haar omhelsd, zodat haar vochtinbrengende nachtcrème de revers van zijn beste pak besmeurde. 'Ik weet dat het niet eerlijk is, maar ik doe het voor ons allebei. Vanaf nu zal het beter gaan, echt. Ik ga gewoon meer thuis werken.'
Hij had woord gehouden, en het resultaat was net zo rampzalig geweest als Dulcie al had verwacht. Het was alsof ze met een wassen beeld van Madame Tussaud in huis zat. Patricks lichaam was er dan misschien, maar zijn geest ging zo op in zijn werk dat hij net zo goed op een wereldcruise had kunnen zijn.
Als een klein kind dat om aandacht bedelde, ging Dulcie zover om drie klontjes suiker in de thee te doen die ze hem bracht, gewoon om een reactie uit te lokken. Op een avond, toen ze bijzonder gefrustreerd was geweest en net in *Cosmopolitan* had gelezen dat een verrassingselement een relatie enorm kon oppeppen, was ze naakt Patricks werkkamer binnen gedanst, had zich op zijn schoot geworpen en een fles champagne ontkurkt. Kinderen, probeer dit thuis maar niet. Het enige resultaat was overal schuim, een afgebroken hoektand en een vastgelopen diskdrive. Al het werk dat Patrick nog niet had opgeslagen, was verloren gegaan en hij had de hele nacht door moeten werken om de boel weer op orde te krijgen.
Dulcie had even overwogen om een proces aan te spannen tegen

Cosmopolitan. Haar huwelijk was neergepept in plaats van opgepept.
'Zoek een baan,' had Liza voorgesteld toen Dulcie zich bij haar had beklaagd dat ze zich verveelde.
'Ben je helemaal gek geworden?' Dulcie keek haar geschokt aan. 'Patrick maakt juist van die idioot lange dagen om geld te verdienen. Het laatste dat we kunnen gebruiken is dat ik me ook de longen uit mijn lijf werk om nog meer van dat spul te vergaren. Wat is daar de zin van?'
'Misschien vind je het wel leuk.'
'Nee, echt niet.' Werkelijk, Liza had soms de mafste ideeën.
'Oké. En vrijwilligerswerk dan? Gewoon een paar uur per week.'
'Allemachtig, zeg!' riep Dulcie uit. 'Alsof ik al niet genoeg lijd!'
Gelukkig had Liza's volgende voorstel meer succes gehad. 'Waarom ga je niet een keer met me mee naar Brunton Manor? Om te kijken of het je bevalt?'
Brunton Manor Country Club, vierenhalve kilometer buiten Bath, was waar Liza tenniste en squashte. Pru, die ook lid was, zwom er twee à drie keer per week.
Dulcie, voor wie sport was wat astrofysica was voor Scooby Doo, trok haar neus op.
'Je hoeft me niet zo aan te kijken. Misschien vind je het er wel leuk,' zei Liza.
'Dat zeggen mensen altijd wanneer ze proberen om je iets akeligs aan te smeren.'
'En als je niet wilt, hoef je niets sportiefs te doen. Brunton is een countryclub, niet het vreemdelingenlegioen. Overdag stikt het er van de verwende huisvrouwen die gin drinken en lonken naar de gespierde mannen in de sportzaal.'
Dulcie klaarde behoorlijk op van dit nieuws, vooral van het vooruitzicht om een beetje onschuldig te kunnen lonken, en had ingestemd om een keer mee te gaan kijken.
Brunton Manor was een openbaring gebleken. Het was, simpel gezegd, een van de chicste countryclubs van Engeland.
Het oude landhuis zelf, tweehonderd jaar oud en gebouwd van honingkleurig steen uit Bath, was prachtig gelegen op een heuvel met een ongeëvenaard uitzicht over de Langley Stoke vallei. Het landgoed dat het huis omringde, was achtendertig hectare groot

en bestond uit bossen en een aangelegd park. De sportfaciliteiten waren natuurlijk voortreffelijk.
De club beroemde zich op zijn chique imago en het astronomisch hoge lidmaatschapsgeld zorgde ervoor dat het chic bleef. Mensen schepten er – tussen neus en lippen – over op dat ze lid waren van Brunton; het was net zoiets als nonchalant met je platina Amex wapperen. Als je wakker lag van het vooruitzicht het lidmaatschapsgeld van volgend jaar weer te moeten betalen, dan hoorde je niet thuis op Brunton. Dan werd je lid van iets minder exclusiefs.
Dulcie was op het eerste gezicht verliefd geworden op de club. Brunton Manor was haar idee van de hemel.
Je hoefde er ook helemaal niet energiek voor te zijn.
Zoals beloofd, was er een eindeloze voorraad gin.
Er was een zonovergoten terras dat uitkeek op het glinsterende blauwgroene buitenbad en – zoals Liza ook had beloofd – viel er genoeg te lonken.
Er waren verder een heel goed restaurant, een bioscoop, zonnebanken, sauna's en een schoonheidssalon. Er waren disco-avondjes, geïmproviseerde feestjes en barbecues bij het zwembad. Het was de gemakkelijkste plek ter wereld om al dat overschot aan tijd te verdrijven. Je kon naar andere leden kijken die puffend en zwetend steplessen volgden of enthousiast over de squashbanen sprongen. Je kon – in stilte – de Wimbledon-wannabees die hopeloos tennisten uitlachen. Je kon de prachtig gebruinde benen van de tennisleraren bewonderen. Je kon lui in de zon Pimm's zitten drinken en doen alsof je las.
Het allermooiste was misschien nog wel – en Dulcie had het gevoel dat het wat dit betreft alle kameraadschappelijkheid van een AA-bijeenkomst had, niet dat ze er ooit eentje had bezocht natuurlijk – dat je vrijelijk met de andere rijke, verveelde huisvrouwen kon klagen over je werkverslaafde man en dan wisten ze precies wat je bedoelde.
Wat Dulcie betreft was Brunton Manor het antwoord op al haar gebeden. Wonderbaarlijk genoeg, en zeker niet expres, was het zelfs zuinig gebleken om lid te zijn, want iedere dag die je lui in bikini aan het zwembad doorbracht, was een dag niet winkelen in Bath.

De telefoon ging. Aangezien Patrick in zijn werkkamer zat te werken – nou ja, het was nieuwjaarsdag, voor velen een vrije dag, dus wat had je anders verwacht? – nam Dulcie op.
'Met mij,' zei Liza.
'O, nou, ik praat niet meer met je. Die knoflook heeft gisteravond al mijn kansen verknald. Zelfs Luigi achter de bar deed alsof hij niet bij me in de buurt kon komen omdat hij de griep...'
'Jouw kusmarathon kan me niets schelen. Ik heb vandaag geluncht in de Songbird, en moet je raden wie daar was.'
'Cliff Richard met Angela Rippon. Ze hielden elkaars handje vast. Nee, wacht, ze waren aan het kroelen. Mooi woord eigenlijk, hè?' Dulcie zuchtte. 'Kroelekroelekroele...'
'Soms vraag ik me echt af of je wel goed snik bent.'
'Jij begon erover. Nou, vertel, wie was er dan als het niet Angela Rippon was?'
'Phil was er. Met een andere vrouw. In een rubberen rok.'
'Je bedoelt...'
'Zij droeg de rok,' zei Liza streng. 'En het is heus niet grappig. Ze was verschrikkelijk.'
'O,' zei Dulcie. 'Waren ze... eh... aan het kroelen?'
'Behoorlijk.'
'O shit.' Dulcie besloot dat er iets mis moest zijn gegaan, een of andere weeffout of zo, toen God of wie het ook was die het leven regelde, Pru's leven had geregeld. Pru hoorde een liefhebbende echtgenoot te hebben. Maar in plaats daarvan was ze opgezadeld met een overspelige.
Arme Pru, dit verdiende ze echt niet.
'Heeft hij je gezien?'
'Nee.'
'En wat doen we nu?'
'We gaan het haar vertellen.'
Toen de telefoon was gegaan, had Dulcie op de bank liggen kijken naar een waardeloze nieuwjaarsachtige film. Ze wierp een blik op het scherm en zag de betraande heldin haar gezicht met haar handen bedekken en snikken: 'Maar ik hou van hem, ik hou van hem! Doe me dit niet aan alsjeblieft... ik hou van hem...'
Dulcie voelde zich niet op haar gemak bij de gedachte dat nie-

mand meer van iemand hield dan Pru van Phil. 'Het wordt haar dood,' zei ze.
'Toch moet ze het weten. Dat is niet meer dan eerlijk. Dulcie, we moeten het haar vertellen.' Liza hield niet van oneerlijkheid.
'Oké, vertel jij het haar dan maar. Als het dan echt moet.'
'We vertellen het haar samen,' verbeterde Liza haar kordaat.

Pru en Phil Kasteliz woonden in een modern vrijstaand huis in een buitenwijk van Bath, een van die wij-doen-niet-onder-voor-de-buren-buurten waar het wemelde van koetslampen en laurierboompjes. Als je geen gedrapeerde gordijnen had en je ramen niet iedere week werden gelapt, dan was je uitschot. Als het gras op je gazon aan de voorkant langer werd dan vier centimeter... nou ja, dan was je schorriemorrie. Van kleine kinderen werd vanzelfsprekend verwacht dat ze rekening hielden met hun buren en rustig speelden. En netjes. Maar het liefst helemaal niet.
Zo'n soort buurt was het.
'Maar wat als hij thuis is?' Dulcie tuurde door de voorruit toen ze Acacia Close in reden. Heel veel straten heetten zo, ze moest echt eens uitzoeken wat het precies was. Als er ineens een acacia voor haar zou staan, zou ze hem niet eens herkennen.
'Hij is niet thuis. Het is woensdag, iedereen is weer aan het werk. Trouwens,' Liza sloeg de hoek om en knikte naar de lege oprit, 'zijn auto staat er niet, zie je wel?'
'Ik weet niet of het wel goed is wat we doen.' Dulcie ging nu al gebukt onder een schuldgevoel. Voor haar was het prima, zij wilde scheiden. Pru niet. 'Wat als je het mis hebt? Misschien was het wel gewoon een onschuldige afspraak met een klant.'
Liza wilde er niet van horen. 'Een klant in een rubberen rokje?' vroeg ze op smalende toon. 'En met haar voet in zijn kruis begraven? Toe zeg, dat mens was een slet. Als er al iemand de klant was, dan was het Phil.'

Toen ze aanbelden, en de goud en wit geschilderde voordeur openging, kwam Liza tot haar grote schrik oog in oog te staan met de rubbergerokte slet in eigen persoon.

4

Boven had Pru de deurbel niet gehoord. Ze zat voorovergebogen met de haardroger op volle kracht om haar steile kastanjebruine haar de noodzakelijke bolling te geven. Gelukkig had ze dik haar; met een beetje geknijp en veel haarlak (langdurig zichtbaar meer volume, wat anders?) zou de illusie compleet zijn. Haar oren zouden er niet onderuit steken, geen glimp zou ervan te zien zijn. Echt helemaal niets zou verraden dat ze wijduit stonden als de oren van een kan.

Pru haatte het dat Phils koosnaampje voor haar Flapje was.

'Nou, ik kan je toch moeilijk Olifantje noemen?' had hij spitsvondig opgemerkt, speels aan haar verschrikkelijke oren trekkend. 'Toe Pru, waar is je gevoel voor humor gebleven?'

Pru had het prettiger gevonden als hij niet eeuwig de draak zou steken met haar oren. Het was moeilijk om een gevoel van humor te hebben over iets dat je leven had verwoest sinds een groepje jongens uit je klas je op je elfde had gevraagd hoe ver je kon vliegen.

Ze had geprobeerd om met een sjaal om haar hoofd gebonden te slapen, iedere nacht biddend dat ze 's ochtends wakker zou worden met op wonderbaarlijke wijze afgeplatte oren. Op een vrijdagavond was ze zelfs een keer zo wanhopig geweest dat ze een van Dulcies briljante voorstellen had opgevolgd.

Daar was superlijm aan te pas gekomen. 'Dat heeft Clark Gable ook gedaan,' had Dulcie uitgeroepen, verrukt over haar eigen slimheid. 'Het is zoiets als instant plastische chirurgie, maar dan pijnloos!'

Zoals de dokter later droog had opgemerkt, hadden ze misschien beter eerst kunnen oefenen met gewone lijm. Ze waren geëindigd op de Eerste Hulp van het ziekenhuis met Dulcies rechterhand vastgeplakt aan Pru's linkeroor, Dulcies linkerhand aan een groot gedeelte van Pru's haar en Pru in tranen van vernedering.

Dulcies grapjes over dat ze een Siamese tweeling waren die gescheiden moest worden, hadden niet geholpen. Na drie uur van zwaar oplosmiddelmisbruik en ingewikkeld scalpelwerk, hadden ze weer naar huis gemogen.

'En doe dat nooit meer,' had de jonge arts gewaarschuwd, terwijl hij zijn gezicht in de plooi probeerde te houden.
'Ach.' Dulcie had haar schouders opgehaald. 'Het was de moeite van het proberen waard. Wie niet waagt, wie niet wint.'
Pru, die het meeste van haar haar op de vloer van de afdeling had moeten achterlaten, had nog een halfjaar met haar oren te koop moeten lopen voordat het weer was aangegroeid.

Pru schrok op toen de slaapkamerdeur openging en Liza en Dulcie binnenkwamen.
'Hoi!' Ze zette de haardroger uit, opgetogen om hen te zien. 'Wat doen jullie hier? Wacht even, ik ben bijna klaar.'
'Pru, wat doet die vrouw beneden?' wilde Liza weten.
'Je bedoelt Blanche? Die is aan het stofzuigen, denk ik.' Pru pakte de haarspray en spoot overvloedig, terwijl ze haar reflectie in de kaptafelspiegel bekeek. Zo, het wonder was weer geschied. Geen oren.
Maar Liza, die achter haar stond, keek nors.
Pru draaide zich om. 'Hoezo, wat is er aan de hand? Je gaat toch niet beweren dat je haar hebt betrapt bij het stelen van de zilveren lepels?'
'Ze is... je werkster?' Dulcie klonk verward.
Pru keek beschaamd. 'Ik weet het. Stom, hè? Daar zit ik dan, geen werk, de hele dag thuis... en dan heb ik iemand die komt schoonmaken. Het was eigenlijk Phils idee. Vlak voor kerst haalde hij zich ineens in het hoofd dat iedereen die ertoe doet een dame voor de huishouding heeft. Ik heb hem verteld dat het stom was, dat we geen werkster nodig hebben, maar je weet hoe Phil is. Voor hem is het gewoon een statussymbool, net zoiets als een riem van Gucci.' Fronsend zweeg ze even. 'Is er iets? Ze was toch niet echt lepels aan het jatten, hè?'
Liza wist nauwelijks waar ze moest beginnen. Ze had nooit gedacht dat Phil zo diep kon zinken.
Dulcie, die haar handen iets te doen wilde geven en vastbesloten was om Liza het smerige werk te laten opknappen, begon de make-upspulletjes op Pru's kaptafel te bestuderen. Terwijl ze de dop van een roze Chanel-lippenstift afnam, klonk van beneden het geluid van de stofzuiger die weer werd aangezet.

'Die Blanche. Hoe ben je aan haar gekomen?' Liza besefte dat ze eromheen draaide.
Dulcie onderwierp de mascara van Lancôme aan een gedegen onderzoek.
'Via een of ander bemiddelingsbureau. Ze werd hooglijk aanbevolen.' Pru ging er een beetje zenuwachtig uitzien. 'Ze woont hier vlakbij, in de Everton-buurt. Ze is gescheiden en heeft twee volwassen zonen. Ik weet dat je het niet aan haar af ziet, maar ze is al bijna veertig... O, allemachtig zeg, wat is er? Wat proberen jullie me te vertellen, dat ze een massamoordenaar is?'
Estee Lauder-poeder en een zachte poederdons. Mooi. Dulcie pakte Pru's flesje Youth Dew, spoot een beetje op haar hand en rook eraan.
'Pru, het spijt me. Maar dit is niet gemakkelijk,' zei Liza.
Schiet nou maar op, dacht Dulcie.
'Het punt is... het punt is...'
Typisch Liza. Een grote mond, maar als puntje bij paaltje kwam...
Dulcie, die voor de spiegel een donkergrijze oogschaduw van Clinique uitprobeerde, zei: 'Wat Liza je probeert te vertellen, is dat Phil degene is die een dame nodig had, alleen niet voor de huishouding, en ik geloof ook niet dat we haar een dame kunnen noemen.'
'Dat is niet aardig van je.' Pru klonk bijna boos. 'Blanche werkt hard. Dat haar kleren een beetje... nou ja...'
'We hebben het niet over haar kleren,' zei Liza.
'En ze werkt niet alleen hard,' vulde Dulcie aan, 'ze is ook snel.'
Liza gooide het er ineens uit. 'Hoor eens, ik heb ze samen gezien. Op nieuwjaarsdag. Ze waren samen aan het lunchen.'
Pru's gezicht was lijkbleek. 'Dat kan niet. Phil was aan het werk. Dat heeft hij me zelf verteld.'
'Ik heb ze gezien. En gehoord. Hij heeft een verhouding met haar.' Liza schudde haar hoofd. 'Het spijt me, ik wou dat het niet waar was, maar dat is het wel.'
Dulcie bedacht dat ze misschien ook zo'n oogschaduw van Clinique voor zichzelf zou kopen. Ze kon het niet opbrengen om Pru aan te kijken. Beneden werd de stofzuiger uitgezet.
Even later werd op de slaapkamerdeur geklopt. 'Ik ben klaar, Pru. Ik ga er weer vandoor.'

Pru stond langzaam op en liep naar de deur. Liza en Dulcie wisselden gealarmeerde blikken uit. Liza slikte. Dulcie hield haar adem in.
'Jemig zeg, alles goed met je? Je bent zo wit als een vaatdoek.'
'Ik voel me prima, Blanche. Ik loop even met je mee naar beneden, dan kan ik je je geld geven.'
Dulcie, met veel te veel oogschaduw op, liet zich op het bed zakken. 'Denk je dat ze haar in de keuken gaat vermoorden?'
Dat was wel wat Liza in gedachten had gehad in de Songbird. Ze liep door de kamer en opende de deur op een kier. 'Als we een gil horen, gaan we naar beneden,' zei ze tegen Dulcie.
Maar het enige dat ze hoorden, was gemompel, het geluid van Blanches hoge hakken die over het glanzende parket tikten en de voordeur die dichtviel.
Dulcie en Liza renden naar het raam om Blanche na te kijken, die nu een rood leren bomberjack droeg over haar groene topje en korte witte rokje en met zwierige stappen de straat uit liep.
Pru verscheen weer in de deuropening. Ze zag dat ze Blanche nakeken. 'Nee, ik heb niets tegen haar gezegd, als jullie dat soms willen weten.'
'Maar Pru...'
'Hou je mond. Ik vind Blanche aardig. Ze is vriendelijk en ik heb het heel gezellig met haar.'
'Maar...'
'En ik hou van Phil.' Pru was nog steeds bleek, maar haar mond stond vastberaden en haar uitdrukking was uitdagend. 'Hij is mijn man en ik hou van hem. Herinneren jullie je mijn goede voornemen nog?'
Natuurlijk herinnerden ze zich dat.
'Nou, ik hou me eraan,' zei Pru. 'Ik blijf getrouwd. Ik geloof nog steeds niet wat jullie me hebben verteld over hem en Blanche, maar zelfs als het waar is, dan hoeft dat niet het einde van de wereld te zijn. En zeker niet het einde van een heel goed huwelijk.'
Liza moest het zeggen. 'Pru, het is waar.'
Met tranen in haar grijze ogen vroeg Pru: 'Heb je ze het echt zien doen?'
'Zo goed als. Ze had haar schoenen uit en haar voet in zijn...'
'Hou op!' Pru's stem schoot omhoog, en ze stak haar handen op

om Liza het zwijgen op te leggen. 'Hoe dan ook, ik heb het al gezegd. Er zijn ergere dingen die een man kan doen dan een onschuldige affaire hebben. Als jij ze niet had gezien, dan had niemand het ooit geweten. Als je me het niet had verteld, dan was ik er nooit achter gekomen.'

'Pru, hoe kan een affaire nu onschuldig zijn wanneer je met de man bent getrouwd?' flapte Liza eruit. 'Allemachtig, zeg, hij bedriegt je! Ik weet dat je geschrokken bent, maar...'

'Je hoeft me de les niet te lezen,' zei Pru koeltjes. 'Hoe kun jij nu weten wat ik voel? Jij hebt in je hele leven nog nooit een echte relatie gehad.'

'Nou, ik moet zeggen, dat ging bijzonder goed,' zei Dulcie toen ze weer in Liza's auto zaten. 'O ja, echt een welbestede ochtend. Een overweldigend succes.'

Liza schudde haar hoofd. 'Ik snap het niet. Hoe kan ze nu zoiets horen en zo kalm blijven?'

'Ze is niet kalm.' Zich naar voren buigend, bekeek Dulcie zichzelf in de achteruitkijkspiegel. 'Heb je zin om te gaan winkelen?' vroeg ze vrolijk. 'Die kleur staat me echt heel goed.'

'Hoe kun je nu zo oppervlakkig zijn?'

Dulcie grinnikte. 'Oppervlakkig? Ik ben niet oppervlakkig. Ik ben diepgebruind.'

Pru zat midden op het bed omringd door fotoalbums. Elk album stond vol foto's van haarzelf en Phil, apart en samen, thuis of op vakantie, in Cornwall, in Tunesië, in Schotland, aan het zwemmen, zonnebaden, skiën, feestvieren...

Hoe kunnen Liza en Dulcie nu ooit begrijpen wat ik voel, dacht ze, zorgvuldig bladzijde na bladzijde omslaand en glimlachend bij de foto's van Phil en haar vorig jaar op vakantie in Marokko. Phil, verbrand en vervellend, balanceerde een glas op zijn hoofd, de clown uithangend voor haar. En hier was er eentje van hen beiden, genomen door iemand die ze hadden leren kennen in de hotelbar. Ze waren aan het dansen, en Phils armen lagen om haar middel, en alleen al door naar de foto te kijken, kon Pru dat heerlijke moment herbeleven, weer dat gevoel van veiligheid oproepen.

Nee, noch Liza noch Dulcie zou ooit kunnen begrijpen wat ze voor Phil voelde, besloot ze. Dulcie had heel wat vriendjes versleten voordat ze met Patrick was getrouwd, en Liza... nou ja, Liza versleet nog steeds heel veel vriendjes.
Maar Pru, die al veertien jaar met Phil samen was, had nooit naar een andere man gekeken. Hij was haar eerste en enige liefde geweest, had haar gered van de verschrikkingen van de tieneraf-spraakjes, en ze had zich maar al te graag laten redden. Phil was alles wat ze wilde; hij had haar een veilig gevoel gegeven, ze was Phil Kasteliz' vriendin, ze hoorde bij hem...
Haar hand trilde toen ze de foto uit het album pakte om hem beter te kunnen bekijken. Phil was haar leven. Het was vreselijk geweest om te moeten horen van Blanche natuurlijk, maar ze was niet helemaal van gisteren. Soms deden mannen stomme dingen. Hun hormonen wonnen het van hun verstand, ze namen risico's die ze beter niet hadden kunnen nemen... en werden gesnapt.
Maar dat betekent nog niet dat hij niet meer van me houdt, dacht ze. Het is een tijdelijke zwakte, meer niet. Ik ben zijn vrouw. Hij houdt nog steeds het meest van mij.
Langzaam beet ze op haar tong. Niet zo hard dat hij ging bloeden, maar wel bijna. Hoewel het pijn deed, was de pijn draaglijk.
Net als dit gedoe met Phil en Blanche, dacht ze, terwijl ze de foto weer zorgvuldig in het album terugstopte. Dulcie en Liza deden alsof het het einde van de wereld was, maar dat hoefde niet zo te zijn.
Ze kon ook dit verdragen.

5

Je man vertellen dat je niet meer met hem getrouwd wilde zijn, bleek minder gemakkelijk dan Dulcie had gedacht. Toen ze zich de scène had voorgesteld, had het zo eenvoudig geleken. Ze zou gewoon zeggen wat ze te zeggen had en dat was dat.

Nu ze echter zover was om de daad bij het woord te voegen, was er een probleem gerezen.
Het probleem was...
... timing.
Het zou zoveel gemakkelijker zijn, dacht ze, als Patrick een rotzak was. Als hij haar als een boksbal gebruikte, haar blauwe ogen sloeg en een paar tanden door de lucht deed vliegen, dan zou ze alleen maar hoeven gillen: 'Oké, zo is het genoeg. Uit mijn leven. Nu!'
Idem dito als ze zou ontdekken dat hij een verhouding had.
Maar Patrick was geen rotzak en ze wilde de scheiding niet dramatischer maken dan ze was. Daarom was de timing ook zo belangrijk.
Voor kerst had natuurlijk absoluut niet gekund. Dat zou te wreed zijn geweest, te onaardig voor woorden. De wetenschap dat ze zichzelf er niet toe zou kunnen zetten om het in december te doen, was de reden geweest dat Dulcie er haar goede voornemen voor het nieuwe jaar van had gemaakt. Eerst de feestdagen achter de rug, en het dan doen.
Alleen was het nu midden januari en doemde Patricks verjaardag op. Zijn veertigste ook nog. Zich er helaas maar al te goed van bewust dat alleen een volslagen trut de verjaardag van haar man zou verpesten, besefte ze dat ze nog een paar weken langer op haar bom zou moeten zitten.
Veertig. God, hoe vaker ze eraan dacht, hoe angstaanjagender het klonk. Wie ooit had gezegd dat het leven bij veertig begon, moest compleet seniel zijn geweest. Omdat ze medelijden kreeg met haar bejaarde man, maakte ze twee mokken koffie en liep naar de studeerkamer. Patrick zat lijsten met getallen in een van de computers te tikken, aandachtig naar het scherm turend. Het zou waarschijnlijk niet lang meer duren of hij had een bril nodig.
'Over tien dagen ben je jarig.' Ze leunde op de rand van zijn bureau, met beide handen om haar mok geklemd. 'Wat wil je hebben?'
Het minste wat ze kon doen, had ze al besloten, was hem een echt mooi cadeau geven.
Patrick toetste nog een paar getallen in. 'Weet ik niet. Heb ik nog niet over nagedacht.'

'Je wordt veertig.'
'Nou, geef me dan meteen maar een rollator.'
'Toe, je hebt toch wel enig idee wat je wilt?' Een leuk aandenken aan haar, dacht ze met een voor haar ongewone aanval van sentimentaliteit. Een mooi horloge misschien? Vlieglessen? Een prachtig schilderij?
Schouderophalend wierp hij haar een blik toe. 'Ik weet het echt niet. Kleren misschien. Ik zou wel een paar nieuwe overhemden kunnen gebruiken.'
Mannen, ze waren echt hopeloos.
'Dat is zo saai. Wat zou je echt heel graag willen, meer dan wat dan ook?'
Patrick grijnsde. Aha, dacht Dulcie, nu komen we ergens.
'Oké dan.' Hij pakte een computertijdschrift van het bureau en bladerde erin totdat hij had gevonden wat hij zocht. 'Deze hier. De nieuwe Hewlett Packard Laserjet. Wat een apparaat... zeshonderd dpi...'
'Een computer!' jammerde ze. 'Ik ga je verdomme geen computer geven!'
'Het is geen computer,' legde hij geduldig uit. 'Het is een printer.'
'Nou, het blijft toch een stom cadeau.'
'Sorry, maar je vroeg wat ik graag wilde hebben,' zei hij op berustende toon. Toen kneep hij in haar hand. 'Maakt niet uit. Doe dan maar gewoon overhemden.'
'Nee, nee, ik geef je die printer wel.' Dat kon ze toch op zijn minst voor hem doen. Dan had hij iets om hem gezelschap te houden op die lange, lange avonden nadat ze hem had verlaten.
Bovendien was het zijn eigen geld.
Ze bedacht dat het wel heel ironisch was dat haar afscheidscadeau aan hem een computerachtig iets was, aangezien het computers waren die haar huwelijk hadden verwoest.
Nou ja, in elk geval was het cadeauprobleem opgelost.
'En wat zullen we gaan doen?' vervolgde ze. 'Op je verjaardag, bedoel ik?'
Patrick staarde aandachtig naar het flikkerende scherm. 'Bedenk jij maar wat, schat. Als je wilt, kunnen we misschien uiteten gaan.'
Ze gingen altijd uiteten op Patricks verjaardag. Zijn voorstel zou

de prijs voor opwindendste suggestie van het jaar zeker niet winnen. Dulcie had gewild dat hij voor deze ene keer zoiets zou zeggen als: 'Wat denk je van een opwindend weekendje naar Marrakech, de liefde bedrijven in het maanlicht?'
Waar Marrakech dan ook mocht liggen. Ze had geen flauw idee, maar het klonk beslist opwindend.
Ze herinnerde zich een programma dat ze pas geleden op Talk Radio had gehoord, over mannen die veertig werden. 'Denk je dat je soms een midlifecrisis hebt?'
Patrick was eraan gewend dat Dulcie midden in een gesprek plotseling van onderwerp veranderde. Hij dronk zijn koffie op en gaf haar de lege mok. 'Ik heb geen tijd voor een midlifecrisis.'
'Je kunt nooit weten.' Ze kreeg een melancholieke blik in haar ogen. 'Misschien kom je wel ineens tot het besef dat het enige dat je hebt gedaan werken werken werken is, en dat het leven gewoon aan je voorbij is gegaan.'
Glimlachend keek hij op zijn horloge. 'Als ik niet aan het werk ga, dan krijg ik nog een middenmorgencrisis. Deze cijfers moeten voor twaalf uur naar Manchester worden gefaxt. Bedankt voor de koffie, schat.' Hij woelde door haar korte, donkere haar. 'Tot straks, hè?'

Een feest, besloot Dulcie. Dat zou ze doen. Een spectaculair verrassingsfeest organiseren voor zijn veertigste verjaardag, om Patrick te laten zien dat ze nog steeds om hem gaf en om hem pijnloos de middelbare leeftijd in te laten glijden.
Het zou haar schuldgevoel wat verlichten en nog leuk zijn ook, dacht ze tevreden.
En dan een week of zo erna, wanneer alle opwinding wat was weggeëbd en de timing goed was, zou ze weggaan.

'Een feest?' Bibi Ross klonk geamuseerd. 'Lieverd, het is een heel leuk idee, maar we kunnen echt niet komen. Te gecompliceerd voor woorden gewoon.'
'Maar het is een verrassing voor Patrick,' protesteerde Dulcie. 'Je bent zijn moeder. Je moet komen.'
'Onmogelijk,' antwoordde Bibi vlak. 'Hoe kan ik James nu meenemen naar een...'

'Dan neem je James niet mee.' Dulcie had daar al aan gedacht. 'Zeg hem dat je ziek bent. Zeg dat je naar een reünie van de middelbare school gaat...'
Bibi kromp zichtbaar ineen bij het horen van het woord 'middelbaar'. Ze schudde haar hoofd. 'Dat kan ik niet maken. Trouwens, we hebben die avond al wat te doen. James heeft een ontzettend belangrijke klant en zijn vrouw uitgenodigd voor het eten. Echt,' zei Bibi toen Dulcie haar aankeek. Ze rommelde in haar tas en pakte haar agenda. 'Kijk, ik heb het opgeschreven. Vrijdag de achtentwintigste. Dennis en Meg Haversham, halfacht.'
Het was waar. Dulcie kon niet anders dan zich gewonnen geven. 'Nou ja, het is toch jammer. Je loopt een fantastisch feest mis.'
'Niets aan te doen.' Enigszins opgelucht sloeg Bibi haar agenda dicht. 'Trouwens, je weet hoe ik ben. Ik ben niet echt dol op verjaardagen.'
Bibi had meer reden dan anderen om niet echt dol te zijn op verjaardagen. Dulcie was gek op haar schoonmoeder, maar de afgelopen twee jaren waren behoorlijk zenuwslopend geweest. Gecompliceerd was het woord niet. Om het soort bedrog waar Bibi hen mee opgezadeld had, vol te kunnen houden, moest je voortdurend je kop erbij houden. Plus dat je afgestudeerd moest zijn in wiskunde.
Op negentienjarige leeftijd had Bibi – doopnaam Barbara – George Ross ontmoet en was met hem getrouwd. Toen ze twintig was, had ze Patrick het leven geschonken.
Toen ze vijfenveertig was, was George gestorven aan een hartaanval op de golfbaan. Drie jaar lang had Bibi om hem gerouwd en toen ze zich eindelijk weer onder de mensen begaf, had ze gezworen dat ze nooit meer zoveel van iemand zou houden als ze van George had gehouden. Het verdriet was te groot. Het idee dat ze nog eens iemand zou moeten verliezen, kon ze gewoon niet verdragen.
Onder de indruk van haar verbazend aantrekkelijke verschijning hadden velen een gokje gewaagd, maar Bibi had voet bij stuk gehouden. Totdat ze James Elliott had leren kennen en besefte wat ze al die jaren had gemist.
En toen was het akelige bedrog begonnen.
Bibi had altijd behoorlijk goed voor zichzelf gezorgd, maar haar

voornaamste bondgenoot waren haar genen. Haar moeder was precies hetzelfde geweest. Sommige mensen kunnen er niets aan doen, ze zien er gewoon ouder uit dan ze zijn. Dat is niet hun schuld.

Bibi, het andere uiterste, zag er veel jonger uit dan ze was. Dat was altijd zo geweest. Toen ze veertig was, weigerden mensen te geloven dat ze de moeder was van een stoere twintigjarige zoon. Toen ze vijftig was, had ze kunnen doorgaan voor vijfendertig.

Op achtenvijftigjarige leeftijd had ze James Elliott leren kennen en was verbijsterd over de kracht van haar gevoelens voor hem. Toen hij, bij hun derde afspraakje, terloops had opgemerkt dat hij drieënveertig was, was ze stomverbaasd geweest. James' keurig geknipte baardje had haar erin laten tuinen; ze had hem op vijftig geschat.

En ze mocht hem zo graag. Echt heel graag. Het vooruitzicht hem te moeten kwijtraken, was onverdraaglijk.

In paniek geraakt had ze James verteld dat ze zesenveertig was. De gevolgen van haar impulsieve leugen waren niet te overzien geweest. Bibi kon niet meer vertellen over haar vader die terug was gekomen uit de oorlog. Herinneringen aan haar tienerjaren werden haastig aangepast. Haar hele verleden was gewoon tien jaar en nog wat naar voren getrokken.

En aangezien ze onmogelijk kon bekennen dat ze een zoon van zevenendertig had – 'Wat? Dus die heb je op je negende gekregen?' – was ze gedwongen geweest om ook wat jaren van zijn leeftijd af te trekken.

Patrick was niet al te blij geweest. 'Is dat een grapje of zo?' had hij gevraagd. 'Ma, je bent knettergek. Dat werkt nooit.'

Maar Bibi had geen grapje gemaakt. Ze was wanhopig. 'Het werkt echt wel. Hij vermoedt helemaal niets. Trouwens, je hoeft alleen maar negenentwintig te zijn. Ik heb James al verteld dat ik je op mijn zeventiende heb gekregen.'

Alleen het feit dat zijn moeder voor het eerst sinds jaren zo zichtbaar weer gelukkig was, had Patrick ertoe overgehaald om mee te doen aan de belachelijke charade.

'Dit blijft niet eeuwig goed gaan,' had hij haar gewaarschuwd. 'Vroeg of laat komt hij er wel achter.'

Bibi had hem omhelsd. 'Als we het slim aanpakken niet.'

Wonderbaarlijk genoeg was James er niet achter gekomen. Iedereen speelde zijn rol, Bibi's vriendinnen hielden haar beschamende geheim voor zich en Bibi hield haar paspoort en rijbewijs veilig verstopt. James en zij waren een paar, gelukkiger dan ieder ander paar dat ze kende. Van tijd tot tijd, doelend op het leeftijdsverschil van drie jaar tussen hen, noemde hij haar liefdevol zijn oudere vrouw. En ook van tijd tot tijd vroeg hij haar ten huwelijk.

Als ze het had kunnen doen zonder dat hij zou ontdekken hoe oud ze in werkelijkheid was, dan had Bibi allang voor het altaar gestaan. Zoals de zaken er nu voorstonden, hield ze vol dat ze er de voorkeur aan gaf om in zonde samen te leven.

'Allemachtig, waarom vertel je het hem niet gewoon?' had een getergde Patrick haar vlak voor kerst nog gevraagd. 'Hij begrijpt het heus wel. Na al die tijd doet je leeftijd er toch niet meer toe? Hij houdt van jou, niet van je geboortedatum.'

Maar Bibi weigerde om zelfs maar te overwegen om James de waarheid te vertellen. Dat risico kon ze niet nemen. Er stond te veel op het spel.

Bovendien klonken sommige leeftijden erger dan andere. James plaagde haar er al vaak genoeg mee dat ze achtenveertig was.

En ze was zestig.

Was er iets, vroeg ze zich rillend van afschuw af, dat erger klonk dan dat?

6

Zodra Dulcie had besloten om een feest te geven, wierp ze zich enthousiast op de organisatie. Ze wilde het op Brunton Manor houden. Thuis kon niet, want het feest moest een verrassing blijven. Hoezeer Patrick ook opging in zijn werk, zelfs hij zou iets gaan vermoeden als er een mobiele disco werd opgezet in de huiskamer en Dulcie in de keuken zwoegend een miljoen worstjes aan stokjes stond te prikken.

Hoe dan ook, in de keuken zwoegen was niet Dulcies sterkste

kant. Eten opeten was meer haar pakkie-an dan eten bereiden. Veel beter om dat soort dingen over te laten aan het keukenpersoneel van Brunton Manor.

En wat nog beter was, ze zou de volgende dag geen onsmakelijke feestrestanten te hoeven opruimen.

'Je komt toch ook?' vroeg Dulcie toen ze Pru belde.

Pru aarzelde. 'Wat bedoel je precies? Wie nodig je uit?'

'Heel veel mensen!'

'Ik bedoel, alleen mij, of Phil en mij?'

Ze hadden elkaar niet meer gesproken sinds de onverkwikkelijke scène in Pru's huis.

Dulcie beet op haar onderlip. 'Wat je wilt. Alleen jou, als je dat liever hebt. Of jullie allebei.' Au, ze had te hard gebeten. 'Eh... wil je Phil dan meenemen?'

'Hij is mijn man. Natuurlijk wil ik hem er graag bij hebben.' Pru klonk nogal vormelijk.

'Nou, prima dan.'

'Maar alleen als je aardig tegen hem doet. Ik meen het, Dulcie. Geen sarcastische opmerkingen. Geen steken onder water. Niet van jou en ook niet van Liza. Daar kan ik niet tegen. Jullie moeten me allebei beloven dat jullie je gedragen.'

Het lag Dulcie op het puntje van haar tong om te zeggen dat als iemand zou moeten beloven om zich te gedragen, het Phil was. Maar die mening hield ze heldhaftig voor zich. 'Ik beloof het.' Verdorie, ze voelde zich net een schoolmeisje dat een standje had gekregen wegens roken op de wc. 'En Liza zal het ook beloven. We zullen ons allebei... engelachtig gedragen. We zullen ons beste beentje voorzetten,' verzekerde ze Pru. 'We zullen Phil als een koning behandelen.'

Als de rattenkoning, dacht Dulcie bij zichzelf, terwijl ze de telefoon neerlegde. Misschien kon ze de ongediertebestrijdingsdienst ook voor het feest uitnodigen. Een druppeltje gif in Phils drankje zou precies het gewenste resultaat geven.

Dulcie was net bezig Patricks printer in te pakken op de ochtend van het feest, toen de telefoon ging. Tot de tanden toe gewapend met plakband had ze minstens vier kilometer zilverpapier en negen kilometer lint gebruikt. Koken was dan misschien niet haar

pakkie-an, maar ze wist hoe ze een cadeau moest inpakken.
Patrick wist natuurlijk wat er in de doos zat. Omdat hij het Dulcie niet toevertrouwde om met de goede printer thuis te komen, was hij hem zelf bij Computerworld gaan kopen.
Nou ja, het was wat hij wilde en het was spectaculair ingepakt. Zodra ze de laatste hand aan het lint had gelegd, zou ze het cadeau naar de club brengen waar Patrick het vanavond open mocht maken.
De telefoon rinkelde nog steeds. Dulcie pakte de hoorn op, heel kort fantaserend dat het een van hun vrienden was die wilde vragen of ze Kevin Costner mee mochten nemen naar het feest.
Op de een of andere manier was het leven echter nooit zo opwindend. Het was Eddie Hammond, de manager van Brunton Manor. Hij klonk opgewonden.
'Dulcie, we hebben een probleempje. Het spijt me echt, maar...'
'Wat?' piepte ze ineens ook opgewonden. Als de club tot de grond toe was afgebrand, waar moest ze vanavond dan het feest houden? Of om preciezer te zijn, waar moest ze dan de rest van haar leven doorbrengen?
'Het is het keukenpersoneel, schat. Ze vallen bij bosjes. Laten we hopen dat het gewoon een virus is, maar de Inspectie Gezondheidsbescherming doet ineens heel moeilijk. Totdat is vastgesteld dat het geen salmonella is, moet de keuken gesloten blijven. Dus... eh... geen eten, vrees ik, vanavond.'
O, o, paniekaanval. Dulcie kreeg het warm en koud tegelijk.
'Geen eten?' Ze had zin om te huilen. 'Helemaal niets? Eddie, we kunnen geen feest geven zonder eten!'
'Ik weet het, ik weet het,' zei hij sussend. 'Schat, ik kan je niet vertellen hoe rot ik me hierover voel, maar je hebt nog een paar uur de tijd... Daarom heb ik ook zo snel mogelijk gebeld. Als je je eigen buffet organiseert, dan kun je het eten hiermee naartoe nemen. Ik heb het nagevraagd bij de inspecteur, en die vindt dat geen probleem.'
'O, fantastisch. Lang leve de inspecteur,' brulde Dulcie. 'Misschien heeft hij wel zin om in zijn theepauze een stuk of tien quiches te bakken.'
Het deed er niet toe hoeveel begrip Eddie Hammond voor haar situatie had, er was niets dat hij kon doen om haar te helpen.

Dus deed Dulcie het enige dat ze kon doen. Ze belde Liza en Pru. Liza was niet thuis. Ze was naar Londen voor een gesprek met haar redacteur, herinnerde Dulcie zich zodra ze het antwoordapparaat kreeg, en zou niet voor zeven uur thuis zijn. Uitgerekend nu.

Maar Pru was wel thuis, godzijdank. Pru met de best bevoorrade keuken in Bath.

'Hoeveel gasten?' vroeg ze, Dulcies gekwelde gejammer onderbrekend.

'Honderd ongeveer.'

'Oké, dan ga ik hier vast beginnen. Ik kan rijstsalades maken, pastasalades, gevulde aardappelen, dat soort dingen...'

'Dat is nooit genoeg.' Dulcie wist dat ze ondankbaar klonk. Dat was niet haar bedoeling, maar de moed was haar totaal in de schoenen gezonken. Nog even, en hij zou zich een weg graven door het tapijt.

'Natuurlijk is het niet genoeg. Daarom begin ik er nu vast aan. Zodat jij tijd hebt om boodschappen te doen. Heb je pen en papier?' vroeg Pru bewonderenswaardig onaangedaan door de crisis.

Maar dat was omdat het voor Pru niet erg was, dacht Dulcie, het was niet haar crisis.

'Oké, dan ga je nu een lijstje maken. Ik vertel je wel wat je moet kopen.'

Godzijdank voor M&S, dacht Dulcie een uur later, terwijl ze haar winkelwagentje behendig langs een oud dametje met een mandje op wielen stuurde. Dit was prima, dit was oké, ze had haar moed weer hervonden en begon het allemaal nog leuk te vinden ook.

Marks & Spencers levensmiddelenafdeling leegkopen was ook veel leuker dan even naar binnen wippen om wat blikken *tikka masala* en een citroentaart te kopen. Een winkelwagen volproppen met baguettes, dozen hors d'oeuvres, zakken garnalen, pakjes Parmaham en twintig soorten kaas was een opwekkende ervaring. Niet langer in paniek slingerde ze vrolijk tussen het verse fruit en de verse groente door, de rijpste Charentais-meloenen, de roodste, glanzendste aardbeien uitzoekend...

Een mannenstem in haar oor deed haar opschrikken.
'Mag ik ook komen?'
Als door een wesp gestoken draaide ze zich om. Allemachtig, het was James. 'James!'
Drie citroenen en een fles tonic rolden over de bodem van zijn mandje. Dulcie herinnerde zich dat Bibi en hij vanavond zelf mensen te eten kregen.
James stond ondertussen belangstellend de inhoud van haar winkelwagen te bestuderen. Grinnikend vroeg hij weer: 'Mag ik ook komen?'
'Waar komen?' Ze hoopte maar dat ze niet bloosde.
'Nou, noem het intuïtie als je wilt, maar iets vertelt me dat jullie een feestje geven.' Zijn ogen twinkelden; hij had altijd heel goed met Dulcie kunnen opschieten. 'Het is óf dat, óf je hebt een aanval van ongeremde boulimia.'
Inwendig trillend besloot ze dat het veilig was om hem de waarheid te vertellen. Per slot van rekening hadden Bibi en hij vanavond toch wat anders te doen.
'Het is een verrassingsfeestje voor Patrick,' legde ze uit. 'Op Brunton Manor. Allemaal heel erg op het laatste moment gepland,' voegde ze er snel aan toe om hem niet voor het hoofd te stoten. 'Ik heb het pas gisteren bedacht. En ja, natuurlijk zijn jullie allebei van harte welkom. Acht uur vanavond, het wordt fantastisch... Patrick heeft geen flauw idee...' Ze keek James stralend aan, in de verwachting dat hij zijn voorhoofd zou fronsen en zeggen: 'Verdomme, maar dan kunnen we niet.'
In plaats daarvan keek hij stralend terug en zei: 'Dat is hartstikke leuk. Hoor eens, we krijgen wat mensen te eten, maar die gaan zo rond tienen weer weg. Ze moeten de laatste trein naar Oxford halen. Zodra we ze bij het station hebben afgezet, zullen we meteen doorrijden naar de club. Beter laat dan nooit, zeggen ze toch?'
Dulcie stond inmiddels echt te trillen. Als ze een of andere plausibele smoes wilde bedenken – een reden waarom James en Bibi onmogelijk op Patricks feestje konden komen – dan moest ze dat binnen een paar milliseconden doen.
Ze staarde James aan, met grote ogen en wanhopig op zoek naar inspiratie...
Dingdong. Te laat.

James keek bezorgd. 'Gaat het, Dulcie?'
'Eh...'
'Vooruit, je zult nu toch wel alles hebben wat je nodig hebt.' Hij nam de volle winkelwagen van haar over en begon hem in de richting van de kassa's te sturen. 'Het minste wat ik kan doen, is je helpen al deze spullen in de auto te laden.'
Dulcie legde het eten op de lopende band en James stond het aan de andere kant van de kassa in te pakken, veel efficiënter dan zij ooit zou hebben gekund.
De oplossing kwam bij haar op toen ze de laatste armvol stokbroden op de band legde.
Het was heel simpel. Het enige dat ze hoefde te doen, was Bibi bellen en haar waarschuwen. Dan kon Bibi doen alsof ze uitgeput of plotseling ziek was.
Ze keek naar James die nog steeds ijverig boodschappen stond in te pakken. Dat was nu typisch James, hij was attent. Aardig. Toegewijd aan Bibi.
Hij was echt een heel lieve man.
Als Bibi zichzelf er nu maar toe kon brengen om hem haar duistere geheim te vertellen, dan zouden ze kunnen trouwen.
Inspiratie, als een bliksemflits, sloeg voor de tweede keer toe. Dulcie wist wat haar te doen stond.
Want Bibi zou het James nooit vertellen.
Het antwoord was dus dat James er zelf achter zou moeten komen.
En waar kon dat nu beter dan op een feest, wanneer iedereen in een zorgeloze feeststemming was... en waar Bibi's leugentje om bestwil kon worden weggelachen?
Dulcie wist dat ze gelijk had. Het was een briljante oplossing. James zou eindelijk de waarheid horen, en het zou geen greintje verschil maken in zijn gevoelens voor Bibi. En Bibi zou zo opgelucht zijn. En dankbaar.
Het heeft zo moeten zijn dat ik James vandaag tegen het lijf ben gelopen, besloot ze. Alles gebeurt met een reden. Dit was het lot dat de helpende hand bood.
'Ik had ineens een idee,' zei ze tegen James, terwijl ze de groenwitte plastic tassen in de kofferbak van haar auto laadden. 'Bibi weet nog niets van het feest. Vertel het haar maar niet.'

James keek haar geamuseerd aan. 'Waarom niet?'
'Dat is veel leuker! Zeg maar dat jullie nog naar een huwelijksjubileum van vrienden van je gaan of zo.' Haar ogen glansden. 'En als jullie dan binnenkomen, is het extra speciaal. Een dubbele verrassing.'

Pru had de hele middag als een paard gewerkt. Om vijf uur, nadat ze alles had gedaan wat maar binnen haar mogelijkheden lag, stapte ze in bad. Tegen zessen was ze aangekleed en klaar om te gaan. Het enige dat ze nog hoefde te doen, was het eten in de auto laden, het naar Brunton Manor rijden en Dulcie helpen om alles neer te zetten.
Ze belde naar Phils kantoor, maar hij was er niet.
'Hij is met een klant naar wat huizen aan het kijken,' zei Janet, zijn secretaresse. 'Probeer zijn mobieltje maar.'
Ook daar geen geluk; zijn mobieltje stond uit. Dus schreef ze een briefje voor hem waarin ze uitlegde wat er was gebeurd en legde het op de keukentafel. Wanneer Phil thuiskwam, kon hij zich douchen en omkleden en dan op eigen gelegenheid naar de club komen.
In zekere zin was Pru blij dat deze voedselcrisis was opgetreden. Het feit dat ze Dulcie had gered, betekende dat Dulcie haar zo dankbaar zou zijn dat ze niets akeligs over Phil zou durven zeggen. Ze wist dat Dulcie haar dat sowieso had beloofd, maar een beetje extra emotionele chantage kon nooit kwaad.
Dulcie was er al toen Pru de zaal binnenstrompelde met haar armen vol saladeschalen.
'Hé, je ziet er fantastisch uit!' Dulcie haastte zich naar haar toe, hielp haar met de schalen en omhelsde haar toen. 'En het eten ziet er ook fantastisch uit. Je bent een engel. Echt, Pru, die zak van een man van je verdient je niet.'
Pru sprong weg alsof ze geëlektrocuteerd werd. 'Als je al zo begint...'
'Nee, nee, dat doe ik niet.' Dulcie trok haar naar zich toe en kuste haar luidruchtig op beide wangen. 'Het is al over. Ik wilde het gewoon even uit mijn systeem krijgen voordat de klootzak-van-het-jaar zich hier laat zien.' Ze grijnsde. 'Ik zou toch nooit iets zeggen waarmee ik je van streek zou maken na alles wat je voor me hebt gedaan?'

Misschien niet.
'Niet als je tenminste geen kom rijstsalade over je kop wilt krijgen,' zei Pru.
'Hoe dan ook,' veranderde Dulcie van onderwerp, 'je ziet er echt fantastisch uit. Mooie jurk.'
Pru was blij. De witte zijden jurk was strakker dan ze normaal gesproken droeg, maar zoals altijd had ze de winkeljuffrouw niet voor het hoofd willen stoten door weg te lopen zonder iets te kopen. Nu was ze blij dat ze zo'n doetje was geweest. Dulcie en de winkeljuffrouw hadden gelijk; het was een prachtige jurk.
'Jij ziet er ook mooi uit,' zei Pru al wat vrolijker. 'En je haar zit ook goed. Heel chique.'
Dulcie, met een rood, bezweet hoofd van de inspanning, droeg een oranje hesje over een lang, limoengeel vest. Haar korte haar piekte alle kanten uit en op een onderarm stond met paarse viltstift een boodschappenlijstje gekrabbeld.
Ze keek op haar horloge. 'Halfzeven. Ik kan maar beter opschieten. Hoor eens, zou jij de spullen op de tafels willen zetten? Liza heeft beloofd om voor halfacht te komen, en alle anderen hebben de opdracht gekregen om hier om acht uur te zijn. Ik kom dan iets na achten met Patrick. Als er problemen zijn, bel je maar.'
'Goed.' Pru zag de opgewonden blik op het gezicht van haar vriendin. Ze glimlachte. 'Je kunt bijna niet wachten tot het zover is, hè?'
'Echt, geloof me,' verklaarde Dulcie op dramatische toon, 'dit wordt een avond om nooit meer te vergeten. En wat er ook gebeurt, zorg dat je niet voor tien uur dronken wordt en instort.' Haar groene ogen glinsterden. 'Er komen nog een paar late gasten. Een speciaal gastoptreden, zou je kunnen zeggen.'
'Wie dan?'
De verleiding om Pru in vertrouwen te nemen, was overweldigend, maar Dulcie wist zich heldhaftig te beheersen. Ze legde een vinger op haar lippen. 'Sst, geen woord meer. Strikt geheim.' Ze knipoogde naar Pru. 'Waarom zou je op een verrassingsfeestje genoegen nemen met één verrassing als je er ook twee kunt hebben?'

Eddie Hammond hield er niet zo van om zichzelf in de spiegel te bekijken, maar in de aerobicsstudio, die drie spiegelwanden had, had hij weinig keus. Terwijl hij wachtte tot hij met Diana, Bruntons verschrikkelijk fitte aerobicslerares, kon praten, bestudeerde hij zichzelf zonder al te veel enthousiasme in de dichtstbijzijnde spiegelwand.
Verschrikkelijk onfit was de eerste gedachte die bij hem opkwam. Of misschien bovenmatig dik, bovenmatig gespannen en boven de veertig.
Hij probeerde zijn buik in te trekken, maar daar werd hij alleen maar duizelig van, aangezien je niet tegelijkertijd je buik kunt intrekken en ademen.
Hij gaf het op, haalde zijn vingers door zijn grijzende haar, sloot even zijn vermoeide ogen en depte zijn zwetende voorhoofd met een zakdoek. Geen wonder dat hij er afgepeigerd uitzag, dacht hij somber. Wie zou dat niet zijn, na een dag als vandaag, zijn eerste crisis sinds hij twee maanden geleden naar Bath was verhuisd en manager van Brunton Manor was geworden? Zijn personeelsleden vielen nog steeds bij bosjes, de Inspectie Gezondheidsbescherming zat hem achter de vodden, de publiciteit kon weleens rampzalig uitpakken voor de club...
Een medelijdend lachje verscheen om zijn mond. Het had geen zin, hij kon doorgaan met smoesjes verzinnen tot hij een ons woog, maar hij kon er niet onderuit: stress of geen stress, zó zag hij eruit. Dit was hij. Hij wás niet fit, hij wás te dik en hij wás boven de veertig. Oké, vijfenveertig was hij.
Hij was gewoon geen Jean-Claude van Damme.
Een flits van limoengeel en oranje deed hem opschrikken. Dulcie, van wie hij de reflectie in een van de andere spiegels had gezien, bleef staan en stak haar hoofd om de hoek van de glazen deur.
'Alles in orde?' Hij hoopte maar dat ze hem niet had opgespoord om hem mee te delen dat er weer een nieuwe catastrofe had plaatsgevonden.
Maar, gelukkig, Dulcie grijnsde.
'Geen problemen. Alles onder controle,' vertelde ze, geamuseerd door de aanblik van Eddie die zichzelf als de eerste de beste tiener aandachtig in de spiegel bestudeerde. 'De rest van het eten

wordt nu op de tafels gezet, en ik ga naar huis om een bad te nemen. Ik wist niet dat je je had ingeschreven,' voegde ze eraan toe.
'Ingeschreven?' Eddie fronste zijn voorhoofd. 'Waarvoor?'
'Voor een van Diana's aerobicslessen.' Ze knipoogde. 'Ik wil je best eens in een luipaardpakje zien.'
Lachend zei hij: 'Daar is net zoveel kans op als jou in zo'n pakje zien.'
Terwijl hij sprak, kwamen Diana en haar volgende klasje de kleedkamer uit zetten en begaven zich naar de studio.
Dulcie, die in angst leefde dat ze op een ochtend wakker zou worden en zou ontdekken dat ze de avond tevoren dronken was geweest en zich had ingeschreven voor een van Diana's lessen, zei: 'Help, daar heb je Cruella. Ik zie je later wel.' Ze schudde haar vinger naar Eddie. 'En een beetje vrolijker kijken, hè? Alles is prima in orde. Dit wordt een avond om nooit meer te vergeten.'

7

Het grote voordeel van verrassingsfeestjes, zo ontdekte Pru met enige opluchting, was dat iedereen op tijd kwam. Niets geen ongemakkelijke eerste paar uren waarin de gasten langzaam binnendruppelden, omdat niemand de eerste wilde zijn. Nee, iedereen had precies om vijf voor acht de zaal betreden.
Iedereen behalve Phil.
Om vijf over acht probeerde ze bij de receptie opnieuw Phil te bellen. Geen antwoord. Hetzelfde gold voor zijn mobieltje.
Ze had echter geen tijd om zich zorgen te maken, want Dulcie en Patrick waren gearriveerd.
'Wat is er aan de hand?' Zoals het hoorde, was Patrick aardig in de war. 'Ik dacht dat we om kwart over acht een tafeltje hadden gereserveerd bij Langham... Hé, Pru, wat doe jij hier? Heeft Dulcie je al verteld dat ik vandaag jarig ben? Kom, geef me een verjaardagszoen.'
'Oké, zo kan die wel weer,' blafte Dulcie even later. Ze pakte zijn arm. 'Geen tijd voor vrijpartijen. Zodra ik een zonnebank voor

morgen heb geboekt, gaan we. Pru, waar is Anna?'
Pru wees in de richting van de feestzaal. 'Daar.'

'Ik weet niet of ik je wel verdien,' fluisterde Patrick met zijn armen om zijn vrouw heen geslagen, terwijl ze dansten op iets langzaams en zwijmelends. Dulcie zag er verbazingwekkend uit in een strak zwart jurkje en het soort echt hoge hakken waar hij zo gek op was. Haar zwarte haar had ze glad achterover gekamd à la Valentino. De diamanten knopjes die hij haar voor kerst had gegeven, glinsterden in haar oren. Dulcie had het figuur, het uiterlijk en de benen; wat belangrijker was, ze wist hoe ze ermee moest pronken.

En ze had ook nog de moeite genomen om een verrassingsfeest voor hem te organiseren. Zelfs het eten had ze verzorgd. Nou ja, met een beetje hulp van Pru dan.

Patrick was ontroerd.

Dulcie stak haar tong naar hem uit. 'Of je me verdient? Natuurlijk niet.'

Zijn donkerbruine ogen vernauwden zich geamuseerd. 'Ik hou echt van je.'

Patrick zei dat niet vaak, zo'n soort man was hij gewoon niet. Maar Dulcie wist dat hij van haar hield.

Het was alleen jammer dat hij nog meer van zijn werk hield.

'Dat mag ik verdomme hopen.' Ze rekte zich iets uit en gleed met haar tong langs zijn oorlelletje. Het was zo lang geleden, ze was helemaal vergeten hoe fijn het was om met Patrick te dansen. Als ze niet zo opgewonden was geweest over de op handen zijnde komst van James en Bibi, zou ze de lekkere, kolkende sensatie in haar buik misschien nog hebben toegeschreven aan het gevoel van Patricks lichaam tegen het hare.

'Vooruit.' Hij kneep in haar zij. 'Nu is het jouw beurt. Anders is het niet eerlijk.'

Het was een oud grapje tussen hen. Wanneer zij het zei, zei hij het niet. Wanneer hij het zei, zei zij het niet.

Maar dit was de laatste verjaardag die ze samen zouden vieren. In een opwelling probeerde ze het nog een laatste keer. 'Ik hou ook van jou.'

Patrick keek geschokt.

Ze vervolgde: 'Maar ik zou meer van je houden als je wat minder hard werkte.'
'Dulcie...'
Hij had die blik in zijn ogen, de blik die ze de afgelopen paar jaren zo goed had leren kennen. De blik, dacht ze verbitterd, die de oorzaak was van het einde van hun huwelijk.
'Niet heel veel minder,' drong ze aan, 'maar een beetje minder.'
'Liefje, ik zou het graag willen, maar het kan niet.' Ze herkende ook de vermoeide klank in zijn stem. Ze hadden dit gesprek al te vaak gevoerd. Het nieuwtje was eraf. 'Ik probeer een bedrijf op te bouwen. Dat is zwaar.'
En of het zwaar is, verdomme, dacht Dulcie.
'Maar ik doe het voor ons,' ging Patrick verder. Zo rechtvaardigde hij zichzelf altijd; ze zou de woorden uit haar hoofd kunnen oplepelen. Ze haatte dit gedeelte. Ze haatte het dat het hem altijd weer lukte om haar het gevoel te geven dat ze een verwend kind was. Ze was niet egoïstisch. Nou ja, niet al te erg. Ze wilde gewoon een man die ze af en toe kon zien, met wie ze af en toe kon praten. Ze wilde een normaal huwelijksleven.
'Oké, de rest ken ik al,' zei ze, voordat hij met het vervolg van zijn verdediging kon beginnen. 'Laten we geen ruzie maken. Dit is jouw feest. En we kunnen hier ook niet blijven staan vrijen trouwens.'
Patrick, die er net zo op gebrand was als Dulcie om van onderwerp te veranderen, keek beledigd. 'Waarom niet? Ik ben jarig.'
'Je hoort je tussen de gasten te mengen. Met andere vrouwen te knuffelen.' Ze maakte zich los uit zijn greep en keek om zich heen. 'Ga maar even naar Pru. Die klotekerel van haar is nog steeds niet komen opdagen.'

Pru was blij dat ze met Patrick danste toen Phil eindelijk verscheen. Nou ja, het liefst was ze er helemaal niet geweest, maar met Patrick dansen was in elk geval beter dan als een muurbloempje aan de kant staan.
Niet veel beter, in aanmerking genomen dat dit het afschuwelijkste moment van haar leven was, maar wel iets.
Pru voelde het bloed uit haar wangen wegtrekken. Phil was dronken. Echt dronken.

En... o god... Blanche was bij hem.
'Shit, shit,' mompelde Liza, waarmee ze de bankier aan het schrikken maakte aan wie ze net was voorgesteld. Vol afkeer keek ze toe, terwijl Phil de dansvloer op schuifelde.
Blanche droeg haar befaamde rubberen rokje en schoenen met hakken die nog hoger waren dan die van Dulcie. Haar smaragdgroene topje was versierd met namaakdiamantjes. Ondanks de stilettohakken lukte het haar wonderwel om Phil overeind te houden.
'Pru, het spijt me dat hij te laat is. Ik kwam hem tegen in Forester's Arms. Hij bleef maar zeggen dat hij eigenlijk hier naartoe moest, dus heb ik hem maar in mijn auto gezet. Je moet niet boos op hem worden, hoor. Hij heeft een beetje te veel gedronken, maar dat is alles.'
Pru, die nog nooit van haar leven boos op Phil was geweest, staarde hem aan. Van de andere kant van de zaal hoorde ze Dulcie vaag zeggen: 'O, jezus christus.'
Blanches ex-man was kampioen innemen geweest. Ze had meer dan genoeg ervaring met dronkenlappen; bij haar ex vergeleken was Phil hooguit aangeschoten. Nadat ze hem behendig rechtop had gezet, maakte ze aanstalten om weer weg te gaan. 'Dus je redt het verder wel, Pru? Dan ga ik weer.'
Phil wierp een blik op de bevroren uitdrukking op Pru's gezicht en draaide zich als een dronkaard in een tekenfilm om en greep Blanche beet. 'Nee, niet weggaan. Blijven. Ik wil dansen.'
'Ik kan niet blijven.' Blanche schudde hem van zich af.
'Kom terug!' brulde Phil. Hij gebaarde woest in Pru's richting. 'Moet je haar daar zien staan, die stijve trut... Blanche, ik wil dat je blijft. Ik hou niet van haar, ik hou van jou. Ik wil haar niet meer... ik wil jou!'
Patrick kon niets doen – hij hield Pru alleen maar vast. Dulcie echter lanceerde zich als een raket over de dansvloer en gaf Phil Kasteliz zo'n harde stomp dat hij omviel.
'Het spijt me, het spijt me,' mompelde Blanche zonder Dulcie aan te kijken. Blijkbaar zo sterk als een beer hees ze Phil weer overeind en droeg hem zo'n beetje de zaal uit. Bij de deur kwam ze Liza tegen.
'Ik had hem niet moeten brengen. Dit had niet mogen gebeuren.

Ik wilde alleen maar helpen.'

Op schampere toon beet Liza haar toe: 'O, dus dat maakt het allemaal weer goed? Geef jezelf maar een schouderklopje, jij hebt je goede daad voor vandaag weer gedaan.'

Pru huilde niet. Ze zat op een stoel in de wc-ruimte, akelig beheerst.

Alleen was ze niet beheerst, besefte Liza toen ze haar een groot glas cognac gaf. Hoe zou ze kunnen? Ze was in shock.

'Je bent in shock,' vertelde ze Pru.

'Is dat zo?' Pru staarde recht voor zich uit, haar blik gefixeerd op de handdroger. Helemaal in het wit als een afgewezen bruid haalde ze haar schouders op. 'Waarschijnlijk wel.'

Liza voelde zich ongemakkelijk. Huilen en jammeren was niet Pru's stijl, maar het zou een stuk eenvoudiger zijn om mee om te gaan. 'Wat wil je nu doen?'

Weer haalde Pru haar schouders op. 'Ik weet het niet. Naar huis gaan, denk ik.'

'Weet je dat zeker? Misschien is Phil er wel. Blijf vannacht bij mij logeren.' Liza voelde zich behoorlijk heldhaftig; ze had zich vreselijk vermaakt vanavond. En nu zag het ernaar uit dat ze de rest van het feest zou missen en Pru mee naar huis moest nemen.

Dulcie kwam binnenstormen. 'Hij is weg. Ik heb hem net nog een klap gegeven, op het parkeerterrein. En ik heb tegen die stomme koe gezegd dat ze ook kon ophoepelen.' Haar groene ogen glinsterden. 'Ik heb gezegd dat, als ze ooit nog een voet in je huis durft te zetten, ik haar vermoord. O Pru, ik vind het zo erg dat het op deze manier is gegaan. En ze hadden het hele feest kunnen verpesten...' Ze wilde haar armen om Pru heen slaan, die nog steeds stijf op haar stoel zat.

Pru gooide de inhoud van haar glas in Dulcies gezicht. Tenminste, dat was de bedoeling, maar ze miste doel. Het meeste spetterde tegen de spiegel boven de wasbak.

'Wat...' Dulcie strompelde achteruit, verbijsterd door Pru's reactie. Het was alsof je werd bespuugd door een non.

'Jij hebt dit allemaal gepland, hè?' siste Pru. Ze begon te beven. 'Wacht tot tien uur, zei je, voor een verrassing. Een speciaal gastoptreden. Allemachtig, Dulcie, hoe heb je dat nu kunnen doen?'

Liza staarde Dulcie aan. Ze had toch niet echt…

'O, toe zeg!' schreeuwde Dulcie, hulpeloos haar natte linkerschouder en de met cognac bespatte jurk deppend. 'Dat was de verrassing niet! Je denkt toch niet echt dat ik zoiets lomps zou doen?'

Niemand zei wat. Dulcie stampvoette gefrustreerd. Leuke vriendinnen had ze.

'Nou, dat zou ik verdomme nooit doen. Wat ik heb gepland, is juist briljant, het antwoord op een probleem waarvoor niemand het lef heeft om het op te lossen. En verdomme nog aan toe,' – ze keek op haar horloge – 'als we niet gauw naar de zaal gaan, dan missen we het ook nog. Dan gebeurt het allemaal zonder mij.'

Pru stond op. 'Dulcie, sorry. Niet te geloven dat ik dat heb gedaan.' Ze keek bezorgd. 'Is je jurk nu verpest?'

'Ik kan ook niet geloven dat je het hebt gedaan.' Op Dulcies gezicht brak een grijns door. 'En mijn jurk overleeft het wel. Maar goed dat het geen advocaat was.'

'Kom, dan gaan we. We willen je grote verrassing niet missen,' zei Pru met het begin van een glimlachje. 'Wat is het, een Chippendale voor Liza?'

Bibi leek behoorlijk geschokt toen ze aan James' arm arriveerde en ontdekte naar welk feest hij haar had meegenomen. Toen Dulcie zich naar hen toe haastte om hen te begroeten, zag ze Bibi's blik door de zaal flitsen op zoek naar vlaggen met '40 jaar' erop. Om Bibi's angst weg te nemen en te voorkomen dat ze James meteen weer terug naar de auto zou slepen, begroette Dulcie haar met een kus en fluisterde in haar oor: 'Geen paniek, alles onder controle.'

Ze was niet helemaal ongevoelig. Het was heus niet zo dat ze op het podium zou springen en heel hard zou roepen: 'Willen degenen die in aanmerking komen voor een bejaardenpas hun hand opsteken?'

O nee, dat zou echt waardeloos zijn.

Subtiliteit was het sleutelwoord, had ze besloten. Ze zou hele-

maal niets zeggen. Gewoon wachten tot het geheim terloops zou worden geopenbaard.
Het werd sneller terloops geopenbaard dan ze had verwacht. Na te zijn hersteld van het Pru-en-Phil-incident, was iedereen fanatiek aan het dansen geslagen. Dulcie en James vertelden Bibi over de paniek over het buffet en over Dulcies winkelwagentjesrace door Marks & Spencer. Patrick kwam terug met drankjes voor Bibi en James.
Suzannah Somers was de levendige vrouw van een van Patricks oude rugbyvrienden – van heel lang geleden, toen hij nog tijd had gehad om rugby te spelen. Ze tikte Patrick op de schouder. 'Hallo, jarige Job! Dulcie, ik mag hem toch wel even van je lenen, hè? Mijn hopeloze wederhelft danst als een gorilla met jicht.'
'Ga je gang.' Dulcie gebaarde toegeeflijk naar de dansvloer.
De dj draaide iets mafs dat Patrick nog nooit had gehoord. Een beetje bezorgd zei hij: 'Verwacht geen wonderen van me.'
Suzannah giechelde. 'Toe zeg, je kon altijd fantastisch dansen! Maar dat was natuurlijk wel in de goede oude tijd. Voordat je veertig werd.'
James keek Suzannah bevreemd aan. Dulcie verslikte zich in haar drankje. Bibi werd lijkbleek.
Patricks lach was luid en niet erg overtuigend. 'Suzannah, iemand moet alcohol in je frisdrank hebben gedaan.' Aangezien de beste aanpak leek om buiten gehoorsafstand te komen, pakte hij haar hand en trok haar mee de dansvloer op. 'Veertig, ha ha ha! Het zal je gebeuren.'
Op dat moment was de muziek afgelopen. Suzannah, inmiddels totaal verbluft, zei luid: 'Patrick, volgens mij ben jij dronken. Natuurlijk ben je veertig. Daarom zijn we allemaal hier.'
Patrick kon er niet meer tegen. Hij danste met Suzannah op iets van Babylon Zoo, wie dat ook mochten zijn. Als deze tenenkrommende toestand iets met Dulcie te maken had – zoals hij vermoedde – dan moest ze het ook zelf maar oplossen.

8

'Wat is er aan de hand?' vroeg James, die nog erger in de war was dan Suzannah. 'Patrick is geen veertig. Dat kan niet. Hij is tweeëndertig.'
Bibi's verslagen uitdrukking maakte dat Dulcie zich ongemakkelijk begon te voelen. Dit liep niet precies zoals ze had gepland. Toen ze zich deze scène had voorgesteld, had iedereen er op de een of andere manier een stuk gelukkiger uitgezien.
Bibi zag er echter uit alsof ze zo kon flauwvallen.
Paniekerig, wanhopig op zoek naar het gelukkige gedeelte – en hoe kon dat bereikt worden als niemand iets zei? – ratelde ze: 'Hoor eens, James, het was gewoon een onschuldig leugentje dat een beetje uit de hand is gelopen... en nu is het tijd om de boel recht te zetten, de lucht te klaren, overnieuw te beginnen...'
'Wat rechtzetten?' wilde James weten.
Dulcie probeerde vrolijk te lachen, maar het kwam er niet helemaal goed uit.
Niet in staat om deze kwelling nog een seconde langer te verdragen, draaide Bibi zich om en liep de zaal uit.
'Wat rechtzetten?' herhaalde James op gevaarlijk rustige toon.
'Hoor eens, vrouwen liegen nu eenmaal over hun leeftijd, dat is normaal,' snaterde Dulcie. 'Je houdt toch van Bibi? Het enige dat ze heeft gedaan, is er een paar jaartjes afhalen... Wat maakt het nu uit dat ze wat ouder is dan ze zei? Het is toch niet zo dat ze iets vreselijks heeft gedaan, zoals bijvoorbeeld een verhouding hebben!'
'Toen ik Bibi leerde kennen, zei ze dat ze zesenveertig was,' zei James. 'En nu vertel je me dat Patrick veertig is. Allemachtig, Dulcie, hoe oud maakt dat Bibi?'
Dulcie kromp ineen. Ze deed haar best om de klap te verzachten. 'Bijna... eh... zestig.'
'Bijna zestig! Wat is bijna?'
Goed, dat had dus niet gewerkt. 'Eh... nou, dat is het. Ze is zestig.' Haastig voegde ze eraan toe: 'Maar nog maar net, hoor.'
James sloot zijn ogen. Hij keek alsof hij een nachtmerrie had waaruit hij heel graag wakker wilde worden.

'O, James, ik snap dat het een schok is, maar is het nu echt zo vreselijk?'
Vermoeid opende hij zijn ogen. 'Dank je, Dulcie, ik heb genoeg gehoord.'
'Maar Bibi is nog steeds Bibi...'
'Hou op.'
'... en de enige reden waarom ze niet met je wilde trouwen, was dat ze bang was dat je er dan achter zou komen!'
'Dat verbaast me niets.'
Wanhopig riep Dulcie uit: 'We wilden alleen maar dat jullie gelukkig waren.'
'O ja?' James keek haar even aan. 'Dan heb je een rare manier om dat te laten merken.'

Toen James weg was, kwamen Liza en Pru bij Dulcie staan. Omdat ze in de buurt waren geweest tijdens de ongemakkelijke woordenwisseling, hadden ze alles gehoord.
'Was dat het?' vroeg Liza. 'Was dat je andere verrassing?'
Dulcie knikte ongelukkig.
'Och, hemeltje.'
'Ik wilde alleen maar helpen.'
'Hm. Op de een of andere manier geloof ik niet dat helpen jouw sterkste punt is.'
Patrick had Suzannah teruggebracht naar haar man en kwam nu naar hen toe lopen met een barse blik op zijn gezicht. 'Gefeliciteerd.'
'Het moest een keer gebeuren,' verdedigde Dulcie zichzelf.
'En zo stijlvol gedaan ook.'
'Ach, hou je mond.' Ze voelde zich in een hoek gedreven. 'Het komt wel weer goed met James. Zodra hij eenmaal over de schok heen is.'
'Je hebt zijn gezicht gezien, Dulcie. Reken er maar niet op.'
Echtelijke steun was blijkbaar ook niet meer wat het geweest was.
'Hoe kun je nu zo rottig doen?' Dulcie had zin om hem tegen de schenen te schoppen. 'Terwijl ik zo mijn best heb gedaan. Ik heb dit feest voor je georganiseerd. Ik wilde dat het een feest zou worden om nooit te vergeten...'
'O, dat is je dan gelukt. Niemand zal deze avond gauw vergeten.

Vooral Bibi niet.' Patricks toon was spottend. 'Je mag van geluk spreken als ze ooit nog met je wil praten.'
Maar het geluk stond niet aan Dulcies kant. Bibi praatte wel weer met haar.
Ze verscheen weer in de zaal toen Dulcie zichzelf net een vierdubbele gin-tonic inschonk, onderwijl mopperend: 'Als ik nog een keer zeg dat ik een verrassingsfeestje wil organiseren, sla me dan gewoon voor mijn kop totdat ik ervan afzie.'
Pru – die eigenaardig genoeg nu degene was die Dulcie moest troosten – fluisterde: 'Daar is Bibi weer.'
Een fractie van een seconde fantaseerde Dulcie dat alles weer goed was. James had Bibi vergeven, en Bibi was teruggekomen om haar te bedanken. Ze zouden lachen en huilen, elkaar geëmotioneerd omhelzen, kortom, eind goed, al goed...
Tja, je kon zoveel fantaseren.
Aan de fantasie kwam een bruusk einde toen ze zich omdraaide en de ijzige uitdrukking op Bibi's bleke, rimpelloze gezicht zag. De sfeer deed akelig veel denken aan een schietscène in een western.
'Nou, hij is weg. Ik denk niet dat ik hem ooit nog zal zien. Dankzij jou.'
Dulcie rilde. Was het verbeelding of was de centrale verwarming net uitgezet?
'Bibi, ik kan je niet zeggen hoezeer het me...'
'Spijt? O, alsjeblieft.' Bibi spuugde de woorden eruit als losse kiezels. 'Je wist precies waarmee je bezig was. Je kon het niet laten, hè? Je moest je ermee bemoeien.'
'Maar ik...'
'Je hebt mijn leven verwoest, Dulcie. Ik zal je dit nooit vergeven. Ik wou dat je nooit met Patrick was getrouwd.'
O, nee, dit is te veel, dacht Dulcie. Toen ze een blik wierp op Patrick – hij zou haar nu toch wel te hulp schieten? – zag ze dat ze er alleen voorstond. Patrick was niet van plan om haar te helpen. Hij staarde haar boos aan, hij stond helemaal niet aan haar kant. Best.
'Ik wou ook dat ik nooit met hem was getrouwd.' Dulcies vingernagels duwden in haar bezwete handpalmen. Nou, dat was toch zo? Ze kon het net zo goed meteen maar zeggen. Ze was be-

gonnen, dus zou ze het afmaken. 'Maar dat kan gauw verholpen worden. Een tochtje naar de advocaat, een snelle scheiding... en bingo, geen bemoeizuchtige schoondochter meer.' Om er zeker van te zijn dat Patrick haar goed begreep, wendde ze zich tot hem en eindigde verbitterd: 'Geen vrouw meer die-zich-ontzettend-verveelt.'

Op hun eigen kleine kringetje na was het feest nog in volle gang. Eddie Hammond, die zich had beziggehouden met de organisatie van het squashtoernooi van morgen, zag Dulcie en Patrick door een gat in de menigte staan en kwam naar hen toe lopen, kauwend op een broodje van Marks & Spencer.

'Verloopt alles naar wens? Vermaken jullie je een beetje?' Hij kneep Dulcie bemoedigend in de schouder. 'Schat, het eten is heerlijk. Je hebt je mooie handjes aardig laten wapperen. Ik hoop dat die man van jou beseft hoeveel werk je hebt verricht.'

Bibi draaide zich om en beende zonder nog een woord te zeggen weg.

Dulcie, die haar eigen stem niet vertrouwde, nam nog een slok.

Liza stak haar arm door die van Eddie, trok hem diplomatiek weg en mompelde: 'Laten we gaan dansen.'

Dulcie ging haar glas bijvullen. Daarna leunde ze op de rand van de tafel waar Patricks printer stond en friemelde geërgerd aan het blauw-zilveren lint dat ze als versiering had gebruikt.

Het probleem met spontane emotionele uitbarstingen, peinsde ze, was dat niemand geloofde wat je zei. Het was niet bij Patrick opgekomen dat ze echt wilde scheiden. Hij dacht dat ze gewoon een rotbui had.

Nou, dacht ze, daar komt hij dan snel genoeg achter.

Ze zag dat hij naar haar toe kwam lopen, nog steeds met die ik-ben-de-hoofdmeester-en-jij-moet-nablijven-blik.

'Terry en Jean gaan weg. Ze moeten op tijd thuis zijn voor de babysitter,' zei hij.

'Dan kun je ze maar beter gaan uitwuiven.'

'Ga je niet mee?'

Ze voelde haar onderlip bijna als vanzelf naar voren steken. Alsof ze weer veertien was. 'Het zijn jouw vrienden, niet de mijne.'

'Toe, Dulcie, niet zo mokken. Dat lost niets op.'

Ze had zin om haar gin-tonic in zijn gezicht te gooien, maar Pru

had al zoiets gedaan vanavond. Het was niet meer origineel. Bovendien was haar glas leeg.
Ze zag Patrick zuchten. Ze was duidelijk bijzonder lastig. Misschien was nablijven wel niet voldoende straf. Misschien zou ze wel geschorst worden.
'Hoor eens, je hebt je dit zelf op de hals gehaald,' zei hij op vermoeide toon.
Iets knapte in Dulcie. Ze sprong van tafel en greep de zijkant ervan met haar vingers beet. Tillen was gemakkelijk.
De superdesuperprinter gleed naar achteren en belandde met een harde bons op de vloer.
Ze draaide zich om en bekeek de kapotte printer met enorme tevredenheid. 'Jij dit ook.'

Liza werd de volgende ochtend koud en met een vol huis wakker. Dulcie, die naast haar lag, had het dekbed ingepikt. Pru, die op de bank had geslapen, stond met twee mokken thee in haar handen in de deuropening.
'Dat is weer eens wat anders,' merkte Liza vrolijk op, 'wakker worden naast iemand die geen harige benen heeft.' Ze porde de snurkende Dulcie in haar zij en keek naar Pru. 'Hoe voel je je nu? Of is dat een stomme vraag?'
'Hoofdpijn,' gromde Dulcie. 'Au.'
'Ik had het niet tegen jou.'
'Wel goed.' Toen ze allebei rechtop zaten, gaf Pru hun de thee. 'Iets beter, nu ik de tijd heb gehad om na te denken.'
Dulcie zag ineens de herhaling van gisteravond voor zich. Verdomme nog aan toe, het was echt gebeurd. De hel was losgebroken.
'Dus daar zitten we dan.' Ze nipte aan haar thee en verbrandde haar tong. 'De meisjes samen. Welkom bij de vrijgezellenclub.'
Pru liet zich op het achtereinde van het bed vallen. Ze was al vijf uur thee aan het drinken. 'Ik ben geen vrijgezel.' Ze keek afwerend.
'Toe zeg,' riep Dulcie uit. 'Je kunt toch niet bij Phil blijven! Niet na wat hij je gisteravond heeft aangedaan.'
'Dat meende hij niet. Hij was dronken, meer niet.' Pru wist uit ervaring hoe Phil was na een van zijn zeldzame boemelpartijen.

Hij werd dan wakker, voelde zich hopeloos zielig en herinnerde zich nauwelijks iets van de avond ervoor. Hij zou smeken om Heinz-tomatensoep en zich de hele dag berouwvol en als een klein jongetje gedragen. Hij zou ook ontzettend lief voor haar zijn.

Het patroon was altijd hetzelfde. En hoewel ze zich schaamde om het te bekennen, zelfs tegenover zichzelf, genoot ze van de periodes die volgden op de door haar zo gehate boemelpartijen.

'Hij heeft je vernederd waar iedereen bij was,' protesteerde Liza, maar met minder overtuiging dan de vorige keer. Ze wist dat het verspilde moeite was.

'Mijn huwelijk is het waard om voor te vechten. Phil meende die dingen niet die hij gisteravond zei. Hij zal zich niet eens herinneren dat hij ze heeft gezegd.'

'Je bent gek,' zei Dulcie op vlakke toon.

Pru keek haar aan. 'En ga jij echt weg bij Patrick?'

'Nou en of.' Dulcie dacht even na. Ze was toch van het feest weggebeend, of niet soms? Ze was niet thuis, ze was hier. 'Ik ben al bij hem weg.'

Pru stond op. In het veel te grote witte T-shirt van Liza zag ze er misschien uit als een verschoppeling, maar ze was vastbesloten. 'In dat geval,' vertelde ze Dulcie, 'ben jij degene die gek is.'

9

Dulcie had geen haast om naar huis te gaan. Patrick kon de pot op, dacht ze, laat hem maar mooi in zijn sop gaar koken, laat die schijnheilige klootzak zich maar afvragen waar ze was.

Haar geweten liet haar echter niet met rust wat betreft een andere zaak. Goed, dé andere zaak. Niet dat het echt haar schuld was. Haar bedoelingen waren goed geweest.

Toch wist ze dat ze zich een stuk beter zou voelen als ze in elk geval een van de netelige problemen kon oplossen die het feest van gisteravond had veroorzaakt.

Ze belde James op zijn mobieltje. 'James, hoi, met mij! Waar ben je?'

Hij leek niet al te blij om van haar te horen. Dat kon ze op de een of andere manier merken.
'Is dit jouw manier van subtiel zijn, Dulcie? Als je wilt weten of ik thuis in bed lig met Bibi, nee, dat lig ik niet. Ik zit in het Berkeley Hotel.'
God, hij klonk echt boos. Dulcie trok een gezicht en stak haar duim naar beneden naar Liza, die uit bed stapte. Zoals gewoonlijk had Liza er geen gras over laten groeien en had ze een lunchafspraak met haar bankier van gisteravond gemaakt.
'Goed. Oké, blijf waar je bent.' Dulcie besloot dat ze er ook geen gras over zou laten groeien. Ze zou brutaal en assertief zijn. Ze zou James dwingen om zijn verstand te gebruiken, al zou ze het er met een van haar hoge hakken in moeten hameren.
'Dulcie...'
'Verroer je niet, ik ben al onderweg,' zei ze echt heel streng. 'Ik zie je over twintig minuten in de lobby.'

Dulcie merkte dat ze veel bekijks trok toen ze door de lobby van het hotel liep. James was nergens te bekennen, dus nam ze plaats op een bank bij een van de hoge ramen. Binnen vijf minuten werd haar achtereenvolgens door een portier, door een hooghartige receptionist en door de manager gevraagd of ze haar van dienst konden zijn, *madame*.
'Ik heb een afspraak met iemand,' vertelde Dulcie de manager opgewekt. 'Ik ben geen prostituee. De reden waarom ik deze jurk draag, is dat ik mijn man gisteravond heb verlaten, nogal onverwacht, en ik had toevallig geen andere kleren bij me. Ik heb bij een vriendin gelogeerd die wel zes maten groter is dan ik en als u denkt dat ik iets aantrek ter grootte van een circustent, alleen maar om uw geriatrische gasten niet voor het hoofd te stoten, dan heeft u het helemaal mis.'
James verscheen achter de manager. 'Ben je weer herrie aan het schoppen, Dulcie?'
Hij zag er vreselijk uit, alsof hij een week niet had geslapen. De manager, met een boze blik op Dulcie, mompelde een of andere onoprechte verontschuldiging en loste op in de achtergrond.
Dulcie wierp hem een boze blik na. 'Ik ben geen herrieschopper. Hij is een verwaande kwast.'

'Nou, je kunt in elk geval proberen om je rok iets verder naar beneden te trekken. Iedereen kan je onderbroek zien.'
'Is misschien weleens goed voor ze.' Ze keek vechtlustig. 'Wees blij dat ik er een aanheb.'
Haar laatste opmerking negerend wachtte James tot ze erin was geslaagd om een paar centimeter dij te bedekken. Zo te zien had ze haar handen vol aan het zwarte fluwelen jurkje. Hij bestelde koffie bij een serveerster en stak een sigaret op.
'Mag ik er ook eentje?' In tijden van stress vond Dulcie het altijd lekker om te roken; dan voelde ze zich net Bette Davis. Van vóór 1950 natuurlijk. Voor de rimpels.
'Nee. Wat kom je hier doen, Dulcie?'
'Je ervan overtuigen dat je je verstand moet gebruiken.'
Hij glimlachte niet. 'Ik ben vijfenveertig. Bibi is zestig. Hoe verstandig klinkt dat verdomme?'
Dit leek op een herhaling van zetten. Dulcie bad dat ze iets origineels kon bedenken, een of andere verbluffende nieuwe tactiek die ze nog niet eerder had toegepast. 'Ja, maar ze ziet er helemaal niet uit als zestig, ze klinkt niet als zestig en ze gedraagt zich niet als zestig!'
Was het verbeelding of kromp James iedere keer dat ze het z-woord gebruikte, ineen?
Hij klonk geïrriteerd. 'Blijkbaar niet nee, anders was ze er nooit zolang mee weggekomen.'
'Nou, zie je wel?'
'Dulcie, daar gaat het niet om. Niet alleen tenminste. Snap je het niet? Bibi heeft tegen me gelogen...'
'Het was geen leugen,' onderbrak ze hem snel, 'hooguit een klein leugentje om bestwil.'
'Het was een echte leugen. Een grote. Ik dacht dat we geen geheimen voor elkaar hadden, en nu kom ik tot de ontdekking dat onze hele relatie gebouwd is op een leugen. Het gaat om vertrouwen in relaties, Dulcie. Hoe kan ik ooit nog iets geloven van wat ze me vertelt? Misschien liegt ze wel. Ze heeft er ervaring mee per slot van rekening.'
'James, dat zou ze nooit doen! Dit was haar enige geheim, geloof me!'
'O ja?' Met trillende hand drukte hij zijn sigaret uit en stak met-

een een nieuwe op. 'Maar dat is het punt nu net, Dulcie. Hoe kan ik dat ooit zeker weten?'

Phil lag languit op de bank toen Pru de kamer binnenkwam. Een halflege kom tomatensoep, wat broodjes en een doosje paracetamol stonden op de salontafel. Op de vloer voor hem slingerden wat brieven rond.

Net als iedereen had ook Phil nog zijn kleren van gisteravond aan. Hij zag er ook behoorlijk beroerd uit.

'Hallo.' Pru hoopte dat ze niet zo zenuwachtig klonk als ze zich voelde. 'Hoe voel je je?'

Phil pakte een van de brieven en keek ernaar. Hij vermeed Pru's blik.

'Ziek.'

'O. Wil je nog wat soep?'

Dit was normaal gesproken het moment waarop hij zijn armen naar haar uitstak, haar zijn kleine-jongetjesblik schonk en berouwvol zei: 'Pru, knuffel me even. Ik voel me zo naar.'

Nu zei hij: 'Ik meende het, hoor. Dat van gisteravond.'

'W-wat... wat precies?'

'Toe, Pru! Misschien herinner ik me niet meer dat ik het heb gezegd, maar Blanche heeft me verzekerd dat het zo is. Hoe dan ook, het is de waarheid. Ik ga weg hier. Het spijt me dat ik het ten overstaan van je vrienden heb gezegd, maar zulke dingen plan je niet. Soms gebeuren ze gewoon.'

Pru kon haar oren niet geloven. Dit was niet wat Phil hoorde te zeggen. O god, dit was verschrikkelijk, echt verschrikkelijk...

'Ga je bij Blanche wonen?'

Hij haalde zijn schouders op. 'Ik denk het. Waarschijnlijk wel. Ik weet alleen dat ik hier weg moet.'

'Maar... maar...'

'Hoor eens, het spijt me.' Voor het eerst vonden zijn bloeddoorlopen ogen de hare. Ze zag vermoeidheid, en schuldgevoel. 'Jij moet hier ook weg.'

'Wat?'

Phil stak haar de brief toe die hij in zijn hand had. 'Hier, pak aan. En maak je geen zorgen,' hij gebaarde geringschattend naar de andere op de grond, 'er zijn er nog veel meer. Ga je gang, lees

er maar zoveel als je wilt. Je hebt ze voor het kiezen.'
Hevig bevend, zich afvragend hoe haar dit in vredesnaam kon overkomen, las ze de eerste brief.
Toen de tweede.
En de derde.
Ze las ze allemaal, zichzelf dwingend om verder te gaan tot ze de laatste had gelezen.
Het was ongelooflijk. Phil had overal schulden. Het gokken dat ze altijd als onschuldig tijdverdrijf had beschouwd, was blijkbaar totaal uit de hand gelopen.
'Ik wist niet dat je een tweede hypotheek op ons huis had genomen,' zei ze onnozel.
'Waarom zou je?' Phil, de traditionalist, had altijd voor de rekeningen gezorgd.
Nou ja, totdat hij was gestopt met ze te betalen en ze in de prullenbak was gaan gooien.
'In elk geval snap je nu waarom we hier weg moeten.' Hij haalde zijn schouders op. 'Dinsdag moeten we eruit. Dan is het weer van de bank.'
'Maar ze kunnen toch niet...'
'Wees verdomme toch niet zo naïef,' schreeuwde hij haar toe. 'Natuurlijk kunnen ze dat. Maar het huis is wel het minste van mijn problemen. Misschien zit ik volgende week wel zonder baan, zonder auto... en zonder nog wat vitale onderdelen, als die boeven van het casino hun zin krijgen.'
In nog geen vijf minuten tijd was Pru haar huis kwijtgeraakt, haar man... haar hele leven.
'Hoeveel in totaal?' vroeg ze klappertandend. 'Hoeveel ben je schuldig?'
Phil schudde zijn hoofd. 'Dat wil je niet weten.'
'O, god.'
'Hoor eens, het is gewoon een tijdelijk probleem. Tot afgelopen zomer ging het prima. Daarna ging het even wat minder. En hoe langer dat duurde, hoe meer geld ik moest inzetten om mijn verliezen te dekken. Maar het komt wel weer goed, echt.'
Zijn ogen waren gaan glanzen. Mijn god, dacht ze, alleen over gokken te kunnen praten, stemt hem al vrolijk.
'Phil, je moet naar de Anonieme Gokkers gaan.'

'Welnee. Hoor eens, binnenkort heb ik wel weer geluk. Dat moet gewoon. En zodra dat gebeurt, zorg ik dat we het huis terugkrijgen en...'

In haar ogen verschenen tranen. 'Doe je het daarom? Ga je bij me weg, omdat je je schaamt voor wat er is gebeurd?' Ze voelde plotseling hoop opwellen. 'Phil, gokken is een ziekte, je moet jezelf niet de schuld geven! Samen overleven we het wel, samen kunnen we alles overleven...'

'Je snapt het niet.' Hij schudde zijn hoofd. 'Dit is niet om jou te beschermen. Ik ga weg, omdat ik niet meer met je getrouwd wil zijn. Ik dacht altijd dat jij mijn type was. Maar dat ben je niet,' eindigde hij koeltjes. 'Dat is Blanche.'

Dulcie wist dat ze het echt zou doorzetten toen ze thuiskwam en Patrick totaal niet bezorgd vroeg: 'Waar ben je geweest? Bij Liza gelogeerd zeker?'

Waar was de hartstocht, de bezitsdrang, de explosie van heethoofdige jaloezie, vroeg ze zich af.

Ze stelde zich zijn reactie voor als ze hem zou vertellen dat ze de nacht vrolijk had doorgebracht met het plaatselijke rugbyteam. Misschien dat dat zijn aandacht zou trekken. 'Wat? In het clubhuis? Heb je nog gekeken wat voor computersysteem ze gebruiken toen je daar was?'

Explosies van heethoofdige jaloezie waren niet echt Patricks manier van doen.

'Ja, bij Liza.' Ze had zelfs geen zin meer om een wat boeiender verhaal te verzinnen. Wat had het nu voor een nut?

'Koffie?' vroeg hij, terwijl ze hem de keuken in volgde. 'Het water heeft net gekookt.'

Dit was zijn manier om de lucht te klaren. Hun manier om ruzies bij te leggen. Wat loos gebabbel op een ik-heb-gelijk-en-jij-niet-maar-ik-vergeef-je-toon, gevolgd door een omhelzing en een kus. En daarna zou het gewone leventje weer zijn loop nemen.

Alleen zou het deze keer niet zo gaan.

'Nee, dank je,' zei ze, 'maar ik wil wel graag een scheiding.'

'Weet je zeker dat je niet liever een KitKat hebt?'

Hij stond met zijn rug naar haar toe. Ze keek naar hem, terwijl hij kokend water in een mok schonk. Hij droeg zijn donkergroene

met witte rugbyshirt en semi-nette spijkerbroek, die op de kont versteld was.
O, wat zou ze dat kontje missen.
Ze ging zitten, ineens vreselijk moe. Het was een veelbewogen ochtend geweest tot nu toe en hij was nog niet achter de rug.
'Dat was geen grapje,' zei ze, toen ze eindelijk zijn aandacht had. 'Toe, Patrick, je weet toch zelf hoe het de laatste tijd tussen ons is? Dit huwelijk werkt gewoon niet, dat weet je net zo goed als ik. Het is tijd om er een punt achter te zetten.'

Dit was niet iets dat hij kon winnen. Als er iets zinlozer was dan proberen te breien met mist, dan was het Dulcie ervan proberen te overtuigen om van mening te veranderen. Patrick had dat in die zeven jaar van hun huwelijk wel geleerd. Niets van wat hij kon zeggen of doen, zou enig resultaat hebben.
Hij probeerde het, maar niet al te lang. Dulcie was niet tot andere gedachten te brengen, en hij kon zichzelf er niet toe zetten om te smeken. Trots was één reden. Een andere was de wetenschap dat – wat Dulcie betreft – er geen grotere afknapper op de wereld bestond dan een kruiperige man.
Dus bleef hij uitwendig kalm en hoorde haar aan. O ja, ze was echt vastbesloten.
'Goed, als dat is wat je wilt,' zei hij uiteindelijk op neutrale toon. Trouwens, wat kon hij ertegenin brengen? Ze had een punt, hij had haar verwaarloosd. De wetenschap dat hij gedeeltelijk schuld droeg, sloeg hem met stomheid.
Dulcie keek hem aan. 'Prima, dat is dan geregeld.' Ze beet op haar onderlip, vastbesloten om niet te huilen. 'Mooi.'

'Ben je van plan om daar de hele dag te blijven?' schreeuwde ze uren later voor de deur van Patricks werkkamer.
Alle computers stonden aan, maar Patrick had nog geen vinger uitgestoken. Het enige waaraan hij kon denken, was Dulcie, die van hun huwelijk af wilde. Die, allemachtig nog aan toe, een scheiding wilde...
Hij wreef over zijn ogen, blij dat hij eraan had gedacht om de deur op slot te doen. Het laatste dat hij wilde, was dat ze hem zo zag.

'Ik heb het druk.'
Dulcie had het liefst de deur ingetrapt. Hoe durfde hij het druk te hebben!
Terwijl ze zich omdraaide, zei ze verbitterd: 'Niets nieuws onder de zon dus.'

Hoe is het mogelijk dat dit me overkomt?
Pru stond in de deuropening naar de huurkamer te staren die haar was aangeboden. Hij was verschrikkelijk – klein en vol en vies en op de derde verdieping – maar hij was beschikbaar. Ze kon er zo intrekken.
'Ik neem hem,' zei ze, en zelfs de smoezelig uitziende huisbaas had het fatsoen om verbaasd te kijken.
'Zeker weten? Vanaf wanneer?'
'Vandaag.' Met droge mond maakte ze haar tas open en telde de borgsom uit van haar snel slinkende stapel bankbiljetten.
'En de eerste maand vooruit betalen.' De huisbaas schraapte zijn keel, kwijlend bij het zien van contant geld. Nadat hij de briefjes in zijn zak had gestoken, gaf hij Pru de sleutel en gebaarde vaag naar het gebarsten ruitje in het raam. 'Ik... eh... wilde dat nog maken. Als ik het nu meteen vanmiddag doe, dan kun je er morgen intrekken.'
God, hoe is het mogelijk dat dit me overkomt?
Ze schudde haar hoofd. 'Ik moet er vandaag intrekken.'
Zelfs niet een beetje nieuwsgierig haalde haar nieuwe huisbaas zijn schouders op en liep naar de trap. 'Wat je wilt.'
Wat ik wil, dacht ze toen hij weg was. Dacht hij nu echt dat ze dit wilde?
Ze moest deze deprimerende kamer betrekken en ze moest dat vandaag nog doen.
Want Phil, de deurwaarders en de bank lieten haar geen andere keus.

10

Ik ben single, dacht Dulcie. Maf.

Technisch gezien was ze natuurlijk nog steeds getrouwd, maar ze waren wel uit elkaar. Moreel gezien betekende het, wat Dulcie betreft, dat ze weer single was. En vrij om te doen en laten wat ze wilde.

Het was precies vijf weken na Patricks feest. Gisteren was hij verhuisd naar een flat boven zijn kantoor in het centrum van Bath. De flat was heel klein, maar de reistijd naar zijn werk was vier seconden. Twee, als hij een brandweerpaal zou laten installeren. Dulcie voelde zich hier nog steeds schuldig over. Zij had van hun huwelijk af gewild, en hij was degene geweest die andere woonruimte had moeten zoeken.

Maar Patrick had erop gestaan. 'Je ouders hebben ons de aanbetaling voor het huis gegeven,' had hij haar eraan herinnerd. 'Het is meer jouw huis dan het mijne. Trouwens, jij hebt de kastruimte nodig.'

Hij was zo verdomd redelijk geweest dat ze hem had willen slaan. Als ze van hem had verwacht dat hij ruzie zou maken, zou vechten om hun huwelijk te redden, dan zou ze diep teleurgesteld zijn geweest.

Alleen kende ze hem te goed.

Hij was niet zo.

Dus nu was het zover. Ze was weer op de markt, de zon scheen en de lucht was blauw.

Laat de dansknapen maar komen. Ze legde haar in Reeboks gestoken voeten op de stoel tegenover haar en sloot haar ogen, genietend van de warmte van de zon op haar gezicht en wachtend tot Liza klaar was met haar partijtje squash. De serre van Brunton Manor kwam uit op de bar. Het was de plek waar mensen zich ontspanden met hun Perriers – met ijs als ze decadent waren – na zich te hebben afgesloofd op de tennisbanen. Het was de plek waar Dulcie – in een leuk wit trainingspak – zich ontspande met gin-tonics en een onuitputtelijke voorraad chips.

Liza verscheen. Ze zag er warm en verfomfaaid, maar tevreden uit. 'Ik heb dat kreng een flink pak slaag gegeven. Zes-één. Had

ze maar niet moeten zeggen dat ik dikker ben geworden. Nog wat te drinken?'
Dulcie knikte. 'En nog wat chips. Trouwens, over krengen gesproken,' ze wapperde met het kleurensupplement van de *Herald on Sunday* naar Liza, 'wat is er met jou gebeurd? Een beetje een slechte bui toen je dit schreef?'
Liza kromp ineen. Het nummer met haar bespreking van de Songbird erin was vorige week uitgekomen. Iedere keer dat ze het las, klonk het gemener. Haar redacteur was opgetogen geweest – 'Dit is wat we bedoelen, schat! Dit is wat de mensen willen' – maar Liza voelde zich enorm schuldig. Het eten was misschien niet volmaakt geweest, maar zo slecht was het nu ook weer niet, niet zo vreselijk als ze had doen voorkomen.
'Dat was op nieuwjaarsdag, die tent waar ik Phil en Blanche heb gezien.'
'Aha, nu snap ik het.' Dulcie grinnikte. 'Het is de schuld van het restaurant dat ze daar mochten eten. Dit is jouw wraak.'
'Natuurlijk niet. Het was het lumineuze idee van mijn redacteur,' zei Liza opstandig, terwijl ze naar de bar liep. 'Hij wilde dat ik wat controversiëler zou zijn, meer niet.'
Eddie Hammond, die Dulcie wat eerder die ochtend tegen het lijf was gelopen, had bij haar geïnformeerd of ze met Liza zou lunchen. Iemand had gebeld, had hij uitgelegd, met de vraag of hij wist wanneer Liza er zou zijn.
'Een van Liza's verliefde vriendjes zeker,' had Dulcie geraden, maar Eddie had zijn voorhoofd gefronst.
'Dat zou ik niet weten. Hij klonk niet erg verliefd.'
Dulcie keek naar Liza die met de barjongen stond te flirten. Hij was homo, maar toch flirtte ze met hem. En wat nog raarder was, hij flirtte terug.
Ze hoopte dat het telefoontje dat Eddie had aangenomen niet van een huurmoordenaar was, ingehuurd door de woedende eigenaar van de Songbird. Liza's redacteur had gemakkelijk praten met zijn controversiële wensen, vond Dulcie; het waren niet zijn knieschijven die gevaar liepen.
Liza kwam terug bij hun tafeltje bij het raam dat uitkeek op de ingang van de club. Aangezien ze moeilijk een PS bij haar column van volgende week kon schrijven om te zeggen: 'O, trouwens,

wat ik vorige week over de Songbird heb geschreven, was een beetje gemeen, zo slecht was het eigenlijk niet,' gooide ze het tijdschrift op een lege stoel en veranderde van onderwerp.
'Hoe voel je je, nu Patrick weg is?'
Dulcie trok haar zakje chips open en begon te kraken. 'Hij was er sowieso nooit. Dus het zal nog wel een tijdje duren voordat ik het verschil merk.'
Stoerdoenerij. Liza vroeg: 'Ben je al op zoek naar een ander?'
'Geen sprake van.' Dulcies oorbellen van zilver en tijgeroog – niet erg sportief – rinkelden toen ze haar hoofd schudde. 'Vrijheid blijheid. Dit is het begin van een nieuw leven. Ik wil wild en onverantwoordelijk zijn! Ik ga meer lol hebben – met meer mannen – dan jij kunt tellen. Alsjeblieft zeg, een nieuwe relatie is wel het laatste waar ik op zit te wachten.'
Nog meer stoerdoenerij. Nou ja, verbeterde Liza zichzelf, nog meer onzin. Tot Patrick had Dulcie haar leven verdaan met heel ongelukkig van de ene ongeschikte man naar de andere hopsen. Ze verlangde misschien naar opwinding, maar wat ze nodig had, was vastigheid.
Ze was lang niet zo onafhankelijk als ze deed voorkomen.
Maar dit was niet het soort dingen dat mensen graag over zichzelf wilden horen. Diplomatiek veranderde Liza opnieuw van onderwerp.
'Heb je Pru nog gesproken? Komt ze vanmiddag nog hier naartoe?'
Dulcie schudde haar hoofd. 'Ze heeft een sollicitatiegesprek, telefonische verkoop. Kun jij je dat voorstellen, Pru op een belbureau? Ze krijgt die baan nooit.'
'Toch zal ze iets moeten vinden. Die huurkamer van haar is echt walgelijk.'
'Ik weet het. Ik heb haar voorgesteld om bij mij in te trekken.' Dulcie, die uit het raam keek, zag een donkergroene Bentley de met bomen omzoomde oprijlaan op komen rijden. Jemig, moest je dat eens zien, wie kwam de club nu met een bezoek vereren, de koningin? 'Het zou ideaal zijn geweest, maar Pru wilde niet, zei dat ze dat niet kon. Ze wil per se op die kamer blijven. Zal wel iets met trots te maken hebben, denk ik.' Ze hield haar hoofd achterover, gooide de laatste kruimeltjes chips in haar mond,

veegde haar handen af aan haar trainingspak en haalde haar schouders op. 'Misschien is het maar beter ook. Als ik de hele tijd met mannen thuiskom, heeft ze misschien het gevoel dat ze in de weg zit. En ik wil ook niet dat ik me beperkt voel in mijn bewegingsvrijheid.'

'Hm.' Liza luisterde al niet meer. Ze keek samen met Dulcie uit het raam, terwijl wie het ook was achter het stuur van de Bentley de wagen met piepende remmen vlak voor de ingang in een roekeloze hoek tot stilstand bracht.

Als dit inderdaad de koningin is, dacht Dulcie, dan is ze wel heel erg bang om haar steples te missen.

Het was niet de koningin.

'Jemig.' Dulcie floot zacht. 'Ik dacht dat alleen ouwe zakken in dit soort auto's reden. Burgemeesters en zo. Zoiets had ik in elk geval niet verwacht.'

De bestuurder die nadat hij was uitgestapt heel snel de stenen trap naar de receptie was op gelopen, was algauw weer uit het zicht verdwenen. Liza, die anders dan Dulcie minder gretig op mannen lette, had slechts een glimp opgevangen van een fitte jongen van begin twintig met halflang donker haar. Als de Bentley van hem was, dan was de kans groot dat hij een voetballer of popzanger was, besloot Liza. Van het soort dat graag wilde opvallen en voor zijn oude moeder een retrovilla in Basingstoke kocht.

Dulcie keek al opgewonden. 'Wie zou dat zijn?'

'Geen idee, maar ik weet wel wát hij is.'

'Wat dan? Vertel!'

Liza grinnikte en bond haar paardenstaart die los was geraakt, weer vast. 'Veel te jong voor jou.'

Dulcie was Eddies mysterieuze beller helemaal vergeten. Er waren zoveel andere boeiende zaken die besproken moesten worden, zoals Liza's laatste ex-minnaar (bestond er een grotere afknapper, zei Liza, dan te moeten ontdekken dat de nieuwe Prachtman in je leven zijn bankzaken deed bij een boerenleenbank?), en dat het maar goed was dat Pru van Phil af was, en naar welke tenten in Bath Dulcie zou moeten gaan als ze miljoenen echt lekkere stukken wilde ontmoeten.

'... en natuurlijk niet te vergeten deze club hier,' zei Dulcie welwillend, terwijl ze de zaken op haar vingers aftelde. 'Af en toe kom je hier ook nog wel een lekker ding tegen dat niet is getrouwd. O, wauw...'
'Wat is er?' Liza had het schijfje citroen uit haar glas geplukt en zat er druk op te zuigen. Met opgetrokken wenkbrauwen keek ze naar Dulcie die er ineens heel glazig en onnozel uitzag.
Het volgende moment bemerkte Liza dat er iemand achter haar stond. Ze draaide zich om, met het stukje citroen nog in haar mondhoek hangend.
'Ben jij Liza Lawson?'
'Ja.' Ze glimlachte, snel de citroenschil verwijderend. 'Zeg maar Liza, hoor. En we weten al wie jij bent; we zagen je net aankomen. Jij bent de jongen met de Bentley.'
Van dichtbij zag hij er nog spectaculairder uit dan Dulcie had verwacht. Hongerig zoog ze alle details in zich op; goudgele ogen, de kleur van pasgeslagen munten; volle zwarte wimpers; jukbeenderen waar je een moord voor zou willen plegen; en een smalle, heerlijk wreed uitziende mond.
Wrede monden waren Dulcies lievelingssoort. Ze hield van de verandering wanneer er een glimlach op doorbrak.
Behalve dat deze niet van plan leek om dat te gaan doen.
'Ik ben Kit Berenger.'
O, o, dacht Dulcie, die nog steeds niet wist wie hij was, maar wel de ijzige klank in zijn stem hoorde.
Liza, die de naam wel herkende, stopte met glimlachen. Ineens wist ze waar dit over ging.
L.B. Berenger was een in Bath gevestigd bouwbedrijf dat erin was gespecialiseerd om nieuwe wijken aan bestaande pittoreske dorpen te plakken. De mensen die in die dorpen woonden – en van wie de geliefde uitzichten werden bedreigd door deze nieuwe buurten – waren een woedende campagne begonnen tegen de bulldozeraanpak van het bedrijf.
In zijn nieuwjaarsbrief aan haar had Alistair Kline vergeten te vermelden dat hij zijn weekenden doorbracht met voor Berengers bulldozers springen en vechten met zijn beveiligingsmensen. In plaats van verlegen bleek hij een doorgewinterde actievoerder te zijn. Hij was ook goed van de tongriem gesneden en had Liza

aangespoord om – als bekende journaliste – in de plaatselijke krant een brief te plaatsen waarin ze L.B. Berengers nieuwste plannen publiekelijk afwees.

Ze had het niet erg gevonden om dat te doen, maar weekenden tot aan haar enkels in de modder te moeten doorbrengen met alleen een thermoskan om haar warm te houden, was niet haar idee van een leuk uitje. Haar relatie met Alistair Kline had drie weken standgehouden. Best lang, voor haar doen.

'Ik snap het,' zei ze nu, terwijl ze haar blik over wat de zoon van Berenger moest zijn, liet glijden. 'En jij bent de zware jongen van de familie? Je komt me vertellen dat ik me met mijn eigen zaken moet bemoeien en jouw familie in alle rust geld moet laten vergaren?'

Dulcie staarde Liza aan. Waar was ze in 's hemelsnaam mee bezig? Als dit Liza's idee was van een nieuwe flirttechniek, dan moest haar gauw worden verteld dat het helemaal nergens op sloeg.

Kit Berenger dacht er blijkbaar net zo over. Zijn wrede bovenlip krulde zich vol afkeer. 'Grappig, hoor. Dus je vindt dat we ons moeten schamen voor de manier waarop we geld verdienen. Is het weleens bij je opgekomen dat jij je zou moeten schamen voor de manier waarop jij jouw geld verdient?'

Totaal geboeid keek Dulcie van de een naar de ander. Die wrede bovenlip was echt te gek.

'Hoor eens,' zei Liza. 'Ik ben journalist. Het is mijn werk om de waarheid zoals ik die zie, op te schrijven. De mensen die al in dat dorp wonen, zouden daar nooit naartoe zijn gegaan als ze hadden geweten dat het veranderd zou worden in een of andere klotevinexwijk.'

Kit Berenger keek Liza strak aan. Toen zei hij: 'Als je het soms over West Titherton hebt, zesendertig huizen en een kleine rotonde kun je moeilijk een vinexwijk noemen. Maar dat is niet waarom ik hier ben.'

Met een blik op de stoel waar Dulcie haar voeten op had liggen, pakte hij het kleurensupplement dat Liza er had neergegooid. Dulcie rilde van genot toen zijn gebruinde arm – hij droeg een spijkeroverhemd met opgerolde mouwen – langs haar blote enkel streek.

Liza wilde dat haar glas niet leeg was. Inmiddels wenste ze met heel haar hart dat hij hier alleen maar was om haar de les te lezen over die stomme brief naar de krant.
Ze wilde niet horen wat er nu zou komen.
'Dit,' zei Kit Berenger, 'is de reden waarom ik hier ben.'

11

Afwerend klemde Liza haar kiezen op elkaar. Op haar bovenlip verschenen zweetdruppeltjes. Ze vond het niet prettig om door zo'n snotneus te worden uitgefoeterd. 'Zoals ik al zei, ik schrijf de waarheid op zoals ik die zie.'
'En geeft het je een kick,' viel Kit Berenger uit, 'om dit soort rancuneuze onzin te schrijven? Heb je enig idee hoe pijnlijk het kan zijn, of hoort dat allemaal bij de lol?'
'Ik...' begon Liza.
'Nee, houd je mond, laat me uitspreken. Wat je schreef, was sowieso pure nonsens. Ik heb daar tientallen keren gegeten en er is nog nooit wat mis geweest met het eten. De Songbird is een fantastisch restaurant dat zijn best doet om een goede naam op te bouwen, en jouw stuk was totaal ongepast.'
Dat wist Liza al, maar dat ging ze verdomme nu niet meer toegeven. Hoe durfde deze arrogante klootzak haar publiekelijk de les te lezen?
'Wie runt dat restaurant, je vriendinnetje soms?' vroeg ze woedend. 'Oké, je staat aan haar kant en komt voor haar op omdat ik de zaak een slechte recensie heb gegeven en haar gevoelens heb bezeerd. Maar ik sta aan de andere kant, aan de kant van de klant. Wanneer een man de hele maand ploetert en zuinig aan doet om het zich te kunnen veroorloven om zijn kinderen naar de oppas te brengen en zijn vrouw mee uiteten te nemen, dan wil hij niet dat het eten smerig is, toch?'
'Maar het...'
'Nee. Nu laat je mij uitspreken.' Liza wees met een beschuldigende vinger naar hem. 'Snap je? Dat is nu mijn werk. Ik pro-

beer die zaken uit en geef mijn eerlijke mening. Als een zaak goed is, dan zeg ik dat hij goed is. Maar echt, ik heb op nieuwjaarsdag bij de Songbird gegeten, en als dat echtpaar hun zuurverdiende geld had besteed aan het eten dat ik daar kreeg, dan was hun mooie avondje uit goed verpest geweest.'

Dulcie zat nog steeds stilletjes op de achtergrond te loeren, Kit Berengers lange benen in een witte Levi's en op Timberlands bewonderend. Ze vond zijn aftershave ook lekker ruiken. Het polshorloge was een beetje een teleurstelling, maar dat vergaf ze hem, want hij was nog jong. Bovendien had het wel wat dat een man die in een Bentley reed een paarse Swatch droeg.

Teleurstellend dat hij een vriendinnetje had, dacht ze moedig, hoewel het eerlijk gezegd raar zou zijn als hij er niet een had. En het was ook lief dat hij zoveel om haar gaf dat hij hier naartoe was komen stormen om haar te verdedigen.

Het viel Dulcie op dat Liza, die er niet aan was gewend om zo te worden toegesproken, steeds meer op een verontwaardigde kat begon te lijken van wie de staart in het kattenluikje klem was komen te zitten.

'Ze is niet mijn vriendin,' zei Kit Berenger. 'Ze is mijn nichtje.'

Dulcie voelde zich meteen een stuk vrolijker.

'En ze heeft verdomd hard gewerkt om dat restaurant op poten te zetten. Als je enig idee had van hoeveel uur ze...'

Liza perste haar lippen op elkaar. 'Ja, het is een zwaar vak.'

'Ik weet het, ik weet het, restaurants gaan voortdurend failliet.' Zijn amberkleurige ogen boorden zich in de hare. 'Maar vertel me voor de gein eens wanneer die recensie is verschenen? Wanneer het blad is uitgekomen?'

Liza zei niets.

'Ik zal het je vertellen. Vijf dagen geleden,' zei Kit Berenger. 'Goed, volgende vraag. Iets moeilijker deze keer. Hoeveel mensen hebben in die vijf dagen hun reserveringen voor de Songbird afgebeld? Hè?'

Dulcie begon medelijden met Liza te krijgen.

Liza schudde haar hoofd.

'Nou, raad eens,' spoorde hij haar aan. 'Nee? Geef je het al op? Goed, dan zal ik het zeggen. Tweeëntachtig couverts. Tweeëntachtig couverts verdomme in vijf dagen tijd.'

Dulcie slikte. Ze wist niet wat een couvert was, maar al haar nekhaartjes stonden recht overeind. Kit Berenger was geweldig als hij boos was. Hij was echt dodelijk...
'Dus je kunt jezelf een schouderklopje geven, Liza. Zoals je zei, het is een zwaar vak. En nu, dankzij jouw beulswerk, ziet het ernaar uit dat je eigenhandig de zaak van mijn nichtje naar de kloten hebt geholpen.'

Dulcie begon Liza behoorlijk op de zenuwen te werken. Als ze niet gauw haar mond hield, dan duwde ze haar een squashracket achter in de keel.
'Wrede monden, ik ben zo gek op wrede monden.' Dulcie zwijmelde, alle pluspunten aftikkend op haar vingers. 'Aftershave van Calvin Klein. Had je dat wel geroken?'
Liza had het te druk met woedend zielig zijn en briljante reacties te bedenken. Het was nu te laat natuurlijk, want hij was al weg, maar er bestond altijd de verschrikkelijke mogelijkheid dat ze Kit Berenger op een goede dag weer tegen het lijf zou lopen. Het kon geen kwaad om dan een paar vinnige reacties achter de hand te hebben. Voor het geval dat.
'... en hij is precies het tegenovergestelde van Patrick, weet je. Ik bedoel, over galant gesproken. Zoals hij zijn nichtje verdedigde! Patrick heeft me nog nooit verdedigd... is er eens een keer iets, en dan laat hij me stikken, zo verdomd loyaal en galant is hij nu.'
'Dat komt omdat het om familie ging. Je hebt Patricks moeder van streek gemaakt. Hij was loyaal aan haar.'
'Ja, maar ik ben zijn vrouw!' Dulcie scheurde nog een zakje chips open. 'Nou ja, dat was ik. Nou ja, dat ben ik nog steeds, neem ik aan...'
Liza vroeg zich af wat erger was als je werd ontvoerd en vijf jaar lang in een vochtige kelder werd opgesloten. Eenzame opsluiting of samen met Dulcie in die ruimte te moeten zitten.
'... hoe dan ook, je zult moeten toegeven dat hij fantastisch is. Stel je eens voor wat voor aantrekkelijke kinderen je zou krijgen. God, ik zou best met zo iemand als hij willen trouwen...'
Eenzame opsluiting, geen twijfel mogelijk.
'Ik dacht dat je wild en onverantwoordelijk wilde zijn en net zo vaak van man verwisselen als van onderbroek?' merkte Liza

droog op. 'Ik dacht dat je een nieuw leven wilde.'
'Ja, maar wat een fantastisch leven zou dat wel niet zijn samen met hem,' verzuchtte Dulcie, die zich al op Fantasy Island had genesteld. 'En wie heeft er een onderbroek nodig?'

Pru hád een heel nieuw leven, maar dat voelde niet erg fantastisch. In een tijdsbestek van vijf weken had ze een volmaakt huis, een liefdevolle, trouwe man (ha ha), geen geldzorgen en een Golf Cabriolet ingeruild voor een naargeestige huurkamer, geen man en genoeg geldzorgen om de *Titanic* te laten zinken.
Ironisch genoeg zou ze het Phil nog steeds hebben vergeven en achter hem blijven staan. Samen hadden ze zich onder hun schulden uit kunnen vechten. Maar ze had die mogelijkheid niet gekregen. Je kon alleen achter een man staan die wilde dat je achter hem stond, had ze een beetje aan de late kant ontdekt. Als hij je aanblik niet kon verdragen, je aankeek met onverhulde afkeer en minachting en alleen belangstelling had voor de nieuwe vrouw in zijn leven... tja, dan had het weinig zin.
Aangezien een auto onontbeerlijk was als ze werk wilde vinden, had ze op een advertentie in de krant gereageerd en een oude Mini voor honderd pond gekocht. De wegenbelasting en verzekering kostten haar haar laatste spaargeld. In elk geval had ze nog spaargeld gehad, herinnerde ze zichzelf eraan. Toen ze het huis hadden gekocht, was ze inwendig bezeerd geweest door Phils eis om de hypotheek alleen op zijn naam te laten zetten. Maar dankzij zijn inhaligheid waren zijn schulden nu alleen van hem.
Eigenlijk, ontdekte Pru, had op zo'n plotselinge en spectaculaire manier bankroet gaan zo zijn eigenaardige voordelen. Wanneer je ieder moment dat je wakker was in blinde paniek doorbracht, je wanhopig afvragend hoe je het qua geld moest redden, bleef er niet veel tijd over om je depressief te voelen over het feit dat je man ervandoor was.
Ze had Phil niet meer gezien sinds de dag na Dulcies feest, hoewel ze wist waar hij woonde. Bij Blanche.
Hij werkte ook niet. Ze vroeg zich af of hij, op zijn wanhopige zoektocht naar geld, misschien iets raars had uitgehaald en was ontslagen.

Ze wilde dat ze hem kon haten. Dan zou ze zich vast beter voelen, dat wist ze zeker.
Maar hoe kan ik hem nu haten, vroeg ze zich ongelukkig af, wanneer ik er alles voor over zou hebben om hem weer terug te krijgen?

Het sollicitatiegesprek was een nachtmerrie geweest, geen sprake van dat ze de baan zou krijgen.
'Toe nou, toe nou,' spoorde ze de auto met opeengeklemde kaken aan, terwijl ze het contactsleuteltje omdraaide en bad dat de motor zou aanslaan. In de afgelopen maand had ze genoeg ervaring opgedaan met het aanduwen van de auto om aan *Mastermind* te mogen meedoen ('En uw specialiteit is, Mrs. Kasteliz...'), maar vandaag stond ze met de voorkant van de auto heuvelopwaarts gericht. Bovendien stonden die sadistische ondervragers vast wel grijnzend achter hun kantoorraam naar haar te kijken, de debiel uitjoelend die net zo hopeloos was met auto's als aan de telefoon.
Ze hadden Pru een koptelefoon opgezet, haar achter de computer gezet en haar geïnstrueerd wat ze moest doen.
'Vooruit! Laat ons je verkooppraatjes horen! Toon wat enthousiasme!' hadden ze tegen haar gebruld. 'Nee, nee, enthousiasme, geen uitputting. Oké, en nu diep ademhalen en het nog een keer proberen! Geef alles wat je hebt! Oké, dat is genoeg.' Ze hadden met hun ogen naar elkaar gerold. 'Je hoort nog van ons.'
Vanuit de veilige bescherming van haar auto keek Pru naar de lege ramen en mompelde heldhaftig: 'Jullie kunnen allemaal de pot op.'
De motor, blijkbaar verbaasd over deze ontzettend rebelse daad, hoestte en proestte wat en kwam tot leven.
Ik had sowieso geen zin om van die kloteserres te verkopen, besloot Pru, vastbesloten om positief te blijven. Vooral niet in een of ander eng kantoor waar, iedere keer dat je iets had verkocht, er van je werd verwacht dat je opsprong en riep: 'Ja-aa!'
Ze kwam thuis... thuis! om vijf uur. Pru, gewend aan een glanzende, dure Neff-inbouwkeuken, stopte vijftig pence in de oude elektriciteitsmeter en zette een mok thee. Met de avondkrant in

de ene hand en wat volkorenbiscuitjes in de andere klom ze in het smalle bed om warm te blijven.
Ik red me wel, dacht ze, verbaasd dat het haar veel minder deed dan ze had verwacht dat ze de baan niet had gekregen. Eigenlijk had het haar opgevrolijkt. Wat maakte het nu uit dat ze niet in de wieg was gelegd voor de stress van de telefonische verkoop? Er waren zat andere dingen die ze kon doen.
Echt.
Ze moest alleen nog uitzoeken wat dan precies.

12

Twee weken later, om halfzeven op een stormachtige donderdagochtend, was Pru op weg naar haar werk toen een auto brullend uit het niets op haar afkwam. Hij boorde zich in de passagierskant van de Mini en duwde haar de greppel in.
De weg, ongeveer op anderhalve kilometer afstand van Brunton Manor, was smal en onverlicht. Pru gilde toen de auto op zijn kant viel. Het werd pikdonker om haar heen. De dikke das om haar nek sloeg tegen haar gezicht. Een blik meubelwas vloog van de achterbank tegen haar achterhoofd.
Ze had niets. Nadat ze uit de auto was gekropen, besefte ze dat ze niets had, geen schrammetje, geen bult. Het was een wonder. Het regende ook pijpenstelen.
'... o, godzijdank! Je bent eruit... je leeft nog...'
Een man kwam door het donker naar haar toe rennen. Hij glibberde de modderige greppel in en botste tegen Pru op, zodat ze bijna alsnog gewond raakte.
Paniekerig pakte hij haar arm beet. 'Heb je pijn? Is alles in orde? De auto slipte en...'
'Met mij is alles in orde.' Pru stond te klappertanden. 'Maar met mijn auto niet.'
'Maak je geen zorgen, ik regel het wel.'
Pru werd niet al te zachtzinnig de greppel uitgetrokken. Verwonderd vroeg ze zich af of hij bedoelde dat hij monteur was en

zo zijn mouwen op zou rollen en het meteen zou regelen. Maar kon dat wel? Er was toch vast wel meer voor nodig dan een paar moersleutels en een schroefsleutel om haar auto uit de greppel te krijgen?

'W-we m-moeten d-de p-politie b-bellen,' zei ze, terwijl ze uit alle macht probeerde om het klappertanden onder controle te krijgen.

'Nergens voor nodig. Ik zei dat ik het wel zou regelen en dat doe ik ook.'

'M-maar je m-moet ze altijd inschakelen n-na een ongeluk.'

Op gespannen toon zei hij kortaf: 'Laat de politie nu maar even. Ik maak me zorgen om Arthur. Hij heeft hulp nodig, gauw.'

Pru raakte in de war. Had Arthur achter het stuur van de andere auto gezeten? O god, als hij maar niet dood was...

'Snel, instappen.' De man, duidelijk gek van bezorgdheid, trok het portier voor haar open.

Rillend bereidde ze zich op het ergste voor, maar er was geen lijk te zien. Er was helemaal niemand te zien trouwens.

Angstig, zich afvragend of ze werd ontvoerd door een krankzinnige, draaide ze zich om en opende haar mond om te vragen: 'Waar is Arthur?'

Maar in plaats daarvan zag ze ineens wie de man was en riep uit: 'O, godzijdank, jij bent het!'

Eddie Hammond tuurde op zijn beurt aandachtig naar Pru. Er was weinig licht in de auto en ze was behoorlijk nat en verfomfaaid, maar hij herkende haar eindelijk als een lid van de club. Hopelijk zou dit in zijn voordeel uitpakken.

'Nu zie ik het ook, jij bent een vriendin van Dulcie.'

'Pru. Pru Kasteliz.' Hoewel ze het een beetje idioot vond, stak ze hem haar ijskoude hand toe en zei: 'Oef, ik begon me al zorgen te maken. Ik dacht dat je misschien een kidnapper was.'

Eddie liep om de auto heen – een glimmende brievenbusrode Jaguar – en ging achter het stuur zitten. Hij startte de motor.

'Wacht eens even.' Met een verbaasde blik vroeg Pru: 'Waar is Arthur?'

'Op de achterbank.'

Ze draaide zich in paniek om.

En zag, half verborgen onder een verkreukelde geruite deken, een blonde labrador liggen. Hij sliep.

'Arthur is een hond?'
Eddie knikte ernstig. 'Hij is ziek. Ik moet hem zo snel mogelijk naar de dierenarts zien te krijgen.' Hij reed achteruit en zette de Jaguar weer op de weg.
Pru, niet echt een hondenliefhebber, zei: 'En mijn auto dan?'
'Die laat ik wel maken.'
'Maar ik heb hem niet afgesloten! Ik heb er heel veel spullen in liggen...'
'Allemachtig zeg! Wat is er nu belangrijker, Arthurs leven of jouw... spullen?' Eddie keek zijn passagier boos aan. Toen, zich herinnerend dat hij haar te vriend moest houden, dwong hij zichzelf te glimlachen. 'Pru, alsjeblieft. Laten we eerst Arthur naar de dierenarts brengen. Zodra er voor hem is gezorgd, zal ik alles voor jou regelen. Dat beloof ik je.'
Ze knikte, want ze voelde zich vreselijk schuldig omdat wat haar betreft Arthurs leven veel minder belangrijk was dan de inhoud van haar auto. Het was niet haar schuld dat ze niet zo gek was op honden. Toen ze klein was, had een herdershond van de buren haar zonder enige reden aangevallen en littekens achtergelaten op zowel haar arm als haar geest. Maar eerlijk was eerlijk, daar kon Arthur niets aan doen.
Om haar harteloosheid goed te maken draaide ze zich om en keek nog een keer naar het snurkende dier op de achterbank. 'Wat heeft hij?'
'Ik weet het niet. Toen ik een halfuur geleden wakker werd, heb ik hem zo gevonden. Bewusteloos op de keukenvloer.' Eddies stem beefde.
Heel even vroeg Pru zich af of hij zou gaan huilen. Hij maakte zich vreselijke zorgen, besefte ze. Geen wonder dat hij als een idioot over Brunton Lane had gereden.
En toen, heel onverwacht, herinnerde ze zich iets dat Dulcie haar vorige week in het voorbijgaan had verteld...

De dierenarts, die boven zijn praktijk in Primrose Hill woonde, was eraan gewend om op onmenselijke tijden wakker te worden gemaakt door bezorgde dierenbezitters.
'Hij overleeft het wel,' verklaarde hij, nadat hij Arthur had onderzocht.

Arthur, die een vermoeid oog opende, leek ontsteld door dit vooruitzicht en deed hem meteen weer dicht.
'Gelukkig, gelukkig.' Eddies ogen vulden zich met tranen van opluchting. 'Maar hoe is het gekomen? Heeft hij een of andere stuip gehad?'
De dierenarts schudde zijn hoofd. 'Eerder een of andere cognac.' Laconiek voegde hij eraan toe: 'Of whisky, dat kan natuurlijk ook.'
Pru, die op veilige afstand van de onderzoekstafel vanaf een kruk zat toe te kijken, riep uit: 'U bedoelt dat hij dronken is?'
De dierenarts knikte.
Eddie staarde hem stomverbaasd aan. 'Glenfeddich,' mompelde hij. 'Dat heb ik gisteravond gedronken. Ik ben in slaap gevallen op de stoel. Toen ik vanochtend wakker werd, zag ik dat de fles was omgevallen. Ik dacht dat ik hem met mijn voet omver had gestoten.'
Arthur jankte en deed zijn ogen weer open. Het kostte hem duidelijk enorm veel inspanning.
'O, arme jongen,' troostte Eddie hem, terwijl hij zijn kop streelde. 'Je zult je wel vreselijk voelen.'
'Neem hem maar weer mee naar huis en zorg dat hij veel water drinkt,' zei de dierenarts. 'Zonder whisky deze keer. Het laatste wat Arthur nu kan gebruiken, is een kater.'

'Zo,' zei Pru, nadat ze Arthur voorzichtig weer de auto in hadden gedragen, 'tijd om de politie te bellen.'
Eddie keek haar gepijnigd aan. 'Kunnen we niet eerst gewoon Arthur naar huis brengen?'
Pru staarde hem over het glanzende rode dak van de Jaguar aan. Toen stak ze haar hand uit, met de handpalm naar boven. 'Ik rijd.'
Hij schrok duidelijk. 'Waarom?'
'Omdat je vorige week je rijbewijs hebt moeten inleveren.'
Zonder iets te zeggen staarde hij terug naar haar. Toen knikte hij vermoeid. 'Ja.'
'Wat was het? Dronken achter het stuur?'
Hij leek beledigd. 'Beslist niet. Alleen maar te hard gereden. En door een rood licht gereden,' verdedigde hij zichzelf. 'Dus wei-

nig aan de hand. Drie maanden inhouding van mijn rijbewijs en een boete, meer niet.'

'Geen wonder dat je niet wilde dat ik de politie belde,' zei ze. 'Rijden terwijl je een rijverbod hebt. Dus niet verzekerd bent. En dan een ongeluk veroorzaken. En hoeveel had je gisteravond precies gedronken, voordat je in je stoel in slaap viel?' Ze raadpleegde haar horloge. 'Het is pas halfacht. Waarschijnlijk zit je nog steeds boven de limiet.'

Zwijgend overhandigde hij haar de sleuteltjes. Hij kende Dulcie, maar hij had nog nooit een woord met Pru gewisseld. Omdat hij haar had ingeschat op een stil, inschikkelijk type, voelde hij zich behoorlijk ongemakkelijk. Op dit moment leek ze net zo weinig inschikkelijk als Rudolf Hess.

Hij wachtte totdat ze reed, voordat hij het probeerde uit te leggen. 'Ik weet dat het stom van me was.' Het enige dat erop zat, was haar de waarheid te vertellen. 'Ik raakte in paniek. Ik dacht dat Arthur doodging. Ik was wanhopig.'

Het was heerlijk om in een Jaguar te rijden na de nukkige Mini; de versnellingspook was de hemel op een stokje. Zich verbazend over de metronomische bewegingen van de ruitenwissers – geen hotsen en stoten, niets van die akelige roofvogelgeluiden die haar eigen ruitenwissers zo graag maakten – keek ze snel even opzij naar Eddie. 'Je had een taxi kunnen bellen.'

Vermoeid schudde hij zijn hoofd. 'De laatste keer dat ik dat heb gedaan, duurde het veertig minuten voordat dat kloteding er was.'

'En een vriend dan? Of heb je geen vrienden die je in geval van nood kunt bellen?'

Sinds hij vier maanden geleden van Manchester naar Bath was verhuisd, had hij ontdekt dat al die onzin over dat noorderlingen vriendelijker waren dan zuiderlingen nog waar was ook.

'Ik heb genoeg vrienden, dank je.' Hij hoorde zijn stem een scherpe klank krijgen, maar hij kon het niet helpen. 'Ik heb genoeg vrienden. In Manchester. Stom van me, die had ik natuurlijk moeten bellen.'

'Het was stom van je om te gaan rijden.' Pru bleef kalm. 'Je had wel iemand dood kunnen rijden. Je had,' wees ze hem erop, 'mij wel dood kunnen rijden.'

Hij begon te wensen dat hij dat had gedaan. Zijn ogen voelden

branderig en hij had hoofdpijn. Hij gaf het op. 'Dus wat ga je nu doen? De politie bellen en mij aangeven?'
Pru draaide de oprijlaan van Brunton Manor op. Eddie zag er zo verslagen uit dat ze wel medelijden met hem moest hebben. Wat zachter vroeg ze: 'Denk je dat echt? Dat was ik anders niet van plan.'
'O.'
'Hoor eens, bel nu maar een garage en laat mijn auto wegslepen en repareren.' Ze parkeerde de Jaguar netjes bij de zij-ingang van het landhuis, maar liet de motor draaien. 'Ben ik verzekerd als ik in deze auto rijd?'
Een beetje laat om dat nu nog te vragen, dacht hij, maar hij knikte. 'Ja, iedereen mag erin rijden.'
Behalve degenen met een rijverbod.
'Oké.' Kordaat keek ze op haar horloge; ze was al te laat voor haar werk. 'Als je het dan niet erg vindt, dan leen ik deze auto tot de mijne klaar is.'
Eddie raakte in paniek. Hij voelde zich als een roker van wie de sigaretten worden geconfisqueerd. 'Maar misschien dat ik...'
'Wat?' Pru's mooie wenkbrauwen gingen omhoog. 'Misschien dat je hem nodig hebt? O nee, Eddie, je hebt hem niet nodig. Je mag namelijk niet rijden.'

13

Tegen de tijd dat Pru terug was bij de plaats van het ongeluk, was iemand haar al voor geweest. De Mini lag nog steeds op zijn kant in de greppel, maar de vijf uitpuilende zwarte vuilniszakken die ze op de achterbank had gepropt, waren weg.
Dat was een grote klap; Pru's huisbaas wist het nog niet, maar het betalen van de huur was afhankelijk van de inhoud van die zakken.
Pru, die zichzelf vanochtend had verbaasd – ze was nog nooit zo brutaal en assertief geweest tegen iemand – voelde nu haar ogen gaan prikken van behoorlijk onassertieve tranen. Al haar mooie

kleren, een verzameling van vijftien jaar, waren gestolen. Het had haar uren gekost om ze te wassen, te strijken en na te kijken op ontbrekende knopen of loszittende zomen. De vrouw van de tweedehands-designkledingzaak in Carlton Street, de Changing Room, was er erg happig op geweest om zoveel mogelijk kleren van Pru, met hun indrukwekkende labels, over te nemen.

Pru wilde ze helemaal niet kwijt, maar het was inmiddels de vraag of ze haar kleren of haar lichaam wilde verkopen, en ze kon zich niet voorstellen dat er op dit moment iemand belangstelling zou hebben voor haar schriele gestalte. De kleren verkopen daarentegen, zou genoeg opleveren om een halfjaar huur te kunnen betalen.

Ze staarde naar de lege achterbank van de Mini en naar de openhangende portieren, zich afvragend wie ze kon hebben gestolen. Had een vlot geklede zakenvrouw de auto gezien op weg naar haar werk, was ze gestopt om te kijken of er geen gewonden waren en had ze een kijkje in een van de zakken genomen? Misschien had ze het marineblauwe Escada-pakje er wel uitgetrokken, het voor zich gehouden en gedacht: maat 38, wat een geluk, laten we eens kijken wat we hier nog meer hebben... En omdat ze het blijkbaar wel mooi vond, had ze de vijf zakken in de kofferbak van haar eigen kleine sportwagentje gepropt en was weggezoefd, tevreden met haar nieuwe voorjaarscollectie.

Of had een stelletje schoolkinderen de zakken gevonden, ze opengescheurd en haar kleren vol afschuw in de dichtstbijzijnde vijver gegooid?

'Maak je niet zo druk,' zei Marion Hayes toen Pru eindelijk op Beech Farm verscheen. Ze was twee uur te laat en reed in een dure wagen, dus Marions nieuwsgierigheid was meteen gewekt. Voordat Pru aan het werk mocht, werd ze gedwongen te gaan zitten, een biscuitje en een kop thee te nemen en alles te vertellen.

'Dat is zijn probleem, niet het jouwe.' Met een luchtig gebaar van haar hand wuifde Marion Pru's zorgen weg. 'Je moet hem een schatting geven van hoeveel die spullen waard waren, en dan kan hij dat doorgeven aan de verzekering. Die betalen wel.'

Pru knikte en probeerde op gepaste wijze opgelucht kijken. Ze

had zichzelf er niet toe kunnen brengen om Marion het hele verhaal te vertellen – dat Eddie Hammond een rijverbod had en daarom onverzekerd was – niet uit een gevoel van loyaliteit, maar omdat het gewoon veiliger was om sommige dingen niet te vertellen. Ze had geen zin om opgepakt te worden en de gevangenis in te moeten omdat ze een crimineel had geholpen.
Toch vroeg ze zich af of Eddie haar zou geloven als ze plotseling met een extra rekening voor gestolen kleding op de proppen zou komen.
Ik bedoel, hoe logisch klinkt het, dacht ze somber, designerkleren ter waarde van duizenden ponden die van de achterbank van een aftandse Mini worden gestolen? De schoenen die ze vroeger had gekocht, waren duurder geweest dan die hele auto.
'Nou, in elk geval ben je niet gewond geraakt,' zei Marion, die haar kopje leegdronk en opstond. 'Tijd om aan de slag te gaan. De koeien zullen zich wel afvragen wanneer ze eindelijk eens te eten krijgen. En jij zult ook wel aan het werk willen.'

Nadat Pru de ontbijtspullen had afgewassen, boende ze de keukenvloer. Terwijl die droogde, stofzuigde ze de benedenverdieping. Vervolgens lapte ze de ramen van de huiskamer. Toen de keukenvloer droog was, stopte ze een grote stapel modderige spijkerbroeken in de wasmachine. Daarna ging ze aan tafel zilver zitten poetsen en luisterde naar een radioprogramma waarnaar luisteraars konden bellen.
'Toen mijn man rottig tegen me deed,' biechtte Teresa uit Tunbridge Wells schuldbewust giechelend op, 'wachtte ik tot hij sliep en dan jatte ik een briefje van vijf uit zijn portefeuille. Daar kocht ik de volgende dag dan chocola van.'
Pru overwoog even of het zin zou hebben om het programma te bellen met de vraag of iemand haar vuilniszakken had gezien en of ze die alsjeblieft wilden teruggeven?
Ze fantaseerde wat ze zou zeggen, een beroep doend op het fatsoen van de dief: 'Het punt is, ik weet dat het mooie kleren zijn, maar denk alsjeblieft niet dat ik rijk ben. Want dat ben ik niet, niet meer tenminste. Ik zit helemaal aan de grond.'
Op dat moment zou de presentator vriendelijk vragen: 'Pru, ik wil niet brutaal zijn, maar hoe is dat zo gekomen?'

'Nou, Gary, laat ik het zo zeggen. Twee maanden geleden had ik een prachtman en een prachthuis. Ik had een werkster. Nu heb ik geen huis meer, geen man, en ben ik zelf werkster.'

'Pru, wat verschrikkelijk. Maar hoe heeft dat kunnen gebeuren?'

'Hoe dat heeft kunnen gebeuren? Gary, ik zal je vertellen hoe dat heeft kunnen gebeuren. Sommige mannen doen de gebruikelijke dingen, ze hebben een affaire met hun secretaresse. Maar mijn man wilde graag anders zijn, Gary. Hij had niet eens het fatsoen om een verhouding met zijn secretaresse te beginnen, o nee, hij moest per se anders zijn. Hij deed het met onze werkster.'

'Pru, gaat het?'

Pru sprong overeind uit haar stoel. Marion stond haar vanuit de deuropening bevreemd aan te staren.

Geschrokken besefte Pru dat ze een half gepoetste zilveren kandelaar aan haar oor hield, alsof het de hoorn van een telefoon was.

Snel deed ze alsof ze de temperatuur voelde aan haar hete wang. 'O hoi! Vind je dat ook niet verbazingwekkend, dat hoe harder je over zilver wrijft, hoe warmer het wordt?'

'Pru, het zou kunnen dat je toch je hoofd hebt gestoten bij het ongeluk.' Marion klonk zenuwachtig. 'Misschien kun je toch beter even naar de dokter gaan.'

Liza had zich nog nooit eerder schuldig gevoeld. Het was vreselijk; ze vond het helemaal niets. Ze vroeg zich af hoe lang ze moest wachten voordat het weer over was.

En ze deed ook de stomste dingen. Ze gaf zich over aan het soort gedrag dat normaal gesproken was voorbehouden aan geobsedeerde ex-minnaars. Hoewel de Songbird helemaal niet op haar route lag, merkte ze dat ze er zo'n twee à drie keer per week langsreed. Met een naar gevoel in haar buik telde ze dan het aantal auto's op het kleine parkeerterrein van het restaurant en probeerde te schatten hoeveel klanten binnen waren.

Niet veel, zo te zien.

Ook had ze een paar keer het restaurant gebeld en dan gedaan alsof ze het verkeerde nummer had gedraaid, alleen maar om te horen of het er druk klonk.

Ze had zelfs Dulcie weten over te halen om er op een vrijdagavond te gaan eten en dan aan haar te vertellen hoe het eten en de sfeer waren. Dulcie had een tegenstribbelende vriendin meegenomen – 'God, Dulcie, kunnen we niet ergens anders heen gaan? Die zaak heeft een paar hartstikke slechte recensies gehad'. Dulcie had van het eten genoten, maar was enorm teleurgesteld geweest dat ze Kit Berenger niet tegen het lijf was gelopen.
'Ik dacht dat hij daar zo vaak at,' klaagde ze de volgende dag tegen Liza. 'Ik had me er echt op verheugd om hem weer te zien. Wat een leugenbeest, ik durf te wedden dat hij nooit een voet in die zaak zet. Wat een bedrieger.'
'Maar het eten was goed?' drong Liza aan die alles wilde weten. 'Wat heb je gehad? Begin bij het voorgerecht.'
'Dat weet ik toch niet meer,' protesteerde Dulcie. Ze gaf Liza een 'je bent knettergek'-blik. 'We hebben drie flessen Côtes nog wat gedronken, elkaar duizend vieze moppen verteld en moesten de taxi in geholpen worden. Is dat niet genoeg?'
'Je bent hopeloos.'
'Als je zo graag wilt weten hoe het eten daar is, ga dan zelf.' Dulcie voelde zich zwaar beledigd. Werkelijk, dan deed je eens iemand een plezier, en dan werd je nog uitgescholden ook.
'O ja, heel goed idee,' zei Liza een beetje sarcastisch. 'Ze zullen me vast met open armen ontvangen.'
Jemig, wat kon Liza stom zijn. Dulcie rolde vol wanhoop met haar ogen. 'Doe dan wat je de eerste keer hebt gedaan, stomkop. Ga incognito.'

De monteurs bij Joe's Auto's moesten hard lachen toen ze hoorden dat Eddie Hammond wilde dat ze Pru's auto repareerden. Joe legde Eddie door de telefoon de betekenis van het woord 'afgeschreven' uit.
'Het komt erop neer dat als bij een auto als deze de koplamp kapotgaat, hij beter kan worden afgeschreven. De koplamp repareren kost namelijk meer geld dan die hele auto waard is, snapt u? En ik heb de schade eens goed opgenomen, het portier, het spatbord, de motorkap... Hij is het gewoon niet waard, Mr. Hammond. We hebben het hier over vijfhonderd pond aan reparaties aan een hoop oud roest.'

'Ik weet het, ik weet het,' zei Eddie zuchtend, 'maar doe het toch maar.'

De auto was drie dagen later klaar. Eddie belde het nummer dat Pru hem had gegeven. Een hippie die klonk alsof hij totaal van de wereld was, nam op: 'Ja, man, te gek, ik zal haar roepen, oké?' Ongeveer een halfuur later kwam Pru aan de telefoon. Eddie vroeg zich af wie die hippie was; een zoon misschien? Hij hoopte in elk geval voor haar dat het niet haar man was.
Dat was echter niet het soort vraag dat je door de telefoon kon stellen. Dus koos hij voor de zakelijke aanpak.
'Pru? Met Eddie Hammond. Je auto is gemaakt, alles is weer als...' Nee, hij kon moeilijk zeggen als nieuw. '... eh, in orde. Dus als je de Jaguar kunt komen brengen, dan kunnen we ruilen.'
'Goed.' Pru vroeg zich af waarom garages dat deden. Wanneer je je auto heel graag terug wilde, deden ze er twee weken over om alleen een moer van het wiel te vervangen. Maar wanneer je juist ontzettend genoot van door Bath rondzoeven in een felrode Jaguar, slaagden ze erin om reparaties waar ze gewoonlijk een halfjaar voor uit zouden trekken, in een mum van tijd uit te voeren.
Gewoon rotzakken, die monteurs.
Ze beet op haar lip en haalde diep adem. Daar ging ze weer, expres dagdromen om niet te hoeven denken aan wat er moest gebeuren. Ze had het nu al drie dagen uitgesteld en nu kon het niet langer.
'Prima, fijn, ik kom er meteen aan. Heel erg bedankt. Alleen het punt is... eh... dat ik je nog iets...'
'Dan zie ik je zo,' zei Eddie, wiens andere telefoon was gaan rinkelen. 'Je weet waar mijn kantoor is. Loop maar gewoon door.'

Eddie vroeg zich af waarom Pru Kasteliz er zo zenuwachtig uitzag. Ze zou blij moeten zijn, vond hij, dat ze haar auto terugkreeg.
Allemachtig, dacht Eddie, die net een cheque aan Joe's Garage had uitgeschreven voor meer dan vijfhonderd pond, als iemand zich rot moest voelen, dan was hij het wel. Hij gaf Pru de sleuteltjes van de Mini. Ze liet ze meteen vallen. Hij keek naar haar,

terwijl ze bukte. Haar lange donkere haar viel voorover toen ze de sleuteltjes onder zijn bureau vandaan pakte.

'Dat is dan geregeld,' zei hij grootmoedig. 'Nu staan we weer helemaal quitte.'

Pru voelde zich misselijk. Ze wist dat ze het door de telefoon had moeten doen. In levenden lijve was onmogelijk.

'Wat is er?' vroeg Eddie, toen ze haar mond een paar keer open had gedaan en weer gesloten zonder dat er geluid uit was gekomen.

Drie dagen geleden was ze een en al zelfvertrouwen geweest. Ze vroeg zich af waar dat was gebleven nu ze het echt nodig had. Misschien was dat alles wat ik had, dacht ze wanhopig, en heb ik het allemaal in een keer opgebruikt, net als Phil aan de roulettetafel. Een fantastische, enthousiaste opwelling van assertiviteit... en dan boem. Niets meer.

Zalig de zachtmoedigen, want zij zullen de aarde beërven... zolang de anderen dat goedvinden.

Watjes zijn de baas, oké? Nee, maar even serieus, weet je zeker dat je dat goedvindt?

'Hoor eens, ik had je toch gezegd dat ik wat spullen in de auto had liggen,' flapte ze eruit, 'en toen zei jij dat we geen tijd hadden om terug te gaan en de auto af te sluiten, dus dat hebben we toen niet gedaan. Het punt is, toen ik terugkwam bij mijn auto waren die spullen gestolen. Dus het spijt me, maar hier heb je een lijst van wat er is meegenomen. Ik heb mijn verzekeringsmaatschappij gebeld, maar het is niet gedekt, dus helaas zul jij dat ook moeten vergoeden.'

Eddie staarde Pru ongelovig aan. Toen staarde hij nog ongeloviger naar het vel papier dat ze over de tafel naar hem toe had geschoven.

Haar handen trilden alsof ze hem een bom gaf. Niet echt verbazingwekkend dat ze trilden, dacht hij toen hij de hoogte van de rekening zag. Het bedrag sloeg inderdaad in als een bom.

'Je bedoelt dat je nog eens veertienhonderd pond van me wilt?' Hij klonk volkomen verbluft. 'Voor een zak oude kleren?'

'Vijf zakken,' fluisterde ze. Ze wilde hem vertellen dat als ze de kleren via de Changing Room had verkocht, ze er nog meer geld voor zou hebben gekregen, maar de woorden kwamen niet.

'Dat kun je niet menen,' zei hij.
Ze staarde naar haar handen die in elkaar gebald in haar schoot lagen. Ze wist wat ze moest doen. Ze zou Mr. Eddie Hammond de hardrijder met een hooghartige blik en zonder er enig misverstand over te laten bestaan, moeten vertellen dat het niet haar schuld was dat haar auto in een greppel was beland, dat hij de schuldige was en dat als hij het vooruitzicht om haar haar verlies te vergoeden zo verschrikkelijk vond... nou, dan sprak ze hem wel weer in de rechtszaal.
Joan Collins had het op die manier gedaan. Joan zou het briljant hebben uitgevoerd. Misschien is dat mijn probleem, dacht ze. Geen schoudervullingen.
'Hoe weet ik dat je niet liegt?' vroeg Eddie ineens. Hij dacht aan de hippie die hij aan de telefoon had gekregen. Was er soms sprake van een drugsprobleem? Wilde Pru zo wanhopig graag aan geld komen om de verslaving van haar zoon/minnaar/man te bekostigen dat ze ervoor zou liegen?
Hij prikte opgewonden met zijn vinger naar de lijst. 'Hoe kan ik nu weten of die kleren echt zijn gestolen?'
Nou, dacht ze, ik zou je bijvoorbeeld een paar lege kasten kunnen laten zien.
Tenminste, dat had ze kunnen doen als ze het huis niet kwijt was.
Hij had natuurlijk gelijk. Ze kon het niet bewijzen. En ze kon hem ook niet kwalijk nemen dat hij achterdochtig was.
Ik ben naïef, dacht ze, maar zelfs ik zou bij iets als dit mijn vraagtekens zetten.
'Het maakt niet uit.' Beseffend dat ze begon te beven, stond ze op en rende naar de deur.
'Waar ga je naartoe?' Eddie kwam half overeind uit zijn stoel, in verwarring gebracht door de plotselinge wending die de zaak nam.
Snel, dacht ze, wegwezen voordat ik in huilen uitbarst.
'Naar huis. En nog bedankt dat je mijn auto hebt laten maken.'
Ze schudde fanatiek haar hoofd. 'Het maakt niet uit van die kleren.'

14

Op zaterdagavond nam Liza Pru mee naar de Songbird. Ze haalde haar om acht uur af.

Pru, opgetogen over de uitnodiging – alles was beter dan in die huurkamer zitten – zei: 'Dit is echt een traktatie. Ik dacht dat je wel met je nieuwe vriend zou gaan. Kon hij niet?'

'Nee.' Liza stopte Sibelius in de cassetterecorder. 'Vooral niet omdat ik hem niet heb gevraagd.'

Pru herkende de blik op haar gezicht. Blijkbaar was de nieuwe vriend er niet meer.

'En vorige week zei je nog dat hij zo fantastisch was.'

'Dat was vorige week. Deze week,' zei Liza somber, 'vroeg hij me wat mijn sterrenbeeld was. Ik bedoel, doe normaal zeg. Hij is een volwassen man.'

Hoewel ze het niet hardop zeiden, drong ineens tot hen allebei door dat het al midden april was, maar dat er van hun goede voornemens nog niet veel terecht was gekomen.

Het restaurant betreden was zenuwslopend. Liza, met pruik en truttige kleding, wist dat haar angst irrationeel was. Niemand had haar ooit herkend, dus waarom zou dat vanavond wel gebeuren? Toch ging haar hart tekeer als een hele drumband tegelijk toen ze werden begroet en naar hun tafeltje gebracht.

Liza's ogen schoten naar links. Daar had je die kleine serveerster die de vorige keer zo zenuwachtig was geweest. Een snelle blik naar rechts... en daar achter de bar stond de blondine die zo manmoedig had geprobeerd om het rugbyteam onder de duim te houden. Liza vroeg zich af of zij het meisje was dat ze had beledigd, Kit Berengers nichtje.

Zweet begon haar huid te prikkelen onder de onflatteuze bruine pruik. Ze voelde zich net een spion, een geheim agente in oorlogstijd die wanhopig haar best deed om niet de aandacht van de vijand te trekken.

'Rustig maar,' zei Pru, 'niemand let op ons.'

'Dat weet ik. Maar ik wil gewoon niet herkend worden.'

'Dat lijkt me vrijwel onmogelijk, als zelfs Phil je niet heeft gezien.'

O, verdorie.
'Phil!' Liza sloeg een hand voor haar mond. 'O, klote, man!'
'Nou ja,' zei Pru. 'Dat weet ik inmiddels ook.'
'Ik bedoel, niet te geloven dat ik je dit aandoe. Dit is waar... en ik was het helemaal vergeten... Jemig nog aan toe, hoe heb ik nu zo ongevoelig kunnen zijn? Waarom heb je niets gezegd?'
Liza kromp ineen. En toen kromp ze nog eens ineen, omdat ze besefte dat ze aan het tafeltje zaten waar Blanche zo enthousiast met haar tenen in Phils kruis had gewriemeld.
'Het is niet erg. Ik wist dat je het was vergeten. Maar het maakt echt niet uit.' Pru haalde haar schouders op. 'Waarom zou ik daarmee zitten?'
Liza zei bewonderend: 'Ik vind het moedig van je.'
'Mijn man is ervandoor met mijn werkster. Ik woon in een huurkamer vol enge beestjes. De hippie die beneden me woont, draait de hele dag van die klote-Donovan-platen en behalve deze jurk heb ik nog precies twee truien, drie nachthemden en een rok.' Pru aarzelde, met een blik alsof ze niet wist of ze moest lachen of huilen. 'Je zou verbaasd staan; na een tijdje leer je vanzelf om je nergens meer druk over te maken.'
Liza staarde naar Pru. Pru staarde terug.
Pru deed haar best om haar gezicht in de plooi te houden.
Liza vroeg langzaam: 'Donovan-platen?'
Pru knikte. Liza begon te grijnzen. Pru hield het niet meer en begon te giebelen. Liza kreeg een enorme lachbui.
Haar zij vasthoudend, bijna niet in staat om een woord uit te brengen, vroeg ze: 'Die hippie van jou? Noemen ze hem Mellow Yellow?'
Pru giebelde zo hard dat haar mascara uitliep. 'Precies.'
Ze begonnen aandacht te trekken. Het gezin aan de tafel naast de hunne, stootte elkaar aan en keek naar hen.
Met moeite wist Liza zichzelf weer onder controle te krijgen.
'Ik meen het,' zei ze tegen Pru, toen ze allebei weer bij waren gekomen. 'Je bent echt moedig.'
'Nee, dat ben ik niet,' zei Pru, denkend aan het moment waarop ze Eddie Hammonds kantoor was uitgevlucht. Nou, dat was moedig geweest, ontzettend gewoon. Die meid verdient echt een medaille.

'Maar je kunt niet in die huurkamer blijven wonen,' vond Liza. 'Dood door Donovan, stel je voor. Waarom kom je niet bij mij wonen?'
'Dat kan niet. Je hebt maar één slaapkamer.' Pru was ontroerd door het aanbod, maar niet verleid. Voor het eerst van haar leven – op eenendertigjarige leeftijd – was ze alleen. Het minste wat ze kon doen, was leren om daarmee om te gaan.
'Mijn appartementje is hartstikke mooi,' verdedigde Liza haar huis. 'Een snoepje gewoon.'
'En als ik bij je in zou trekken, zouden we elkaar alleen maar in de weg lopen. Ik vind het aardig aangeboden,' zei Pru, 'maar ik red me echt wel.'
Het werd tijd om hun bestelling te plaatsen, en Liza dwong zichzelf om zich op de kaart te concentreren. Steeds als ze opkeek, merkte ze dat Pru naar de andere kant van het restaurant staarde.
'Goed, dan neem ik de Stilton-soufflé en de eend met kumquats. En jij?' vroeg ze. Pru deed het weer. 'Iemand die je kent?'
Pru schudde haar hoofd.
Het blonde meisje kwam hun bestelling opnemen. Ze was leuk om te zien en heel charmant en Liza, tot het besluit gekomen dat het het nichtje moest zijn, vroeg zich af hoe ze zou reageren als ze wist tegen wie ze net zo charmant was geweest.
'Toe, wie is het?' drong ze aan, nadat het meisje was weggelopen. Pru's ogen schoten nog steeds door het restaurant.
'Geen idee. Maar hij kijkt steeds onze kant uit.'
'Heeft zeker een oogje op me. Volkomen verliefd op mijn mooie pruik.' Liza grijnsde breeduit. 'Om het maar niet te hebben over mijn vest.' Ze keek over haar schouder en zag dat Kit Berenger naar haar staarde.
'Shit.'
'Hij is het, hè?'
Liza knikte met een wit gezicht. 'Hoe wist je dat?'
Verlegen vouwde Pru haar servet op. 'Dulcie zei dat hij een stuk was.'
'Maar de grote vraag is nu,' zei Liza, 'weet hij wie ik ben?' Maar hoe zou dat kunnen, dacht ze, als ik er zo uit zie als nu?
'Wat doen we?' Pru's maag rammelde; ze had de hele dag nog

niet gegeten. Het vooruitzicht dat ze hier misschien toch niet zouden blijven, maakte haar bijna aan het huilen.
'Oké, geen reden om in paniek te raken,' verkondigde Liza stoer. 'Ik bedoel, laten we logisch blijven. Hij kan me gewoon niet herkend hebben. En we hebben al besteld, dus moeten we wel blijven.' Geërgerd voegde ze eraan toe: 'Wat ik niet begrijp, is dat ik hem niet eerder heb gezien.'
'Hij zat er nog niet toen we binnenkwamen,' fluisterde Pru. 'Hij kwam door die deur binnen.' Ze knikte naar een deur waar PRIVÉ op stond.
Liza keek haar onderzoekend aan. 'Dus je wist meteen wie het was.'
'Ik dacht niet dat het belangrijk was,' verdedigde Pru zich schuldbewust. 'Zolang hij niet weet wie jij bent, is er toch niets aan de hand? Ik wilde het eten niet voor je bederven.'

De Songbird bood plaats aan veertig gasten. Vanavond – en zaterdag is altijd de drukste avond voor restaurants – was hij halfvol. Of halfleeg, het was maar hoe je het bekeek.
Hoe dan ook was het niet best. Liza vroeg zich af hoeveel van de onbezette tafeltjes haar schuld waren.
Ze kon in elk geval niet de schuld geven aan de Stilton-soufflé, die romig en licht was, met een perfect gebruinde korst.
De geroosterde eend met kumquats was ook perfect.
'Dit,' verklaarde Pru, met een vork naar haar gepocheerde zalm wijzend, 'is goddelijk.'
Liza vroeg zich af hoe het in 's hemelsnaam fysiek mogelijk was om ogen in je rug te voelen prikken. Ze hoefde zich niet om te draaien, ze wist dat het zo was.
'Als je soms liever wilt gaan,' zei Pru, die merkte dat Liza zich niet op haar gemak voelde, manmoedig, 'dan kan dat toch?'
Liza wilde wel, maar het probleem was dat ze ook nog een paar toetjes wilde uitproberen.
'Kijkt hij nog steeds?'
'Nou ja, zo'n beetje.'
'Dat betekent ja, dus.'
'Hij staat op,' mompelde Pru, stiekem naar hem kijkend, terwijl hij zijn stoel naar achteren schoof.

‘Verdomme...’
‘Niets aan de hand, hij is weer door die deur waar PRIVÉ op staat, verdwenen.’
Hij bleef even weg. Toen de deur eindelijk weer openging, had Liza net haar eerste hap amandel-abrikozentaart genomen. Pru, die honingijs had gekozen, liet zich zo meeslepen door de verrukkelijke smaak en textuur dat ze haar ogen dicht had.
‘Jullie vinden het vast niet erg als ik er even bij kom zitten,’ zei Kit Berenger, terwijl hij een lege stoel naast Pru pakte.
Even vroeg Liza zich af of het de moeite waard zou zijn om zich een Duits accent aan te meten. Als hij haar uitdaagde, kon ze gewoon alles ontkennen, zeggen dat ze ‘keen idee hat was hai’ bedoelde.
Maar het zou vast geen zin hebben.
Daarna vroeg ze zich af of Kit Berenger haar pruik zo zou afrukken. Het zou geen fraai gezicht zijn als hij dat deed; onder de pruik droeg ze een haarnetje.
Hij deed het niet. Hij keek haar een paar seconden nadrukkelijk aan. Toen trommelde hij met zijn wijsvinger op het blauwe linnen tafelkleed, op nog geen centimeter van Liza’s pols.
‘Heel goed, maar dat heeft je verraden.’
Pru staarde naar het tafelkleed. Hemeltje, zat er een microfoon onder verborgen? Waren ze afgeluisterd?
‘Ik hoorde je lachen. Toen ik me omdraaide, kon ik je gezicht niet zien.’ Hij trommelde weer. ‘Maar ik zag dit wel.’
Liza had steeds haar horloge, een mannenhorloge van Longines, aan haar rechterpols gedragen. Aan haar pink droeg ze een smalle platina ring. Ze was zo onder de indruk van zijn observatievermogen dat ze bijna glimlachte. Misschien, dacht ze, is dit mijn kans om mijn verontschuldigingen aan te bieden en het weer goed te maken, en kan ik hem vertellen dat we hier zo ontzettend heerlijk hebben gegeten.
‘Ik weet niet wat je hier komt doen,’ vervolgde hij ijzig, ‘maar je bent hier niet welkom. Dus stel ik voor dat je vertrekt, nu meteen.’
‘Maar...’
‘Heb je nog niet genoeg schade aangericht?’ wilde hij weten. Hij siste de woorden als giftige pijltjes over tafel. ‘Heb je Nicky nog niet genoeg verdriet gedaan?’

Liza kromp ineen. Pru staarde gegeneerd naar haar smeltende ijs.
'Dit restaurant kan klanten als jou missen als kiespijn,' zei Kit Berenger, terwijl hij opstond. 'Vooruit, wegwezen. En begin niet te zeiken over de rekening, want we willen je geld ook niet.'
'Heb je je nichtje verteld wie ik ben?' vroeg Liza. Ze voelde zich misselijk. Goedmaken zat er blijkbaar niet in vanavond.
'Ben je gek? Waarom denk je dat ik wil dat je weggaat?'
'Je hoeft toch niet zo'n scène te trappen?'
'Dat doe ik niet. Ik zet je eruit voordat ik een scène ga trappen. En dat ziet er heel anders uit dan dit,' zei hij met opeengeklemde kaken.

15

Eddie Hammonds akelig efficiënte secretaresse had een computeruitdraai op zijn bureau gelegd met de namen van de leden erop die de afgelopen maand hun lidmaatschap hadden verlengd, samen met een lijst van aanvragen om lid te mogen worden. Die lijst werd steeds langer, wat een goed teken was. Sinds hij de leiding van Brunton Manor afgelopen november op zich had genomen, had hij hard gewerkt aan de bekendheid van de club.
Slechts drie mensen hadden hun lidmaatschap niet verlengd. Hij streek met zijn duim over een hoekje van het vel papier, terwijl hij zich gezichten voor de geest probeerde te halen. Dat meisje Turner was getrouwd en naar Oxford verhuisd.
Nou ja, dat was een aanvaardbaar excuus.
R. Cooper-Clark was vorige maand naar Australië geëmigreerd waar hij als vliegende dokter zou gaan werken.
Kijk, dat was al een verbetering. Dat was wat hij een goed excuus noemde.
De derde naam op de lijst was P. Kasteliz.
Dus, vroeg hij zich af, wat is het jouwe?

Toen hij Dulcie vond, was ze bezig met haar favoriete tijdverdrijf, met haar benen zwaaien op een kruk aan de bar en flirten met de aanvoerder van het plaatselijke cricketteam. De cricketspeler, die nog niet zolang getrouwd was, leek opgelucht dat hij aan haar kon ontsnappen.

'Jij bent altijd aan het werk,' mopperde Dulcie met een blik op Eddies verkreukelde grijze pak en loshangende das. 'Je hebt nooit eens lol.' Ze trok een gezicht, beseffend dat ze die woorden vaker had gebruikt. 'Dat zei ik ook altijd tegen Patrick. Eddie, hoe oud ben je eigenlijk?'

'Vijfenveertig. Te oud om lol te hebben,' zei hij voor de grap.

Dulcie keek hem aan met een blik van zie-je-wel. 'Mannen, allemaal hetzelfde. En dan vragen jullie je af waarom jullie eenzaam eindigen. Ik bedoel, jij bent toch ook vast wel getrouwd geweest, hè?'

Hij knikte.

'En werkte je toen ook non-stop?'

Opnieuw knikkend, ving hij de blik van de barman op. Hij liet Dulcies glas bijvullen en bestelde een whisky voor zichzelf.

'En toen begon ze zich steeds meer te vervelen, totdat ze er uiteindelijk niet meer tegen kon,' wierp ze hem voor de voeten, terwijl ze haar vinger naar hem schudde. 'Dus wanneer was het? Hoe lang geleden heeft ze zich van je laten scheiden?'

Hun drankjes arriveerden.

'Proost,' zei Eddie, zijn glas tegen het hare tikkend. 'O, maar ze is niet van me gescheiden. Ze is gestorven.'

Dulcie sloeg haar hand tegen haar voorhoofd. Langzaam liet ze hem over haar gezicht naar beneden glijden.

'O, het spijt me zo. Ik ben ook zo stom! Overkomt dat anderen nou ook weleens of ben ik de enige? Echt, zodra ik mijn mond opendoe, komt er iets verkeerds uit. God, ik zou mezelf wel kunnen vermoorden.'

Eddie schudde zijn hoofd. 'Het maakt niet uit.'

'Maar wat erg voor je. Eh... hoe is ze gestorven?'

'Ze heeft zelfmoord gepleegd.'

Dulcie schrok zich lam. Ze had het niet eens willen weten zelfs, ze had alleen maar bedacht dat mensen die iemand waren verloren vaak van slag raakten als je deed alsof er niets was gebeurd. Ze vonden het nooit fijn als je van onderwerp veranderde.

Maar dit was echt té. Voor het eerst van haar leven durfde Dul-

cie niets meer te zeggen. Het leek haar het veiligst om gewoon haar mond te houden en zo meelevend mogelijk te kijken.
'Sorry,' zei Eddie, 'dat was vreselijk van me. Ik had dat niet mogen zeggen.'
'Je bedoelt dat het een grapje was?' piepte Dulcie. Met wijdopen ogen keek ze hem aan. 'Klootzak!'
'Nee, nee, het was geen grapje.' Snel schudde hij zijn hoofd. 'Ze heeft echt zelfmoord gepleegd. Ik bedoelde alleen dat ik het wel wat subtieler had kunnen vertellen. Niet zo plompverloren.'
Dulcie liet haar hoofd vooroverhangen. 'Ik heb er eigenlijk om gevraagd.'
Ze zag er zo ongelukkig uit dat Eddie begon te willen dat hij in zijn kantoor was gebleven.
'Hoe dan ook,' zei hij, haar onhandig op de arm kloppend, 'dat was allemaal een hele tijd geleden. En daarvoor ben ik nu niet hier. Ik wilde het even met je over je vriendin hebben.'
Weer eentje die voor de bijl is gegaan, dacht Dulcie met een toegeeflijk lachje. 'Je bedoelt Liza?'
'Nee,' antwoordde Eddie. 'Pru.'

Wat mensen zeggen is waar; mond-tot-mondreclame is de beste reclame. Zodra Marion Hayes van Beech Farm tegen haar vriendinnen was gaan opscheppen over Pru, hadden ze aan de telefoon gehangen en haar gesmeekt om ook voor hen te komen werken. Binnen een week had Pru twee uurtjes hier, drie uurtjes daar gekregen... met net zoveel extra werk als ze maar wilde.
Het was niet wat je noemt een glanzende carrière, maar in elk geval was er vraag naar haar. En badkamers van andere mensen schoonmaken had een groot voordeel; je waardeerde je vrije dagen des te meer.
Wat de reden was dat Pru, toen op zondagochtend om elf uur de deurbel ging, nog in bed lag.
Ze begroef haar hoofd onder het kussen. Donovan had tot in de vroege uurtjes door de vloerplanken heen naar boven geblèrd.
De bel bleef rinkelen.
Eindelijk – stel je voor dat het Phil was – klauterde ze uit bed en trok een ochtendjas aan over haar nachthemd. Aangezien het huis niet beschikte over zulke luxueuze zaken als intercoms en zoe-

mers, moest ze alle trappen af om de deur zelf open te doen.
Als het Dulcie was, dacht ze met slaperige woede, dan zou ze haar mooi niet binnenlaten. Het was nog niet eens twaalf uur; dit was gewoon te erg.
Het was maf om te denken dat je de deur opende voor de slanke, lachende Dulcie met haar korte haar dat alle kanten uit stond en dan oog in oog komen te staan met de gezette Eddie Hammond met zijn dunner wordende haar.
'O!' riep Pru uit, verbaasd dat hij bij haar op de stoep stond en zich dus meteen afvragend wat ze fout had gedaan. 'Is het de auto? Is er wat mee?' Haar grote grijze ogen kregen een afwerende blik. 'Die kras op de kofferbak zat er al toen ik hem leende.'
'Dat weet ik.' Eddie kon niet anders dan haar slanke gestalte, gestoken in een zichtbaar dure grijsgroene satijnen ochtendjas, bewonderen. 'Sorry als ik je wakker heb gemaakt. Mag ik even binnenkomen?'
Pru streek automatisch met haar handen over haar net-uit-bedharen om te controleren of haar oren er niet uitstaken. Ze knikte, verwonderd over de vraag, en liep toen voor hem uit de trap op.
'Thee? Koffie? Eh... wil je misschien even zitten?'
Snel veegde ze de kleren van gisteren van de enige stoel in de kamer. God, deze kamer was echt een ramp. Het was vreselijk om hem door de ogen van een gast te moeten zien. Zelf moest ze ook een debiele indruk maken, besefte ze, ronddarrend in zo'n smerig hok in haar mooiste La Perla-nachtgoed. Zoiets als Zsa Zsa Gabor op de camping.
'Dulcie vertelde me dat ze je een kamer bij haar thuis had aangeboden.' Eddie vond Pru er niet debiel uitzien, maar hij was wel geschrokken van haar huurkamer. Op het plafond zaten schimmelplekken en repen behang lieten vanzelf los van de vochtige muren. 'Waarom ben je daar niet op ingegaan?'
Pru hield zich bezig met koffie zetten. Ze haalde haar schouders op. 'Ik weet het niet... Trots? Schaamte? Zoiets.'
'Toe zeg, ze is je vriendin. Je dacht toch niet dat ze zich over je zou verkneukelen?'
Pru draaide zich om en keek hem aan. Blijkbaar had Dulcie hem helemaal op de hoogte gebracht. Als er bloederige details te ver-

tellen waren, kon Dulcie zich echt niet beheersen. Al zou je haar vastbinden aan een fitnessapparaat, dan zou ze nog geen discretie kunnen betrachten.

‘Ze zou zich niet expres verkneukelen, maar ze zou het heel moeilijk vinden om niet te zeggen dat ze het wel had verwacht. Liza en zij hebben me namelijk gewaarschuwd, weet je. Ze hebben me verteld waar mijn man mee bezig was, maar ik wilde ze niet geloven.’

‘Maar toch...’

‘Maar,’ zei Pru, terwijl ze hem zijn koffie gaf en op de rand van het onopgemaakte bed ging zitten, ‘dat is niet de enige reden. Dulcie heeft haar huis nog. Ze hoeft zich geen zorgen over geld te maken. Ik wil me niet een arm familielid voelen.’

Eddie schudde zijn hoofd. ‘Je hebt een zware tijd achter de rug,’ zei hij bruusk. ‘Ik had er geen idee van, tot Dulcie het me vertelde.’

Nou, dank je wel, Dulcie, dacht Pru. Wat zou hierna komen, vroeg ze zich af, een inzamelingsactie? Lege blikjes verzamelen voor de supermarkt? Help de vernederde echtgenotes?

Behoed Pru voor Behoeftigheid?

‘Hier,’ zei Eddie, ‘en het spijt me van laatst, in mijn kantoor. Ik had je moeten geloven.’

Pru nam de cheque van veertienhonderd pond aan. Ze beet op de binnenkant van haar wang en lachte een wrang, scheef lachje.

Misschien was Dulcie toch zo slecht nog niet.

‘Dank je wel.’

‘En ik zag ook dat je je lidmaatschap van de club niet had verlengd,’ ging hij verder, haar een kaart met haar naam erop overhandigend, ‘dus heb ik dat maar voor je gedaan.’

Pru voelde dat ze rood werd. ‘Het punt is... Ik kan dat eigenlijk niet...’

‘Je hoeft niets te betalen,’ onderbrak hij haar snel. ‘Het is mijn manier om me te verontschuldigen. Meestal ben ik niet zo lomp.’

Nog roder zei ze: ‘Nou, dank je wel.’

‘Graag gedaan.’ Hij schraapte zijn keel en leek er verlegen mee. ‘Dan heb je juist een plek nodig waar je naartoe kunt, toch? Als je net gescheiden bent.’

Ze giechelde. 'Nu klink je net als Dulcie.'
'Het was inderdaad Dulcie die me dat gisteravond heeft verteld,' gaf hij toe. 'En voor haar lijkt het te werken.'
'Ja, zij is op mannenjacht,' zei Pru alleen maar. 'Ik niet.'

'Klotetaxi's!' brieste Eddie een halfuur later. Hij keek uit Pru's raam op de derde verdieping, trok de antenne uit zijn mobieltje en toetste nog een keer het nummer in dat hij inmiddels uit zijn hoofd kende. 'Hallo? Hallo? Ja, weer met mij. Waar blijft mijn taxi verdomme?'
Pru, nog steeds in haar ochtendjas, keek naar hem, terwijl hij tekeerging in de telefoon.
'Ik zei Medwell Crescent, niet Street! Bel hem nu maar en zeg dat het Medwell Crescent is! Wat? Je bedoelt dat hij al een andere klant heeft opgepikt? En hoe lang moet ik nu wachten tot... Nee, verdomme, ik kan niet nog eens twintig minuten wachten!'
Het onbevredigendste aan een mobieltje was dat je de hoorn niet op de haak kunt smijten. Eddie, die op het punt stond om te exploderen van frustratie, deed het op een na beste en probeerde de antenne in het toestel te slaan.
Hij brak af.
'Dit is belachelijk.' Pru bungelde met haar autosleuteltjes naar hem. 'Hier, ga maar vast in de Mini zitten. Ik ben in twee minuten aangekleed.'
'Dank je,' zei Eddie toen ze hem, twee minuten voor de vertrektijd van zijn trein, bij het station afzette. De Mini was misschien een barrel, maar Pru wist hoe ze ermee om moest gaan. Ze was, moest hij toegeven, een bijzonder goede chauffeur.
Terwijl hij het weigerachtige portier open probeerde te krijgen, grapte hij: 'De volgende keer dat ik een lift nodig heb, zal ik jou bellen.'
Pru vroeg zich af of het kwam doordat ze achter het stuur van een auto zat, dat ze meer zelfvertrouwen kreeg. Ze zei: 'Heel veel mensen nemen een chauffeur wanneer ze een rijverbod hebben.'
'Ik weet het.' Eddie zuchtte. 'Maar ik heb geen fulltime chauffeur nodig.'
'Dan neem je toch een parttime. Ik heb flexibele werktijden,' ging ze snel verder. 'De mensen bij wie ik werk, maakt het niet uit

wanneer ik kom, zolang ik de boel maar schoonhoud.'
Hij zag de kalme vastbeslotenheid op haar gezicht. Met dat steile, donkere gordijn van haar en die ernstige grijze ogen, zag Pru er meer uit als een schoolmeisje dan als een volwassen vrouw. Ze was ook akelig mager onder de donkerblauwe mannentrui – waarschijnlijk van haar man – en die versleten zwarte spijkerbroek.
'Bied je je aan?'
'Ik kan het geld goed gebruiken,' zei ze plompverloren. 'En jij hebt een chauffeur nodig. Dus waarom niet?' Ze leunde voor hem langs en prutste wat aan de hendel van het lastige portier dat Eddie nog steeds niet open had gekregen. De trein die hij wilde halen, kwam net het station binnen rijden. 'Snel, anders mis je hem nog. Hoor eens, waarom denk je er niet even over na? Als je me wilt, bel me dan.'
Hij grinnikte. 'Als ik je wil?'
'Nou ja.' Ze bloosde weer, precies zoals hij had geweten dat ze zou doen. 'Je weet wat ik bedoel.'
'Natuurlijk.' Hij vermande zich. 'En ik heb er al over nagedacht. Wanneer kun je beginnen?'
De enorme leigrijze ogen werden nog groter. 'Wanneer je maar wilt.'
'Fantastisch,' zei hij, terwijl hij de versnellingspook behendig in zijn achteruit zette. 'In dat geval, terug naar Brunton om de Jaguar op te halen. We hebben sowieso een bloedhekel aan treinen.'
'We?' vroeg ze.
'Arthur en ik.'

16

Pru was in het zwembad toen Dulcie de laatste aankondiging op het prikbord zag hangen waarop de benoeming van de nieuwe tennisleraar van Brunton Manor werd aangekondigd, een ex-tennisprof.

Dulcies ogen gleden ongelovig van de geschreven aankondiging naar de foto die eronder was geprikt, van een blonde man in witte tenniskleren die een beker ter grootte van een ijskast overhandigd kreeg.
Haar hart ging van kaboem. De verontwaardigde protestkreet van de receptioniste negerend, trok Dulcie de foto van het bord, klemde hem tegen haar hart en rende ermee naar het zwembad. Iedereen die haar zag, staarde haar verbaasd na. Wat konden ze nog meer verwachten, Dulcie die sit-ups deed?
Pru was meteen te herkennen aan haar narcisgele badmuts. Haar hoofd danste op en neer, terwijl ze vlijtig als een hondje naar het ondiepe gedeelte van het zwembad peddelde, haar zestiende baantje voltooiend. Zonder muts ging Pru niet het water in, want dan plakte haar haar aan haar schedel en kon iedereen haar flaporen zien. Op deze manier bleef haar lange haar droog. Dulcie had haar er een keer vriendelijk op gewezen dat het eigenlijk jammer was dat ze de gele rubberen muts niet altijd kon dragen, want hij drukte haar oren zo mooi plat.
Persoonlijk vroeg Dulcie zich af waarom Pru per se altijd wilde zwemmen, vooral omdat ze het helemaal niet kon. Van zwemmen werd je alleen maar moe, vond Dulcie, en bovendien liep je make-up ervan uit.
Ze knielde aan de rand van het bad en wachtte tot Pru haar zou bereiken. Het had geen zin om te schreeuwen, om haar tot haast aan te sporen; de muts was niet alleen een heel efficiënte oorplatmaker, wanneer ze hem droeg, was Pru ook stokdoof.
'Wat?' vroeg Pru, aan de rand hangend, terwijl ze het chloorwater uit haar prikkende, rode ogen probeerde te knipperen. Ze tuurde naar de foto waarmee Dulcie voor haar neus wapperde.
'Het is je-weet-wel,' zei Dulcie triomfantelijk.
Pru trok de rand van haar gele badmuts voorzichtig naar boven, net genoeg om te kunnen horen, maar niet genoeg om haar oor eronder uit te laten springen. 'Wat?'
'Je-weet-wel,' herhaalde Dulcie op veelbetekenende toon. 'Vooruit, denk eens aan een tijdje terug. Oudejaarsdag, Pru! Onze goede voornemens.'
Pru keek haar niet-begrijpend aan. 'Ik geef het op. Is het iemand met wie Liza wil trouwen?'

Soms twijfelde Dulcie echt aan Pru. Echt, als zwemmen dit met je hersens deed...
'Ik heb het over mijn voornemens,' zei ze ongeduldig. 'Die ik had opgeschreven toen ik vijftien was, weet je nog? Meer huiswerk maken, mijn kamer opgeruimd houden, al die onzin?'
Pru herinnerde het zich. 'Ja, en lid worden van de fanclub van *Starsky and Hutch*.' Ze klaarde op. 'Dat ben ik toen vergeten te vragen, ben je ook lid geworden? Ik vond Starsky het leukst. Vond je hem er ook niet sexy uitzien in dat wijde vest?'
'Ik vond Hutch leuker. Zo'n stuk. Niemand viel op Starsky.' Dulcie was vol minachting. Echt, het was geen wonder dat Pru's huwelijk was misgelopen. Ze had gewoon geen smaak wat mannen betreft.
Pru tuurde wat aandachtiger naar de foto. De man was blond en gebruind, maar...
'Dulcie, dat is niet David Soul.'
'God sta me bij,' verzuchtte Dulcie. 'Heb ik dat dan gezegd? Luister. Een van mijn goede voornemens was je-weet-wel kussen. Jij vroeg nog wie dan en ik zei dat ik geen idee had. Weet je nog? Kun je me nog volgen?'
Voorzichtig knikte Pru.
'Nou, dit is hem. Dit is je-weet-wel.' Op Dulcies gezicht brak een ongecontroleerde grijns door. Ze kon het zelf nog nauwelijks geloven. Het was het mooiste dat haar was overkomen sinds de uitvinding van Pop-Tarts.
Pru keek naar Dulcie, die de foto nog steeds als een verliefde tiener vasthad. Ze wist niet wie je-weet-wel was, maar hij zou vast wel beroemd zijn, anders was Dulcie niet al die jaren verliefd op hem gebleven. Een popster of zoiets. Een popster die tenniste, net als Cliff Richard.
'En je bent lid geworden van zijn fanclub?' vroeg ze. Het leek haar een beetje onvolwassen, maar... nou ja, ze leefden in een vrij land...
Terwijl Dulcie Pru aankeek, besloot ze dat ze allebei wel iets alcoholisch konden gebruiken. 'Ik ben geen lid geworden van zijn fanclub,' deelde ze Pru mee. 'Hij wordt straks lid van de mijne.'

'Weet je nog dat ik altijd klaagde over de zomervakanties met

mijn ouders?' vroeg Dulcie, toen Pru eindelijk uit de kleedkamer kwam en naast haar in de bar ging zitten.
'In Zuid-Wales? Tenby, was het niet?'
Dulcie knikte. 'Die stomme bootclub. Over geestelijke mishandeling gesproken. Ik had wel een proces tegen mijn ouders kunnen aanspannen vanwege het feit dat ik iedere zomer mee moest. De hele dag, iedere dag weer, op die stomme boot van hen...'
'Misschien heb je daarom nu wel een hekel aan zwemmen,' bedacht Pru. 'Je bent gewoon tegen water in het algemeen.'
'Hoe dan ook, toen ik vijftien was, zaten we in ons gebruikelijke vakantiehuis, en het huis naast ons werd gehuurd door een groepje jongens. Ze waren met zijn vieren en ik hield van de aantrekkelijkste...'
'Je hield van hem?'
'Nou ja, bij wijze van spreken. Ik viel op hem,' zei Dulcie. 'Ik was hartstikke verliefd op hem. Hij heette Liam en hij was zeventien. Ik wist zeker dat hij ook op mij viel, maar je weet hoe jongens zijn als ze met hun vrienden zijn. We hebben een paar keer met elkaar gepraat op het strand. En als ze tennisten, mocht ik hun ballenmeisje zijn, van dat soort dingen. De anderen plaagden Liam altijd met mij. Ik was zo hoteldebotel dat het me niet eens kon schelen.' Dulcie ging dromerig achterover in haar stoel zitten. Zo dromerig dat ze rode wijn op haar T-shirt knoeide. 'Op onze laatste avond kuste hij me op de wang en zei: "Tot volgend jaar." Ik was zo gelukkig dat ik bijna ter plekke doodging. Ik gaf hem mijn adres, en hij beloofde dat hij me zou schrijven. Mijn ouders snapten er niks van dat ik de hele terugweg naar huis zat te janken, terwijl ik altijd zo'n hekel aan Tenby had gehad. Ik zweer je, dat was de leukste vakantie van mijn hele leven.'
'Daar wist ik niets van,' zei Pru. 'Dat heb je aardig voor je weten te houden. En wat gebeurde er, heeft hij je nog geschreven?'
'Nee.' Dulcie grinnikte. 'Mijn moeder werd vast gek van me. Ik beschuldigde haar er continu van dat ze de post onderschepte en zijn brieven weggooide. Die arme mama wist niet eens waar ik het over had.'
'Heb je hem geschreven?'
'Niet zo vaak. Maar een keer of twee per dag.'
'Dulcie!'

'Je hoeft niet ineens zo feministisch te doen! Ik was pas vijftien.'
'Dus die Liam... dat was degene met wie je zo graag wilde vrijen?'
'Hij heeft me hier gekust.' Haar ogen half sluitend, raakte Dulcie haar wang aan. 'Ik weet nog precies hoe het voelde. Het was verrukkelijk,' ze keek spijtig, 'maar het was geen vrijen.' Toen glimlachte ze bij de herinnering. 'Kun je je voorstellen hoe erg het was om een heel jaar te moeten wachten tot ik hem weer zou zien? Ik streepte de dagen tot augustus af. Verdomme, ik streepte de uren af.'
'En?' vroeg Pru, inmiddels totaal geboeid. 'Heb je hem weer gezien?'
'Mooi niet! Het huis naast ons was verhuurd aan een stel oude vrijsters. Liam of zijn vrienden waren nergens te bekennen... en ik heb echt heel goed gezocht.'
'Je hebt ons daar nooit iets over verteld.'
'Wat was er te vertellen, dat een jongen me niet wilde?' Dulcie begon te lachen. 'Sorry hoor, maar ik had ook zo mijn trots. Ik had je heus wel over Liam verteld als er iets te vertellen was geweest.'
De foto van de nieuwe tennisleraar van Brunton Manor hing weer op het prikbord, nadat de boze receptioniste hem uit Dulcies hand had gerukt.
'En nu komt hij hier werken,' zei Pru verwonderd.
Dulcie sloeg haar armen om zichzelf heen. 'Het is het lot.'
'De vorige keer is het anders niets geworden.'
'Ik was vijftien.' Dulcie rolde met haar ogen. 'Hij was zeventien. Ik had puistjes en een kapsel waar je nog niet dood mee aangetroffen wil worden – hoe had het in vredesnaam iets kunnen worden?'
'Ja, maar...'
'Daarom is het het lot. We zijn nu allebei volwassen. Dit is onze tweede kans.' Dulcie keek Pru zelfvoldaan aan. 'Onze kans om er echt iets van te maken. Wacht maar af.'

17

Pru noemde Terry Lambert haar grote onbekende, omdat ze hem nog nooit had gezien. Terry, de broer van Marion Hayes van Beech Farm, was een advocaat die alleen woonde in een pittoreske *cottage* op een van de heuvels rond Bath.

'Ik zeg hem al jaren dat hij iemand moet nemen. Mannen, ze zijn echt hopeloos,' had Marion krachtig verklaard, voordat ze Terry belde om hem mee te delen dat ze een werkster voor hem had gevonden.

Marion had Pru de reservesleutel van Terry's huis gegeven. Iedere dinsdagmiddag liet Pru zichzelf binnen, was vier uur bezig om orde in de chaos te scheppen, nam het geld dat haar werkgever voor haar op de keukenkast had gelegd en liet zichzelf weer uit.

Maar hoewel ze hem nooit had ontmoet, had ze het gevoel dat ze Terry Lambert redelijk goed kende nu ze zijn kleren had opgehangen, zijn boekenplanken gestoft, zijn ontbijtspullen afgewassen en eindeloos veel cd's en video's teruggestopt in hun cassettes. Terry was midden dertig, hij was vier jaar geleden gescheiden en had geen kinderen. Hij verdiende heel goed en reed in een metallic groene Scorpio. Dat laatste wist Pru allemaal omdat Marion haar dat had verteld. Volgens Marion was haar broer een goede vangst: aantrekkelijk, vrijgevig en lief voor dieren.

'Zodra je leven weer wat in een rustiger vaarwater is gekomen,' had ze Pru met een bemoedigend knipoogje gezegd, 'wie weet, je zou het slechter kunnen treffen dan onze Terry.'

Pru kon zich niet voorstellen dat haar leven ooit weer in een rustiger vaarwater zou komen, noch dat ze ooit belangstelling zou kunnen hebben voor een andere man. Bovendien, misschien was hij dan wel lief voor dieren, maar met de beste wil ter wereld kon je Terry Lambert niet als aantrekkelijk bestempelen.

Dat zei ze natuurlijk niet tegen Marion; het leek niet erg beleefd om haar erop te wijzen dat, te oordelen naar de foto in Terry's slaapkamer, hij half man, half miereneter was.

Maar de foto van Terry en Marion met hun inmiddels overleden ouders had klaarblijkelijk sentimentele waarde. Steeds wanneer

Pru de zilveren lijst poetste, bestudeerde ze de foto even, ontroerd door de gelijkenis tussen vader en zoon. Ze hadden allebei donkere ogen en volle, rechte wenkbrauwen, opvallende lachrimpeltjes, en monden die omhoog krulden wanneer ze glimlachten. Ze hadden ook dezelfde neus, groot en snavelachtig en ontzettend opvallend.

Marion leek gelukkig op haar moederskant van de familie; haar wenkbrauwen waren smal, haar neus elegant.

Pru vond het niet raar om met Terry Lambert door de telefoon te praten, maar ze vroeg zich wel af of hij het niet vreemd vond. Per slot van rekening wist ze behoorlijk veel over haar grote onbekende, terwijl hij bijna niets over haar wist.

Toch leek Terry het niet vreemd te vinden. Hij klonk charmant en volkomen op zijn gemak.

'... het punt is dat ik op onvoorspelbare tijden ga werken,' legde ze uit, 'dus ik zal niet altijd op dinsdagmiddag kunnen komen. Als dat een probleem is, dan...'

'Nee hoor, geen probleem,' reageerde hij soepeltjes. 'Ik werk tussen acht en zes, vijf dagen per week, dus mij maakt het niet uit. Kom maar wanneer je wilt.'

Opgelucht zei ze: 'Dank je wel.'

'Ik moet jou bedanken.' Hij klonk geamuseerd. 'Ik herken mijn huis bijna niet meer dankzij jou.'

Pru voelde zich verlegen worden. Omdat ze niet goed kon omgaan met complimentjes mompelde ze snel gedag en hing op.

Hij had echt heel aardig geklonken, dat wel. Misschien dat ze, tegen de tijd dat ze over een scheiding moest denken, Terry Lambert kon vragen om het voor haar af te handelen.

O god. Een scheiding.

Nog niet, dacht ze paniekerig. Nog niet.

Liza's redacteur was tevreden over haar. Stralend gooide hij een stapel brieven op zijn bureau.

'Prachtig, schat. Controversieel, dat is wat we willen. Je hebt voor aardig wat opschudding gezorgd, weet je. En dit zijn alleen nog maar degenen die de moeite hebben genomen om te schrijven.'

Liza pakte een paar brieven op, liet haar ogen er even over dwa-

len – een ervan was gericht aan Miss Supertrut, zag ze – en liet ze weer op het bureau vallen.
'Wat ga je ermee doen?'
'Ik ga ze verdomme publiceren.' Hij pakte zijn jasje. 'Kom, supertrut, ik trakteer je op een lunch.'

Dulcie was bezig zich op te maken toen ze Patricks auto buiten zag stoppen. Ze glimlachte tegen zichzelf in de spiegel, wetende dat ze er nog nooit zo goed had uitgezien. Dit was wat zes dagen zonnebank, een prachtig ultrakort kapsel, een nog korter citroengeel jurkje en de belofte van eindelijk eens een beetje echte lol, met je deden.
Ze hoopte echt dat Patrick het zou zien en dat hij onder de indruk zou zijn.
Hij belde aan alsof hij een onbekende was.
'Waar is je sleutel gebleven?' vroeg ze verbaasd toen ze opendeed.
Hij droeg een donkerblauw poloshirt en een spijkerbroek. Ondanks de felle zon had hij geen zonnebril op. Dat had hij nooit, want hij vond dat aanstellerij. Zonnebrillen waren voor mietjes volgens hem.
Dulcie, die de hare ongeveer bij het eerste straaltje zonlicht opzette, had minstens zes zonnebrillen. Ze gaven haar een Hollywood-gevoel.
'Ik wil je niet storen.' Patrick volgde haar de gang in.
'Er valt niets te storen.' Nog niet, dacht ze er achteraan, maar je kon nooit weten, misschien was vandaag wel de grote dag.
'Hoe dan ook, ik kwam alleen mijn smokingjasje even halen. Ik ben zo weer terug.'
We zijn dan misschien wel uit elkaar, maar dat is geen reden om niet vriendelijk te doen, dacht Dulcie. Ze wachtte onder aan de trap tot hij terug zou komen.
Elke man zag er goed uit in een smokingjasje. Patrick zag er altijd fantastisch in uit.
'Ga je iets leuks doen?' vroeg ze overdreven nonchalant, toen hij weer verscheen.
Patrick haalde zijn schouders op. 'Dat betwijfel ik. Een of ander liefdadigheidsfeest, een diner-dansant.'
'Niets voor jou om zo vaag te doen,' plaagde Dulcie hem. 'En

trouwens, het is ook niets voor jou om naar diner-dansants te gaan. Je hebt het daar altijd veel te druk voor.'
Nieuwsgierig? Wie? Zij?
Ongemakkelijk verplaatste hij zijn gewicht van de ene voet naar de andere.
Het werd steeds intrigerender, vond ze.
'Heeft het met je werk te maken? Of heb je soms iets met iemand anders?'
Hij kneep zijn donkere ogen tot spleetjes, terwijl hij in opperste concentratie uit het gangraam keek. Na een tijdje zei hij: 'Dat mag toch? Jij was degene die niet meer getrouwd wilde zijn.'
Verbaasd, met het gevoel alsof ze een trap in haar buik had gekregen, hapte ze naar adem. 'Je hebt echt een nieuwe vriendin?'
Patrick schudde zijn hoofd. 'Nee, maar ik ben vanavond voor dat feest uitgenodigd en ik ga met een meisje.'
'Wie...' Dulcie schraapte haar keel. 'Wie is het? Iemand die ik ken?'
Weer schudde hij zijn hoofd. Gevolgd door een zucht.
'Hoor eens, het voelt behoorlijk maf om weer vrijgezel te zijn. Ik ben er nog niet aan gewend. Het komt allemaal door Bibi, als je het dan per se weten wilt.'
'O,' zei ze verward.
'Een of andere vent had haar uitgenodigd. Ze is niet veel uit geweest sinds... nou ja, sinds James bij haar weg is... dus was ze een beetje van zal-ik-wel, zal-ik-niet. Hoe dan ook, die vent liet zich ontvallen dat hij een dochter had, en toen heeft Bibi iets – god mag weten wat – over mij verteld. Hij stelde toen voor om met ons vieren te gaan... en ineens was alles geregeld.'
De blik op zijn gezicht vertelde haar genoeg. Dulcie begon te giechelen. 'Een dubbelafspraakje. Met je moeder.'
'Lach niet, zo grappig is het niet.'
'Misschien is dat meisje wel verschrikkelijk. Misschien is ze wel een lelijke trut.'
'Ik mag hopen van niet.'
Het gevoel alsof ze in haar buik was getrapt, was op wonderbaarlijke wijze weer verdwenen. De gedachte dat Patrick een nieuwe vriendin had, was een beetje maf geweest, maar dit was prima. Dit was geen relatie, dit was een *blind date*.

'Maar misschien is ze ook wel heel leuk.' Dulcie had het gevoel dat ze zich nu wel kon veroorloven om aardig te zijn. Natuurlijk hoopte ze nog steeds dat het meisje een lelijke trut was, maar alleen omdat het gewoon om te gillen was dat Patricks moeder een afspraakje voor hem had geregeld. Bovendien, bedacht ze slim, als het meisje zo leuk was, waarom had ze dan haar vader nodig om een afspraakje voor haar te regelen?

Dulcie had bovendien belangrijker zaken aan haar hoofd, want vandaag was de dag dat Liam op Brunton Manor zou arriveren. Om drie uur vanmiddag.
En hij was niet getrouwd. Ze was namelijk zo praktisch geweest – heel ongewoon voor haar – om dat na te vragen bij Eddie.
Het was slimmer om dit soort dingen van tevoren te weten, vond ze. Stel je voor dat je je dramatisch in de armen stort van de verloren man uit je dromen en dan te horen krijgt: Mag ik je even voorstellen aan mijn vrouw en kinderen...

Om tien voor drie begaf Dulcie zich naar het terras met een drankje en een boek – *Pride and Prejudice*, want ze wilde niet dat Liam dacht dat ze het soort vrouw was dat alleen maar flutromannetjes las.
Met haar Cutler and Gross-zonnebril op zijn plaats, en haar blote, net gepedicuurde voeten op de stoel tegenover haar, begon ze te lezen.
Het fijne aan donkere glazen was dat je kon doen alsof je helemaal opging in een boek, terwijl je in werkelijkheid niets miste van wat er om je heen gebeurde. Zoals het feit dat Imelda Page-Weston drie tafeltjes verderop stiekem de achterkanten van haar knieën met Tresor bespoot en ervoor zorgde dat haar decolleté dieper was dan dat van alle anderen. Stomme koe.
Eddie gaf Liam blijkbaar een complete rondleiding, hem onderweg aan de clubleden voorstellend. Tegen halfvier begon Dulcies koortsachtige opwinding al iets te zakken. Omdat ze afgelopen nacht te opgewonden was geweest om te kunnen slapen en vandaag te hyper om iets te kunnen eten, merkte ze dat het haar moeite kostte om wakker te blijven. Het was gewoon hard werken om haar ogen open te houden met die felle zon op haar hoofd

en die twee glazen wijn in haar verder lege maag. Trouwens, dacht ze gapend, er was geen haast bij. Liam legde geen kort bezoekje af, hij zou hier volgende week ook nog zijn, of volgende maand, of wanneer ze dan ook maar wakker werd...

18

Het nadeel van donkere glazen is dat anderen niet kunnen zien of je slaapt.

Toen Eddie Dulcie zag zitten, helemaal geboeid door het boek op haar schoot – en zich haar eerdere belangstelling voor Liams echtelijke status herinnerde – zei hij: 'Daar zit iemand aan wie ik je echt even moet voorstellen.'

Terwijl hij over het terras naar haar toe liep, verkondigde hij op joviale toon: 'Daar zijn we dan! Dulcie, mag ik je voorstellen aan onze nieuwe tennisleraar, Liam McPherson? Liam, dit is Dulcie Ross. Dulcie?' Toen ze zich niet verroerde, aarzelde hij even en bekeek haar wat aandachtiger. 'Dulcie, slaap je?'

Dulcie schrok wakker. Haar ogen vlogen open. Toen ze Eddie over zich heen gebogen zag staan, met een rood gezicht haar naam roepend, trok ze snel de zonnebril van haar neus en probeerde rechtop te gaan zitten.

Haar verwarring was slechts tijdelijk. Terwijl ze haar hand naar haar mond bracht om te voelen of ze niet had gekwijld in haar slaap, viel haar blik op de lange blonde man die achter Eddie Hammond stond.

Haastig veegde ze over haar mond. Haar zonnebril viel op de grond. Jane Austen lag er al, met de omslag naar beneden, naast haar schoenen.

Shit, shit, dacht ze, zo had het helemaal niet moeten gaan. Ze had zich voorgenomen om raadselachtig te glimlachen, als Ava Gardner, en dan langzaam en sensueel haar bril af te zetten, zodat Liam McPherson haar even kon bewonderen voordat hij verrast zou uitroepen: 'Mijn god, maar jij bent het!'

Vanaf dat moment zou hij te zeer van slag zijn, te geëmotioneerd om nog iets te kunnen zeggen. Wanneer hij dan eindelijk stopte met haar te kussen, en ze weer kon praten, zou ze alleen maar tegen Eddie zeggen: we kennen elkaar nog van heel lang geleden. En daarna zouden er nog meer omhelzingen volgen, nog meer kussen en, hopelijk, een overtuigende verklaring voor het uitblijven van zijn brieven na Tenby. Zoals bijvoorbeeld dat zijn ouders plotseling naar Australië waren geëmigreerd en hem hadden meegesleept zonder zich te bekommeren om zijn wanhopige smeekbedes om te mogen blijven...

Nou ja, iets in die trant in elk geval.

'Sorry, schat, ik had niet in de gaten dat je van de wereld was.' Kreunend bukte Eddie zich om haar bril op te rapen. 'Hij is nog heel. Jane Austen? Dulcie, ik ben zwaar onder de indruk. Ik had je eerder als een Jackie Collins-type ingeschat. Maar waar waren we gebleven? O ja – Dulcie, dit is Liam McPherson.'

Grinnikend stak Liam haar zijn hand toe. 'Hoi, leuk je te leren kennen.'

'Dulcie is een van onze vaste gasten,' zei Eddie met enige trots.

'Leuk. Ik hoop dat we gauw eens een partijtje kunnen spelen.' In de richting van de tennisbanen knikkend, sloeg Liam met een denkbeeldig racket. 'Heb je je al ingeschreven voor het dubbeltoernooi, Dulcie?'

Geen enkele blik van herkenning. Geen blijde verrassing, geen emotie, niets. Dulcie hield zichzelf voor dat het beter was zo, want wie wilde nu herinnerd worden als vijftienjarige met stekeltjeshaar en puistjes? Dat ze niet werd herkend, was juist het bewijs dat ze in haar voordeel was veranderd.

Het was niet de meest veelbelovende start die ze zich kon voorstellen, maar in elk geval had ze niet gekwijld in haar slaap. Terwijl ze Liams hand pakte – hemeltje, wat een stevige greep – schonk ze hem haar mysterieuze Ava Gardner-glimlach en zei: 'Maar we kennen elkaar toch al? Van heel lang geleden.'

'Echt?'

Liam glimlachte ook, maar ze merkte dat hij alleen maar beleefd was; hij deed blijkbaar niet eens zijn best om zich te herinneren waarvan ze elkaar dan wel kenden. Per slot van rekening was hij een tennisprof. Hij had zelfs een keer, met een beetje geluk, dat wel, de kwartfinales van Wimbledon bereikt. Tijdens zijn jaren in het circuit moest hij wel duizenden vrouwelijke fans hebben ontmoet. Hij had waarschijnlijk zoveel handtekeningen gezet dat het een wonder was dat hij genoeg kracht in zijn arm had overgehouden om een racket vast te houden.

'Zestien jaar geleden,' hielp ze hem. 'In Tenby.'

Liam fronste zijn voorhoofd. Hij had nog nooit een toernooi in Tenby gespeeld. Wacht eens even... zestien jaar geleden?

'Je was daar op vakantie met je vrienden. Ik zat in het huisje naast dat van jullie.'

Er ging hem iets dagen. 'Dat meen je niet!' Hij wees verbaasd naar haar. 'Jij was dat magere ding... Toe, wat was je achternaam ook alweer, iets compleet mafs...'

'Fackrell,' zei Dulcie. God, het was een wonder dat ze geen enorm complex aan die naam had overgehouden. Op school hadden ze haar Fackrell de Makreel genoemd.

Met Patrick trouwen was haar niet slecht uitgekomen.

'Nu heet ik Dulcie Ross.'

'We stuurden je altijd de brandnetels in om onze tennisballen te zoeken,' herinnerde Liam zich hardop. 'Je armen en benen zaten onder de bulten, maar je hield vol dat je er geen last van had. En op de avond voordat je wegging, hadden de andere jongens een weddenschap afgesloten. Als ik je kuste, dan zou ik vijf pond van ze krijgen.'

Eddie brulde van het lachen.

Dulcie probeerde te kijken alsof ze zich dit gedeelte niet herinnerde.

'En, heb je het gedaan?' vroeg Eddie aan Liam.

'Natuurlijk. We hebben het hier wel over zestien jaar geleden. Vijf pond was toen heel veel geld.'

Langzamerhand kreeg Dulcie spijt van dit reisje naar het verleden, en ze besloot dat het tijd was voor een omweg. Vrolijk zei ze: 'En daar zijn we dan, na al die jaren. Ben je al een beetje gewend...'

'Wacht eens even. Was jij dat niet die me al die brieven heeft geschreven?' Verrukt knikte Liam. 'Het begint allemaal weer naar boven te komen. Volgens mij was je een beetje verliefd op me, Dulcie Fackrell. Klopt dat?'

Dit was natuurlijk heel vernederend, maar wat kon ze doen, een

scène trappen? Hoewel ze zich doodergerde, besloot ze charmant te blijven.
'Natuurlijk was ik dat. En ik had heel erg mijn best gedaan op die brieven ook,' protesteerde ze. 'Ik neem aan dat je ze gillend van het lachen aan je vriendjes hebt laten lezen, jij harteloze barbaar!'
'Tja, misschien wel. Toen leek het wel grappig.' Zijn grijns had iets verontschuldigends. 'Ik bedoel, je was toen niet bepaald Debbie Harry, hè?'
Dat was waar, maar ze wilde dat hij daar eindelijk eens over ophield.
'Ik was vijftien.'
'Kleine Dulcie Fackrell.'
'Ross inmiddels,' herinnerde ze hem eraan. Toen, voor het geval dat hij de verkeerde indruk kreeg, voegde ze eraan toe: 'Ik was getrouwd, maar we zijn nu al een hele tijd uit elkaar.'
Nu was het Eddies beurt om verbaasd te kijken. 'Een hele tijd?' Hij trok zijn zandkleurige wenkbrauwen op. 'Schat, het is pas een paar maanden!'
Dank je wel, Eddie.
'Tien weken,' zei ze. 'Maar het huwelijk was al veel eerder voorbij. Je voelt het wanneer het niet goed zit.'
'Hé, ik hoop maar dat je het niet al te erg vond dat ik nooit heb teruggeschreven,' zei Liam.
'Dat kan ik me niet meer herinneren.' Dulcie probeerde de smeulende blik van Liza Lawson. Voor de zekerheid liet ze haar onderlip ook nog even trillen. 'Maar mocht het zo zijn, dan vergeef ik het je.'
Hij grinnikte. 'Dat is een hele opluchting.'
'We zijn allebei volwassen geworden.'
'Nou, jij in elk geval.' De blik die hij haar nu schonk, was openlijk bewonderend.
Hoera, dacht Dulcie, eindelijk komen we ergens. Ze hoopte dat Imelda het zag.
'Oké,' zei Eddie Hammond, in zijn handen wrijvend op die zo-kan-het-wel-weer-manier, 'laten we verder gaan. Er zijn nog heel wat mensen die aan je voorgesteld willen worden. Misschien tot later, schat.'

'Misschien.' Dulcie knikte vaag. Geen vracht karrenpaarden kon haar vanavond uit de bar wegtrekken.
'Tot ziens.' Liam knipoogde even, voordat hij zich omdraaide.
'Als ik je straks nog zie,' riep ze hem terloops na, 'dan krijg je een drankje van me.'

'Dit wordt vast verschrikkelijk,' zei Patrick met op elkaar geklemde kaken, terwijl Bibi en hij de met rood tapijt beklede trap van het Aston Hotel op liepen, waar het diner-dansant werd gehouden. Ze hadden afgesproken in de Kavanagh Bar, recht tegenover hen. Het was er al stampvol. Patrick kromp ineen toen een meisje met gele tanden en uitpuilende ogen zich omdraaide en hem vol verwachting stralend aankeek. O god, alsjeblieft, laat haar dat niet zijn...
'Daar heb je ze,' riep Bibi uit, terwijl ze naar links liep en zwaaide.
Patrick durfde nauwelijks te kijken. Hij voelde zich misselijk en hopeloos onvoorbereid. Hij ving een glimp op van turquoise satijn, een mager meisje met meer make-up op dan een deelneemster aan een danswedstrijd.
'Die niet.' Toen Bibi de blik van onverholen afschuw op zijn gezicht zag, wees ze langs de verschijning in turquoise. 'Die daar in het rood.'
Nadat iedereen aan elkaar was voorgesteld, nam Leo Berenger Bibi mee naar de bar, zogenaamd om hem te helpen met de drankjes, maar in werkelijkheid om Patrick en zijn dochter een paar ogenblikken alleen te geven.
'Hoor eens, het spijt me echt van dit allemaal,' verzuchtte Claire Berenger zodra ze alleen waren. 'Ik weet niet hoeveel druk er op jou is uitgeoefend, maar ik kan het wel zo'n beetje raden. Ik ben dertig, en mijn vader begint in paniek te raken.' Ze zweeg en trok een gezicht. 'Nee, dat zeg ik verkeerd. Hij is al vijf jaar in paniek. Wat hem betreft, ligt zijn dochter op de bovenste plank en moet ze nodig eens afgestoft worden. Ik maak hem geloof ik diepongelukkig.'
Tot zijn verwondering merkte Patrick dat hij zich begon te ontspannen. Misschien zou de avond toch niet zo'n kwelling worden. Claire Berenger had gevoel voor humor. En ze was ook geen

lelijke trut. Met haar glanzende bruine haar in een vlecht, haar bleke huid en heldere grijze ogen, straalde ze gezondheid en kracht uit. Ze was aantrekkelijk op een niet-flitsende manier. Haar rode fluwelen jurk was simpel, maar strak genoeg om een mooi figuur te onthullen. Ze zag eruit als een gymjuffrouw in haar vrije tijd. Op school, dacht hij, is ze vast klassenoudste geweest.

Geamuseerd door Claires levensmoeë blik vroeg hij: 'Heeft hij dit wel vaker gedaan?'

Ze keek hem even aan. 'Mijn vaders levensmissie is mij voor dat altaar te krijgen. En dan, negen maanden daarna, in de dichtstbijzijnde kraamkliniek. Helaas is zijn idee van gelijkheid tussen de seksen dat het vrouwtje de kleur van het behang op de wc beneden mag uitkiezen.'

'Ik ben al getrouwd,' verontschuldigde Patrick zich.

'Echt? Jemig. Waar is je vrouw?'

'Nou ja, we zijn een paar weken geleden uit elkaar gegaan.'

'Dat spijt me voor je,' zei ze, er met een uitgestreken blik aan toevoegend: 'Maar mijn vader zal blij zijn. Hij denkt waarschijnlijk dat dat nog mijn enige kans is, een of andere arme man aan de haak slaan die door zijn vrouw op straat is gezet.'

Hij glimlachte. Hij vond het wel charmant zoals ze om zichzelf kon lachen. Per slot van rekening had hij net een huwelijk van zeven jaar achter de rug met een vrouw die daar niet al te goed in was geweest.

'Nou ja.' Claire keek over haar schouder om te zien of haar vader er al aankwam. 'Ik vond dat ik het je even moest uitleggen. Nu weet je dat je je niet gegeneerd hoeft te voelen als hij allerlei niet al te subtiele toespelingen gaat maken. We hoeven het spelletje alleen maar mee te spelen.'

Ze was accountant, ontdekte hij tijdens het eten. En een heel goede kok, deelde Leo Berenger hem vol trots mee. O ja, zijn dochter kon fantastisch koken. De man die haar zou krijgen, mocht zich in zijn handen knijpen.

Toen de koffie werd opgediend, boog Claire zich naar Patrick toe en fluisterde in zijn oor: 'Hij wordt oud. Hij is vergeten om je te vertellen dat ik met mijn mooie brede heupen prima kinderen kan baren.'

Ze gebruikte Chanel 19, rook hij.
'Het is niet netjes van ons om de spot met hem te drijven. Hij is gewoon een trotse vader.'
'Die niet kan wachten tot hij een trotse grootvader is,' mompelde ze. 'Probeer het maar. Vertel hem maar dat je je hebt laten steriliseren. Zul je eens zien hoe hij kijkt.'

19

Dulcie was druk bezig met zich te vermaken in de bar toen Liam McPherson eindelijk naar haar hoekje toe kwam.
Hij kwam voor haar staan, in een wit Nike-tennisshirt en een zwarte trainingsbroek, en zag er – als dat mogelijk was – nog gebruinder en fitter uit dan eerder op de dag.
'Dus je ziet me weer,' zei hij met een grijns tegen Dulcie.
'Het is een wonder. Sommige toevalligheden zijn gewoon te eng voor woorden, vind je ook niet?'
'Hoe zit het met dat drankje dat je me hebt beloofd?'
'Ik heb gelogen,' zei ze. 'Ik trakteer mannen nooit op drankjes. Ze trakteren mij altijd.'
Liam lachte. 'Dan ben je veranderd. Vroeger trakteerde je mij altijd.'
Dulcie herinnerde zich dat ze naar de winkel op de hoek was gerend, haar dierbare zakgeld had uitgeteld en zich weer had teruggehaast naar de tennisbaan waar Liam en zijn vrienden in het gras op haar lagen te wachten.
'Cherry Corona telt niet,' zei ze.
'Je was een grappig kind.' Zijn toon was warm.
Ze streek doelloos met haar wijsvinger langs de rand van haar bijna lege glas. 'Zoals ik al zei, ik ben volwassen geworden.'
Met een opgetrokken wenkbrauw glimlachte hij zijn verwoestende glimlachje. 'Inderdaad. En ik begin te denken dat we behoorlijk wat in te halen hebben.'
Terwijl Dulcie vlinders in haar buik kreeg van plezier, trok hij de aandacht van de barman en liet haar glas wodka-tonic bijvullen.

Voor zichzelf bestelde hij een glas jus d'orange, wat ze een beetje alarmerend vond.
'Dus, vertel me eens waar je je tegenwoordig zoal mee bezighoudt. Je zei dat je gescheiden was?' Hij keek haar vol medeleven aan. 'Heb je kinderen?'
Ze vond het heerlijk zoals hij tegen haar sprak, haar zijn onverdeelde aandacht gaf. Het was opwindend om na jaren van verwaarlozing weer het gevoel te krijgen dat je de fascinerendste en begerenswaardigste vrouw ter wereld was.
Dat was het verschil tussen Liam en Patrick, besefte ze. Liam had belangstelling voor haar als persoon. Het kon hem echt wat schelen.
'Bijna gescheiden,' loog ze. 'En nee, geen kinderen.'
Hij knikte en stak zijn arm uit, haar rug beschermend tegen een nonchalant vastgehouden sigaret. Dulcie voelde zich absurd veilig bij hem.
'Aha, een carrièrevrouw dus? Wat voor werk doe je?'
'Geen werk,' antwoordde ze met een speels glimlachje. 'Gewoon... je kent dat wel, rijk en lui.'
'Maar niet té lui, zo te zien.' Hij liet een professionele blik over haar lichaam glijden. Goedkeurend knikkend streek hij met zijn hand over haar blote schouder. 'Je zorgt goed voor jezelf, dat is prima... hoewel die deltaspieren wat steviger kunnen. Welk programma volg je?'
'Sorry?' vroeg Dulcie.
'Om fit te blijven.' Met een schuin hoofd bestudeerde hij haar met samengeknepen ogen. Ze voelde zich als een renpaard op een keuring. 'Eddie zei dat je hier veel tijd doorbrengt. Doe je aan gewichtheffen?'
Ze keek hem aan. Haar programma om fit te blijven bestond ongeveer uit: opstaan... een plak koek eten... in bad liggen... chocoladekoekjes eten.
Daarna kleedde ze zich meestal aan en ging buitenshuis lunchen. Iets vertelde haar echter dat Liam daar niet erg van onder de indruk zou zijn.
'Niet elke dag,' antwoordde ze naar waarheid. 'Ik heb niet echt een programma. Gewoon af en toe wat sit-ups, en een beetje joggen.'

'Lichaamsbeweging,' verklaarde hij. 'Lichaamsbeweging is waar het om draait. Een gezond lichaam is een gelukkig lichaam, heb ik gelijk of niet?'
'O ja.' Dulcie knikte, niet in staat haar ogen van zijn gespierde bruine armen af te houden.
'Als er iets is waar ik niet tegen kan,' vertrouwde hij haar toe, 'is het een vrouw die zich laat verslonzen.'
Dulcie, die zich nooit zou laten verslonzen – ze zou nog liever doodgaan dan een stap buiten de deur zetten zonder mascara – knikte met wat meer zelfvertrouwen deze keer.
'Mensen die niet goed voor zichzelf zorgen, maken me onpasselijk,' vervolgde Liam. 'Ik bedoel, wat bezielt ze? Ze proppen zichzelf vol met slecht eten, nemen niet de moeite om aan lichaamsbeweging te doen en hebben dan ook nog het lef om te klagen wanneer hun bloedvaten dichtslibben.'
Dulcie keek gepast verontwaardigd. Inwendig begon ze echter iets van paniek te voelen. God, hij meende het echt.
Met een spijtig lachje zei hij: 'Sorry, maar het stoort me echt vreselijk. Ik begrijp mensen die niet goed voor zichzelf zorgen, gewoon niet. Ik bedoel, als ze hun eigen lichamen niet eens respecteren, waarom zou ik hen dan verdomme moeten respecteren?'
Dit klonk behoorlijk dreigend. En wat erger was, hoe meer Dulcie probeerde om niet aan chips te denken, hoe meer ze ernaar verlangde. Snel veranderde ze van onderwerp.
'Vertel me eens wat over jezelf. Ik wil alles weten over de tenniswereld. Dat was vast hartstikke leuk...'
Gelukkig werkte het. Liam dronk zijn glas jus d'orange leeg, bestelde er nog een en begon haar te fêteren op verhalen. Aangezien hij van nature een verteller was met een heerlijk gevoel voor zelfspot, was dit veel beter. Het kwam vast door zijn Ierse bloed, besloot ze dromerig. Liam had letterlijk alles mee: hij was aantrekkelijk en grappig en charmant... Ze zou de hele avond in die donkerblauwe ogen kunnen staren, dat verbazende lichaam bewonderen en luisteren naar die stem met dat accent uit Dublin dat je deed smelten...

Leo Berenger was oké. Hij was beleefd, representabel en beslist heel rijk, maar het kostte Bibi niet al te veel tijd om tot het inzicht te komen dat hij niet de man voor haar was. Wanneer er geen vonk was, geen chemie, dan maakte het niet uit hoe warmpjes een man erbij zat, het gebeurde gewoon niet. Dat kon je niet afdwingen.

Dat was jammer, want Leo was eenenzestig, een volmaakt gepaste leeftijd voor de minnaar van een zestigjarige weduwe. Onder het dansen dwong Bibi zichzelf om een vrolijk gesprek te voeren en zich te concentreren op Leo's antwoorden, maar het was hopeloos. Terwijl haar mond praatte en haar oren luisterden, stelde haar protesterende geest zich voor hoe de eenenzestigjarige Leo Berenger er naakt zou uitzien. En vergeleek dat dan met beelden van James, haar schat van een James, zoveel jonger en knapper, gebruind en prachtig en o zo aantrekkelijk.

Bibi ging door met dansen, haar blik van Leo's gezicht afwendend en vastbesloten haar tranen wegknipperend. Ze had James al bijna drie maanden niet gezien. Het had geen zin om in de put te zitten; het leven ging verder.

Helaas echter niet met Leo Berenger.

'Moet je die twee eens zien,' zei hij met enige trots. Hij draaide zich om, zodat ook Bibi Patrick en Claire aan de andere kant van de dansvloer kon zien. 'Ik geloof dat we daar iets zijn begonnen. Ze lijken zich in elk geval goed te vermaken.'

Achter de wolken... dacht Bibi.

Patrick was er zo van overtuigd geweest dat de avond een ramp zou zijn, dat hij nauwelijks kon geloven dat het zo gemakkelijk was om met Claire Berenger te praten.

En omdat hij zich op het ergste had voorbereid, was de verrassing des te aangenamer.

Toen, om middernacht, het orkest de eerste akkoorden van 'We'll meet again' speelde – zo'n soort orkest was het nu eenmaal – zei Claire: 'Nou, we hebben het overleefd. Je hebt je plicht gedaan. En maak je niet druk als mijn vader mijn telefoonnummer in je zak stopt. Je mag het gerust in de vuilnisbak gooien; je hoeft me heus niet weer te zien.'

Tot zijn eigen verrassing hoorde Patrick zichzelf zeggen: 'Maar ik zou je graag weer willen zien.'

Een seconde lang leek Claire net zo verbaasd. Toen bloosde ze heel schattig.
'Echt?'
Patrick knikte. 'Echt.'
'Goh.'
Hij glimlachte even. 'Voor mij is het ook een beetje een schok. Ik had niet verwacht dat het zo'n leuke avond zou zijn. En ik ben dit soort dingen ook een beetje verleerd,' verontschuldigde hij zich. 'De laatste keer dat ik een meisje mee uit heb gevraagd, droeg ik wijde pijpen en reed ik in een tweekleurige Cortina.'

Toevallig moest Dulcie er veel later die nacht ook aan denken dat, toen ze voor het laatst met een man die ze niet echt goed kende, het bed in was gedoken, hij een broek met wijde pijpen had aangehad en in een blauwwitte Cortina had gereden.
Dat was Patrick geweest, natuurlijk, en ze was nog jarenlang vrolijk met hem het bed in gedoken... totdat zijn werk de overhand had gekregen, en ze eraan gewend was geraakt om alleen naar bed te gaan, terwijl Patrick 'dit-nog-even-afmaken' mompelde tegen zijn geliefde computer en pas uren later naar bed kwam wanneer zij al sliep.
Vannacht was ze echter niet alleen. Ze was met Liam McPherson. Ze ging op haar rug liggen, sloot haar ogen en dacht expres niet aan Patrick.
En na een beetje wankel begin voldeed Liam aan al haar verwachtingen. Haar oude gevoelens voor hem waren sterker dan ooit. En wat nog beter was – want zelfs Dulcie moest toegeven dat het vroeger een beetje een eenzijdige relatie was geweest – de aantrekkingskracht was nu wederzijds. Hij was zo krachtig dat je er niet tegen kon vechten, zelfs al had je gewild... wat zij dus beslist niet wilde.
Het was pure chemie.
Dit lijkt er meer op, dacht ze extatisch. Dit is wat ik nodig heb, een prachtige Griekse god van een man, een en al blond haar en keiharde spieren, en ook niet zomaar een hersenloos stuk. Nee, een beroemde tennisprof. Een ster.
Liam was bescheiden geweest, maar wat Dulcie betreft, als de hertogin van Kent een keer vanuit de koninklijke loge op Wimble-

don naar je had gekeken terwijl je op het *centre court* speelde, dan was je gewoon een ster.
'Al die tijd, en ik wist niet eens dat je beroemd was,' fluisterde ze dromerig, terwijl ze in zijn armen lag. Ze had nooit echt veel naar tennis op tv gekeken. 'Ik wou dat ik je in de kwartfinale had kunnen zien.'
'Echt?' Hij klonk geamuseerd. 'Ik heb hier wel ergens een video liggen. Wil je kijken?'
Geschrokken deed ze haar ogen open. 'Wat, nu?'
Maar zijn hand gleed al loom over haar warme dij naar boven. Terwijl hij haar hals weer begon te zoenen, mompelde hij: 'Misschien straks.'
Oef.
Dulcie kuste hem terug, keek op haar horloge – 4 uur – en ging tevreden in een wat handiger houding liggen. Kijk, dit was het soort programma waar ze van hield.
En hemeltje nog aan toe, wat een verschil maakte het dat je bij iemand was die het op zijn beurt echt fijn vond om bij jou te zijn. Liever dan bij zijn klotecomputer.

Het de-volgende-ochtend-scenario was nog iets waar Dulcie niet meer in geoefend was.
Haar eerste gedachte toen ze wakker werd, was: Ja! Bingo! En lekker-puh tegen Imelda Page-Weston die gisteravond bijna continu vanuit de verte jaloers naar Dulcie en Liam had zitten staren.
Dulcie, met haar ogen nog dicht, voelde zich bijzonder tevreden; dit was precies waar ze zo wanhopig naar had verlangd, maar dat het al zo snel was gebeurd, overtrof al haar dromen. Het was alsof je je aan de oever van een rivier nestelde voor een dagje vissen en dan hopla, nog voordat je je thermosfles had opengeschroefd, had je een haai aan de haak geslagen.
O, Mr. McPherson, dacht ze tevreden grijnzend, het gaat allemaal zo snel.
Haar tweede gedachte was dat er iets vreemds aan de hand was. De aarde leek te bewegen. Ze opende haar ogen. Nee, niet de aarde. Het waren de vloerplanken die trilden. Ritmisch, om de paar seconden. Kijk, daar gebeurde het weer.

Liams kant van het bed was leeg. Even later, over het verkreukelde donkerblauwe laken schuivend en over de rand leunend, zag ze waarom.

Hij lag met zijn voeten onder het bed verbazend energieke sit-ups te doen.

'... zesentachtig, zevenentachtig,' mompelde Liam. Hij grinnikte, maar stopte niet toen hij Dulcie naar hem zag kijken. 'Goedemorgen, schatje... achtentachtig...'

'*Two fat ladies*,' zei ze.

'Bah. Niet in mijn slaapkamer, alsjeblieft.'

Ze voelde dat hij niet erg gecharmeerd zou zijn van Liza. Het was duidelijk dat Liam niet van weelderige vormen hield.

Dit, besloot ze, was een groot pluspunt. Liza's vermogen om volwassen mannen in rillende massa's testosteron te veranderen, werd na een tijdje vermoeiend. Als je een niet al te sterke maag had, kon al die hopeloze aanbidding je zelfs behoorlijk misselijk maken.

'... vierennegentig... lekker geslapen?'

Ze knikte. Aangezien het pas zeven uur was, had ze in feite minder dan drie uur geslapen, maar wat maakte het uit? Hoorde je haar klagen soms? Voor geen goud.

'Je bent naakt,' vertelde ze hem.

'Goed gezien.'

Ze grinnikte. 'Daar kan ik moeilijk overheen kijken.'

'... negenennegentig, honderd.' Zonder zelfs maar te hijgen, sprong hij overeind en gaf haar een smakzoen op de mond. 'Ik ga ontbijt maken. Ga je gang, trouwens.'

Het duurde even voordat ze besefte dat hij haar zijn plekje op de grond aanbood nu hij klaar was.

'Een beetje aan de vroege kant nog voor mij.' Dulcie schoot vrolijk weer terug onder het dekbed.

'Dus je bewaart het voor later, hè?' Liam deed een speelse greep naar een van haar enkels. 'Weet je wat, ik heb tussen twaalf en één vrij. Wanneer je dan klaar bent met fitness, kunnen we wel een partijtje tennis spelen, als je wilt. Dan kan ik eens zien hoe het er met je voorstaat. Wat denk je daarvan?'

Sommige mannen, dacht ze, gaven je bloemen. Anderen gaven je bonbons. Wat zij wilde weten was waar ze een man aan had verdiend wiens idee van romantiek bestond uit je tips geven over je backhand.

20

Zodra Liza haar auto voor de club parkeerde, werd ze bestormd door een Dulcie met sterretjes in haar ogen. Dulcie, blozend van verrukking, trok haar met zich mee het café in.

'Mijn god, dit betekent vast dat je die tennisleraar hebt versierd.' Liza legde zich erbij neer dat ze haar beurt op de zonnebank zou mislopen.

'En of,' verklaarde Dulcie, bemerkend dat ze de stomme grijns niet van haar gezicht kon krijgen, zelfs al had ze gewild. 'En hij is goddelijk, zo grappig en charmant... Wacht maar tot je hem leert kennen, hij is gewoon een droom! Echt, dit is het helemaal! Dit is liefde.'

De huisvrouw, verveeld en naar liefde smachtend, en de fantastische, gebruinde tennisleraar van de countryclub. Werkelijk, wat een cliché. Aan de andere kant, wist Liza, gebeurde dit soort dingen voortdurend. Daarom waren het ook clichés geworden.

Liza, niet onbekend met het fenomeen lust, besloot met Dulcie mee te doen. 'Goed in bed?'

'De beste. O, en zijn lichaam... je zou er een moord voor plegen.'

'En is het wederzijds?' Liza vond het wel haar taak om haar vriendin tot voorzichtigheid te manen. 'Is hij net zo gek op jou?'

Dulcie straalde. 'Dat is nog het allermooiste, hij is echt gek op me! Echt, we hebben gisteravond de hele tijd gepraat en daarna nam hij me mee naar zijn huis... hij heeft een fantastische flat vlak achter Royal Crescent gehuurd...'

'En jullie hebben het de hele nacht gedaan.'

'Ja, ja,' beaamde Dulcie blij. 'Het was gewoon onwerkelijk.'

'Wanneer zie je hem weer?'

'Tussen de middag. Op de tennisbaan.'

Liza trok een wenkbrauw op. 'Jullie gaan het op de tennisbaan doen? Liggen jullie dan niemand in de weg?'

'We gaan hét niet doen. Hij gaat me tennisles geven.'
Dulcie deed haar uiterste best om gewoon te klinken, om verdere vragen te voorkomen. Maar op de een of andere manier misten de woorden overtuigingskracht, zelfs in haar eigen oren. Het was alsof je Linda McCartney hoorde zeggen: 'Ha lekker, een broodje ham.'
Liza trok haar andere wenkbrauw op en zei: 'O jeetje.'
Dulcie gaf zich meteen gewonnen. Je kon heel veel mensen voor de mal houden, maar Liza niet.
'Goed, ik weet het. Hij is een gezondheidsfanaat.' Kreunend bedekte ze haar gezicht met haar handen. 'Wat moet ik in godsnaam doen?'
Liza verborg een glimlachje. Zoals Dulcie het uitsprak, stond gezondheidsfanaat gelijk aan massamoordenaar.
'Het is zijn werk om fit te zijn, meer niet. Je hoeft toch niet mee te doen?'
Dulcie wilde dat ze daar zo zeker van kon zijn. Dat was nu typisch Liza, die bleef altijd zichzelf. Als ze iets niet wilde, dan deed ze het gewoon niet.
Maar Liams idee van ontbijt was geweest: drie tarwekoeken, een handvol multivitaminen ter grootte van paardenpillen en een milkshake van mout en tarwekiemen, en hoewel hij haar niet had gedwongen om de paardenpillen te slikken, had ze van hem wel twee tarwekoeken moeten eten, zonder suiker ook nog, want hij had geen loze calorieën in huis.
Uit kleine hints hier en daar had ze kunnen opmaken dat het niet slim zou zijn om Liam op te biechten dat ze geen 'programma' had. Hij kon weleens helemaal geen belangstelling hebben voor een aartsluie vreetfanaat die haar lichaam verslonsde en voor wie een middagje schoenen passen in Russell en Bromley al genoeg lichamelijke inspanning was.
'Hij is alles wat ik wil,' vertelde ze aan Liza. 'Ik wil niet het risico lopen dat ik hem kwijtraak. En hoe moeilijk kan het nu nog zijn, fit worden? Hou op, niet lachen...'
'Dat meen je niet,' zei Liza, zich de tranen uit haar ogen vegend. 'Uitgerekend jij, de nieuwe Jane Fonda.'
Maar Dulcie liet zich niet van haar stuk brengen. 'Je begrijpt het niet,' riep ze uit. 'Hij is het waard.'

Het café keek uit over de tennisbanen. Liza zag een lange, vaag bekend uitziende man in een geel-wit trainingspak naar de baan lopen die het dichtst bij hen lag. Naast hem liep Imelda Page-Weston. Haar sluike witblonde haar glansde in het zonlicht.
'Is dat hem?'
Dulcie draaide snel haar hoofd om. Je wist dat het echte liefde was wanneer zijn aanblik boinkerdeboink deed met je hart. Ze zag dat Imelda iets tegen Liam zei en haar racket aarzelend boven haar schouder hield. Liam ging achter haar staan en liet haar zien hoe ze het moest vasthouden. Hij grinnikte en fluisterde iets in Imelda's oor dat haar deed schudden van het lachen.
Je wist ook dat het liefde was, peinsde Dulcie, als de aanblik van hem samen lachend met iemand als Imelda maakte dat je haar de hersenpan wilde inslaan met haar eigen Slazenger.
Ze merkte dat Liza haar in de gaten hield.
'Hij is tennisleraar. Het is zijn werk om te flirten,' legde Dulcie haar uit.
'Dat weet ik. En er zullen altijd vrouwen zijn die terug flirten.'
Ja, fitte vrouwen, dacht Dulcie. Gezonde vrouwen. Vrouwen die goed voor hun lichaam zorgden.
Vrouwen die van sla hielden.
'Dat weet ik ook wel,' zei Dulcie, gegrepen door een pervers verlangen. Het zorgde er alleen maar voor dat ze hem nog meer wilde.

Het idee de tennisbaan te moeten op lopen, was nog erger dan een afspraak bij de tandarts. Nadat Dulcie een uur had doorgebracht in de sportzaak op de club, was ze uitgedost in een nieuw Lacoste-shirt en een schrikbarend duur roze-wit tennisrokje. Samen met het racket betekende het dat ze een behoorlijk gat in haar creditcard had geslagen. Maar, hield ze zichzelf voor, ze zou geld uitsparen op junkfood.
Aangezien haar maag rammelde en ze geen chips meer at, was ze teruggegaan naar het café en had braaf – de verbaasde wenkbrauwen van de vrouw achter de kassa negerend – een paar müslirepen gekocht.
Het lastige van müslirepen was, ontdekte ze – behalve het feit dat ze afschuwelijk smaakten – dat er stukjes tussen je tanden bleven

zitten. Toen ze naar de kleedkamer rende voor een laatste zenuwachtige plas en om haar tanden in de spiegel te bekijken, liep ze patsboem Imelda tegen het lijf.
Imelda, die net onder de douche vandaan kwam, had een olijfgroene handdoek omgeslagen. Ze wierp een geamuseerde blik op Dulcies ongerepte rokje.
'Je gaat me toch niet vertellen dat jij ook een les hebt geboekt?'
'Nee, eerlijk gezegd niet. Het was Liams idee,' antwoordde Dulcie zo hooghartig mogelijk.
'En jij hebt ja gezegd,' zei Imelda verwonderd. 'Zo, zo, de wonderen zijn de wereld nog niet uit. Hoewel hij natuurlijk wel fantastisch is.' Onder het praten droogde ze zichzelf met de handdoek af, Dulcie de gelegenheid gevend om te zien hoe prachtig gebruind ze was. 'Dus we zitten blijkbaar allebei achter hem aan,' vervolgde Imelda glimlachend, terwijl de handdoek op de grond viel en ze haar witte satijnen beha en slipje pakte. 'Dat de beste moge winnen, hè, Dulcie?'
Dulcie staarde haar aan. De beha was maat 36d, wat niet echt hielp. Ze had Imelda, die een mannenvrouw was, een vrouw zonder vriendinnen, nooit gemogen.
Ze zei: 'Misschien heb ik al wel gewonnen.'

'Och hemeltje, is het mijn schuld?' Liam lachte en schudde zijn hoofd naar Dulcie. 'Ben je zo uitgeput na afgelopen nacht?'
Uitgeput was het woord niet. Wat Liam inslaan had genoemd, had voor Dulcie aangevoeld als een complete vijfsetter. En ze begreep ook niet goed waarom de bal niet deed wat ze wilde. Ze had op school genoeg getennist om te weten dat ze ook weer niet zo slecht was.
Liam sprong over het net en kwam naar haar toe hollen. Dulcies benen trilden ongecontroleerd en ze had vreselijke steken in haar zij. Haar racket, dat tevens dienst deed als wandelstok, was het enige dat haar nog overeind hield.
'Schatje, je ziet er vreselijk uit.' Hij fronste bezorgd zijn voorhoofd. 'Wat heb je?'
Dulcie, die wel door de grond kon zakken van schaamte bij het idee dat Imelda vanuit het café naar hen zat te kijken, piepte: 'Sorry, ik weet het niet. Ik v-voel me verschrikkelijk.'

Liam sloeg een arm om haar middel en hielp haar de baan af. Dulcie zweette en trilde, zwak als een jong poesje en niet in staat om ook maar een bal te raken, dat zag hij zo.
'Griep,' verkondigde hij. 'Dat is het. Je hebt griep onder de leden.'
Dulcie stortte bijna in van opluchting. 'O ja, dat is het. Ik wist wel dat er iets was! Griep, dat is het...'
'Naar huis,' beval hij. 'En meteen naar bed.'
'Eh, wat morgen betreft... Ik wilde je eigenlijk uitnodigen om bij me te komen eten.' Dulcie begon in paniek te raken bij het idee dat ze hem niet zou zien.
Maar Liam schudde zijn hoofd.
'Schatje, je bent morgen niet in staat om te koken. Ik zie je wel weer wanneer je beter bent. Misschien volgend weekend.' Hij gaf haar een bemoedigend kneepje in de zij. 'Of de week daarna.'
Liza, die het staartje van Dulcies les had meegemaakt, gooide op het parkeerterrein net haar squashracket en sporttas op de achterbank van haar witte Renault.
'Dit is mijn vriendin Liza,' zei Dulcie met een zwak gebaar.
'Ik stuur Dulcie naar huis,' legde Liam uit. 'Ze is ziek.'
'Dat zie je zo,' zei Liza. Werkelijk, waar was Dulcie nu weer mee bezig? Dacht ze echt dat ze hiermee kon wegkomen?
Zich aan Liams arm vastklampend, zei Dulcie naar adem happend: 'We d-denken d-dat het d-de griep is.'
'Weet je zeker dat het geen gekkekoeienziekte is?'

21

'Hoe gaat het met onze invalide?' vroeg Liza ernstig toen ze de volgende ochtend belde.
'Dat is heus niet grappig,' jammerde Dulcie. 'Echt, griep is niets vergeleken bij dit. Ik ben echt totaal compleet kapot.'
De grootste krachtsinspanning die Dulcie sinds de middelbare school had geleverd, was het volgende toetje uit de ijskast pakken. Zonder enige waarschuwing een uur lang over een tennis-

baan rennen was een aanslag op haar lichaam geweest en had alle spieren in een kramp doen schieten.
'Ik lig in bed,' kreunde ze. 'Ik ben daarnet naar de badkamer gekropen. Het kostte me een uur om weer terug in bed te komen.'
Liza grinnikte. 'Je hebt hulp nodig. Zal ik Liam voor je bellen en vragen of hij even bij je kan gaan kijken?'
'Waag het niet. Au.' Het deed zelfs pijn om de telefoon aan haar oor te houden. 'God, dit is vreselijk. Misschien kan ik wel nooit meer lopen.'
'Tja, ik heb je gewaarschuwd.' Liza was vrolijk en had totaal geen medelijden. 'Ik zei toch dat je niet te hard van stapel moest lopen? Neem maar een paar paracetamols. Over een dag of twee voel je je wel beter.'
'Ik kan er niet bij, ze liggen beneden.' Zwakjes smeekte ze: 'Zou jij niet een paar uurtjes kunnen komen? Ik heb echt hulp nodig. Ik ben compleet hulpeloos.'
'Volgens mij bedoel je hopeloos. En nee, sorry, ik kan niet.' Liza, die de deuren van haar kleerkast had opengetrokken, bekeek de netjes op een rij hangende kleren. 'Ik heb al iets anders.'
De pauwblauwe zijden blouse, besloot ze snel. Zwarte leren broek en haar enkellaarsjes met hoge hakken. Waarom niet? Dat ze meedeed met actievoerders wilde nog niet zeggen dat ze zich net zo moest kleden als zij.
'Iets dat belangrijker is dan je beste vriendin helpen die de hongerdood sterft in haar eigen bed?' Dulcie klonk bezeerd.
'Nee, dat niet, maar ik kan er niet onderuit,' antwoordde Liza. 'Want dan zou ik pas echt een doetje zijn.'

Onderweg naar West Titherton had Liza nauwelijks oog voor de mooie omgeving, de witte wolken die hoog in de knalblauwe lucht voorbijdreven, het zonlicht dat de heuvels bescheen en de duizenden verschillende kleuren groen waaruit het landschap in de late lente bestond.
Ze wist nog steeds niet hoe het Alistair Kline was gelukt om haar over te halen om vandaag mee te doen. Maar dat, nam ze aan, was waar succesvolle advocaten goed in waren. Het was hun werk om je van hun gelijk te overtuigen, om je te laten denken – tegen beter weten in – dat ze het bij het rechte eind hadden.

'Het is simpelweg een kwestie van doorzetten.' Alistair had al zijn overtuigingskracht aangewend. 'Als je ergens aan begint, dan moet je het ook afmaken. Die brief naar de krant heeft voor heel wat publiciteit gezorgd, weet je nog? De mensen verwachten dat je erbij bent. Ze zullen teleurgesteld zijn als je niet komt, Liza,' was hij verdergegaan met een droevige blik. 'Teleurgesteld dat het je niet genoeg kan schelen om die kleine moeite te nemen...'

'Hou op,' had ze gekreund, 'dit is nog erger dan *The Waltons*. Oké, ik zal er zijn.'

Alistair was onmiddellijk weer op zijn normale toon gaan praten. 'Mooi. Dan zie ik je daar. Om tien uur precies.'

Ze vroeg zich wanhopig af hoe ze ooit had kunnen denken dat hij verlegen was.

Toen ze de top van de volgende heuvel bereikte, minderde ze wat vaart. Beneden haar lag West Titherton, een gouden speelgoeddorpje omgeven door een lappendeken van velden, waarvan sommige bespikkeld met onbeweeglijke zwart-witte koeien, andere met groepjes schapen.

Links van het dorp hadden de actievoerders zich al verzameld op de plek waar de nieuwe woonwijk zou moeten komen. Ze liepen om de gele bulldozers heen die stonden te wachten tot ze aan het werk konden.

Het protest was echt een laatste wanhoopspoging. De amateuristische list om een zeldzame orchidee op het pad van een van de graafmachines te planten, had niet gewerkt. Berenger had toestemming om te bouwen en dat was dat. Het kwam er eigenlijk op neer dat de nieuwe wijk gebouwd zou worden, maar – de actievoerders waren vastbesloten – niet voordat het laatste druppeltje slechte publiciteit voor Berenger er was uitgeperst.

Nadat ze de Renault langs de kant van de weg bij de andere auto's had geparkeerd, sloot ze zich aan bij de rest van de groep. Het was een gemengd gezelschap, zestig à zeventig in totaal, variërend van new agers tot nimby's (die boze leden van de middenklasse die het niet erg vinden dat er wordt gebouwd zolang het maar niet in hun achtertuin gebeurt, dat wil zeggen *Not in My Backyard*).

De grond was droog en de zon scheen fel, maar alle nimby's droegen waxcoats en kaplaarzen. De new agers droegen spijkerbroe-

ken met gaten en meerdere lagen truien in verschillende tinten zwart.
Iedereen perste zuinig zijn lippen op elkaar bij het zien van Liza in haar pauwblauwe blouse. Als ze een baljurk in een slagerij had gedragen, zou ze minder zijn opgevallen.
Alistair kwam met grote passen naar haar toe lopen.
'Heb je een feestje?' Hij wierp een blik op de gouden kettingen die in Liza's decolleté verdwenen en keek erbij alsof hij haar het liefst zou vertellen dat ze een paar knoopjes dicht moest doen.
'Zo te zien gaat ze lunchen met Liberace,' hoorde Liza een van de new agers met dreadlocks zeggen, terwijl hij een vriend aanstootte.
'Weet je zeker dat het niet te koud is zo?' vroeg Alistair.
'Het gaat prima.' Opzettelijk schermde ze haar ogen af tegen de zon. 'Weet je zeker dat het niet te warm is voor je?'
'Ik heb drie truien over elkaar aan,' vertelde hij haar trots, 'voor het geval dat ze de honden op ons af sturen.'
Liza hield haar gezicht in de plooi. 'Als ze honden op me af sturen,' beloofde ze, 'dan bind ik hun poten vast met mijn kettingen.'
'Hm. Ik vraag me af hoe je op die bulldozers wilt klimmen met die hakken.' Hij keek afkeurend naar haar laarsjes.
'Alistair, zeur niet. Ik ben er, oké? Ik steun het protest, maar ik ga niet op bulldozers klimmen.'
Alistair keek berustend. Ze nam dit helemaal niet serieus. Liza was echt een behoorlijke teleurstelling gebleken, dacht hij bedroefd. Vooral omdat ze echt de vrouw van zijn dromen was geweest. Hij aanbad haar en hij begreep gewoon niet waarom ze niet net zoveel om het milieu gaf als hij. Samen, dacht hij spijtig, zouden ze een onverslaanbaar team zijn geweest.
Ze was echter wel zo'n beetje de enige beroemde actievoerder die ze hadden en de pers stond te trappelen van ongeduld tot ze in actie zouden komen. Gebarend naar de jongens van de *Evening Post* die Big Macs stonden te eten – ieder excuus was geoorloofd om de vegetarische new agers te pesten – duwde Alistair Liza hun richting uit.
'Ze willen een foto van je maken terwijl je met een spandoek zwaait. En zorg ervoor dat je ze duidelijk maakt dat de zaak je

erg aan het hart gaat,' instrueerde hij haar kordaat, 'ondanks je kleren.'
Tien minuten lang beantwoordde Liza vragen van een journalist, die zich bijna net zo leek te vervelen als zij. Daarna was het de beurt aan de fotograaf. Hij deed er uren over om Liza op de voorgrond te zetten, met een bonte verzameling new agers met spandoeken achter haar en op de achtergrond de bulldozers die ook versierd waren met spandoeken.
Hij was halverwege zijn filmpje – en ontdekte tot zijn schrik dat hij verliefd op Liza begon te worden – toen de bouwvakkers in twee vieze witte busjes kwamen aanrijden. De zorgvuldig gearrangeerde groep viel meteen uit elkaar.
Binnen een paar seconden stonden de actievoerders op de bulldozers. Een paar minuten later arriveerde de politie. Er brak een handgemeen uit. Alistair stompte een bouwvakker tegen zijn neus.
'Wil je in mijn auto wachten, schatje?' vroeg de journalist van de *Evening Post*, die zich blijkbaar zorgen maakte over eventuele bloedspetters op Liza's blouse. Maar de fotograaf zwaaide, Liza gebarend om te komen. Een groepje wat minder atletische actievoerders was op de grond gaan zitten en blokkeerde de weg van de dreunende bulldozers.
'Kom!' brulde de fotograaf, 'dat wordt een fantastische foto!'
'Doe wat hij zegt,' brulde Alistair nog harder vanaf zijn gevaarlijke positie boven op een van de graafmachines. 'Ga er naartoe!'
Liza aarzelde. Ze vond het niet echt erg om bij de anderen op de grond te gaan zitten. Ze vond het zelfs niet erg dat haar leren broek onder de modder zou komen te zitten. Waar ze bang voor was, was dat ze door de politie als een tegenstribbelende tor zou worden weggedragen... en dat ze zo zou worden gefotografeerd. Over gênant gesproken.
Alle ogen waren gericht op de enorme vechtpartij die aan de gang was. Aangezien geen van de aanwezigen op de weg achter hen lette en de zware motoren alle andere geluiden overstemden, zag of hoorde niemand de donkergroene Bentley die geruisloos achter het politiebusje tot stilstand kwam.
Liza voelde zich nog steeds verscheurd. Ze wilde geen doetje lijken, maar ook geen dwaas. Het allerliefst echter wilde ze dat ze

niet zo zwak was geweest om toe te geven aan Alistairs emotionele chantage. Ze had nu squash kunnen spelen, dacht ze verlangend, of thuis werken aan ideeën voor het nieuwe kookboek waarvoor ze net de opdracht had gekregen.
Verdomme, dacht ze, zelfs dienstmeisje en verpleegster spelen voor Dulcie zou nog leuker zijn geweest dan dit.
'Liza, wil je eindelijk eens ophouden met dat getreuzel en bij die mensen gaan zitten!' schreeuwde Alistair, terwijl hij tegelijkertijd gebiedend naar Liza wees en naar een bouwvakker schopte die zijn enkels probeerde beet te grijpen.
Ik zou me natuurlijk om kunnen draaien en gewoon weggaan, hield ze zichzelf voor.
Het volgende moment schrok ze zich wild toen ineens een bekende stem in haar oor fluisterde: 'Is hij je vriendje? Ik sta verbaasd, ik had niet gedacht dat je het soort meisje was dat zich laat commanderen door een man.'

22

Liza's hart begon onstuimig te bonken. Kit Berenger stond naast haar, met zijn armen over elkaar, zijn voeten iets gespreid, en een zonnebril op zijn neus terwijl hij kalm het chaotische spektakel voor hen bekeek. Hij droeg een zwarte spijkerbroek, een zwartwit gestreept overhemd en die vertrouwde aftershave.
Had ze eraan gedacht dat hij zich hier vandaag, de laatste protestdag, zou kunnen laten zien?
Natuurlijk.
Tot nu toe had Kit Berenger haar bezweet en buiten adem na een uur op de squashbaan gezien, en in haar buitenshuis-eten-tuthola-van-het-jaar-vermomming. Nu kon hij voor het eerst eens zien hoe ze er echt uitzag.
Ze kon zichzelf er niet toe brengen om toe te geven dat ze daarom zoveel aandacht aan haar uiterlijk had besteed vandaag.
'Hij is mijn vriendje niet,' zei ze zo kalm mogelijk, 'ik laat me niet door hem commanderen, en aangezien ik volgende week

tweeëndertig word, kun je me ook niet echt meer een meisje noemen.'
'Nou ja, ik kan je toch moeilijk een ouwe tang noemen?'
Speelde daar echt iets van een glimlachje om zijn mond? Van opzij, en omdat ze hem nog nooit eerder had zien glimlachen, was dat moeilijk vast te stellen.
'Maar wat doe je hier eigenlijk,' vroeg hij terloops, 'zo opgetuigd als een kerstboom?'
Ze negeerde de schimpscheut. 'Hetzelfde als iedereen hier, protesteren.'
'Je ziet er niet echt uit als een actievoerder. Ten eerste heb je je haar gewassen.'
Voordat ze zich kon verroeren, bracht hij een hand naar haar blonde haar en volgde de lijn van de ronding tussen haar linkerslaap en haar schouder.
Ze rilde even en keek hem aan, maar zijn smalle mond verraadde niets. Zijn ogen gingen nog steeds schuil achter de donkere glazen.
'Mijn nichtje heeft trouwens bericht gehad van jouw hoofdredacteur,' zei Kit. 'Het schijnt dat heel veel mensen naar het blad hebben geschreven om de Songbird te verdedigen. Samen bijna honderd brieven van mensen die vonden dat je te ver was gegaan.'
'Echt?' vroeg Liza, die de meeste brieven zelf had geschreven.
'In het volgende nummer wordt een aantal van die brieven geplaatst.'
'Nou, zie je wel,' zei ze op effen toon, 'dan had ik het mis, en had jij gelijk.'
Hij zette zijn zonnebril af, en ze wachtte op nog een spottende opmerking. Maar hij zei niets, hij keek haar alleen maar aan.
Alistair werd intussen van zijn graafmachine getrokken door een paar zwetende politieagenten, een dikke en een dunne, net Laurel en Hardy. Midden in de worsteling zag hij ineens Liza en een lange donkerharige jongeman staan die geen moeite deden om aan de demonstratie mee te doen.
'Hé, jullie daar! Ga eens snel voor die bulldozer staan!'
'Liever niet als je het niet erg vindt,' riep Kit terug.
Het volgende moment, terwijl Alistair onder een hijgende massa

donkerblauwe wollen stof verdween, pakte Kit Liza's hand beet. Zijn sterke vingers grepen om haar pols heen.
'Wat d-doe je?' Naar adem happend probeerde ze zich los te rukken.
'Ik neem je pols op.' Hij trok een donkere wenkbrauw op. 'Hm, snel. Heel snel.'
Dit was nog gênanter dan als een tegenstribbelende tor in een politiebusje te worden gedragen, zoals nu met Alistair gebeurde. Liza staarde strak naar het gedoe achter het busje en deed net alsof ze Kit niet had gehoord.
'Die van mij ook,' vervolgde hij, terwijl hij haar pols losliet en haar de zijne aanbood. 'Voel maar.'
'Nee, dank je,' antwoordde ze zwakjes.
'Het punt is,' zei hij, 'er is iets dat ik al een hele tijd heel erg graag wil doen. Vind je het goed dat ik maar eens een poging waag?'
Ze kon nauwelijks ademhalen. 'Niet als je me in mijn gezicht wilt slaan.'
'Ik wil je niet in je gezicht slaan.' Hij draaide haar langzaam naar zich toe, zodat ze niet meer kon ontsnappen aan de blik in die buitengewone goudgele ogen met de donkere wimpers. 'Ik wil je op je mond kussen.'
Dit, dacht Liza, is belachelijk.
Daarna stopte ze met denken omdat het nu te laat was om wat dan ook te doen, laat staan denken. Kit Berengers mond bedekte de hare, en ze gaf zich over aan de kus, totaal niet bij machte om te protesteren. Alle zenuwen in haar lichaam deden van *zzingg*. Dat ze overeind bleef, kwam alleen maar omdat hij haar vasthield. Haar knieën waren weg, haar buik was verdwenen...
Niet ophouden, smeekte ze hem in stilte. Ze wilde dat de kus eeuwig door zou gaan. Alsjeblieft, niet ophouden.
'Verdomme nog aan toe, dat is Kit Berenger,' riep de journalist uit, die op weg was naar zijn busje voor een rookpauze. Verbaasd keek hij naar het tafereel voor hem. 'Hé, Joe! Hierheen!' schreeuwde hij, fanatiek naar de fotograaf zwaaiend. 'Moet je eens kijken wie Liza Lawson kust! Maak snel een foto, man!'
Alistair verzette zich nog steeds hevig tegen de politieagenten die hem het busje in probeerden te krijgen. Toen hij de woorden van

de journalist hoorde, draaide hij zich om en staarde vol afschuw naar Liza die zich aan Kit Berengers lichaam vastklampte alsof haar leven ervan afhing.
'Klootzak, laat haar onmiddellijk los,' brulde Alistair. 'Liza, waar ben je verdomme mee bezig? Weet je niet wie dat is?'
Binnen de kortste keren stonden ze in het middelpunt van de belangstelling. De actievoerders stopten allemaal om naar hen te kijken. Joe schoot zijn laatste filmrolletje vol.
'Een beetje privacy is nooit weg, zeg ik altijd maar,' fluisterde Kit Berenger tegen Liza's mond, terwijl zijn hand haar nek streelde. Toen de journalist van de *Evening Post* wat eerder zijn Big Mac had gegeten, had een groepje new agers hem uitgescholden voor 'moordenaar'. Nu hoorde Liza dat ze haar achter haar rug voor 'verrader' uitscholden.
'Misschien kom ik hier niet meer levend weg,' zei ze met onvaste stem, haar hele lichaam schaamteloos bevend van verlangen.
'Het zijn gelukkig vegetariërs, ze zullen je niet opeten.'
Een afschuwelijke gedachte trok door haar heen. 'Waarom heb je dit gedaan? Om me voor aap te zetten?'
'Toe.' Kit glimlachte naar haar. 'Dat denk je toch niet echt? Ik heb het gedaan omdat het moest gebeuren. Voordat we elkaar gek zouden maken.'
Ze knikte. Ze kon het niet meer ontkennen; de chemie tussen hen was er gewoon. Die was er vanaf de allereerste seconde geweest.
'Hoe oud ben je?' Ze moest het weten, hoe erg het ook was.
'Drieëntwintig.'
'Ik ben tweeëndertig.' Het klonk verschrikkelijk. Ze had nog nooit iets gehad met iemand die jonger was dan zij. Zelfs niet negen maanden jonger, laat staan negen jaar.
'Nee, dat ben je niet, je bent eenendertig.'
'Tot volgende week.'
Hij grinnikte. 'Een week is een lange tijd in de politiek.'
Het protest was inmiddels als een nachtkaars gedoofd. Toen de aandacht van de actievoerders zich op Liza en Kit had gericht, hadden de bouwvakkers hun bulldozers weer aangezet en ze reden nu met verbazingwekkende snelheid heen en weer terwijl ze grote hopen aarde verplaatsten.
Het politiebusje, met Alistairs woedende gezicht voor het kleine

achterraampje, reed hotsend en stotend over de omgewoelde grond naar de weg.
'Dat meen je niet,' zei Kit, toen de journalist van de *Evening Post* hem om commentaar vroeg.
'Liza?' De journalist keek niet-erg-hoopvol hoopvol.
'Zij heeft ook niets te zeggen.'

'Ik geloof dat ik beter naar huis kan gaan,' zei Liza toen ze weer alleen waren. Ze voelde zich van haar stuk gebracht, onzeker over wat er hierna zou gebeuren. Kit Berenger mocht dan negen jaar jonger zijn, hij had op de een of andere manier automatisch het heft in handen genomen. Als hij haar in de donkergroene Bentley van hem zou stoppen, dacht ze verlangend, en haar ergens – waar dan ook – naartoe zou brengen om met haar naar bed te gaan, dan zou ze het zo doen.
'Ik heb ook nog een zware dag voor de boeg.' Kit keek op zijn horloge – die belachelijke paarse Swatch. 'Ik ben al te laat. Sorry,' zei hij glimlachend, terwijl hij vooruitliep naar hun auto's, 'als ik had geweten dat dit zou gebeuren, dan had ik een paar vergaderingen verzet. Je kunt me maar beter je telefoonnummer geven.'
Hij leunde tegen de motorkap van de Bentley en schreef het nummer op de achterkant van een verkreukeld biljet van tien pond dat hij uit zijn zak had gepakt. Liza, die een hekel had aan mannen met een slap handschrift, was bijzonder opgelucht toen ze zag dat hij zijn pen zeer assertief hanteerde, helemaal niet meisjesachtig.
Terwijl hij haar in haar auto hielp, streelden zijn lippen nog een keer bevend de hare.
'Ik bel je,' zei hij.
Mijn god, dat is je geraden, dacht ze, veel te trots om te vragen wanneer.

23

'Heeft iemand iets in mijn chocolademelk gedaan?' wilde Dulcie twee dagen later op dramatische toon weten. 'Hallucineer ik? Of is de foto die ik hier in de plaatselijke krant zie staan – op de voorpagina maar liefst – echt van mijn vriendin Liza die met de vijand staat te zoenen?'

Liza beet op haar lip, staarde uit het raam en zei niets.

'En doe dat stomme antwoordapparaat eerst maar eens uit,' vervolgde Dulcie, 'want daar trapt niemand in. We weten dat je er bent. Verdomme,' jammerde ze het volgende ogenblik, 'wil je dan dat ik sterf van nieuwsgierigheid?'

Dat, dacht Liza, zat er helaas niet in. Op haar pen kauwend, bladerde ze geërgerd door de aantekeningen die ze verzamelde ter voorbereiding op haar nieuwe boek, een geschiedenis van de mediterrane keuken.

'Oké, ik snap het al,' ging Dulcie zangerig verder, toen duidelijk werd dat Liza niet van plan was om op te nemen. 'Maar denk niet dat je je eeuwig kunt verstoppen. Zodra ik weer kan lopen, kom ik bij je. Ik weet niet waar je precies mee bezig bent,' eindigde ze kordaat, – god, ze klonk nu net als een schooljuffrouw die aan de speed was – 'maar daar kom ik heus nog wel achter.'

Eindelijk hing Dulcie op. Vermoeid, want de keukentafel kon dan wel vol naslagwerken liggen, maar dat betekende nog niet dat ze iets had uitgevoerd, sloeg Liza haar notitieblok dicht en zette water op. Voor de miljoenste keer keek ze dwangmatig op haar horloge.

Wat een afgrijselijke dag. De telefoon had continu gerinkeld, dat arme antwoordapparaat had niet geweten wat hem overkwam. Het verhaal was zelfs opgepikt door een paar landelijke dagbladen; tussen de middag was er een telefoontje van de *Daily Mail* geweest, die Liza graag wilde laten figureren in een artikel over geliefden die het lot tegen zich hadden.

'Tot nu toe hebben we een stel stapelverliefde kamerleden – de een Labour, de ander Tory – en een vegetariër die verliefd is geworden op een slager,' had de journaliste met gekmakende opgewektheid uitgelegd. 'Het derde paar zou een katholiek en een

protestant zijn, maar eerlijk gezegd,' ze was vertrouwelijk gaan fluisteren, 'klinkt jouw verhaal geiniger.'
Liza stond bij het keukenraam van de lauwe thee te nippen waar ze niet eens trek in had. Haar zogenaamde verhaal kon dan wel geinig klinken voor een meisje bij de *Mail*, maar het was een stuk minder leuk om het voorwerp zelf te zijn, dat kon Liza haar wel vertellen.
Ze staarde naar de kleine patio die bomvol potten geraniums en petunia's stond en probeerde zich te herinneren of examenvrees, de echte waarvan je maag zich omdraaide en je je misselijk voelde van angst, ooit zo erg was geweest.
Alleen wist je bij examenvrees dat het examen er ooit een keer op zou zitten.
Ze rilde toen iets raars haar mond in gleed. Jakkes, ze was vergeten om het theezakje uit haar mok te vissen.
Vruchteloos keek ze weer op haar horloge. Nog steeds een paar minuten over halfvijf.
Ik ben een volwassen vrouw, dacht ze, zichzelf dwingend om het te geloven. Over vier dagen word ik tweeëndertig. Ik kan dit aan. Maar het misselijke gevoel maakte geen aanstalten om weg te gaan.
Ze beet weer op haar lip. Het was vierenvijftig uur geleden sinds Kit Berenger o zo terloops had gezegd dat hij haar zou bellen. Het was nog niet gebeurd.

Drie keer per week reed Pru Eddie naar Bristol, naar Elmlea House, een verzorgingshuis in Clifton dat op de hangbrug uitkeek. Terwijl ze in de auto wachtte, de tijd verdrijvend met een van Dulcies ogenverpestende flutromannetjes, verdween Eddie in het met klimop begroeide huis om zijn schoonmoeder te bezoeken, die nu zwak en eind tachtig was, maar geestelijk nog helemaal bij.
'Ze is een schatje,' had hij Pru verteld toen ze had opgemerkt – nogal gedurfd voor haar doen – dat niet veel mannen dit allemaal voor hun schoonmoeder zouden overhebben.
Eddie had alleen maar geamuseerd geleken. 'Het is geen corvee. We kunnen het goed met elkaar vinden. Bovendien ben ik de enige familie die ze nog heeft.'

Hun vaste tripjes van en naar Bristol waren voor Eddie de ideale mogelijkheid gebleken om het met Pru over zijn huwelijk te hebben. Zonder er dramatisch over te doen beschreef hij haar eenvoudigweg Catherines bizarre stemmingswisselingen in het begin en de moeilijkheden die hij had ondervonden om haar te kalmeren toen geen van beiden een flauw benul had gehad dat er een medische oorzaak voor haar gedrag kon zijn.
Daarna was de ontzettende achtbaan van echte manische depressie aangebroken. De eerste van vele ziekenhuisopnames had Eddie een paar maanden de kans gegeven om op adem te komen.
'De dokters deden er ontzettend lang over om uit te vinden wat de juiste medicatie was,' legde hij Pru uit, 'maar zodra het dan weer beter ging, ontsloegen ze haar. Catherine besloot dan dat ze zich zo goed voelde dat ze geen medicijnen meer nodig had. Zelfs als ik bij haar stond, verborg ze de capsules gewoon onder haar tong en spuugde ze later weer uit.' Hij schudde droevig zijn hoofd bij de herinnering aan die tijd.
'In elk geval,' vervolgde hij, terwijl Pru zich op de weg concentreerde, 'werd het steeds erger. En toen, twaalf jaar geleden, liep ze op een avond weg van huis toen ik haar probeerde over te halen om haar pillen in te nemen. Ze had alleen haar nachthemd aan. Mijn autosleuteltjes hingen bij de voordeur. Ze pakte ze, schreeuwend dat ze er genoeg van had, en reed weg. Er was een hoge muur aan het eind van onze doodlopende straat. Catherine moet negentig hebben gereden toen ze hem raakte.' Even brak zijn stem. Hij schraapte zijn keel. 'Nou ja, het had erger gekund. In elk geval was ze meteen dood.'
Pru wist niet wat ze moest zeggen, dus zei ze niets. Maar haar grijze ogen vulden zich met tranen.
'Hé, niet huilen.' Eddie klonk gealarmeerd. 'Als ik geweten had dat je erom zou moeten huilen, had ik het je niet verteld.'
'Sorry.' Gehoorzaam als altijd veegde ze haar gezicht droog met de rug van haar hand.
Hij schudde zijn hoofd, half glimlachend terwijl hij haar een schone zakdoek gaf. 'Ik dacht dat je stoerder was.'
Verbaasd lachend sputterde ze tegen: 'Ik, stoer? Ik ben het prototype van een watje!'
'Dat is niet waar. Je huwelijk is naar de vernieling gegaan. En op

tamelijk dramatische wijze,' wees hij haar erop. 'Maar je kunt het aan.'

'O ja?' Ze zuchtte en snoot haar neus. 'Ik vraag me soms weleens af of ik me ooit weer normaal zal voelen.' Ze wierp een blik op Eddie. 'Hoelang duurde dat bij jou?'

Nu was het Eddies beurt om verlegen te zitten om woorden. Catherine was nu al twaalf jaar dood en hij was nog steeds niet in staat om een emotionele band met een vrouw aan te gaan. De verdedigingsmuren waren opgetrokken en blijven staan. Heel stevig. Het idee om weer wat met iemand te krijgen, was te angstaanjagend om er zelfs maar aan te denken.

'Nou... niet zo lang, helemaal niet zo lang,' loog hij vol vuur. Hij gaf haar een onhandig klopje op de schouder om haar op te vrolijken. 'Je redt je wel. Het komt wel goed, dat zul je zien.'

Het boek dat Dulcie haar deze week had geleend, was een en al seks en zonder plot. Pru worstelde zich door nog een paar hoofdstukken heen en gaf het toen verveeld op. Ze speelde even met de autoradio, van zender naar zender draaiend op zoek naar iets – om zeven uur 's avonds – dat niet het nieuws was. Daarna probeerde ze alle geheimzinnige knopjes uit die ze nog niet eerder had onderzocht. Zo vond ze onverwacht een knop waarmee ze de zijspiegels kon bewegen, een goed verborgen hendel waarmee de kofferbak kon worden geopend en een verbazingwekkend efficiënt mechanisme om de stoelen in een wip achterover te laten zakken.

Hopla, en Pru lag languit op haar rug. Ze duwde nog een keer op de knop. Hopla, en weer rechtop! Wat ontzettend geinig.

Grinnikend liet ze zich als een katapult nog een paar keer op en neer schieten. Totdat ze, tot haar grote schaamte, ontdekte dat iemand naar haar keek.

Een bejaarde oude dame, een van de bewoners van het tehuis waarschijnlijk, stond op nog geen twee meter afstand te kijken. Met een zwaai van haar wandelstok aangevend dat ze iets wilde zeggen, kwam ze moeizaam naar de auto toe lopen, terwijl Pru met een rood hoofd het raampje opendraaide.

'Je doet jezelf zo nog pijn, kind,' merkte de oude vrouw op. 'Wat ben je in vredesnaam aan het doen?'

'De stoel aan het uitproberen. Hij kan naar achteren,' mompelde ze verontschuldigend.
'Dat zag ik.'
'Ja. Sorry.'
De vrouw, die een opgevouwen krant in haar vrije hand had, gluurde langs haar heen de auto in. 'Wat is dat? Is het een goed boek?' Haar kraaloogjes hadden de glanzende pocket op de stoel naast Pru ontdekt.
Het idee dat deze keurig sprekende, bazige oude dame een van Dulcies seksromannetjes zou lezen, was nog gênanter dan betrapt te worden terwijl je als een driejarige met de stoelen speelde.
'Nee, dat is echt niets, het is verschrikkelijk slecht,' antwoordde ze gauw. 'U zou het helemaal niet leuk vinden.'
'Hoe weet jij dat nu? Misschien zou ik het best leuk vinden.' De oude vrouw keek haar uitdagend aan. 'Aan de omslag kan ik zien dat het geen Barbara Cartland is,' vervolgde ze bijna geërgerd, 'wat een prettige afwisseling is, dat kan ik je wel vertellen. Hier is het een en al Barbara Cartland verdomme wat de klok slaat. Ze lijken hier te denken dat je, omdat je tachtig bent, alleen nog maar Barbara Cartland wilt lezen.'
'Nee, dit is beslist geen Barbara Cartland,' zei Pru zo vastberaden als ze durfde.
'Mooi. Nou, als het dan toch zo verschrikkelijk is, dan hoef jij het vast niet meer. Dus kan ik het dan krijgen?'
Pru schrok van de botheid van het verzoek. Dat je op straat staande werd gehouden door bedelaars die geld van je eisten, was iets wat je kon verwachten, maar je verwachtte niet dat je oog in oog zou komen te staan met dominante ouden van dagen die pornografische pockets van je eisten.
Alsof de vrouw haar dilemma voelde, zei ze op ferme toon: 'Ik beloof je dat ik geen hartaanval zal krijgen, mocht je je soms druk maken om de seks.'
Daarna, toen Pru bleef aarzelen, stak ze haar de krant toe. 'Hier, dan mag jij deze. Ik heb de puzzel al gedaan, maar je hebt dan in elk geval iets te lezen.'
Pru's ogen vielen er bijna uit toen ze de foto op de voorpagina zag. Ze griste Dulcies pocket van de stoel en duwde hem door het open raampje.

'Dank je.' De oude dame leek zeer verguld met de ruil. 'Nog één ding.'
'Wat dan?'
'Al dat op en neer gezoef in die stoel heeft je haar door de war gemaakt, kind. Je kunt er maar beter even iets aan doen; je oren steken zo uit.'

'Liza, ik ben het. Help, je weet dat ik deze apparaten haat...'
Toen Liza Pru's stem hoorde, nam ze op. Pru was ongeveer de enige op de hele wereld met wie ze wilde praten, besefte ze. Niemand wist beter dan Pru wat publiekelijke vernedering was.
'Ik ben er. Ik weet het, je hebt de *Evening Post* gezien. O Pru, volgens mij heeft hij het gedaan om me een lesje te leren. Hij kuste me waar al die mensen bij waren, en ik smolt zo'n beetje ter plekke. Hij beloofde dat hij me zou bellen, en ik wist zo zeker dat hij dat zou doen,' gaf ze met gebroken stem toe, 'maar dat heeft hij verdomme niet gedaan.'
Bij Pru hoefde je niet te doen alsof. Anders dan alle anderen slaakte ze geen medelijdende geluidjes, terwijl ze je intussen uitlachte en dacht ha, ha, welkom in de echte wereld, en hoog tijd ook.
Zo was Pru niet. Haar medelijden zou oprecht zijn. Liza, blij dat ze de last niet meer in haar eentje hoefde te dragen, vertelde haar alles.
Soms was een heel oude en totaal betrouwbare vriendin – wat Dulcie dus uitsloot – de enige aan wie je dit soort dingen kon vertellen.
'Ik bedoel, je weet hoe ik ben,' ratelde Liza verder. Nu ze eenmaal was begonnen, merkte ze dat ze niet meer kon ophouden. 'Ik ben heus niet promiscue – nou ja, niet zo erg promiscue – maar het enige dat ik wilde was met hem naar bed gaan! Verdomme, waarom moest hij me nu zo voor schut zetten? Allemachtig zeg, hij is negen jaar jonger dan ik! En iedere keer dat ik aan hem denk, worden mijn knieën van pap – waarom echo ik?'
Hoe harder ze was gaan praten, hoe duidelijker de echo was geworden.
'Eh... ik zit in de auto.'

Maar Liza kon op de achtergrond iemand horen proesten van het lachen. Een mannelijk iemand.
'Wat is er aan de hand? Normaal gesproken echoot het niet zo erg.' Het bloed trok weg uit haar gezicht.
'Sorry, schat, mijn schuld.' Het was Eddie Hammond, die onbeschaamd grinnikte. 'Ik kon het niet laten. Ik heb je op de luidspreker gezet.'
Liza's bloed kookte. 'Jij smerige luistervink!' siste ze, vernederd.
'Toe,' protesteerde hij nog steeds lachend. 'Pru had me de foto in de krant laten zien. Ik was ook nieuwsgierig.'
Toen Liza de hoorn op de haak smeet, bedacht ze ineens dat Eddie Hammond, hoewel hij niet getrouwd was, nog nooit met haar had geflirt.
Eerst Eddie, nu Kit Berenger, dacht ze somber. Ik begin het echt kwijt te raken.

24

Dulcie had Liam niet op de club willen bellen, dat leek een beetje gretig, maar hij was vergeten om haar zijn nummer thuis te geven, dus ze had niet veel keus.
En ook niet veel tijd te verliezen, dacht ze zenuwachtig, terwijl ze wachtte tot hij aan de lijn zou komen. Ze kon zich precies voorstellen hoe Imelda de afgelopen vier dagen was geweest. Die had zich natuurlijk op hem geworpen, volop gebruik makend van Dulcies onverwachte afwezigheid. Dat mens was schaamteloos en wanhopig. Je zou bijna medelijden met haar krijgen.
Bijna, maar niet helemaal.
Opgevrolijkt door het beeld van Imelda in zo'n pak van klittenband dat je wel op kermisattracties zag, zichzelf tegen een muur van klittenband werpend waarop Liam zat als Humpty Dumpty – maar dan aantrekkelijker natuurlijk –,vergat Dulcie helemaal om nerveus te zijn toen hij eindelijk aan de telefoon kwam.
'Hoi,' zei ze opgewekt, 'ik ben weer beter! Heb je zin om vanavond bij me te komen eten, om het te vieren?'

'Geen griep meer?' Ze hoorde de glimlach in zijn stem. Hij vond het duidelijk leuk om van haar te horen.
'Geen griep meer,' antwoordde ze trots. 'Dus is dat een ja?'
Op Brunton Manor leunde Liam tegen de receptiebalie en grijnsde naar de leukste van de twee receptionistes. Ze werd meteen rood en glimlachte terug. Speels tikte hij op haar smaragden verlovingsring en trok een quasi-teleurgesteld gezicht.
'Liam, ben je daar nog?'
'Klinkt goed.' Dat was echt zo, dacht hij vrolijk. En hij mocht Dulcie graag, ze was sprankelend en grappig. Hij hoopte dat ze in de keuken net zo goed was als in bed. 'Hoor eens, ik had al met iemand afgesproken om samen iets te gaan drinken. Om acht uur. Gewoon iets zakelijks, maar ik kan het niet afzeggen. Is rond negen uur goed?'
Bijna uit elkaar barstend van geluk – ha! Imelda had hem nog niet – antwoordde ze triomfantelijk: 'Rond negen uur is prima.'

Hoewel Dulcie van nature niet echt een Delia Smith was, had ze tijdens haar huwelijk noodgedwongen geleerd om een goede maaltijd in elkaar te draaien. Ze wist zelfs hoe ze voor een klein gezelschap moest koken, wat misschien veel indruk op Liam had kunnen maken als het geen champignons gebakken in knoflookboter gevolgd door kip à la crème en chocolademousse was geweest.
Het vooruitzicht iets gezonds te moeten koken was nogal angstaanjagend, maar Dulcie weigerde zich te laten kennen. Zoals ze Liza had verteld – nogal vaak, eerlijk gezegd – was Liam het waard. Niets was haar te veel moeite. Als Liam alleen maar geroosterde krokodil zou eten, dan was ze met liefde naar het dichtstbijzijnde moeras gerend om een krokodil te vangen en hem te roosteren.
Nou ja, hij at toch geen krokodil. Het enige dat ze hoefde te doen was een paar biefstukjes grillen, wat aardappelen in de oven zetten en een schaal diepvrieserwten in de magnetron.
Het klonk allemaal simpel genoeg, maar op de een of andere manier duurde het eeuwen voordat het klaar was. Ze vond het niet erg, ze was verliefd op een prachtman, een beeld van een man, en voor iemand die zo hemels was als Liam mocht je wel een

beetje lijden. Dat hoorde er gewoon bij. Ze maakte zelfs een salade, de tomaten nauwkeurig in gekartelde helften snijdend zodat ze net lelies leken – een beetje krakkemikkige lelies, dat wel – die dreven op een artistieke vijver van sla en uien.

Dulcie sliep niet toen de hagelbui van kiezelsteentjes tegen haar slaapkamerraam ratelde, maar ze was echt niet van plan om meteen op te staan.

Ze hoorde Liam over de oprit knerpen, een handvol grind oprapen en tegen een raam iets verderop gooien, want hij wist niet wat haar raam was. Verscheurd tussen de hartstochtelijke opluchting dat hij haar toch niet had laten zitten en verontwaardiging, omdat – laten we wel zijn – je hebt laat en je hebt laat, bleef ze nog een paar seconden langer liggen.

Het was een soort wraak.

Toen ze een fontein van steentjes het badkamerraam hoorde raken en een ruit krak deed, stond ze op.

'Daar ben je dan,' riep Liam uit, terwijl hij naar Dulcies silhouet met het stekelhaar tuurde.

'Sst,' siste ze.

Hij schrok. 'Waarom? Is je man bij je?'

'Natuurlijk niet.' Mannen, werkelijk. 'Ik dacht aan de buren. Trouwens, waarom heb je niet gewoon aangebeld?'

Hij keek geschokt. 'Het is te laat om nog aan te bellen.' Dit was een overblijfsel uit zijn rumoerige tienerjaren. Zijn vader was steeds laaiend geworden wanneer hij zijn sleutel had vergeten. Nu, onder Dulcies raam, keek hij op zijn horloge en hield hem als bewijs naar haar op. 'Zie je wel? Al één uur.'

'Goh.' Dulcie was niet vergeten dat ze boos op hem hoorde te zijn. 'Gek, ik had durven zweren dat je had gezegd dat je om negen uur zou komen. Of had je het over het ontbijt?'

'Ik ben te laat,' gaf hij toe. 'Ik weet het, het spijt me.' Hij staarde haar aan, volkomen berouwvol in het maanlicht. 'Maar ik ben er nu toch? Ik ben helemaal hier naartoe gekomen. Engel, je moet me gewoon binnenlaten.'

'Ik moet verdomme helemaal niks,' reageerde ze kordaat, het geen seconde menend.

'Oké, dan klim ik wel naar boven.' Grijnzend liep hij naar de re-

genpijp naast de veranda. Hij ging op een van de bloembakken staan en begon de sterkte van de pijp te testen.
'Wie denk je dat je bent? Superman?' vroeg Dulcie spottend, maar om haar mond vormde zich een lachje. Echt, aan zo'n man kon ze toch geen weerstand bieden? Voordat hij de regenpijp van de muur zou rukken, zei ze: 'Oké, jij je zin. Ga van die pijp af voordat je een been breekt. Ik doe de voordeur wel open.'
Toen ze dat deed, was ze naakt. Liam keek ernstig naar haar kleine borsten, boog beleefd zijn hoofd en mompelde met zijn zachte Ierse accent: 'Heel leuk om jullie te leren kennen, jullie zien er allebei...'
'Stomkop,' zei ze.
Toen hij klaar was met haar te kussen, nam hij haar aan de hand mee naar de keuken. 'Ik ben uitgehongerd. Wat eten we?'
'Dat meen je niet.' Ze stompte hem verontwaardigd in zijn ribben. 'Ik heb je eten uren geleden al aan de vossen gevoerd. Je had toch niet echt verwacht dat ik wat voor je zou bewaren?'
Aan zijn gezicht zag ze dat hij dat wel had verwacht. Ze verwonderde zich over het soort leven dat hij moest hebben geleid, de beroemde tennisprof, gewend om altijd zijn zin te krijgen. Het kwam niet eens bij hem op dat vier uur te laat komen als een beetje terughoudend kon worden opgevat.
Hoewel hij eigenlijk niet wist dat hij van geluk mocht spreken. Omdat ze er stom genoeg van uit was gegaan dat Liam om klokslag negen zou arriveren, had ze eerst de steaks gegrild en ze daarna in de oven gezet om ze warm te houden. Tegen tien uur waren ze zo taai geweest als hondenkluiven. Dat ze ze uit het keukenraam had gegooid, was een daad van barmhartigheid geweest. En als de vossen ze inderdaad hadden opgegeten, net goed.
'Liefje, het was een zakenbespreking. Ik werd opgehouden,' verdedigde hij zichzelf. In werkelijkheid was het een Imelda-bespreking geweest en werd hij neergehouden, maar sommige dingen kon je beter onvermeld laten. Voor zover hij had kunnen zien, waren de dames niet echt dol op elkaar.
Dulcie stond op het punt om te zeggen dat daarvoor de telefoon was uitgevonden, toen ineens tot haar doordrong hoe dat zou klinken. Alsof ze een of andere zeurderige echtgenote was, dacht ze rillend, van het slonzige, verbitterde soort dat maakte dat je

medelijden met hun man kreeg, het soort dat maakte dat je het eigenlijk logisch vond dat de man andere verzetjes zocht.

Wat vreselijk, en dit is pas ons tweede afspraakje. Als het tenminste telt als afspraakje...

Maar Liam was hier, en dat was het enige dat ertoe deed. Wanneer je beroemd was, besefte Dulcie, golden er andere regels. Van de koningin kon je ook niet verwachten dat ze met de afwas hielp wanneer ze bij je had gegeten. Als je haar ooit weer wilde zien, dan was het niet slim om met een paar rubberen handschoenen voor haar gezicht te wapperen en haar aan het boenen te zetten.

Liam was blij dat hij de moeite had genomen om nog bij Dulcie langs te gaan. Van vissticks en opgewarmde gebakken aardappelen ging je bloed misschien niet sneller stromen, maar ze waren een prima bron van vitamine B. Bovendien, nu ze niet meer zeurde, had hij Dulcie om zijn bloed sneller te laten stromen.

Als hij eerlijk was, gaf hij de voorkeur aan Dulcie boven Imelda, die de hele avond hints ter grootte van kometen had laten vallen over de vakantie. Hij had zich oprecht verbaasd over haar gedachtegang; vrouwen waren maar rare wezens. Hij was een paar keer met Imelda naar bed geweest, meer niet. Hoe kwam ze er in vredesnaam bij om te denken dat hij het leuk zou vinden om twee weken met haar naar Phuket te gaan?

Liams levenshouding was ongecompliceerd. Het enige dat hij wilde, was fit blijven, tennissen en zoveel mogelijk pret maken met het andere geslacht. En op dat punt verdiende Dulcie beslist de voorkeur. Hij vond haar echt aardig. Ze was minder opdringerig. Waarschijnlijk genoot ze van haar hervonden vrijheid. En ze had het ook nog niet over vakanties gehad. Liam, heel erg een 'zoveel vrouwen, zo weinig tijd'-man, stond verbaasd over het feit dat vrouwen monogamie – gaap – en een nestje bouwen – gaap gaap – zo belangrijk vonden.

Jezus, wat was daar nu de lol van?

Toen Eddie die ochtend naar Swindon moest worden gereden voor een vergadering om elf uur die waarschijnlijk uren zou duren, had Pru in haar agenda gekeken en besloten om eerst Terry Lamberts huis te gaan schoonmaken. Voor de zekerheid belde ze hem van tevoren, maar toen er niet was opgenomen – hij had

geen grapje gemaakt toen hij had gezegd dat hij altijd vroeg begon – liet ze zichzelf om halfacht gewoon binnen.
De keuken was zo klaar. Daarna begon ze aan de badkamer. Terry had nieuwe aftershave gekocht, zag ze. Ralph Lauren, Polo. Lekker. En een fles volumeverhogende shampoo. Hij probeerde zich blijkbaar een beetje op te doffen voor de dames, dacht ze met een toegeeflijk lachje. Heel goed. Wedden dat hij zich ook te buiten was gegaan aan nieuwe onderbroeken?
Neuriënd viste ze de stofzuiger uit de kast onder de trap en droeg hem naar boven. De deur met een elleboog openduwend, liep ze de slaapkamer in. Echt, mannen! Waarom kwam het nooit in hen op om de gordijnen open te trekken voordat ze naar hun werk gingen?
De stofzuiger belandde met een bons op de vloer. Twee mensen schoten overeind in bed. Ze waren naakt en slechts half bedekt door het verfomfaaide dekbed.
En geen van beiden was Terry Lambert.
'Wat is hier aan de hand?' wilde de man weten.
'Wie is dat?' piepte het meisje naast hem. Ze trok het dekbed tot aan haar oren.
'Ik ben de werkster.' Pru hield zichzelf voor dat ze zich niet moest aanstellen, dit konden echt geen inbrekers zijn. In het halfduister tuurde ze naar de man die er behoorlijk aantrekkelijk uitzag. En die zware wenkbrauwen en de priemende donkere ogen kwamen haar wel een beetje bekend voor, nu ze erover nadacht.
'Wie ben jij?' vroeg ze. 'Familie van Terry?'
'Pru?' De man begon zich te ontspannen. Hij grijnsde naar haar. 'Ik ben Terry.'
'Nee, dat ben je niet.' Pru aarzelde, verward. Dit was net als in een boek van John le Carré waarin de tuinman plotseling zijn baard afrukt en dan een agent van de KGB blijkt te zijn.
'Dat is hij wel,' bemoeide het meisje zich ermee. 'En ik werk al vier jaar voor hem, dus ik kan het weten.'
Terry, die de inval eigenlijk wonderbaarlijk kalm had opgevat, vroeg aan Pru of ze niet een pot koffie voor hen allemaal wilde zetten.
Tien minuten later verscheen hij gedoucht en aangekleed in de keuken.

'Sorry dat ik zo naar binnen kwam stormen,' zei Pru, blozend bij de herinnering, terwijl ze de koffie in groen met gouden kopjes schonk. 'Ik dacht dat je op je werk was. Ik had nog gebeld.'
'Een dagje vrij. Ik hoor de telefoon nooit als ik slaap.' Hij deed haar verontschuldiging met een vriendelijk schouderophalen af. 'Maar ik ben wel benieuwd. Waarom dacht je dat ik het niet was? Wat heeft mijn bazige zus je allemaal op de mouw gespeld?'
'Niets,' protesteerde ze. 'Marion heeft niets gezegd. Ik heb me gewoon vergist. Het kwam door die foto in je slaapkamer, dat is alles. Ik dacht dat jij dat was op die foto.'
Terry's nogal hoekige mond vertrok. 'Dat wás ik ook.'
'Maar...'
Hij tikte tegen zijn neusvleugel. 'Voordat ik dit had laten doen.'
Pru kromp ineen. Ze was weer eens veel te brutaal geweest. 'Je bedoelt dat je een... ongeluk hebt gehad?'
'Geen ongeluk. Je bent heerlijk tactvol.' Hij keek haar geamuseerd aan. 'Maar dat is nergens voor nodig. Je hebt de foto gezien, Pru. Laten we wel wezen, ik ben niet met een al te subtiele neus geboren.'
'O... nou...'
'Grapjes? Ik ken ze allemaal. Leuke bijnamen? Toeter, Concorde, Vogelbek... al die namen hebben ze weleens voor me gebruikt. Toen ik op school zat, werd ik door de andere kinderen heel erg gepest,' vervolgde hij. 'Dan word je ouder en schelden mensen je misschien niet meer uit, maar je weet dat ze nog steeds naar je staren, dat ze zich proberen te concentreren op wat je zegt, terwijl ze de hele tijd denken: "God, wat heeft die man een grote gok." '
Pru stond ook alleen maar te staren. 'Dus... dus je hebt plastische chirurgie gehad?'
'Het was geen kwestie van ijdelheid.' Voor het eerst klonk hij afwerend. 'Ik wilde er alleen... gewoon uitzien.'
'O, ik snap het,' riep ze uit. Ze begreep precies hoe hij zich moest hebben gevoeld. 'Ik snap het. Deed het... nou ja, deed het pijn?'
Hij haalde zijn schouders op. 'Een beetje. Maar het was het waard. Al had het honderd keer meer pijn gedaan, dan nog was het het waard geweest. Snap je, ik hoef niet meer de hele tijd aan mijn neus te denken. Waarom huil je?' Hij keek bezorgd. 'Pru,

hou op. Niet huilen. Met jouw neus is niets mis.'

Niet in staat om iets te zeggen, deed ze haar armen omhoog en veegde haar haar uit haar gezicht.

Op dat moment kwam het meisje dat zowel Terry's kantoor als bed deelde, de keuken in, gekleed in zijn badjas. 'Jemig.' Ze keek gealarmeerd naar Pru's oren. 'Moet je daar niet eens wat aan laten doen?'

'Diplomatiek zijn is niet Karens sterkste kant,' zei Terry verontschuldigend. 'Maar deze keer moet ik haar gelijk geven.'

Pru bedekte haar oren weer. Gek dat een levenslange angst voor plastische chirurgie kon worden overwonnen door een kiekje van een man met een grote neus.

Typerend ook dat ze al die jaren toen geld geen belemmering zou zijn geweest, niet de moed had weten te verzamelen om iets aan haar oren te laten doen.

Nu heb ik eindelijk de moed, dacht ze somber, en nu heb ik niet eens geld voor een tube lijm.

25

Liza lag een uur in bad te kijken naar haar huid die verschrompelde en was verbaasd over haar eigen spectaculaire stupiditeit. Het was haar verjaardag, ze was tweeëndertig, en ze gedroeg zich als een zielige bakvis.

Verdorie, nog erger zelfs. Ze gedroeg zich als... Dulcie.

Er waren de afgelopen dagen genoeg uitnodigingen geweest van mannen die haar voor haar verjaardag mee uiteten wilden nemen. Stom genoeg, in de ijdele hoop dat Kit Berenger wel contact zou opnemen, had ze ze allemaal afgeslagen. Ze had zelfs steeds ingewikkelder smoesjes voor Kits gedrag verzonnen, iedere keer dat de telefoon ging en hij het niet was.

Uiteindelijk had ze geen smoesjes meer gehad. Geen redelijke in elk geval. De enige smoes waar hij nu nog mee weg zou kunnen komen, was dat hij dood zou zijn.

Dus daar lag ze dan in bad, een volwassen vrouw in de greep van een gênante verliefdheid – een onbeantwoorde verliefdheid ook nog – helemaal alleen op haar verjaardag en zich met de minuut meer een oude vrijster voelend.

Nadat ze uit bad was geklauterd, trok ze een wijde gele trui en een roze short aan. Aangezien de zon scheen, nam ze haar werk mee naar de patio.

Een paar seconden nadat ze was gaan zitten met nog meer naslagwerken en haar notitieblok, hoorde ze de post. Haar koffie vloog door de lucht toen ze naar de deur rende. Kaarten, kaarten, kaarten...

Maar geen eentje van Kit Berenger.

Zichzelf hatend dat ze zo stom was om te denken dat hij haar misschien een kaart had gestuurd – werkelijk, hoe diep kon je zinken? – zette ze haar zonnebril op haar neus en dwong zichzelf om twee uur achtereen te werken.

Tussen de middag zette ze nog een pot koffie en belde Mark. 'Wat betreft het eten vanavond. Wil je nog?'

'Ik dacht dat je iets te doen had.'

'Verandering van plannen,' reageerde ze opgewekt. 'Ik kan nu wel.'

'O, jammer. Ik heb al wat anders.' Verwonderd over haar telefoontje – het kwam geen seconde bij hem op dat een andere man haar had kunnen laten zitten – voegde hij eraan toe: 'Maar je kunt natuurlijk altijd mee. Ik weet zeker dat Suzie...'

Dulcie was al net zo'n teleurstelling.

'Ik kan niet, ik heb met Liam afgesproken. Hij is gek op me,' vertrouwde Dulcie haar blij toe. 'Je had hem gisternacht eens moeten zien. Hij probeerde langs de regenpijp naar boven te klimmen! Hij is zo romantisch,' verzuchtte ze, 'zo meesterlijk.'

Niet in de stemming om hiernaar te moeten luisteren, probeerde Liza snel een eind aan het gesprek te maken. 'Oké, geen punt...'

'Wacht even! Je hebt me nog steeds niet verteld wat er tussen jou en Kit Berenger is.'

'Slechte verbinding, ik hoor je niet.' Liza sloeg een paar keer met de hoorn tegen de muur en hing toen op.

Toen de deurbel een uur later ging, wilde ze eigenlijk niet opendoen. Waarom zou ze de moeite nemen wanneer het óf bloemen van Mark waren – omdat hij zich schuldig voelde dat hij vanavond niet kon – óf Dulcie die vastbesloten was om het fijne over de affaire Berenger te horen.

Mooie affaire, dacht ze ongelukkig. Was het maar zo.

De bel klonk weer. Een geërgerde zucht slakend liep ze naar de gang om te kijken wie het was. Als het bloemen waren, dan zou ze opendoen. Als het Dulcie was, zeer zeker niet.

Het was Dulcie niet. Het waren ook geen bloemen. En het silhouet dat ze door het glas-in-lood zag, was manvormig.

Toen ze de deur opende, kwam ze oog in oog te staan met Kit Berenger.

'Gefeliciteerd met je verjaardag.'

Hij droeg een donkergroen overhemd met een fijn rood streepje en een smetteloos zwart pak.

'Dank je.' Ze vroeg zich af hoe hij wist dat het vandaag was. Ach, wie kon dat wat schelen? Hij was er. Hij was er!

'Je zou me natuurlijk binnen kunnen vragen,' zei hij, toen ze onbeweeglijk bleef staan.

'Ik dacht dat je zou bellen.' Ze bleef waar ze was. 'O nee, ik weet het al, je hebt dat briefje van tien pond natuurlijk uitgegeven en kon je mijn nummer niet herinneren.'

Hij grinnikte. 'Je hebt erg weinig vertrouwen in me. Eerlijk gezegd heb ik het nummer uit mijn hoofd geleerd. En ik had je bijna gebeld, wel zo'n honderd keer. Het kostte me heel wat zelfbeheersing, dat kan ik je wel zeggen.'

Liza haalde diep adem. Op dit moment kostte het haar ook behoorlijk wat zelfbeheersing.

'Hoe dan ook, het was netter geweest om even te bellen,' zei ze kalm. 'Als je besluit dat je iemand niet weer wilt zien, moet je ze dat wel even laten weten.'

'Toe zeg,' zei hij plagend. 'Dat heb je geen seconde gedacht.'

Ze trok hem de smalle gang in en gooide de deur dicht. Ze stonden vlak voor elkaar, haar donkerbruine ogen boos in zijn goudgele geboord.

'Ik dácht ook dat ik dat geen seconde zou denken,' siste ze bijna tegen hem, 'totdat je echt niet belde. Godallemachtig,' flapte ze eruit, 'hoe kon je me dat nu aandoen?'

'Hoor eens,' zei hij, 'ik dacht dat we allebei tijd nodig hadden om te denken. Ik weet niet hoe het met jou zit, maar ik maak er

geen gewoonte van om dit voor iemand te voelen. Het is behoorlijk eng, als ik eerlijk ben.' Hij aarzelde en glimlachte toen half. 'Ontzettend eng eigenlijk.'
'Het is alleen maar lust. Daar hoef je niet bang voor te zijn!'
'Tja, maar wat als het niet alleen maar lust is?' Kit legde zijn handen op haar schouders. 'Je hebt zelf gezegd dat ik te jong voor je ben.'
Ze glimlachte naar hem. 'Ik bedoelde dat ik te oud voor jou ben. Maar dat doet er niet toe. We hebben het niet over trouwen. Wat kan een onschuldige affaire nu voor een kwaad?'
'Is dat het enige dat je wilt?' wilde Kit weten. Hij begon geïrriteerd te klinken.
Liza was alleen maar blij dat hij er was. De opluchting was overweldigend. Ze besloot om eerlijk tegen hem te zijn. 'Je moet dat niet persoonlijk opvatten, zo ben ik nu eenmaal. En dat van die leeftijd maakt niet uit; ik ben zo bij iedereen. Ik verveel me snel, dat is alles. Dus geloof me, je hoeft niet bang te zijn voor een vaste relatie,' vertelde ze hem, 'want zover komt het niet.'
Vreemd genoeg hoorde ze dat haar stem brak. Ze zweeg even voordat ze verder ging. 'Mijn relaties duren nooit lang.'
Hij raakte haar mond aan met zijn vinger en volgde de lijn van haar onderlip. 'Hoe lang duurt het voordat je je gaat vervelen?'
'Drie à vier weken.' Ze probeerde haar mond weg te trekken van zijn vinger, maar merkte dat ze het niet kon. 'Ik ben erg oppervlakkig.'
Kit fronste zijn wenkbrauwen. 'Een maand? Heb je nooit een relatie gehad die langer dan een maand duurde?'
Liza schudde beschaamd haar hoofd. 'Zo ongeveer. Ik geloof dat ik een keer de vijf weken heb gehaald.'
Hij schudde ook zijn hoofd. 'Dat is echt treurig.'
'Ach, ik ben eraan gewend,' zei ze.
'Dat is nog erger.'
'Waag het niet om medelijden met me te krijgen.'
'Dat heb ik niet.' Hij grijnsde. 'Ik zou niet durven. Hoe dan ook, je hebt mij nu leren kennen. Misschien dat de dingen nu veranderen.'
Zul je altijd zien, dacht ze. Na jaren niet warm of koud te zijn geworden van een eindeloze serie heel geschikte mannen, word

ik verliefd op een jongetje. Ongeschikter kan bijna niet.
Ze dacht overigens niet echt dat ze verliefd zou worden. Dat was niet erg aannemelijk. Het enige dat ze wilde was een paar weken genieten en dan het onvermijdelijke einde vrolijk accepteren. Maar voor hem wilde ze wel doen alsof die mogelijkheid bestond. Glimlachend zei ze: 'Wie weet? Misschien veranderen ze wel, ja.'
Hij kneep meteen zijn ogen tot spleetjes. 'Houd me niet voor de gek.'
'Dat doe ik niet.'
'Dat doe je wel. Je denkt dat ik te jong ben om je te begrijpen.'
Ze wilde dat hij ophield met praten. Het enige waaraan ze nu kon denken, was dat ze heel graag wilde dat hij de liefde met haar bedreef.
Dat, besloot ze, zou nog eens een verjaardagscadeau zijn.
Ze schonk hem haar sensueelste, betoverendste glimlachje, het lachje waar nog geen man weerstand aan had kunnen bieden.
'Echt, van mij zul je geen genoeg krijgen,' beloofde Kit, weerstand biedend aan haar glimlach. 'Al wordt het mijn dood, ik zal zorgen dat je me blijft willen.'
'Echt waar?' Liza staarde hem dromerig aan. Haar vingers jeukten om de knoopjes van zijn overhemd los te maken. 'En hoe denk je dat te doen? Door hypnose?'
'Kijk me niet zo aan,' zei hij grijnzend. 'Door niet met je naar bed te gaan, om te beginnen.'

Het was de eerste week van juni. De betekenis daarvan drong ineens tot Pru door, terwijl ze op een houten bank voor Elmlea House in Clifton afwezig door de *Daily Mail* zat te bladeren.
'Rijverbod voor dominee na slagveld onder pauwen,' las ze, maar het was minder bloederig dan het klonk. Een afwezige dominee die zijn gedachten bij de preek van volgende week zondag had gehad in plaats van bij het verkeer, was een heg in gereden en had dertig jaar liefdevol snoeiwerk vernield. Zes in de vorm van pauwen gesnoeide buxushagen waren onthoofd. De Morris Minor was er zonder kleerscheuren vanaf gekomen. De dominee, die een rijverbod van een maand opgelegd had gekregen, vertelde in de krant: 'Ik vind het verschrikkelijk. Iedereen in de gemeente weet hoeveel ik van vogels houd.'

Het drong plotseling tot Pru door dat Eddies rijverbod ook bijna afgelopen moest zijn. Hij had geboet, zijn straf zat erop. Hij kon nu iedere dag zijn rijbewijs terugkrijgen.
Het verbaasde haar een beetje dat ze het jammer vond. Ze zou het missen dat ze hem niet meer kon rondrijden. Misschien kon ze een advertentie ophangen in het plaatselijke politiebureau en haar diensten aanbieden aan anderen die een rijverbod kregen opgelegd.
Maar dat zou niet hetzelfde zijn als met Eddie.
'Ik weet nu wie je bent.'
Pru beschutte haar ogen tegen de ondergaande zon en keek op om te zien wie het woord tot haar had gericht. O, help, daar had je die bazige oude vrouw weer, de vrouw die Dulcies zwoele pocket had opgeëist.
'Je bent met Edna Peverells schoonzoon,' verklaarde de vrouw triomfantelijk. 'Je komt hier drie keer per week met hem. Edna zegt dat hij een verdomd goede kerel is.'
Omdat Pru niet wist wat ze moest zeggen, knikte ze en legde de krant weg. 'O ja, eh... verdomd goed.'
'Dus vraag ik me af,' de oude vrouw keek haar uitgeslapen aan, 'wat er mis is met jou?'
'Sorry?' vroeg Pru.
'Waarom heeft jouw kerel je niet aan Edna voorgesteld? Schaamt hij zich voor je? Wat ben je, een naaktmodel of zo, in haar vrije tijd?' De oude dame had de lach van een vos. 'Vooruit, kindje, je kunt het mij wel vertellen. Waarom laat hij je altijd als een natte paraplu buiten wachten?'
Het oude mensje had ze duidelijk niet meer allemaal op een rijtje, maar toch voelde Pru zich gevleid. Ze keek naar haar bijna niet-bestaande borsten. 'Ik lijk anders niet erg op een naaktmodel.'
'Nee, dat is waar. Iets anders dan. Parkeerwacht? Jehova's getuige?' Ze wees beschuldigend met haar wandelstok naar Pru. 'Socialist?'
'Eerlijk gezegd,' zei Pru, 'is hij niet mijn kerel. Ik ben alleen maar zijn chauffeur. Daarom heeft hij me niet aan zijn schoonmoeder voorgesteld.'
'Onzin,' verklaarde de oude dame. Reumatisch voortschuifelend

wees ze met haar stok naar een van de met klimop begroeide ramen op de eerste verdieping die op het parkeerterrein uitkeken. 'Dat is mijn kamer daar. Ik houd jullie nu al zes weken in de gaten. Ik ben niet blind, hoor.'

Nee, alleen knettergek, dacht Pru.

'Hoe vond u het boek?' veranderde ze van onderwerp.

'Niet slecht.' Het excentrieke dametje had zich omgedraaid naar de zware eikenhouten voordeur. Voordat ze wegliep, schonk ze Pru nog een listig lachje. 'Alleen niet genoeg seks.' In zichzelf mompelend verdween ze naar binnen.

'Wat?' riep Pru haar achterna. 'Wat zei u?'

'Ik zei: niet genoeg seks.' Op een vreemd koninklijke manier wuifde de oude vrouw nog even met haar stok naar Pru. Toen begon ze te proesten van het lachen. 'Net als jij met die kerel van je.'

Pru vertelde Eddie niets over dit gesprek toen hij weer bij de auto kwam. Wel vroeg ze hem wanneer zijn rijverbod van drie maanden voorbij was.

Eddie keek uit het raampje naar de spectaculaire hangbrug over de Avon-kloof. 'Had ik gezegd drie maanden? Dat klopte niet helemaal.' Hij klonk niet op zijn gemak en keek haar nog steeds niet aan. 'Het was eigenlijk... eh... zes maanden.'

26

Dulcie bekeek zichzelf zorgvuldig vanuit alle hoeken in de kastspiegel, maar ze zag er net zo uit als anders.

Dit was behoorlijk irritant, want wanneer je zo je best had gedaan als zij de afgelopen maand, dan verwachtte je er toch op zijn minst uit te zien als een bodybuilder op een wereldkampioenschap.

Nou ja, vanbinnen zou ze dan toch in elk geval wel fitter zijn. Het zweten was smerig, het gegrom en geruk deden akelig veel aan het baren van een kind denken en de pure pijn die ermee gepaard ging, was onvoorstelbaar, maar als dit ervoor nodig was om Liam te laten zien dat ze zijn soort vrouw was... nou ja, dan was het iedere kreun en ruk meer dan waard.

Na het griepfiasco had Dulcie begrepen dat er drastische maatregelen nodig waren. Door sommige dingen kon je je heen bluffen, door andere niet, en proberen om jezelf af te schilderen als de Steffi Graf van Bath, wanneer je in werkelijkheid een kruising tussen een amechtige dikzak en een wandelende Mars-reep was, ging duidelijk niet.

Het resultaat was dat Dulcie lid was geworden van een andere, minder chique sportschool aan de andere kant van de stad en iedere dag lessen volgde bij de veel minder begerenswaardige tennisleraar van middelbare leeftijd daar. Om meteen helemaal door de zure appel heen te bijten, had ze zich ook ingeschreven voor een aerobics-voor-beginnersklasje. Als ze daarna nog kon lopen, strompelde ze door naar de gymzaal en deed nog een uur aan gewichtheffen.

Het was verreweg de walgelijkste maand uit haar leven geweest. De enige troost was dat ze het deed waar niemand haar herkende; ze sportte op een club die zo on-trendy was dat het heel onwaarschijnlijk was dat ze er iemand tegen het lijf zou lopen die ze kende.

Maar als Liam McPherson vasthouden betekende dat ze fit moest blijven, dan was ze bereid te lijden.

En ze hád geleden, een hele maand lang. Het was alleen klote dat het niet te zien was.

Misschien kon ze Liam met haar dijen halfdood drukken. Dan zou hij nog eens onder de indruk zijn.

Nadat ze klaar was met de inspectie voor de spiegel, wriemelde ze zich in een nieuw jurkje, een strak gevalletje in de kleur van citroensorbet. Daarbij droeg ze platte zilverkleurige sandaaltjes en niet al te overdreven zilveren sieraden. Ze had een afspraak met Liam in Poppers, de nieuwe wijnbar op Pulteney Bridge, en ze wilde er goed uitzien. Poppers was echt een plek waar mensen heen gingen om gezien te worden.

'Dulcie? Ben je hier alleen?'

Toen Dulcie zich omdraaide, kwam ze oog in oog te staan met

haar van haar vervreemde echtgenoot. Werkelijk, Patrick deed het voorkomen alsof ze een prostituee was.

'Geen paniek! Ik beloof je dat ik mijn slipje niet aan vreemde mannen zal laten zien. Bovendien,' ze schonk hem een plagerig lachje, 'dit is een wijnbar, geen straathoek. Ik mag hier zijn; het is allemaal legaal.'

Eerlijk gezegd was het leuk om hem weer te zien... totdat ze ineens zag dat de vrouw die heel erg haar best deed om eruit te zien alsof ze niets met Patrick te maken had, toch met hem te maken bleek te hebben.

'O, sorry. Claire, dit is Dulcie. Mijn... eh... vrouw. Dulcie, Claire.'

Hij had haar weleens mogen waarschuwen, vond Dulcie. Ze glimlachte zo gewoon mogelijk naar Claire en was verbaasd hoeveel moeite haar dat kostte. Wat jammer dat mensen geen piepers droegen, kleine persoonlijke radars, zodat je altijd een paar minuten van tevoren wist dat je ze zo zou tegenkomen. Dat was alles wat je nodig had, peinsde ze, gewoon een paar minuten om om te kunnen schakelen, je geestelijk voor te bereiden op die ongemakkelijke toevallige ontmoetingen. Als Patrick dan toch zo handig was met computers, kon hij zich daar misschien eens op toe gaan leggen. Er was vast wel een markt voor piepers die je waarschuwden dat je zo meteen je man met zijn nieuwe liefje tegen zou komen.

'Leuk om je te leren kennen,' zei Claire, die Dulcies nietsvermoedende hand schudde. 'Hoor eens, als jullie soms even willen praten, dan wil ik wel een paar minuten...'

'Nergens voor nodig.' Patrick beloonde het diplomatieke aanbod met een glimlachje en sloeg een arm om Claires middel.

Dulcies ogen vielen er bijna uit. Openbare blijken van affectie waren helemaal niets voor Patrick! Allemachtig, zelf had ze er vier jaar over gedaan voordat ze hem zover had gekregen om een keer een arm om háár middel te slaan.

'Maar,' vervolgde hij, alsof Dulcie expres had geprobeerd van onderwerp te veranderen, 'waarom ben je hier dan alleen?'

'Ik ben niet alleen. Ik heb met Liam afgesproken.'

'O? Waar is hij?'

'Ik ben aan de vroege kant,' loog ze.

Patrick keek haar ongelovig aan. 'Jij bent nooit aan de vroege kant.'

Dat was de pest met echtgenoten; ze kenden je te goed. Dulcie vervloekte hem omdat hij haar kende. Ze begon de leugen uit te breiden.

'Nou, het was ook niet de bedoeling dat ik hier zo vroeg zou zijn, maar ik was bij Liza en die moest weg en bood me een lift aan. En Liam had me al gewaarschuwd dat hij misschien iets later zou komen... iemand had een Lamborghini te koop voor hem en als het hem wat lijkt, dan gaat hij een proefrit maken...'

Dit gedeelte was nog waar ook. De reden dat ze loog, was om te verhullen dat Liam al een uur te laat was. Ze wist gewoon dat Patrick dat zou afkeuren.

Tot haar ergernis was Patrick helemaal niet zo onder de indruk van de Lamborghini. Omdat ze hem net zo goed kende als hij haar, voelde ze gewoon dat hij zijn lippen geamuseerd krulde. Hij vroeg zich af waar ze mee bezig was, waarom ze in vredesnaam iets had met een man die zo'n soort auto wilde.

Inwendig ineenkrimpend herinnerde Dulcie zich hoe Steve Ellis, die viespeuk van een golfleraar op de club, Lamborghini's had genoemd toen Liam had gezegd dat hij erover dacht om er eentje te kopen. 'Ha, de super-wijvenmagneet!'

En Liam had grijnzend geantwoord: 'Die heb ik niet nodig.'

'Hij koopt hem waarschijnlijk toch niet,' zei Dulcie tegen Patrick en Claire. 'Niet dat hij het zich niet kan veroorloven. Maar het is niet echt zijn stijl, weet je. Een beetje protserig.'

'Mijn vader heeft er een gehad. Hij heeft hem vorig jaar verkocht,' vertelde Claire. Toen ze zich haar blunder realiseerde, sloeg ze lachend een hand voor haar mond. Daarna pakte ze Dulcies arm beet, nog steeds giechelend, en fluisterde op samenzweerderige toon: 'Het is niet erg. Je hebt natuurlijk gelijk. Te protserig voor woorden. Hij zag er belachelijk mee uit.'

Dulcie zat in de val. Om negen uur was Liam nog steeds nergens te bekennen, en Patrick had blijkbaar besloten om haar aan de praat te houden totdat hij kwam. Aangezien ze verder niemand kende in de bar, had Dulcie niet veel keus.

Ze bedacht dat altijd werd beweerd dat mannen een bepaald soort vrouw zochten en zich daar dan aan hielden, maar voor Patrick

ging dat beslist niet op; hij was erin geslaagd om iemand te vinden die precies het tegenovergestelde was van haar. En daarbij – het was irritant, maar ze kon het niet helpen; het was logisch dat ze zich beledigd voelde – leek hij heel gelukkig met Claire.
Misschien is dat wat hij altijd al heeft gewild, en had hij beter meteen zo'n soort vrouw kunnen kiezen, dacht ze. Een verstandige, vrolijke, tjeempie-waar-heb-ik-mijn-hockeystick-gelaten soort vrouw. Intelligent en aardig voor iedereen en met heel veel gezond verstand. Het soort vrouw, dacht Dulcie somber, dat haar hand opstak en zei: 'Nee, dank je, één bonbon is echt genoeg voor me.'
Ze had zelfs een echte carrière, verdomme, dus Patricks belachelijke werktijden konden haar niets schelen. Veel kans dat ze niet eens zou merken dat hij nooit thuis was, omdat ze er zelf ook niet was, want zij was ook nog aan het werk.
Ze zouden echt het prototype van een werkend paar kunnen zijn, vond Dulcie, en het irritantste was nog dat ze niet eens het idee zouden hebben dat ze iets van het leven misten, want als je zo carrièregericht bent, dan is je werk je leven.
Bidden dat het Liam was iedere keer dat de deur openging, had niet gewerkt, en tegen halftien werd Dulcie behoorlijk wanhopig… en probeerde dat nog wanhopiger te verbergen.
'Zo te merken heeft hij je laten zitten,' zei Patrick zonder een spoortje medelijden. 'Kom, dan geven we je een lift naar huis.'
Kon het droeviger? Dulcie onderdrukte een rilling – god, de vernedering! – en leegde vrolijk haar glas.
'Maak je niet zo druk, hij kan nu elk moment hier zijn,' riep ze uit. 'Bovendien begint dat feest waar we naartoe gaan pas om twaalf uur… Het is bij een van zijn popsterrenvriendjes, had ik dat al gezegd? Ze wonen in een fantastisch landhuis buiten Calne. O, allemachtig, Patrick, kijk toch niet steeds op je horloge! Wat maakt het nu uit dat iemand ietsiepietsie te laat is? Wacht, dan zal ik nog iets bestellen…'
'We hebben een tafeltje gereserveerd in de Blue Bowl,' zei Patrick kortaf; hij vond het niet grappig meer.
'Heb je geen zin om met ons mee te gaan? Dat zou ik leuk vinden,' bood Claire aan met een oprecht bezorgde blik in haar heldere grijze ogen. Ze knikte onder het praten, zo ritmisch dat Dul-

cie zich afvroeg of iemand achter haar aan haar glanzende bruine staart trok, om op het dichtstbijzijnde touw te oefenen in klokkenluiden.

Die klote, klote Liam…

En ook klote Claire, die zo bezorgd, zo ontzettend, ontzettend áárdig was! Waar had Patrick haar eigenlijk gevonden? Op de stoep van een etiquetteschool voor charmante dames?

Dit herinnerde Dulcie er ineens aan dat Patrick haar nog niet had verteld hoe het die avond dat zijn moeder een afspraakje voor hem had geregeld, was gegaan.

Om zijn aandacht van Liams laat zijn af te leiden, zei ze vrolijk: 'Dat was ik nog vergeten te vragen, hoe ging die vreselijke *blind date* vorige week eigenlijk waar je zo tegen opzag? Een totale nachtmerrie zeker?'

Patrick keek naar Claire. Ha, dacht Dulcie verrukt. Betrapt! Dus je bedriegt haar nu al…

Claire, op haar beurt, keek naar Dulcie. Er zaten kuiltjes in haar wangen. 'Ik geloof niet dat het al te slecht is gegaan,' zei ze met een speels glimlachje.

'Maar…'

'O, Dulcie, die vreselijke *blind date* was ik.'

'Waar heb je uitgehangen?' siste Dulcie toen Liam eindelijk kwam opdagen. 'Allemachtig zeg, je bent twee uur te laat!'

Liam legde een hand op een oor en schudde zijn hoofd. 'Verdomme, ik haat het wanneer dat gebeurt.'

'Wat?'

'Die verschrikkelijke herrie in mijn oor. Dat zeurgeluid.'

'Ik zeur niet,' zei ze boos, 'ik zeg het je alleen maar, meer niet. Je had hier om negen uur moeten zijn.'

'Hoezo, wat is er gebeurd?'

De blondine die met haar rug naar Liam toe stond, giechelde ineens en draaide zich om om naar hem te kijken. Liam, blij dat zijn grapjes gewaardeerd werden, grijnsde terug.

'Mijn man en zijn nieuwe vriendin waren hier, dat is wat er is gebeurd,' jammerde Dulcie. 'En ze wilden per se samen met mij op jou wachten.'

Liam keek om zich heen. 'Waar zijn ze dan?'

'Ze zijn twee minuten geleden weggegaan!' Ze stampvoette bijna.
'Oef, perfecte timing.'
De blondine giechelde weer. Liam probeerde zonder al te veel succes zijn gezicht in de plooi te houden. Dulcie had hun het liefst allebei een schop verkocht.
'Het is heus niet grappig. Verdomme, ze hadden medelijden met me!'
'Houd ik deze oorpijn de hele avond?' vroeg Liam.
Zijn stem had een ongewoon scherpe klank, alsof hij op het punt stond om zijn geduld te verliezen. Ineens overspoeld door angst – wat als Liam zich omdraaide, de blondine beetpakte en met haar naar buiten verdween? – dwong Dulcie zichzelf om te kalmeren. Liam was niet het type om in zijn eentje te gaan zitten kniezen. Ze had een bevoorrechte positie, en als zij die niet wilde, dan stonden er genoeg vrouwen in de rij om haar plaats in te nemen.
'Sorry. Het was gewoon behoorlijk gênant, meer niet. Laat maar zitten.'
Zijn goede humeur was meteen weer hersteld. Hij sloeg zijn arm om haar heupen en trok haar speels naar zich toe.
'Je bedoelt dat ik geen straf krijg van de juf?' fluisterde hij in haar oor. 'Ik hoef niet honderd strafregels te schrijven: ik mag niet stout zijn en Dulcie van streek maken?'
Ze beefde hulpeloos. O, dat zachte, spinnende Ierse accent! De overheid zou eigenlijk moeten waarschuwen dat dat schadelijk was voor de gezondheid...
'Oké, voor deze keer kom je ermee weg,' zei ze zwakjes, terwijl Liam haar vingertoppen begon te kussen. Verdomme, waarom waren Patrick en Claire er nú niet?
'In dat geval,' zijn blauwe ogen kregen lachrimpeltjes, 'mag je met me mee in mijn nieuwe auto.'
'O, hemeltje, ik stap nooit bij vreemde mannen in de auto,' zei ze.
'Maar het is een Lamborghini.'
'Wat voor kleur?'
'Rood, natuurlijk.'
'O, dan is het goed.'

27

Liza, die in haar ogen wrijvend de voordeur opende, protesteerde: 'Jemig, het is pas zeven uur.'
Kit zag eruit alsof hij al uren op was. Hij knipoogde, totaal onaangedaan door de mopperige verwelkoming. 'Weet je wat voor dag het vandaag is?'
Ze moest even nadenken. 'Dinsdag.'
'Nee. Nou ja, ja,' gaf hij toe. 'Maar wat nog meer?'
'Ik geef het op.'
'Het is tijd dat ik je begin te vervelen.'
Dat wist Liza al. Ze glimlachte. 'Moet dat?'
'Het is vandaag precies een maand,' zei hij. 'Verveel je je nog niet?'
Ze sloeg haar armen om zijn nek. Toen ze klaar was met hem kussen, keek ze in zijn bijzondere, goudgele ogen. 'Je weet dat ik me nog niet verveel. Ik heb me nog nooit zo weinig verveeld.'
En ze was ook nog nooit zo gefrustreerd geweest, nu ze het er toch over hadden.
'Het punt is,' zei Kit, die zag wat ze dacht en erom moest lachen, 'je bent wel oké. Ik ben behoorlijk gek op je, weet je. Misschien moeten we dat maar niet verpesten.'
'En dat betekent?'
Hij haalde zijn schouders op. 'Nou, ik weet niet. Misschien moet het maar blijven zoals het is. Platonische vriendschap. De eerste tien jaar geen seks. Wat doe je?'
Stomme vraag.
'Ik maak je riem los.'
'O. Dus je ziet niet veel in mijn idee dan?'
'Niet veel, nee.'
Hij schopte de voordeur dicht en leunde er met zijn rug tegenaan, zijn ogen gefixeerd op Liza's gezicht.
'En wat doe je nu?' vroeg hij ten slotte.
'Ik trek alleen maar je rits naar beneden.'
'Liza.'
'Mm?'
'Ik hou van je.'

Ze wendde haar blik af, niet in staat om iets te zeggen. Al die jaren en dan gebeurde het eindelijk. Ze had deze woorden al zo vaak gehoord, maar dit was de eerste keer dat ze ze ook echt wilde horen. Tot nu toe hadden ze haar alleen maar misselijk gemaakt.
'Het is bijna mijn dood geworden, dit lange wachten,' vervolgde hij. 'Ik wil met je naar bed, liever dan wat ook ter wereld.'
Ze beefde hulpeloos. Ze wist dat het afgezaagd was, maar er trok echt een rilling langs haar rug.
Ze schraapte haar keel en knikte. 'Ik ook met jou.'
'Maar als dat dingen tussen ons gaat veranderen... als het wat gaat verpesten...'
'Dat denk ik niet,' zei Liza, die zich hetzelfde had afgevraagd. Deze keer schudde ze verwoed haar hoofd, want ze wilde hem er per se van overtuigen dat ze het meende. 'Ik denk echt niet dat dat zal gebeuren.'
'Weet je wat?'
'Wat?'
Langzaam liet hij de smalle bandjes van haar witte nachthemd van haar schouders glijden.
'Jij gaat je niet met mij vervelen,' fluisterde hij, terwijl zijn warme adem haar hals streelde. 'En ik ga me niet met jou vervelen.'
Hij wist alles altijd zo precies. Ze vroeg zich af hoe iemand van drieëntwintig in godsnaam zo zelfverzekerd kon zijn. Allemachtig, hij gedroeg zich nog ouder dan zij.
'Is dat een belofte?' vroeg ze met droge mond. De behoefte om het te weten was overweldigend.
Terwijl hij haar naar de slaapkamer droeg, antwoordde hij: 'Dat zweer ik je.'

Het was geen teleurstelling.
Godzijdank.
Niet dat Liza echt had verwacht dat hij slecht in bed zou zijn; het was alleen dat, als je zolang over iets fantaseerde, je verwachtingen zo torenhoog werden, dat er bijna niet aan voldaan kon worden.
Nee, dacht ze, met gesloten ogen glimlachend, het was op geen enkele manier een teleurstelling geweest.

En ze had zich ook beslist niet verveeld.
'Trouwens, mijn nichtje wil je graag leren kennen,' zei Kit veel later die ochtend.
Liza lag zijn bruine benen te bewonderen. Mooiere benen dan ze ooit bij een man had gezien.
'Welk nichtje?'
'Nicky.'
'Je bedoelt van de Songbird?'
Kit aapte haar blik van afschuw na. 'Ja, van de Songbird.'
'O mijn god, wat wil ze van me? Me vermoorden?'
'Geen paniek, het gaat al beter met het restaurant. Ze hoeven toch niet dicht.'
Liza bedekte haar gezicht met het dekbed. Haar stem klonk gedempt. 'Ze haat me vast.'
'Nee, om je de waarheid te zeggen, ze is het met je eens. Zodra ik haar vertelde dat je er op nieuwjaarsdag had gegeten, ging er een lampje bij haar branden. Dat was de dag waarop de kok halflam op zijn werk was verschenen, en Nicky zo'n beetje zelf alles moest koken.'
'Arm kind.'
'Ze heeft het overleefd. Ik weet zeker dat jullie het met elkaar kunnen vinden,' zei hij.
Liza legde haar hoofd in zijn schouderholte. 'Dit is echt vriendje-vriendinnetje-gedoe. Voorgesteld worden aan de familie.' Ze glimlachte bij de gedachte. Nog iets waar ze zich jaren tegen had verzet, voornamelijk omdat het haar weinig zinvol had geleken. 'Ik ben benieuwd wat we daarna krijgen.'
'Nou, nu we het er toch over hebben, kan ik het net zo goed meteen vertellen,' zei hij kalm. 'Mijn vader. Het punt is...'
'Wil je vader me ook leren kennen? Mijn god, over populair gesproken! Hoe weet...'
Hij legde zijn hand zacht op haar mond om haar het zwijgen op te leggen. 'Niet zo snel. Ik wilde zeggen dat je zoiets niet van mijn vader hoeft te verwachten, want hij wil je absoluut niet leren kennen.'
'O.'
'Ik zeg het niet om je te beledigen, hoor.'
'Ik ben niet beledigd,' zei Liza, diep beledigd.

‘Hoor eens, hij is gewoon behoorlijk ouderwets. Dat je Nicky van streek hebt gemaakt, heeft niet erg in je voordeel gewerkt, om te beginnen.’

‘Oké.’ Liza knikte tegen zijn borstkas. Dat kon ze begrijpen.

‘Dus het kwam erop neer dat hij niet erg blij was toen ik hem over jou vertelde.’ Kit zweeg en haalde een keer diep adem. ‘En toen hij ontdekte hoe oud je was...’

Ze kromp ineen. ‘Toen vloog hij tegen het plafond en moest jij hem er weer afschrapen.’

‘Zoals ik zei, hij is ouderwets. Hij heeft vastomlijnde ideeën. Ideeën van beton,’ gaf hij vermoeid toe. ‘Je weet wel. Mijn zus is dertig, dus die moet hoognodig trouwen en kindertjes krijgen. Ik ben drieëntwintig, dus ik moet de markt verkennen.’

‘Hoe weet hij of je dat niet aan het doen bent?’

‘Hij wil dat ik de markt van negentienjarige meisjes verken, misschien van twintigjarige. Ik heb hem verteld dat ik geen belangstelling heb.’

‘Jemig, misschien denkt hij wel dat je homo bent.’

‘Nog erger.’ Hij keek haar aan. ‘Ik heb hem verteld dat ik de markt niet hoef te verkennen, dat dit met jou serieus is. En god mag het weten, dat is voor het eerst.’

Liza’s maag maakte een langzame, slangachtige buiteling. Hoewel ze van nature niet bijgelovig was, vond ze het toch een eng idee om het lot te tarten.

‘Loop je nu niet een beetje te hard van stapel?’

Kit haalde zijn schouders op. ‘Misschien, maar ik meen het wel.’

O, alsjeblieft, alsjeblieft, dacht ze, bevend van genot toen zijn hand naar haar buik gleed, ga je nooit bij me vervelen.

Iedereen leek er altijd de draak mee te steken, maar Dulcie vond het heerlijk om overdag tv te kijken. Ze hield van de nutteloosheid ervan... de *makeovers* van kijkers, het geroddel over filmsterren, het panel van deskundigen dat moest besluiten welke bonen uit blik het minst walgelijk waren. Ze genoot ook van het oppervlakkige gebabbel van haar lievelingspresentatoren, van de grauwe kamers die veranderd werden in paleisjes, van de kookrubrieken. Vooral de laatste vond ze behoorlijk troostrijk om naar te kijken.

Maar het allermeeste hield ze van Nancy, de vijf keer gescheiden probleemoplosser, die heerlijk moederlijk was en niet te schokken leek. Als iemand iets beschaamds of gênants zei, dan vertelde ze hem of haar meteen met die lieve troostende stem van haar dat ze het volledig begreep, want dat haar een keer precies hetzelfde was overkomen.
'Geloof me, ik weet precies hoe je je voelt,' zei Nancy nu tegen een vrouw in tranen die net had ontdekt dat haar man een voorkeur had voor kanten ondergoed. 'Vertel eens, is het alleen het ondergoed of draagt hij ook rokken?'
Ja, dat deed hij ook, biechtte de vrouw op tussen het snikken door. Ze had een gele chiffon jurk met ruches achter in de kast gevonden en zich afgevraagd wat die daar in 's hemelsnaam moest. Hij was verschrikkelijk lelijk, helemaal niet haar smaak.
Terwijl Dulcie de chocola van haar biscuitje afknabbelde, stelde Nancy de vrouw voor om samen met haar man te gaan winkelen, om zo een band op te bouwen en kostbare miskopen te voorkomen.
De volgende beller was meer naar Dulcies zin.
'... het punt is,' jammerde Greta uit Scarborough, 'dat ik echt van hem hou, Nancy. Als hij me verlaat, dan weet ik niet wat ik moet doen, ik wil gewoon dat iemand me vertelt hoe ik hem kan houden... ik wil echt alles doen...'
Dulcie nam nog een biscuitje. Dat gevoel kende ze maar al te goed.
'Goed, Greta. Ik begrijp precies hoe wanhopig je je moet voelen,' zei Nancy op gezellige toon. 'Ik hoor het gewoon aan je stem. Maar eerst zal ik je vertellen wat je niet moet doen.'
'Wat moet je niet doen, Nancy?' informeerde een van de presentatoren van het programma.
'Ja, Nancy,' zei Dulcie, 'wat moeten we niet doen?'
'Denk alsjeblieft, alsjeblieft niet dat al je problemen zouden zijn opgelost als je een kind kreeg.' Nancy klonk droevig. 'Want geloof me, Greta, dat zou de grootste fout zijn die je kunt maken.'
De chocolade was aan het smelten. Dulcie likte de chocola van haar vingers en riep het beeld op van een klein babytje, het evenbeeld van Liam, in witte tenniskleertjes en zwaaiend met een miniatuur-racketje.

Dit was een mogelijkheid waar ze zelfs nog niet aan had gedacht.
'Ik heb daar wel even aan gedacht,' bekende Greta uit Scarborough.
'Niet doen,' zei Nancy ferm.
Dit was net zoiets als verteld worden dat je niet aan roze olifanten mocht denken. Dulcie zag meteen voor zich hoe Liam met zijn nieuwe zoon zou pronken, hem rond zou rijden in de Lamborghini, iedereen trots vertellend hoe het vaderschap zijn leven had veranderd.
'Ik weet het,' zei Greta, die steeds wanhopiger begon te klinken, 'maar bij mijn zus heeft het wel gewerkt. Ze raakte zwanger en haar vriend is bij haar gebleven. En ze heeft het expres gedaan,' voegde ze er uitdagend aan toe. 'Hij dacht dat ze nog steeds aan de pil was, maar daar was ze al mee gestopt.'
'List en bedrog.' Nancy keek droevig en schudde haar hoofd. 'List en bedrog. Geloof me, schat, dit is niet het antwoord. Zwanger worden – terwijl je alleen maar die man wilt vasthouden – is een recept voor rampspoed. Je klampt je vast aan een strohalm.'
Dulcie trok haar witte trui omhoog en keek naar haar platte buik. Toen schoof ze de koekjestrommel onder de trui en bekeek de vreemdvormige bobbel. Nancy had een eind gemaakt aan het gesprek met Greta en sprak nu met John uit Norwich die vierenveertig was, maar van zijn moeder nog nooit een vriendin had mogen hebben.
Dulcie had aan Greta's stem gehoord dat ze toch zou doen wat ze van plan was. Je kon het altijd horen wanneer mensen Nancy's goede raad zouden negeren.
Ze trok de trommel weer onder haar trui vandaan, opende hem en nam bedachtzaam een hap van een wafeltje. Er was geen twijfel mogelijk, expres-per ongeluk zwanger raken werkte misschien niet – maar aan de andere kant, wat als het wel werkte? Het kon het risico waard zijn.
Wat jammer dat er geen Predictor-test voor mannen was, een hierop-plassen-achtig geval waaruit je betrouwbaar kon opmaken of de toekomstige vader van je kind het een leuk idee zou vinden.
Of juist lid was van de heel-hard-weglopen-club.
Een paar minuten later had ze het ineens.

Briljant gewoon, dacht Dulcie opgewonden, verbaasd dat zo'n voor de hand liggende oplossing niet eerder bij haar was opgekomen. Of bij Nancy.
Wie had er nu een pre-zwangerschapstest nodig? Het enige dat ze hoefde te doen, was de waarheid een beetje te verdraaien. Het was niet eens liegen, het was... nou ja, onderzoek.

28

'Je bent wat?' vroeg Liza geschokt toen Dulcie de volgende dag het grote nieuws verkondigde in de achtertuin. 'Dat meen je niet!'
'Ik heb het vorige week ontdekt. Is het niet fantastisch?'
Dulcie keek haar vriendinnen stralend aan. Pru, die met gekruiste benen op het gras zat, keek verbaasd. Liza fronste haar voorhoofd en draaide de ijsblokjes in haar glas wild rond.
'Dat weet ik niet,' zei Liza na een tijdje. 'Is het wel zo fantastisch? Wat vindt Liam ervan?'
Dulcie voelde zich inmiddels al behoorlijk zwanger en had vreemd genoeg het gevoel dat ze haar niet-bestaande kind moest beschermen. Volgens haar was Liza gewoon jaloers.
'Ik ga het hem vanavond vertellen. Hij zal vast heel blij zijn.'
Pru, met haar hand boven haar ogen tegen de zon, keek naar Dulcies buik. 'Hoeveel weken?'
'Zes,' zei Dulcie vastbesloten. Ze had haar agenda geraadpleegd en de benodigde data uit het hoofd geleerd. Ze had haar lesje geleerd van het Bibi-fiasco, en de les was: als je liegt, doe het dan goed, wees overtuigend en bovenal consequent.
Toch was ze blij dat ze haar Rayban ophad. Het was niet zo gemakkelijk om tegen je vriendinnen te liegen.
'Ben je 's ochtends misselijk?' Liza keek haar een beetje bevreemd aan.
'O god, of ik misselijk ben!' Dulcie greep kreunend naar haar maag. Als je zoveel soaps bekeek als zij, werd je vanzelf een deskundige op het gebied van zwangerschap. 'Ik geef continu over.'
'Zin in raar eten?'

'Of ik zin heb in raar eten!' Dulcie rolde met haar ogen. 'Ik doe niet anders! Vla, augurken gedoopt in chocopasta, boterhammen met pindakaas en honing...'
'Die heb je altijd gegeten.'
'Dat weet ik, maar toen vond ik ze gewoon lekker,' legde Dulcie uit. 'Nu moet ik ze eten! Continu. 's Ochtends, 's middags, 's avonds. En cornflakes met room en jam.'
'Ik las laatst een artikel in de krant,' vervolgde Liza, 'waarin een of andere professor beweerde dat vrouwen die naar groene olijven verlangen jongetjes krijgen en als ze citroenen willen dan wordt het een meisje.'
Dulcie had al besloten dat Liam een zoon wilde. Om mee te beginnen in elk geval. Ze klopte op haar buik en zei blij: 'Ik eet me suf aan olijven. Ik weet gewoon dat het een jongetje wordt.'
Daarna, omdat Liza en Pru elkaar steelse blikken toewierpen, jammerde ze: 'Feliciteert dan niemand me? Toe zeg, ik krijg wel mooi een baby! Is dat opwindend of niet?'
Pru wendde haar blik af en deed alsof ze een sprietje gras van haar blouse plukte.
Uiteindelijk was het Liza die haar mond opendeed. 'Het zou heel opwindend zijn,' zei ze, 'als het zo was.'
'Maar het is zo!'
Liza boog zich naar voren en trok Dulcies zonnebril af. 'Misschien dat je er bij anderen mee wegkomt, maar ons kun je niet voor de gek houden.'
Shit, de truc had niet gewerkt dus.
'Verdomme.' Berustend zette ze haar bril weer op. 'Hoe wisten jullie het?'
'Je mag dan oppervlakkig zijn,' zei Liza, glimlachend om de uitdrukking op Dulcies gezicht, 'maar zelfs jij bent niet zo oppervlakkig.'
'Plus,' voegde Pru er verontschuldigend aan toe, 'als je echt zwanger was, dan zou je het nog geen uur voor je kunnen houden, laat staan een week.'
'En dat over die olijven had ik trouwens verzonnen,' zei Liza.
Dulcie, die het gevoel had dat iedereen tegen haar samenspande, zei niets. Ze dronk haar glas tonic leeg en trok een vies gezicht. Nu het spel uit was, kon ze er in elk geval weer gin bij doen.

'Sorry.' Liza probeerde niet te lachen. 'Probeerde je op ons te oefenen soms?'
Dulcie knikte.
'Dat dacht ik al. Het is echt heel fout om te doen, hoor.'
Aangezien Liza niet echt een fan van Liam was, kwam dit nogal als een schok voor Dulcie; ze ging er rechtop voor zitten. Wacht eens even, verdedigde Liza hem soms? Stond ze echt aan Liams kant?
'Ik dacht dat je het een goed idee zou vinden,' protesteerde ze. 'Ik ben toch juist heel verantwoordelijk? Als hij blij is, dan doe ik het echt. En als hij niet blij is, dan... nou ja, dan niet.'
Pru keek haar aan.
'Nou, vinden jullie dat geen goed idee dan?' verdedigde Dulcie zichzelf. 'Ik probeer eerst uit hoe het valt. Je past een jurk toch ook voordat je hem koopt?'
'Alleen hebben we het hier niet over een jurk.' zei Liza. 'We hebben het over een baby en dat is een behoorlijke misleiding.' Ze schudde haar hoofd. 'Volgens mij ben je knettergek.'
'Sommige mannen hebben gewoon een duwtje in de rug nodig.' Dulcie sloeg haar armen om haar knieën; ze vond het nog steeds een briljant idee. 'Hoe wisten jullie écht dat ik loog?'
'We kennen je,' antwoordde Liza schouderophalend.
'Oké, maar Liam kent me niet. Hij gelooft me vast wel, denken jullie ook niet?' Dulcie trok haar wenkbrauwen op, haar vriendinnen smekend om achter haar te staan. 'Zolang jullie me helpen tenminste.'
Pru leek verlegen met de vraag. Liegen en bedriegen was niet echt iets voor haar.
'Waarom vraag je hem niet gewoon of hij een kind wil?' vroeg ze een beetje hulpeloos aan Dulcie.
Soms had Dulcie echt haar twijfels over Pru. In wat voor wereld leefde ze eigenlijk?
'Omdat,' legde ze geduldig uit, 'het niet werkt op die manier.'

Kit nam Liza mee naar het Lake District voor het weekend. Hij kwam haar om vier uur ophalen en zette haar weekendtas in de kofferbak van de Bentley.
'We gaan naar een fantastisch hotel,' vertelde hij, 'midden in de

bossen. Het is daar zo mooi. Je zult het er prachtig vinden.'
Jaloers vroeg Liza zich af met wie hij daar eerder was geweest. Ze vroeg zich af hoe vaak hij er was geweest en met hoeveel meisjes.
'Geen een,' zei hij, even een blik op haar werpend, terwijl hij wegreed.
'Wat?'
'Voor het geval dat je je dat afvroeg.'
'Me wat afvroeg?' Liza maakte een rolletje fruitpastilles open.
Hij grinnikte. 'De blik op je gezicht. Die heeft je verraden.'
'Ik weet niet waar je het over hebt,' protesteerde ze, maar het was nogal halfhartig.
'Vijf jaar geleden is de vader van mijn beste vriend van school hertrouwd,' vertelde hij. 'De receptie werd in Egerton Hall gehouden en ik was ook uitgenodigd. Toen ik het hotel zag, wist ik meteen dat het echt iets voor mij was. Zodra ik het juiste meisje zou leren kennen, zou ik haar daar mee naartoe nemen, nam ik me voor.' Hij zweeg even, want hij moest zich op de weg concentreren. Toen ze een zwabberende paardentrailer hadden ingehaald, voegde hij er terloops aan toe: 'En dat is nu gebeurd. Jij bent dat meisje.'
'Ik ben tweeëndertig. Niet echt een meisje meer.'
Hij haalde zijn schouders op. 'Goed dan, je bent een ouwe taart.'
'O god.' Angstig trok ze de zonneklep naar beneden om in het spiegeltje te kijken. 'Wat als de kamermeisjes denken dat ik je moeder ben?'
Ze naderden een parkeerhaven. Kit remde hard en parkeerde de auto. Terwijl de rammelende paardentrailer hen inhaalde, trok hij Liza in zijn armen.
'Hou op,' zei hij streng. 'Ik hou van je. Het maakt me niet uit dat je ouder bent dan ik. En als het anderen wel wat kan schelen, dan zijn zij degenen met een probleem. We hebben het hier over een leeftijdsverschil van negen jaar, niet negentig. Ik bedoel, nou en?'
Hij was haar nog steeds aan het kussen toen de autotelefoon ging.
'Shit,' zei Kit. Daarna grinnikte hij en drukte op een knopje. 'Leve *handsfree*.'
Maar Leo Berengers bazige stem die door de auto dreunde, maakte hen allebei aan het schrikken.

'Kit, je hebt de sleutels van de kluis meegenomen, verdomme.'
'Shit.' Kits hand ging naar zijn jaszak. Hij pakte er de sleutels uit en keek er vol afschuw naar.
'Je zult ze moeten terugbrengen,' beval Leo Berenger.
'Gelukkig dat we even gestopt zijn en nog niet op de snelweg zitten.' Kit knipoogde naar Liza. Tegen zijn vader zei hij: 'Over veertig minuten ben ik er, oké?'
'We zitten er nú op te wachten,' schreeuwde Leo. 'Maak er twintig van.'

'Zo te zien is het tijdstip aangebroken om met de familie kennis te maken,' zei Kit vrolijk, terwijl hij de Bentley de oprijlaan op stuurde. Daar, op de stoep van Rowan House, stond Leo Berenger op hen te wachten. Lang, fors en met een dreigende blik die zelfs van deze afstand te zien was. Liza had zin om zich onder een deken op de achterbank te verstoppen – alleen lag er geen deken waar ze zich onder zou kunnen verstoppen. Er lag helemaal niets. Het was een ongelooflijk schone auto.
'Je had me beter eerst even thuis kunnen afzetten.' Ze trilde ongecontroleerd.
Kit kneep haar geruststellend in haar dij. 'Toe, het is mijn vader maar. Je hoeft toch niet bang te zijn, alleen maar omdat hij een pesthekel aan je heeft?'
'Ha, ha,' zei ze, want Kit grijnsde. Ze was blij dat er in elk geval iemand was die het grappig vond.
Leo Berenger vond dat duidelijk niet, toen ze eindelijk voor hem stopten.
'Sleutels,' verkondigde Kit, nadat hij het raampje open had gedraaid. Hij stak zijn vader de bos toe. 'Sorry.'
Hoewel Leo Berenger de sleutels aanpakte, leek hij de verontschuldiging van zijn zoon niet te horen. Hij had het te druk met naar Liza kijken.
Liza, die eigenlijk had gehoopt dat hij ervoor zou kiezen om haar gewoon totaal te negeren, voelde zich gedwongen om zijn blik te beantwoorden. Ze probeerde vriendelijk, maar niet al te kruiperig te kijken.
Leo Berenger keek daarentegen alsof hij net een perzik had doorgesneden en een nest wriemelende maden had aangetroffen.

Snel, omdat hij er niet onderuit kon, stelde Kit hen aan elkaar voor.
'Ik weet al wie jij bent,' vertelde Leo Berenger aan Liza. 'En ik mag hopen dat mijn zoon je heeft verteld wat ik van deze... relatie vind.' Zijn wenkbrauwen waren net rupsen, de toon waarop hij sprak, was bot. 'Maar voor de zekerheid zal ik het nog een keer herhalen. Je hebt de zaak van mijn nichtje bijna verwoest, en je bent zeker niet geschikt voor mijn zoon. Ik weet niet waar je op uit bent, maar hoe eerder hij weer bij zijn positieven komt en een meisje van zijn eigen leeftijd...'
'Dank je, pap, we hebben het al begrepen.'
'Want geloof me, om jou te moeten zien zitten op de plek waar mijn overleden vrouw...'
'Oké,' zei Kit vermoeid. 'Ik vroeg me al af wanneer dat zou komen.' Hij zette de motor af, opende het portier en stapte uit. Binnen enkele seconden was de kofferbak leeg. Met vier tassen in zijn armen lukte het hem op de een of andere manier om het portier aan Liza's kant open te maken. 'Kom,' zei hij op vlakke toon tegen haar, 'we gaan wel met mijn auto.'
Nou ja, het was in elk geval weer eens wat anders. In plaats van zich oud te voelen, voelde Liza zich net een meisje van vijftien. De laatste keer dat ze door een boze vader van een vriendje de deur was gewezen, was toen ze waren betrapt terwijl ze in de schuur hadden zitten roken.
'Misschien wil ze wel niet met die van jou.' Leo Berengers honende stem volgde hen naar de zijkant van het grote landhuis. 'Per slot van rekening is het geen Bentley.'
Achter het huis, aan de andere kant van een met kinderkopjes geplaveide binnenplaats, bevond zich een stal die was verbouwd tot garages. Ze laadden de tassen in Kits oude – en spectaculair smerige – grijze Peugeot.
'Hij denkt dat ik op je geld uit ben,' zei ze verbaasd.
'Zullen we hem eens echt de stuipen op het lijf jagen?' vroeg Kit, terwijl hij de kofferbak dichtsmeet. 'Dan vertellen we hem dat je zwanger bent.'
'Dat ben ik niet.'
Kits goudgele ogen glinsterden als die van een kat in het stoffige zonlicht. Hij kuste haar warme mond, toen haar hals en daarna haar naakte schouder. 'Nog niet.'

O mijn god, dacht ze verbijsterd, zich verbazend over de uitwerking die hij op haar lichaam had. Hoe deed hij het toch? Hoe kan het nu dat dit mij overkomt?
Toen Kit de Peugeot om het huis heen reed, stond Leo Berenger nog steeds naast de Bentley, met zijn armen voor zijn brede borst gevouwen en zijn afkeurende blik op Liza gefixeerd.
Kit draaide zijn raampje omlaag en riep vrolijk: ‘Zie je wel? Ze is op mijn lichaam uit, niet op jouw geld. Dag, pap.’
Zijn vader reageerde niet.
Ervoor zorgend dat ze hard genoeg sprak om te kunnen worden gehoord toen ze langs hem reden, zei Liza: ‘Is hij echt je vader? Weet je zeker dat je niet verwisseld bent bij de geboorte?’

29

Het was een van Eddies bezoekdagen. Pru haalde hem om vijf uur ’s middags op en krabde Arthur even achter zijn oren toen hij naast haar kwam zitten. Arthur had een hartstochtelijke liefde opgevat voor Anita, de golden retriever van de conciërge van het verzorgingshuis; de afgelopen weken was hij gaan piepen van opwinding zodra hij Pru ontwaarde en sprong hij als een panische forens die een taxi aanhield, in de auto.
‘Pure liefde,’ zei Eddie grijnzend, terwijl hij Arthur doorschoof naar de achterbank voordat hij op Pru’s lichtgroene blouse zou kwijlen.
Pru begon langzamerhand aan Arthur te wennen. Voor een hond kon hij er best mee door. Maar hoe hij er ooit in was geslaagd om een vriendinnetje aan de haak te slaan, was haar een raadsel. Hij stonk verschrikkelijk uit zijn bek.
‘Lig,’ beval Eddie, toen Arthur zijn poten tegen de rugleuning van Eddies stoel zette. Een lange roze natte tong hing vlak boven zijn schouder. Heel even – het was belachelijk – wenste hij dat het Pru’s tong was.
Pru, die ontzettend blij was dat het niet haar schouder was, zei:

'Je hoort je wel een beetje cool te gedragen, Arthur. Alsof het je geen donder kan schelen.'
Maar bij honden was dat allemaal niet nodig. Zodra Arthur het voorwerp van zijn begeerte zag, begon hij te janken van vreugde en wanhopig aan het portier te krabbelen totdat hij eruit mocht. Anita op haar beurt sprong dan op, haar ogen stralend van plezier en rende over het gras naar hem toe, helemaal à la Hollywood.
Niks van dat ingewikkelde mensengedoe, dacht Eddie, dat verbergen van je echte gevoelens, bewaren van je trots en verknoeien van je tijd.
'Over je cool gedragen gesproken,' zei Eddie, 'hoe gaat het eigenlijk met Dulcie en Liam?'
Hij vroeg het alleen maar omdat je Liams auto nu eenmaal moeilijk over het hoofd kon zien, en vanochtend had hij hem nog op hoge snelheid bij de club zien wegrijden. Hoewel Eddie niet echt goed had opgelet, was hem wel de blonde haardos van de vrouw naast de bestuurder opgevallen, een haardos die onmogelijk van Dulcie kon zijn.
Dit is het, dacht Pru, zichzelf dwingend om kalm te blijven en niet van slag te raken. Dit is mijn kans om te zien of het me lukt.
'Toevallig heb ik Dulcie vanochtend nog gezien. Ze had Liza en mij gebeld om te vragen of we langs wilden komen. Ze was heel opgewonden,' – ogen op de weg, normaal blijven praten, niet blozen, niet blozen! – 'want ze had net ontdekt dat ze zwanger is.'
'Allemachtig.' Eddie klonk geschokt. 'Wat... wie... ik bedoel, is het van Liam?'
Pru haatte het nu al. Ze voelde zich warm en ellendig. Liegen mag dan voor sommige mensen een tweede natuur zijn, maar dat was het niet voor haar.
Alleen had ze het Dulcie beloofd.
Spelend alsof ze een actrice op het toneel was, knikte ze. Dat hielp wel.
'Natuurlijk is het van Liam. Ze is zo blij!'
'En is Liam ook blij?'
'Hij weet het nog niet. Ze vertelt het hem vanavond. Dus niets zeggen, hoor,' waarschuwde ze hem, 'want ik had het jou helemaal niet mogen vertellen.'

Eddie keek naar Pru en besloot om niets te zeggen over de blondine in Liams auto. Het ging hem bovendien niets aan. Als Pru het zou doorvertellen aan Dulcie – en het allemaal in tranen zou eindigen – dan zou hij de gebeten hond zijn.
Beter om me er niet mee te bemoeien, dacht hij. Horen, zien en zwijgen, dat was de manier om met dit soort avonturen om te gaan.
Pru vroeg zich somber af waarom Dulcie haar er niet buiten had kunnen laten. Ze had gelogen. En met succes ook.
En het voelde verschrikkelijk.
Terwijl ze de weg naar Bristol in sloegen, jankte Arthur een keer ongeduldig op de achterbank, het hondse equivalent voor: 'Wanneer zijn we er eindelijk?'

Pru mocht zich dan verschrikkelijk hebben gevoeld omdat ze Eddie had voorgelogen, dat was niets vergeleken met wat Liam voelde toen Dulcie hem het grote nieuws vertelde.
Daarbij leek ze ineens ook iets aan haar oren te mankeren, merkte hij.
'Christus. Een kind! Ik weet niet of dat wel zo'n goed idee...'
'Is het niet fantastisch?' ratelde Dulcie door zonder acht te slaan op Liams minder-dan-opgetogen uitdrukking. 'Denk je eens in, een zoon! Je kunt hem leren tennissen!'
'Dulcie... liefje, ga even zitten. Hou eens even je tater.' Hij schudde zijn hoofd; hij keek bedroefd. 'Het punt is, ik weet niet of ik er al aan toe ben om vader te worden.'
Logisch dat het een beetje een schok voor hem was, dacht Dulcie. Dat kon ze best begrijpen. Ze moest hem wat tijd gunnen. Zodra het nieuws wat was bezonken, zou hij aan het idee wennen. Ze moest gewoon de juiste zaadjes planten.
'Niemand weet ooit zeker of hij al aan kinderen toe is,' stelde ze hem gerust, 'maar zodra het kind er eenmaal is, vragen ze zich af hoe ze ooit zonder hebben gekund. Kijk maar eens naar al je oude tennisvriendjes... John McEnroe, Pat Cash... die zijn dol op hun kinderen! En het maakt mannen ook zo aantrekkelijk,' vervolgde ze enthousiast. 'Kijk maar naar Sting, Simon Le Bon, Tom Cruise...'
Dulcie had de beste manier gevonden om het spel te spelen, en

ze had gelijk. Zelfs in de shocktoestand waarin hij verkeerde, voelde Liam zich aangetrokken door het sexy-maar-zorgzame imago. Misschien zou het niet eens zo beroerd zijn; hij kon het op zijn Rod Stewarts doen, kinderen krijgen bij een opeenvolging van dodelijk aantrekkelijke vriendinnetjes...

Toen dacht hij aan het astronomisch hoge bedrag dat hij aan het levensonderhoud van al die kinderen kwijt zou zijn en rilde.

'Hoor eens, Dulcie, we moeten hier even over nadenken.' Hij zweeg, want hij wilde haar niet van streek maken. Zijn woorden zorgvuldig kiezend vervolgde hij: 'We moeten er serieus over nadenken. Er zijn ook andere... nou ja, mogelijkheden, weet je.'

Dulcie, haar groene ogen enorm groot, keek hem als een gewond hertje aan. Haar onderlip begon te trillen. 'Hoe kun je dat zelfs maar dénken?'

Haar handen grepen haar buik beet. Liam voelde zich meteen een onmens, een moordenaar.

Zuchtend bedacht hij dat hij misschien van geluk mocht spreken dat dit niet eerder was gebeurd. Hij was vijfendertig, was vanaf zijn vijftiende al aan het scoren... nou, dan was de uitkomst toch redelijk goed te noemen. Oké, dan had een kapot condoom hem de das omgedaan, maar ze zeiden ook dat condooms maar voor zevenennegentig procent betrouwbaar waren, toch? En hij had beslist meer dan zevenennegentig condooms gebruikt in de afgelopen twintig jaar.

Bovendien kon je het ook van de zonnige kant bekijken – in elk geval wist hij nu dat hij niet onvruchtbaar was.

Liam besloot zich er als een heer bij neer te leggen. Hij kon er maar het beste van maken. Goed, hij was erbij, maar wat dan nog? Het was misschien niet wat hij wilde, maar het was ook niet het einde van de wereld.

Hij ontspande zich, leunde achterover in zijn stoel en glimlachte naar Dulcie. 'En hoe voel je je nu?'

Dulcie wierp zich net zo opgetogen op hem als Arthur zich eerder die dag op Anita had geworpen, de prachtige golden retriever van zijn dromen.

'O, ik wist dat je blij zou zijn,' riep ze, zijn gezicht met kussen overladend. 'Stel je eens voor, onze eigen baby! Onze eigen toekomstige Wimbledon-kampioen...'

'Maar je voelt je dus wel goed?' Hij bestudeerde haar gezicht. Ze leek echt te gloeien van geluk.
'Misselijk.' Een beetje aan de late kant herinnerde ze zich haar waslijst van symptomen. 'Maar dat is normaal. Continu zin om rare dingen te eten. De dokter zei dat ik daar gewoon aan moet toegeven. O ja, en ik ben ook steeds moe, dus ik moet veel rusten, niet al te fanatiek doen.'
'Echt?' Hij keek haar gealarmeerd aan.
'Anders krijg je dikke enkels,' legde ze uit. 'Dat kan gevaarlijk zijn.'
Hij wierp een blik op haar enkels, die er goed uitzagen, vond hij, maar Dulcie boog zich voorover en deed voor hoe ze als ballonnen zo dik konden worden en dan ontploffen. Ze trok een gezicht en schudde haar hoofd.
'Dat zei de dokter tenminste. Bah, moet je je voorstellen. Dus geen tennis meer, wat echt jammer is. Maar ja, er zit niets anders op, hè?' Ze klopte op haar buik. Met een spijtig en tegelijkertijd sereen lachje voegde ze er zorgzaam aan toe: 'De baby komt nu op de eerste plaats.'
Aangezien Liam nooit eerder te maken had gekregen met zwangere vrouwen beperkte zijn kennis van dit onderwerp zich tot wat hij had opgestoken van de oude zwart-witfilms die hij als tiener op tv had gezien. Gelukkig voor Dulcie week hun houding tegenover zwangere vrouwen niet veel af van de hare.
Liam pijnigde zijn hersens even en kwam op het volgende: 'Je kunt maar beter gaan liggen. Zal ik thee voor je zetten?'
Dulcie, die ongeveer dezelfde films had gezien, deed blij wat haar was opgedragen. Dit leek er meer op. Liam zou veranderen in Cary Grant, zij zou Audrey Hepburn zijn en samen zouden ze nog lang en gelukkig leven...
'Thee, lekker.' Ze ging op de bank liggen, met haar voeten omhoog. 'Eerlijk gezegd heb ik ook ineens ontzettende trek in pindakaasijs. Er staat nog wat in de vriezer.'
Nadat Liam water voor de thee had opgezet, kwam hij terug in de kamer met een lepel en een bak ijs. Hij fronste zijn voorhoofd toen hij las hoeveel calorieën en suiker en vet erin zat.
'Dit spul is dodelijk. Je wordt nog zo dik als een sumoworstelaar.'

'Nee, hoor.' Half overeindkomend pakte ze het ijs en de lepel uit zijn handen.
Liam keek toe terwijl ze behendig het deksel opende en de bak op haar knie balanceerde. 'Ik zal even een schaaltje voor je pakken.'
'Dat hoeft niet,' zei ze, zwijmelend van genot, 'het gaat zo ook wel.'

30

Liza haatte het woord *toyboy*. Ze wou dat het haar niet zo raakte, maar dat deed het toch. Als je lelijk bent, kun je make-up opdoen, als je kaal bent, kun je een pruik opzetten en als je klein bent, kun je hoge hakken dragen...
Maar als je negen jaar ouder bent dan je vriend, dacht ze met toenemende frustratie, dan kun je er verdomme geen reet aan doen. Omdat je niets kunt aantrekken dat je jonger maakt dan je bent.
Kit zat er helemaal niet mee. Het kon hem echt helemaal niets schelen.
'Je moet met me mee naar het feest,' drong hij aan. 'Wat is het probleem? Ze weten allemaal dat ik met je ga. En nu wil ik dat ze je leren kennen.'
Het feest werd gegeven om de drieëntwintigste verjaardag van een van Kits vrienden te vieren. Aangezien het prachtig weer was, werd het gehouden in de tuin van zijn huis dat op de rivier uitkeek. Zodra ze op zondagmiddag arriveerden en uit de taxi stapten, begon Liza zich nerveus te voelen.
Het duurde niet lang of het werd allemaal nog veel erger.
Bang dat ze eruit zou zien als een schaap dat zich als lam had verkleed, had ze besloten om niet iets op Dulcie-lengte te dragen. In plaats daarvan had ze gekozen voor een lange, wijde, topaasgele zomerjurk en gele open schoenen met hoge hakken. Het slechte nieuws was dat haar hakken bleven wegzakken in het gras, dus om niet te vallen, had ze ze uiteindelijk moeten uit-

trekken. Dit betekende dat de jurk nu te lang was en over de grond sleepte. Geen van de anderen had die fout gemaakt. Overal waar Liza keek, zag ze meisjes met lange gebruinde benen in korte jurkjes of in superkorte topjes en rokjes die hectares van middenrif bloot lieten. Ze leken allemaal haren als gesponnen zijde te hebben dat continu naar achteren moest worden gegooid. Er was geen rimpel of slap vlees te zien. Het ergste was nog dat bijna niemand oud genoeg leek om te mogen drinken.

Liza voelde zich net een Shetland-pony tussen renpaarden. Behalve dat ze wilde dat ze haar hakken weer kon aantrekken, wenste ze vurig dat ze haar haar had opgestoken om zichzelf die paar centimeter extra te geven. Terwijl vrienden van Kit even kwamen praten, frommelde ze wanhopig in haar tasje op zoek naar achtergebleven haarkammen.

Ze durfde zich niet om te draaien toen ze achter zich twee meisjes met kakstemmen giechelend over haar hoorde praten.

'Is dat echt Kits laatste verovering?'

'Moet haast wel. Hugh zei dat hij haar zou meenemen.'

'Mijn god, ze lijkt op hoe-heet-ie uit *The Munsters*. Die haarbal. Cousin It.'

Nog meer gegiechel. Liza was verbaasd dat ze überhaupt wisten wie de Munsters waren.

'Ik vraag me af wat Kit in haar ziet? Ze is niet echt zijn gebruikelijke type.'

'Ach, je weet hoe Kit is. Alles wat nieuw is. Dit duurt niet lang.'

'Toch is het maf,' peinsde het tweede meisje hardop, 'want hij zou iedereen kunnen krijgen die hij maar wil. Mij bijvoorbeeld.'

'Gun hem de tijd.' Het eerste meisje klonk zelfvoldaan. 'Dat komt nog wel.'

Het hielp ook niet echt dat, terwijl Liza naar dit gesprek luisterde dat achter haar rug werd gevoerd, er aan de voorkant behoorlijk met haar werd geflirt. Een blonde, zeer aantrekkelijke jongen die Toby heette, liet op alle mogelijke manieren merken dat hij erg onder de indruk was van haar.

Liza's zelfvertrouwen had echter zo'n knak gekregen dat ze, in plaats van zich niets aan te trekken van die aandacht, zich afvroeg of hij het soms deed voor een weddenschap.

Op de een of andere manier overleefde ze het eerste anderhalve uur. Ze haatte iedere seconde ervan, maar wist dat op wonderbaarlijke wijze voor Kit verborgen te houden. Nadat ze ongelukkig had vastgesteld dat ze de oudste aanwezige was, was ze enorm opgelucht toen ze een verlate gast door de tuin naar hen toe zag komen lopen.
De man, die misschien veertig was, droeg een spijkerbroek en een blauw met wit gestreept overhemd. Hij was heel knap. Toen ze hem zag, rende een van de blonde veulenachtige meisjes over het gazon naar hem toe en wierp haar armen om zijn nek.
Liza maakte het niet uit hoe knap hij was. Ze was alleen maar blij dat hij er was. Ouder dan zij en op hetzelfde feest.
Nog geen tien minuten later kwam hij naar Liza toe, terwijl Kit nog wat te drinken was gaan halen.
'Hallo, jij bent Liza Lawson.' Grinnikend schudde hij haar hand. 'Ik ben Dominic Hunter-Greene. Ik ben een grote fan van je. Ik lees je iedere zondag.'
Een paar minuten lang babbelde Liza er vrolijk op los. Kit was bij de bar opgehouden door een paar vrienden van hem, maar dat maakte niets uit. Ze vermaakte zich prima. Dominic Hunter-Greene flirtte niet met haar, hij was alleen maar vriendelijk terwijl zijn jonge vriendin bij de barbecue hielp.
'Kom, ik moet even zitten,' zei hij, en Liza volgde hem naar een witte gietijzeren tafel met bijpassende stoelen, waarop nog twee blonde meisjes met korte rokjes en hun vriendjes hingen. Ze dronken allemaal bier en rookten sigaretten.
Dominic maakte zich er blijkbaar totaal niet druk om dat hij ouder was dan de rest. Maar ja, dacht Liza jaloers, voor mannen lag het anders. Neem een jonge mooie vriendin en iedereen zegt van: 'Hé, goed gedaan, man'. Terwijl als een vrouw een jongere vriend heeft, iedereen zegt van: 'Bah, smerig'.
'Als jullie nu eens even op het gras gaan zitten,' zei Dominic.
'Dat is niet eerlijk,' klaagde een van de meisjes.
'Nee, pap, wij zaten hier eerst,' zei het andere meisje.
'Kan me niks schelen. Dit is mijn huis en het zijn mijn stoelen.' Dominic trok zijn dochter behendig overeind. 'Bovendien zijn jullie nog jong, jullie kunnen overal hangen.' Liza verstijfde toen hij een hand op haar onderarm legde en haar bij het gesprek betrok.

'Wij oudjes prefereren een wat waardiger houding.' Hij knipoogde naar Liza. 'Wanneer je zo oud bent als wij, dan wil je een beetje comfort.'
Liza zag dat de meisjes, die wisten dat ze bij Kit hoorde, elkaar even aankeken.
'Wie is dat meisje dat bij de barbecue helpt?' vroeg ze, toen de meisjes waren weggeslenterd om de gerimpelden niet langer tot last te zijn.
'Heeft niemand je voorgesteld?' Dominic trok een wanhopig gezicht. 'Werkelijk, die jeugd van tegenwoordig... Dat is Sacha, mijn jongste dochter.'
Het werd dus typisch een van die dagen. Liza, die zon op een manier om hier zo snel mogelijk weg te kunnen, wist niets beters te bedenken dan dat ze kon zeggen dat ze hoofdpijn had. Terwijl ze zich eraan ergerde dat ze niets beters wist te bedenken, drong ineens tot haar door dat haar hoofd echt begon te kloppen op een onheilspellende pre-migraine manier.
Niet wetende of ze moest lachen of huilen probeerde ze zich te concentreren op het verhaal dat Dominic haar aan het vertellen was. Zodra hij klaar was, zou ze Kit gaan zoeken en hem vertellen dat ze naar huis moest. Ze had niet vaak migraineaanvallen, maar wanneer ze ze had, was het niet mis. Binnen een paar minuten, wist ze, zou ze lichtflitsen zien, de pijn zou toenemen, ze zou gaan slissen en vreselijk misselijk worden.
'Zeg, gaat het wel met je?' Dominic boog zich bezorgd naar haar toe. Liza was ineens zo bleek geworden.
Ze perste er een glimlachje uit. 'Een beetje hoofdpijn, meer niet. Ik denk dat ik... o, allemachtig...'
Toen Liza zag wie er naar haar toe kwam lopen, werd ze overspoeld door een golf van misselijkheid. Dit feest veranderde echt in een nachtmerrie. En ze begon ook al wazig te zien.
'Verrassing,' zei Kit, met zijn arm om de schouder van weer een aantrekkelijke blondine geslagen. Alleen was het deze keer een blondine die Liza herkende.
'Nicky, dit is Liza. Liza,' vervolgde Kit breeduit grijnzend, 'mag ik je voorstellen aan mijn nichtje Nicky?'
De flitslichten werden dikke wolken die door Liza's gezichtsveld raasden. Nauwelijks in staat om het gezicht van het meisje te on-

derscheiden, kon ze alleen maar hopen dat ze een vriendelijke blik had.

'Ik sj... sjaam m-me sjo...' Liza struikelde over haar woorden, terwijl de pijn achter haar linkeroog toenam. Toen ze met moeite overeind was gekomen, besefte ze dat ze op het punt stond om haar evenwicht te verliezen. Zwabberend op haar benen greep ze Kits arm beet. Verdomme, nu dacht iedereen ook nog dat ze lazarus was.

Kit zei net: 'Nergens voor nodig,' toen Liza hem abrupt losliet en met een gemompeld: 'Sorry' langs Nicky heen rende en het huis in verdween.

Ze had het gevoel alsof haar hoofd zou ontploffen. Net op tijd de badkamer bereikend, gaf ze op spectaculaire wijze over in de wc-pot en bleef daar zitten, rillend en kokhalzend tot er niets meer was om uit te kotsen.

Pas toen ze een discreet klopje hoorde en de badkamerdeur openging, besefte ze dat ze hem niet goed achter zich had dichtgedaan. Kreunend pakte ze een handvol wc-papier om haar ogen mee droog te vegen. Ze wist dat haar gezicht rood en afschuwelijk opgezet was. 'Niet binnenkomen.'

'Sorry, te laat.'

Binnen enkele seconden was Liza van de vloer getild en op een weinig comfortabele chromen stoel in de hoek van Dominic Hunter-Greenes prachtige zilver met witte badkamer geholpen. De wc – ook van chroom – werd kordaat doorgetrokken en ze kreeg een doos tissues in haar handen geduwd.

'Ik hoorde je overgeven,' zei Nicky Berenger. Ze rommelde wat in haar tasje en haalde er een pakje kauwgum en een flesje oogdruppels uit en bood ze Liza aan. 'Hier, deze helpen wel. Wat was het, te veel Pimm's?'

Liza probeerde te glimlachen. God, wat deed dat pijn. Ze gebaarde zwakjes naar haar hoofd. 'Migraine.'

Nicky schrok. 'En ik maar denken dat je compleet lam was! Wat erg. Mijn vader lijdt ook aan migraine... hij heeft speciale pillen die hij moet innemen zodra hij een aanval op voelt komen.'

Het lukte Liza om te knikken. 'Ik ook, maar de laatste aanval was meer dan een jaar geleden.' Ze glimlachte heel voorzichtig. 'Dan vergeet je hoe het is.'

'Alles goed met jullie daarbinnen?' vroeg Kit een paar minuten later, 'of zijn jullie aan het vechten?'
Nicky pakte nog een kauwgumpje en gaf het aan Liza, die net weer had overgegeven.
'Ze heeft migraine. Ik speel voor verpleegster. Je zult een emmer moeten lenen,' vertelde ze Kit, 'voor onderweg.'
Hij keek verschrikt. 'We zijn met de taxi. Welke chauffeur neemt nu iemand mee die een emmer bij zich heeft en met haar voeten op de achterbank wil liggen?'
Dat was waar.
'Oké, dan breng ik jullie wel,' zei Nicky. 'Kom.'
De migraine vervolgde zijn meedogenloze weg. De rit naar huis was een hel. Met Kits armen om haar heen, sloot Liza haar ogen en klemde haar kiezen op elkaar tegen de kwellende pijn die haar in zijn greep hield. Ze moest nog twee keer overgeven, gelukkig in de geleende emmer. Tegen de tijd dat ze thuis waren, kon ze er nog net een gemompeld bedankje uitpersen en zich door Kit naar haar bed laten brengen.

Toen Liza twee dagen later in de Songbird kwam, zat Nicky op een barkruk de reserveringen voor de komende twee weken door te nemen met de kok.
'Dus je leeft nog.' Ze grijnsde toen ze Liza zag en riep toen uit: 'O, wat zijn die prachtig! Dat had je niet hoeven doen,' terwijl Liza de enorme, in cellofaan verpakte bos oranje rozen in haar arm legde.
'Jawel, dat moest ik wel.' Liza kuste Nicky op haar blozende wang. 'Je hebt me zo goed geholpen zondag. Ik wilde je gewoon bedanken voor alles. Voor je hulp en de lift naar huis.' Ze aarzelde, moed verzamelend om de rest ook nog te zeggen. Dat werd er niet eenvoudiger op door de aanwezigheid van de kok, die haar blijkbaar herkende en haar van onder de bossige wenkbrauwen als van Lurch uit de Addams Family, boos aanstaarde. 'Ik kan nog steeds nauwelijks geloven dat je nog met me wilt praten nadat ik bijna je zaak de vernieling in heb geholpen. Het spijt me zo, ik kan je niet vertellen hoe rot ik me heb gevoeld.'
Nicky's ogen glommen een beetje. Ze streek haar blonde haar naar achteren en gaf Lurch een stevige por tussen de ribben.

'Nergens voor nodig. Het was Marcels schuld, niet de jouwe, hè Marcel?' voegde ze er plagerig aan toe. 'Als jij niet stomdronken was geworden van dat bruine bier en half bezopen op je werk was verschenen, dan had Liza helemaal niet negatief over ons kunnen schrijven, toch?'
Marcel leek er verlegen mee. Per slot van rekening was hij Fransman. Hoe kon hij ooit over de vernedering heen komen dat hij dronken was geworden van bruin bier?
Liza, die tussen de middag in Cheltenham werd verwacht, keek op haar horloge. 'Ik moet weg. Nogmaals bedankt. En tot gauw, hoop ik.' Ze zweeg. 'En als ik ooit iets voor je kan doen...'
'Ik weet wel wat,' zei Nicky meteen. 'Trouw met Kit.'
Liza barstte in lachen uit. 'Heb je daar een speciale reden voor?'
Met een ondeugend lachje gebaarde Nicky om zich heen. 'Dan kunnen jullie de receptie hier houden.'

Dulcie, die op dinsdagmiddag in de achtertuin lag te zonnen, hoorde een bekend motorgeluid. Toen de motor voor het huis werd afgezet, kreeg ze een vreemd gevoel van déjà vu. Alleen was het geen déjà vu natuurlijk; ze kende het geluid zo goed omdat ze het zo vaak had gehoord.
'Ik ben achter!' riep ze, toen ze vaag hoorde dat er op de bel werd gedrukt. Ze gooide het lege chipszakje weg en likte haar vingers af. 'De deur is niet op slot, loop maar door.'
Uitgestrekt op de ligstoel, veel te lui om overeind te komen, hief ze haar hoofd iets en schermde haar ogen af tegen de zon in afwachting van Patrick.
Hij verscheen een paar seconden later, gekleed in een donkerblauwe broek en geel overhemd dat ze niet eerder had gezien. Ze vroeg zich af of dinges die voor hem had gekocht.
Het volgende dat haar opviel, was dat hij een rare uitdrukking op zijn gezicht had.
'Mooi overhemd.'
'Vind je niet dat je dit even moet aantrekken?' Patrick bukte zich om het bovenstukje van haar roze met paarse bikini te pakken. Hij stak het haar toe.
Ze probeerde niet te glimlachen. 'Hoezo? Ben je bang dat ik het koud krijg?'

'Nee, het is gewoon fatsoenlijker,' zei hij kalm. Tot haar verbazing zag ze dat hij expres vermeed om naar haar borsten te kijken.
'Patrick, je bent mijn man! Je hebt ze wel vaker gezien.'
'Dat was anders.'
Goh, hij klonk echt maf, dacht ze. Verbaasd gehoorzamend pakte ze het bovenstukje van hem aan. Verdomme, er zat een vlek op waar ze chocolade-ijs had geknoeid.
'Trek aan,' herhaalde hij. Hij wachtte tot ze dat had gedaan en keek haar toen pas weer aan.
'Is er iets?' Ze vroeg zich af of deze plotselinge en bizarre obsessie met fatsoen betekende dat er iemand was doodgegaan.
'Ik vond dat ik maar eens even langs moest komen. Er schijnen dingen te zijn die we moeten regelen.'
'Dingen? Wat voor dingen?'
'De scheiding,' zei hij rustig, want Dulcie begreep blijkbaar echt niet waar hij het over had.
Ze slikte. Ze had daar eerlijk gezegd nog niet echt over nagedacht. Oké, het was haar goede voornemen voor het nieuwe jaar geweest, maar nadat ze Patrick eenmaal had verlaten, had het niet meer zo belangrijk geleken.
Toen sloeg ineens een andere gedachte toe, nogal naar, als malaria.
Hij wil een scheiding zodat hij met Claire kan trouwen, besefte ze verbijsterd. En ik kan het niet weigeren omdat hij zo aardig voor me is geweest. Nu is het mijn beurt om aardig voor hem te zijn...
Het lukte haar om te knikken. 'Oké.'
'Ik heb met Simon gesproken,' zei Patrick. Simon was een vriend van hem die advocaat was. 'Het komt erop neer dat als we het snel geregeld willen hebben en geen ruzie over geld gaan maken, het het gemakkelijkste is om een scheiding van tafel en bed aan te vragen. Dan kun je na twee jaar echt scheiden. Dat is de simpelste manier en kost bijna niets. Ben je het daarmee eens?'
Twee jaar, dacht ze, dat is prima. Ineens kon ze weer wat gemakkelijker ademhalen. Dat was pas over anderhalf jaar dus.
'Prima,' zei ze.
'Goed. Dus dat is dan afgesproken, dan kunnen we tegen september gescheiden zijn.'

Ze schoot overeind. 'Hoe zit dat dan met die twee jaar?'
'Het enige dat we hoeven te doen,' legde hij vermoeid uit, 'is zeggen dat we al twee jaar van tafel en bed gescheiden zijn. Dan kan de scheiding meteen worden uitgesproken.'
'Maar het is niet waar! Dat is... liegen!' piepte Dulcie.
'God, wat afschuwelijk. Hoe kunnen we onszelf ooit nog onder ogen komen?' vroeg hij spottend. 'Liegen, tjongejonge, dat mag toch niet.'
Ze haatte het als hij sarcastisch deed. Ze slikte haar trots in en ging weer liggen. Patrick wilde haar kwijt zodat hij met Claire kon trouwen. Hij wilde niet meer naar haar blote tieten kijken, hij wilde alleen nog maar naar die van Claire kijken.
'Hoe gaat het met haar?' vroeg ze, om te bewijzen dat ze volwassen was. 'Met Claire?'
'Prima.' Hij knikte kort. In zijn kaak bewoog een spier. Toen vroeg hij: 'En met Liam?'
Als het met Claire prima ging, besloot Dulcie, dan ging het met Liam superprima. 'Heel erg goed. Fantastisch.' Ze knikte fanatiek. 'Super.'
'Nog gefeliciteerd trouwens.'
Verbaasd keek ze op. Daar ging die spier weer. 'Waarmee?'
'Met de baby,' antwoordde hij.
'O. Ja.' Ze was blij dat ze haar zonnebril ophad. Op de een of andere manier had ze zichzelf wijsgemaakt dat Patrick dit niet ter ore zou komen.
Ze vroeg zich af hoe hij het wist.
'Tja, het is een kleine wereld,' vervolgde hij na een ongemakkelijke stilte. 'Een meisje dat op het kantoor beneden het mijne werkt, is lid van Brunton.' Hij schraapte zijn keel en perste er een flauw lachje uit. 'Een beetje rare manier om erachter te komen, maar ja...'
Ze beet op haar lip. Ze voelde zich vreselijk. Aan de ene kant wilde ze de waarheid er uitflappen, Patrick vertellen dat er niets aan de hand was, dat ze niet echt zwanger was, dat het een truc was, een wanhoopspoging om Liam aan zich te binden.
Aan de andere kant wist ze dat ze haar mond moest houden, want de vernedering, de blik van verachting op Patricks gezicht, zou ze niet kunnen verdragen.

Hij is gelukkig met Claire, dacht ze. Het laatste dat ik kan gebruiken is dat hij medelijden met me heeft.

Dus hield ze haar lippen stijf op elkaar.

'Dus daarom dacht ik dat je wel haast zou hebben om de boel te regelen.'

Dulcie knikte.

Patrick knikte ook. 'Ga je met hem trouwen?'

'Ik denk het wel.' Ik mag het hopen verdomme, dacht ze. 'Misschien. Er is geen haast bij.'

'Hoe voel je je?'

Ze haalde haar schouders op. Eerlijk gezegd voelde ze zich een beetje eigenaardig. Ze loog, en voor het eerst van haar leven genoot ze er helemaal niet van.

'Hoe ik me voel?' Ze dwong zichzelf om zich te concentreren. Het lukte haar zelfs om te glimlachen. 'Fantastisch. Een beetje misselijk... je weet wel, maar verder prima. Ik kijk er echt naar uit.'

'En Liam?'

'O, hij is ontzettend blij.'

'Nou, dat is fijn om te horen. En ik ben blij voor jou,' zei Patrick, die er helemaal niet blij uitzag. 'Je hebt wat je wilde. Ik hoop echt dat het allemaal goed uitpakt.'

'Dank je.' De zon was heet, maar Dulcie had het ineens ijskoud. Ze kon nauwelijks geloven dat ze dit vormelijke gesprek met Patrick voerde. Ze begon zich ook ongemakkelijk bloot te voelen. Eerst had het niet uitgemaakt, maar nu zouden wat beschermende lagen kleding – wat truien, een spijkerbroek en een dikke duffelse jas bijvoorbeeld – heel welkom zijn.

Op de een of andere rare manier was ze ook beledigd dat hij haar leugen niet had doorzien, besefte ze. Liza en Pru hadden er meteen doorheen geprikt, en dat waren gewoon haar vriendinnen.

Ik ben bijna zeven jaar met je getrouwd geweest, beschuldigde ze hem er zwijgend van. Je hoort me beter dan wie dan ook te kennen – dus hoe kan het dat je niet merkt dat ik nu tegen je lieg?

31

Pru sliep toen het gerinkel begon. In haar droom reed een brandweerwagen rondjes om haar slaapkamer, maar in plaats van ta-tu ta-tu te doen, maakte hij een geluid als van een deurbel. Daarna kwam de brandweerwagen piepend tot stilstand. Twaalf brandweermannen sprongen eruit en gingen om haar bed heen staan.

'Er is geen plek hier voor jullie allemaal,' protesteerde Pru, wat, zelfs al wist ze dat niet in haar droom, een behoorlijk Freudiaanse opmerking was. 'Sorry, maar een paar van jullie zullen buiten moeten wachten.'

De brandweerman die de leiding had en er vreemd genoeg als Eddie Hammond uitzag, vroeg: 'Mag ik wel blijven?'

'Ik heb alleen maar een eenpersoonsbed,' zei Pru, en hij begon te glimlachen.

'Vind ik prima. Alleen kun je beter eerst even de deur open gaan doen.'

Pru werd wakker. Ze schoot overeind toen de bel – háár deurbel – weer ging.

Ze keek op de lichtgevende cijfers van haar wekkerradio: 3.42. Door de houten vloer heen hoorde ze Donovans grootste fan slaperig schreeuwen: 'Wil iemand verdomme de deur gaan opendoen?'

Pru gleed uit bed en stommelde naar het raam. Het dunne gordijn opzijtrekkend, keek ze naar beneden.

Het volgende moment rukte ze het raam zo woest open dat oude verfbladders loslieten van het halfverrotte hout. 'Phil? Wat doe jij hier?'

Phil Kasteliz hoorde de woorden, maar was niet bij machte om ze te plaatsen. Verbaasd, aan de voordeur hangend ter ondersteuning, keek hij links, toen rechts, toen achter zich. 'Pru?'

'Boven je,' siste ze. Hij was ontzettend dronken, dat zag ze aan de manier waarop zijn hoofd in een soort slowmotionachtige draai bewoog. 'Phil, ga naar huis. Het is vier uur 's nachts.'

Ze hoorde hem in zichzelf lachen en herinnerde zich te laat zijn neiging om te gaan zingen als hij dronken was.

'Phil, gao naor huus,' kweelde hij, 'want de na na na na na na.

Ik ben de tekst vergeten. Pru, hoe gaat het ook alweer? Phil, gao naor huus...'
Hij stond nu zonder steun, met zijn armen uitgespreid terwijl hij de maat probeerde te slaan.
Van onder Pru's voeten kwam een jammerklacht: 'Man, haal die vent daar weg!'
Als Pru Dulcie was geweest, dan had ze teruggeschreeuwd dat het net goed was, dat één nacht Phil Kasteliz wel opwoog tegen al die maanden dat gezeik van Donovan.
Maar Pru, die niet Dulcie was, vond het verschrikkelijk dat een buurman last van haar had, zelfs al was het dan een gedrogeerde lapzwans die van Donovan hield.
'Hou op,' siste ze met een gesmoorde fluisterstem. Ze gebaarde naar Phil dat hij zijn mond moest houden. 'Ik kom eraan.'
Toen ze de voordeur opende, struikelde hij over de drempel. Ze moest hem zo'n beetje de trap op dragen.
Boven vroeg ze hijgend: 'Hoe ben je hier trouwens naar toe gekomen?'
Nadat Phil wat in zijn jaszak had gefrommeld, kreeg hij eindelijk zijn portefeuille te pakken. Hij liet Pru de brief zien die ze hem een paar maanden geleden had gestuurd om hem haar nieuwe adres te laten weten. 'Aan de taxichauffeur laten zien,' vertrouwde hij haar toe. 'Hij heeft me hier zo naartoe gereden.'
Pru stond verbaasd over haar eigen gebrek aan reactie. Toen ze hem die brief had geschreven, hadden de tranen haar over de wangen gestroomd. Ze zou er toen alles voor over hebben gehad als Phil die brief aan een taxichauffeur had laten zien en zich naar haar toe had laten rijden. Erover fantaseren dat dat kon gebeuren, was in die tijd zo'n beetje het enige geweest dat haar op de been had gehouden.
En nu hij er was...
Voelde ze helemaal niets.
'Waarom?' vroeg ze.
'Ik heb ruzie met Blanche.' Phil liet zich zwaar op bed vallen, nog steeds met de portefeuille in zijn hand.
'Waarom?'
'Ze is gewoon een chagrijnig kreng.' Hij haalde zijn schouders op en schudde zijn hoofd. 'Echt, het enige dat ze deed, was tegen

me schreeuwen. Alleen maar omdat ik een beetje laat thuiskwam.' Hij keek Pru met bloeddoorlopen ogen aan. 'Jij schreeuwde nooit tegen me.'
'Dat weet ik.' Schreeuwen of niet schreeuwen, dacht ze. Welke van de twee was het beste?
'Ze is kwaad omdat ik een paar glaasjes gedronken heb. Die stomme koe wou me niet eens binnenlaten.'
Weer schudde hij ongelovig zijn hoofd, terwijl hij de uitpuilende portefeuille terug probeerde te stoppen in zijn jaszak. Toen het niet lukte, gaf hij het op en gooide de portefeuille op het kussen achter hem.
Pru zette grote ogen op toen de portefeuille openviel en ze een dikke stapel bankbiljetten zag.
'Heb je wat te drinken, Pru? Cognac, whisky, zoiets.'
'Nee, niets, sorry.' Ze staarde nog steeds vol ongeloof naar de portefeuille.
'Wat is er?' Geschrokken probeerde Phil over zijn schouder te kijken. 'Zit er een spin?'
'Dat geld? Ben je weer naar het casino geweest?'
Hij knikte grinnikend en legde een onvaste vinger op zijn mond. 'Sst.'
'Je hebt gewonnen?' vroeg ze verbaasd.
'Tuurlijk heb ik gewonnen. Ik had je toch gezegd dat het me uiteindelijk wel zou lukken? Maar niet aan Blanche vertellen, hoor. Dat lastige wijf krijgt er geen cent van. Het is mijn geld. Ik heb het eerlijk gewonnen.' Hij klapte bijna dubbel van het lachen. 'Alleen is roulette nooit eerlijk. Ik moet eigenlijk zeggen oneerlijk gewonnen. Ha ha ha.'
'Hoeveel heb je gewonnen?' vroeg ze fluisterend. Al haar nekhaartjes stonden recht overeind.
'Weet ik veel. Ik heb het nog niet kunnen tellen.' Hij lachte weer. 'Verdomd veel in elk geval. Pru, vooruit, laten we het vieren met een drankje. Je hebt vast wel ergens een fles verstopt.'

'O man, niet te geloven gewoon.' Donovan droeg een groezelig grijs T-shirt en een ouderwetse bruine onderbroek met gulp. Kreunend wreef hij over zijn gezicht alsof hij zichzelf ervan moest overtuigen dat Pru echt was.

'Het spijt me, ik weet dat het laat is,' zei Pru lief, zich over haar eigen moed verbazend. Daar deed ze het weer, zomaar ineens. Assertief Zijn.
'Wat moet je, man? Het is... man... midden in de nacht of zo...'
'We hebben iets te drinken nodig.' Pru kwam meteen ter zake. 'Ik heb niets in huis. Ik dacht dat jij misschien iets had.'
Donovan staarde haar aan. Hij had nooit goed begrepen waarom die Pru precies boven hem woonde, zo'n rijke trut in een krot als dit. En nu stond die koele kikker voor zijn deur om vier uur 's ochtends verdomme, vroeg of hij een fles of twee kon missen voor een goed doel, net als die vrouwen die collectebussen onder je neus schudden.
'Zoals wat?' vroeg hij op zijn hoede. 'Want als je soms champagne wilt, die is toevallig net op.'
'Wat je maar hebt,' zei Pru.
Even later liep ze weer naar boven, met twee blikjes bier en een halflege fles cider die, zo had Donovan haar verzekerd, pas een paar dagen geleden was aangebroken, dus er zou nog wel wat leven in zitten.
Pru hoopte alleen maar, terwijl ze de deur met haar voet openduwde, dat er ook nog wat leven in Phil zat. Aangezien ze de moeite had genomen om wat te drinken voor hem te versieren, kon hij maar beter wakker genoeg zijn om het op te drinken ook.
Dat was hij. Nog net. Terwijl Pru vrolijk tegen hem babbelde, dronk hij, half liggend, de fles cider leeg. Daarna trok hij een van de blikjes bier open, maar het meeste ervan kwam op de voorkant van zijn verkreukelde witte overhemd terecht.
Pru veegde het dekbed droog met een handdoek.
'Je zorgt wel voor me, hè?' mompelde hij, terwijl zijn ogen dichtvielen. 'Je zorgde altijd voor me.'
En moet je verdomme eens zien waar dat me heeft gebracht, dacht ze toen zijn hoofd het kussen raakte en het blikje op de grond viel.
Binnen een paar seconden lag hij te ronken als een walrus. Hij was volkomen van de wereld en merkte niet meer dat Pru zijn schoenen uittrok en met enig geweld het dekbed onder hem vandaan rukte. Ze gooide het dekbed over hem heen, schoof het kus-

sen goed en legde de nog steeds geopende portefeuille op het nachtkastje.
Aangezien Phil het bed in beslag had genomen, kon Pru óf in de stoel óf op de grond slapen.
Maar ze sliep niet. Dat kon ze niet. Haar hersens draaiden overuren. Haar geweten voerde een strijd op leven en dood met zichzelf.
Nadat ze een uur naar de portefeuille had zitten staren, pakte ze hem. Ze leegde de dikke stapel bankbiljetten van twintig pond in haar schoot en begon met bevende handen te tellen.
Allemachtig, daar lag bijna tweeduizend pond.
Ze keek naar Phil, die nog steeds zo luid aan het snurken was dat het een wonder mocht heten dat haar andere buren de politie nog niet hadden gebeld.
Tweeduizend pond. Eerlijk gewonnen.
Was dat echt zo eerlijk?

Het was een lange en oncomfortabele nacht geweest. Om acht uur 's ochtends wist Pru nog steeds niet wat ze zou doen. Ze zette een kop thee voor zichzelf; misschien zou dat helpen.
Om negen uur, met Phil nog steeds van de wereld, rommelde ze in haar tas en vond een paar munten van twintig pence. Ze glipte de kamer uit en liep naar de telefoon beneden in de gang.
Het nummer dat ze zocht stond in de Gouden Gids.
'Hallo,' zei ze, toen er werd opgenomen. 'Misschien kunt u me helpen. Ik wil alleen de prijs van iets weten.'
Een paar minuten later legde ze de hoorn op de haak, sloop de trap op en opende zachtjes de deur. Dat was het. Nu was het aan het lot. Als Phil wakker was, kon ze niets doen. Als hij nog sliep...

'O god, mijn hoofd! Blanche... Blanche, waar ben je? Kun je water opzetten?'
'Blanche is er niet,' zei Pru. 'Zal ik het dan maar doen?'
Phil rolde zich om, met een wazige blik in zijn ogen en stoppels op zijn kin. Pru stond voor hem, met een mok thee, een bordje toast met boter en een doosje paracetamol.
Verwarring alom in Phils hoofd. Hij wreef over zijn bloeddoorlopen ogen en kromp ineen.

'Ze wilde je vannacht niet binnenlaten, dus ben je hier naartoe gekomen,' vertelde Pru.

'Christus. Heb ik... eh... hebben we...'

'Nee.'

'O. Goed.'

'Hier, drink dit maar.' Ze gaf hem de thee, drukte drie paracetamoltabletjes uit de verpakking en legde ze in zijn vrije hand.

'Ik voel me verschrikkelijk,' zei Phil met zijn berouwvolle kleinejongetjesstemmetje.

'Je voelt je wel beter als je wat hebt gegeten. Zal ik even naar de winkel op de hoek gaan en tomatensoep voor je halen?'

Twintig minuten later, toen Phil zijn soep ophad, voelde hij in zijn jaszak.

Pru, die stond af te wassen bij de kleine gootsteen in de hoek van de kamer die dienst deed als keuken, hoorde hem zijn sleutels en portefeuille pakken.

'Verdomme zeg,' hoorde ze hem toen roepen.

Veel te bang om zich om te draaien, poetste ze met een rood hoofd fanatiek over het patroon op het soepbord. 'Wat is er?'

'Achthonderd pond!'

Nog meer geritsel terwijl Phil de biljetten telde.

'Wil je nog een kop thee soms?' Pru's hart ging als een reusachtige specht tegen haar ribben tekeer.

'Dan moet ik hebben gewonnen in het casino,' zei Phil verbaasd, en Pru herademde.

Eindelijk durfde ze hem over haar schouder heen een blik toe te werpen. 'Ja, zoiets zei je wel vannacht. Bij roulette of zo.'

'Fantastisch!' Phil keek haar stralend aan. 'Zie je wel? Ik wist wel dat ik eindelijk eens geluk zou hebben.'

'Fijn voor je.'

'Ja. En nog een kop thee zou wel lekker zijn. En een paar biscuitjes als je hebt.'

Terwijl Pru thee zette, ging hij op het smalle bed zitten en keek om zich heen. 'Wat een krot, zeg.'

'Ik begin er aan gewend te raken.' Ze roerde suiker door de thee en gaf hem de mok.

'Dank je.' Hij schudde zijn hoofd. 'Pru, het spijt me echt. Je verdient het niet om in zoiets als dit te moeten wonen.'

'Het is niet erg.'
'Je zult me wel haten.'
'Ik haat je niet.' Ze maakte het pak biscuitjes open dat ze uit de winkel op de hoek had meegenomen. 'Hier, neem maar.'
'Je bent zo...' Hij schudde weer zijn hoofd, zoekend naar het juiste woord, 'zo aardig. Dat ben je altijd geweest. Je vergaf me altijd alles.'
Pru zei niets.
'Op het laatst begon dat op mijn zenuwen te werken,' vervolgde hij. 'Wist je dat?'
'Nee.'
'Daarom ben ik er vandoor gegaan met Blanche. Die pikt dat niet. Blanche komt voor zichzelf op.'
'O.'
'Ik probeer het alleen maar uit te leggen.'
'Dat is niet nodig,' zei Pru. 'Het maakt niet meer uit.'
Hij dronk zijn mok leeg en kwam voorzichtig overeind. 'Tijd dat ik er eens vandoor ga. Blanche zal wel met de koekenpan op me staan te wachten.' Met een scheef lachje voegde hij eraan toe: 'En niet om bacon en eieren voor me te bakken.'
'Nou, sterkte dan maar.' Pru glimlachte ook.
Bij de deur wierp Phil nog een blik door de kamer. Zijn makelaarsblik zag alles, de kierende ramen, de vochtige muren. 'Ik vind het echt rot voor je, Flapje,' zei hij, zijn oude koosnaampje voor haar gebruikend, 'dat je hier moet wonen.'
Maar niet erg genoeg, dacht ze bij zichzelf, om zijn hand in zijn zak te steken en haar een paar honderd pond te geven van het geld dat hij had gewonnen.
'Pas goed op jezelf,' zei ze, terwijl hij de trap af liep.
Hij grijnsde, waarschijnlijk bij het vooruitzicht dat hij straks laagvliegende koekenpannen zou moeten ontwijken. 'Jij ook, schat. En nog bedankt dat ik hier mocht slapen.'
'Graag gedaan,' zei ze. 'Dag.'

32

'Wat ga je doen?' gilde Dulcie later die middag toen Pru bij haar langskwam en de situatie had uitgelegd.
'Ik heb de arts tussen de middag gesproken. Morgenvroeg kan ik al geopereerd worden,' legde Pru uit. 'Het enige punt is dat ik dacht dat ik onder narcose zou worden gebracht, maar blijkbaar doen ze dat tegenwoordig niet meer. Ze geven je alleen een plaatselijke verdoving.'
Dulcies maag maakte een koprol bij het vooruitzicht. 'Afgrijselijk.'
'Ik weet het.' Pru trok een gezicht. 'Dus ik vroeg me af of jij met me mee wilt gaan. Om mijn hand vast te houden zogezegd, me een beetje morele ondersteuning te geven.'
Dulcie was nogal bang uitgevallen, maar ze was gek op ER. Misschien als ze deed alsof ze het op tv zag...
'Hoe is de chirurg?'
Pru glimlachte een beetje. 'Lang, donker, wel een stuk eigenlijk.'
Dulcie fantaseerde kort over verhitte blikken wisselen boven de mondmaskers met Dr. Doug Ross. 'Oké, natuurlijk ga ik mee.'
'Misschien vraag ik Liza ook wel.'
Liza, besloot Dulcie, mocht verhitte blikken wisselen met een veel minder aantrekkelijk iemand, een van de portiers van het ziekenhuis misschien. Ze wilde Doug voor zichzelf houden.
'We zullen er allebei zijn,' beloofde ze Pru. 'Ieder een oor.'
'En aan niemand vertellen, hoor,' smeekte Pru. 'Ik heb Eddie al gebeld. Ik heb hem verteld dat een vriendin me heeft uitgenodigd voor een vakantie in haar villa op Mallorca. Dus hij denkt dat ik twee weken op vakantie ben. Zo lang moet het verband erop blijven zitten,' voegde ze er een beetje verlegen aan toe. 'Ik weet dat het stom is, maar ik wil gewoon niet dat iemand het weet.'
Dulcie deed alsof ze haar mond dichtritste. Daarna bedacht ze ineens iets en ze ritste hem weer open. 'Maar heb je er geld voor dan? Ik dacht dat je nogal krap zat.'
Pru legde snel uit wat er afgelopen nacht was gebeurd.
Dulcie hoorde het opgewonden aan. Toen Pru klaar was, begon ze te klappen. 'Maar ik had geen idee dat je er zo graag iets aan

wilde laten doen! Waarom heb je dat nooit gezegd? Ik had je het geld toch kunnen lenen?'
Kalm zei Pru: 'Ik wilde het niet lenen.'
'O. Oké.' Dulcies expressieve wenkbrauwen vertelden alles. 'Maar je vond het niet erg om het te stelen.'
Pru keek bezorgd. 'Ik heb alleen maar gepakt wat ik nodig had, elfhonderd pond...'
'Pru, toe, dat was een grapje! Wat denk je dat ik ga doen, de politie bellen?'
'Hij heeft nog steeds achthonderd over,' ratelde Pru door, alsof ze zichzelf gerust moest stellen.
'Nou, persoonlijk denk ik dat je knettergek bent,' verklaarde Dulcie. 'Als ik het was geweest, dan had ik de hele hap gejat.'

Helaas voor Dulcie was de chirurg veel te druk bezig met Pru's oren om nog tijd te hebben om smeulende blikken met haar uit te wisselen. De operatie uitvoeren kwam blijkbaar op de eerste plaats voor hem.
Aangezien hij inderdaad een stuk was, was dit op zijn minst teleurstellend.
'Waar maak je je druk over?' vroeg Liza, toen ze na afloop naar de koffiekamer gingen. 'Ik dacht dat Liam de enige man voor je was.'
Dulcie haalde haar schouders op. Het punt was dat ze zich begon af te vragen of ze wel de enige vrouw was voor Liam. Goed, hij had een dure fit-blijven-tijdens-de-zwangerschap-video voor haar gekocht, maar dat was het meest romantische gebaar in de afgelopen twee weken geweest. Steeds vaker de laatste tijd belde hij haar op om te vertellen dat hij moest overwerken op de club.
Dulcies fantasie, – behalve die over de dokter die leek op Doug Ross van ER – dat Liam haar zou meenemen naar Mallory's en haar zou zeggen dat ze een oogverblindende, maakt-niet-uit-hoeveel-hij-kost diamanten ring mocht uitzoeken, was tot dusverre nog niet uitgekomen. Ook had hij niets gezegd over samenwonen.
Het ergste van alles was echter dat, toen Dulcie vorige week op Brunton Manor was geweest, Imelda een akelig tevreden grijns

van het ik-weet-iets-dat-jij-niet-weet-soort op haar gezicht had gehad.
Het was moeilijk om er stralend zwanger te blijven uitzien wanneer je vermoedde dat je achter je rug werd uitgelachen – of nog erger, dat ze medelijden met je hadden.
'Daar zijn we dan,' verkondigde de chirurg, terwijl hij met zijn armen om Pru's schouders geslagen de koffiekamer in kwam. Het drukverband dat haar oren op hun plaats moest houden, zag er komisch uit en haar haar stak alle kanten uit, maar ze was zichtbaar blij dat de beproeving erop zat.
'Klaar om naar huis te gaan,' zei de chirurg op zalvende toon. 'En zoals ik al aan Pru heb uitgelegd, ze moet het de eerste paar daagjes rustig aan doen. Jullie moeten haar een beetje vertroetelen.'
Hij keek Dulcie en Liza stralend aan. Hij gebruikte zijn opgewekte, wees-extra-lief-voor-de-patiënt-stem.
Dulcie vond dat hij zonder zijn mondmasker toch niet zo knap was; hij was gewoon een zijige, arrogante kwal.
'Kan ik haar veilig in jullie handen achterlaten, meisjes? Beloof me dat jullie goed voor haar zullen zorgen.'
Het kon Dulcie niet eens schelen dat hij al zijn aandacht op Liza richtte. De man kwijlde bijna; hij had duidelijk een oogje op haar. En hij droeg nog een trouwring ook. Ontrouwe klootzak.
'We kunnen je niet vertroetelen in die kamer van jou,' zei Dulcie tegen Pru, die er akelig bleek uitzag en nu al aan rust toe leek. 'Kom,' ze pakte Pru's magere arm beet, 'je komt gewoon bij mij logeren.'

Pru vertellen dat hij een rijverbod van zes maanden had, was een paniekreactie van Eddie geweest, gewoon de enige smoes die hij had kunnen verzinnen om zich ervan te verzekeren dat hij haar regelmatig zou kunnen blijven zien. Als ze hem niet meer rondreed, zou hij alleen nog maar af en toe een glimp van haar opvangen op de club.
Eddie wist dat het stom was, en duur, maar dat kon hem niet schelen. Hij genoot van hun tijd samen. Hij kon met Pru gemakkelijker praten dan met welke vrouw die hij kende dan ook. Hij kon zich ontspannen bij haar. Ze gaf hem een goed gevoel.

Hij had zich vreselijk schuldig gevoeld toen ze, gisteren aan de telefoon, keer op keer haar excuses had aangeboden voor het feit dat ze hem nu in de steek liet.
'Ik weet dat het kort dag is,' had ze hakkelend uitgelegd, 'maar mijn vriendin smeekte me om haar te komen opzoeken... Het spijt me echt zo verschrikkelijk dat ik je nu in de steek laat...'
Pru was zo'n vreselijk slechte leugenaar dat Eddie wist dat er iets aan de hand was. Zijn maag draaide zich om van angst bij de mogelijkheid dat Pru met een andere man de zon ging opzoeken... hoewel, als dat het geval was, waarom zou ze dan moeten liegen? Ze was in feite alleenstaand, ze kon doen wat ze wilde, met wie ze wilde.
Eddie mocht het idee dan haten, hij had niet het recht om dat te zeggen. Diep ongelukkig wenste hij haar een prettige vakantie toe; weer een grote leugen.
In elk geval had hij wel zijn rijbewijs terug; Pru liet hem niet in de steek op de manier die ze zelf dacht. Eddie wilde alleen, toen hij die avond met Arthur naar Bristol reed, dat hij kon ophouden met zichzelf te kwellen met fantasieën over wat Pru allemaal aan het doen was op een zonovergoten strand op Mallorca.
Toen hij de auto voor het verzorgingshuis parkeerde, zag hij dat een van de andere bewoners, een wakker oud dametje met een wandelstok, op een van de bankjes naar hem zat te kijken.
'Geen honden naar binnen,' riep ze naar Eddie toen hij Arthur uit de auto liet springen. 'Dat mag niet van de directrice. Ze is bang dat ze op het linoleum plassen en dat de bewoners dan uitglijden.' Ze lachte kakelend. 'En we hebben hier al genoeg kunstheupen!'
'Ik weet het,' zei Eddie. 'Ik laat hem alleen even rond rennen.'
'Rond rennen? Plassen, bedoel je.' Nog steeds grinnikend stak het oude dametje haar knoestige hand uit. 'Hier, je mag hem wel bij mij laten. Ik pas wel op hem.'
'Hij heet Arthur.' Eddie gaf haar de riem.
'Zo heette mijn man ook.' Van dichtbij waren de ogen van de vrouw verbazingwekkend, bijna ijsvogelblauw. 'Die plaste aan het eind van zijn leven ook de hele boel onder.'
Voorzichtig snuffelde Arthur aan haar in katoenen kousen gestoken benen.

'Ik niet,' zei de vrouw kwiek tegen de hond. 'Nog steeds continent, hoor.'
Tegen de tijd dat Eddie het verzorgingshuis weer uit kwam zetten, lag Arthur languit op de bank met zijn kop in de schoot van de oude dame. Hij was diep in slaap en snurkte als een trein.
'Hij gaat met de minuut meer op mijn man lijken.' De vrouw streelde liefdevol Arthurs oren.
'Bedankt dat u op hem heeft willen passen,' zei Eddie.
'Dus, waar is ze?'
'Wie?'
'Die mooie vriendin van je. Heeft ze je de bons gegeven? Is het uit?'
'U bedoelt Pru?' Eddie aarzelde en zei toen onhandig: 'Ze is op vakantie. Twee weken naar Mallorca.'
'Waarom ben je niet met haar meegegaan?'
'Nou... ze is met een vriendin.'
De oude vrouw trok geamuseerd haar scheve wenkbrauwen op. 'Je bedoelt dat ze lesbisch is?'
'Nee. Natuurlijk niet.'
'Zo. Mis je haar?'
'Nee... nou ja...' Eddie zat niet vaak verlegen om woorden, maar het was nogal intimiderend om ondervraagd te worden door iemand van in de tachtig. Zenuwachtig vervolgde hij: 'Het is alleen maar een vakantie. Over een paar weken is ze weer terug. Trouwens, we hebben niets met elkaar.'
'Maar dat zou je wel willen,' zei de oude vrouw.
'Niet... niet per se...'
'Nonsens. Doe wat, man! Het leven duurt niet eeuwig, weet je. En je bent ook de jongste niet meer.'
'Bent u altijd zo bazig geweest?' kaatste Eddie terug. Hij was opgelucht toen hij zag dat Arthur eindelijk zijn ogen opende.
De oude vrouw keek hem bedachtzaam aan. 'Ik ben vierentachtig, jongeman. Ik mag zeggen wat ik wil.'
'Maar u kent me niet eens.'
'Aha, maar dat is het punt, ik ken je wel. Je bent de schoonzoon van Edna Peverell. Wat denk je dat we hier de hele dag doen, pingpongen?' Spottend, meedogenloos, vervolgde ze: 'We praten, jongeman. Ik weet alles over je wat er maar valt te weten. En als

je het mij vraagt, dan is het hoog tijd dat je weer eens een vrouw neemt.'

33

Toen Dulcie na drie dagen nagelbijtende stilte weer wat van Liam hoorde, maakte haar hart een extra jubelende flikflak. Alleen het geluid van zijn stem door de telefoon – die smeltende Ierse lettergrepen – was voldoende om haar eraan te herinneren hoe hopeloos verliefd ze nog steeds was.

'Wat denk je, zal ik rond een uur of acht komen?' vroeg Liam op verleidelijke toon. 'We zouden er een romantisch avondje van kunnen maken.'

Een romantisch avondje? Betekende dat, vroeg Dulcie zich af, dat de ongeremde seks gepaard zou gaan met een grote oogverblindende verlovingsring?

Ze keek door de kamer naar Pru, die op de bank naar een natuurfilm lag te kijken. Haar haar, dat nodig eens gewassen moest worden, stak om het verband heen alle kanten uit.

Ze zag er werkelijk niet uit, dacht Dulcie, en dan ook nog zonder make-up en met een Julio Iglesias-T-shirt aan.

Bovendien, herinnerde ze zich ineens, was Pru hier incognito. Wat de rest van de wereld betreft, zat ze op Mallorca.

'Nou, mijn oma logeert een paar dagen bij me. Het is beter dat ik naar jou toe kom.'

'Oké.' Liam bedacht dat hij eerst langs zijn huis zou moeten gaan om ieder spoor van Imelda's aanwezigheid te verwijderen. 'Kom dan maar om negen uur, het is zo'n rotzooi bij me thuis. Ik wil eerst even opruimen.'

Dan moet hij wel van me houden, dacht Dulcie blij, anders zou hij niet de moeite nemen om eerst op te ruimen.

Terwijl de aftiteling van de natuurfilm over het scherm rolde, hoorde Pru Dulcie boven jammeren: 'O, shit!'

'Wat is er?' vroeg ze toen Dulcie somber kijkend weer in de kamer verscheen.

'Daar gaat mijn romantische avondje. Ik ben ongesteld geworden.'
'Wat ga je doen?'
'Zeggen dat ik hoofdpijn heb, denk ik.'

'Wat heb je?' Liam grinnikte. Hij dacht blijkbaar dat ze een grapje maakte en wachtte op de clou.
'Hoofdpijn. Hier.' Dulcie greep naar haar slaap en kromp ineen. 'Het klopt als een gek.'
'Ik weet hoe dat voelt.'
'Au, het doet echt heel erg pijn. Misschien heb ik wel migraine, net als Liza.'
Speels trok Liam haar op schoot. 'Gelukkig weet ik wel iets dat tegen hoofdpijn helpt.' Zijn hand gleed naar haar nek. In één snelle beweging was de rits van haar jurk opengetrokken.
Dulcie probeerde niet te rillen van genot. 'Ik kan niet... ik kan niet...' Terwijl zijn vingers verder naar beneden gleden, wriemelde ze zich koortsachtig los. 'Niet doen! De dokter zei dat ik niet...'
Liams hand schoot uit haar jurk alsof hij was geëlektrocuteerd. 'Wat?'
Oef, missie geslaagd.
'De dokter.' Ze schudde haar hoofd, de droevige brengster van het slechte nieuws. Greta Garbo had net zoiets gedaan in een van die films waarin ze aan het eind sterft. 'Toen ik gisteren bij hem was, zei hij dat we beter niet... je weet wel. Gewoon, voor de zekerheid.'
'Is alles goed met je?' Hij staarde naar haar buik.
'O ja, zolang ik het maar rustig aan doe. Gewoon een weekje of zo.'
Hij keek verbijsterd.
Geroerd door zijn bezorgdheid gaf ze hem een geruststellende kus. 'Maak je niet druk, het komt allemaal goed. Het enige dat ik nodig heb, is... is een beetje vertroeteld worden.'
Liam dacht even na. 'Normaal gesproken zou ik je hebben gevraagd om een paar weken hier te komen, maar dat gaat vast niet.'
Opgewonden keek ze hem aan. Ze zou niet weten waarom niet.

'Nou...'
'Niet zolang je je oma te logeren hebt.'
O. Shit.
'Nee.' Teleurgesteld perste ze er een glimlach uit. 'Nee, dat gaat niet. Nou, dan moet zij me maar vertroetelen.'
Hoe dan ook, het was zalig om een avond lang door Liam verzorgd te worden. Terwijl ze op de bank lag met haar voeten omhoog, maakte hij een ovenschotel met rijst, vis en groenten klaar, die zo gezond was en zo vol vitaminen zat dat je er een triatlon mee had kunnen winnen. Na het eten, nadat ze hem ervan had verzekerd dat de dokter had gezegd dat ze vooral moest toegeven aan haar eetbuien, rende hij zelfs naar het benzinestation om twee zakjes chips en een Bounty-ijsreep voor haar te kopen.
Terwijl Liam de afwas deed, begon Dulcie aan fase twee van haar plan.
'Finlay?' stelde ze voor, het boek met babynamen ophoudend dat ze gisteren had gekocht. 'Dat is Keltisch voor goede soldaat. Is Finlay beter dan Xavier, denk je?'
Liam was niet erg gecharmeerd van Xavier. Dan kon je iemand net zo goed worm noemen. Echt, zwangere vrouwen hielden er rare ideeën op na, waarschijnlijk omdat hun hormonen van slag waren.
'Finlay gaat wel.' Hij liep naar de huiskamer en leunde met zijn ellebogen op de rug van de bank, wensend dat hij wat meer enthousiasme voor deze taak kon opbrengen. Het was maf om te proberen een naam te bedenken voor iets dat op dit moment niet groter was dan een duizendpoot.
Dulcie had echter blijkbaar enthousiasme over.
'En dan nu, met de beker trots boven zijn hoofd geheven, de winnaar van Wimbledon van dit jaar...' tetterde ze, '... Finlay Fackrell!'
'Jezus christus.'
'Wat?' Ze draaide zich snel naar hem om en keek hem bezorgd aan. Zijn gezichtsuitdrukking was er een van puur afgrijzen. 'Wat is er? Wil je niet dat hij Wimbledon wint?'
'Dat is het niet,' sputterde hij, 'het is... het is dat Fackrell!'
Dulcie keek bezeerd. 'Maar zo heet ik.'
'Ja, maar...'

'Sorry.' Ze deed haar best om het triomfantelijke stemmetje in haar hoofd dat 'Bingo!' riep, te negeren. 'Ik ging er gewoon vanuit dat hij, gezien de omstandigheden, mijn achternaam zou krijgen.'

Liam keek erg ongemakkelijk. 'Ja, maar Fackrell! Kun je niet gewoon Ross houden? Finlay Ross klinkt prima.'

'Maar dat is Patricks naam!' protesteerde ze, 'en dit heeft helemaal niets met Patrick te maken.'

Weer een lange stilte. Dulcie voelde Liams warme adem op haar schouder. Ze rook zijn aftershave. Inwendig spoorde ze hem aan; dit was het teken, zijn grote kans om iets ongelofelijk romantisch te zeggen, iets als: 'Ik wil dat mijn zoon de naam McPherson draagt, ik wil dat jij de naam McPherson draagt, o Dulcie, ik kan het geen minuut langer verdragen... laat je alsjeblieft scheiden van Patrick en trouw met me...'

Ze begreep niet waarom het niet gebeurde. Was dit een droomkans of niet?

Liam stond op en woelde even met zijn hand door haar korte haar op een onhandige laten-we-het-ergens-anders-over-hebben-manier.

'Goed, jij wint. Maar als het Fackrell wordt, dan doen we niet Finlay. Dat klinkt als een of andere figuur uit *Sesamstraat*. Je kunt dan beter iets eenvoudigs kiezen,' eindigde hij achteloos terwijl hij weer naar de keuken verdween, 'iets als Rob of Tom.'

Toen Dulcie de volgende ochtend wakker werd, stond Liam al onder de douche. Ze lag achterover in de kussens en fantaseerde vol genot over hoe ze zijn volmaakte lichaam inzeepte. Zodra deze week achter de rug was, zou ze dit gedwongen celibaat goedmaken, zeker weten.

Ze pakte de telefoon en belde naar huis. 'Alles goed met je?'

'Ik ben niet invalide, hoor,' protesteerde Pru. 'Ik heb trouwens net je ijskast ontdooid. Heb je enig idee hoeveel Bounty-ijsrepen je in je vriesvak hebt liggen?'

'Ik vind het altijd zo rot als ik ineens zonder zit.'

'Het is gewoon een wonder dat je niet dichtgroeit.'

Op dat moment verscheen Liam in de deuropening, met een vreemde uitdrukking op zijn gezicht.

'Hoe dan ook,' zei Dulcie, 'ik kom er zo aan, oma. En laat de afwas maar staan, die doe ik straks wel.'
Pru klonk geamuseerd. 'Pas maar op met wat je zegt, misschien houd ik je er wel aan.'
'Alles goed met je?' vroeg Liam, nadat ze had opgehangen.
'Prima. Ik wilde even weten hoe het met mijn oma ging.' Ze wapperde met de telefoon naar hem. 'Alles in orde.'
'Dus ze heeft het overleefd zo zonder jou afgelopen nacht?'
Waarom keek hij haar toch zo eigenaardig aan?
'O, geen probleem.' Zich afvragend of hij haar om de een of andere reden niet geloofde, begon ze nog wat uit te weiden. 'Ze is naar een bingo geweest. Heeft achttien pond vijftig gewonnen. Oma is echt een geluksvogel... vorig jaar deed ze mee aan zo'n wedstrijd achter op een cornflakespak en toen won ze een duikvakantie op Tenerife.'
Liam, prachtig naakt, trok een trainingspak aan. Hij leek niet naar haar te luisteren. 'Ik moet naar de club.'
Stervend van verlangen om stiekem in zijn huis rond te neuzen, zei ze opgewekt: 'Maak je maar niet druk om mij. Ik kom er zelf wel uit.'
Hij had haar verkreukelde kleren echter al gepakt en stak ze haar toe. 'Ik ga liever samen de deur uit.'
Dat was een beetje jammer, maar ze troostte zichzelf ermee dat het misschien zijn manier was om romantisch te doen.
'Dus geen hoofdpijn meer?' vroeg hij, toen de voordeur met een klap achter hen dichtviel.
Hoofdpijn?
'O!' Die hoofdpijn! 'O ja.' Opgelucht keek ze stralend naar zijn niet-lachende gezicht. Daarom had hij zo raar gedaan; hij maakte zich zorgen om haar. 'Helemaal over, gelukkig.'
Maar Liam glimlachte nog steeds niet. 'Fijn.'

Een glanzende rode postbestelwagen reed net weg toen Dulcie thuiskwam. Op een haar na zijn bumper missend terwijl ze met gierende banden de oprit op reed, besefte ze met een vreemd schokje dat de chauffeur sterke bruine onderarmen had, net als Patrick. Maar het was echt niet nodig dat hij zijn middelvinger naar haar opstak.

Pru stond in de hal met een pakketje in haar hand. 'Het is voor Patrick,' zei ze. 'Er staat "urgent" op. Ik moest ervoor tekenen.'
Dulcie vroeg zich af wat de chauffeur van Pru's verbonden hoofd had gedacht. Ze ging met de dag meer op het monster van Frankenstein lijken.
'Een of ander computeronderdeel.' Dulcie herkende het logo van een computerbedrijf op het pakje. Blijkbaar had Patrick nog niet iedereen een adreswijziging gestuurd. Ze gooide het pakje op de tafel in de hal en liep verder naar de keuken.
'Er staat "urgent" op,' zei Pru bezorgd.
Pru, herinnerde Dulcie zich ineens, was het soort persoon dat zich gedwongen voelde om de elektriciteitsrekening meteen op de dag dat ze hem kreeg, te betalen. Het liefst met een spoedzegel erop.
'Oké, oké, maar eerst ontbijten. Als jij thee zet, dan ontdooi ik de donuts.' Het was per slot van rekening pas negen uur. 'Daarna ga ik het hem wel even brengen.'

Toen Dulcie op Patricks kantoor arriveerde, was de deur echter op slot. Voor een dinsdagochtend was dat ondenkbaar; Patrick moest op zijn minst zijn ontvoerd door buitenaardse wezens.
Alleen was dat niet het geval. Toen Dulcie de volgende trap op kwam, zag ze dat de deur van zijn flat open was. Patrick stond in de hal, met zijn rug naar haar toe, beslist on-computerachtige dingen in een weekendtas te pakken.
Ze schraapte haar keel, en als door een wesp gestoken draaide hij zich om.
'Heb ik je laten schrikken? Sorry.'
'Dulcie!'
Ze glimlachte een beetje. 'Ik heb je nog nooit schuldig zien kijken. Wat zit erin, een paar kilo heroïne?'
De uitdrukking op zijn gezicht was kostelijk. Ze kon het niet laten om een blik in de tas te werpen.
Een strandlaken. Zwembroek. Ambre Solaire factor 4. Een fles wijn én een kurkentrekker. Een frisbee.
Een frisbee, allemachtig zeg!
Ze keek naar Patrick, die nog nooit van zijn leven had gebloosd.
Hij bloosde.
Ze zei: 'Vergeet je emmertje en schepje niet.'

Hij ritste de tas dicht. 'Wat kom je doen, Dulcie?'
Ze stak hem het pakje toe. 'Er staat "urgent" op, dus ik dacht dat je er misschien om verlegen zat.'
'O, dank je.' Als een klein jongetje dat met tegenzin een cadeautje van een oudtante uitpakt, in de wetenschap dat het toch waardeloos is, maakte hij het pakje open.
'Als ik het had geweten,' zei ze, om de plotselinge ongemakkelijke stilte te verbreken. 'Dan had ik in plaats daarvan een strandbal voor je meegebracht.'
Zich herstellend, alsof hij nu pas besefte dat hij zich niet schuldig hoefde te voelen, keek hij naar de doos met microchips die hij had uitgepakt en grijnsde. 'Nee, dit is prima, precies wat ik wilde.'
Dulcie voelde iets omdraaien en trekken in haar maag. 'Je kantoor is dicht.'
'Alleen vandaag.'
Het iets, besefte ze, was jaloezie. 'Waar ga je naartoe?'
'Devon.' Hij keek uit het raam, naar de verkeersopstopping beneden op straat. 'Het is warm, zonnig. Het leek ons wel een goed idee om naar het strand te gaan.'
En te gaan frisbeeën, verdomme, dacht ze, op haar lip bijtend tot het pijn deed. 'Jij en Claire?'
'Ik en Claire.' Hij knikte.
'Weet je nog wel hoe je moet zwemmen?' Ze deed de borstcrawl voor. 'Het is een vrijetijdsbesteding en je doet het in het water. Soms spetter je een beetje in het rond en dat heet dan voor de lol. Misschien kan ik het schematisch voor je tekenen...'
'Dulcie, hou op,' zei hij, maar hij was niet boos. Hij was – bah, dat was veel erger dan boos, besefte ze – geduldig met haar. 'Je zei zelf altijd dat ik te hard werkte. En nu neem ik een dagje vrij om wat leuks te gaan doen. Dat zou jij toch zeker moeten goedkeuren.'
Vreemd genoeg vulden haar ogen zich met tranen. Ze wilde schreeuwen om zijn stupiditeit. Hij hoorde geen dagje vrij te nemen om iets leuks te gaan doen. Niet nu!
'Huil je?' Hij leek geschokt. 'Je huilt anders nooit.' Hij ritste de weekendtas weer open, pakte het strandlaken en gaf hem haar om er haar ogen mee te drogen. Daarna glimlachte hij even. 'Het

zal wel door de hormonen komen.'
Mis, dacht ze, het komt door jou.
Verdomme, hoe stom kon een intelligente man zijn?

34

Aangezien ze zogenaamd op Mallorca was, waar het boven de dertig graden was, had Pru bedacht dat het wel heel raar zou zijn als ze spierwit terug zou komen.
Tegen elf uur 's ochtends was Dulcies achtertuin veranderd in een zonneweide. In de veilige wetenschap dat de tuin volkomen afgeschut was, had Pru een van de ligstoelen naar de beste plek gesleept, een halve tube factor 8 opgesmeerd en zichzelf zo geïnstalleerd dat ze het maximale aantal zonnestralen zou opvangen. Ze sloot haar ogen.
Twintig minuten later viel ze bijna flauw van schrik toen een mannenstem vroeg: 'Jezus christus, wat is er met jou gebeurd?'
Pru deed haar ogen open en gilde. Liam stond vlak voor haar, met een geschokte uitdrukking op zijn gezicht, wat enigszins begrijpelijk was aangezien ze haar minst exotische witte beha en een oude groene onderbroek aanhad.
'Ik sliep niet!' Erop los kletsend, tijdrekkend, schoot ze overeind en probeerde zichzelf met haar handen te bedekken. Ze was nog liever naakt aangetroffen dan in deze onderbroek, dacht ze. Ze tuurde naar het hek dat op de voortuin uitkwam. 'Ik heb het hek niet gehoord! Hoe heb je het opengekregen zonder dat de grendel klikte?'
Het houten hek was maar een meter twintig hoog. Liam schonk haar een blik vol medelijden. 'Ik ben eroverheen gesprongen.'
'O.'
'Ik dacht dat je Dulcie was.' Hij zweeg. 'Uit de verte dan.'
Maak dat de kat wijs, dacht Pru.
'Dulcie is er niet.'
Liam staarde nog steeds naar haar hoofd.
Pru zette zich schrap voor de volgende vraag. Voor noodgeval-

len had ze haar uitleg paraat. Ze had een auto-ongeluk gehad. Maar Liam zei: 'Ik dacht dat je op Mallorca zat.'

'Ja, ik... nou ja, ik...'

'Dus hoe zit het met dat verband?'

Ze slikte. 'Ik... heb een...'

Ongeluk, zeiden haar hersens haar voor. Je hebt een ongeluk gehad.

'Je bent geopereerd,' zei Liam behulpzaam. 'Heb je je oren naar achteren laten zetten?'

Pru was woedend. 'Wie heeft je dat verteld? Die stomme Dulcie, ik...'

Liam grijnsde. 'Rustig maar. Mijn nichtje heeft het een paar jaar geleden ook laten doen, en je ziet er nu net zo uit als zij na de operatie.' Zijn grijns werd breder. 'Ze werd er knettergek van dat ze haar haar niet kon wassen.'

Bidden dat hij zou weggaan, hielp niet echt. Liam maakte het zichzelf gemakkelijk op het gras naast de ligstoel.

'Dulcie blijft misschien nog wel tijden weg.'

Hij haalde zijn schouders op. 'Maakt niet uit. Ik hou jou gewoon even gezelschap.'

'O.'

In tegenstelling tot Liam voelde Pru zich steeds minder op haar gemak. Ze voelde dat hij nog iets wilde zeggen.

'Dus jij bent de oma, neem ik aan?'

'Wat? O... ja.' Ongelukkig knikte ze. 'Ik wilde niet dat iemand wist waar ik was.'

Een glimp van een glimlach. 'Ik zal niets verder vertellen.'

'Dank je.'

Liam plukte een madeliefje uit het gras en rolde het steeltje tussen zijn duim en wijsvinger. 'Jij kunt slecht liegen, hè? Heel anders dan Dulcie.'

O god.

'Ik weet niet precies wat je b-bedoelt,' stamelde ze.

'Je weet wel,' zei hij. Hij klonk geamuseerd. 'Een beetje fantaseren. De waarheid verdraaien. Verhalen verzinnen.'

Hulpeloos haalde ze haar schouders op. Ze had geen spiegel nodig om te weten dat haar wangen knalrood waren.

'Nee... nou ja, ik neem aan dat ik er niet zo goed in ben. Ik... ik

wilde alleen niet dat mensen wisten dat ik iets aan mijn oren had laten doen, meer niet. Ik ben heel gevoelig over mijn oren en...'
'Want weet je,' onderbrak hij haar gebabbel terloops, 'ik weet dat Dulcie niet zwanger is.'
Ze staarde hem aan. 'Wat? Hoe ben je daar achter gekomen?'
Hij haalde zijn schouders op.
'Hoe?' herhaalde ze, roder dan ooit.
'Ik blufte. En toen heb jij het bevestigd.'
Dit was een nachtmerrie. Dit was echt verschrikkelijk. Pru begon te beven. 'Je bedoelt dat je het niet wist? Je raadde maar wat?'
Weer dat medelijdende lachje. 'Goed, hè?'
'O, shit!' jammerde Pru. Dulcie zou haar vermoorden.
'Toe zeg, wind je niet zo op. Het punt is, mijn reactie zal afhangen van de reden waarom ze me heeft voorgelogen,' legde hij troostend uit. 'Ik bedoel, als het de opzet was om me aan haar te binden, om me vast te pinnen, dan zou ik niet al te blij zijn. Maar als het alleen voor de grap was, een of andere weddenschap tussen vriendinnen, nou ja,' hij haalde weer zijn schouders op, 'ik kan wel tegen een grapje.'
'Dat was het ook, het was een grap!' De woorden tuimelden er achter elkaar uit. 'Natuurlijk was het niet serieus bedoeld!'
Liams blauwe ogen keken haar koeltjes aan. 'Zoals ik al zei, je kunt heel slecht liegen.'
Verslagen liet Pru zich achterover op de ligstoel vallen. Op de een of andere manier deed die vreselijke groene onderbroek er niet meer toe. Ze keek naar Liam, die een volhardende wesp wegsloeg.
'Dus hoe wist je dat ze... eh... dat ze niet de waarheid vertelde?'
'Laten we het zo zeggen. Wat zou jij denken als je zwangere vriendin de nacht bij je doorbrengt, en je ziet de volgende ochtend een stukje cellofaan in de wc drijven?'
'Wat?'
'Het soort cellofaan dat om tampons zit,' zei hij. 'Het soort dat zich zo moeilijk laat doortrekken.' Hij zweeg even. 'Nogal onthullend.'
'O!' Ze slaakte een zucht van verlichting. 'Dus je bedoelt dat Dulcie al weet dat jij het weet?'

Hij schudde zijn hoofd. 'Ik had tijd nodig om na te denken. Ik wilde zeker weten dat ik gelijk had.' Weer keek hij bijna geamuseerd. 'Wat een geluk dat jij hier was.'
Niet voor mij, dacht ze somber. Op de een of andere manier wist ze dat het ermee zou eindigen dat zij hier de schuld van kreeg.
'En wat ga je nu doen?' fluisterde ze.
Liam ging met gebogen knieën op het gras liggen en begon energiek sit-up oefeningen te doen.
'Wat mensen altijd doen als ze net aan iets gruwelijks zijn ontsnapt, denk ik,' antwoordde hij. 'Ik ga het vieren.'

Dulcie kwam een kwartier later thuis. Liam was inmiddels bezig aan opdrukoefeningen op één arm. Niet in staat om de uitdrukking van vreugde op Dulcies gezicht toen ze hem in haar achtertuin zag, te verdragen, haastte Pru zich naar haar kamer. Overspoeld door schuldgevoel en schaamte, plakkerig van het zweet en de zonnebrandcrème, lag ze op bed met de ramen gesloten, bang dat ze anders zou horen wat er beneden gezegd werd.
Wat het ook was, het duurde niet lang. Pru hoorde een autoportier dichtslaan en het geknars van banden op grind. Toen ze voorzichtig uit het raam gluurde – door een kier in de gordijnen als een nieuwsgierige buurvrouw – zag ze Liam wegscheuren in zijn rode Lamborghini. Alleen.
De deur van de logeerkamer werd opengegooid. Dulcie, nauwelijks herkenbaar met haar betraande gezicht en de uitgelopen mascara, stormde de kamer binnen.
Pru kromp ineen.
'Hij is weg! Hij is weg verdomme!' huilde Dulcie, haar teen aan een poot van het bed stotend en een nieuwe jammerkreet slakend. 'O! Au! Ik kan er niet tegen… hij is echt weg.' Ze greep haar teen vast, liet zich jammerend op bed vallen en staarde Pru woest aan. 'En het is allemaal jouw schuld!'

Pru kon dit niet aan. Te overmand door schuldgevoel om zich te kunnen verdedigen – ze wist dat het haar fout was – en te verbijsterd over de bitterheid van Dulcies aanval, wist ze dat ze hier weg moest. Ze rende de trap af, onderweg een lang rood T-shirt

meepakkend, greep haar tas en strompelde op blote voeten over het harde grind naar haar auto in de garage.
Vertroeteld worden zat er voorlopig niet meer in.

Terug in haar huurkamer, die muf en ongelucht was, ontdekte Pru dat het geld in de elektriciteitsmeter op was, en dat alles in de ijskast was veranderd in slijm.
Ze was twee uur bezig met de stinkende ijskast schoonmaken en fanatiek de vloer schrobben. Omdat ze al anderhalve week niet had gewerkt, zat ze gevaarlijk slecht bij kas. Dit veroorzaakte een nieuwe huilbui.
Hoe heb ik zo stom kunnen zijn, dacht ze wanhopig. Nu heb ik nieuwe oren, maar geen eten.
Terwijl ze de smerige ramen lapte, zag ze Dulcies auto de hoek om komen. Pru sprong weg bij het raam als een angstig konijntje en ging trillend op haar knieën zitten. Ze kon niet nog een scheldpartij verdragen, echt niet.
Toch ging ze opendoen toen er even later werd aangebeld, want ze wist dat Dulcie zich niet zou laten wegsturen.
'O Pru, het spijt me zo. Kun je het me ooit vergeven?'
Dulcie, die er nog steeds niet uitzag met die mascarastrepen op haar wangen, keek Pru ongelukkig aan. 'Ik ben ook zo'n stomme trut. Ik schaam me zo. Het was niet jouw schuld, het was allemaal mijn eigen schuld. Als je wilt,' zei ze wanhopig, terwijl ze vlak voor Pru op de stoep ging staan, 'dan mag je me wel in mijn gezicht slaan.'
Pru maakte een geluid dat het midden hield tussen een snik en een lach.
'Toe maar,' zei Dulcie nederig, 'ik meen het. Zo hard als je wilt.' Ze draaide Pru haar wang toe.
'Doe niet zo maf,' zei Pru. 'Je kunt maar beter binnenkomen.'
Toen ze de kamer in liepen, trok Dulcie haar neus op bij de overweldigende chloorlucht. Ze keek naar Pru die een ketel met water ging vullen. 'Ik weet dat ik maf ben. Wil je nog steeds mijn vriendin zijn?'
'Stomme vraag,' zei Pru, die er gevaarlijk dichtbij was om weer in tranen uit te barsten. 'Als je me vijftig pence leent, dan kan ik thee zetten.'

Nadat Dulcie klaar was met muntstukken in de meter te stoppen – 'Niet dat je hier blijft, je gaat weer met mij mee naar huis' – deed ze een greep in haar enorme handtas en kwam met een donkergroen plastic tasje van Jolly's op de proppen.
'Ik wilde eerst bloemen voor je kopen, maar dat is wat schuldbewuste mannen doen wanneer ze hun vrouw hebben bedrogen. Dus in plaats daarvan heb ik dit voor je gekocht.'
Pru maakte de tas open. Er zaten zes Lancôme-lippenstiften in, vier kleuren oogschaduw van Clinique en zeven mascara's van Chanel.
'Beetje een rommeltje. Ik stond dubbelgeparkeerd in Milsom Street en ik had geen zin in een wielklem,' verontschuldigde Dulcie zich. 'Ik ben gewoon naar binnen gerend en heb wat gepakt. Nou ja, het is altijd nog nuttiger dan een bos bloemen.'
'Je bent zo Jolly's binnengegaan?' Pru was ontroerd.
'Hoe bedoel je, zo?' Dulcie gilde toen ze zichzelf in de spiegel bekeek. 'Mijn god, geen wonder dat ze me vroegen of de mascara waterproof moest zijn! Ik heb nog geluk gehad dat ze me niet hebben gearresteerd,' vervolgde ze quasi zielig, 'voor make-up dragen zonder de vereiste zorgvuldigheid te betrachten.'

Onder het genot van kopjes thee die vaag naar chloor smaakten, vertelde Dulcie hoe wreed en gemeen Liam was geweest.
'Hij noemde me een achterbakse, gemene, valse trut,' zei ze zuchtend. 'Hij zei dat ik een droevig geval was en dat ik eens een keer iets met mijn leven moest gaan doen. Hij zei dat ik wanhopig was en lui en een pathologische leugenaar, en dat hij nu al medelijden had met de volgende sukkel waar ik mijn klauwen naar uit zal steken, want niemand verdiende zoveel ongeluk.'
'En wat zei jij toen?' Pru, die compleet kapot zou zijn geweest als ze zo was afgekraakt, vooral omdat het zo dicht bij de waarheid was, verbaasde zich over Dulcies nuchtere toon. Blijkbaar had ze de ergste ellende alweer van zich afgezet.
'Ik heb hem verteld dat hij een afgeserveerde ballenmepper is, die zich verbeeldt een beroemdheid te zijn,' zei Dulcie. 'Ik zei dat hij een saaie gezondheidsfanaat was met net zoveel persoonlijkheid als een broodje sla.' Ze dacht even na. 'O ja, en ik heb hem ook nog verteld dat hij pet was in bed.'

Pru keek haar met grote ogen aan. 'Was hij dat dan?'
'Natuurlijk niet,' antwoordde Dulcie. 'Maar dat moet je altijd zeggen.'
'Jemig.'
'Dat blijft in hun achterhoofd zitten knagen. Ze haten het, maar toch blijven ze zich afvragen of – wie is dat?'
De deurbel ging.
Pru's handen schoten automatisch naar haar verbonden oren. 'Niemand weet dat ik hier ben. Niet opendoen.'
Maar Dulcie, nieuwsgierig als altijd, hing al uit het open raam en keek naar de straat.
'Dulcie, hallo!'
'Het is Eddie,' mompelde Dulcie ongelovig.
'Hem niet binnenlaten, hoor,' piepte Pru.
'Ik kwam toevallig langs,' riep Eddie naar boven, zijn ogen afschermend tegen de zon, 'en ik zag het raam openstaan. Wacht even...'
Terwijl Dulcie keek, ging de voordeur open. Een hippie in een sloom Woodstock-T-shirt kwam naar buiten en Eddie pakte de deur beet voordat hij dicht kon vallen.
'Wacht,' schreeuwde hij, vrolijk naar Dulcie zwaaiend, 'ik kom naar boven.'
Dulcie begroette hem met in haar ene hand een spuitbus schoonmaakmiddel en in haar andere een slipje van Pru.
'Hoe kun je nu toevallig langskomen?' wilde ze weten, Eddie achterdochtig aankijkend. 'Deze straat ligt echt nergens in de buurt.'
'Nou... je weet hoe het gaat. Ik had Pru beloofd om een oogje in het zeil te houden,' fantaseerde Eddie snel. 'Kijken of alles in orde is... geen inbrekers, dat soort dingen.'
Dulcies gelaatsuitdrukking veranderde van achterdochtig in ongelovig. Geen enkele zichzelf respecterende inbreker zou zelfs maar dood willen worden aangetroffen in dit afschuwelijke krot.
Eddie had zich aangewend om iedere dag langs Pru's kamer te rijden. Hij wist niet precies waarom, maar het gaf hem gewoon een vreemd vertrouwd gevoel. Toen hij het raam open had zien staan, had hij een opwinding van bijna puberachtige afmetingen bij zichzelf bespeurd. Pru was eerder thuisgekomen! Ze was terug! Hij zou haar weer zien! Nu!

Alleen was ze er niet, en zag hij haar dus niet. In plaats daarvan werd hij ondervraagd door Dulcie.

'Maar,' Eddie besloot dat de aanval de beste verdediging was, 'wat doe jij hier?'

'Ik? Schoonmaken.' Om haar woorden kracht bij te zetten, spoot Dulcie wat schoonmaakmiddel op de afgebladderde verf van het raamkozijn. Daarna begon ze fanatiek te poetsen met het in elkaar gepropte slipje en sprong achteruit toen een fontein van verfbladders als hagel haar richting uitschoot, haar ogen maar net missend.

Eddie fronste zijn voorhoofd. Dit was een nogal onwaarschijnlijk verhaal. 'Waarom?'

'Pru komt zaterdag terug,' antwoordde Dulcie luchtig. 'Het leek me een goed idee om haar kamer eens een flinke schoonmaakbeurt te geven.' Ze gebaarde naar de glanzende vloer. 'Ik ben al uren bezig.'

Dit werd echt heel surrealistisch. Het idee dat Dulcie vloeren schrobde, was net zo idioot als prinses Di die speedpillen uit een flesje naar binnen goot.

'Heb je nog wat van haar gehoord?' Eddie werd ineens overspoeld door verlangen naar nieuws over Pru. Hij had zelfs geen ansichtkaart uit Spanje gekregen. 'Ik dacht dat ze misschien nog gebeld had of zo.'

Maar Dulcie schudde haar hoofd. Tot Eddies ergernis keek ze erbij alsof het haar niets kon schelen. 'Geen woord.'

'Zeker te druk met lol maken,' zei Eddie. Een moedig glimlachje moest zijn innerlijke onrust verbergen.

'Ik denk het.' De voorjaarsschoonmaak was blijkbaar voorbij, want ze deed het raam dicht.

Uit pure wanhoop zei hij abrupt: 'Echt, ik heb een geheugen als een zeef. Ik ben de naam van die vriendin van haar bij wie ze logeert vergeten.'

'Ik ook.'

Maar Eddie zag dat Dulcie bij zichzelf glimlachte, zo'n geheimzinnig lachje dat maakte dat je degene die dat deed het liefst door elkaar wilde schudden totdat zijn tanden rammelden.

'Wat is er? Waarom kijk je zo?'

'Ik?' Dulcie haalde haar schouders op en keek hem onschuldig aan. 'Ik dacht net dat Pru echt toe was aan deze vakantie. Hij zal haar vast heel goed doen.' Ze gooide Pru's slipje over haar schouder in de gootsteen en grijnsde naar Eddie. 'Ze komt vast als een nieuw mens terug, dat zul je zien.'

Eddie keek ontmoedigd naar het natte slipje dat aan de heetwaterkraan bungelde. Zolang Pru maar niet terugkwam mét een nieuw mens, kon het hem niet schelen.

'Weet je, volgens mij heeft Eddie een oogje op je,' zei Dulcie ondeugend, terwijl ze weer uit het raam hing. 'Hij is trouwens weg. Je kunt nu wel te voorschijn komen. O, die stoute jongen. Dacht ik het niet.'

Pru kroop onder het bed vandaan, rillend toen een spinnenweb zich over haar gezicht drapeerde. 'Wat dacht je al?'

'Hij rijdt weer.' Vrolijk keek Dulcie de Jaguar na die om de hoek verdween. 'Tut tut.'

Pru keek bezorgd. 'Maar dat is verboden.'

'En dat allemaal omdat bij mevrouw misschien wordt ingebroken.' Dulcie draaide zich om en begon te glimlachen. 'En hij kon zijn ogen ook niet van je slipje afhouden. Als dat geen liefde is.'

'Mijn lievelingsslipje,' jammerde Pru, toen ze het boven de gootsteen zag hangen.

Dulcie keek verbolgen. 'Het was een noodgeval, ik kon niet zo snel iets anders vinden. Het moest er toch echt uitzien?'

'Het is mijn verleidingsslipje,' zei Pru droevig, terwijl ze zich een moment in de verre en vage toekomst probeerde voor te stellen waarop ze zin zou hebben om iemand te verleiden. Misschien over een jaar of vijftig, zestig...

'Neem maar van mij aan,' zei Dulcie, 'als je een man wilt verleiden, dan is het het beste om helemaal geen slipje aan te hebben.'

35

Het was hoe dan ook een veelbewogen dag geweest. Tegen de tijd dat Liza bij Dulcies huis arriveerde, was Dulcie al aan haar tweede fles wijn bezig. Half opgerookte, geërgerd uitgedrukte sigaretten vulden de asbak, die alleen te voorschijn werd gehaald op momenten van grote crisis. Hoe meer sigaretten ze rookte en hoe meer wijn ze dronk, des te groter het medelijden dat Dulcie voor zichzelf voelde.

'... en niet een of andere oude frisbee,' terwijl ze op de keukentafel sloeg, viel er as op de voorkant van haar zwarte T-shirt, 'een róze frisbee, met van die snelle strepen aan de zijkant! Ik bedoel, zie je het al voor je? Patrick, die op het strand met een roze frisbee aan het spelen is... op een dinsdag? Heeft die stomme heilige Claire van hem soms een pilletje in zijn chocolademelk gedaan of zo?'

Om haar af te leiden, zei Liza: 'Patrick doet er nu niet toe. Vertel me eerst eens wat er met Liam is gebeurd. Pas op...'

Dulcies coördinatiegevoel was met de noorderzon vertrokken. Rode wijn gulpte over de tafel terwijl ze probeerde in te schenken en miste. De fles stootte tegen haar glas, dat op zijn beurt omviel en een bijna nog vol pakje Silk Cut doorweekte.

Het probleem is, dacht Dulcie, dat Patrick er wel toe doet. Ik kan niet hebben dat hij gelukkig is met Claire. Zichzelf dwingend om het weer over Liam te hebben, vertelde ze Liza wat er die ochtend was gebeurd. Ze verzweeg niets, want dat was het mooie aan beste vriendinnen: je mocht net zolang klagen als je wilde, je kreeg nooit het gevoel dat je moest opschieten.

'Het is gewoon zonde van mijn tijd geweest dat ik steeds stiekem naar de andere kant van Bath ben gereden om aan mijn conditie te werken,' klaagde ze, terwijl ze met haar vinger niet-lachende gezichtjes tekende in de plas wijn op tafel. 'Hij zei dat hij de hele tijd al had geweten dat ik loog. Dat heeft die stomme Imelda hem natuurlijk verteld. Koe.'

Liza keek toe terwijl Dulcie onhandig een doorweekte sigaret probeerde aan te steken. 'Ach, ze mag hem hebben,' zei ze. 'Je kunt wel beter krijgen. Oké, hij zag er goed uit, maar het was allemaal puur uiterlijk. Waar was zijn persoonlijkheid?'

Dulcie gaf het op met haar sigaret. Ze wist er een glimlachje uit te persen. 'In zijn onderbroek.'
'Zie je wel?' Bemoedigd door Dulcies poging om een grapje te maken, ging Liza iets naar achteren zitten in haar stoel en hief haar glas. 'Je voelt je al wat beter. Je hebt hem niet nodig.'
Dat wist Dulcie ook wel. Ze wilde alleen dat Liam haar dat niet op zo'n meedogenloze manier had duidelijk gemaakt. Die pijnlijke dingen die hij had gezegd, waren... nou ja, echt pijnlijk geweest.
'Ik heb hem verteld dat hij een fanaat was, dat hij alleen maar van stomme saaie sport hield.' Ze hield haar ogen strak op de natte tafel gericht. 'En toen zei hij dat hij tenminste nog ergens van hield en hij wilde weten of ik me nooit afvroeg wat er aan mijn leven ontbrak.'
'Zoals wat?' vroeg Pru.
Dulcie haalde haar schouders op. 'Weet ik veel. Hij keek me alleen maar aan op zo'n rare manier en toen schudde hij zijn hoofd en zei: "Je doet helemaal niets, Dulcie. Dat is je probleem. Je dóét gewoon niets." '
'Nou,' verbrak Liza de ongemakkelijke stilte die op deze laatste verklaring – wreed, maar waar – was gevolgd. 'Je hebt nu in elk geval wel iets te doen. Je gaat Liam McPherson uit je hoofd zetten en iemand zoeken die honderd keer beter is.'
'O ja, simpel als wat.' Vermoeid wreef Dulcie over haar gezicht. Na de ontmoeting met Patrick vanochtend, gevolgd door het gedoe met Liam en de ruzie met Pru, wist ze niet of ze nog wel de energie kon opbrengen om zelfs maar aan een andere man te denken. 'Weet je, als jij Brad Pitt nu eens even belt, dan kun je hem vertellen dat ik onverwacht weer op de markt ben en vrijdagavond wel tijd heb om met hem uiteten te gaan.'
'Wat jij nodig hebt,' zei Pru, 'is een aardige man. Een man die niet moeilijk doet. Ik bedoel niet braaf,' zei ze snel, omdat Dulcie heel voorspelbaar al een waar-is-de-kotszak-gezicht begon te trekken, 'maar... nou ja, fatsoenlijk.'
'Fatsoenlijk!'
Pru weigerde om zich de mond te laten snoeren. Zelf had ze haar lesje al maanden geleden geleerd, en ze was vastbesloten om Dulcie de boodschap duidelijk te maken.

'Je hebt iemand nodig die je kunt vertrouwen,' zei ze streng. 'Het soort man dat komt als hij zegt dat hij zal komen.'
'Het soort dat niet naar huis komt met lippenstift op zijn tennisbroek,' vulde Liza aan.
Kreunend bedekte Dulcie haar ogen. Ze begreep het, ze begreep echt wat ze bedoelden. Het waren alleen die woorden: fatsoenlijk, betrouwbaar, eerlijk, integer... De woorden waren in haar hoofd onlosmakelijk verbonden met het beeld van een of andere mompelende sullige geschiedenisleraar, altijd bereid om anderen te helpen, in zijn wollen trui, flodderige corduroy broek en sandalen. Dat soort mannen, dacht ze, fatsoenlijke mannen, deden haar gewoon helemaal niets. Haar hart ging er niet sneller van slaan, haar maag kromp niet ineen van verlangen. En bovendien waren ze ook altijd lelijk.
'Er is niets mis met fatsoenlijk,' hield Pru vol, voortploeterend, weigerend om het op te geven.
Dulcie vulde haar glas bij met Fitou en dronk het snel leeg voordat ze kon knoeien. Onder het drinken besefte ze ineens dat ze wél iemand kende die fatsoenlijk was en niet lelijk. Iemand die Pru en Liza ook hoog hadden zitten. Iemand die er vroeger heel goed in was geslaagd om haar hart sneller te laten slaan en haar maag in wellustige knopen te draaien.
En raar genoeg was dat weer gebeurd toen ze hem vanochtend had gezien.
Fatsoenlijk, peinsde ze, de gedachte nog een keer in haar hoofd omdraaiend. Zoals Patrick.
'Zoals Claire,' verklaarde Liza, die ook over het woord had nagedacht. Omdat ze net een handjevol pinda's uit de schaal pakte die Pru op tafel had gezet, ontging Dulcies geschrokken blik haar. 'Dat is precies wat Claire is. En moet je eens zien hoe gelukkig ze Patrick maakt.'
'Wacht eens even,' zei Dulcie langzaam. 'Hoe weet jij of hij gelukkig is?'
Te laat besefte Liza dat ze iets hardop had gezegd dat ze beter voor zich had kunnen houden.
'Dat zei je zelf,' probeerde ze zich er halfhartig uit te bluffen. 'Bovendien, als hij met haar wil frisbeeën, dan moet ze hem wel gelukkig maken.'

Dulcie ging rechtop zitten. Ze was misschien een beetje dronken, maar ze was niet gek. Niet compleet achterlijk. Wat was hier aan de hand waar ze niets van wist?
Haar groene ogen werden spleetjes. 'Je bedoelt dat je haar kent?'
Liza gaf het op. Ze knikte. 'Nou ja, ik heb haar een of twee keer ontmoet.'
Pru ving nog net de fles Fitou op die door Dulcies wankelende elleboog over de tafel werd gestoten.
'En dat heb je me niet verteld?' Dulcie keek Liza verward aan. 'Ik snap het niet. Hoe heb je haar dan ontmoet?'
Het was een van die stomme dingen geweest. Je stelde het uit om iets relatief onbelangrijks te vertellen, maar hoe langer je het uitstelde, hoe belangrijker het werd. Liza wilde nu dat ze het Dulcie meteen had verteld.
'Oké.' Ze aarzelde. 'Maar de enige reden waarom ik het niet eerder heb verteld, is omdat ik dacht dat het toch wel weer uit zou gaan.'
Trillend stak Dulcie een sigaret op.
'Ze heet Claire Berenger. Ze is Kits zus,' zei Liza.
Dulcie gilde. De stinkende sigaret belandde in haar glas.
'Je hebt hem aan de verkeerde kant aangestoken,' zei Pru, terwijl de filter sissend doofde.
'Hoe kun je me zoiets nu niet vertellen?' schreeuwde Dulcie.
Pru schrok zich wild – ze had niet de kans gehad om het te vertellen – maar Dulcie bleek godzijdank niet tegen haar tekeer te gaan. Ze schreeuwde tegen Liza.
'Dat zei ik toch, ik dacht dat het wel weer uit zou gaan. Dus leek het weinig zin te hebben.'
Liza was in de verdediging. Dulcie kon zich goed voorstellen waarom. Ze had zich nog nooit zo verraden gevoeld.
'Maar nu weet je dat het niet uitgaat, want ze maakt hem toch zo gelukkig!' zei Dulcie knarsetandend. Vlak na het gevoel verraden te zijn, kwam een enorme golf van jaloezie. Ze stelde zich de gezellige etentjes met hun vieren voor, Liza en Kit samen met Patrick en Claire om een met kaarsen verlichte tafel, over háár roddelend.
Om háár lachend.
En nu Liam me heeft gedumpt – Dulcie werd misselijk bij het idee

– kunnen ze ook nog medelijden met me hebben...

'Je hoort mijn vriendin te zijn,' siste ze over de tafel heen naar Liza. 'Ik dacht dat je míjn vriendin was! Wat is er gebeurd – is dat allemaal veranderd toen ik even niet oplette?' Haar ogen straalden minachting uit. 'Ben je nu soms Claires vriendin?'

'Doe niet zo stom,' verdedigde Liza zich. 'Ik heb haar een paar keer ontmoet, meer niet. Ze leek me wel aardig. Niet oogverblindend of zo, maar... aardig. Het is onmogelijk om haar niet aardig te vinden,' probeerde ze Dulcie uit te leggen die haar uitdrukkingsloos aankeek, 'want er is nu eenmaal niets onaardigs aan haar.'

'Ik heb haar ook een keer gezien, vergeet dat niet. Ze ziet eruit als een uit haar krachten gegroeide padvindster,' zei Dulcie hatelijk.

'Ik heb ook bij de padvinderij gezeten,' zei Pru.

Maar Dulcie luisterde niet. Haar overspannen verbeeldingskracht was alweer verder. Nu zag ze, in plaats van Liza en Claire die gezellig samen roddelden, Patrick voor zich die Liza intieme ontboezemingen deed:

'O, Liza, ik heb nooit geweten dat je zoiets kon voelen,' vertrouwde Patrick Liza toe. 'Met Claire samen zijn is gewoon ongelooflijk. Ze maakt me de gelukkigste man ter wereld.'

'Ik weet het, ik zie dat het zo is,' fluisterde Liza, 'en ik ben zo blij voor je. Je verdient het, na alles wat je hebt doorgemaakt met Dulcie. Jij en Claire passen zo ontzettend goed bij elkaar. Ze is een schat, Patrick. Het hoort gewoon zo te zijn.'

'Niet te geloven,' viel Dulcie uit, frummelend in het doorweekte pakje op zoek naar nog een sigaret. 'Ik vind het gewoon ongelooflijk dat je achter mijn rug met mijn man over me zit te roddelen en...'

'Toe zeg.' Liza slaakte een vermoeide zucht. 'Je denkt toch niet echt dat ik dat doe? Word eens volwassen, Dulcie!'

'Ik? Ik moet volwassen worden?' Dulcie prikte zichzelf in de borst. 'O, die is goed,' smaalde ze. 'Jij bent degene die jezelf voor gek zet met een jongen die tien jaar jonger is dan jij, maar om de een of andere reden moet ík volwassen worden!'

Liza werd heel stil. Alle kleur was uit haar gezicht verdwenen.

Pru, die bezig was het met wijn bedekte tafelblad droog te vegen, besefte dat dit allang geen onschuldig gekat tussen vriendinnen meer was.

'Oké,' zei Liza, 'het is negen jaar, om precies te zijn, maar ik snap wat je bedoelt.' Haar stem klonk laag en niet al te vast. 'Laat me alleen het volgende nog zeggen: Liam was misschien een klootzak van de eerste orde, maar wat één ding betreft had hij gelijk. Je moet echt eens iets van je leven gaan maken.'

'Wat?'

'Want het leven dat je hebt, gooi je weg, en dat doet je geen goed,' vervolgde Liza onbarmhartig. 'Wat Liam zei, was waar: je doet helemaal niets. Je verveelt je dood en je hebt het zelf niet eens door. Ik bedoel, wat is je doel, Dulcie? Wanneer we straks zestig zijn en terugkijken op ons leven, wat kun jij dan zeggen?' Dulcies luchthartige manier van doen imiterend, tjirpte ze: 'Nou, ik was erg goed in winkelen en leugens vertellen...'

Pru keek ontzet toe, terwijl Dulcie met een rood hoofd opsprong.

'Je bent een gemene trut,' schreeuwde Dulcie tegen Liza, 'en je bent veel te oud voor Kit Berenger...'

'In elk geval zou ik er nooit over peinzen om een man te vertellen dat ik zwanger was, terwijl...'

'Hij is te jong voor je, hij is te jong voor je...'

'En Patrick mag blij zijn dat hij van je af is...'

'Hou op!' gilde Pru, die zichzelf over de tafel heen tussen hen in wierp als een scheidsrechter bij een bokswedstrijd. Ze pakte een pols van Dulcie beet en schudde eraan, Dulcie dwingend om weer te gaan zitten. 'Hou onmiddellijk op!'

Dulcie wreef over haar pols. Au, dat deed echt pijn.

'Waarom zou ik? Zij is begonnen.'

'Ik ben niet begonnen,' viel Liza uit. Ze keek Dulcie kwaad aan. 'Dit is allemaal jouw schuld. Alleen maar omdat Liam je heeft gedumpt.'

Liam. Dulcie riep het beeld op van Liam die een briljante backhandvolley speelde, zijn blonde haren vlogen om zijn gezicht, zijn ogen schitterden...

Ze sloot haar ogen. Nee, dit had niets met Liam te maken.

Toen Dulcie niets zei, stond Liza op. Zich nadrukkelijk tot Pru wendend zei ze: 'Ik ga.'

Nog zichtbaar van slag door haar eigen moed liep Pru met haar mee naar de voordeur.

Dulcie, alleen aan de keukentafel, hoorde ze samen fluisteren in de hal. Nou ja, daar begon ze al aan gewend te raken. Ze drukte de sigaret uit waarvan ze door alle opwinding nauwelijks een trekje had genomen en vulde haar bijna lege glas bij.
Toen ze haar oren spitste, hoorde ze Liza zeggen: 'Nee, nee, het gaat echt wel. Kit wacht thuis op me.'
Dulcie nam een grote slorp wijn. Haar stem verheffend riep ze: 'Vergeet niet een kruik voor hem te maken als je hem in bed stopt.'

36

Anders dan Pru's huurkamer, die – zoals Dulcie Eddie Hammond ook had verteld – helemaal op weg naar nergens lag – stond Bibi's huis aan de belangrijkste toegangsweg tot Bath.
Dat betekende dat je wel langs haar huis moest, zelfs als je dat niet wilde.
Zoals vandaag.
Dulcie voelde haar maag samenknijpen toen ze de eerste bocht in de weg naderde. Een bocht naar links, een bocht naar rechts, dan de stoplichten. En daar, aan de linkerkant als je de pech had om voor rood te moeten wachten, was Bibi's huis met zijn hellende voortuin en smalle, moeilijk in te rijden oprit.
Dulcie had een knallende koppijn, dankzij de wijn die ze helemaal in haar eentje had moeten opdrinken na Liza's aftocht gisteravond. Ze was wakker geworden met het gevoel dat er iets mis was, en had gekreund toen de verschrikkelijke herinneringen weer naar boven waren komen sijpelen.
Pru was ook geen hulp geweest.
'Je moet Liza je verontschuldigingen aanbieden,' had ze tegen Dulcie gezegd.
'O god, waarom moet ik altijd degene zijn die zich moet verontschuldigen?' had Dulcie gejammerd.
Pru had niets gezegd. Ze had Dulcie alleen maar lang aangekeken.

En aangezien het vanwege dat Liam-gedoe verstandiger leek om even uit de buurt van Brunton Manor te blijven, had Dulcie iets anders moeten bedenken om de dag mee door te komen. Ze had maar één ding kunnen bedenken: winkelen.
Ze vond het vooral niet leuk om langs Bibi's huis te moeten rijden omdat het haar herinnerde aan die andere keer dat ze had geprobeerd om iets aan een situatie te verbeteren en het er uiteindelijk veel en veel erger op had gemaakt.
In de eerste weken na Patricks veelbewogen verjaardagsfeest had ze iedere keer dat ze het stoplicht naderde, in stilte gebeden dat ze James' auto op Bibi's oprit zou zien staan.
Maar dat was niet gebeurd, wat maar weer bewees dat bidden gewoon tijdverspilling was. Tegenwoordig hoopte Dulcie alleen maar dat ze Bibi niet zou tegenkomen.
Toen het huis in zicht kwam, zag ze een onbekende auto op de oprit staan.
Dat was interessant, want het betekende misschien dat er eindelijk een nieuwe man in Bibi's leven was.
Ze remde, hoewel het stoplicht – voor de verandering – op groen stond. Een blauwe Renault achter haar toeterde geërgerd, maar Dulcie negeerde het, veel te geïntrigeerd door de auto op de oprit.
Dit was goed nieuws, veelbelovend nieuws. Als Bibi een nieuwe vriend had, dacht ze, opvrolijkend bij het idee, hoef ik me niet meer schuldig te voelen over James.
Het stoplicht sprong op rood, en ze stopte. De bestuurder van de Renault sloeg vol afkeer op zijn claxon.
En Dulcie besefte, te laat, dat de auto op de oprit niet leeg was, zoals ze eerst had gedacht. Die hoofdsteunen waren helemaal geen hoofdsteunen, maar hoofden.
Claire Berenger had niet alleen haar man ingepikt, dacht Dulcie ongelukkig; ze had het meteen goed aangepakt, ze had ook haar schoonmoeder ingepikt.
Jaloezie was een gevoel waar Dulcie nooit veel mee te maken had gehad, maar toch was dat wat ze nu voelde. En het deed pijn ook, als een kartelmes dat tussen haar ribben werd omgedraaid.
Niet in staat om haar blik af te wenden, keek ze toe terwijl Bibi en Claire uit de auto stapten, lachend en bedolven onder de tas-

sen. Dulcie herkende er meerdere; vroeger hadden zij en Bibi zich zo vaak overgegeven aan heerlijk geld uitgeven, ze gingen al hun lievelingswinkels af en lunchten ergens waar mensen kwamen om gezien te worden en te roddelen. Ze genoten bijna net zoveel van hun gezamenlijke uitstapjes als van het winkelen zelf.

We konden het zo goed met elkaar vinden, dacht ze, en ze voelde zich vreselijk verloren. Bibi was de leukste schoonmoeder die je je maar kon wensen. En nu heeft ze me niet meer nodig, ze heeft een nieuwe potentiële schoondochter, een nieuwe beste vriendin.

Het stoplicht was weer op groen gesprongen zonder dat Dulcie het had gemerkt. Het getoeter van de Renault achter haar schudde haar wakker uit haar overpeinzingen. Toen ze haar voet van het koppelingspedaal haalde, sputterde de motor in protest en hield er meteen mee op.

Nog meer getoeter. Zwetend draaide Dulcie het contactsleuteltje om. Er gebeurde niets.

Ze probeerde het opnieuw.

En nog een keer.

Nog steeds niets.

Zo te horen begonnen nu alle auto's uit Bath tegen haar te toeteren. De zweetdruppeltjes waren veranderd in een stroom van zweet. En hoewel Dulcie haar hoofd niet durfde om te draaien, wist ze dat Bibi en Claire belangstellend stonden te kijken. Een belangstelling die ongetwijfeld zou veranderen in pret zodra Bibi haar auto herkende. Dit zou haar dag helemaal goedmaken.

Het stoplicht sprong, bijna achteloos – je hebt je kans gehad, maar je hebt hem verknald –, weer op rood.

Tot haar afschuw zag Dulcie dat de man achter haar uit zijn auto stapte. Het volgende moment stond hij al op haar raampje te bonken, zijn gezicht glimmend paars als een aubergine.

'Stom wijf,' brulde hij. 'Waar ben je verdomme mee bezig? Stomme wijven achter het stuur – leeghoofden als jij zouden ze het rijden moeten verbieden!'

Dulcie kon het niet opbrengen om zichzelf te verdedigen. Ze had het gehad met al dat geschreeuw tegen haar.

Ze barstte in tranen uit en sprong uit de auto, bijna tegen de brede borstkas van de bestuurder van de Renault opbotsend.

'Mijn auto is kapot. Hij start niet meer.' Zichzelf hatend dat ze zich als een doetje gedroeg, hoorde ze haar stem steeds hoger gaan klinken. 'En je hoeft niet zo tegen me te schreeuwen, want ik kan er ook niets aan doen, oké?'
'Stomme wijven, jullie kunnen nooit ergens iets aan doen, hè?' schimpte de man, wiens vrouw ervandoor was gegaan met een taxichauffeur, zijn kinderen had meegenomen en zoveel alimentatie van hem had geëist dat zijn zaak naar de haaien was.
Dulcie stak haar kin naar voren. Vanuit haar ooghoeken zag ze Bibi en Claire kijken.
'Als jij dan zo slim bent,' zei ze op bittere toon tegen de man, 'probeer jij het dan maar.'
Hij stapte in Dulcies auto, draaide het contactsleuteltje om en drukte het pedaal een paar keer in.
De motor sloeg gehoorzaam aan.
De blik op het gezicht van de man was onverdraaglijk. Niemand, dacht Dulcie, zou het recht mogen hebben om zo te kijken. Het liefst had ze hem een klap op zijn walgelijke paarse wang gegeven.
'Zo,' zei de man spottend terwijl hij weer uitstapte, 'denk je dat het je lukt om nu wel voorbij het stoplicht te rijden, of moet ik dat soms ook nog voor je doen?'
Knarsetandend nam Dulcie weer plaats achter het stuur. Een laatste blik opzij werpend, zag ze dat Bibi en Claire nog steeds op de oprit stonden, als getuigen van haar vernedering en er ongetwijfeld enorm van genietend.
Het licht sprong op groen.
Nerveus als op een rijexamen, trok ze voorzichtig op en wist de overkant van het kruispunt te halen.
Een paar tieners op fietsen die waren gestopt om de gratis show bij te wonen, juichten en applaudisseerden ironisch.
En jullie mogen voor mijn part ook allemaal doodvallen, dacht ze. Haar onderlip begon weer te trillen van pure opluchting toen ze hen passeerde en Bath in reed.

Het duurde een eeuwigheid voordat Dulcie een parkeerplaats had gevonden. Tegen de tijd dat ze haar auto op een onmogelijk klein plekje voor een natuurvoedingscafé op Mortimer Street had ge-

manoeuvreerd, plakte haar gele blouse aan haar rug en waren haar handpalmen zo klam dat ze nauwelijks meer grip had op het stuur.
Aangezien een opknapbeurt op zijn plaats leek, liep ze het café in, bestelde een jus d'orange en dook de wc in. Aan haar blouse kon ze niet veel doen, maar ze kon in elk geval haar handen wassen, haar polsen onder het koude water houden, een kam door haar haar halen en haar make-up even bijwerken.
De man achter de bar grijnsde toen ze weer in de zaak verscheen.
'Dat is al beter. Zo te zien was het een van die ochtenden.'
Leuk om te weten dat je er inderdaad net zo verschrikkelijk uitzag als je je voelde, dacht ze. Ze knikte kortaf terwijl ze voor de jus betaalde.
'Mag ik misschien iets vragen?' zei de man. 'Ben je van plan om lang te blijven?'
Dit kan er ook nog wel bij, dacht ze berustend. Een nieuwsgierige kletskous van een natuurvoedingsfreak. En nog een met een baard ook.
'Het gaat me alleen om je auto,' vervolgde hij, verontschuldigend naar het raam gebarend. 'Want die blokkeert mijn garage.'
Ze staarde hem ongelovig aan. 'Het heeft me tien minuten gekost om hem daarin te krijgen! Waarom ben je niet naar buiten gekomen om me dat meteen te vertellen?'
'Sorry... maar ik was in de keuken bezig. Er hangt een bord... maar het maakt niet uit,' verzekerde hij haar snel. 'Ik heb mijn auto de eerste paar uur toch niet nodig. Tot dan mag je wel blijven staan.'
Dulcie vroeg zich af of haar ooit nog eens iets leuks zou overkomen, of dat ze nu echt in een neerwaartse spiraal op weg naar de hel zat. Van parkeerverboden en tijdslimieten werd ze echt helemaal gek. Vooral vandaag.
'Het is al goed.' Ze legde zich erbij neer dat ze in de rij zou moeten staan voor de parkeergarage. 'Ik haal de auto daar wel weg.'
De auto had echter zo zijn eigen ideeën.
'Niet te geloven, nou flikt-ie het weer!' gilde ze, terwijl ze even later het café weer binnen stormde en haar tas op de bar gooide.
'Dat stomme ding wil niet starten!'
Aan tafeltje vier keek een groepje natuurvoedingsenthousiaste-

lingen afkeurend op van hun notenschijven en salades ter grootte van een voortuin.

'Nou ja, sorry hoor,' verdedigde ze zichzelf, terwijl ze haar korte rok naar beneden trok. 'Maar daar kan ik echt zo ontzettend kwaad om worden.'

'Rufus!' schreeuwde een vrouwenstem vanuit de keuken. 'Tweemaal gebakken linzen met broccoli.'

Rufus, geamuseerd aan zijn baardje plukkend bij de uitdrukking op de gezichten van tafeltje vier, zei: 'Wacht even,' tegen Dulcie en ging de bestelling ophalen.

'Zo,' zei hij, nadat hij de gebakken linzen met broccoli had opgediend, 'vertel me dan nu maar eens wat er mis is.'

Het liefst had Dulcie gejammerd: Alles verdomme! maar in plaats daarvan rommelde ze in haar tas.

'Hoor eens, er is niets aan de hand. Maar als ik even een garage zou mogen bellen, dan kunnen ze hem wegslepen en repareren.'

'Kom.' Vriendelijk, met zijn hand op haar rug, nam hij haar mee naar de deur. 'Garages kosten alleen maar geld. Ik zal er eerst wel even naar kijken.'

Dulcie vertelde het stoplichtenverhaal en Rufus probeerde de auto te starten, zonder succes.

'Wanneer heb je de olie voor het laatst gecontroleerd?'

Ze keek hem aan. Nadat hij eerst zijn schort had uitgetrokken, had hij de motorkap opengedaan en hij stond er nu onder te turen. Terwijl hij zijn vettige handen afveegde aan een stuk keukenpapier beantwoordde hij haar blik.

Langzaam zei hij: 'Goed, laat ik het anders vragen. Héb je je olie wel gecontroleerd?'

Hij had makkelijk praten, dacht ze. Hij droeg een maffe gebreide grijze trui en een bruine corduroy broek. Zijn haar begon al grijs te worden. En hij had ook nog een baard!

Kortom, hij was een man.

Ze keek naar haar zonnebloemgele blouse en witte rok. Haar benen waren bruin, haar sandalen goud en haar teennagels granaatappelrood.

'Zie ik er soms uit als iemand die de olie controleert?'

De peilstok werd er prompt uitgetrokken, afgeveegd aan het keukenpapier en er weer ingestoken.

'Er zit geen olie meer in,' verklaarde hij ernstig.
Voor het eerst moest ze een glimlachje onderdrukken. Zoals hij het bracht, was het alsof ze geen wielen meer onder haar auto had. Ze keek gepast beschaamd. 'O.'
'En ik bedoel echt helemaal geen olie meer.' Rufus schudde zijn hoofd. 'Het is een wonder dat de motor zichzelf niet heeft opgeblazen.'
'O.'
Hij mompelde wat, ging toen rechtop staan en glimlachte. 'Mijn ex-vrouw was precies hetzelfde.'
Omdat ze genoeg begon te krijgen van de les in auto-onderhoud, vroeg Dulcie zich af hoe zijn ex-vrouw eruit zou zien. Heel gezond waarschijnlijk. Een soort Rufus, maar dan zonder baard. Ze probeerde zich voor te stellen hoe hij eruit zou zien wanneer hij hem afschoor.
Ineens drong het tot haar door dat hij het nog steeds over olie had.
'... vijfliterblik Castrol GTX Protection Plus. Ze verkopen het bij de garage verderop aan de rivier. Het is even een wandeling de heuvel op, maar daar is niets aan te doen.'
Dat was de pest met deze doe-het-zelftypes: ze wilden altijd dat jij ook alles zelf deed. Vermoeid leunde ze tegen de muur. 'Kan ik niet gewoon een garage bellen en hun dat laten doen?'
Rufus keek naar haar dunne armen.
Op haar beurt vroeg Dulcie zich af hoe oud hij zou zijn – rond de vijfendertig, schatte ze, hoewel dat met baarden altijd moeilijker te schatten was. Daarna vroeg ze zich af of de grijze trui ouder of jonger was dan Rufus.
'Hoor eens, het lukt je nooit om zo'n vijfliterblik te dragen. Ik zal het wel voor je halen.'
'En het café dan?' vroeg ze verrast.
Verbazend zorgeloos klinkend zei hij: 'Je zult het gewoon even van me over moeten nemen tot ik terug ben.'

37

Het was alsof je je oma opzocht in het ziekenhuis en dan ineens de operatiekamer in werd gesleept, waar je werd verteld dat je het even over moest nemen terwijl de chirurg lunchpauze nam. Nou ja, gaf Dulcie toe, misschien was het niet precies hetzelfde, maar wel zo ongeveer. Gelukkig was het niet druk in het café, dus ze hoefde niet meteen in paniek te raken. De prijzen stonden allemaal op het schoolbord achter de bar, de kassa was ouderwets en gemakkelijk te bedienen, en mocht Dulcie vragen hebben, dan kon ze die aan Maris, die in de keuken werkte, stellen.

'Hoe lang zijn Rufus en jij al samen?' vroeg Dulcie tijdens een paar rustige minuten. Ze leunde tegen de vriezer en keek naar Maris, die pluizig haar had en heel energiek uien aan het snijden was.

Maris leek geamuseerd. 'Wij zijn niet samen. Rufus' vrouw is een halfjaar geleden bij hem weggegaan.' Ze veegde over haar ogen die traanden door de uien. 'Ze runden samen deze zaak, en ik werkte hier parttime. Nu doen we het samen.' Toen ze klaar was met snijden, liet ze de uien behendig in een koekenpan met sissende olie glijden en voegde er liefdevol aan toe: 'Die schat, hij werkt zo hard. Omdat hij zijn vrouw probeert te vergeten natuurlijk. Hij mist haar nog steeds ontzettend.'

'Waarom is ze bij hem weggegaan?' Dulcie vroeg zich af of het door de baard was gekomen.

'Louise? Die is ervandoor gegaan met de bankdirecteur van de overkant. Je zou het nooit hebben verwacht als je haar zag.' Maris, blijkbaar een heerlijk indiscrete roddelaarster, keek Dulcie bemoedigend aan.

Nieuwsgierig naar de details vroeg Dulcie: 'Hoezo niet? Was ze zo'n keurig typetje dan? Of een oude zuurpruim?'

'Harige benen,' fluisterde Maris. 'Ze schoor ze nooit. Nou ja, daar was ook een grasmaaier voor nodig geweest.'

'De bankdirecteur had er blijkbaar geen moeite mee,' merkte Dulcie op. 'En Rufus ook niet.'

'Arme Rufus. Hij aanbad haar.' Energiek roerde Maris in de sis-

sende uien, daarna pakte ze een mes en een bol knoflook. 'Hij is zo'n schat van een man.'
'Hij leek me wel aardig.' Dulcie knikte. Als je op dat soort mannen viel dan.
'Heeft alles voor iedereen over, Rufus. Een hart van goud.'
'Drinkt hij?' vroeg Dulcie.
'Hoe bedoel je? Of dat de reden is dat Louise bij hem weg is? Nee!' Maris leek geschokt. 'Helemaal niet.'
Dulcie grinnikte. 'Ik bedoelde niet of hij lam werd en zijn vrouw sloeg. Ik vroeg alleen maar of hij dronk.'

Dulcie was bezig tafeltjes af te ruimen toen Rufus tien minuten later weer verscheen, buiten adem, maar stralend. Hij goot de olie in de motor, draaide het contactsleuteltje om en stak enthousiast zijn duim op naar Dulcie toen de motor aansloeg.
'Dank je,' zei Dulcie, voordat ze wegreed. 'Dat was echt heel aardig van je.'
'Graag gedaan.' Rufus, nog steeds met een rood hoofd van de heuvel op klimmen, glimlachte tegen haar door het naar beneden gedraaide raampje. 'En jij bedankt dat je de zaak even van me hebt overgenomen. En zorg goed voor deze auto,' herinnerde hij haar er vriendelijk aan. 'Probeer de olie minstens één keer in de tien jaar te controleren.'

'Ik heb zo'n aardige man ontmoet vandaag,' vertelde Dulcie Pru bij het avondeten.
Pru keek twijfelachtig. 'Je bedoelt aardig zoals Liam?'
Dulcie probeerde zich Rufus en Liam naast elkaar voor te stellen.
'Nee, het tegenovergestelde van Liam.' Ze glimlachte, bedenkend dat als Liam een pin-upfoto was, Rufus meer een snelle gouache was. 'Hij ziet er helemaal niet goed uit. Maar hij is gewoon... aardig.'
Pru verbaasde zich in stilte over deze informatie. Hij klonk helemaal niet als Dulcies type. 'Waar heb je hem ontmoet?'
Dulcie schepte zichzelf nog wat cannelloni op. Ze bood Pru de rest aan. 'Hij heeft mijn auto gemaakt.'
'Je bedoelt dat hij monteur is?'

Het werd steeds onwaarschijnlijker, dacht Pru. Maar wel nuttig. 'Nee, ik had gewoon pech en toen bood hij aan om me te helpen. Hij heeft een natuurvoedingscafé in Mortimer Street.' Dulcie schraapte hebberig langs de rand van de schaal op zoek naar de lekkerste stukjes en voegde eraan toe: 'Hij heeft een baard.'
Pru begon te vermoeden dat ze in de maling werd genomen. 'Wacht eens even, je hebt een oogje op een man die er niet goed uitziet. Hij heeft een baard en hij runt een natuurvoedingscafé.' Ze schudde haar hoofd. 'Maak dat de kat wijs.'
'Doe niet zo stom, natuurlijk heb ik geen oogje op hem.' Met haar gebruikelijke snelheid cannelloni aan haar vork prikkend, ontweek Dulcie Pru's blik. 'Hij is gewoon een aardige man, meer niet. Vriendelijk.'
Het kostte Pru inmiddels veel moeite om haar gezicht in de plooi te houden. 'O.'
'Ik heb geen oogje op hem,' herhaalde Dulcie koppig. 'Ik vind hem gewoon aardig. En weet je wat?'
'Wat?'
Dulcie had hier de hele middag over nagedacht en ze was er nog maar net uit. Ze keek Pru over de tafel aan. 'De hele tijd dat we aan het praten waren, heeft hij niet een keer naar mijn tieten of benen gekeken.'

Zich herinnerend dat van haar werd verwacht dat ze Liza haar verontschuldigingen aanbood, en gebruik makend van het ongewone vrome gevoel dat ze had, besloot Dulcie om haar na het eten te bellen.
'Wie probeer je toch steeds te bellen?' vroeg Pru twintig minuten later.
Nog steeds geen reactie. Kribbig hing Dulcie op. 'Liza. Maar die stomme, egoïstische, ondankbare trut is weer eens de hort op.'

Maris was bezig een gezin van zes personen te bedienen toen Dulcie de volgende middag het café binnenkwam. Volgeladen met borden en daarom niet in staat om te zwaaien, bewoog Maris haar wenkbrauwen even en riep vrolijk: 'Rufus is in de keuken. Loop maar door en zeg hem dat ik nog vijftig pence van hem tegoed heb.'
Rufus had vandaag andere kleren aan. De mouwen van zijn blauw

met bruin geruite overhemd waren opgerold en hij was grote hoeveelheden brooddeeg aan het kneden. Er zat meel in zijn haar en op zijn bruine corduroy broek.

'Maris heeft vijftig pence van je tegoed,' zei Dulcie.

Hij leek heel blij om haar te zien. 'Hoi! Alles in orde met de auto? Geen problemen meer?'

'Met de auto gaat het prima.' Dulcie stak hem de doos toe die ze in haar hand had. 'Hier, voor jou. Om je te bedanken voor gisteren.'

Hij veegde zijn bemeelde handen af aan een schone theedoek en pakte de whisky van haar aan. 'Glenmorangie. Allemachtig, wat een traktatie! Dat had je echt niet hoeven doen, Dulcie. Ik verwachtte echt niets van je.'

'Dat weet ik wel. Maar ik heb het aan Maris gevraagd en zij zei dat je wel van een glas whisky hield af en toe. Ze dacht...'

'O, zei ze dat?' onderbrak hij haar. 'In dat geval gaat de weddenschap mooi niet door.'

Dulcie begreep er niets van. 'Welke weddenschap?'

De deur die de keuken van het eetgedeelte scheidde, ging open en Maris verscheen grijnzend in de opening. 'Rufus zei dat we je nooit meer zouden zien, en ik zei van wel.'

'Dat was niet eerlijk,' protesteerde Rufus. 'Je wist iets dat ik niet wist. Dat is niet eerlijk.'

Onverstoorbaar wrong Maris zich achter Dulcie langs, opende de deur naar de bijkeuken en pakte een kinderstoel. 'Tafel vier heeft deze nodig. Wacht even, ik ben zo terug.' Ze schonk Rufus een triomfantelijk lachje en knipoogde naar Dulcie. 'Voor mijn vijftig pence.'

De klap werd gevolgd door een gil, die meteen weer werd gevolgd door het hoge gekrijs van een baby.

Terwijl Rufus en Dulcie zich door de klapdeuren spoedden, schoot een vreselijk gevallen-baby-scenario door Dulcies hoofd. Haar hart klopte in haar keel terwijl ze zich probeerde te herinneren hoe je een peuter in coma ook alweer mond-op-mondbeademing moest geven. Ze wist bijna zeker dat ze dat weleens bij *ER* had gezien.

Maar toen ze de zaak in stormden, zagen ze de baby veilig bij zijn vader op schoot zitten, boos wijzend naar een gebroken schaal waarin de restanten zaten van een stoofpotje van aubergine met tomaten.

Op de grond naast de twee schaalhelften lag Maris in een nogal onwaardige houding. De kinderstoel lag boven op haar, haar rode slipje was zichtbaar en één arm lag in een rare hoek onder haar rug.

Dulcie hoorde Rufus mompelen: 'O, gelukkig.' Toen vroeg hij hardop: 'Alles in orde hier?'

Het gezelschap van zes knikte een beetje verbouwereerd.

'Met mij niet!' schreeuwde Maris gepikeerd. 'Wil iemand die klotekinderstoel van me af halen? Au, au, mijn arm!'

Dulcie hielp Rufus de stoel op te tillen.

Maris, lijkbleek, klemde haar kaken op elkaar en probeerde rechtop te gaan zitten.

'Wat is er gebeurd?' vroeg Dulcie.

Op ironische toon antwoordde Maris: 'Nou, ik was rondjes aan het rijden op mijn eenwieler...'

Dulcie ging op haar hurken zitten en inspecteerde de zool van Maris' degelijke schoen. Ze trok er een stuk aubergine af en hield het omhoog. 'Je bent uitgegleden.'

Het gezelschap van zes keek ongemakkelijk. De baby, die het stuk aubergine herkende als iets dat hij eerder had uitgespuugd en weggegooid, kraaide van plezier en probeerde het te grijpen.

'O nee.' Hoofdschuddend hield Dulcie het buiten zijn bereik. 'Dit is een bewijsstuk. Voor het geval dat we jullie aanklagen.'

De vader van de baby zei snel: 'We kunnen er niets aan doen. We hadden niet gezien dat hij het op de grond had gegooid.'

'Grapje,' zei Dulcie.

'Hoor eens, dit is allemaal erg vermakelijk,' mompelde Maris, 'en het spijt me dat ik de pret moet bederven, maar mijn arm doet echt ontzettend pijn. Volgens mij is hij gebroken. Zou iemand me misschien naar het ziekenhuis kunnen brengen?'

Rufus hielp haar op een stoel.

'Ik wil je wel brengen,' bood Dulcie aan. Ze klaarde op bij de gedachte aan al die knappe jonge dokters die ze op de Eerste Hulp misschien zou tegenkomen.

'Sorry.' Maris keek naar Rufus. 'Nu heb ik je plannen in de war gegooid.'

'Ik zou vanmiddag iemand gaan opzoeken in het ziekenhuis,' legde Rufus aan Dulcie uit, die vragend keek. 'Mijn buurvrouw om precies te zijn. Die arme ziel krijgt vanmiddag een bypass-operatie. Ze is doodsbang. Ik had beloofd om even langs te komen.' Hij zweeg even, diep in gedachten verzonken. 'Ik kan de zaak natuurlijk wel een middagje sluiten.'

Zonder nadenken zei Dulcie: 'Dat is nergens voor nodig. Als jij Maris naar de Eerste Hulp brengt, dan kun je daarna even bij je buurvrouw langs. Ik houd de boel hier wel aan de gang.'

Wat eigenaardig, dacht ze, luisterend naar de woorden die zo terloops haar mond uit kwamen. Misschien heb ik wel een buiten-mijn-lichaam-treden-ervaring. Heb ik dat net echt gezegd?

Rufus keek haar echter zo opgetogen aan, dat het wel waar moest zijn. 'Echt? Zeker weten? Fantastisch!'

Dulcie voelde zich een echte heldin, zo eentje uit een oude zwartwit oorlogsfilm. Aangespoord door deze gedachte zei ze op een ferme heldinnentoon: 'Natuurlijk weet ik het zeker. Laat het allemaal maar aan mij over. Ik red me prima.'

38

In de tussentijd lag Kit in een hotelkamer in Kensington vanuit bed naar Liza te kijken die zichzelf in een tuthola veranderde. Ze waren gisteravond naar Londen gekomen, waren naar een voorstelling in West End geweest, hadden zichzelf daarna in Soho volgestopt met Peking-eend en waren toen gearmd teruggelopen naar hun hotel, waar ze de avond hadden beëindigd met behoorlijk verbazende seks.

Vandaag maakte plezier plaats voor werk. Kit had om één uur een bijeenkomst in Highgate met directeuren van een aannemersbedrijf dat hoopte op een contract met Berenger. Liza ging naar een restaurant in Covent Garden, een trefpunt voor beroemdheden dat Beaujolais heette. De hoofdkelner van het restaurant had haar redacteur geschoffeerd, en die wilde nu met alle geweld wraak nemen.

'Die klootzak stuurde me weg,' had hij Liza woedend verteld. 'Het gore lef! En nog geen minuut later ontvangt hij Tristan Acheson verdomme met open armen!' Tristan Acheson was de redacteur van een concurrerende krant en zijn honger om altijd de eerste te willen zijn, was legendarisch. Ze konden elkaar niet luchten of zien. 'Jij moet daar naartoe,' had hij vervolgd, met zijn mollige vinger naar Liza prikkend, 'en je zorgt ervoor dat er iets mis is aan alles wat op die patserige klotekaart van hen staat. Ik meen het, Liza, je moet ze kapotmaken. Niemand wijst mij ongestraft de deur.'

'Werkt er toevallig ook familie van je in Beaujolais?' had Liza uit voorzorg aan Kit gevraagd, toen ze haar tafeltje had gereserveerd.

'Je bedoelt Beaujolais in Covent Garden? Dat is het restaurant van mijn tante Isobel.'

'Dat meen je niet!'

Kit had gegrijnsd. 'Natuurlijk meen ik dat niet. Maak je geen zorgen, je mag zo krengerig over Beaujolais zijn als je maar wilt.'

Nu, terwijl Liza de laatste hand legde aan haar vermomming en de pony van haar pruik goed deed, glipte Kit uit bed en kwam achter haar staan. Hij keek naar hun gezamenlijke reflectie in de spiegel.

'Ik heb vreselijk veel zin om je uit te kleden, die pruik af te trekken, die make-up af te vegen en je mee naar bed te nemen.'

'Doe dat nu maar niet.' Ze hield haar adem in, terwijl ze zijn warme vingers die onder haar blouse gleden probeerde te negeren. 'Het is al bijna twaalf uur en als ik te laat kom, geven ze mijn tafeltje aan een ander. Bovendien moet jij om één uur in Highgate zijn.'

Kit kwam tien minuten later net onder de douche vandaan toen zijn mobieltje ging. Druipend en prachtig naakt nam hij op. Een paar minuten later verbrak hij grijnzend de verbinding.

'Dat was Dan, een van de directeuren van BilCom. Het blijkt dat ze hun Londense uitje zonder hun vrouwen gisteravond een beetje te enthousiast hebben gevierd. Ze zijn stomdronken geworden, in een stripteasetent beland en hebben bedorven kip gegeten. Blijkbaar hebben ze allemaal de nacht kotsend doorgebracht. Dus de vergadering is afgezegd.' Hij liet het mobieltje op bed vallen en kneep Liza in haar billen. 'Lang leve de bedorven kip.'

'Wat ga je dan doen?' Ze sprong bij hem weg toen hij haar rok wilde losmaken.
'Tja.' Zijn gele ogen keken haar plagerig aan. 'Aangezien ik niet mag doen wat ik eigenlijk wil doen, kan ik net zo goed met je meegaan naar Beaujolais.'
'Ik heb maar voor één persoon gereserveerd.'
Haar exemplaar van de nieuwste Michelingids lag open op de kaptafel. Kit zocht het nummer van het restaurant en belde. Nadat hij zijn telefoon weer had uitgezet, zei hij: 'Ziezo, geregeld. Een tafel voor twee.'
Liza trok haar rits dicht. 'Dan kun je maar beter eerst wat kleren aantrekken.'

Beaujolais was rood en wit, groot en brutaal en pronkte met de obligate wispelturige chefkok. Omdat het een immens populaire ontmoetingsplaats was voor modellen en actrices, stonden er ook altijd heel wat paparazzi op de stoep. Om de zoveel tijd kwam de knorrige kok zijn keuken uit zetten om op hen te schelden, tot vermaak van alle gasten. Zodra de fotografen echter dreigden over te lopen naar de stoepen van andere restaurants waar beroemdheden kwamen, lokte hij hen weer terug met gratis maaltijden.
Liza herkende de hoofdkelner uit de beschrijving van haar redacteur: 'Van middelbare leeftijd, en lelijk ook. Hij kijkt alsof hij een grote wesp onder zijn overhemd heeft zitten en een pook in zijn kont.' Haar korte bezorgdheid dat hij haar vanwege haar slordige voorkomen de deur zou wijzen, bleek niet terecht. De ontvangst had niet hartelijker kunnen zijn.
Toen ze aan hun tafeltje zaten, mompelde Liza, in verwarring gebracht: 'Hij zal me toch niet hebben herkend?'
Kit grinnikte. 'Hij heeft je niet herkend.'
Ze keek naar Kit, zo aantrekkelijk in zijn indigoblauwe overhemd en beige broek en met zijn donkere haar nog vochtig van het douchen.
'Ik weet het al,' zei ze. 'Hij valt op jou.'
'Alweer mis.' Kit grinnikte weer. Hij boog zich over de tafel en klopte Liza op haar in tweed gestoken arm. 'Hij valt op jou.'
'Ik weet niet goed hoe ik dit aan mijn redacteur moet uitleggen,'

zei Liza een uur later. Niet alleen was de hoofdkelner de charme zelf geweest, ze had ook niets fouts kunnen ontdekken aan de lunch. De kaart was niet pretentieus, het eten vakkundig klaargemaakt en zonder te overdrijven elegant opgediend.
'Ik hoop dat de maaltijd naar wens was,' mompelde de hoofdkelner, toen hij bij hun tafeltje kwam staan. Op de een of andere manier slaagde hij erin om Kit volkomen te negeren.
'Hij keek naar je hand, om te zien of je een trouwring droeg.'
Liza vond het lang niet zo amusant als Kit. Ze begon een complex te ontwikkelen over haar leeftijd. Verdorie, ze wilde echt dat ze vandaag niet vermomd was geweest. Zelfs herkend worden zou nog beter zijn dan dit.
'Hij weet nog steeds niet precies wat ik bij je doe,' vertrouwde Kit haar fluisterend toe. 'De volgende keer dat hij aan tafel komt, zal ik je tante noemen. Dan weet hij dat de kust veilig is. Wedden dat hij je straks je telefoonnummer vraagt als we weggaan?'
Het volgende moment draaiden ze zich allebei om toen een meisjesstem ademloos piepte: 'Kit Berenger! Wat doe jíj hier!'
Kit begon te lachen toen hij het meisje herkende.
Liza zonk de moed in de schoenen. Het meisje, met bruine ogen en glanzend rood kortgeknipt haar, was dun als een sliert spaghetti. Ze droeg een roze short, een minuscuul zwart rubberen jasje, zwarte netkousen en leren laarzen met naaldhakken.
'Wat ik hier doe, is niet belangrijk,' zei Kit tegen haar, terwijl ze haar armen om zijn nek gooide, 'maar wat doe jij hier in die kleren?'
'Ouwe sok,' diende het meisje hem van repliek, totaal niet uit het veld geslagen. 'Wat wil je dan dat ik aantrek, een tweedrok en rijglaarzen? O... sorry.' Ze wendde zich grijnzend tot Liza, een vriendelijke, ongecompliceerde grijns die smetteloze witte tanden liet zien. 'Daar ga ik weer met mijn grote mond! Ik wilde jullie niet storen. Ik ken Kit nog van de universiteit.' Haar hand uitstekend, voegde ze eraan toe: 'Ik ben Abby, hallo.'
De hoofdkelner hing binnen gehoorsafstand rond.
Kit zei: 'Abby, mag ik je voorstellen aan mijn tante Elizabeth?'
Terwijl Liza de rekening afhandelde, kwam Abby weer aanrennen.
'Hoi. Hoor eens, Oliver moet terug naar kantoor, maar ik heb

niets te doen. Zullen we samen iets gaan drinken, dan kunnen we even bijpraten. We zouden naar de Pyramid kunnen gaan, die is hier vlak om de hoek.'

Zoals het de hoofdkelner was gelukt om Kit buiten te sluiten, zo voelde Liza zich nu genegeerd. Ze wenste met heel haar hart dat hij nee zou zeggen.

Maar Kit, die er zo te zien wel zin in had, wierp Liza een 'zullen we?'-blik toe.

'Vooruit, niet zo flauw!' Deze keer raakte Abby Liza's arm aan. 'Ze maken er heerlijke cocktails.' Lachend voegde ze eraan toe: 'Maakt u zich maar geen zorgen, we passen goed op u, hè, Kit? We laten u heus niet dronken voeren.'

'Je zou haar eens moeten zien,' zei Kit, 'een paar cocktails en tante Liza lijkt wel een compleet ander mens.' Hij knipoogde naar Liza met haar afschuwelijke pruik. 'Echt compleet anders.'

Liza was de fotografen op de stoep helemaal vergeten. Toen ze het restaurant verlieten, merkte ze dat ze gewoon aan de kant werd geduwd. Aangezien Abby en Kit allebei jong en knap waren, waren zij het stel naar wie alle aandacht uitging. In Abby herkenden ze een aanstormend talent – ze was presentatrice van kinderprogramma's op tv – en in Kit – nou ja, misschien herkenden ze hem nog niet, maar met dat uiterlijk en die glimlach was dat slechts een kwestie van tijd.

'Gaan jullie maar,' zei Liza, toen ze haar een eindje verderop inhaalden. 'Ik heb niet zo'n zin om wat te gaan drinken. Ik ga net zo lief terug naar het hotel.'

Kit keek haar aan.

Abby, nog steeds aan zijn arm hangend, deed alsof ze teleurgesteld was. 'O nee! Weet u het zeker?'

'Ja. Ik zie je straks wel, Kit.'

'Goed dan.' Vrolijk wuifde Abby haar vingers naar haar, net zoals ze naar miljoenen jonge fans wuifde die op zaterdagochtend naar haar keken. 'Dag, tante Elizabeth. Pas goed op uzelf. Doei doei!'

39

'Die griet is zo maf als een deur. Drie jaar geleden heb ik haar wijsgemaakt dat rum van gegiste kokosnoten wordt gemaakt, en dat gelooft ze nog steeds! Hoe ze ooit die baan van haar heeft gekregen, is me een raadsel, hoewel ik natuurlijk wel een vermoeden heb. Maar,' zei Kit, abrupt van onderwerp veranderend, 'is alles goed met je?'

Liza had haar blonde haar gewassen – het ging altijd zo plat zitten door de pruik – en zich opnieuw opgemaakt. Ze had zich ook omgekleed in een zwart T-shirt met een diepe V-hals, een strakke rode fluwelen rok en hoge hakken. Ze zag er weer weelderig en begeerlijk uit, vond Kit, en alle mannen in de hotellobby begeerden haar dan ook zichtbaar. Hij kuste haar op de mond en ging naast haar zitten.

'Natuurlijk is alles goed met me.'

'Niet boos vanwege... je weet wel?'

'Wat?'

'Die oude kelner in Beaujolais, dat hij toch niets heeft geprobeerd.' Hij stootte haar aan. 'Je dacht dat je beet had, hè? En je was beledigd toen hij je niet om je telefoonnummer vroeg.'

Liza moest wel glimlachen. 'Als je een tafeltje reserveert bij Beaujolais vragen ze je sowieso naar je telefoonnummer. Maar over beet hebben gesproken... is Abby een ex van je?'

Hij haalde zijn schouders op. 'Ik ben een paar keer met haar uit geweest. Ze is best aardig, maar...'

Weer een schouderophalen.

Jij verveelt mij nog lang niet, dacht Liza, hem oplettend bekijkend, op zoek naar tekens. Maar verveel ik jou al?

'... zoals ik al zei, compleet gestoord,' eindigde hij gapend.

'Ik ga dit weekend naar Devon. Mijn moeder is jarig.'

Hij was ineens weer bij de les. 'Wanneer heb je dat besloten?'

'Een uur geleden. Ik heb haar gebeld.' Liza knikte naar de betaaltelefoon voorbij de bar. 'Ze was echt blij. Ik ben al een hele tijd niet bij ze geweest.'

'Er is iets,' zei Kit.

'Helemaal niet.'

'Oké dan. Ik heb het weekend vrij. Ik ga met je mee.'
'Nee.'
'Waarom niet?'
'Dat gaat gewoon niet,' zei ze op vlakke toon.
Hij haalde zijn vingers door zijn donkere haar. 'Maar ik zal ze toch een keer moeten leren kennen.'
Ze trok een wenkbrauw op. 'Wie zegt dat?'
Geïrriteerd zei hij hard: 'Liza, het zal er toch een keer van moeten komen. Waarom niet nu?'
'Goed dan.' Ze stak een hand op en begon op haar vingers af te tellen. 'We zullen een lijstje maken. Eén, de kans dat onze relatie standhoudt, is niet bijzonder groot, dus heeft het weinig zin dat je mijn ouders leert kennen. Twee, het zijn gewoon doorsnee ouders. Ze zijn niet rijk, niet interessant, niet superslim en ze maken ook nooit grapjes.'
'En dat betekent?' vroeg hij verbaasd.
'Dat betekent dat je je daar waarschijnlijk rot zult vervelen.'
Hij schudde zijn hoofd. 'Je bent echt ongelooflijk.'
'Drie,' vervolgde ze, nog steeds op haar vingers tellend, 'mijn moeder is zeventig, mijn vader tweeënzeventig. Ze hebben ouderwetse ideeën. Ze willen dat ik trouw en kindertjes krijg. Een beetje aan rotzooien met een jongen van drieëntwintig is niet iets dat...'
'Toe zeg,' zei hij afkeurend, eindelijk begrijpend waar ze mee bezig was. 'Dat zijn geen redenen, dat zijn smoesjes. Zou je je ouders niet het voordeel van de twijfel gunnen? Stel me aan hen voor en laat ze zelf uitmaken wat ze ervan vinden.'
'Ik ken ze. Geloof me nou maar. Als ik ineens met jou zou komen aanzetten,' zei ze somber, 'dan voelen ze zich alleen maar in verlegenheid gebracht.'
'Aha. Dus zij voelen zich in verlegenheid gebracht en ik zal me vervelen.'
'Precies.'
'En dit heeft helemaal niets, echt helemaal niets, te maken met wat er vandaag is gebeurd.'
Het liefst was ze gaan huilen. Natuurlijk wel; het had alles te maken met wat er vandaag was gebeurd. Ze was gewend om de touwtjes in handen te hebben. Ze was beslist niet gewend om zich

onzeker te voelen. Gebrek aan zelfvertrouwen was Pru's specialiteit, niet de hare.
En het stomme is, besefte ze gefrustreerd, dat het niet Kits schuld is dat ik me zo voel. Het is helemaal mijn eigen schuld.
'Ik heb er gewoon genoeg van,' vertelde ze hem, met haar nagel dwangmatig spiralen tekenend op de velours bekleding van de stoelleuning. 'Het is te ingewikkeld. Relaties horen niet ingewikkeld te zijn.'
'Je schaamt je voor me,' zei hij. 'Is dat het? Breng ik je in verlegenheid?'
Zijn samengeknepen gele ogen keken haar quasi geamuseerd aan. Liza voelde zich misselijk worden; hij dacht dat hij haar dit nog uit het hoofd kon praten, maar dat zou niet lukken. Het was te laat. Ze was ermee begonnen en nu kon ze niet meer ophouden.
'Ja, ik schaam me,' zei ze snel, en ze zag dat ze hem liet schrikken. 'Ik schaam me om met jou gezien te worden, oké? Dus is het uit. Ik ben een volwassen vrouw, Kit. Het is hoog tijd dat ik een volwassen man vind.'

'Je bent een fantastische ruzie misgelopen vanmiddag,' zei Susie de receptioniste vrolijk tegen Bella die haar kwam aflossen.
Belangstellend vroeg Bella: 'Wat, een vechtpartij?'
'Nog beter. Dat stel uit kamer 201 maakte elkaar voor alles en nog wat uit, hier midden in de lobby, waar iedereen bij was. We stonden allemaal als aan de grond genageld! Hoe dan ook, die vrouw wilde het met alle geweld uitmaken...'
'Wacht eens, kamer 201? Die heb ik gisteren ingecheckt. Die jongen was echt een stuk!'
Susie schonk haar een zie-je-wel-blik. 'Dus dat was het. Zij was er vast net achter gekomen dat hij haar ontrouw was geweest.'
'En hoe eindigde het? Hebben ze het weer goedgemaakt?'
'Heeft Tom het goedgemaakt met Jerry?' Susie maakte een gebaar alsof ze haar keel doorsneed. 'O nee, dat is echt uit. Hij deed zijn best, maar zij was niet meer te houden. Ze gilde dat ze hem nooit meer wilde zien en toen beende ze weg.'
'Dus hij is hier nu nog, bedoel je?' Bella's ogen begonnen hoopvol te glanzen. 'Zal ik naar zijn kamer bellen en vragen of alles in orde is?' Ze straalde. 'Ik kan hem vast wel opvrolijken.'

De treinreis terug naar Bath was een nachtmerrie. Ineengedoken in een hoekje, zich verschuilend achter donkere brillenglazen, vroeg Liza zich af of het mogelijk was om je nog ongelukkiger te voelen dan zo. Maar het had er toch een keer van moeten komen, dus waarom niet vanmiddag? Het enige dat ik nu nog hoef te doen, dacht ze somber, is er weer aan wennen om alleen te zijn. Doen alsof ik hem nooit heb gekend.
'Gaat het, meisje?' vroeg de nieuwsgierige vrouw van middelbare leeftijd die naast haar zat.
Tranen biggelden onder Liza's donkere brillenglazen uit. Ze veegde ze boos weg met haar mouw. 'Ja, prima, dank u.'
Ze wendde haar blik af en keek uit het raam, maar de vrouw begon haar als een specht op de arm te tikken.
'Als je er soms over wilt praten, meisje, dat mag best, hoor. Ik kan goed luisteren.' Gretig bestudeerde ze Liza's afgewende profiel. 'Al mijn vriendinnen zeggen dat ook – wacht eens even, ken ik je niet ergens van? Ben jij niet dat meisje dat over eten schrijft?'
De trein was bomvol. Liza eindigde drie wagons verderop, platgedrukt tegen een enorme man in een jack dat naar natte hond rook. De stank was verschrikkelijk, maar in elk geval ondervroeg hij haar niet.
Ze kon pas echt huilen toen ze thuis was. Het was uit, het was echt uit.
Op haar antwoordapparaat stonden zes berichten.
Geen ervan was van Kit.

'Dulcie, waar heb jij in vredesnaam uitgehangen? Het is al acht uur!' jammerde Pru, die als een verontwaardigde echtgenote in de deuropening stond. 'Ik dacht dat je alleen even een panty ging kopen!'
Dulcie, die haar best moest doen om haar gezicht in de plooi te houden, liet zich op een keukenstoel vallen. 'Ik ben bij Rufus langs geweest, om hem voor gisteren te bedanken.'
Pru herkende de grijns. Dulcie was belachelijk tevreden over zichzelf.
'Je gaat me toch niet vertellen dat je hem hebt versierd? Dat je de hele dag in bed hebt gelegen met de Aardige Man met de Baard?'

'Om je de waarheid te zeggen,' Dulcie probeerde nonchalant te kijken, wat niet erg goed lukte, 'heb ik gewerkt.'
'Ja, om die arme man te verleiden natuurlijk.'
'Ik bedoel dat ik in het café heb gewerkt. Ik heb de zaak zelfs in mijn eentje gerund.'
'Hallucineer jij?' vroeg Pru, 'of ik?'
Dulcie kon zich niet langer beheersen. Ze sprong op en pakte een fles wijn uit de koelkast. 'Ik heb echt gewerkt!' riep ze opgetogen uit. 'Ik wist wel dat je me niet zou geloven – ik kan het zelf nauwelijks geloven – maar ik was fantastisch! Ik heb helemaal geen fouten gemaakt. O Pru, je had me eens moeten zien, ik heb echt álles zelf gedaan! En weet je wat,' haar groene ogen glinsterden terwijl ze wijn in de glazen schonk, 'ik heb van iedere minuut genoten!'
Dit was nogal moeilijk te geloven, maar terwijl Dulcie zichzelf op de borst bleef kloppen, werd het duidelijk dat ze ieder woord meende. Het was geen ingewikkelde fantasie of grap. Op een heel toevallige manier, besefte Pru, en behoorlijk wat later in het leven dan de meeste andere mensen, had Dulcie ontdekt dat werken niet per se afschuwelijk hoefde te zijn.
'En de tijd ging zo snel,' ratelde ze door, haar hoofd vol ongeloof schuddend. 'Echt, de dag was zo voorbij. Het ene moment hielp Rufus Maris nog in zijn auto en het volgende moment was het al zeven uur, sluitingstijd! Nee, dank je, beter van niet.'
Dit was ook iets nieuws: Dulcie die haar hand op haar glas legde. Verwonderd vroeg Pru: 'Zeker weten?'
'Het café gaat om zeven uur open, voor het ontbijt. Ik heb Rufus beloofd om er om zes uur te zijn.'
'Om zes uur?' piepte Pru.
'Maris heeft haar arm gebroken. Ze zal een paar weken niet kunnen werken,' legde Dulcie kalmpjes uit. 'Ik heb aangeboden om te helpen.'
'Je bedoelt... iedere dag?'
'Maar zes dagen per week. Op zondag zijn ze gesloten.'
Het kostte moeite om het allemaal te verwerken. Pru kon het gevoel niet van zich afzetten dat ze er helemaal naast zat. 'Dulcie, weet je dat wel zeker?'
Dulcie gaf geen antwoord. Ze bestudeerde een tijdje de rand van

haar bijna lege glas. Toen ze eindelijk sprak, waren alle grappen en grollen verdwenen. 'Het is wat ik op dit moment wil. Wat ik nu nodig heb. Zodat ik niet meer hoef te denken aan de vreselijke puinhoop die ik van mijn leven heb gemaakt.'

Pru werd een beetje ongerust. Dit was helemaal niets voor Dulcie. 'Je hebt helemaal geen...'

'Toe, Pru. Wat moet ik anders met mezelf aan? Als ik naar Brunton ga, zie ik Liam. Als ik thuis blijf, denk ik alleen maar aan hem.' Haar ogen kregen een droevige glans. Dit was niet de hele waarheid; ze zou voornamelijk aan Patrick denken. O, ze was toch zo'n stomkop geweest...

'Weet je wat jij nodig hebt?' zei Pru.

Ja, dacht Dulcie, een schop onder mijn kont omdat ik zo'n sukkel ben geweest.

Hardop vroeg ze: 'Wat dan?'

Pru grijnsde. 'Een wekker.'

40

De hechtingen eruit laten halen deed helemaal geen pijn.

'Zo,' zei de dokter troostend. Toen hij eindelijk klaar was, liet hij de schaar in een niervormig roestvrijstalen bakje vallen en pakte een spiegel. 'Kijk maar eens en zeg me wat je ervan vindt.'

Pru keek naar haar verbandloze spiegelbeeld – haar haren stonden alle kanten uit – en barstte meteen in tranen uit.

'Ik weet het, ik weet het.' De arts klopte op haar schouder. 'Het is goed gelukt, al zeg ik het zelf.'

'Mag ik nu naar huis om mijn haar te wassen?' snufte ze. Het waren de langste twee weken van haar leven geweest.

Hij glimlachte. 'Als je dat per se wilt.'

Terry Lambert zat in zijn kantoor een stapel brieven door te werken die ondertekend moesten worden toen zijn secretaresse haar hoofd om de deur stak.

'Er is hier iemand voor u, Mr. Lambert. Ene Mrs. Kasteliz. Ze heeft geen afspraak, maar ze vroeg zich af of u even tijd voor haar heeft.'

'Prima, Dora.' Terry Lambert draaide voorzichtig de dop weer op zijn vulpen. 'Stuur haar maar verder.'

'Hoi,' zei Pru, die er goed uitzag in haar witte blouse en donkergroene spijkerbroek. Om haar hals had ze een rood zijden sjaaltje. 'Bedankt dat ik even binnen mocht komen.'

'Graag gedaan. Ga zitten, Pru.' Terry trok de stoel voor haar naar achteren. Toen hij opkeek, ving hij de blik van zijn secretaresse op. 'Je hoeft me niet zo veelbetekenend aan te kijken, Dora,' zei hij terloops. 'Mrs. Kasteliz is mijn werkster.'

Met haar lippen stijf op elkaar sloot Dora de deur achter zich.

'Sorry,' zei Terry tegen Pru. 'Ze weten dat ik een relatie heb, alleen weten ze niet met wie. De secretaresses haten het dat ik ze niets vertel. Maar je ziet er goed uit. Leuke vakantie gehad?'

'Dat was eerlijk gezegd gelogen,' bekende Pru. 'Ik ben niet echt op vakantie geweest.'

Als advocaat was Terry eraan gewend om diplomatiek te reageren. Hij leunde achterover in zijn leren stoel en zei: 'Aha.'

Pru glimlachte. 'Na de dokter ben jij de eerste die het mag zien.'

Hij kreeg een gealarmeerde blik in zijn ogen. 'Wat zien?'

Maar Pru veegde haar haar al uit haar gezicht. Haar grijze ogen glansden. 'De hechtingen zijn er vanochtend uit gehaald.'

Op Terry's gezicht brak een brede grijns door. 'Het ziet er fantastisch uit. Jij ziet er fantastisch uit. Goed gedaan.'

'En ik heb het allemaal aan jou te danken,' zei Pru blij.

'Ben je daarom hier? Om me je oren te laten zien?'

'Nou, dat ook.' Pru liet haar haar weer over haar schouders vallen. Toen haalde ze diep adem. 'Maar de andere reden is dat ik wil scheiden.'

Eddie was zo diep gezonken dat hij alleen nog maar dagen kon afstrepen op zijn kalender en hij was tot de slotsom gekomen dat dit net zo erg was als op kostschool zitten en naar de vakantie verlangen. Nog erger zelfs, dacht hij, terwijl hij uit het raam van zijn kantoor stond te staren. Dit was als naar de vakantie verlangen en hopen dat je tijdens die vakantie op kundige wijze van je maagdelijkheid zou worden verlost.

Het was zaterdag. Het was – hij wierp een blik op zijn horloge – drie minuten voor tien. Als alles volgens plan verliep dan kon Pru nu ieder moment in haar oude Mini de oprijlaan op komen rammelen. Ze zou bruin zijn en uitgerust, na haar vakantie. Hij zou haar plagen omdat ze geen ansichtkaart had gestuurd. Zij zou Arthur vertroetelen en hij, Eddie, zou zijn best doen om niet te willen dat het zijn oren waren die ze liefkoosde.
En op een zeker moment, op de een of andere manier, zou hij genoeg moed weten te verzamelen om Pru Kasteliz te vertellen wat hij voor haar voelde.
Want hij had dat keer op keer uitgesteld en er kwam een moment dat je jezelf schrap moest zetten en jezelf moest dwingen om te handelen.
Want als ik het niet doe, dacht hij, nerveus zijn handen in de zakken van zijn spiksplinternieuwe broek stekend, doet niemand anders het voor me.
Toen Pru de met kinderkopjes geplaveide binnenplaats op reed, moest ze hard op de rem trappen om Liam te ontwijken. Dulcie, schoot het door haar heen, zou teleurgesteld zijn over haar.
Liam was dat niet. Zijn ogen lichtten op toen hij Pru zag. 'Perfecte timing, schat! Ik moet met mijn auto naar de garage, een of ander probleem met de versnelling. Wil je zo lief zijn om achter me aan te rijden en me een lift terug te geven?'
Pru keek automatisch naar het raam van het kantoor. Daar stond Eddie met zijn handen in zijn broekzakken naar hen te kijken. Toen ze hem zo zag staan, in zijn verkreukelde blauwe overhemd en nonchalant geknoopte das, maakte haar maag een sprongetje.
'Ik kan niet. Eddie staat op me te wachten.'
'Ach, vergeet Eddie. Hij zal je heus niet ontslaan.' Grinnikend volgde Liam de richting van Pru's blik. Toen hij Eddie zag, gebaarde hij hem het raam open te doen en riep: 'Mag ik haar even van je lenen?'
Het liefst had Eddie geroepen dat Liam met zijn handen van haar af moest blijven, maar hij zei niets. Hij keek naar Pru die haar dashboard fanatiek aan het poetsen was met een zakdoekje. Ze zag er zo mooi uit en ging zo op in haar taak, alsof het dashboard schoonmaken het belangrijkste op de wereld was.
'Oké,' zei Eddie uiteindelijk, en met veel tegenzin. Hij voelde zich

net een gevangene wiens vrijlating op het laatste moment werd uitgesteld. Of misschien als een schooljongetje dat net te horen heeft gekregen dat de vakantie niet doorgaat.

Verdomme, hij zou het liefst Pru nú meteen vertellen wat hij voor haar voelde...

'Fijn. Ik moet mijn auto alleen even naar Pargeter's brengen. We zijn zo weer terug.' Liam stak vrolijk zijn duim naar Eddie op voordat hij zich weer tot Pru wendde. 'We zien elkaar daar, oké?'

'Oké.'

Achter het raam vroeg Eddie zich af wat Liam tegen Pru zei. Nu Liam niet meer schreeuwde, kon hij niets meer verstaan.

Hij zag dat Liam Pru even in stilte bestudeerde.

'Er is iets veranderd aan je,' zei Liam tegen Pru. Hij fronste zijn voorhoofd. 'Maar ik zou niet weten wat.'

Dat was het nadeel van Liam, dacht Pru, hij zou nooit een quiz winnen.

'Een andere kleur lipstick misschien,' zei ze.

Eddie, boven in zijn kantoor, dacht geërgerd, hou op met dat gezeik en ga nu maar. Hoe eerder jullie weg zijn, des te eerder jullie weer terug zijn.

Pargeter's, de superchique garage bestemd voor auto's zoals die van Liam, lag aan de andere kant van Bath. Tegen de tijd dat Pru kwam aanrijden, stond Liam, zoals te verwachten viel, al voor de balie, waar hij met de blonde receptioniste flirtte.

'Ik heb je toch niet gestoord?' vroeg Pru droog toen hij – een paar minuten later – naast haar instapte.

'Jij hebt niet gezien wat ze onder die balie had verstopt.' Liam beeldde met zijn handen een enorm dikke buik uit. 'Al zeven maanden heen.' Hij trok een gezicht. 'En ik heb voor de rest van mijn leven genoeg over baby's gepraat.'

Pru concentreerde zich op het maken van een U-bocht tegen het verkeer in. Ze vroeg zich af of hij nog naar Dulcie zou informeren.

Blijkbaar niet.

'Verdomme,' zei Liam. 'Neem de volgende rechts maar.'

Toen Pru hem even aankeek, zag ze dat hij de voorkant van zijn witte Nike-T-shirt zat te bestuderen.

'Olie,' verzuchtte hij. 'Stomme garages, altijd smerig. Je vindt het toch niet erg, schat?' voegde hij er met een verleidelijk lachje aan toe. 'Mijn flat is hier vlakbij. Ik ga me snel even omkleden.'
Pru haalde haar schouders op, gaf richting aan en schakelde. Liam zat haar echter nog steeds aan te kijken. 'Natuurlijk!' riep hij zo onverwacht uit dat Pru bijna een noodstop maakte.
'Wat natuurlijk?'
'Jij. Je oren! De laatste keer dat ik je zag, had je kilometers verband om je hoofd...'
'Links of rechts hier?'
'Links.' Hij grinnikte naar haar, quasi ongelovig zijn hoofd schuddend. 'En je was niet eens van plan om het me te vertellen. Ben je er gelukkig mee?'
'Heel gelukkig,' antwoordde ze.
'Ik wist dat je er anders uitzag.' Liam klonk ingenomen met zichzelf, maar ook verbaasd. 'Dus waarom laat je ze niet aan de hele wereld zien?'
'Dat hoeft niet.' Pru had nog steeds hetzelfde kapsel. Ze wist dat ze er anders uitzag, en ze wist ook dat de enige reden daarvoor was dat ze zich anders vóélde.
'Je ziet er fantastisch uit, echt fantastisch.' Liam grijnsde nog steeds breeduit. 'Oké, we zijn er. Zet je auto maar achter die Scimitar.'
'Niet te lang wegblijven, hoor,' waarschuwde ze hem, maar voordat ze het handschoenenvakje kon openen om haar nieuwste pocket te pakken, lagen zijn warme vingers om haar pols.
'Kom even mee naar boven. Dan laat ik je mijn flat zien.'
Wat was er mis met een kopje koffie, vroeg Pru zich af.
'Dat hoeft niet. Ik zit hier prima,' zei ze hardop.
'Doe niet zo raar.' Bazig trok hij het sleuteltje uit het contact. 'Bovendien heb ik een cadeautje voor je.'
Een cadeautje? Maakte hij een grapje?
'Wat voor een cadeautje?' vroeg ze achterdochtig.
Hij knipoogde. 'Gewoon iets kleins om te vieren dat je nieuwe oren hebt.'

'Vorig jaar heb ik in Koeweit gespeeld op een amateurtoernooi,' legde Liam over zijn schouder uit, terwijl hij in de ladenkast in

zijn slaapkamer rommelde. 'Alle deelnemers kregen toen een aandenken van de sjeik. Gouden scheermessen voor de mannen, oorbellen voor de vrouwen. Aha, daar zijn ze.'
Pru, die tegen de deurpost leunde, vroeg: 'Was er dan sprake van een misverstand of zo? Ik bedoel, je ziet er niet echt als een vrouw uit.'
'Mijn gemengd-dubbelpartner,' legde hij uit, 'was een heel erg harige lesbienne. Ze had haar zinnen op dat scheermes gezet. De laatste avond dat we er waren, heeft ze me dronken gevoerd en uitgedaagd om een kamelenrace te houden, en toen heeft ze gewonnen.' Hij haalde zijn schouders op en stak Pru de leren doos toe. 'Dus daarom zit ik nu met de oorbellen.'
Ze lachte. 'Raar dat je ze nog niet aan iemand anders hebt gegeven.'
Liam maakte de doos open. De oorbellen, goud, bezet met diamantjes, waren in de vorm van een gestileerde letter P.
'Mijn tennispartner,' zei hij, 'heette Paula.'
Pru stond in de badkamer haar spiegelbeeld te bewonderen. Ze had haar haar achter haar oren gestopt. Wanneer ze haar hoofd bewoog, vingen de oorbellen het licht, glinsterend als... nou ja, als diamantjes. 'Dit is echt heel aardig van je.'
'Graag gedaan.' Liam kwam vlak achter haar staan. Zijn adem lag warm op haar nek. Voorzichtig tilde hij Pru's donkere, glanzende haar verder weg van haar oren en bestudeerde de nog steeds rode, maar heel fijne littekens.
'Die chirurg van jou heeft goed werk geleverd,' zei hij. 'Als je het niet wist, zou je het niet zien.'
Zijn mond was heel dicht bij haar nek. Nu kwam hij nog dichterbij.
Pru, die het tafereel in de spiegel bekeek, hield haar adem in en vertelde zichzelf dat het verbeelding was. Liam kon echt niet van plan zijn om te gaan doen wat ze dacht dat hij ging doen.
Ze slaakte een gilletje toen zijn warme tong langs haar hals gleed.

41

'Liam!'
'Weet je dat je echt een ongelooflijk aantrekkelijke vrouw bent?' Hij fluisterde de woorden alsof hij haar een groot geheim verklapte en kuste toen haar schouder. 'Dulcie heeft me alles verteld over die nare man van je. Weet je, het enige dat jij nodig hebt, is iemand die je zelfvertrouwen wat opvijzelt.'
Pru onderdrukte een giechel. 'Je bedoelt...'
'Begrijp me niet verkeerd,' zei hij snel, 'niets serieus, geen langetermijnwerk. Je weet wel, gewoon, voor de lol.'
'Je bedoelt dat jíj mijn zelfvertrouwen wilt opvijzelen?'
Zijn donkerblauwe ogen ontmoetten de verbaasde grijze van Pru in de spiegel. Hij schonk haar zijn onweerstaanbaarste lachje. 'Precies. Ik ben daar toch de volmaakte man voor? Toe, schatje, wat denk je ervan? Om de nieuwe jij te vieren?'
Pru deed haar best om zich voor te stellen hoe het zou zijn om het met Liam te doen. Hij had blauwe ogen, was blond en diepgebruind en behoorlijk aantrekkelijk. Hij had spieren van hier tot ginder. Hij was superfit. En ze had van Dulcie wel duizend keer moeten horen hoe fantastisch hij in bed was.
Lichamelijk gezien was hij inderdaad de volmaakte man voor de klus.
Ze zuchtte. Wat jammer dat het nu net Liam moest zijn. Ieder ander met die attributen had ze zich niet laten ontglippen.
'Och heden,' mompelde hij plagend. 'Wat een diepe zucht. Denken, denken.'
Zijn armen gleden om haar middel, en voorzichtig maakte ze zich weer van hem los. 'Nee, dank je, Liam.'
Hij leek stomverbaasd. 'Zeker weten?'
Ze maakte de oorknoppen los en stak ze hem toe. 'Zeker weten.'
'Wat doe je?'
'Je kunt deze beter terugnemen,' zei Pru.
Liam begon te lachen. 'Hou ze toch! Ik hoef vrouwen niet om te kopen om met me naar bed te gaan. Ik probeerde je alleen een dienst te bewijzen.' Nog steeds glimlachend deed hij haar de oorknoppen weer in.

'Au.' Ze kromp ineen toen zijn vingers uitschoten. De linkeroorknop beet haar als de schaar van een kreeft.
'Sorry. Zo, dat is beter. Zoals ik zei, je bent een aantrekkelijke vrouw. Het enige dat je nodig hebt is dat je zelfvertrouwen wat wordt opgevijzeld.'
Volgens mij heb jij dat net gedaan toen ik je afwees, dacht ze, zijn glimlach beantwoordend. Die brave Liam, het was gewoon onmogelijk om hem te haten. Wat je zag, was wat je kreeg. Hij probeerde zich nooit anders voor te doen dan hij was – de ultieme pretjongen.
Hardop zei ze: 'Dank je wel.'

Ze waren bijna een uur weg geweest. Niet in staat om zich op zijn werk te concentreren, liep Eddie als een gekooid luipaard door zijn kantoor te ijsberen toen hij het vertrouwde geluid van Pru's rammelbak de binnenplaats op hoorde ratelen. Binnen een seconde stond hij voor het raam, met zijn handen tegen het koude glas gedrukt.
Liam droeg een andere trui, een gele.
Pru en hij lachten samen ergens om.
Nu boog Liam zich naar voren en haalde zijn vingers door Pru's donkere haar.
Eddies maag voerde een pijnlijke dubbele salto uit. Wat was daar aan de hand? Waarom streelde Liam Pru's linkeroor op zo'n ongebruikelijke tedere manier?
En wat belangrijker was, dacht Eddie over zijn toeren, waarom liet ze dat verdomme toe?

'Weet je,' zei Liam, 'ik ben nog nooit eerder afgewezen.'
'O, jeetje.' Pru keek spijtig. 'Dat is toch een behoorlijke smet op je blazoen dan.'
Hij grinnikte. 'Inderdaad. Doe me een lol, wil je? Vertel het niet verder.'
'Dat zal ik niet doen. En jij,' herinnerde ze hem eraan, 'moet niets over mijn oren vertellen.'
'Afgesproken,' zei hij. Het lukte hem om het portier open te krijgen. Nadat hij was uitgestapt, draaide hij zich om en voegde er vrolijk aan toe: 'Dat is ons geheimpje, schatje. Het blijft tussen ons.'

De wind was gedraaid. Eerder die ochtend had Eddie nauwelijks kunnen verstaan wat Liam en Pru tegen elkaar zeiden, hoe hij ook zijn best had gedaan.
Nu, nadat hij maar al te duidelijk meer had gehoord dan hij wilde weten, liep hij weg van het raam. Zijn maag voelde alsof er een karrenvracht nat zand in was gestort.
En hij nog denken dat hij een kans bij Pru maakte. Liam – arme Pru – was hem klaarblijkelijk voor geweest.

'Hoi,' zei Pru, die in de deuropening verscheen, nog steeds buiten adem van het traplopen. 'Ik ben er weer.'
Haar wangen waren roze. Haar ogen straalden en ze zag er ongelooflijk gelukkig uit. Als een fris schoolmeisje dat verliefd was op de aanvoerder van het schoolcricketteam, dacht Eddie. Hij voelde zich ineens verschrikkelijk oud en moe.
'Hoi.' Hij perste er een glimlach uit. 'Leuke vakantie gehad?'
Pru's roze wangen werden rood. 'Ja, heel leuk, dank je.'
Ze was niet bijzonder bruin, maar ze zag er goed uit. Het viel Eddie op dat ze haar haar anders droeg, achter haar oren gestopt. Zodat Liam McPherson er beter bij kon zeker, dacht hij met een steek van jaloezie. 'Mooie oorbellen.'
'O! Dank je.' Haar ogen glinsterden, en plotseling wist Eddie wie ze aan haar had gegeven. Het misselijke gevoel in zijn maag werd sterker en hij ging achter zijn bureau zitten en bladerde afwezig in zijn agenda.
'Alles goed?' vroeg ze.
'Prima. Prima.'
'Eh... het is bijna twaalf uur,' begon ze aarzelend. Er was iets mis, maar ze zou niet weten wat. 'Was het niet de bedoeling dat ik je naar een vergadering in Oxford zou rijden?'
Eddie had de vergadering afgezegd. Hij had zich voorgenomen, in een opwelling van hopeloos optimisme, om Pru mee uit lunchen te nemen naar een of ander leuk restaurant.
'Die is verzet,' zei hij bruusk. 'Naar maandag.'
'O.' Ze keek naar hem, maar hij ging zo te zien helemaal op in zijn agenda. 'Dus je hebt me nu niet nodig?'
Já, ik heb je wel nodig, had hij er het liefst uitgegooid.
Hij schudde zijn hoofd, wensend dat hij weer vijfendertig was,

met minder buik en meer haar. Hij vroeg zich af of zijn leven anders zou zijn verlopen als hij spieren had gekweekt en zijn haar had laten blonderen.

'Eddie.' Ze klonk weifelend. 'Heb ik iets gedaan wat je van streek heeft gemaakt?'

Ja, ja, ja!

'Nee.'

'Oké.' Ze leek niet erg overtuigd. 'Dus hoe laat op maandag?'

Toen hij opkeek, speelde ze met een van haar oorbellen. Het kwam ineens bij hem op dat hij, als hij wilde, Liam McPherson kon ontslaan. De vuile versierder, dacht hij bitter. Maar wat zou het voor nut hebben?

'Halfelf.'

'En hoe laat zijn we ongeveer terug?' wilde Pru weten, denkend aan haar werkhuizen. Ze had heel wat in te halen na die twee weken vrij.

Je bedoelt hoe laat je weer naar Liam kunt rennen, dacht hij.

'Maak je geen zorgen.' Hij hield zijn toon vlak om zijn verdriet te verbergen. 'Je kunt om zes uur weer thuis zijn.'

'Liza, je ziet er vreselijk uit,' zei Margaret Lawson.

'Dank je wel, mama.'

Liza zat in de keuken ineengedoken naast het fornuis met een mok thee in haar handen naar haar moeder te kijken die uien aan het schillen was voor een *shepherd's pie*. Haar aanbod om haar ouders mee uiteten te nemen, was zoals gewoonlijk meteen van de hand gewezen. Restaurants waren, volgens Margaret Lawson, alleen maar zonde van het geld. Bovendien, benadrukte ze, vond ze het nooit een straf om voor haar gezin te koken. 'Ik vind het leuk,' had ze tegen Liza gezegd. 'En *shepherd's pie* is je vaders lievelingskostje. Hij vindt al dat chique opgeklopte eten maar niks.'

Liza had dit gesprek te vaak gevoerd om nog te kunnen denken dat ze haar ouders kon ompraten. Zij bood het aan, zij weigerden. Dat was het geijkte patroon van haar bezoekjes.

Bovendien had ze sowieso geen zin om uiteten te gaan.

Margaret Lawson begon fanatiek uien te hakken. 'Ik meen het,' verklaarde ze, over haar schouder naar haar dochter kijkend. 'Je

ziet eruit alsof je een week hebt lopen huilen.'
Mis, dacht Liza, ik heb maar drie dagen lopen huilen.
'Ben je soms ontslagen?'
'Nee.'
'Zwanger?'
'Nee.'
'Dus heeft het met een man te maken,' was de conclusie van haar moeder, die haar aandacht weer op de uien richtte.
Liza zei niets. Ze had bijna net zo vaak naar de het-wordt-tijd-dat-je-gaat-trouwen-toespraak moeten luisteren als naar die van restaurants-bestelen-je-waar-je-bij-staat. De snelle opeenvolging van mannen in haar leven en haar onvermogen om lang in een van hen geïnteresseerd te blijven was een bron van grote zorg voor haar ouders. Niets zou hen gelukkiger maken dan dat ze veilig getrouwd was. En kritisch waren ze ook niet; iedere aardige veertigjarige advocaat, bankdirecteur, accountant of zelfs architect zou goed zijn.
'Wat was het nu weer?' drong Margaret luchtig aan. 'Wat heeft deze nu weer gedaan om de laan uitgestuurd te worden? Trommelde hij met zijn vingers op het stuur? Zat zijn scheiding aan de verkeerde kant? Zong hij vals?'
Dit was haar moeders poging om grappig te zijn. Het was haar manier om te proberen haar dochter te helpen. En tegelijkertijd een steek onder water te kunnen geven.
Liza dacht aan Kit en klemde haar lippen op elkaar. Ze móćht niet huilen! 'Nee.'
De uien belandden in de koekenpan en werden vaardig omgehusseld in de hete boter. Margaret Lawson pakte de wortels. 'Je wilt er dus niet over praten.'
'Niet echt, nee.'
'Dus hij is getrouwd.'
God, dacht Liza, als het op ondervragingsmethodes aankomt, dan kan de KGB nog wat van mijn moeder leren.
Terwijl ze haar hoofd schudde, biggelde er een traan over haar wang.
'Heeft hij het uitgemaakt?'
'Nee, ik heb het uitgemaakt.' Ze slaakte een beverig zuchtje. 'Meestal stel je niet zoveel vragen.'

'Meestal zie je er ook niet uit als een verregende strandvakantie,' reageerde Margaret Lawson op bittere toon.
Moeders!
'Sorry,' zei Liza.
De wortels werden aan de kant geschoven. Margaret Lawson veegde haar handen af aan een theedoek en draaide zich om naar haar dochter.
'Liza,' zei ze kalm. 'Je maakt me bang. Vertel me alsjeblieft wat er is.'
'O, mam...'
'Deze was speciaal, hè?'
Hulpeloos knikte Liza.
'Het is niet erg. Vergeet nooit dat je vader en ik altijd van je zullen houden. Liza... is het die ziekte?'
Liza staarde haar aan. 'Wat bedoel je?'
Haar moeders gezicht was vertrokken van bezorgdheid. 'Heb je... heb je aids?'
'Nee!' riep Liza, lachend en huilend tegelijk. Ze sprong op van haar stoel en sloeg haar armen om haar moeder heen. 'Mama, nee, natuurlijk heb ik geen aids!'
Margaret knuffelde haar even, maar verviel meteen weer in haar oude gewoonte. 'Daar is helemaal niks "natuurlijk niet" aan, meisje. Die dingen gebeuren, en we weten allebei dat je nu niet echt een kuis leven hebt geleid.'
Liza glimlachte. Dus ze had toch nog iets om dankbaar voor te zijn. Ze had geen aids.
Lesje ontvangen en begrepen.
'Hij is negen jaar jonger dan ik.'
De woorden waren eruit voordat ze ze kon tegenhouden. Verbaasd vroeg ze zich af hoe dat had kunnen gebeuren.
Waarschijnlijk omdat het vergeleken met aids ineens niet meer zo verschrikkelijk klonk.

42

Langzaam verwerkte Margaret Lawson deze informatie. Ze veegde haar rood geworden handen af aan haar schort en leunde bedachtzaam met haar rug tegen het aanrecht. 'Je bedoelt dat hij... eenentwintig is.'
'Nee.' Liza perste er een klein lachje uit. Rekenen was nooit haar moeders sterkste kant geweest. 'Drieëntwintig.'
'O. Maar wel jong dus.'
Waarom glimlach ik, vroeg Liza zich af. Er is niets veranderd.
Ze knikte. 'Ja. Het zou toch niets zijn geworden. In het begin maakte het me niet uit, omdat ik dacht dat hij me toch wel zou gaan vervelen. Alleen was dat niet zo.' Ze schudde haar hoofd. 'Maar het had echt niets kunnen worden. Ik wist dat ik het uit moest maken. Liever nu dan over een paar jaar... net zoiets als een teen amputeren die door gangreen is aangetast,' vervolgde ze hulpeloos, terwijl haar ogen zich weer met tranen vulden. 'Beter een teen kwijtraken dan een heel been.'
'Ja, nou, dat klinkt wel logisch.'
'Ik wist alleen niet dat het me zo'n verdriet zou doen.' Liza snufte, vond een stuk van een papieren zakdoekje in haar zak en snoot haar neus.
'Die jongen. Hoe heet hij?'
'Kit. Kit Berenger.'
Zelfs de naam klonk jong.
'Hm. Heeft hij een baan?'
'Familiebedrijf. Bouwbedrijf,' mompelde ze. 'Zijn vader haat me.'
Margaret Lawson knikte.
'Het is zo oneerlijk,' ging Liza verder. Gek, nu ze eenmaal was begonnen, merkte ze dat ze niet meer kon ophouden. 'Als hij ouder was geweest dan ik, zou het niets uitmaken. Dat zou niemand wat kunnen schelen.'
'Ik weet het.'
Liza had donkere kringen onder haar ogen. Ze had niet geslapen. 'Ik had hier niet naartoe moeten komen,' mompelde ze. 'Het is jouw verjaardag.'
'Je bent mijn dochter,' zei Margaret. 'Zo vaak krijg ik de kans

niet om je te troosten. En daar zijn moeders toch voor?'
'Volgens mij kun je me niet troosten.'
'Misschien niet.' Margaret ging tegenover Liza zitten. 'Maar ik begrijp wel hoe je je voelt. Ik heb hetzelfde meegemaakt, weet je.'
'Wat?'
De blik op Liza's gezicht was bijna komisch. Margaret glimlachte.
'Liza, ik mag dan wel je moeder zijn, maar ik ben ook maar een mens. Ik was vijfendertig toen ik met je vader trouwde. Wat denk je dat ik al die jaren daarvoor heb gedaan, stoffig op een plank gelegen?'
'Eh... nou...'
Nou, ja dus.
'Ik werkte als secretaresse in Londen.' Margaret leunde achterover in haar stoel en staarde langs Liza heen. 'Toen ik dertig was, werd ik verliefd op de zoon van mijn huisbazin. Michael heette hij. Mijn badkamerraam was gebroken, en hij kwam langs om het te repareren. Meteen sloeg er een vonk tussen ons over. Hij wist natuurlijk al hoe oud ik was, dus hij vertelde me dat hij achtentwintig was. We begonnen afspraakjes te maken,' vervolgde ze. 'We hadden geen van beiden veel geld natuurlijk, maar we spraken af in cafés, maakten wandelingen in Regent's Park, gingen af en toe naar een film. We waren zo gelukkig samen, maar ik begreep nooit goed waarom we het voor zijn moeder verborgen moesten houden. Michael zei dat ze moeilijk zou doen als ze het wist, dat ze heel bezitterig was.'
Ze zweeg.
'En?' drong Liza aan toen de stilte voortduurde. Allemachtig, dit was ongelooflijk. Haar eigen moeder...
'Nou ja, ze kwam er toch achter natuurlijk. Een van de buren zag ons op een dag hand in hand door het park lopen. De buurvrouw vertelde het aan Michaels moeder en die stond dezelfde avond nog bij me op de stoep en wilde weten wat ik met haar lieve zoontje deed.' Zonder het te beseffen draaide Margaret onder het praten voortdurend aan haar trouwring. 'Dus probeerde ik haar duidelijk te maken dat we van elkaar hielden en vroeg ik haar of het langzamerhand geen tijd werd dat ze hem zijn eigen leven liet leiden. Hij was per slot van rekening al achtentwintig, zei ik, niet echt een kleine jongen meer. Nou, het volgende kun je al wel ra-

den, denk ik. Ze veegde de vloer met me aan. Michael was helemaal niet achtentwintig, hij was eenentwintig.'

'O, god.' Liza hapte naar adem.

Haar moeder keek haar met een droog lachje aan. 'Precies. En dat was dat. Ze schold me voor alles en nog wat uit, gaf me een week de tijd om andere woonruimte te zoeken en verbood me om ooit nog contact met Michael op te nemen.'

'En daar heb je je aan gehouden?'

Margaret Lawson knikte. 'Ja. Ik schaamde me zo. Ik vond het net zo vreselijk als zij.'

'Maar hij dan... heeft hij nooit geprobeerd om contact te zoeken?'

Haar moeder schudde vermoeid haar hoofd. 'Al had hij het gewild, dan had het nog niet gekund. Ik ging weg uit Londen, verhuisde naar Bath. En een jaar later leerde ik je vader kennen.'

'Mama!' Het kostte Liza moeite om het allemaal te verwerken. Het was net iets uit een roman.

Haar moeder haalde haar schouders op. 'Ach, het is zo lang geleden. Veertig jaar.'

'Maar... maar ben je wel gelukkig geweest met papa?'

'O ja. Je vader is een goede man; natuurlijk ben ik gelukkig met hem geweest.' Margaret Lawson aarzelde even; alleen haar vingers die de trouwring ronddraaiden, bewogen. Ze zag er ineens bleek en moe uit. 'Alleen... nou ja, ik ben er wel altijd aan blijven denken. Ik heb me wel vaak afgevraagd of ik met Michael gelukkiger zou zijn geweest.'

Er stond maar één Berenger in het telefoonboek van Bath, wat goed uitkwam.

'Met Berenger.'

Het was de stem van een man die gewend was de baas te zijn. Kordaat, bruusk, niet iemand die met zich liet spotten. Hij klonk beslist niet als een drieëntwintigjarige.

'Dag, kan ik Kit Berenger ook spreken?' vroeg Margaret kalm.

'Wie kan ik zeggen dat het is?'

Naast de telefoon lag de catalogus van Grattan waaruit ze nog een zachtroze gebreid vest wilde bestellen. 'Margaret Grattan.'

'Een ogenblikje.'

Het ogenblikje leek Margaret wel een uur te duren. Het was maar goed dat Liza in bad lag. Eindelijk werd de telefoon aan de andere kant van de lijn weer opgepakt.
'Met Kit Berenger.'
Een jongere stem deze keer, maar heel beschaafd en zelfverzekerd.
'Dag, Kit, je spreekt met Margaret Lawson. Ik ben Liza's moeder.'
Margaret keek uit het huiskamerraam naar buiten. In de tuin was haar man bezig om nauwgezet uitgebloeide pioenrozen te verwijderen.
'Aha.'
Zijn stem kreeg een koele klank. Meteen was hij op zijn hoede. Misschien ben ik al te laat, dacht ze. Pleit ik voor een verloren zaak.
'Heb je even tijd voor me?' vroeg ze. 'Ik zou graag even met je praten.'

'Dat zal Rose Tresilian van de overkant zijn. Ik had haar beloofd dat ze mijn catalogus mocht lenen,' zei Margaret toen er om negen uur 's avonds werd aangebeld. 'Wil je even gaan opendoen, lieverd?'
Liza's hand vloog naar haar mond toen ze opendeed.
Het was niet Rose Tresilian van de overkant.
'O, mijn god.'
'Sorry dat ik zo laat ben.' Kits haar glom in het licht van de buitenlamp; zijn toon was terloops. 'Ik had vroeger willen komen, maar ik kon mijn wegenkaart niet vinden.'
Liza was blij dat de deurpost haar recht overeind hield. Ze leunde ertegenaan en staarde naar Kit, bijna bang om met haar ogen te knipperen. Als hij een fata morgana was, best. Beter een fata morgana, dacht ze trillend, dan helemaal geen Kit.
Hij droeg een gekreukeld spijkeroverhemd en een witte spijkerbroek. Onder zijn ogen zaten donkere kringen, zag ze. Hij zag er moe, afgetobd en op de een of andere manier sexier uit dan ooit.
'Het is niet eerlijk,' zei ze. Hoewel ze zich het liefst in zijn armen wilde werpen, durfde ze dat niet goed. 'Hoe komt het dat mannen met wallen onder hun ogen er toch zo fantastisch uitzien?

Als vrouwen wallen hebben, zien ze er meteen uit als een ouwe knar met een kater.'
'Je hebt me nog niet gevraagd hoe ik je heb gevonden.' Hij negeerde haar rare gedachtesprongen.
Aarzelend duwde ze een lok haar uit haar gezicht. Na haar bad had ze niet de moeite genomen om het te föhnen. Of om zich op te maken.
'Ik geloof dat ik het wel kan raden,' antwoordde ze uiteindelijk. 'Alleen is het nogal moeilijk te geloven.'
'Je moeder heeft me gebeld.'
Ze knikte. Ze had het dus goed geraden. Het was alleen helemaal niets voor haar moeder om dat te doen.
'Ze is normaal gesproken niet zo bemoeizuchtig.'
Ze voelde eerder dan dat ze zag dat hij gespannen reageerde.
'Wanneer je bemoeizuchtig zegt,' hij fixeerde haar met zijn onwrikbare gele blik, 'dan heb je bemoeizucht die welkom is en bemoeizucht die onwelkom is. Liza, luister naar me. Ik ben hier naartoe gekomen omdat je moeder zei dat ik dat moest doen. Ik hou van je en ik wil de rest van mijn leven bij je blijven, maar dat wist je al. Dus,' zei hij met nadruk, 'is het nu aan jou. Als je wilt dat ik wegga, ga ik. Dan draai ik me om en rijd ik terug naar Bath. Jij kunt dan naar binnen gaan en je moeder vertellen dat ze zich niet met je leven moet bemoeien. Je kunt haar uitleggen dat dit een voorbeeld is van bemoeizucht die onwelkom is.'
'Oké,' mompelde ze, als een oplettende leerling knikkend. 'En wat is de andere ook alweer?'
'Bemoeizucht die welkom is.' Hij telde het tweede alternatief af op zijn vingers. 'De versie waarin jij begrijpt dat ik gelijk had en jij ongelijk,' legde hij uit, 'en wat maakt het uit dat ik een paar jaar jonger ben dan jij? Ik bedoel, wie kan dat nu wat schelen? Mij niet. En je moeder blijkbaar ook niet.'
Hulpeloos schudde ze haar hoofd. 'Nee.'
'Hoe dan ook, jij biedt je verontschuldigingen aan voor het feit dat je de afgelopen dagen tot de vreselijkste van mijn leven hebt gemaakt,' vervolgde hij. 'We kussen elkaar en maken het weer goed en dat soort dingen, en jij werpt je aan je moeders voeten en bedankt haar duizendmaal voor haar bemoeizucht en voor het feit dat ze je weer tot rede heeft gebracht.'

Na aandachtig te hebben geluisterd, knikte ze weer. 'Oké, dan wordt het de laatste.'
'Zeker weten?' vroeg hij.
'Heel zeker.'
'De versie van ik-heb-gelijk-en-jij-had-ongelijk?' drong hij aan, terwijl zijn mondhoeken iets omhooggingen.
'Ja, ja, jij had gelijk en ik had ongelijk en het spijt me en ik hou van jou,' mompelde ze. Tranen van geluk stroomden over haar wangen. 'Ik hou zoveel van je, je hebt geen idee...'
Hij stak zijn armen uit en ze wierp zich erin. Het was het fijnste gevoel, dacht ze, het allerfijnste gevoel van de wereld.
Nadat Kit klaar was met haar kussen, duwde hij haar kin omhoog, haar dwingend hem aan te kijken. Ze stonden allebei te trillen.
'Doe me dit nooit weer aan,' zei hij met lage stem. Zijn duim gleed langs haar natte wimpers. 'Beloof me dat.'
'Wat, geen ruzie meer, geen woordenwisselingen? Nooit meer?'
'We mogen wel kibbelen. Kibbelen is toegestaan.' Hij haalde zijn schouders op. 'We hebben het tenslotte wel over de rest van ons leven. Minimaal vijftig jaar.'
'O, is dat alles?' vroeg ze plagend. Ze ging op haar tenen staan en kuste een voor een de hoeken van zijn smalle, welgevormde mond en vroeg zich af of het wel was toegestaan om je zo gelukkig te voelen.
'Misschien zestig. Maar dit doen we niet meer. Niet meer dat het-is-uit-gedoe. Ik meen het, Liza. Dat moet je me beloven. Ik wil je dat nooit meer horen zeggen...'
Ze maakten zich geschrokken van elkaar los toen de deur van de huiskamer opengING.
'Let maar niet op ons,' zei Margaret Lawson, terwijl haar man en zij hun jassen pakten. 'Dag Kit, leuk om je te leren kennen. Liza lieverd, je kunt toch niet de rest van je leven op de stoep blijven staan? Waarom vraag je Kit niet binnen en zet je een lekker kopje thee voor hem? Je vader en ik gaan naar de kroeg.'
Toen ze weg waren, zei Kit: 'Ze knipoogde naar me.'
'Dit is echt heel maf.' Liza schudde verbaasd haar hoofd. 'Mijn ouders zijn van hun leven nog niet in een kroeg geweest.'
'Ze hebben Ons Alleen Gelaten.' Grinnikend greep hij haar mid-

del beet. 'Maar goed ook, want ik heb de onweerstaanbare lust om je kleren van je lijf te rukken. Jij,' vertelde hij, terwijl hij haar naar achteren duwde, 'staat op het punt om de allerbeste seks van je leven...'

'Niet hier!' riep ze, vastgezet tussen de staande klok en haar moeders eikenhouten boekenkast.

'God, wat ben je toch mooi. Zelfs in dat gebreide vest.' Speels liet hij het over haar schouders glijden. 'Zie je wel hoe erg ik je heb gemist?'

'Hou op!' piepte ze, zich fanatiek verzettend tegen zijn gretige handen. 'Ik meen het, Kit, we kunnen het niet hier doen. Niet in het huis van mijn ouders!'

Zonder een woord te zeggen, trok hij haar met zich mee door de gang, de keuken in en door de achterdeur naar buiten.

'Ik meen het ook,' zei hij, terwijl hij met een hand onder haar T-shirt dwaalde en met de andere behendig het knoopje van haar spijkerbroek losmaakte. 'Mag het in de tuin wel?'

Buiten was de lucht zwoel van de warmte en de geur van late rozen. Het was aardedonker.

Dit is onze grote verzoening, dacht ze, die hoort verzengend, hartstochtelijk en super, superromantisch te zijn.

En dat was het ook, al ging het allemaal wat minder groots dan ze zich had voorgesteld.

Dat ze een giechelbui kreeg, hielp er natuurlijk niet aan mee.

'Je hoort te hijgen van opwinding,' klaagde hij.

'Ik kan er niets aan doen. Mijn vader heeft het gazon vanmiddag gemaaid, ik zit onder het gras.' Ze klampte zich slap van het lachen aan hem vast. 'Jij hebt blaadjes in je haar. En ik hoor wel een miljoen insectachtige dingen...'

'Jakkes! Wat was dat?' Kit kromp ineen toen iets dat zwaarder was dan een insect met een akelige plop op de rug van zijn hand landde en er weer af sprong.

Hun ogen waren inmiddels aan het donker gewend.

'Een kikker,' piepte ze, het diertje nakijkend dat weer tussen de struiken verdween. Ze rilde toen de vleugel van een mot haar blote schouder raakte.

Een krekel begon te tjirpen, een paar centimeter van Kits oor. Hij gaf het op.

'Over coitus interruptus gesproken.'
'Insectus interruptus,' verbeterde ze hem, met haar vingers zijn strakke maag strelend.
'Stomme seks in de buitenlucht. Help me onthouden dat ik dit nooit weer probeer.'
Liza tastte langs hem in het gras. 'Ik kan mijn beha niet vinden.'
Op dat moment begonnen de struiken links van hen dreigend te ruisen.
'O jé,' mompelde hij, 'het Monster van Exmoor.'
'Hij klinkt groot.' Nog steeds op jacht naar haar zwarte lievelingsbeha vond ze een van haar schoenen. 'Vast een hond.'
Ze vlogen allebei een kilometer in de lucht toen de krachtige straal van een zaklamp over het gazon gleed.
'Zo. Verroer je niet! Blijf waar je bent!' blafte een vrouwenstem.
'O, mijn god,' siste Liza, intuïtief achter Kit duikend, 'dat is Mrs. McKnight van hiernaast. O shit, shit, shit...'
'Lieve hemel,' verklaarde de vrouwenstem, die zwaar, assertief en ontzettend effectief was als het erom ging mensen te commanderen; veertig jaar lesgeven had daar wel voor gezorgd. 'Ik dacht dat jullie inbrekers waren! Wat moeten jullie in vredesnaam in de tuin van mijn buren?'
Er viel een akelig klamme stilte. Het enige dat Liza kon horen was haar hart dat razendsnel tegen haar ribben sloeg.
'We zijn geen inbrekers,' zei Kit. Hij pakte zijn witte spijkerbroek en begon hem aan te trekken.
Mrs. McKnights ogen vielen er bijna uit. 'Jullie zijn in overtreding. Dit is privéterrein!'
'Ik weet het. Het spijt me.' Kalm zocht Kit de rest van Liza's kleren bij elkaar en gaf ze aan haar.
Molly McKnight scheen met de zaklamp in de zwartebessenstruiken waar de kikker in was verdwenen. Aan een van de hogere takken hing Liza's beha. 'Wat bezielde jullie in godsnaam?'
'Het was een weddenschap,' antwoordde Kit simpelweg.
Die jongen was echt een koele kikker. Met genadeloze precisie zwiepte Molly McKnight de lichtstraal van haar zaklamp weer naar zijn vriendin, die zich achter hem verschool en koortsachtig probeerde om haar kleren weer aan te trekken. Met haar hoofd gebogen en al dat blonde haar voor haar gezicht, was het

onmogelijk vast te stellen hoe ze eruitzag.
'Gaat je metgezellin ook nog haar verontschuldigingen aanbieden?' klonk het kordaat.
'Ze is Roemeense.' Kit haalde zijn schouders op. 'Ze spreekt geen Engels.'
'Hm.'
'Het zal niet weer gebeuren.'
'Dat mag ik hopen.'
'Nogmaals, het spijt me,' zei Kit grijnzend, terwijl hij Liza's hand pakte en haar meenam naar het tuinhekje.
Hoofdschuddend, half geamuseerd door zijn lef, keek Molly McKnight hen na.
'Die jongelui van tegenwoordig, ik weet het niet,' verzuchtte ze, net hard genoeg zodat ze het konden verstaan.
Het hekje klikte achter hen dicht.
Jongelui.
Wat heerlijk om te horen.
'Ik hou van die vrouw,' fluisterde Liza.

43

Dulcie vroeg zich af of ze aan het legenestsyndroom leed. Gek, ze had nooit gedacht dat ze Pru zou missen, maar het huis leek echt vreselijk leeg.
Het was zondagochtend vroeg en de dag strekte zich eindeloos voor haar uit. Behoorlijk gepikeerd omdat een of andere innerlijke wekker zo ongevoelig was geweest om haar om zes uur te wekken – ze had nog nooit een innerlijke wekker gehad! – schonk ze haar vierde kopje koffie in en probeerde geen medelijden met zichzelf te hebben. Dit was per slot van rekening haar zuurverdiende vrije dag. Ze hoorde ervan te genieten.
Het probleem was, had Dulcie de afgelopen tijd ontdekt, dat je veel beter kon genieten als je niet alleen was. Maar dat was ze nu wel, voor het eerst in haar leven.
Patrick had het druk met ontzettend gelukkig zijn met Claire Be-

renger. Liam had het ongetwijfeld druk met het prijsbeest uithangen voor wie weet hoeveel vrouwen. Pru was haar achterstallige schoonmaakwerk aan het inhalen.

En Liza... nou ja, Liza had niet meer met haar gesproken sinds hun ruzie en zou dat ook wel niet meer willen, Dulcies gemene – en heel oneerlijke – opmerkingen over Kit Berenger in aanmerking genomen.

Aangezien ze zich niet meer op Brunton Manor kon vertonen vanwege Liam – om maar te zwijgen van het feit dat ze al die vrouwen die wisten hoe idioot ze zich voor hem had uitgesloofd, niet onder ogen durfde te komen – waren haar resterende mogelijkheden beperkt.

Ik kan natuurlijk gaan winkelen, dacht ze, maar zelfs het vooruitzicht om geld uit te geven aan onnodige luxe-spulletjes had niet de gebruikelijke aantrekkingskracht.

Ze beet op haar lip en staarde uit het raam. De alternatieven waren net zo treurig.

Ze kon – de hemel sta haar bij – gaan wandelen. Dat was altijd haar moeders tegengif voor de eeuwige puberverveling geweest. Het antwoord was nog steeds: nee, dank je.

Of ze kon een bad nemen, koekjes eten en op de bank naar stomme tv-programma's gaan liggen kijken.

Op dat moment ging de telefoon. Dulcie voelde zich meteen opklaren toen ze er naartoe rende om op te nemen. Over het lot gesproken.

'Hoi, Dulcie, je spreekt met Brad Pitt. Je moet echt op mijn feestje komen...'

Of:

'Dulcie, hoi! Ik ben het, Sting. Ik stuur de helikopter naar je toe, oké? Je komt vandaag gezellig bij ons.'

Zoiets in elk geval. Gewoon iets leuks.

'Dulcie. Mooi, je bent dus thuis. Vind je het goed dat ik over een halfuurtje even langskom?'

Goed, het was niet Sting, maar toch maakte haar hart een onhandig sprongetje.

Een halfuur, dacht ze ademloos. Ik kan me óf douchen, aankleden en opmaken óf in bad gaan liggen tot hij komt en dan met alleen een handdoek om naar beneden gaan.

Toen de deurbel precies achtentwintig minuten later ging, liep ze naar beneden in een handdoek. Haar zwarte haar was uit haar gezicht gekamd en haar vochtige, naar badschuim geurende huid glom. Haar groene ogen, met hun ultrawitte wit, straalden vol verwachting – en omdat ze er snel een halve fles Eye Dew in had gegoten.

De donkerblauwe velours handdoek, nonchalant om haar heen geslagen op een ik-kom-net-uit-bad-manier, had groter mogen zijn, maar haar bruine teint kwam er wel prachtig in uit.

'Hoi.' Patrick besteedde nauwelijks aandacht aan de handdoek of de teint. Hij liep langs haar heen de gang in. 'Sorry dat ik je op zondag lastig val. Ik ben zo weer weg. Ik kom alleen maar iets ophalen.'

Hij klonk afstandelijk en kortaf, als een bankdirecteur. Toen Dulcie de voordeur dichtdeed, werden haar vermoedens bewaarheid. Claire Berenger zat voor in Patricks auto te wachten. Toen ze Dulcie zag, glimlachte ze en wuifde even.

'Gaan jullie soms frisbeeën in het park?' Dulcie kon het niet helpen. De schimpscheut floepte eruit, terwijl Patrick doorliep naar de huiskamer. Ze volgde hem, een spoor van natte voetafdrukken achterlatend.

'Liam er niet?' was zijn tegenvraag.

'Ha ha,' zei ze verbitterd. 'Doe alsjeblieft niet alsof je het niet weet.'

Hij draaide zich om. 'Wat niet weet?'

'Toe zeg, je spionnen zullen je dat toch wel hebben verteld? Het is uit tussen Liam en mij.'

Hij keek oprecht geschokt. 'Ik had geen idee. Het meisje van het kantoor beneden me is op vakantie.'

'Gek, ik had gedacht dat Liza het wel zou hebben verteld.'

Prik prik.

Patrick negeerde het. 'Ik heb Liza al weken niet gezien. Wanneer is het gebeurd?' Zijn ogen werden donker van bezorgdheid. 'God, maar dat is vreselijk. Ik vind het echt rot voor je. Red je je wel?'

Trots kreeg de overhand. Uitdagend stak ze haar kin naar voren. 'Prima. Ik heb een baan.'

'Maar de baby...'

O shit, dit verliep helemaal niet volgens plan. Ze was de baby helemaal vergeten.

'Er is geen baby.' Vermoeid besloot ze dat ze het er allemaal net zo goed meteen kon uitgooien.

Maar de blik op zijn gezicht was opzienbarend. 'O, Dulcie...' Toen hij haar naam zei, brak zijn stem. Voordat Dulcie het wist, had hij zijn armen al om haar heen geslagen. Hij hield haar vast, knuffelde haar. Ze ademde de heerlijk vertrouwde geur van zijn huid in.

Het voelde zalig, maar ze wist dat ze zich moest beheersen. Ze moest beginnen met de waarheid te vertellen.

'Ik ben de baby niet verloren,' mompelde ze, wensend dat de omhelzing eeuwig kon voortduren. 'Er is nooit een baby geweest.'

'Wat?'

'Ik dacht dat ik zwanger was.' Ze hield haar gezicht begraven tegen zijn borstkas. Nou ja, ze had al genoeg waarheid verteld voor een dag. 'Maar dat was ik niet. Het was een vergissing.'

De troostende omhelzing werd weggenomen. Een beetje onzeker deed Patrick een stap naar achteren en haalde zijn vingers door zijn donkere haar zoals hij altijd deed wanneer hij met een dilemma werd geconfronteerd.

'O. Nou. Het spijt me voor je.'

'Nergens voor nodig,' zei ze. 'Liam is een klootzak. Daar mis ik niks aan, en bovendien, wie zit nu op een krijsende baby te wachten?' Er zat een enorme brok in haar keel, maar die negeerde ze. Terwijl ze de donkerblauwe handdoek wat steviger om haar lichaam trok, vervolgde ze op zakelijke toon: 'Wat kwam je precies halen? Ik dacht dat je al je kleren had meegenomen.'

'Mijn paspoort.' Patrick richtte zijn aandacht op de oude eiken ladenkast, waarvan de bovenste lades volgepropt lagen met een bonte verzameling van oude bonnen, verlopen rijbewijzen, rolletjes plakband en een miljoen elastiekjes. Met een beetje geluk zou hij er ook zijn paspoort aantreffen.

Dulcie hoorde dat haar stem een hoge en onnatuurlijke klank kreeg, alsof ze net stiekem een teug lachgas had genomen. 'O? Ga je weg dan? Waarheen?'

'Amsterdam.'

Ze zei de eerste woorden die bij haar opkwamen. 'Pas maar op dan, het stikt er van de hoeren.'

'Ik heb Claire bij me,' merkte hij droog op, 'dus misschien kan

zij ze wel met een stok van me af slaan.'
Hij stond met zijn rug naar haar toe, terwijl hij in de rommelige lade zocht. Overspoeld door verdriet en verlangen keek ze zolang als ze durfde naar hem. Hij ging op vakantie met Claire. En dat voor een man die het al tijdverspilling vond om zijn werk te onderbreken om een boterham te eten.
'Wacht eens, volgens mij heb ik het boven gezien,' zei ze. Ze wist precies waar zijn paspoort was. Het lag in een zilveren mandje op haar kaptafel, tussen allemaal dure half opgebruikte make-up.
Eerder, in bad, had ze gefantaseerd over wel tien manieren waarop ze Patrick de slaapkamer die ze ooit samen hadden gedeeld, in zou kunnen lokken.
Dat idee moest ze zich duidelijk uit haar hoofd zetten.
De badhanddoek was ook een vergissing geweest.
'Wacht maar, ik pak het wel even voor je,' zei ze.
Toen ze weer terugkwam, gaf ze hem het paspoort.
'Dank je.' Hij keek haar aan. 'Gaat het echt wel goed met je?'
Ze knikte. 'Ja, hoor.'
'En...' Hij fronste zijn voorhoofd en vroeg toen weifelend: 'Sorry, maar zei je dat je een baan had?'
Ze knikte weer.
'Dat moet ik zien.' Zijn glimlach was sceptisch; de glimlach die hij gewoonlijk opzette wanneer ze hem de horoscoop voorlas.
'Het is niks bijzonders.' Haar toon had iets uitdagends. 'Gewoon als serveerster. Meer voor de gezelligheid eigenlijk.'
'Toch zou ik het heel graag met mijn eigen ogen willen zien.'
Dulcie, die aan haar imago moest denken, wilde beslist niet dat hij haar zou zien ploeteren in het overvolle keukentje van het café.
Ze trok de voordeur open. 'Claire zit op je te wachten. En veel plezier op vakantie.'
Blijkbaar nog steeds geamuseerd bij het idee dat Dulcie werkte en er ook nog voor betaald kreeg, zei hij: 'En jij veel plezier op je werk. Maar nog één ding, Dulcie.'
'Ja?'
Hij grijnsde. 'Pas op dat ze je niet te hard laten werken.'
Het waren opmerkingen als deze, dacht ze terwijl ze de deur dichtdeed, die maakten dat je wilde dat je het geliefde paspoort

van je man in de eerste de beste wc had geflikkerd.
Zodra ze weer in bad lag, ging de telefoon opnieuw. Een van de grootste ergernissen uit het leven, dacht Dulcie, was het feit dat je speciaal een draadloze telefoon kocht om hem mee naar de badkamer te kunnen nemen, maar dat je er nooit aan dacht om het ook daadwerkelijk te doen.
Tegen de tijd dat ze bij de telefoon was, was hij opgehouden met rinkelen. Op het tapijt druipend, zag ze tot haar verbazing op de nummerweergave dat het Liza was geweest.
Dat was frustrerend, want als Liza belde om zich te verontschuldigen voor laatst, dan dacht ze nu dat Dulcie niet thuis was. Als ik terugbel, dacht Dulcie, dan moet ik me misschien als eerste verontschuldigen.
Dus belde ze Liza's nummer, liet de telefoon twee keer overgaan en hing op.
Nu kon Liza op de nummerweergave zien wie er gebeld had.
Nog geen minuut later ging Dulcies telefoon weer.
'Met mij,' zei Liza. 'Ik zag dat je had gebeld.'
'O. Hoi,' zei Dulcie luchtig. 'Ik zag dat je mij had gebeld, daarom belde ik jou.'
'Jij hebt mij gebeld.'
'Maar jij belde mij eerst.'
'O, dus je wilt dat ik mijn verontschuldigingen aanbied voor laatst!'
'Was dat niet waarvoor je belde?'
Stilte. Dulcie hoorde een kort gebakkelei aan de andere kant van de lijn. Toen kreeg ze Kit.
'Dulcie, het spijt Liza dat ze tegen je tekeer is gegaan. En ik weet zeker dat jij ook spijt hebt van die wrede en onverdiende opmerkingen van je.'
Ineenkrimpend vroeg Dulcie zich af of hij wist dat die opmerkingen over hem waren gegaan.
Ze schraapte haar keel. 'Nou, ik...'
'O ja? Mooi, dan is dat opgelost. Nu kunnen jullie weer vriendinnen zijn,' verklaarde Kit vrolijk. 'Wat ben je aan het doen?'
'Ik wilde net in bad gaan.'
'Oké. Leg de hoorn neer en neem een bad. We zijn over ongeveer twintig minuten bij je. En zorg ervoor dat je fatsoenlijk aan-

gekleed bent wanneer we komen.' Hij klonk geamuseerd. 'Ik ben veel te jong om de aanblik van een naakte vrouw van middelbare leeftijd aan te kunnen.'

44

'Sorry dat ik zo'n kreng ben geweest,' zei Dulcie.

Liza omhelsde haar. 'Ik was ook niet erg aardig.'

'En ik ben niet van middelbare leeftijd,' vertelde Dulcie aan Kit, die twee flessen Bollinger in zijn handen had.

'Voor mij wel.' Hij grinnikte. 'Maar dat maakt niet uit, ik zal het je niet kwalijk nemen. Als je een paar glazen pakt, dan kun je ons helpen het te vieren.'

Het was niet moeilijk te raden wat ze vierden. Liza zag er stralend en belachelijk gelukkig uit.

'Jullie hebben het goedgemaakt. Jullie zijn weer bij elkaar.'

'Voorgoed,' beaamde Kit. 'Net de Bouquetreeks. Zelfs haar ouders vinden me aardig.'

'Jemig. En hoe zit het met je vader?' wilde Dulcie weten.

'O, nou, daar is nog niets veranderd. Hij is een koppige ezel, maar we werken eraan. Hij heeft gewoon een paar jaar de tijd nodig.'

'Niet te geloven dat je Liza's ouders hebt ontmoet. Je mag je wel vereerd voelen,' zei Dulcie een beetje verwonderd. Vroeger hadden de mannen in Liza's leven elkaar zo snel opgevolgd dat Liza nooit de moeite had genomen om hen aan haar ouders voor te stellen.

'Dat is nog niets.' Kit knipoogde. 'Ik heb zelfs de buurvrouw al ontmoet.'

Hoewel Dulcie blij was dat het weer aan was tussen Liza en Kit, wees ze hun aanbod om met hen te gaan lunchen van de hand. De seksuele chemie tussen die twee was overweldigend. Het kostte hun moeite om niet aan elkaar te zitten, en Kit snakte er zichtbaar naar om Liza mee naar huis en bed te nemen.

Tegen de tijd dat de flessen leeg waren en alle roddels waren doorgenomen, was het bijna een opluchting om op de drempel te staan en hen na te wuiven.
Gedeprimeerd en een beetje licht in het hoofd van de alcohol op een lege maag, soesde Dulcie weg op de bank. Ze werd om vier uur wakker, nog steeds gedeprimeerd maar nu met een zwaar hoofd, plus een enorme dorst.
Het ergste van alles was dat het nog steeds zondag was. Over het voortkruipen van de tijd gesproken.
Er was niets op televisie. Om de tijd te doden lakte ze haar nagels heel precies dramatisch rood. Pas toen ze het derde laagje had aangebracht, bedacht ze dat ze niet in Rufus' keuken kon werken met nagellak op. Het moest er allemaal weer af.
Toen de telefoon weer ging, was het Rufus.
'O, hoi,' zei ze lusteloos. Ze stond zich net af te vragen of ze het behang in de keuken er zou afkrabben, gewoon om iets te doen te hebben, of weer een bad zou nemen.
'Ik vroeg me af wat je aan het doen was,' zei Rufus. 'Heb je plannen?'
'Nee.' Ze zei het op een manier alsof ze honderd aanbiedingen had gehad, maar besloten had om zich thuis rot te gaan zitten vervelen. 'Hoezo?'
Gretig zei hij: 'Ik vroeg me af of je zin had om met me mee naar de schouwburg te gaan. Ze voeren een stuk op van Poliakoff voor een of ander goed doel, met Brian Blessed in de hoofdrol.'
Dulcie wist bijna zeker dat Poliakoff niets voor haar was. En ze wist absoluut zeker dat ze niet naar de schouwburg wilde.
Ze fronste haar voorhoofd. 'Brian Blessed? Is dat niet die vent met die baard? Ik haat baarden.'
'Oké,' zei hij onverstoorbaar na een korte stilte. 'Dus ik begrijp dat je vanavond liever thuis blijft?'
'Nee, ik ga liever naar de film, bedoelde ik.' Opgemonterd zei ze: 'Er draait een nieuwe met Demi Moore in het Odeon. Die moet heel goed zijn.'
'Demi Moore? Heeft hij een baard?'
Dulcie aarzelde, zich afvragend of Rufus een grapje maakte.
'Dat was een grapje,' zei hij.
Ze grinnikte. En pas nadat ze hadden afgesproken om elkaar bui-

ten voor de bioscoop te treffen en Rufus had opgehangen, drong tot haar door wat ze had gezegd.
Wat zei Patrick ook altijd weer als ze een van haar befaamde pijnlijke opmerkingen had gemaakt? 'Dulcie, weet je zeker dat je diplomaat wilt worden als je groot bent?'
Ze voelde even een steek van spijt. Rufus, die lieverd, had gelukkig niets gezegd.

'O mijn god...'
Mocht Dulcie al een sprankje hoop hebben gekoesterd dat haar opmerking Rufus was ontgaan, dan werd die meteen de bodem in geslagen toen ze hem op de stoep voor het Odeon op haar zag staan wachten.
'Je hebt hem afgeschoren!'
Rufus haalde zijn schouders op en keek verlegen, alsof hij niet had verwacht dat ze het zou zien. 'Dat was ik al tijden van plan. Toen ik vanochtend wakker werd, vond ik dat het er maar eens van moest komen.'
'Je ziet er echt heel anders uit.' Ze bestudeerde zijn gezicht van alle kanten.
Opvallend terloops vroeg hij: 'Beter anders of slechter anders?'
Ze wist niet wat ze moest zeggen. Het antwoord was geen van beide, zijn gezicht zag er... bloot uit.
Maar dit was niet het moment om te dubben. Ze voelde zich vreselijk verantwoordelijk – want al die onzin over dat hij het vanochtend had gedaan was zichtbaar gelogen – en legde haar hand op zijn roze babyzachte wang. 'Veel, veel beter. Fantastisch. Ik vind het heel goed staan. Echt.'
Rufus bloosde van blijdschap.
Dulcie, zichzelf feliciterend met het feit dat ze er goed mee weg was gekomen, pakte zijn hand en trok hem de rode pluchen foyer in. 'Kom, anders komen we nog te laat. Je hoeft toch niets te eten, hè?' Dit laatste vroeg ze, terwijl ze zich langs de popcorn en zakken snoep haastten. 'Ik kan er helemaal niet tegen als mensen zich in de bioscoop volproppen; ze klinken altijd net als varkens aan een trog.'
Rufus, een stiekeme popcornverslaafde, had zijn hand al in zijn zak. Hij liet de portefeuille meteen weer vallen. Hij was uit met

Dulcie en dat was het enige dat ertoe deed.
'Vind ik ook.'

'Ik wilde het gewoon met eigen ogen zien,' zei Liza de volgende ochtend om kwart voor negen.
'Jij en de rest van de wereld,' mompelde Dulcie, die de tafel afruimde en Liza's bestelling – koffie en een broodje ham – doorgaf aan Rufus die op weg was naar de keuken.
'Ik dacht dat hij een baard had.'
'Die had hij ook,' zei Dulcie kortaf.
Een paar minuten later kwam Rufus weer te voorschijn met Liza's ontbijt. De ham, verzekerde hij haar, was scharrelvlees; hij kwam van een gelukkig varken.
'Hij lijkt me aardig,' merkte Liza op nadat hij weer was verdwenen.
'Dat is hij ook.' Dulcie pakte haar opschrijfboekje toen iemand aan een ander tafeltje met zijn vingers naar haar knipte. 'Sorry, ik moet een bestelling opnemen.'
'Je zou het slechter kunnen treffen,' zei Liza.
Dulcie, met een glimmend gezicht en de afgematte blik van iemand die zich al twee uur de benen uit het lijf loopt, vroeg: 'Dan Rufus, bedoel je?' Grinnikend liep ze verder. 'O ja, hij is echt mijn type.'
Dulcie was waarschijnlijk ook niet Rufus' type, besloot Liza twintig minuten later, maar dat had hem er niet van weerhouden om verliefd op haar te worden.
'Natuurlijk meen ik het,' herhaalde ze geduldig, verbaasd dat Dulcie zo volslagen blind was voor de situatie. Mankeerde er wat aan haar ogen of zo? 'Moet je eens zien hoe hij naar je kijkt. Hij heeft echt een oogje op je, hoor.'
Dulcie kreeg een treurig gevoel. Verdorie, ze haatte het wanneer dat gebeurde. Dat iemand een oogje op je had, was alleen maar leuk als het gevoel wederzijds was. 'Ik dacht dat we alleen maar goede vrienden waren.'
Liza schudde spijtig haar hoofd. 'Je had hem toch verteld dat je niet zo van baarden hield?' Ze trok een wenkbrauw op. 'Denk je dat iemand zijn baard zou afscheren als alleen-maar-een-goede-vriend dat tegen hem zei?'

Toen Eddie en Arthur om halfelf op de binnenplaats verschenen, zat Pru al in de Jaguar te wachten. Ze droeg een grijsgroene katoenen blouse, een strak zwart rokje en zwarte sandaaltjes. En, zag Eddie meteen, de diamanten oorbellen van Liam.

Hij voelde zijn kaakspieren verstijven. Hij had zich zaterdag als een idioot aangesteld. Wat Pru deed, moest ze zelf weten, zelfs als het met Liam was.

Het gaat me niets aan, hield Eddie zichzelf streng voor. Ze zijn allebei vrij, ze mogen doen en laten wat ze willen.

Hij keek naar Pru die de chocoladepapiertjes uit de asbak pakte en dacht: ik had toch nooit een kans gemaakt bij haar.

Arthur sprong in de auto, blaffend van blijdschap en zijn neus woest begravend in Pru's hand vol papiertjes, op zoek naar een restant chocola.

Eddie duwde Arthur op de achterbank. Hij besloot om er geen doekjes om te winden. 'Hoor eens, sorry dat ik zo chagrijnig deed zaterdag. Ik had gewoon mijn dag niet. Zullen we zeggen: zand erover?'

Pru keek opgelucht. 'Ik snapte niet wat ik fout had gedaan.'

'Je had niets fout gedaan.'

Verdomd stom wel misschien, maar fout niet.

Hem meteen vergevend, glimlachte ze. 'Anders dan jij, bedoel je.'

'Hoezo?' protesteerde hij, toen ze hem de papiertjes liet zien. 'Bedoel je dat ik niet mag snoepen?'

'Ik bedoel dat je niet mag rijden.'

Hij keek gepast beteuterd. 'Ik was aan het oefenen voor als ik mijn rijbewijs terugkrijg.'

Op dat moment nam Pru haar besluit. Het vage plan dat ze had bedacht toen ze bij Dulcie logeerde, was opeens een halt toegeroepen toen Eddie zaterdag zo raar tegen haar had gedaan.

Maar nu alles weer normaal was... waarom niet?

Ze sloeg haar handen voor haar gezicht en niesde.

Toen niesde ze nog een keer.

'Sorry, hij zal aan het verharen zijn.' Ze pakte een zakdoekje uit haar tas en veegde langs haar ogen. Tussen het niezen door keek ze over haar schouder naar een verbijsterde Arthur en wendde zich toen verontschuldigend tot Eddie.

'Het zijn de hondenharen. Zou je het heel erg vinden om hem hier te laten?'
'Je bent allergisch voor Arthur?'
Pru snoot haar neus en knikte. Met een spijtige blik zei ze: 'Het is altijd zo weer over. Ieder jaar heb ik het even, een paar dagen maar. Volgende week is het weer over, echt.'
Zonder een woord te zeggen maakte Eddie het portier open en joeg Arthur de auto uit. Niet dat de hond het heel erg vond; iedereen op Brunton Manor was gek op Arthur, niet in het minst Lolita, de flirtzieke zwart-witte spaniël van de tuinman.
Eddie voelde zich echter wel bezeerd. Hij wist dat Pru niet echt dol was op honden, maar had ze werkelijk zo'n hekel aan Arthur? Want dat genies was beslist niet echt geweest.

Het was eind september, maar Oxford wemelde nog van de toeristen, vooral van het Amerikaanse soort dat bijna net zoveel van Oxford leek te houden als van Bath. Pru, die etalages had bekeken om de tijd te doden en niet te hoeven denken aan wat ze later die middag van plan was, hoorde een paar studentes in een café een gemeenschappelijke vriendin bespreken.
'Ze is afgelopen week met acht mannen naar bed geweest,' klaagde de ene. 'Ik bedoel, dat is toch niet eerlijk? Als ze in dit tempo doorgaat, heeft ze straks alle studenten gehad. Dan blijft er voor ons niemand over.'
'Weet je wat we doen,' zei de andere, 'we gaan rondbazuinen dat ze met hiv besmet is.'
Hemeltje, acht mannen in een week. Pru, die in haar hele leven maar met één man had geslapen, verslikte zich bijna in haar koffie. Eén man, en dat was Phil geweest. Niet echt een hoog veroveringsgemiddelde.
Toch kon je tegenwoordig niet voorzichtig genoeg zijn. Al haar moed verzamelend, stond ze op en liep naar een drogist om condooms te kopen. Ze voelde zich een enorme slet toen ze dat deed, maar – en dat zou ze de afkeurend kijkende oude vrouw in de rij naast haar ook het liefst vertellen – ze was in elk geval wel een veilige slet.
'Ging de vergadering goed?' vroeg Pru toen Eddie om halfvijf het Randolph Hotel uit kwam zetten. De vergadering was belegd om

te bespreken of ze op Brunton Manor ook faciliteiten voor conferenties zouden gaan aanbieden.
Eddie knikte, gaapte en gooide zijn zware aktetas op de achterbank. Een armzalige kop thee, drie uur geleden, was het enige dat hij te drinken had gekregen. Hij zou een moord kunnen doen voor een whisky-soda, gevolgd door patat met biefstuk. En daarna een stuk warme appelkruimeltaart, gevolgd door een paar glazen Irish coffee en een fatsoenlijke sigaar. Eddie had geprobeerd om de fijnere nuances van de nouvelle cuisine te waarderen, maar in het diepst van zijn hart was hij een man van de gestampte pot.
Hij wilde Pru net voorstellen om een hapje te gaan eten voordat ze terug zouden rijden naar Bath, toen hij zich ineens herinnerde dat ze haast had om thuis te komen – en hij kon wel raden waarom. Hij sloot zijn mond weer, zichzelf dwingend om niet te denken aan Pru en Liam samen. Terwijl hij zijn veiligheidsgordel dichtklikte, wierp hij een steelse blik op Pru's slanke blote benen. Hij had haar beloofd dat ze om zes uur thuis zou zijn. Eten – en zijn eigen geluk – zouden gewoon nog even moeten wachten.

45

Oké. Klaar. Af.
Er gebeurde niets. Pru voelde de adrenaline door haar lijf gieren als miljoenen rotjes die tegelijk werden afgestoken, maar steeds als ze bij af kwam – en dit was al de zevende keer – ontbrak haar de moed.
Als ze niet snel tot daden overging, dan zou haar kans finaal verkeken zijn. De M4 hadden ze al achter zich gelaten. Ze raceten nu over de A46 en in minder dan een kwartier tijd zouden ze weer op Brunton Manor zijn.
Oké, nu, hield Pru zichzelf voor, langzaam uitademend. Nu ga ik het echt doen. Bij de volgende zijweg doe ik de richtingaanwijzer aan, dan rem ik, ik sla af...
Daar heb je er al een.
Klaar. Af...

Haar voet wilde gewoon niet. Hij bleef vastgeplakt aan het gaspedaal en de zijweg zoefde langs hen heen. Terwijl ze haar hoofd hulpeloos omdraaide naar de verdwijnende weg, voelde ze haar nek jeuken van het zweet. Misschien zou het voeren van een oppervlakkig gesprekje helpen.

'Kijk, die vrachtwagen komt uit Andover. Ik zou niet weten waar dat lag.'

Eddie, die zich zat af te vragen hoe lang dat met Liam zou duren, bromde: 'In Hampshire.'

Pru probeerde nog iets anders te verzinnen om over Andover te zeggen, maar hoe langer ze erover nadacht, hoe stommer de naam klonk. Dus keek ze nog maar eens naar haar reflectie in de zijspiegel. De oorbellen die Liam haar had gegeven, zagen er prachtig uit; ze glinsterden echt in het zonlicht.

Haar oorbellen bewonderend en over koetjes en kalfjes babbelend, besloot ze, was een stuk minder beladen dan dat Klaar Afgedoe. Haar hartslag was al bijna weer normaal.

'Ga je Liams contract aan het eind van het seizoen eigenlijk verlengen?' vroeg ze terloops.

De uitwerking op Eddie was verbazingwekkend.

'Allemachtig!' barstte hij uit. 'Pru, het spijt me, ik weet dat het me niets aangaat, maar je maakt echt de allergrootste fout van je leven!'

Verbaasd vroeg ze: 'Wat?'

'Heeft Liam je gevraagd om dat aan mij te vragen?'

'Nee, nee...'

'Weet Dulcie eigenlijk wel waar je mee bezig bent?'

'Eddie,' ze schudde haar hoofd, compleet verbijsterd over de uitbarsting, 'waar ben ik volgens jou dan precies mee bezig?'

'Toe zeg.' Hij ziedde van woede, de woorden kwamen sissend tussen zijn opeengeklemde kaken vandaan. Het klonk een beetje als een radiator die werd ontlucht.

'Vertel het me,' zei ze, 'want ik weet het echt niet.'

Hij kon haar niet aankijken. 'Jij en Liam.'

'Ik en Liam wat?'

Dit was grammaticaal niet juist, maar ze was inmiddels te geïntrigeerd om dat nog te merken.

'Jij, je hebt een verhouding met hem.'

'Oeps.' Pru reed bijna tegen de achterkant van de vrachtwagen uit Andover aan. Ze remde op het laatste nippertje. 'Eddie, dat is helemaal niet zo!'
'Ik weet dat het zo is,' zei hij vermoeid.
'Nou, ik weet dat het niet zo is. Als het zo was,' voegde ze er kalm aan toe, 'dan had ik dat, denk ik, toch wel gemerkt.'
Eddie ging rechtop zitten. Hij keek haar bevreemd aan. 'Liam heeft je die oorbellen toch gegeven?'
Pru zei: 'Oké, ja, die heeft hij me gegeven. Maar ik heb er niets voor hoeven te doen.'
Nog steeds achterdochtig – meer wat Liam betreft dan wat Pru betreft overigens – vroeg Eddie: 'Waarom dan wel? Waarom heeft hij je diamanten oorbellen gegeven?'
Ze haalde haar schouders op. 'Hij kende niemand anders van wie de voornaam met een P begint.'
De opluchting was fenomenaal. Toen Eddie over de stoppeltjes op zijn kaak wreef, merkte hij dat hij beefde.
Pru, die hem van opzij aankeek, zag het ook.
Ze glimlachte, ineens begrijpend waarom Eddie zo raar deed. En als bij toverslag smolten haar eigen angsten weg. Even later deed ze de richtingaanwijzer aan, remde en sloeg linksaf, helemaal vergetend eerst haar Klaar Af-ritueel af te draaien.

'Waar gaan we naartoe?'
Pru deed alsof ze hem niet hoorde en reed verder.
'Pru, als je soms denkt dat dit een kortere weg is...'
Het was een smal landweggetje met aan beide kanten twee meter hoge heggen. Pru moest uitwijken voor een eekhoorn die over de weg rende, en reed verder.
'Pru, alles goed met je?'
Ze bracht de wagen tot stilstand voor een hek dat toegang verschafte tot een leeg veld en zette de motor af.
Eddie keek bezorgd. 'Ga je overgeven?'
'Nee,' antwoordde Pru, 'ik ga jou verleiden.'
Ik heb het vast niet goed gehoord, dacht Eddie. Ik ben vast aan het hallucineren.
Pru draaide zich naar hem om. 'Alleen als je het goed vindt natuurlijk.'

Hij had het gevoel alsof hij niet meer wist hoe hij moest ademhalen. Hij hapte een grote teug lucht naar binnen. 'Sorry, maar kun je dat misschien even herhalen?'
'Welk gedeelte?'
'Het hele gedeelte.'
'Ik weet niet of me dat lukt. Bovendien denk ik dat je het wel hebt gehoord.' De moed begon haar een beetje in de schoenen te zakken. Wat als ze net de vernederendste vergissing uit haar leven had begaan? 'Hoor eens, als je niet wilt, schud dan gewoon je hoofd, en dan rijd ik weer verder.'
Haar vingers kropen naar het contactsleuteltje, dat nog steeds vrolijk in het contact bungelde. Eddie wierp zichzelf naar voren en pakte haar hand voordat ze het sleuteltje kon pakken.
'Pru, meen je het serieus?'
De blik op zijn gezicht vertelde haar alles wat ze wilde weten.
'Ik ben nog nooit zo serieus geweest,' zei ze, haar trillende vingers op zijn wang leggend. Ze leunde naar voren en kuste hem. Eddie, nog steeds gevangen in zijn veiligheidsgordel, frummelde om hem los te maken. Hij sloeg zijn armen om haar heen en kuste haar tot ze allebei hijgden en buiten adem waren.
'O, Pru, ik droom hier al zo lang van.' Zijn stem sloeg even over. 'Ik heb dit al zo lang willen doen...'
En toen, ongelooflijk gewoon, kroop ze over het gat tussen de twee stoelen. Terwijl hij haar hielp, vroeg hij zich af of ze zijn hart tegen zijn ribben kon horen bonken. Hij kuste haar hals, haar kin en verschoof iets zodat ze gemakkelijker op zijn schoot kon gaan zitten.
'Ik wist wel dat dit ooit goed van pas zou komen,' zei ze, terwijl ze op het knopje drukte waarmee de stoel in ligstand kon worden gezet.
Zijn handen streelden haar blote bruine benen en hij hapte naar adem toen ze in een iets aangenamere houding ging liggen.
Daarna hapte hij nog een keer naar adem toen hij besefte dat ze onder het korte zwarte rokje naakt was.
Als dit een hallucinatie is, dacht hij verwonderd, dan kan me dat niets schelen. Laat het alleen niet ophouden; wat er ook aan de hand is hier, laat het niet ophouden.
Veel later, toen de eerste auto langsreed en vrolijk naar hen toe-

terde, verborg Pru haar gezicht tegen de voorkant van zijn overhemd en zei: 'Ik hoop maar dat dat niet iemand was die je Jaguar herkende.'
'Het maakt mij niet uit.' Eddie kon gewoon niet stoppen met grijnzen. 'Ik hoop juist dat het wel iemand was die me kent. Ik wil dat de hele wereld weet dat ik net ben verleid in mijn auto.'
'Door een schaamteloze slet,' zei ze blij. 'Sorry dat ik je de stuipen op het lijf heb gejaagd. Maar ik moest het gewoon doen.'
'Gelukkig maar. O, Pru, ik hou van je.' Eddie knuffelde haar. 'Ik heb dit nog nooit voor iemand gevoeld. Ik had gewoon nooit durven dromen dat je belangstelling voor me zou kunnen hebben.' Hij schudde zijn hoofd, zich verbazend dat het wel zo was. Daarna, zacht in haar dij knijpend, vroeg hij: 'En over sletten gesproken, sinds wanneer draag je eigenlijk geen slipje meer?'
Ze werd rood. 'Sinds Oxford. Ik heb het uitgetrokken in de auto voor het Randolph.'
'Allemachtig.'
'Ik had het idee uit dat boek van Pru,' biechtte ze op. 'Je weet wel, die pocket die dat bazige oude mens uit Elmlea me heeft afgetroggeld.'
'Laten we hopen dat zij het niet gaat uitproberen. Dan bezorgt ze de mannelijke bewoners van het tehuis nog een hartaanval.' Hij streelde haar oren, streek haar donkere glanzende haar naar achteren.
'Wat is er?' De aandrang om achteruit te deinzen was groot, maar ze wist zich ertegen te verzetten. Waarom keek hij zo naar haar oren?
'Niets. Ik vind het mooi staan als je je haar naar achteren hebt. Je hebt zulke mooie oren.'
Ze glimlachte. Ze wist dat ze hem van de operatie zou kunnen vertellen; hij zou haar niet uitlachen. Maar dat hoefde nu nog niet. Een ander keertje.
Met tegenzin keek ze op haar horloge. 'Ik zou het liefst eeuwig hier blijven, maar we moeten echt terug.'
Eddie wilde niet. 'Waarom?'
'Huizen schoonmaken,' herinnerde ze hem er luchtig aan. 'Gootstenen boenen, vloeren schrobben.'
Hij wilde ook niet dat ze dat nog deed. Dat zou niet nodig moe-

ten zijn. Ze verdiende zoveel beter.

'Stop ermee,' zei hij op vlakke toon.

'O ja, goed idee, waarom heb ik dat zelf niet bedacht?' Ze lachte om de uitdrukking op zijn gezicht. 'Waarom huur betalen als je ook in een kartonnen doos kunt wonen?'

'Kom bij mij wonen.'

'Eddie!'

'Ik meen het. Lach me niet uit, alsjeblieft. Ik meen het serieus. Ik wil dat je bij me komt wonen.' De woorden buitelden eruit. Hij was al zo lang ongelukkig geweest en Pru was alles waar hij ooit van had gedroomd. 'Ik wil dat je met me trouwt. O, Pru, je zou me de gelukkigste man ter wereld maken. Natuurlijk, ik weet best dat ik niet zo'n goede vangst...'

Hij meende het echt. Haar ogen vulden zich met tranen.

Fanatiek probeerde hij ze weg te kussen. 'O god, niet huilen! Ik wilde je niet aan het huilen maken. Ik hou van je...'

Pru veegde haar natte wangen aan zijn overhemd af. Hoe kon deze aardige, prachtige, aanbiddelijke man in vredesnaam denken dat hij niet zo'n goede vangst was?

'... en als je er echt niet t-tegen kunt om m-met Arthur s-samen te wonen,' de woorden kwamen er nu stamelend uit; dit was echt de ultieme opoffering, 'nou, daar heb ik dan wel begrip voor. We kunnen vast wel een goed thuis voor hem vinden.'

Ze staarde hem stomverbaasd aan. 'Waarom zou ik er niet tegen kunnen om met Arthur samen te wonen?'

'Nou, je weet wel... die allergie...'

Het kostte haar moeite om haar gezicht in de plooi te houden. 'Ik ben niet allergisch voor Arthur. Ik wilde alleen niet dat hij vanaf de achterbank naar ons zou zitten gluren, terwijl we... nou ja, bezig waren. Het leek me beter om dat zonder publiek te doen.'

Het duurde even voordat ze er weer presentabel uitzagen, maar uiteindelijk konden ze vertrekken.

'Ik rijd,' zei Eddie.

'Dat is idioot. Wat als we worden aangehouden?'

Hij maakte zijn portefeuille open en liet haar zijn rijbewijs zien.

'Je had het dus al die tijd al!' riep ze met grote ogen uit. 'Jij valsspeler!'

Hij kuste haar, terwijl hij zijn hand uitstak naar het contactsleuteltje. 'Dat is waar. Maar het heeft wel gewerkt.'

46

Terwijl Dulcie haar rode handen in het afwaswater dompelde, vissend naar het laatste moeilijk te vinden theelepeltje, verwonderde ze zich over het feit dat ze nog geen maand geleden werkelijk nagels had gehad die gelakt konden worden. Twaalf uur per dag in Rufus' keuken had haar handen onherkenbaar veranderd en ook de rest van haar vertoonde slijtageplekken.

Nu ze geen tijd meer had voor zonnebanken, gezichts- of modderbehandelingen, voelde ze zich bleek en heel oninteressant. Haar haar, dat nodig geknipt moest worden, hing in haar ogen. Toen ze het theelepeltje eindelijk had gevonden, hield ze het voor zich en bekeek haar spiegelbeeld.

Ik zie eruit als Liam Gallagher, dacht ze, op een slechte dag.

Niet dat het Rufus iets leek te kunnen schelen.

Dulcie was er al snel achter gekomen dat Liza gelijk had gehad. Gelukkig was Rufus' verliefdheid op haar discreet. Hij was duidelijk van het bedeesde soort. Hij had nog geen poging gewaagd, en Dulcie, die hem niet voor het hoofd wilde stoten, deed net alsof ze niets merkte. Wanneer hij haar mee uit vroeg – op een heel terloopse, alleen-maar-goede-vrienden-manier – verzon ze plausibele smoezen. Toen ze op een keer in het voorbijgaan had opgemerkt dat Eau Savage haar lievelingsaftershave was en Rufus er de volgende ochtend toen hij in de zaak kwam, naar rook – in plaats van naar zijn gebruikelijke Old Spice – zei ze niets. En toen hij haar toevertrouwde dat hij eenzaam was, leefde ze met hem mee, maar deed alsof ze dat zelf niet was.

'Klaar? Mooi.' Rufus kwam door de klapdeurtjes naar binnen zetten met een stapel vuile borden. Nadat hij ze op het afdruiprek had gezet, keek hij naar de oven die vol stond met Indiase volkoren *samosa's* en in aluminiumfolie verpakte knoflookbaguettes. 'Het wordt druk. Kun jij de bestelling van tafeltje drie opnemen?'

Dulcie had overal pijn; ze voelde zich gewoon net zo beroerd als ze eruitzag. Hopend dat het geen griep was, droogde ze haar handen aan een handdoek en pakte het opschrijfboekje.

'Als ze niet weten wat ze willen,' zei hij over zijn schouder, 'probeer ze dan de *samosa's* aan te smeren. We hebben er genoeg om heel India te eten te geven.'

Natuurvoedingscafés trekken over het algemeen een bepaald soort klanten aan, het soort dat van natuurlijke stoffen en kleuren houdt. Meestal zat de zaak vol met lange soepjurken en soeptruien in iedere tint bruin. De parfumkeuze varieerde van alles uit de Body Shop tot de muffe lucht van patchoeli en hasjiesj.

Het was dus niet moeilijk om Liam te zien zitten in zijn oogverblindende Persil-witte trainingspak en Imelda in een schokkend roze lycra jurkje. Zelfs als ze blind was geweest, had Dulcie tafeltje drie nog kunnen vinden. Niemand anders op aarde besprenkelde zich zo hevig met Obsession als Imelda.

'Mijn god, het is echt waar!' Imelda gilde toen ze Dulcie vanuit de deuropening naar hen zag kijken. Giechelend stootte ze Liam aan. 'Ze werkt hier echt. Dulcie, dat is lang geleden! En je ziet er... eh...'

Slapharig, afgepeigerd en al met al als een dienstmeisje uit, dacht Dulcie, die zich geen illusies maakte. Als het zo doorging, zou ze Ruby, de meid uit *Upstairs Downstairs* nog het nakijken geven.

'Willen jullie bestellen?' Ze dwong zichzelf om beleefd te klinken, hoewel ze de manier haatte waarop Imelda haar blik door het kleine café liet dwalen, alsof ze verwachtte dat er elk moment een muis over haar voeten kon rennen.

Imelda gebaarde afwijzend met een gemanicuurde hand naar het menu. 'Voor mij niets, schat. We kwamen alleen even kijken hoe het met je ging. Iedereen op de club sterft gewoon van nieuwsgierigheid. Toen ze hoorden dat je echt werk had' – nu imiteerde Imelda een spottend, plat accent – 'in een café als dit, dachten ze dat het een een-aprilgrap was.'

Met een zuinig lachje wendde Dulcie zich tot Liam, die zich mocht verheugen in de steelse belangstelling van de andere klanten. Hij had weer wat lichte strepen in zijn haar laten verven en zijn trainingsjasje stond een stukje open zodat hij, door het T-shirt heen,

kon pronken met zijn brede gespierde borstkas. Liam was enorm trots op zijn wasbord.
Dulcie schaamde zich gewoon dat ze ooit voor die walgelijke namaakcharme was gevallen. Wat ben je toch een zak, dacht ze vermoeid. Wat heb ik ooit in je gezien?
'Ik neem een koffie,' zei Liam. 'Zwart. En een groene salade.'
'Goed,' zei Dulcie.
'Zonder rupsen graag.' Imelda gilde van het lachen en kneep Liam in zijn knie. De geur van Obsession was echt verstikkend, maar Liam leek het niet te merken. Misschien, dacht Dulcie, is hij wel ingespoten met een tegengif.
'Nou, vooruit dan maar, dan neem ik een glas mineraalwater,' zei Imelda grootmoedig. Ze keek naar Dulcie die het opschreef. 'Met een schijfje verse citroen. Heb je het? Denk je dat het je zal lukken?'
'Ik ga in haar glas spugen.' Dulcie ziedde van woede toen ze weer veilig terug was in de keuken.
'Nee!' Rufus keek geschrokken op. 'Waar heb je het over? Het glas van wie?'
Toen Dulcie eindelijk haar verhaal had beëindigd, vroeg hij: 'Zal ik ze verder bedienen?'
'Zodat ze denken dat ik niet meer durf? Nee, dank je.'
Tafel vier moest afgeruimd worden, en de vloer eronder was bezaaid met stukjes koolsalade en uitgekauwde, uitgespuugde radijsjes. In stilte de kinderen vervloekend die de rotzooi hadden achtergelaten, kroop Dulcie op handen en knieën met haar stoffer en blik onder de tafel.
Het was niet erg waardig en ze wist zelf ook dat haar billen op een niet al te flatteuze manier naar achteren staken, maar toch kostte het haar al haar zelfbeheersing om niet te reageren toen ze Imelda tegen Liam hoorde fluisteren: 'Lieverd, als werken in een natuurvoedingscafé dit met je doet, help me dan onthouden dat ik nooit in zo'n zaak ga werken.'
Onverzettelijk ging Dulcie verder met het opvegen van het afval. Toen ze Rufus luchtig hoorde vragen: 'Alles naar wens hier?' en Liam hoorde antwoorden: 'Prima, kon niet beter,' wist ze dat Rufus de keuken uit was gekomen om een oogje in het zeil te houden. Hij wilde weten of ze het redde.

Nadat Rufus weer weg was en de rommel was opgeruimd, stond ze met krakende knieën op.
Imelda had inmiddels een nieuwe spottende opmerking bedacht.
'Zo, zo. Nu weten we waarom je hier werkt,' verklaarde ze met een grijns. 'Wie wil nu zo'n saaie en gewone man als Liam als je ook zo'n stuk als je nieuwe baas kunt krijgen?'
Dat ze naar hun sarcastische opmerkingen over haar had moeten luisteren, was al erg genoeg geweest, maar ze had haar kiezen op elkaar geklemd en zichzelf gedwongen om niet te reageren.
Dat ze Rufus nu voor gek zetten, ging echter te ver.
'Ik denk dat het aardig zou zijn als je daarvoor je verontschuldigingen zou aanbieden.' Met een blik op de inhoud van het blik in haar hand, vond ze het ineens jammer dat de kinderen niet meer troep hadden gemaakt.
Liam grijnsde als een puber.
'Wat? Me verontschuldigen omdat ik je baas een stuk heb genoemd?' Imelda keek haar quasi verbaasd aan. 'Schat, waarom reageer je zo gevoelig? Je gaat me toch niet vertellen dat je echt iets met hem hebt. Je kunt toch niet vallen,' ze wendde afschuw voor, 'op een man die sandalen draagt en een hemd uit de wereldwinkel?'
Dulcie draaide zich om en beende naar de keuken. In minder dan drie seconden was ze weer terug met een grote soeppan en een soeplepel.
Het werd stil in het café.
'Dit,' zei Dulcie vriendelijk, met de soeppan tegen haar borst geklemd en de lepel erin dopend, 'is ratatouille.'
'O christus,' mompelde Liam. Zijn vork kletterde op zijn bord. Zijn stoel schraapte over de vloer naar achteren als krijt over een schoolbord.
'Dulcie, het was een grapje,' sputterde Imelda luchtig tegen. 'Toe zeg, waar is je gevoel voor humor gebleven?'
'Dat heb ik niet meer. Dat ben ik samen met mijn hersens kwijtgeraakt toen ik iets met hem begon.'
Om te laten zien wie ze bedoelde, gooide ze een schep ratatouille naar Liam. Het kwam beng tegen zijn borst terecht en gleed toen onder het jasje van zijn trainingspak.
Imelda gilde en probeerde achter Liam te duiken, maar Dulcie

was haar te snel af. Beng ging de tweede lepel tegen het roze lycra jurkje.
'Prima schot,' mompelde iemand vol bewondering aan tafel zes.
'Ze is gek,' schreeuwde Imelda, 'laat iemand haar tegenhouden!'
'Kom, we gaan weg.' Liam greep Imelda bij de arm en trok haar mee naar de deur.
'Dulcie, waar ga je naartoe?' riep Rufus vanuit de deuropening van de keuken, maar ze was al buiten.
De glanzend rode Lamborghini stond voor de ingang van Rufus' garage geparkeerd. Ondanks Liams obsessie met sport, parkeerde hij zijn wagen nooit een centimeter verder van zijn plaats van bestemming dan menselijkerwijs mogelijk was.
Imelda wilde net gaan zitten, toen Dulcie de inhoud van de soeppan door het openstaande portier naar binnen smeet.
Een springvloed van naar knoflook ruikende ratatouille schoot alle kanten uit en doordrenkte de binnenkant van de wagen. Het zag er, dacht Dulcie, heel tevreden over het effect, net uit als John Travolta's befaamde ongeluk in *Pulp Fiction*.
En o, wat hield Liam toch veel van zijn dierbare Lamborghini. Bijna net zoveel, dacht Dulcie blij, als van zichzelf.
'Mijn auto!' brulde Liam, stukjes courgette en tomaat uit zijn haar plukkend. 'Mijn auto verdomme! Vuil kreng!'
'Wat kan mij die auto van je verdommen!' gilde Imelda. 'Moet je mijn jurk zien!' Haar stem steeg nog een octaaf hoger. 'Het is een Galliano!'
'Je blokkeert de garage,' zei Dulcie. Ze wees op het NIET PARKEREN-bord dat Rufus pas vorige week had opgehangen. 'Ik zou maar gaan als ik jou was, anders krijg je nog een wielklem.'
'Sorry van de ratatouille,' zei ze tegen Rufus, terwijl ze de lege soeppan in de gootsteen zette en de kraan opendraaide.
'Nog een geluk dat hij niet heet was.'
Dulcie stroopte haar mouwen op en begon de pan schoon te boenen.
'Ik wou dat hij dat wel was geweest.'
Ze had een spierwit gezicht en trilde. Rufus' hart ging naar haar uit; hij wist hoe vreselijk ze zich moest voelen. Toen zijn vrouw hem had verlaten voor de bankdirecteur zou hij er alles voor over hebben gehad om een pan ratatouille in hun gezichten te smijten.

Hij had er alleen het lef niet voor gehad.

Toen hij de tranen over haar gezicht zag glijden, aarzelde hij geen seconde. Hij liep naar haar toe en sloeg zijn armen om haar heen, iets wat hij al heel lang had willen doen.

'Kom op.' Hij klopte op Dulcies zwoegende rug alsof ze een kind was. 'Laat je toch niet zo van streek maken door hen. Je verdient beter dan hem.'

Terwijl hij de troostende woorden fluisterde, vroeg hij zich af of ze wel klopten. Voor een van nature bescheiden man voelde het raar om Dulcie te vertellen dat ze wel beter verdiende dan Liam, terwijl hij eigenlijk bedoelde: iemand als ik.

Aan de andere kant, wanneer zou hij weer zo'n kans als deze krijgen? Dulcie was een vrouw in nood, ze moest getroost worden, en hij wilde niets liever dan degene zijn die die troost gaf.

Zijn hart ging sneller slaan. Misschien, dacht hij, is dit het lot...

'Hmmpp,' bracht Dulcie uit toen zijn mond gretig en onverwacht de hare bedekte. Ze probeerde zich los te maken, maar het was echt een kus als een gootsteenontstopper. Rufus deed het met hart en ziel.

'O, Dulcie,' zei hij hijgend toen hij eindelijk even naar adem hapte. Hij klemde haar blij tegen zijn wereldwinkelhemd aan. 'Vergeet Liam toch! Ik zou je nooit bedriegen. Ik zal je gelukkig maken, dat zweer ik je!'

Och hemeltje.

Voorzichtig maakte ze zich los uit zijn greep. Rufus stond te hijgen als een onstuimige sint-bernardshond en onder het koken had hij regelmatig van de ratatouille geproefd. De knoflookwalmen die hij over haar heen blies, waren sterk genoeg om er verf mee af te bijten.

'Ik huilde niet omdat ik verdrietig was.' Het was moeilijk om te praten, merkte ze, als je probeerde om niet in te ademen. 'Ik was alleen zo... zo kwaad.'

'Omdat hij je heeft verlaten.' Doordringend keek hij haar aan. 'Maar Dulcie, ik zou je nooit verlaten. Ik zou je nooit verdriet doen.'

Dit was verschrikkelijk. Dulcie, die hem niet de echte reden van haar woede kon vertellen, droogde haar natte handen aan haar spijkerbroek en probeerde het opnieuw.

'Ik wil jou ook geen verdriet doen,' zei ze zacht, 'maar Rufus, het zou toch niets worden. Het spijt me.'
'Waarom niet? Waarom zou het niets worden?' Nu hij eindelijk de moed had verzameld om zijn gevoelens kenbaar te maken, vond hij het onverdraaglijk om afgewezen te worden. 'We zouden samen zo'n goed team kunnen zijn. Verdomme, Dulcie, ik zal ervoor zorgen dat het wel wat wordt!'
Dulcie vroeg zich af wat er achter de keukendeur gebeurde. Vijftien verbaasde klanten moesten zich nu al tien minuten zelf zien te redden.
'Tafel twee wacht nog steeds op hun vegaburgers.'
'Tafel twee kan de pot op,' verklaarde Rufus fanatiek. 'En de vegaburgers ook. Vertel me waarom het volgens jou niets kan worden.'
Ze wist dat hij het niet zou begrijpen als ze hem probeerde uit te leggen dat hij gewoon te aardig was. Wanhopig zocht ze naar een andere reden, een reden waar hij niets tegenin zou kunnen brengen.
'Goed.' Haar hoofd naar beneden houdend keek ze naar de gerafelde gaten in haar spijkerbroek. 'Als je het dan echt moet weten, ik hou nog steeds van mijn man.'
'Maar jullie zijn uit elkaar.' Rufus keek verbijsterd. 'Je vertelde dat hij een nieuwe vriendin had.'
Ze knikte. 'Dat heeft hij ook. En het is mijn eigen schuld, dat weet ik ook wel. Maar ik kan er niets aan doen, ik hou nog steeds van hem.'
Terwijl ze het zei, besefte ze met een misselijkmakende schok dat het de waarheid was.

47

De ochtend van de trouwdag van Pru en Eddie begon grijs en koud. Tussen de middag weerklonk onweer aan de bijna zwarte lucht. Toen de storm eindelijk losbarstte, halverwege de ceremonie in het stadhuis, ratelde de regen als kogelinslagen tegen de ra-

men, zodat de woorden van de ambtenaar bijna niet meer te verstaan waren.
Maar niets kon het geluk verstoren. Het was de mooiste dag uit Pru's leven en dat was te zien.
'Moet je nou zien,' fluisterde Liza. 'Niet te geloven dat dat dezelfde vrouw is die op oudejaarsdag nog beweerde dat ze met Phil getrouwd wilde blijven.'
Dulcie schudde glimlachend haar hoofd, want als iemand het verdiende om gelukkig te zijn, dan was het Pru wel, maar inwendig kromp ze ineen bij de herinnering aan die avond. Was zij dezelfde vrouw die toen zo monter had verkondigd dat ze wilde scheiden?
'Vergeet je eigen voornemen niet.' Ze gaf Liza een por. 'Jij bent de volgende.'
'De volgende waarmee?' vroeg Kit, toen de plechtigheid erop zat en ze door de plassen over het parkeerterrein liepen. 'Waar fluisterden jullie daarbinnen over?'
'Je gaat toch niet beweren dat Liza je het niet heeft verteld?' Dulcie grinnikte, de steek in haar rug van Liza's paraplu negerend. 'Haar goede voornemen voor het nieuwe jaar was om te gaan trouwen. Want wanneer een oude vrijster een zekere leeftijd bereikt, weet je, dan begint ze in paniek te raken en een beetje wanhopig te worden.'
'Je wordt bedankt,' zei Liza.
'En aangezien het al oktober is,' Dulcie trok een gezicht, 'zou ik maar oppassen als ik jou was. Want anders word jij nog de gelukkige.'

Dulcie deed zich stoer voor, maar de receptie – op Brunton Manor, waar anders? – was een hele beproeving voor haar. Toen Pru vorige week haar gastenlijst had opgesteld en verlangend had gezegd: 'Jammer eigenlijk, ik had Patrick ook best willen uitnodigen,' had Dulcie zich geroepen gevoeld om zich redelijk op te stellen. Alsof de ruzie met Liza nooit had plaatsgevonden, alsof het haar echt helemaal niets kon schelen, had ze opgemerkt: 'Doe niet zo maf, als je graag wilt dat hij erbij is, dan nodig je hem toch uit? En Claire ook.' Haar ingewanden draaiden zich in dubbele knopen, maar ze had Pru vrolijk toegelachen. 'Ik vind het best.'

Opgetogen had Pru Patrick en Claire aan haar lijst toegevoegd, aan haar pen gezogen en er toen een beetje aarzelend aan toegevoegd: 'En Liam?'
Dulcie had haar veelbetekenend aangekeken. 'Niet overdrijven, hè?'

Toen Dulcie de receptie die in volle gang was even verliet en de deur van de dames-wc's openduwde, kwam ze oog in oog te staan met Imelda.
'O, fantastisch,' zei Imelda lijzig, 'daar hebben we onze gekkin ook.'
Dulcie putte troost uit het feit dat ze deze keer een kort marineblauw zijden jurkje droeg en make-up voor een trouwpartij. Ook was haar haar geknipt. Imelda, daarentegen, kwam duidelijk net van de squashbaan en zag er beslist zweterig en onverzorgd uit.
'Ik zeg altijd maar: wraak nemen is beter dan boos worden.'
'Ja, maar wie heeft er uiteindelijk gewonnen?' Imelda keek triomfantelijk. 'Ik heb Liam.'
Trut.
Dulcie had zich echt voorgenomen om zich waardig te gedragen, maar ze was vreselijk gespannen. Voordat ze zich kon beheersen, hoorde ze zichzelf zeggen: 'Ja, wat een geluk voor je, hè? Vertel eens, als hij je neukt, telt hij dan nog steeds in zichzelf het aantal opdrukkingen?'
De deur van de wc-ruimte was opengegaan. Dulcie had nog net tijd om te zien, tot haar grote vreugde, dat Imelda rode wangen kreeg – dus hij deed het nog! – voordat een hand haar arm beetpakte.
'Dulcie, daar ben je dus! Snel, ze gaan de taart zo aansnijden!'
'Dank je,' mompelde Dulcie toen ze veilig in de gang stonden.
'Graag gedaan.' Claire Berengers grijze ogen straalden. 'Niet dat je eruitzag alsof je hulp nodig had, maar het leek me toch een goed moment om weg te gaan.'
Verlegen, wensend dat Claire niet zo aardig was, beantwoordde Dulcie haar glimlach. 'Ik ben er blij om. Gaan ze echt de taart aansnijden?'
'Nee, en ik moet nog steeds ontzettend nodig plassen. Kom, dan

gaan we een andere wc zoeken,' zei Claire kameraadschappelijk. 'En daarna gaan we iets te drinken halen.'
In een wolk van geluk bekeek Pru de gasten die om haar heen draaiden. Eddies schoonmoeder, Edna Peverell, was te zwak geweest om te komen, maar toen haar bazige huisgenote Marjorie Hickman van de bruiloft had gehoord, had ze, met haar gebruikelijke botheid, bij Eddies volgende bezoekje aan het verzorgingshuis verklaard dat ze heel graag zou komen.
'Ik zei toch dat hij een oogje op je had,' had ze verkondigd, met haar wandelstok naar Pru wuivend toen ze de balzaal in was komen hobbelen, feestelijk gekleed in een smaragdgroene blouse met ruches en een lange tweedrok. 'Ik zei toch dat hij gek op je was? Jemig, meisje, wat is er met je oren gebeurd? Wanneer heb je dat laten doen?'
Pru, die haar haar opgestoken droeg, begon te lachen.
'Waar heeft dat oude mens het over?' fluisterde Eddie verbaasd.
Pru haalde haar schouders op. 'Ik heb oorbellen in, misschien denkt ze dat ik er gaatjes in heb laten maken.'
'En als je nog meer van die pikante boeken hebt,' verklaarde Marjorie op luide toon, 'neem ze dan de volgende keer mee.'
'Knettergek,' mompelde Eddie. 'Echt helemaal gestoord.'
Pru glimlachte bij zichzelf terwijl ze naar Marjorie keek die aspergerolletjes van het buffet in haar handtas propte. Ze zag Eddie naar haar toe lopen en iets in haar oor fluisteren en wist dat hij haar vertelde dat ze net zoveel eten mocht meenemen naar Elmlea als ze wilde, dat hij het personeel al opdracht had gegeven om een doos voor haar samen te stellen.
Marjorie keek beteuterd; een voedselpakket krijgen was lang niet zo leuk als hapjes verzamelen en in haar tas stoppen.
Met een blik op Pru rolde Eddie met zijn ogen en gaf het op.
Ik ben net met de aardigste, liefste man ter wereld getrouwd, dacht Pru. Blanche had gelijk; ik heb het niet slecht gedaan.
Pru was Blanche vorige week toevallig tegen het lijf gelopen. Ze was bezig geweest om de bruidstaart in de kofferbak van de Jaguar te tillen, toen Blanche uit de winkel van Sue Ryder kwam. Ze droeg een strakke spijkerbroek en gele schoenen met naaldhakken en haar haar was nog blonder dan Pru zich herinnerde.
'O... hoi.' Blanche zat maar kort om woorden verlegen. Ze hield

een van haar plastic tasjes op en zei: 'Ik heb net een legging gekocht, vijftig pence maar.'
Pru herkende de mooie gouden ketting om Blanches nek als een van haarzelf die ze een jaar geleden was kwijtgeraakt. Toen Phil was thuisgekomen en had gezien dat ze in de stofzak van de stofzuiger zocht, had hij gezegd: 'Je bent echt hopeloos, Pru. Wat heeft het voor zin om mooie dingen voor je te kopen als je ze toch alleen maar kwijtraakt?'
Blanche had haar man dan misschien ingepikt, maar ze zou nooit een ketting pikken. Dus wist Pru dat Phil hem haar moest hebben gegeven. Nadat ze zichzelf ervan had vergewist of de doos met de bruidstaart goed vastgeklemd stond, deed ze de kofferbak dicht en ging rechtop staan. 'Blanche, hoe gaat het met je?'
Met een half lachje antwoordde Blanche: 'O, met ons gaat het goed. De scheiding is er dus door. Net op tijd zo te horen. Phil vertelde me dat je zaterdag gaat trouwen.'
De scheiding was een week daarvoor uitgesproken. Toen Pru naar het o zo belangrijke papier had gestaard, was ze verbaasd geweest over haar eigen gebrek aan emoties. Het was heel maf, maar ze kon zich nauwelijks nog herinneren hoe het had gevoeld om met Phil getrouwd te zijn.
En nu, terwijl ze naar de plastic tas keek die Blanche in haar hand had, herkende ze een blikje Heinz-tomatensoep dat net zichtbaar was door het dunne plastic. Herinneringen overspoelden haar, vergezeld van het heerlijke gevoel van bevrijding, want het was niet meer haar probleem.
Blanche stond ondertussen Eddies glimmende, dure Jaguar te bewonderen. 'Mooie wagen. Dus hij heeft wel geld, die vent van je?'
Pru haalde haar schouders op. Toen knikte ze.
Blanche keek jaloers. 'Dan heb je het niet slecht gedaan.'
'Nee,' zei Pru alleen maar. In stilte voegde ze eraan toe: maar op een andere manier dan jij bedoelt.

'Wat is er met dat werk gebeurd?' vroeg Patrick. 'Ik ben een paar weken geleden bij dat café langs geweest, maar de serveerster zei dat je er niet meer werkte.'
Dulcie vroeg zich af of hij was langsgekomen om haar uit te la-

chen, net zoals Liam en Imelda hadden gedaan.
'Het leek te veel op echt werken,' zei ze luchtig, 'en ik heb een nagel gebroken.'
Zodra de woorden eruit waren, had ze spijt. Patrick wisselde een zie-je-nu-wel-blik met Claire.
'Eigenlijk,' zei Dulcie, 'ben ik er weggegaan omdat de eigenaar verliefd op me was. Het werd een beetje gênant.'
Ze zag dat hij haar niet geloofde.
'Ik snap best dat je het niet hebt volgehouden,' zei Claire troostend. 'Toen ik studeerde, heb ik in een restaurant gewerkt. Echt flink aanpoten is dat.'
'Dulcie is niet echt een fan van flink aanpoten,' merkte Patrick droog op.
Dulcie voelde zich een beetje in een hoek geduwd. Ze had zin om te gillen: maar dat heeft je nog nooit eerder dwarsgezeten! Jij was altijd degene die zei dat ik niet hoefde te werken... jij wilde dat ik thuisbleef!
Trots weerhield haar er ook van om hem te vertellen dat ze nu achter de bar van een van de drukste kroegen in het centrum van Bath werkte, dat altijd vol zat met enge yuppies die haar in haar billen knepen, haar probeerden te versieren en eindeloos zaten te wauwelen in hun stomme mobieltjes. Want hoe kon ze nu opscheppen over het feit dat ze eindelijk een baan had als alle anderen dat al jaren hadden?
Bovendien, dacht ze vermoeid, als ik hun vertel hoe ellendig het allemaal is, dan zegt Patrick toch alleen maar dat ik dan beter kan stoppen.
En ze was echt niet van plan om hem de waarheid te vertellen, dat ze zo eenzaam en ongelukkig was dat zelfs ploeteren in een stinkende kroeg beter was dan thuis zitten treuren.
Om van onderwerp te veranderen vroeg ze: 'Hoe was het in Amsterdam?' en ook daarvan had ze meteen weer spijt.
'O, we hebben het zo fantastisch gehad!' riep Claire uit. Ze begon te stralen en greep Patricks arm beet. 'Hè, schat? Ik geloof echt dat ik hem heb bekeerd tot vakantie houden,' vertrouwde ze Dulcie vrolijk toe. 'We zitten nu in folders te kijken naar iets voor de kerstperiode. Gewoon even echt helemaal eruit.' Haar grijze ogen glansden. 'Ik heb altijd al naar Barbados gewild.'

'Je gezicht staat naar een verregend weekend aan zee,' verklaarde Marjorie, terwijl ze op een stoel naast Dulcie neerplofte en haar lege glas uitstak naar een passerende serveerster om het te laten bijvullen. 'Ben je een vriendin van de bruid of de bruidegom?'

'Van allebei.' Dulcie keek naar het borstzakje van de groene blouse met ruches van de oude vrouw. Dat puilde uit van de mini-vistaartjes. 'Maar voornamelijk van de bruid. Pru en ik zijn al jaren vriendinnen.'

'Dus je bent niet een van Eddies jaloerse exen. Dat dacht ik even, zoals je keek.'

Dulcie glimlachte. Had Eddie dan jaloerse exen? 'Nee.'

'Wat is dan het probleem? Vind je hem niet goed genoeg voor je vriendin?'

'Natuurlijk wel. Eddie is een schat,' riep ze uit. 'En hij is volmaakt voor Pru.'

Marjorie dronk haar glas in een teug leeg en knikte. 'Volgens mij passen ze wel bij elkaar. Niet dat ik ze goed ken, hoor, maar zijn schoonmoeder is gek op hem.' Ze keek hoopvol om zich heen op zoek naar de serveerster met het dienblad. 'Ze zegt dat hij een dotje is.' Ze proestte van het lachen. 'Dus daar valt niets tegenin te brengen, hè? Iemand die wordt aanbeden door zijn schoonmoeder, moet wel goed zijn.'

Een beeld van Bibi flitste door Dulcie heen. In dat beeld keek Bibi niet erg gelukkig.

Somber zei ze: 'Mijn schoonmoeder haat me.'

'O, dus je bent getrouwd?' Marjories dunne grijze wenkbrauwen gingen omhoog. 'Waar is je man dan?'

Dulcie wees. 'Daar, met zijn vriendin. Hij haat me ook.'

Claire stond Pru's trouwjurk te bewonderen, die van crèmekleurige kant was, tot op de knie reikte en waarin haar slanke figuur prachtig uitkwam.

'Je zou hem altijd kunnen verven,' zei ze, 'dan kun je hem ook aan naar andere bruiloften.'

'Ik zal hem aantrekken naar de bruiloft van Liza en Kit.' Pru grijnsde naar Eddie.

Claire keek verbaasd. 'Gaan ze trouwen dan? Daar heb ik nog helemaal niets over gehoord!'

'Niet echt. Het is een grapje tussen ons. Toen we op oudejaarsavond onze goede voornemens aan elkaar vertelden, zei Liza dat ze dit jaar nog wilde trouwen,' legde Pru uit.
Claire lachte. 'Dat zal pa leuk vinden.'
'Wat was Dulcies voornemen?' Aan Patricks gezicht was niet te zien wat hij dacht.
Oeps. Pru frummelde aan haar nieuwe, geweldig glimmende trouwring. 'Eh... dat kan ik me niet meer herinneren.'
'Nou ja, wat kan pa ons schelen. Ik ben gek op bruiloften.' Toen Claire Kit zag staan, ging ze hem halen.
'Gefeliciteerd.' Ze knipoogde naar Liza. 'Ik hoor dat ik op het punt sta om een schoonzus te krijgen.'
'Is dit een samenzwering of zo?' mompelde Kit.
Liza kromp ineen. 'Ik heb...'
'Nee, geen smoesjes.' Claire kneep haar broer speels in zijn arm. 'Pru heeft me alles al verteld. Je hebt tot het eind van het jaar, en dat is een bevel. Anders,' vervolgde ze sussend, 'dumpt Liza je en trouwt ze met iemand anders en dan zul je er de rest van je ongelukkige leven spijt van hebben.'

'Je vindt toch nooit iemand anders om mee te trouwen,' verklaarde Kit. 'Niet voor het eind van het jaar.'
Het stroomde nog steeds van de regen. Pru en Eddie waren net weggereden. Alle bruiloftsgasten die zich op de stoep hadden verzameld om hen uit te zwaaien, hadden zich meteen weer naar binnen gehaast om niet doorweekt te raken.
Kit en Liza waren de enigen die nog buiten stonden, Kit met zijn rug tegen de deur. Hij hield een arm stevig om Liza's middel geslagen.
Ze schudde haar hoofd. 'Sorry. Mijn vriendinnen zeggen altijd de raarste dingen.'
'Dus dan kan ik het maar beter doen, denk ik.'
'Wat doen?'
Er hingen regendruppeltjes aan Kits wimpers. Hij zag er belachelijk aantrekkelijk en heel ernstig uit. 'Met je trouwen.'
'O, god, nee! Dat was gewoon een grapje.' Liza trok een gezicht. 'Daar moet je gewoon niet op letten... we hoeven echt niet te trouwen!'

‘Ik vind eigenlijk van wel. En niet omdat je vriendinnen dat vinden.’ Hij zweeg en duwde een blonde haarlok uit haar ogen. ‘Maar omdat ík het vind.’

‘Maar... maar we kunnen toch ook gewoon gaan samenwonen!’

‘Waarom zouden we?’ vroeg hij. ‘Wil je soms niet met me trouwen?’

Liza staarde hem aan. Wat een vraag. Haar blik neerslaand bestudeerde ze de revers van zijn donkere pak. Dat was gemakkelijker dan naar Kits gezicht kijken, want de revers keken in elk geval niet terug.

De blik op haar gezicht vertelde Kit alles wat hij wilde weten. Hij glimlachte; ze had lang niet zo moeilijk gedaan als hij eigenlijk had verwacht.

‘Oké, dus dat is dan geregeld,’ zei hij tevreden. ‘December lijkt me wel een goed idee, jou ook?’

Dulcie had al een paar minuten met Terry Lambert gepraat, voordat ze besefte wie hij was.

‘Nu weet ik het. Jij bent degene die Pru heeft overgehaald om zich aan haar oren te laten opereren.’

‘Nou, bij wijze van spreken dan.’ Terry keek haar geamuseerd aan. ‘Ik wil niet de volledige verantwoordelijkheid op me nemen. In ons beroep proberen we dat zo veel mogelijk te vermijden.’

O ja, hij was advocaat, herinnerde ze zich. Hij had Pru’s scheiding afgehandeld.

‘Is het niet deprimerend om altijd maar met scheidingen bezig te zijn?’ vroeg ze.

‘Niet per se. Het zijn heus niet altijd scheldpartijen en ruzies over wie het monopolyspel krijgt. Sommige stellen blijven goed met elkaar omgaan, en dat helpt.’ Hij glimlachte. ‘Een beetje beschaving is nooit weg.’

Terwijl ze door de zaal naar Patrick en Claire keek, besefte Dulcie dat het tijd was dat zij ook bewees dat ze beschaafd was. Net zo beschaafd als Patrick tegen mij was toen ik hem vertelde dat ik bij hem weg wilde, dacht ze droevig. Patrick had geen ruzie gemaakt, hij had haar niet geslagen, was niet over geld gaan schreeuwen; hij was gewoon weggegaan.

Ze vroeg zich ineens af of het voor hem misschien zo gemakke-

lijk was geweest om beschaafd te blijven omdat hij toch niet zo veel om haar had gegeven.
Het idee dat dat waar kon zijn, maakte haar bijna aan het huilen. Ze riep zichzelf snel tot de orde.
Hoe dan ook, nu is het mijn beurt om iets voor hem te doen, bedacht ze. Patrick heeft dan wel geen druk uitgeoefend, maar zo is hij nu eenmaal. En hij is nu met Claire. Natuurlijk is dit wat hij wil.
Toen Terry haar aanbood om haar glas bij te vullen, probeerde ze niet naar zijn neus te kijken. Hij leek charmant, en hij had Pru's scheiding met bewonderenswaardige snelheid en weinig toestanden geregeld.
'Kan ik niet een keer bij je op kantoor komen?' vroeg ze terloops.
Terry leek niet verbaasd, hij stak alleen zijn hand in de binnenzak van zijn jasje. De glimlach waarmee hij haar zijn visitekaartje overhandigde, was vriendelijk. 'Dus jij wilt ook scheiden?'
Nee, maar mijn man wel, dacht ze met een gevoel van heimwee in haar maag. En gezien de omstandigheden lijkt me dat dit het minste is dat ik voor hem kan doen.

48

De volgende ochtend moest Liza vroeg opstaan. Ze had om tien uur een afspraak in Londen met haar redacteur van de uitgeverij en om halftwee had ze een tafeltje gereserveerd in een restaurant in Windsor dat ze voor de krant wilde bespreken. Om tijd te besparen, droeg ze nu al haar tutholaklederen en pruik.
'Je doet me denken aan iemand die gisteren de hele tijd met me flirtte,' zei Kit, een hapje nemend van Liza's toast toen hij zich in de keuken achter haar langs perste. 'Een oud dametje met een wandelstok dat de hele avond eten van het buffer jatte.'
'Marjorie.' Liza knikte en duwde de rest van de toast in zijn mond; ze was al bijna te laat. 'Ze vertelde me dat als ze vijftig jaar jonger was geweest, ze me het nakijken zou hebben gegeven. Niet te geloven gewoon wat ze allemaal over je kontje te melden had.'

'Ja, dat ben ik,' zei Kit breeduit grijnzend. 'Onweerstaanbaar voor oudere vrouwen.' Hij greep haar bij haar middel toen ze zich langs hem probeerde te haasten. 'Wacht even, ik heb nog geen kus gehad van mijn toekomstige vrouw.'
Liza, die op weg was naar de badkamer, hield haar lippen stijf op elkaar.
'Was dat alles?' Kit leek geschokt. 'Als dat de manier is waarop je toekomstige echtgenoten kust, vergeet het dan maar.'
Hij leunde tegen de deurpost en keek toe terwijl ze haar tanden poetste. 'Vanavond wil ik een beduidende verbetering zien in je kustechniek,' waarschuwde hij.
'Op wie wil je dat ik oefen, op mijn homoseksuele redacteur?' Liza sprak met haar mond vol tandpasta.
Hij grinnikte. 'Oefen maar op de rug van je hand. Dulcie vertelde me gisteren dat je dat ook deed toen je elf was.'
'Dat deden we allemaal!' zei ze verontwaardigd. 'Hoezo, waar oefende jij dan op?'
Zijn grijns werd breder. 'Op meisjes.'
Uit de radio in de keuken klonken de bliepjes van acht uur. Liza kreunde en ging verder met poetsen.
'God, wat beweegt je achterste toch lekker als je dat doet.'
De tandenborstel kletterde in de wasbak. Liza veegde haar mond af aan een handdoek, pakte haar jas en tas uit de hal en viel bijna toen ze haar schoenen aantrok.
'Ik ben laat laat laat.' Zich omdraaiend, plantte ze met de snelheid van het licht een kus op Kits wang en miste zijn mond op een haar na. 'Dag. Om zes uur ben ik er weer.'
Terwijl ze naar haar auto rende en bijna een oude man omverliep, riep Kit haar vanuit de deuropening na: 'Wat is dat toch met die callgirls van tegenwoordig? Dat was weer een kus van niks.'

Leo Berenger zat achter zijn bureau toen Kit om negen uur op kantoor verscheen voor hun vergadering met een nieuw architectenbureau. De plannen voor een nieuw bouwproject, aan de rand van Oxford, waren al in een vergevorderd stadium. Al voor het ontbijt had Leo de voorgestelde ontwerpen voor een serie vier- en vijfkamerwoningen in Tudor-stijl bestudeerd en hij brandde van ongeduld om wat ideeën met Kit te bespreken voordat de architecten kwamen.

Het laatste dat hij nu wilde horen was de naam Liza Lawson.

'Nee, nee!' De ongeduldige zwaai van zijn arm veegde wat tekeningen op de vloer. Verdomme, was Kit nu nog steeds niet over die vrouw heen? 'Ik wíl geen kennis met haar maken. Waarom zou ik verdomme?'

Kit haalde zijn schouders op. Hij had eigenlijk geen andere reactie verwacht. 'Zomaar. We gaan trouwen, dat is alles.'

Leo Berenger was er de man niet naar om tijd te rekken om dit nieuws te kunnen verwerken. 'Je gaat wat?' schreeuwen was ook niet zijn stijl. Hij schudde alleen maar zijn hoofd en leunde achterover in zijn stoel, met een barse uitdrukking op zijn gezicht. 'Wanneer?'

'December.'

'Als je dat doet, dan ben je verdomd stom.'

'Dat geloof ik niet,' zei Kit. 'Ik geloof dat ik verdomd veel geluk heb.'

'Ik neem aan dat ze zwanger is.'

'Nee.'

'Wat wil ze dan, een deel van dit alles hier zodra ik het loodje leg?' Deze keer omvatte zijn geërgerde gebaar het uitzicht vanuit de ramen, de kantoren die de hele bovenverdieping in beslag namen, het huis zelf. 'Want dan zal ze verdomd lang moeten wachten, dat kan ik je wel verzekeren.'

'Pa.' Vermoeid raapte Kit de gevallen tekeningen op. Ruzie of geen ruzie, de architecten die deze ontwerpen hadden gemaakt, konden ieder moment hier zijn. 'Dit heeft niets met jouw geld te maken. Ik hou van Liza en ik ga met haar trouwen.'

'En wat ik zeg, kan daar niets aan veranderen, neem ik aan.'

Was dit zijn vaders manier om toe te geven en de situatie eindelijk te accepteren? Kit wist het niet zeker; het enige dat hij wist, was dat een breuk tussen hen niet nodig was.

Zijn vader het voordeel van de twijfel gunnend, glimlachte hij en zei: 'Nee, ik trouw toch wel met haar.'

Zijn glimlach werd niet beantwoord. De uitdrukking op Leo's gezicht was er een van onverholen afkeer. 'Nou, je gaat je gang maar. Als jij per se een fout wilt maken, mij kan het niets schelen.' Hij leunde naar voren en wees om zijn woorden kracht bij te zetten met een stevige vinger naar zijn zoon. 'Vraag me alleen nooit meer of ik kennis met haar wil maken.'

De vergadering zat er tegen elven op. Opgelucht bracht Kit de architecten naar hun auto. Toen hij terugkwam op kantoor, was zijn vader door de telefoon instructies aan het blaffen tegen een van de aannemers. Ondertussen nam hij slokken van zijn zwarte koffie en kauwde geïrriteerd op de ene Rennie na de andere.
'Vind je het goed als ik een paar uur verdwijn?' vroeg Kit, nadat zijn vader had opgehangen.
'Voor mijn part verdwijn je de eerstkomende twintig jaar.'
Kit besloot dit te negeren. Hij pakte zijn jasje.
De laatste Rennie werd luidruchtig opgekauwd en doorgeslikt. 'En trouwens, je hoeft ook niet de moeite te nemen om me een uitnodiging voor de bruiloft te sturen.'
Zijn vader ziedde blijkbaar nog steeds van woede. Zijn gezicht was vuurrood, zijn handen lagen tot vuisten gebald op het bureaublad. Kit was bang dat hij nog een hartaanval zou krijgen. Om hem tot bedaren te brengen en zijn bloeddruk misschien iets te verlagen, zei hij: 'Pa, het hoeft toch niet zo te gaan? Als je Liza eenmaal zou kennen, zou je begrijpen...'
'Godallemachtig, wat ís dit!' brulde Leo, met zijn vlakke hand op het bureau slaand. 'Wie denk je dat we zijn, die verdomde Waltons?'
Nou, de poging was blijkbaar niet geslaagd. Kit haalde zijn schouders op. 'Dan niet,' zei hij kortaf. 'Ik ben tegen enen weer terug.'

Marriott's was een van de chicste juwelierszaken in Bath, gelegen op een toplokatie aan een van de chicste winkelstraten. De inrichting was duur en ingetogen, een en al leigrijs fluweel, glimmend zilver en het soort belichting dat zelfs het armoedigste diamantschilfertje deed glinsteren als de koh-i-noor.
Niet dat Marriott's aan diamantschilfertjes deed natuurlijk, dacht Kit spottend. En hij zou dat ook nooit vergeten, want als kind had hij zijn moeder vlak voor kerst een keer horen zeggen dat Marriott's haar lievelingswinkel was. Dus was hij er de week

daarna prompt met zijn zakgeld heen gegaan en had aan een van de verkoopsters gevraagd of hij wat kettingen mocht zien. Heel lief weigerend om Kits drieënzeventig pence te accepteren, had het meisje een Bic-balpen in een van Marriott's weelderige, met satijn beklede, leigrijze fluwelen doosjes gelegd en Kit was dolgelukkig weer weggegaan.

Nu stond hij met heel wat meer dan drieënzeventig pence in zijn zak te zoeken, en dat was maar goed ook. Hij zag aardig wat behoorlijk schokkende prijskaartjes.

Een van de verkoopsters kwam geluidloos naar hem toe lopen over het bleekgrijze hoogpolige tapijt.

'Diamanten ringen... eh, verlovingsringen,' mompelde Kit een beetje gegeneerd.

Ze glimlachte. 'Goed, sir. Hoeveel?'

Kit ontspande zich en grinnikte terug. 'Eentje voorlopig.'

De vrouw, die begin veertig was, begon kasten open te maken. Ze was mollig, maar aantrekkelijk, met babyblauwe ogen en kuiltjes in haar wangen. Kit vroeg zich af hoe lang ze hier al werkte en of zij misschien degene was die hem de balpen in het fluwelen doosje had gegeven al die jaren geleden.

Het eerste blad met ringen werd uit de kast gehaald. Kit pakte er een op, een flitsende ovalen solitair. Hij draaide hem een paar keer om, zich voorstellend hoe hij aan Liza's vinger zou staan.

De verkoopster had L'Air du Temps op. Ze glimlachte naar Kit. 'Ik weet het, het is een heel mooie ring.'

Hoe langer hij erover nadacht, hoe meer hij het gevoel kreeg dat zij dezelfde vrouw kon zijn. Hij keek naar de andere klanten in de zaak – een chic Amerikaans stel, een oudere man en een vrouw van middelbare leeftijd in een gekreukelde groene waxcoat – en vroeg: 'Werkt u hier al lang?'

In haar ogen was een ingehouden lachje te zien. 'Vijftien jaar. Hoezo?'

'Sorry,' zei hij, 'ik sta echt niet met u te flirten, hoor, maar ik vroeg me alleen...'

'Geen beweging!' schreeuwde een mannenstem, terwijl de deur werd opengegooid en twee mannen met bivakmutsen op de zaak in stormden.

Een van de andere verkoopsters slaakte een jammerlijke gil. Het

Amerikaanse stel stak, als in een gangsterfilm, de handen in de lucht.
'Allemaal blijven staan!' schreeuwde de tweede figuur met bivakmuts, terwijl hij een zwarte leren tas openrukte en het blad met ringen pakte dat Kit net had bekeken. De ovalen solitair verdween samen met de rest in de tas.
De eerste man richtte een geweer met een afgezaagde loop op de verkoopster die had gegild. 'Maak de rest open,' beval hij ruw. 'Nu!'
Toen de tweede overvaller hem opzij had geduwd, had een sterke zweetlucht Kits neusgaten gevuld. Nu de man zich weer had verwijderd, kon hij weer L'Air du Temps ruiken.
Sieraden en horloges werden in de tas gesmeten. Kits verkoopster keek ontzet naar de mannen.
Kit, op zijn beurt, zag haar trillende vingers akelig langzaam van de toonbank glijden. Hij wist dat ze de alarmknop wilde indrukken. Uit zijn ooghoeken zag hij het geweer hun kant uit zwaaien.
'Weg bij de toonbank!' gilde het gezicht met de bivakmuts. 'Niets aanraken!'
Aangezien het een stil alarm was, wist niemand of de knop wel of niet was ingedrukt. Kits verkoopster bewoog zich zoals haar was opgedragen naar de muur.
'Niet zover! Christus, ze gaat naar het alarmpaneel,' schreeuwde de overvaller. Hij schoot op haar af, blaffend: 'Je hebt er zelf om gevraagd, kreng!' en sloeg met de achterkant van het geweer op haar blonde hoofd.
De misselijkmakende KNAK en het geluid van haar gil toen ze op de grond stortte, waren vreselijk.
'Des, verdomme, man, schiet op,' riep de overvaller, Kit heel even zijn rug toekerend.
Kit wierp zich naar voren, gooide de man met een rugbytackle op de grond en sloeg het geweer uit zijn handen. Iedereen in de winkel keek toe terwijl het over het tapijt zoefde, tegen een van de ebbenhouten kasten ketste en voor de voeten van de andere overvaller bleef liggen.
Kit zag hem het geweer oppakken en richten. Hij hoorde de vrouw in de groene waxcoat roepen: 'Niet doen, niet doen, alsjeblieft!'

Hij hoorde de gedempte stem van de man op de grond snauwen: 'Maak die klootzak af.'
Toen hij zijn hoofd omdraaide, nog steeds in die ene fractie van een seconde, zag Kit dat de verkoopster probeerde om te gaan zitten. Bloed stroomde uit haar hoofd, de kraag van haar witte blouse glinsterde rood en een van haar donkerblauwe schoenen was van haar voet gegleden.
Kit draaide zich weer om. Hij had nog steeds zijn armen om de benen van de overvaller die hij op de grond had geworpen.
'Laat hem los!' schreeuwde degene met het geweer.
'Jezus Christus,' gilde de Amerikaanse vrouw, kakelend van angst, 'waarom doet niemand iets!'
Kit zag de ogen van de man door de gaten in zijn bivakmuts; ze waren wild van angst en paniek.
Des, op zijn beurt, staarde naar de twee mannen op de grond, naar de broer die hij aanbad – net uit de gevangenis na vijf jaar te hebben gezeten wegens een gewapende roofoverval – en naar de jongen met het donkere haar die zich verdomme als een teek aan hem vastklemde, zijn ontsnapping tegenhoudend.
In de verte hoorde Des de vage sinistere jammerklacht van politiesirenes.
Die Amerikaanse trut had gelijk; iemand moest iets doen.
Hij spande de haan van het geweer en haalde toen met trillende vinger de trekker over.

49

Als er iets afstotelijkers was dan een tutholapruik, dan was het een natte tutholapruik. Liza, haar spiegelbeeld bewonderend in de wc-ruimte van de Queen of Puddings in Windsor, onderdrukte de aanvechting om een kam door de verwarde bos te halen. De neerbuigende houding van de hoofdkelner, die haar duidelijk beschouwde als een excentrieke oude taart en niet de moeite nam om zijn afkeer te verbergen, had recht op een speciale vermelding, vond ze.

Verder kon ze niets verkeerds vinden aan de Queen of Puddings. De kok, een jonge Australiër die nog onder Michel Roux had gewerkt, had een sublieme lichte manier van koken. Liza had de kort gebakken gerookte zalm met citroensaus een tien gegeven en de geroosterde lamsbout, roze en mals, was opgediend met de beste aardappelen – gebakken in olijfolie, met knoflook en salie – die ze ooit had gegeten.

Zich verheugend op het toetje, een bavarois van karnemelk met frambozencoulis, liep ze terug naar de eetzaal. Ze zag de hoofdkelner iets tegen de jonge obers mompelen en wist dat hij het over haar had. Waarschijnlijk waarschuwde hij hen dat ze een oogje op het bestek moesten houden om er zeker van te zijn dat er niets verdween.

Toen de telefoon ging nam M'sieur Pierre zelf op.

'U wilt Liza Lawson spreken?' Hij fronste zijn voorhoofd. 'Het spijt me, mevrouw, maar we hebben hier niemand van die naam.'

'Jawel.' Dulcie haalde diep adem om zichzelf te kalmeren. 'Alstublieft, haalt u haar nu maar.'

'Pardon, maar heeft u het over Liza Lawson, de restaurantcriticus?' Onder het praten liet M'sieur Pierre een geoefend oog over de vrouwelijke gasten glijden.

'Ja, ja, die bedoel ik.'

'Ik denk dat u zich vergist. Ik kan u verzekeren dat we hier geen Liza Lawson hebben. Laat me de reserveringen voor morgen eens...'

'Ze moet daar zijn!' schreeuwde Dulcie bijna. 'Ze draagt een pruik en ziet er uit als een bibliothecaresse. Haal haar nu maar op. Vertel haar dat het een noodtoestand is. Een echte noodtoestand.'

Toen Liza de hoorn neerlegde, stond ze onbeheerst te trillen. Hoe kon dit nu gebeurd zijn? Hoe kon Kit nu – o, god! – neergeschoten zijn?

Ze staarde zonder iets te zien naar de kleurige rij likeurflessen op een plank boven de bar en probeerde te verwerken wat ze had gehoord, zich niet bewust van de hoofdkelner die opgewonden om haar heen fladderde.

'Miss Lawson, mijn oprechte verontschuldigingen... Ik had u niet

herkend... staat u mij toe om te zeggen dat het een eer is om u in ons restaurant te mogen ontvangen...'
Kit was neergeschoten.
Ze staarde naar de likeuren.
Haar blik volgend greep M'sieur Pierre snel een van de flessen.
'Kan ik u misschien een glas *strega* aanbieden, Miss Lawson? Van het huis, natuurlijk. Of misschien geeft u de voorkeur aan een Courvoisier?'
'Sorry.' Als een zombie liep ze langs hem heen. Ze pakte haar tas en toen haar nog steeds natte en zeer onmodieuze regenjas.
Met open mond keek M'sieur Pierre naar de zware houten deur die achter haar dichtviel. Door het raam zag hij haar door de stromende regen naar haar auto rennen.
'Ze is 'm gesmeerd! Ze is ervandoor zonder te betalen!' riep een van de jonge obers uit, blij dat die verwaande M'sieur Pierre eindelijk eens te kakken werd gezet.
'Geen enkel probleem,' zei M'sieur Pierre waardig. 'Dat was Liza Lawson.'
'O ja? En waarom denkt u dat?'
'Er werd net voor haar gebeld.'
De ober grijnsde. Hij zat iedere week boven de foto van Liza Lawson in de krant te kwijlen. Dat blonde haar, die glimlach...
'Nee, dat was Liza Lawson echt niet!'
M'sieur Pierre begon ongemakkelijk te kijken.
Het geluk van de ober was compleet. 'Oplichterij, dat is wat het was,' verklaarde hij vrolijk. 'Sorry, baas, maar u bent beetgenomen.'

Het was vier uur toen Liza in het Bath Royal United Hospital arriveerde. Dulcie stond in de hal op haar te wachten.
'Ze zijn hem nog aan het opereren. We moeten gewoon afwachten. O Liza, het is zo vreselijk... kom, dan gaan we zitten, ik haal een bekertje koffie voor je uit de automaat.'
Liza wilde niet zitten en ze wilde ook geen koffie, maar een man met een fototoestel hing in de buurt rond, zich duidelijk afvragend of de vrouw met het lijkbleke gezicht en die afschuwelijke haren en kleren echt Liza Lawson was.
Dus liet Liza zich door Dulcie mee de hoek om nemen naar een

stoel. 'Hoe ben jij het te weten gekomen?'

'Leo Berenger belde zijn dochter. Claire belde Patrick. Patrick belde mij,' antwoordde Dulcie. 'Gelukkig herinnerde ik me de naam nog van het restaurant waar je naartoe ging. Ik wilde niet wachten tot je thuis zou zijn, voor het geval dat... dat...' Ze beet op haar lip.

Liza knikte. Ze wist dat Dulcie wilde zeggen: voor het geval dat het te laat zou zijn.

De fotograaf van de lokale krant verscheen. 'Bent u Liza Lawson?'

'Nee, dat is ze niet,' viel Dulcie uit. 'Rot op.'

Liza morste koffie op de vloer; het lukte haar gewoon niet om het bekertje stil te houden. 'Kunnen we nergens anders heen? Waar zijn Leo en Claire? Misschien weten zij inmiddels iets.'

Dulcie keek weifelend. 'Die zitten in de wachtkamer voor familieleden. Ik weet niet of het wel zo slim is om daar naartoe te gaan. Patrick vertelde me dat Kits vader in alle staten is.'

Ze schrokken zich allebei wild toen er geflitst werd. Dulcie pakte Liza's halflege bekertje koffie en gooide de lauwe inhoud in de richting van het kruis van de fotograaf. Zonder zelfs maar de moeite te nemen om naar de man te kijken, pakte ze Liza's arm beet. 'Goed, kom mee. Ik mag niet naar binnen, maar ik zal je laten zien waar het is.'

Liza ging ook niet naar binnen. Toen ze op de deur klopte, werd die opengedaan door Leo Berenger. Hij stond in de deuropening en ze zag het verschrikkelijke verdriet in zijn rooddoorlopen ogen.

Eigenlijk verwachtte ze dat hij zou gaan brullen, maar toen hij zijn mond opende, kwamen de woorden er kalm en dodelijk uit. 'Jij. Jij hebt hier niets te zoeken. Heb je al niet genoeg schade aangericht?'

'Ik wilde alleen maar...'

'Het interesseert me niet wat je wilt,' zei Leo Berenger. 'Eerst heb je geprobeerd om mijn gezin te verwoesten. Nu heb je mijn zoon verwoest. Heb je al niet genoeg gedaan?'

Geschrokken keek ze naar de tranen die over zijn gezicht stroomden. 'Maar...'

'Je hebt hem vermoord, daar komt het op neer, het is alsof je zelf die trekker hebt overgehaald.' Leo Berengers stem was nauwelijks meer dan een fluistering. 'Dus verdwijn nu maar.'

Die nacht, toen Claire in zijn armen huilde, probeerde Patrick zich voor te stellen hoe hij zich zou voelen als zij dood zou gaan. Als ze er letterlijk het ene moment nog zou zijn en het volgende niet.

Ze was aardig en lief, humoristisch en intelligent, ze werkte hard en had succes. Iedereen mocht haar, omdat er niets aan Claire Berenger was om een hekel aan te hebben. Als ze uit zijn leven zou verdwijnen, zou hij haar missen, natuurlijk wel.

Zich verschrikkelijk ontrouw voelend, streelde hij Claires glanzende haar en probeerde zich voor te stellen hoe hij zich zou voelen als Dulcie doodging.

De lichtzinnige Dulcie, die eigenwijs en tactloos was, verstrooid en onstuimig, helemaal niet hard werkte, en daarbij ook nog een ongeneeslijke bemoeial was. Heel wat mensen hadden hun wenkbrauwen al opgetrokken uit verwondering over de capriolen van Dulcie Ross.

Maar...

Maar ze was ook vrijgevig, ontzettend loyaal tegenover haar vrienden, mooi en vreselijk grappig. Dulcie mocht zich dan bij hem hebben verveeld, hij had zich nooit en te nimmer bij haar verveeld. En hij was ook nooit gestopt met van haar te houden.

Terwijl hij zich vooroverboog om Claires haar te kussen, wist Patrick wie van de twee hij het meeste zou missen.

50

'Hier, schoonheid! Vijf tequila met zwartebessen, vijf flesjes pils en een zak chips, graag.'

Over beschaving gesproken. En het was woensdagmiddag halfdrie.

Het was pas de eerste week van december, maar in de Cat and Mouse werd kerst vroeg gevierd.

'O, en nog wat,' zei de jongen met het geblondeerde haar. Hij trok zijn portefeuille uit de zak van zijn blauwe Armani-jack.
Dulcie was bezig om de pilsflesjes te ontkurken. 'Wat?'
'Een afspraakje met jou.'
Ze keek op. 'Mocht je willen.'
'Nee, even serieus. Morgenavond, waarheen je maar wilt.' De jongen grijnsde naar haar. Zijn pony uit zijn ogen vegend, schudde hij met zijn portefeuille naar haar. 'Maak je geen zorgen. Ik heb genoeg. We kunnen er een te gek avondje van maken.'
Hij was hooguit twintig.
'Moet je niet om negen uur in bed liggen dan?' vroeg ze.
Te laat besefte ze haar vergissing.
Zijn grijns werd nog breder. 'Mijn moeder heeft me altijd gezegd dat als ik niet om middernacht in bed lig, dat ik dan maar naar huis moet komen.'
'Ha ha.'
'Toe,' drong hij aan, 'je bent helemaal mijn type.'
'Ik ben te oud voor je.'
'Dat is niet erg, ik val wel op oudere vrouwen.'
'Ik bedoelde geestelijk,' zei Dulcie, terwijl ze de laatste tequila inschonk. 'Dat is dan zestien pond zeventig.'
'Laatste kans,' bood de jongen aan, met een briefje van twintig pond onder haar neus wapperend op wat waarschijnlijk als een verleidelijke manier was bedoeld, een voorschotje op de dingen die komen gingen. Vleiend vervolgde hij: 'Hou de rest maar.'
'Nee, dank je.'
Zijn lippen krulden zich vol afkeer. 'Nou, ik wilde sowieso niet met je uit. Ik vroeg het alleen maar voor een weddenschap.'
Zich voor de miljoenste keer afvragend waarom ze in zo'n rotzaak als deze werkte met dit soort mafkezen – en het antwoord wetend – liet ze het wisselgeld in zijn zweterige hand vallen en keek langs hem heen.
'Volgende graag.'
'Ik ben de... o!'
Tot op dat moment had Dulcie alleen maar een supergebruinde arm gezien, met een briefje van tien in de hand, die achter de zakken chips uitstak. Toen ving ze een wolk van Obsession op en kwam Imelda's hoofd in beeld.

'Wat wil je bestellen?' vroeg Dulcie, haar handen drogend aan haar spijkerbroek en beseffend dat ze niet eens meer de puf had om krengerig te doen tegen Imelda.
'Werk je nu hier?' Duidelijk verbaasd vergat Imelda ook om krengerig te doen. Nou ja, bijna. 'Waarom wil je ineens per se werken? Heb je verkeerd belegd of zo?'
Vijftig mensen die wachtten tot ze bediend zouden worden, begonnen hun ongeduld te verliezen. Aangezien Imelda altijd gintonic dronk, hield Dulcie een glas onder de Gordon's.
'Nee, ik heb alleen besloten dat het leven meer te bieden heeft dan rondhangen op de club. Tijd om eens verder te kijken.'
'Hier?' Imelda's volmaakt geëpileerde wenkbrauwen gingen omhoog. Ze keek om zich heen, duidelijk niet erg onder de indruk van de Cat and Mouse.
Dulcie gooide schouderophalend ijsblokjes in het glas. 'Waarom niet? Jij bent hier nu toch ook?'
'Kerstinkopen met mijn zus.' Imelda wees naar een ander gedeelte van de zaak. 'Ze zit daar op me te wachten. Maak er maar twee van, en met veel ijs, alsjeblieft.'
Imelda had alsjeblieft tegen haar gezegd!
'Kerstinkopen.' Dulcie onderdrukte een rilling. 'Ik moet er niet aan denken.'
Goh, dit voelde raar, vriendelijk staan babbelen met Imelda en nergens een pan ratatouille te bekennen.
Zo te zien vond Imelda de situatie net zo vreemd, maar als het Dulcie lukte om beschaafd te zijn, dan kon zij het ook.
Imelda schraapte haar keel, zette haar ellebogen op de bar en vroeg wat zachter: 'Hoe gaat het met Liza?'
'Wat denk je?' Dulcie was eraan gewend dat haar die vraag werd gesteld. Ze liet een schijfje citroen in elk glas vallen en haalde haar schouders op. 'Niet zo goed. Logisch, na wat er is gebeurd.'
'Arme Liza. Het moet vreselijk voor haar zijn. Logeert ze nog steeds bij je?'
'Nee, dat was alleen de eerste paar weken. Ze is nu bij haar ouders in Devon. Ik geloof dat ze er behoefte aan had om weg te zijn uit Bath.'
'Hé, wordt er hier soms nog bediend?' wilde een agressief uitziende man in een bruin pak weten.

Dulcie schonk hem haar zoetste glimlach. 'Ik kom zo bij u, meneer.'
'Sorry, zo meteen ontslaan ze je nog door mij.' Imelda keek berouwvol.
Dulcie gaf haar het wisselgeld. 'Ze ontslaan me niet. Die slijmbal van een manager hier heeft een oogje op me en ik werk het hardst van allemaal.' Over slijmballen gesproken, dacht ze... 'Hoe gaat het eigenlijk met Liam?'
'O, we hebben het uitgemaakt. Dat leek ons allebei het beste,' antwoordde Imelda niet erg overtuigend.
'We gaan hier dood van de dorst!' schreeuwde een andere geïrriteerde klant.
'... uit elkaar gegroeid...'
'Zestien bier en een sherry, medium, als je even tijd hebt.'
'... andere verwachtingen van het leven...'
'Je bedoelt dat hij jou ook heeft gedumpt,' zei Dulcie. Tot haar verbazing had ze echt medelijden met Imelda.
Imelda liet haar schouders hangen, maar ze perste er nog wel een lachje uit. 'Ja. De klootzak.'
'Klootzak.' Dulcie knikte. Wat stom waren ze toch geweest, een beetje met elkaar wedijveren om zo'n complete onbenul. 'Met wie is hij nu?'
'Met Fifi Goodison-Blake.'
'Dat meen je niet! Die Lolita! Hoe oud is ze, zeventien?'
'En een half,' zei Imelda. 'Walgelijk, hè?'
Fifi, een veelbelovende tennisster, was de gemakkelijk te beïnvloeden dochter van Betsy, die al heel lang lid was van de club. Hoewel ze een Lolita was, had Dulcie toch medelijden met haar. Ze herinnerde zich maar al te goed dat Liam ooit ook haar onstuimig kloppende tienerhart had gebroken.
Nou ja, een beetje beschadigd dan.
'Arm kind,' peinsde ze hardop, 'ze zal kapot zijn wanneer het weer uit is.'
Imelda pakte de glazen op. 'En ze kan dan ook niet op haar moeders schouder uithuilen,' zei ze, niet in staat om de aanvechting te onderdrukken om de laatste roddels met haar voormalige rivale te delen. 'Ze zeggen dat hij stiekem ook wat met Betsy heeft.'

Robert en Delia Cresswell waren maatschappelijk werkers. Ze woonden in een achttiende-eeuws huis van drie verdiepingen met drie kinderen en zeven katten, en niemand verzamelde zoveel vrienden als Robert en Delia.

Ze waren echte mensen-mensen, eeuwig enthousiast, geïnteresseerd in iedereen en in essentie zo goedaardig dat het vrijwel onmogelijk was om hen af te wijzen zonder je een vreselijk onmens te voelen.

Het was een vriendelijk soort chantage, maar heel doeltreffend. Wanneer Robert en Delia een van hun legendarische feestjes gaven, nodigden ze iedereen uit die ze kenden. En iedereen kwam.

James zag Liza aan de andere kant van de volle huiskamer staan. Een fractie van een seconde vroeg hij zich af wanneer hij haar voor het laatst gezien had, toen wist hij het weer. Op de avond van Patricks veertigste verjaardag, toen hij Bibi had verlaten. Het verrassingsfeest der verrassingsfeesten, dacht hij. Christus, hoe had hij dat nu kunnen vergeten?

Liza droeg een paarse jurk van kreukfluweel en haar blonde haar dat over haar schouders viel, was langer dan toen. Verder zag ze er, voor de oppervlakkige toeschouwer, net zo zorgeloos en sexy uit als altijd.

Pas toen James dichterbij kwam, werd het verschil duidelijk. Het verdriet werd misschien verborgen gehouden, maar het zat er nog wel.

Liza, zag hij, was betrokken geraakt bij een verhitte discussie van een groepje van Delia's collega's over de verschillende vegetarische restaurants in Bath. Vreselijk kritisch en vastbesloten om te laten merken dat ze net zoveel verstand hadden van eten als Liza, redetwistten ze luid over de verschillen tussen echte buffelkaas en gewone mozzarella.

James zag dat Liza's ogen een vage glans kregen. Helemaal met haar meevoelend, stak hij zijn hand uit langs de luidruchtigste maatschappelijk werkster en raakte Liza's arm aan.

Zijn beloning was dat haar gezicht meteen opklaarde.

'James, wat leuk om je weer eens te zien!'

'Zal ik je redden?' fluisterde hij, terwijl hij haar wang kuste. Hij voelde haar knikken.

'Dank je.' Ze slaakte een zucht van verlichting toen hij haar uit

het groepje had weggetrokken. 'Oef. Het grote mozzarella-debat. Het had niet veel langer moeten duren.'
Hij schudde zijn hoofd. 'Wat doe je hier eigenlijk?'
'Als je Robert en Delia kent, dan weet je wat ik hier doe,' zei ze met een wrang lachje. 'Al sinds ik ze ken, word ik voor ieder feest uitgenodigd. Ik logeer op het ogenblik eigenlijk bij mijn ouders in Devon, maar ik kom iedere week een dagje naar huis om de boel bij te houden. Delia zag me en toen moest ik vanavond per se komen van haar. Hoe vaker ik zei dat ik er nog niet aan toe was, des te meer ze ervan overtuigd raakte dat een feestje nu precies was wat ik nodig had om me op te vrolijken.'
Arme Liza, hulpeloos slachtoffer van de bulldozeraanpak van Robert en Delia.
'En heeft het je opgevrolijkt?'
'Natuurlijk niet. Maar ze bedoelen het goed,' zei ze. 'Het is mijn eigen schuld dat ik zo'n watje ben dat geen nee kan zeggen.'
Ze was afgevallen, zag James. Haar beroemde voluptueuze figuur, haar betoverende decolleté waren verdwenen. Haar slanke uiterlijk paste niet echt bij haar, maar omdat hij wist dat ze niet doelbewust was vermagerd, zei hij er niets van.
'Ik heb natuurlijk over jou en Kit Berenger in de krant gelezen. Ik vond het heel erg... wat er is gebeurd.'
Hij voelde zich onhandig; het was altijd zo moeilijk om de juiste woorden te vinden. Maar Liza knikte. Ze begreep het.
'Hij was mijn grote liefde, James. Je weet hoe ik vroeger was. Door Kit was dat allemaal veranderd. En dan ineens gebeurt er zoiets... en dan is hij weg. En ik kon er niets aan doen. Ik heb zelfs niet de kans gehad om afscheid te nemen.'
Haar stem brak. Ze was bleek en stond op het punt om in tranen uit te barsten, besefte hij, maar ze was ook vastbesloten om dat niet in het openbaar te doen.
'Kom.' Hij pakte haar hand. 'Je hebt je plicht gedaan. Ik breng je naar huis.'
'Het is al goed, ik ga heus niet huilen.'
'Wil je dan blijven?'
Vermoeid schudde ze haar hoofd. Glimlachend zei ze: 'O nee, ik ga echt veel liever naar huis.'
Buiten glinsterden ijskristallen op de weg. Hun adem bleef in wit-

te wolkjes in de lucht voor hen hangen. Rillend wachtte Liza op de stoep tot James had gevonden wat het dan ook was dat hij in zijn jaszak zocht.

Eindelijk, zijn autosleuteltjes te voorschijn halend, wees hij naar een blauwe Mazda die aan hun rechterhand een eindje verderop in de straat stond geparkeerd. Het centrale ontgrendelingssysteem bliepte en de sloten klikten open.

'Je hoeft me niet naar huis te brengen,' zei ze.

'Doe niet zo gek.'

'Nee, echt, dat hoeft niet.'

Hij leidde haar vriendelijk maar resoluut de stoep af en wees weer naar zijn auto. 'Liza, spreek me niet tegen. Het is geen enkele moeite. Ik wil je naar huis brengen.'

Ze pakte de sleuteltjes van hem af, richtte op de auto en sloot hem weer af.

'Lieve James,' haar glimlach was hartelijk, 'je bent een echte heer, maar ik bedoel, het hoeft echt niet.' Ze klopte op het hek van het huis waar ze net langsliepen. 'Want ik woon hier.'

Ze babbelden met elkaar in de keuken terwijl Liza koffie zette en voor ieder een glas cognac inschonk.

'Ik heb de Cresswells bij een opening in de Pelican Gallery leren kennen,' legde James uit. 'Robert heeft me voorgesteld aan Delia's zus. Nou ja, je weet hoe ze zijn als het op koppelen aankomt.'

Liza wist het. 'En, heeft het gewerkt?'

'Nee,' zei hij simpelweg. 'O, ze was best aardig. Maar...'

Ze was Bibi niet.

Liza schonk de koffie in en droeg de kopjes naar de zitkamer. James volgde met de glazen cognac.

Terwijl ze zich bukte om een lamp met een rode kap aan te knippen, vroeg ze: 'Mis je haar nog steeds?'

Bibi's naam werd niet genoemd, maar James hoefde niet te vragen wie ze bedoelde.

Hij miste Bibi vreselijk.

Hij keek Liza aan en haalde zijn schouders op. 'Voortdurend.'

Ze gingen naast elkaar op de bank zitten. Met haar linkerhand vouwde ze steeds weer de zoom van haar fluwelen rok op. 'Heb je iemand anders?'

'Nee.' Hij schudde zijn hoofd.
'Ik heb Patrick vorige week nog gesproken. Bibi heeft ook niemand anders.'
James' hart sprong op, maar viel toen weer neer. Het was natuurlijk wel wat hij wilde horen, maar...
'Wat heeft het voor zin?' Vermoeid roerde hij suiker in zijn koffie. 'Zelfs als ik nog van haar houd – en god mag weten wat ze voor mij voelt – wat heeft het voor zin? Ze is nog steeds dertien jaar ouder dan ik.' Hij klonk gelaten. 'Ze zal altijd dertien jaar ouder dan ik blijven.'
'Vertel me eens waar je bang voor bent,' vroeg Liza op de man af. 'Nee, wacht, ik zal het je zeggen. Je bent bang dat Bibi over tien of twintig jaar seniel wordt en dat je dan voor haar moet zorgen, of dat ze doodgaat.' Ze zweeg, haar kalme blik op James gezicht. 'Klopt dat?'
Het was onmogelijk om te liegen tegen Liza. James had inmiddels lang genoeg de tijd gehad om erover na te denken. De eerste woede over het feit dat hij was voorgelogen, was weggeëbd.
'Dat zal wel.' Hij knikte onwillig.
'Maar in de tussentijd ben jij ongelukkig en is Bibi ongelukkig,' vervolgde Liza, 'en is het dus doodzonde van het afgelopen jaar.'
'Hoor eens, ik snap best wat je wilt zeggen. Ik...'
'Alsjeblieft, James. Ik heb ook tijd verspild met me er druk over maken dat ik ouder was dan Kit.' Ze haalde haar schouders op. 'En moet je zien wat er is gebeurd.'
'Ik weet het.'
'Als je de kans hebt om gelukkig te worden, grijp hem dan,' vertelde ze, 'en maak je niet druk over wat er over twintig jaar zou kunnen gebeuren. Geloof me,' zei ze eenvoudigweg, 'daar is het leven gewoon te kort voor.'

Het was middernacht toen James eindelijk aanstalten maakte om weg te gaan. Liza deed de voordeur open om hem uit te laten en wreef over haar armen toen de ijzige nachtlucht de hal in stroomde. In het zwakke licht van de buitenlantaarn zag ze zilveren spikkeltjes in James' nette donkere baard. Die waren er vorig jaar nog niet geweest. Ze stak haar hand uit en raakte de zachte stoppeltjes aan. 'Je wordt grijs.'

Hij trok een gezicht. 'Nou, dank je wel.'
'Nee, het staat je goed.'
'Ik heb me het afgelopen jaar ook behoorlijk grijs gevoeld.'
'Daar valt iets aan te doen,' zei ze.
'Wat dan? Haarverf?'
'Ik bedoel weer contact opnemen met Bibi.'
James pakte haar hand. Hij hield hem even vast en kuste toen haar vingertoppen, de vage oosterse geur van haar parfum opsnuivend.
'Je staat ergens aan te denken,' zei ze. 'Wat denk je?'
'Dat je zo mooi bent. En zo verleidelijk.' Glimlachend schudde hij zijn hoofd, zich erover verbazend dat hij die woorden hardop durfde te zeggen. 'Ik stond te denken dat als alles anders was geweest, als Bibi er niet was geweest... en Kit... we misschien samen iets hadden gekregen.'
'Wat gek, dat stond ik ook net te denken.'
'En?'
'Nou ja,' zei ze, 'gezien mijn verleden zou ik zeggen dat dat heel goed had gekund. Maar aan de andere kant, gezien mijn verleden...' Ze beet op haar lip en glimlachte.
'... had het hooguit twee weken geduurd,' vulde hij aan.
'Wie weet, misschien wel drie.'
Hij grinnikte. 'Drie. Ik voel me gevleid.'
Liza's mond was vlak voor hem. Hij had haar kunnen kussen, maar hij deed het niet.
'Het is beter zo.' Liza glimlachte nog steeds, maar ze begon te klappertanden. 'Vriendschap duurt langer dan liefde.'
Aan de overkant van de straat kwamen een paar feestgangers het huis van Robert en Delia uit zetten en liepen luidruchtig naar hun auto's.
'Je rilt. Tijd dat ik er eens vandoor ga,' zei James. Hij omhelsde haar.
Ze kuste hem zacht op de wang. 'Prettige kerstdagen.' Hem een veelbetekenende blik toewerpend, voegde ze eraan toe: 'Zorg dat het prettige kerstdagen voor je worden.'
Hij vroeg zich af wat voor soort kerst Liza dit jaar tegemoet kon zien. Hij knikte, overspoeld door medelijden. 'Jij ook.'

51

Er waren nog twee weken te gaan en iedereen binnen een omtrek van vijfenzeventig kilometer van Bath had besloten om al hun kerstinkopen vanavond te doen.

Zo voelde het tenminste aan voor Dulcie. De straten waren bomvol opgewonden kopers, de rijen voor sommige winkels waren afgrijselijk lang. Het ergste was dat het geen zin had om het nu op te geven en naar huis te gaan, want van nu tot kerst zou het alleen maar erger worden.

Dulcie, die midden in deze janboel vastzat, wist niet precies wat ze voelde, maar het was een soort woede.

Geen verkeerswoede, want dit gedeelte van de stad was voetgangersgebied.

Ook geen winkelwagentjeswoede, want ze had geen winkelwagentje. Hoewel dat nu wel bijzonder handig zou zijn geweest.

Misschien gewoon kerstwoede, dacht ze, zich een weg vechtend door BabyGap en haar enkel stotend aan een kinderwagen die werd bestuurd door een hopeloze beginneling.

Meedogenloos duwde ze een beursachtig type aan de kant en pakte een prachtige kerstsjaal voor haar driejarige petekind. Het laatste paar bijpassende wanten was net door de woedende beursman weggegrist. Dulcie zag dat hij de wantjes in zijn mandje gooide, boven op een stapel andere kleren. Haar vingers jeukten. Polly zou een paar bijpassende wanten hartstikke leuk vinden...

O, nee, dit is gewoon belachelijk, dacht ze, geschrokken van haar eigen gedachten. Wat voor onderkruipsel was ze eigenlijk dat ze überhaupt dit soort dingen kon...

'Blijf je daar de hele dag staan?' siste de beursman, met zijn mandje tegen Dulcies heup rammend terwijl hij langs haar stommelde.

Snel pakte ze de wanten uit het mandje en hield ze uit zicht. De geïrriteerde beursman liep naar de rij voor de kassa en Dulcie ging de andere kant uit, opgaand in de drukte. Twee minuten later, terwijl ze een tuinbroek van spijkerstof stond te bekijken, hoorde ze een brul van woede bij de kassa.

'Wie heeft verdomme die klerewanten gejat?'

Hij klonk nu niet erg als een beursman.

Dulcie hield haar gezicht afgewend. Ze wilde niet betrokken raken bij een akelige aanval van wantenwoede.

Tegen halfacht sleepte Dulcie met vijftien tassen, hingen haar armen zo'n beetje uit de kom en deden haar voetzolen zo'n pijn dat het leek alsof ze in brand stonden.
Toen ze in een tijdschriftenwinkel in de rij stond voor een blikje Coke, hoorde ze een vrouw zeggen dat er een opstopping was voor het parkeerterrein in Blenheim Street. Blijkbaar zat het verkeer muurvast, er kwam niemand meer in of uit.
Zuchtend rekende Dulcie twee blikjes Coke af, nam ze mee naar buiten en keek om zich heen op zoek naar een plekje om te kunnen zitten. Ze kon maar beter even haar voeten rust gunnen en wachten tot de opstopping zich weer had opgelost voordat ze naar het parkeerterrein liep.
Muzikanten van het Leger des Heils speelden 'God Rest Ye Merry Gentlemen' in het centrum van het winkelgebied, en op een na waren alle banken om hen heen bezet. Dulcie strompelde met al haar tassen naar de enige vrije bank en besefte haar vergissing twee seconden te laat.
'Kom, dan zal ik je even met die tassen helpen,' zei de jongen die alleen op de bank zat. Van een afstandje had hij er normaal uitgezien, maar nu ze dichterbij was, zag Dulcie de grauwe, doffe dreadlocks, de smerige kleren en de fles bier die uit zijn jaszak stak. Hij stonk verschrikkelijk en – o help – hij deed iets stiekems in de buurt van zijn kruis.
Dulcie probeerde haar tassen vast te houden, maar ze had er geen controle meer over, ze gleden alle kanten uit. Zich bukkend hielp de jongen haar met oprapen. Ze vroeg zich af of hij van plan was om er met al haar kerstinkopen vandoor te gaan en zo ja, of hij blij zou zijn met de zeep en schuimende badolie met hyacinthgeur van Penhaligon.
'Cadeautjes gekocht?' vroeg hij.
Ze knikte, trok het lipje van haar eerste blikje Coke en keek doelbewust niet naar zijn broek.
'Ik wou dat ik geld had om cadeautjes te kopen,' zei hij op spijtige toon. 'Wat een rotkerst dit jaar.'
'Hm,' zei ze.

'Je hebt zeker niet wat geld voor me, hè? Niet voor mij,' verzekerde de jongen haar ernstig, 'maar voor mijn hond.'
Toen ze eindelijk durfde te kijken, zag ze dat de bewegingen op zijn smoezelige schoot veroorzaakt werden door een wriemelende lichtbruine puppy. Opgelucht dat de jongen geen potloodventer was, voelde ze in haar zak naar kleingeld.
'Vijfenzestig pence?' De jongen staarde naar de munten in zijn hand. Hij keek teleurgesteld. 'Ik bedoel, bedankt, hoor, maar hier kan ik toch niet echt een cadeautje voor Krakertje van kopen, of wel?'
Dulcie begon zich net een pestlijder te voelen. Het leek wel of ze in het midden van de Bermudadriehoek zat; iedereen liep met een opvallend ruime boog om haar bankje heen. Sommige mensen wierpen haar meelevende blikken toe. Anderen die haar hachelijke situatie in ogenschouw namen, dachten zichtbaar: sukkel.
Ze pakte haar portemonnee uit haar tas en maakte hem open, terwijl de jongen toekeek. Zijn ogen glommen belangstellend. Ze had, natuurlijk, haar laatste munten gebruikt om de blikjes Coke te betalen.
Zichzelf hatend, wetend dat ze half opgelicht, half geïntimideerd werd, gaf ze hem een briefje van vijf en bad in stilte dat hij weg zou gaan.
De jongen grijnsde – zijn tanden waren verbazend wit – en stopte het opgerolde bankbiljet in zijn sok.
'Het punt is,' zei hij op gezellige toon, 'als je een vijfje kunt missen, dan kun je ook een tientje missen.'
'Wat?'
'Dat zou toch niet te veel gevraagd zijn, of wel?'
'Nu ga je echt te ver,' zei ze.
'Ik probeer alleen maar te overleven. Moet je jou eens zien,' zei hij lijzig, wijzend op de vijftien glimmende plastic tassen. 'Moet je zien waar jij je spullen koopt. Dat is niet erg eerlijk, hè? Jij hebt alles, en ik heb niks. Dus, zeg nou zelf, is dat eerlijk soms?'
De band van het Leger des Heils, die even pauze had gehouden, pakte zijn instrumenten weer op en begon een zwierige versie van 'O Come All Ye Faithfull' te spelen.
'Je hebt niks?' Dulcie moest harder gaan praten om boven het geluid uit de komen van de koperen instrumenten die vol vuur

hoempapamuziek lieten horen. 'Je hebt een briefje van vijf van me gekregen en je krijgt echt niets meer, dus laat me met rust, oké?'

De vriendelijke façade was nu verdwenen. Met een kille blik keek hij haar aan en jouwde: 'O help, je maakt me bang.'

Dulcie, beslist niet van plan om zich te laten verjagen, staarde terug. Als hij een van die yuppies uit de Cat and Mouse was geweest, dan had ze hem ondertussen precies verteld wat ze van hem vond. Maar omdat hij hongerig en dakloos was, kon ze zichzelf er niet toe zetten.

Wat gek was, want híj mocht haar blijkbaar alles zeggen.

'Je kunt best nog wat missen, egoïstische trut,' gromde hij. 'Als je me een tientje geeft, ga ik weg.'

'Daar staan twee politieagenten,' loog ze koeltjes. 'Zal ik ze gaan vertellen dat je me lastig valt en me bedreigt?'

Hij proestte van het lachen. 'Bedreigen! Dat ontken ik gewoon. Ik zal ze vertellen dat jij mij lastig valt.'

'O ja? En wie zullen ze geloven, denk je?' diende ze hem van repliek. 'De vrouw die alles heeft of een weerzinwekkende kleine rat als jij?'

'Zo mag je me niet noemen,' zei de jongen, verbijsterd over haar neerbuigende toon. 'Ik ben dakloos.'

'Ik mag je noemen wat ik wil,' viel ze uit, 'want je bent een klootzak.'

Hij droop af, met zijn flesje bier in de ene hand en de wriemelende puppy in de andere. Op weg naar de drankenhandel aan de andere kant van de straat, draaide hij zich nog een keer om en knipoogde naar Dulcie. 'Kon het altijd proberen.'

Dulcie bleef waar ze was. De ontmoeting had haar gedeprimeerd; ze was niet trots op de manier waarop ze had gereageerd op de beschimpingen van de bedelaar. Ik ben gewoon een verschrikkelijk mens, dacht ze vermoeid. Geen wonder dat Patrick de voorkeur geeft aan Claire.

De band van het Leger des Heils speelde verder, en toen een jong meisje langskwam met een bakje, stopte Dulcie er een briefje van tien in. Iemand die zo'n onflatteus hoedje droeg, vond ze, verdiende alle hulp die ze kon krijgen.

'Dat is heel erg aardig van u,' mompelde het meisje met het hoed-

je, en ineens had Dulcie zin om te gaan huilen.
Ze schudde haar hoofd. 'Nee, dat is het niet.'
Het meisje liep verder. Dulcie nam nog een slok cola. Hoe had die bedelaar haar ook alweer genoemd, egoïstische trut?
Nou, dat klopte behoorlijk.
Zijn verbitterde, beschuldigende stem klonk weer in haar hoofd: jij hebt alles, en Dulcie kreeg een brok in haar keel.
Niet waar, dacht ze vol zelfmedelijden. Vroeger had ik alles, maar nu niet meer.
Een moeder met twee jonge kinderen kwam naast haar op de bank zitten. Dulcie trok haar tassen naar zich toe om plaats te maken.
'Mam, mam, ik heb dorst, mag ik een Coke?' jammerde het jongetje.
'Ik ook, mam, ik heb ook dorst,' viel zijn jongere zusje hem bij.
De vrouw, die net kreunend van verlichting haar schoenen had uitgeschopt, sloot haar ogen en kreunde weer.
'Robbie, we zitten net. Kun je niet vijf minuutjes wachten?'
Dulcie was dan wel geen moeder, maar ze wist dat dit verzoek gedoemd was om te mislukken.
'Neeee! Mam, ik heb nú dorst!'
'Ik ook, ik ook, mama, ik ooook!'
'O god,' verzuchtte de moeder, vermoeid naar haar schoenen tastend. 'Oké, oké.'
'Hier, ze mogen dit wel.' Dulcie leunde naar voren en gaf de vrouw haar andere blikje Coke. 'Ik had er twee gekocht, maar ik heb geen dorst meer.'
'Weet je het zeker?' De dankbaarheid van de vrouw was overweldigend. 'O, echt hartstikke bedankt! Je hebt mijn leven gered! Dat is echt heel erg aardig van je.'
Weer een keer erg aardig. Twee keer erg aardig, dacht Dulcie, en een keer egoïstische trut.
De kinderen vochten om het blikje en klokten de cola naar binnen, terwijl de vrouw haar in gestippelde sokken gestoken voeten strekte, genietend van de vijf minuten rust.
Dulcie zag dat de blazers speeksel uit hun instrumenten schudden en zich opmaakten voor het volgende kerstlied.
'Dit ken ik,' riep het meisje dat naast haar op de bank zat, op-

gewonden met haar beentjes wiebelend. 'Het is "Stille Nacht". We zingen het op de peuterspeelzaal. Ik ben al bijna vier,' vertelde ze Dulcie trots. 'We doen volgende week een kerstspel en ik ben een engel.'
'Echt?' vroeg Dulcie. 'Dat is hartstikke leuk. Ik heb altijd een engel willen zijn.'
Het meisje sprong van de bank en ging voor Dulcie staan. 'Ik zal het voor je zingen,' kondigde ze met glanzende ogen aan. 'Sti-ille nacht, hei-lige nacht...'
Om niet voor zijn zusje onder te doen, viel haar broertje in. Zijn heldere sopraanstemmetje klonk op in de koude avond, terwijl hij zijn zusjes hoge gekweel door het tweede en derde couplet heen leidde.
Dulcie moest hard slikken toen zijn stem de hoogte inging; ze had altijd een zwak gehad voor sopranen. Ze keek naar de twee kinderen die uit volle borst zongen en voelde dat haar onderlip begon te trillen. Wat had ze toch vandaag?
'... slaap in hemelse rust, in hemelse rust,' eindigden Robbie en zijn zusje, die een stuk eerder klaar waren dan de band.
Dulcie plakte een vrolijke glimlach op haar gezicht en klapte in haar handen. 'Dat was prachtig. Dank jullie wel!'
'Stelletje showbinken,' zei hun moeder grijnzend.
'Weet je wat ik van de kerstman krijg?' kwetterde haar dochtertje. 'Een barbiepop en een fiets.'
'Met zijwieltjes,' bemoeide Robbie zich ermee. 'Mijn fiets heeft geen zijwieltjes.'
'En hij komt het op zijn slee brengen en de rendieren helpen hem om het in onze schoorsteen te stoppen.'
Robbie keek neerbuigend, alsof hij brandde van verlangen om zijn zusje te vertellen dat de kerstman niet bestond. Dit bemerkend, perste hun moeder haar voeten weer in de te strakke schoenen en stond op.
'Kom, we moeten nog een bus halen. En Robbie, mondje dicht.'
Terwijl ze door haar zoontjes haar woelde en haar wenkbrauwen quasi wanhopig optrok, vroeg ze aan Dulcie: 'Jij ook?'
Kinderen, waarschijnlijk. Geen bussen, besloot Dulcie.
Ze schudde haar hoofd. 'Nee.'
'Dan heb je geluk,' zei de vrouw zonder het te menen. Ze glim-

lachte. 'Nogmaals bedankt voor de cola. Dag, prettige kerstdagen.'

Voor de tweede keer die avond liep het winkelende publiek in een wijde boog om Dulcies bank heen. Ze keken vanuit hun ooghoeken naar de vrouw die er zat en liepen haastig door, vastbesloten om zich er niet mee te bemoeien.

Dulcie zag hen, en het kon haar niets schelen. Ze bleef snikken, ze kon er niets aan doen. Ze wist niet waarom het gebeurde, ze wist alleen dat ze zich geen seconde langer meer kon inhouden. Onophoudelijk stroomden de tranen over haar ijzige wangen. Ze gleden langs haar hals en doordrenkten haar zwarte coltrui. Blind zocht ze in haar zakken naar een zakdoekje en vond iets zachts en gebreids.

Ze staarde naar wat ze zag. Dat was het einde; zo diep was ze nog nooit gezonken. Ze had kerstwanten gejat bij BabyGap.

'Werkelijk, dat kan toch niet?' siste een geïrriteerde vrouw van middelbare leeftijd tegen haar vriendin. 'Ik bedoel, waarom doet niemand er iets aan? Daar betalen we toch belasting voor?'

'Ze moeten tegenwoordig allemaal maar deel uit maken van de samenleving,' vulde de vriendin hoofdschuddend aan, 'maar wat hebben ze daaraan? Ik durf te wedden dat ze veel liever in een psychiatrische inrichting zou zitten dan zo op straat te moeten rondzwerven.'

'Arm ding.' De stem van de eerste vrouw kreeg een wat mildere klank. 'Ik vind het toch wel heel zielig.'

Haar vriendin sleepte haar mee. 'Kom, Jean, bemoei je er nu maar niet mee. Ik heb Edward gezegd dat we om negen uur weer thuis zouden zijn.'

Bibi, die het gesprek had gehoord, keek even over haar schouder om te zien over wie de twee vrouwen het hadden.

Ze bleef geschrokken staan toen ze zag dat het Dulcie was.

Dulcie, op haar beurt, dacht dat ze hallucineerde toen ze opkeek en door een mist van tranen Bibi op een halve meter afstand voor zich zag staan.

52

Maar Bibi was wel echt. Zich de laatste keer herinnerend dat ze elkaar hadden gezien – de avond van Patricks verjaardagsfeest, de avond toen ze... o god... Bibi's leven had verwoest – bedekte Dulcie haar gezicht met haar handen en wendde haar blik af.
'Dulcie, wat is er?'
Bibi's stem klonk vriendelijk. Ze ging op haar hurken voor Dulcie zitten en trok een van haar handen weg.
Dulcie hield de andere stijf voor haar ogen geslagen.
'Liefje, je kunt hier niet zo blijven zitten. Vertel me wat er is.'
Tussen geslik en gesnik door mompelde Dulcie iets onverstaanbaars.
Bibi boog zich naar haar toe. 'Wat zei je?'
'Ik heb iets gest-stolen b-bij B-babyGap,' fluisterde Dulcie. Ze propte de wantjes, die inmiddels zeiknat waren van de tranen, in Bibi's handen. 'D-dat w-ilde ik niet. Het w-was p-per ongeluk.'
'O Dulcie, natuurlijk was dat per ongeluk! Zoiets zou je toch nooit expres doen.' Bibi schudde haar hoofd. Op haar voorhoofd verschenen bezorgde rimpels. 'Hebben ze de politie gebeld? Ben je gearresteerd? Schat, niet huilen, we leggen ze wel uit dat je echt geen winkeldievegge bent.'
Dulcie kon zich met de beste wil ter wereld niet voorstellen waarom Bibi zo lief tegen haar deed. Ze veegde haar loopneus af aan haar mouw en mompelde: 'Ik ben niet gesnapt. Niemand heeft het gezien. Ik heb ze net in mijn jaszak gevonden. Heb je soms een zakdoek?'
Bibi ging nergens heen zonder haar papieren zakdoekjes. Ze ritste haar tas open en gaf Dulcie een heel pakje. 'Maar als je niet gesnapt bent,' vroeg ze, haar voorhoofd fronsend, 'waarom huil je dan?'
'Dat weet ik niet.' Dulcie snoot haar neus en haalde haar schouders op. 'Ik voel me gewoon zo onge-gelukkig. Ik heb er een puinhoop van gemaakt. Verdomme, alles wat ik doe, loopt f-fout af.'
'Als dat zo was,' zei Bibi, in een poging om haar op te beuren, 'dan zou je wel gesnapt zijn toen je die wanten meenam. Maar

dat ben je toch niet? Dat is dan toch iets om dankbaar voor te zijn?'
Het werkte niet.
'Maar wat moet ik nu doen?' snufte Dulcie. 'Het is te laat om nu nog terug te gaan en te betalen. De winkels gaan allemaal al dicht.'
Bibi keek op het vochtige prijskaartje. Wat een drama om zes pond vijftig.
'Ik wil er morgen wel even naartoe gaan,' bood ze aan. 'Dan leg ik uit wat er is gebeurd en geef ze het geld. Of anders stuur je ze een cheque.'
Dulcie veegde over haar uitgelopen mascara en zuchtte. 'Goed, dan doe ik dat.'
Bibi stond op. 'En ben je van plan om hier nog lang zo te blijven zitten?' vroeg ze met een blik op de tassen van Casa Pupo, Jolly's, Janet Reger en Diablo. 'Als een of andere chique zwerfster?'
'Ik ga zo naar huis.'
'We kunnen anders ook wel even bij Leander's langsgaan, als je wilt.'
'Je bedoelt om iets te gaan drinken? Wij... samen?'
Bibi glimlachte. 'Nou ja, we kunnen ook ieder aan het andere eind van de bar gaan zitten, als je wilt, maar ik geloof dat je eens met iemand moet praten over wat je allemaal dwarszit.' Ze zweeg even en tilde Dulcies tassen op. 'En nu het ijs toch gebroken is...'

Leander's wijnbar was schemerig verlicht en niet al te druk. Ze hadden er ook genoeg tafeltjes in verscholen hoekjes waar verfomfaaide vrouwen met uitgelopen mascara zich konden verstoppen zonder de andere gasten de stuipen op het lijf te jagen. Bibi knikte stralend naar de ober en bestelde twee wodka-tonic, daarna wendde ze zich weer tot Dulcie. 'Ze hebben nog steeds dat lekkere witte chocolade-ijs. Wat denk je ervan?'
Dulcie schudde haar hoofd. Ze was te gedeprimeerd om ijs te eten. 'Nee, dank je, alleen iets drinken is genoeg.'
'Maar je nam altijd allebei,' zei Bibi afkeurend. 'Altijd! Schat, je was de koningin van het ijs! Toe, een klein schaaltje...'
Iedere keer dat ze dacht dat ze niet meer hoefde te huilen, begon Dulcie weer. Ze ging in een razend tempo door Bibi's zakdoekjes heen.

'Sorry,' snikte ze, 'het komt omdat je zo aardig bent. Ik kan nog steeds niet geloven dat je überhaupt met me wilt praten.'
Bibi's gelaatsuitdrukking verzachtte zich. Zij en Dulcie waren altijd gek op elkaar geweest. Ze kneep in de ijskoude vingers van haar schoondochter. 'Ik heb je gemist,' was alles wat ze zei.
Nog meer tranen biggelden over Dulcies wangen. 'O Bibi, ik heb jou ook gemist. Het spijt me toch zo van James. Ik wilde helemaal niet...'
'Dat weet ik. Je bedoelde het goed.' Bibi klopte geruststellend op haar hand. 'Het was een goed plan; de uitwerking was alleen minder.'
De jonge ober bracht de drankjes en een schaaltje van het befaamde ijs voor Dulcie. Ze glimlachte door haar tranen heen en bedankte hem. Dit was een van hun favoriete pitstops geweest wanneer Bibi en zij gingen winkelen, en hij had zich herinnerd dat ze altijd graag extra wafels wilde en extra geroosterde amandelen.
Of het moet Bibi's gezicht zijn dat hij zich herinnert en verwart hij mij met iemand anders...
'Ik neem aan dat je hier nu met Claire komt,' zei ze moedig, om Bibi te laten zien dat ze heel beschaafd kon zijn.
'Nee.' Bibi keek haar verbaasd aan.
'Maar... jullie gaan toch samen winkelen? Ik zag jullie een keer... eh... toen op jouw oprit.'
'O, we zijn een keer samen de stad in geweest.' Bibi knikte toen ze het zich weer herinnerde. 'Patrick had haar verteld dat wij altijd samen gingen winkelen, en toen bood Claire aan om ook een keer met me mee te gaan. Meer niet.'
Dulcie was geïntrigeerd dat Bibi verder niets losliet. Bibi hield namelijk net zo veel van roddelen als Joan Collins van facelifts.
Zo geïntrigeerd dat ze vergat te huilen, nam Dulcie een hap ijs en vroeg: 'En?'
Bibi zuchtte. 'O god, ik hoor onpartijdig te zijn.'
'Niet doen, onpartijdig is saai.' Dulcie schepte ijs op een van de wafels en merkte dat ze toch trek had. 'Vertel eens waarom je maar één keer met haar bent gaan winkelen?'
'O, het was een ramp,' bekende Bibi. 'Ik heb mijn best gedaan, Dulcie, echt, maar wat moet je met een meisje dat na twee slip-

jes en een donkerblauw vestje al vindt dat ze zich vreselijk te buiten is gegaan?'
Dulcie staarde haar aan, sprakeloos van vreugde.
'Ze is heel erg op waar voor haar geld,' vervolgde Bibi, 'en wil alleen maar gemakkelijke, degelijke kleren die niet na twee keer dragen uit elkaar vallen. En ze wil ook van tevoren al besluiten wat ze gaat kopen, want dat scheelt tijd...'
'Dat scheelt tijd...' echode Dulcie zwak.
'Ik ken niemand die zo efficiënt is.' Bibi schudde haar hoofd en trok een spijtig gezicht. 'Het hele uitstapje duurde anderhalf uur.'
'Jemig.'
'Ze is echt een schat van een meid,' voegde Bibi er snel aan toe, 'begrijp me niet verkeerd. Echt heel charmant.'
'Alleen past ze qua winkelen niet bij je.' Dulcie knikte om te laten zien dat ze het begreep, zichzelf heldhaftig dwingend om niets kattigs te zeggen.
'Precies. Misschien passen we dan qua winkelen niet bij elkaar, maar ze blijft echt heel erg aardig.'
'O ja, ik begrijp precies wat je bedoelt. Heel, heel erg aardig.'
'Hm.'
'Bijvoorbeeld, als ik die verbazend lelijke man daar met die wrat op zijn neus zie, dan krijg ik gewoon zin om Quasimodo-grapjes te vertellen,' zei Dulcie, 'maar als Claire hier was, dan weet ik gewoon dat ze zou zeggen: "O, die enorme wrat was me niet eens opgevallen, ik zat net te denken dat hij zulke mooie ogen heeft."'
'Precies,' zei Bibi ernstig. 'Dat zou ze zeggen. Claire was trouwens ook degene die me heeft verteld dat het helemaal niet je bedoeling was om James en mij uit elkaar te drijven. Ze zei dat ik het moest goedmaken met je, de wonden helen...'
'O alsjeblieft!' jammerde Dulcie. 'Waar is de kotszak? Ik heb genoeg gehoord over de heilige Claire voor een avond.'
Bibi keek naar Dulcie die – goed op weg naar volledig herstel – over de bodem van haar ijsschaaltje schraapte. 'Nog wat ijs? Wodka?'
'Ja, lekker.'
'Voel je je al wat beter?'
Dulcie knikte. 'Ik was zo jaloers,' bekende ze beschaamd, 'toen ik jullie samen zag.'

'Het was niets. Gewoon een slippertje,' zei Bibi grijnzend.
'Toch lijkt Patrick behoorlijk gelukkig met haar.'
Bibi trok de aandacht van de ober. Nadat ze nog een keer hetzelfde had besteld, haalde ze haar schouders op. 'Typisch iets voor mannen. Van het ene uiterste naar het andere.'
Was dit een compliment of niet? Dulcie zat daar nog steeds over te peinzen toen Bibi terloops vervolgde: 'Ik bedoel, neem James nu. De ene minuut is hij nog bij mij, en de volgende heeft hij wat met een blondje van begin twintig in een minirokje.'
Dulcie kromp ineen van schuldgevoel. Haar huid jeukte er gewoon van. 'O god.'
'Ach, maakt niet uit. Het heeft ook niet lang geduurd trouwens.'
'Hoe weet je dat allemaal?'
'Hij woont in de flat boven Margaret Taylor, in Devenish House.' Bibi wist er een lachje uit te persen. 'Ze heeft me op de hoogte gehouden van zijn... zijn handel en wandel.'
Nog meer schuldgevoel, een grote stortvloed deze keer. Ik heb dit gedaan, dacht Dulcie. Het is allemaal mijn schuld.
'Mis je hem nog steeds?' vroeg ze met een klein stemmetje.
Bibi zweeg even. Ze bestudeerde haar perfect gelakte nagels. Toen knikte ze.
'Ja.'
'Maar... heb je nog geprobeerd om weer met hem in contact te komen? Ik bedoel, heb je hem nog weleens gezien?' hield Dulcie aan.
'Natuurlijk niet.' Bibi's ogen stonden verdrietig, maar ze sprak vol waardigheid. 'Wat zou dat nu voor zin hebben? Dulcie, ík ben niet degene die het heeft uitgemaakt. James heeft mij gedumpt.'

Maar ze hadden nog miljoenen andere dingen om over te praten. Het gesprek ging verder. Helaas voor Dulcie duurde het niet lang voordat ze bij Liam McPherson aanbelandden.
'Trouwens,' zei Bibi, nadat ze de bruiloft van Pru en Eddie hadden besproken, 'over volmaakte mannen gesproken, wat is er met die smakelijke tennisleraar van je gebeurd?' Ze ging wat zachter praten. 'En wat was dat over dat je zwanger zou zijn?'
Dulcie slikte moeizaam. Ze was niet erg trots op die kleine be-

driegerstruc. God, wat deed ze soms ook stomme dingen.
Bibi keek haar met een mengeling van bezorgdheid en medeleven aan. 'We hoeven er natuurlijk niet over te praten als je dat niet wilt, lieverd. Maar soms helpt het.' Ze zweeg en vervolgde toen voorzichtig: 'Was het een miskraam of heb je...'
'Ik was helemaal niet zwanger. Ik deed alleen maar alsof,' biechtte ze met een zucht op. Wat maakte het ook uit, ze kon meteen net zo goed alles bekennen. Bibi kende haar door en door; ze zou niet snel geschokt zijn over de dieptes waarin haar dolende schoondochter kon zinken.
Bibi keek verward. 'Je bedoelt...'
'Ik was wanhopig,' zei Dulcie somber. 'Liam versierde zo'n beetje iedere vrouw die maar naar hem lachte. Al had zijn leven ervan afgehangen, dan nog had hij zijn trainingsbroek niet kunnen aanhouden. Maar je hoort weleens van mannen die compleet veranderen zodra ze vader worden,' ploeterde ze voort, Bibi's blik ontwijkend, 'dus ik dacht, stel je voor dat Liam ook zo is? Wat als hij dan plotseling beseft dat hij mij niet wil kwijtraken?'
'Je hoopte dat hij zou veranderen in een man die je eeuwig trouw zou blijven.'
Dulcie knikte. 'Dat was het plan. Maar natuurlijk werkte het niet. En toen kwam hij erachter en raakte het sowieso uit.' Ze leunde naar achteren en kreunde. 'Dat ik hem kwijtraakte, was niet eens het punt. Het kon me toen zelfs al niets meer schelen. Wat me nog steeds dwarszit, is dat ik zoiets vreselijks heb kunnen doen, zoiets zieligs en achterbaks. Ik schaam me zo... Ik kan nauwelijks geloven dat ik toen dacht dat het heel logisch was.'
'O Dulcie, een ontrouwe minnaar maakt iedereen wanhopig,' troostte Bibi haar. Ze boog zich naar haar toe. 'Bekijk het ook eens van de zonnige kant: je hebt hem in elk geval niet doodgeschoten.'
Dulcie wist een glimlach te voorschijn te toveren. 'Nee, dat is waar.'
'En je was gelukkig niet echt zwanger.'
Dulcies glimlach verdween meteen weer. 'Nee, dat is zo.'
'O lieverd, wat nu weer?' Bibi keek bezorgd.
Het zou belachelijk klinken, maar Dulcie wist dat ze dit ook moest zeggen.

'Die kinderen over wie ik je net vertelde, die "Stille nacht" voor me zongen,' vertelde ze aarzelend in een poging om het uit te leggen. 'Die deden me beseffen dat ik heel graag een gezin wil... en toen dacht ik, wat als God me straft voor het feit dat ik heb gedaan alsof ik zwanger was? Wat als hij ervoor zorgt dat ik nooit kinderen zal kunnen krijgen?'

'Schat, maar dat denk je toch niet echt!' riep Bibi uit, voordat Dulcies ogen zich weer met tranen konden vullen. 'Hemeltje, ik denk dat God wel meer aan zijn hoofd heeft dan zich druk maken over jouw laatste gekkigheid. Ik bedoel, wat heb je nu eigenlijk gedaan?' redeneerde ze. 'Je hebt Liam gewoon uitgetest, gekeken of hij een goede man en vader zou zijn. Als je het op die manier bekijkt, is het gewoon heel verstandig geweest.' Met een geruststellend glimlachje tikte Bibi tegen haar voorhoofd. 'Zoals de meeste van jouw ideeën, lieverd. Als ze werken, prima. Iedereen blij.'

'En als ze niet werken, niet iedereen blij,' concludeerde Dulcie spijtig.

Tegen de tijd dat ze bij het parkeerterrein kwamen, was het zo goed als leeg. Dulcie gaf Bibi een lift naar huis.

'Ik ben zo blij dat we weer vriendinnen zijn,' zei Bibi, toen ze voor haar huis stopten.

'Ik ook.'

Bibi kuste haar en deed het portier open. 'Het enige dat we nu nog moeten doen, is bedenken hoe we jou weer kunnen opvrolijken.'

'Ik vrolijk vanzelf wel weer op, echt.' Braaf perste Dulcie er een overtuigend lachje uit. Zelfs toegeven dat ze depressief was, vervulde haar al met schaamte. Vergeleken met Liza had zij verdomme toch niets om depressief over te zijn?

Weer alleen in de auto zette ze de radio aan. Whitney Houston galmde: 'And eye-eye-eye will always love yoooooou.' Dulcie herinnerde zich nog levendig het feest dat Patrick en zij een paar jaar geleden thuis hadden gegeven, toen alle meubels aan de kant waren geschoven en iedereen spectaculair dronken was geworden van de punch die ze had gebrouwen. Ze herinnerde zich dat Bibi en James op dit lied hadden gedanst. Bibi, met haar armen om

James' nek geslagen, had dromerig naar hem opgekeken en hij had zijn donkere hoofd naar beneden gedaan en haar gekust...
En ik, herinnerde Dulcie zich met schrikbarende helderheid, riep toen: 'Jakkes, geen gefoezel in mijn huis, alsjeblieft!'
Ze wachtte tot het lied was afgelopen, reed toen naar het stoplicht en deed de richtingaanwijzer naar links aan.
Toen veranderde ze van gedachten – gelukkig was er geen verkeer op de weg – en zette die naar rechts aan.

53

'Lieve hemel.' James keek verbaasd toen hij zijn voordeur opende. 'Dulcie. Is er iets mis?'
Ja, er is iets mis, dacht Dulcie, maar niet wat jij denkt.
'Ik heb mijn auto niet om een lantaarnpaal heen gedrapeerd, als je dat soms bedoelt. Ik wilde alleen even met je praten.' Ze sprak opgewekt, alsof het afgelopen jaar niet was gebeurd.
Verbijsterd deed James een stap opzij en Dulcie liep langs hem heen naar de woonkamer. De televisie stond aan. De salontafel voor de bank lag bezaaid met kerstkaarten, een adresboekje, een halflege verpakking met garnalensandwiches van Marks & Spencer en een nog leger glas whisky.
James' jasje lag over de rugleuning van een stoel. Hij had het bovenste knoopje van zijn groen-wit gestreepte overhemd losgeknoopt en zijn das losgemaakt. Dulcie keek naar hem terwijl hij de dop van een fles Glenfiddich afdraaide en zijn glas bijvulde. Hij stopte even en keek op.
'Jij ook?'
'Beter van niet. Ik moet nog rijden.'
James fronste licht. 'Je ziet er verschrikkelijk uit.'
Net toen ze verontwaardigd wilde reageren, besefte ze dat haar mascara nog steeds overal op haar gezicht zat. 'Mag ik even je badkamer gebruiken?'
Hij haalde zijn schouders op. 'Ga je gang.'
In de badkamer – mooi uitgevoerd in tinten groen – waste Dul-

cie haar gezicht, zodat ze er in elk geval niet meer als een gekkin uitzag, en drukte James' uitgewrongen washandje op haar opgezwollen ogen. Daarna bekeek ze James' toiletspulletjes en de inhoud van zijn medicijnkastje even.

Geen vrouwenspullen. Een goed teken.

'Dat ziet er al beter uit,' was James' commentaar toen ze terugkwam in de woonkamer. Hij had in de tussentijd een kop koffie voor haar gezet.

Terwijl ze de suiker erdoor roerde, vroeg ze zich af of hij haar had horen rommelen in zijn medicijnkastje. 'Dank je,' zei ze.

De kaarten waren aan de kant geschoven om plek te maken voor het dienblad.

'Nou, ik weet bijna zeker dat je niet alleen hier bent om te vragen of je even gebruik mag maken van mijn badkamer.' James hield zijn glas omhoog, nam een slok en keek haar vragend aan. 'Waarom dus wel?'

'Ik ben hier om mijn verontschuldigingen aan te bieden.'

'Dat heb je al een keer gedaan.'

'Maar toen wilde je het niet horen,' zei ze. 'Dus probeer ik het nog een keer.'

James stond met zijn rug naar de open haard. Hij bestudeerde haar, blijkbaar in gedachten verzonken, en wreef met zijn hand over zijn korte baardje.

Dulcie bedacht ineens dat hij de enige man was die ze kende die een baard had die ze leuk vond staan.

'Goed. Oké,' zei hij uiteindelijk. 'Zand erover. Maar wat is dit ineens? Kom je boete doen? Vergiffenis vragen? Je hebt besloten dat je geen rust meer zult hebben voordat iedereen die je weleens hebt lastig gevallen met je bemoeizucht je heeft vergeven?'

Dat was nog iets van James, herinnerde ze zich, zijn droge humor. Zo droog als de Sahara. Het was niet altijd duidelijk wanneer hij een grapje maakte. Zo klonk hij nu bijvoorbeeld heel serieus, maar zag ze zijn ogen niet een beetje glinsteren?

Ze kon beter maar helemaal door haar knieën gaan, besloot ze, gewoon voor de zekerheid.

'Zoiets,' gaf ze toe. 'Ik weet dat ik een fout heb gemaakt.' Ze keek hem aan. 'Maar ik was niet de enige.'

Zijn donkere wenkbrauwen gingen iets omhoog. 'O?'

'Bibi heeft een fout gemaakt door je niet te vertellen hoe oud ze was. Mijn grote fout was dat ik je daarachter heb laten komen.' Bot, zonder nog enige boetvaardigheid, eindigde ze: 'En jouw fout is dat je het hebt uitgemaakt met Bibi.'
Hij schudde zijn hoofd. 'O Dulcie, je bent nog geen steek veranderd.'
'Dat ben ik eerlijk gezegd wel.' Ze waagde het om wrang naar hem te lachen. 'Heel erg zelfs.'
'Vertel me nu maar eens waarom je echt hier bent.'
Nadat ze eerst haar koffie had opgedronken, zette ze het kopje terug op het blad en pakte wat enveloppen op die James al had geadresseerd.
'Krijg ik er eentje dit jaar?' vroeg ze terloops.
'Nee, je zult jouw naam er niet op vinden. Trouwens,' bedacht James ineens, 'hoe wist je waar ik woonde?'
Ze haalde haar schouders op en bleef met de enveloppen spelen. 'Gewoon slimheid. Stuur je Bibi er een?'
Toen James niet reageerde, keek ze op. Zijn mond was een onheilspellend dunne streep.
'Ben je daarom soms hier?'
'Dat is toch een goede reden, of niet soms?' Dulcie besloot het er gewoon op te wagen; zij – of beter gezegd Bibi – had niets te verliezen. 'James, ik heb Bibi vandaag gesproken. En ze is niet gelukkig. Ze mist je. En je weet best dat jij haar ook mist. Ik bedoel, dat lijkt me verdorie nogal duidelijk.'
Langzaam zei hij: 'Dus je bent hier naartoe gereden om me te vragen om Bibi een kerstkaart te sturen?'
'Snap je het dan niet?' ratelde ze verder, helemaal op dreef nu. 'Je hebt geprobeerd om haar te vergeten, je hebt geprobeerd om met andere vrouwen uit te gaan – nou ja, meer met tieners heb ik gehoord – maar dat is niets geworden, het kon niets worden, gewoon omdat ze niet Bibi waren.'
'Wacht eens even, heeft Liza je dat verteld?' James keek verbijsterd.
'Nee, Bibi.'
'Bibi...'
'Maar dat doet er nu niet toe.' Ongeduldig veegde ze zijn onderbreking van tafel. Ze had een missie; het enige dat James nog

hoefde te doen was haar raad opvolgen. 'Hoor eens, jij bent degene die het heeft uitgemaakt, dus jij zult ook degene moeten zijn die de eerste stap zet om het goed te maken.'
'Wil je nog een kopje koffie?' James' mondhoeken gingen geamuseerd omhoog, terwijl hij zijn glas nog een keer bijvulde. Hij ging op de leuning van de bank zitten en keek naar Dulcie die fanatiek in de doos met de nog ongeschreven kerstkaarten rommelde.
'Nee, dank je. Hier. Deze. En hier is je pen.' Ze stak hem een glanzende kaart vol cherubijntjes toe. Ze had hem zelfs al behulpzaam opengevouwen en wees met de pen naar de plek waar hij wat moest schrijven.
'Dat deed mijn moeder ook altijd toen ik zeven was.'
'Alsjeblieft,' zei ze, 'niet zo moeilijk doen, hè? Bibi praat weer tegen me. Als zij het ijs kan breken met mij, dan kun jij ook het ijs breken met haar.'
Maar James schudde zijn hoofd en wendde zijn gezicht af.
Dulcie kon haar ogen gewoon niet geloven. Dit was zijn grote kans – hij mocht hem nu niet afwijzen!
De zilveren Sheaffer-vulpen zoefde fluitend langs James' oor en ketste met een harde tik tegen de muur af.
'Hoe durf je!' Ze sprong roekeloos op en knalde met allebei haar schenen tegen de rand van de salontafel. 'Hoe durf je verdomme!' schreeuwde ze woedend. 'Hoe kun je nu zo stom, zo koppig, zo... zo... o shit, wat is dat?'
Naar adem happend van de pijn, ineengedoken, en haar arme bezeerde scheenbenen vasthoudend, liet ze zich op de bank vallen.
James had een andere envelop, al geadresseerd en met een postzegel erop, die op de schoorsteenmantel had gelegen, gepakt en stak hem haar zonder iets te zeggen toe.
'Die is voor Bibi, hè?' kreunde ze. Ze voelde zich ontzettend stom.
'God, James, wat kun jij vervelend zijn, zeg. Waarom lag hij hier niet bij de rest?'
Hij grinnikte en tikte op het adresboekje dat op tafel lag. 'Dit zijn de mensen van wie ik het adres niet uit mijn hoofd weet.' Daarna, naar het dunne stapeltje enveloppen op de schoorsteenmantel wijzend, voegde hij er simpelweg aan toe: 'En van die wel.'
'Je hebt er zeker wel enorm van genoten, hè, dat ik mezelf weer eens voor gek heb gezet?'

'Enorm is het woord niet.'
'Ligt mijn kaart daar dan ook bij?' vroeg Dulcie, de eeuwige optimist.
'Ah.' Zijn grijns werd breder. 'Dat zul je moeten afwachten.'

Ze dronken nog wat. Het liep inmiddels al tegen tienen.
'Je zult zo blij zijn dat je dit hebt gedaan,' stelde Dulcie hem gerust. 'Ik meen het, als Bibi jouw kaart krijgt, dan kan ze je er eentje terugsturen. En dan kun je óf bellen óf haar toevallig tegen het lijf lopen... dat wil ik wel voor je regelen, als je wilt. Ik zou een...'
'Dulcie, vind je ook niet dat je maar eens moet ophouden met je overal mee te bemoeien?' vroeg James droog. 'Zou het geen goed idee zijn om mensen hun eigen leven te laten leiden?'
Dulcie trok een gezicht. Ze begon er juist zin in te krijgen.
'Ik weet het, ik weet het, maar mannen zijn altijd zo hopeloos in dit soort zaken. Als we het aan jullie overlaten, dan duurt het maanden voordat er iets gebeurt. Geloof me, als we het op mijn manier doen, dan is alles opgelost voor... nou, wie weet, misschien zelfs nog voor kerst!'
'En wat als ik het niet voor kerst wil oplossen?'
'Zie je nou wel?' Dulcie ontplofte bijna van frustratie. 'Dat is nu precies wat ik bedoel. James, alsjeblieft... o!'
Ze keek naar haar autosleuteltjes die onverwacht in haar schoot waren beland. James trok zijn jasje aan en leek heer en meester over de situatie. Hij liet Bibi's kaart in zijn binnenzak glijden, zette de televisie uit en gaf met een kort zakelijk knikje te kennen dat Dulcie zich in beweging moest zetten, en snel een beetje, richting voordeur.
Glimlachend om de niet-begrijpende blik op haar gezicht, zei hij kalm: 'Wat als ik het nu meteen wil oplossen?'

Drie grote glazen whisky hadden James genoeg moed verschaft om te gaan doen wat hij al maanden had willen doen. Toen Dulcie voor de tweede keer die avond haar auto tot stilstand bracht voor Bibi's huis, boog ze zich naar hem toe en kuste hem op de wang. 'Zet hem op.'
'Wens me maar sterkte.'

'Dat heb je niet nodig. Jullie horen bij elkaar.'
'Ja, nou. Bedankt voor de lift.' James maakte het portier open voordat een akelige aanval van plankenkoorts hem kon overvallen. Zo te merken ontbrak er nog een whisky aan zijn zelfvertrouwen.
'Heb je de kaart?' vroeg Dulcie.
Hij klopte op zijn zak. 'Eh... ja.'
'Zonde van de postzegel.'
In paniek rakend, vroeg James zich af of dit wel verstandig was. Misschien kon hij toch beter eerst de kaart sturen.
Dulcie zag wat er aan de hand was. Hij had aanmoediging nodig. Zich voor hem langs buigend, duwde ze het portier verder open.
En zette hem de auto uit.

Er brandde licht binnen en Bibi's auto stond op de oprit, maar niemand reageerde op de deurbel.
James begon een beetje misselijk te worden. Betekende dit dat ze het te druk had met de man daarbinnen om naar de deur te komen? Of had ze hem uit de auto zien stappen en verstopte ze zich nu boven, haar schoondochter vervloekend omdat ze zich weer eens zo enorm had vergist?
Dulcie was natuurlijk allang weg en had hem aan zijn lot overgelaten. Om thuis te komen zou hij een taxi moeten aanhouden. Diep ademhalend belde hij voor de laatste keer aan.
Eindelijk hoorde hij voetstappen op de trap – ha, dus ze had al in bed met hem gelegen! – en Bibi's stem die riep: 'Wie is daar?'
Zou hij wel? Zou hij niet? James aarzelde.
'Hallo, wie is daar?'
Klote Dulcie, om er als een haas vandoor te gaan en hem daar zo te laten staan...
'Bibi, ik ben het.'
De deur werd opengetrokken. Bibi stond in de deuropening, duidelijk verrast.
Ze had in bad gelegen, besefte hij. Haar asblonde haar zat in een losse knot en vochtige slierten omlijstten haar gezicht. Haar huid gloeide nog van de hitte van het bad en ze hield de voorpanden van haar witte badjas met twee handen stevig vast, alsof haar le-

ven ervan afhing. 'James! Dit is... dit is...'
'Onverwacht. Ik weet het.' Hij haalde diep adem. In een wanhopige poging om beheerst te lijken, pakte hij de envelop uit zijn binnenzak, te laat beseffend dat zijn vingers trilden. 'Kerstkaart. Ik dacht, ik breng hem zelf even.'
'Er zit een postzegel op.'
Hij glimlachte. 'Ik weet het, maar wat dan nog. Ik kwam hier toevallig langs.'
Over zijn schouder turend, vroeg ze: 'Waar is je auto?'
'Eh... ik kwam langs in de auto van iemand anders.'
Hij kon zijn ogen niet van haar gezicht afhouden. Ze zag er geen dag ouder uit dan de laatste keer dat hij haar had gezien. God, wat was ze mooi...
'Nou, het is leuk om je weer te zien.' Bibi wist dat ze klonk als iemand in een reisbureau die een vaste klant begroette. Ze aarzelde. Ze had geen idee wat ze moest doen. Bedoelde hij letterlijk dat hij de kaart even kwam afgeven voordat hij weer in de auto van iemand anders stapte – wie die iemand anders dan ook mocht zijn – of kon ze hem binnen vragen voor een drankje?
'Goh, het is wel toevallig, zeg!' Haar hart bonkte. In verwarring gebracht, merkte ze dat ze ging ratelen. 'Je raadt nooit wie ik vandaag tegen het lijf gelopen ben! Echt heel vreemd, na al die tijd...'
'Dulcie,' zei hij. Bibi was net zo zenuwachtig als hij. Ineens wist hij dat alles goed zou komen. 'Ik kwam langs in Dulcies auto.'
Bibi deed even haar ogen dicht en leunde toen met haar hoofd tegen de deur. Toen ze haar ogen weer opendeed, zei ze beverig: 'Dat kind ook. Ik weet al genoeg. Ze heeft zich er zeker weer eens mee bemoeid?'
James glimlachte, knikte en ging voor Bibi staan. Toen nam hij haar gezicht tussen zijn handen en fluisterde: 'Ja, ze heeft zich er weer eens mee bemoeid.'
Terwijl Bibi zich in zijn armen liet vallen en haar mond naar hem ophield, fluisterde ze terug: 'Godzijdank...'

54

Je wist dat er veel was gebeurd in het afgelopen jaar, dacht Dulcie spottend, wanneer de eerste door wie je op een feest werd begroet, Imelda was, die schreeuwde: 'O, fantastisch, je bent er!'
Maar zo was het leven. Aangezien Liam iets uit het verleden was geworden, was het een beetje onzinnig om een rivaliteit met zo'n hoog octaangehalte voort te zetten. Ze hadden het allebei niet over hun hart kunnen verkrijgen om hun vijandschap in stand te houden. Sommige mannen, hadden ze besloten, waren dat gewoon niet waard.
'Mwah, mwah.' Imelda hield haar nu vast, gaf kussen in de lucht langs haar wangen en leek dolblij om haar te zien. 'Snel, trek je jas uit, dan haal ik vast wat te drinken voor je. Waar bleef je nou? Het is al hartstikke leuk. Ik heb net zo'n stuk ontmoet...'
Het was nog steeds gek, vond Dulcie. Echt gek.
Maar omdat Eddie haar had beloofd dat het kerstfeest op Brunton Manor dit jaar het beste ooit zou worden, had Dulcie zich verplicht gevoeld om haar gezicht te laten zien. Haar halfhartige smoesjes om eronderuit te komen, waren al snel door Pru van tafel geveegd.
'Doe niet zo raar, natuurlijk kom je,' had ze haar berispend toegesproken. 'En kom niet aan met smoesjes dat je Liam niet wilt tegenkomen, want die is er toch niet. Hij is aan het skiën in Zermatt.'
Uiteindelijk had Dulcie besloten om er maar het beste van te maken. Soms moest je gewoon je feestgezicht opzetten, je mooiste jurk aantrekken, een beetje enthousiasme ontwikkelen en ervoor gaan. Misschien – wie weet? – als ze haar best deed, zou ze het nog leuk vinden ook.
Het was al tien uur; ze was een van de laatkomers. Vanuit de deuropening bekeek ze de volgepakte balzaal. Imelda, die alvast vooruit was gegaan, stond bij de bar drank te bestellen en enorm te flirten met een reusachtig, blond rugbytype. Al het bedienend personeel droeg bonten geweien. De zaal was helemaal in zilver en wit versierd en de dj droeg een de-kerstman-ontmoet-Jean-Paul-Gaultier-cape van rood pvc met bontrand en bijpassend suspensoir.

De dansvloer puilde uit van de gasten die als krankzinnigen rondsprongen op Slades 'Merry Christmas Everybody'. De paar woorden meebrullend die ze kenden, leken ze allemaal al behoorlijk aangeschoten.

Dulcie voelde zich verschrikkelijk nuchter. Ze hoopte maar dat Imelda een groot glas voor haar zou bestellen.

Pru, die haar vanaf de dansvloer zag, kwam naar haar toe en omhelsde haar. Het verschil met echte vriendinnen, dacht Dulcie, was dat hun kussen ook echt je wang raakten.

'Gelukkig, ik dacht al dat je niet meer zou komen,' gilde Pru boven de herrie uit.

Dulcie glimlachte. 'O, ik ben er, hoor. Met mijn nieuwe beste vriendin.'

Pru keek over haar schouder, in de richting van Dulcies korte knikje. Imelda kwam naar hen toe lopen met twee glazen triomfantelijk in de lucht gestoken.

'Hm. Ik vind alles best, zolang je je oude vriendinnen maar niet vergeet.'

'Maak je geen zorgen,' zei Dulcie droog. Imelda had haar de afgelopen week drie keer gebeld. 'Zij is alleen, ik ben alleen. Ze doet het alleen maar omdat ze iemand nodig heeft om mee uit te gaan.'

'Daar zijn we dan!' Imelda duwde Dulcie een tot de rand toe gevuld glas in de hand. 'Proost! Hoor eens, ik ben zo weer terug, goed? Dat lekkere ding aan de bar heeft me net ten dans gevraagd.'

Dulcie vroeg zich af of je een volwassen man die een vlinderdas met lampjes erop droeg, die als een rad ronddraaiden, ooit een lekker ding zou kunnen noemen.

'Is dat het stuk waar je het over had?'

'Nee, die ben ik kwijtgeraakt.' Grinnikend haalde Imelda haar schouders op. 'Maakt niet uit, deze kan er prima mee door tot ik die andere weer heb gevonden.' Haar ogen klaarden op. 'En hij is ook nog arts. Mooi, hè?'

'Ik wed dat hij portier is,' zei Dulcie. 'Portiers zeggen tegen vrouwen altijd dat ze arts zijn.' Niet in staat zich te beheersen, vroeg ze: 'Wat zei die ander dat hij was? Piloot, polospeler of iets bij de luchtmacht?'

Imelda trok haar neus op. 'Dat was een beetje een teleurstelling eigenlijk. Hij zei dat hij werkeloos was.'

'Ik heb Liza vanmiddag gesproken,' zei Dulcie, nadat Imelda was weggelopen. 'Het is me niet gelukt om haar over te halen om vanavond ook te komen. Ze gaat vanavond naar Devon en blijft tot na nieuwjaar bij haar ouders.'

'En Eddie en ik zullen oud en nieuw bij zijn familie in Manchester vieren,' zei Pru. 'Ik bedoel, het lijkt me best leuk, maar het is niet hetzelfde. We zullen voor het eerst niet samen eten op oudejaarsavond.' Ze keek bezorgd. 'Ik vind het echt rot. Ik heb het gevoel dat we je in de steek laten. Wat ga jij dit jaar doen? Heb je al plannen gemaakt?'

'Maak je maar geen zorgen om mij, ik red me wel,' zei Dulcie vastbesloten. 'Als Imelda geen doktertje aan het spelen is, ga ik met haar uit. Of als ik echt lol wil hebben,' voegde ze er met gemaakte vrolijkheid aan toe, 'dan kan ik altijd nog een dubbele dienst draaien in de kroeg.'

Eddie kwam naar hen toe, grijnzend en met een fax wapperend. Hij kuste Dulcie en liet de fax aan Pru zien. 'Alles goed, schat? Och hemeltje, ik weet dat ik eigenlijk niet zou mogen lachen, maar deze kwam net uit Zermatt.'

'Wat is er?' vroeg Dulcie nieuwsgierig, toen Pru begon te giechelen.

'Het is echt niet grappig.' Eddie deed zijn best om ernstig te klinken. 'Arme Liam...'

'Wat is er dan?' herhaalde Dulcie, terwijl ze de fax uit Pru's hand probeerde te grissen.

'Hij heeft hem vanaf zijn ziekenhuisbed gestuurd. Hij ligt in het gips,' vertelde Pru. 'Blijkbaar is hij uit een skilift gevallen en heeft hij allebei zijn benen gebroken.'

'Ik had hem nog verteld dat skiën gevaarlijk is,' zei Eddie, 'maar hij verzekerde me dat hij een ervaren skiër was. Hij zei dat alleen mensen met een slechte conditie ongelukken kregen.' Hij schudde zijn hoofd, de tranen uit zijn ogen vegend. 'Ik zei tegen hem dat alleen gekken op houten latten van bergen af glijden. Luieren op een warm strand – dat is mijn idee van een vakantie.'

Tot op dat moment was Dulcie opgevrolijkt. Nu kreeg ze een steek van verdriet. 'Dat is wat Patrick nu aan het doen is. Hij zit

op Bali,' ze probeerde uit alle macht om normaal te klinken, 'met Claire.'
Pru fronste haar voorhoofd. 'Volgens mij niet.'
'Nou, zoiets dan. Bali... Barbados... ergens waar het warm en exotisch is. Niet Skegness, in elk geval,' voegde Dulcie er verbitterd aan toe.
'Nee, ik bedoel, volgens mij is hij helemaal niet op vakantie. Hij belde me vanochtend nog om te vragen of jij vanavond nog naar het feest van Roger en Abby Alford ging.'
'Roger en Abby?' Verward zei Dulcie: 'Maar die heb ik in geen jaren gezien!'
'Nou ja,' Pru haalde haar schouders op, 'ik heb ook nee gezegd. Ik heb hem verteld dat jij vanavond hier zou komen.'

Imelda was nog steeds op de dansvloer met haar lekkere dokter. Nog even en ze kleedde hem uit, dacht Dulcie die nog iets te drinken haalde en een muur vond waar ze tegenaan kon leunen. Ze pulkte afwezig aan de nagellak op een van haar duimen en probeerde zonder al te veel succes het akelige draaierige gevoel in haar maag te negeren.
Het was een schok geweest om te moeten ontdekken dat Patrick nu het stadium had bereikt dat hij haar probeerde te ontlopen. Het was wel duidelijk, hij wilde alleen maar naar het feest van Roger en Abby gaan als hij zeker wist dat zij niet zou komen.
Nu ben ik hem echt kwijt, dacht ze ongelukkig. Hij wil zelfs geen vrienden meer zijn.
'Kop op, misschien valt het wel mee.'
'O, rot op.' Dulcie nam zelfs niet de moeite om op te kijken. Ze bestudeerde haar duimnagel, met zijn onaantrekkelijke afgepeuterde donkerrode nagellak. Echt, vanavond was gewoon een aaneenschakeling van rampen.
'Dulcie!' riep de stem, half geamuseerd, half geschokt, en deze keer herkende ze hem.
Ze omhelsde Rufus. Hij leek hier niet echt op zijn plaats in zijn blauwe wollen trui en geelbruine corduroy broek met kale plekken op de knieën, maar zijn ogen straalden en hij was duidelijk blij om haar te zien.
'Sorry, ik dacht dat een of andere zak me wilde versieren.' Ze

glimlachte en legde een hand op zijn stoppelige wang. 'Je laat je baard weer groeien! Maar wat doe je hier in vredesnaam?'
'Ik weet het, niet echt mijn soort. Een paar vrienden hebben me op sleeptouw genomen.' Hij klonk verlegen. 'En nu zie ik er als een idioot uit. Ik had helemaal niet verwacht dat het zo chic zou zijn.' Hij wees op Dulcies jadegroene satijnen jurk en voegde er bewonderend aan toe: 'Jij wel natuurlijk. Jij ziet er fantastisch uit. Ik zou je wel ten dans willen vragen, maar dan zet ik je alleen maar voor schut.'
Hij had gelijk. Over zijn wollen schouder zag Dulcie een groepje vaste gasten van Brunton Manor staan – een bijzonder verwaand groepje – die elkaar aanstootten en grijnsden. Ze pakte Rufus' hand beet en leidde hem langs hen heen, in het voorbijgaan zeggend: '... schat, dat is nu net de lol van miljonair zijn, dan mag je aantrekken wat je wilt.'
Ze dansten op George Michaels 'Last Christmas'.
'O, god, was dat jouw voet? Sorry... oeps, nou doe ik het weer... sorry!'
Maar het was leuk om hem weer te zien, Dulcie vond het niet eens erg dat hij haar tenen verpulverde.
Ze grinnikte naar hem. 'Heb je weleens overwogen om zelf wijn te gaan maken? Je zou fantastisch zijn in het vertrappen van druiven in zo'n ton.'
Hij keek bezorgd. 'Wil je liever gaan zitten?'
'Nee, misschien krijg je de slag zo nog wel te pakken. Bovendien heb je me opgevrolijkt. Vertel me eens hoe het in het café gaat. En wat je met kerst gaat doen.'
Vertel me wat je wilt, zolang ik maar niet aan Patrick hoef te denken.
'Au!' piepte ze, toen Rufus haar onverwacht omdraaide en erin slaagde om op allebei haar voeten tegelijkertijd te trappen en ook nog – verbazingwekkend gewoon – de voorkant van zijn slobbertrui over haar hoofd te trekken. Half stikkend onder de kriebelwol, krijste ze: 'Wat gebeurt er?'
'Sst, blijf eronder, ze mag je niet zien,' siste hij dwingend. 'Die blondine daar – dat is die vrouw naar wie jij die pan ratatouille hebt gegooid...'

Op een kleine afstand van de dansvloer, omringd door rumoerige pleziermakers die feestknallers lieten afgaan, keek Patrick naar Dulcie. Ze lachte en kletste er lustig op los, zichzelf duidelijk vermakend en zich totaal niet storend aan het feit dat het voorwerp van haar aandacht minstens drie linkervoeten leek te hebben.
Een leuk jong meisje van hooguit twintig liep langs hem heen, hem expres aanrakend. Ze glimlachte quasi verontschuldigend, Patrick de kans gevend om iets te zeggen.
Hij deed alsof hij niets had gemerkt en keek weer naar Dulcie, die nu liefdevol de stoppelbaard van haar danspartner streelde. Aangezien ze baarden altijd had gehaat, was dit geen goed teken. Ze leek deze toch wel te kunnen waarderen.
Patrick, met strakke lippen van teleurstelling, vroeg zich af of het misschien toch een grote fout was geweest om vanavond hier naartoe te gaan.
'Hoi!' Het meisje dat net langs hem heen was gelopen, was weer terug, zocht oogcontact en wapperde met een mentholsigaret. 'Heb je een vuurtje voor me?'

Dulcie werd net nogal overambitieus in de rondte gedraaid toen ze meende dat ze Patrick zag staan.
Eerst dacht ze dat ze het zich verbeeldde, misschien te wijten aan zuurstofgebrek in de hersenen als een gevolg van al die centrifugale krachten. Ze zette zich schrap en stopte met draaien. Rufus viel bijna van zijn voeten.
'Sorry, ging ik te snel?'
'Ik voelde me ineens een beetje duizelig,' mompelde ze. Het was waar. En haar hart ging ook tekeer. Ze rekte haar nek uit, zoekend tussen de zee van gezichten om de dansvloer, zoekend naar de enige die ertoe deed.
Toen zag ze hem weer en haar hart maakte een enorme tuimeling. Het was dus geen verbeelding geweest.
'Heb je er genoeg van?' vroeg Rufus hijgend.
'Eh... wat?'
Rufus zag dat ze naar iemand in de menigte staarde. De uitdrukking op haar gezicht sprak boekdelen.
Zijn gezicht betrok. 'Zie je iemand die je leuk vindt?'
'Wat?' Ze schudde haar hoofd en dwong zichzelf om zich te con-

centreren. Toen glimlachte ze naar hem. 'Ja, zo zou je het wel kunnen zeggen.'

55

'Hallo,' zei Dulcie.
'Hallo,' zei Patrick met droge mond.
'Je bent hier.' O help... onnozel, onnozel. 'Ik bedoel, ik dacht dat je naar het feestje van Roger en Abby Alford ging.'
Patrick, die nooit van plan was geweest om naar dat feestje te gaan – voornamelijk omdat ze helemaal geen feestje gaven – schudde zijn hoofd. 'Ik heb besloten om niet te gaan. Te ver rijden.'
Dus waar is de heilige Claire dan, had Dulcie er het liefst uitgeflapt. Waarom is zij niet bij je?
Ze kon zich er echter niet toe zetten om het te vragen, ze durfde het niet. Het zou de betovering kunnen verbreken.
In plaats daarvan knikte ze, hoewel ze zich niet meer herinnerde waar Roger en Abby Alford woonden.
'O ja, veel te ver rijden. Veel gemakkelijker om hier te komen. Eh... hoe eh... gaat het met je werk?'
Allemachtig zeg, dacht ze, de wedstrijd spreker van het jaar zal ik zo nooit winnen.
Haar enige troost was dat dit in elk geval haar man was bij wie ze voor schut stond. In elk geval kende Patrick haar, wist hij dat ze beter kon dan wat er nu uitkwam. Als hij een onbekende was geweest, dan was hij er als een haas vandoor gegaan.
'Hoi, sorry dat ik je weer lastig val, maar ik vroeg me af of je ook wist hoe laat het was?'
Dulcie draaide zich om en keek naar het jonge meisje dat Patrick verliefd stond aan te staren. Ze herkende de uitdrukking op Patricks gezicht maar al te goed; hij voelde zich in een hoek gedreven en niet echt op zijn gemak. Hij was altijd hopeloos in flirten geweest.
'Het is tien over elf,' antwoordde Dulcie, haar hand uitstekend

en op Patricks horloge kijkend. Ze glimlachte even naar het meisje. 'Tijd dus om iemand van je eigen leeftijd te gaan zoeken.'
'Dit is mijn vrouw,' bemoeide Patrick zich er snel mee toen het blonde meisje, met een verontwaardigde blik, iets wilde zeggen. 'Ik heb dit horloge vorig jaar kerst van haar gekregen...'
'Oeps,' zei Dulcie vrolijk toen het meisje wegbeende. 'Ik heb haar toch niet van streek gemaakt?'
'Sorry van dat vrouwgedeelte.' Patrick klonk gegeneerd. 'Dat zei ik alleen maar om van haar af te komen.' Hij aarzelde, zich afvragend wat zijn volgende stap zou moeten zijn. 'Heb je nog iets te drinken nodig?'
Dulcie liet net een van haar schoenen van haar voet glijden. Ze wilde kijken of ze haar geteisterde tenen nog kon bewegen. 'Ik heb krukken nodig. Rufus is niet echt een goede danser.'
Patrick vroeg zich af waar Rufus was gebleven. Terloops zei hij: 'Wie is hij, je nieuwe vriend?'
'God, nee!' Ze schudde haar hoofd zo woest dat haar oorhangers rammelden. 'Mijn nieuwe vriend? Echt niet. En ja, ik zou graag nog wat te drinken willen.'
Nadat Patrick hun drankjes had gehaald, begaven ze zich naar een minder druk gedeelte bij de ingang van de balzaal. Nog steeds brandend van nieuwsgierigheid wilde Dulcie net naar Claire vragen, toen Patrick zei: 'Sorry, je vroeg hoe het met mijn werk ging.'
O ja, die geïnspireerde gespreksopening. Een echte klassieker, net zoiets als: 'Wat een weertje de laatste tijd, hè?' of 'Waar heb je die das gekocht?'
Maar Dulcie begon zich, dankzij de gin, eindelijk wat te ontspannen. Ze hield haar hoofd schuin. 'Nou, om je de waarheid te zeggen, ik ben verbaasd dat ik je hier zie. Ik bedoel, het is pas halftwaalf op kerstavond, ik had verwacht dat je nog wel op kantoor zou zitten, achter je computer, tot over je oren in het werk...'
'Ik heb de zaak verkocht.'
'... en morgen? Je gaat me toch niet vertellen dat je zomaar vrij neemt op eerste kerstdag? Jemig Patrick, zo bouw je toch geen imperium op! Neemt Bill Gates vrij op eerste kerstdag? Hoe kun je... je hebt wát gedaan?' Haar stem aarzelde en stierf – eindelijk – weg toen zijn woorden tot haar doordrongen.
Hij haalde zijn schouders op. 'Ik heb de zaak verkocht.'

'Maar... wanneer?'
'Ik heb het contract gistermiddag getekend.'
Zich ervan bewust dat ze de verkeerde vragen in de verkeerde volgorde stelde, maar niet in staat om er iets aan te veranderen, vroeg ze onnozel – alsof het haar wat kon schelen: 'Aan wie?'
'Een Amerikaans bedrijf: MegaCorps, uit Dallas. Ze boden aan om me uit te kopen... en ik heb ja gezegd.' Hij zei het terloops alsof de beslissing een makkie was geweest. 'Ze willen dat ik voor hen blijf werken, als freelance programmeur...'
'Je gaat in Amerika werken?' Ze voelde zich misselijk worden. Binnen een fractie van een seconde hadden haar hersens beelden opgeroepen van Patrick en Claire die in hun nieuwe huis trokken, een soort ranch met een enorm zwembad en heel veel cowboys die rondliepen met cowboyhoeden op en Claire *ma'am* noemden en alles aan hun lasso regen dat maar loeide.
Ze knipperde met haar ogen, maar het beeld wilde niet weggaan. Nu zag ze Patrick en Claire die hun jaarlijkse barbecue gaven, meededen aan cowboydansen, de rodeorijders aanmoedigden en opgewonden kinderen op hun schouders hesen... kinderen met Patricks aantrekkelijke uiterlijk en Claires heilige inborst en een scherp Texaans accent waar je messen aan kon slijpen...
'Nee.' Patricks stem bracht haar weer terug op aarde. 'God, al kreeg ik er geld voor, dan nog zou ik nooit in Dallas willen wonen.' Hij schudde vastbesloten zijn hoofd. 'Ik blijf hier.'
Maar beter ook, dacht ze, duizelig van opluchting. Hij zou helemaal niet goed zijn in cowboydansen.
'Maar waarom?' wist ze uiteindelijk uit te brengen. 'Waarom heb je besloten om de zaak te verkopen terwijl je zo hard hebt gewerkt om hem op te bouwen?'
Hij haalde weer zijn schouders op. 'Het leek me gewoon tijd om ermee te stoppen. Werk is ook niet alles; er zijn belangrijker dingen in het leven. Dus vanaf nu zal ik minder uren werken, ga ik het wat rustiger aandoen en een beetje genieten.'
Ze staarde hem aan, met een lijkbleek gezicht, en vroeg zich af of ze déze woorden echt uit déze mond kon horen.
Het liefst had ze hem een klap gegeven.
'Wat is er?' vroeg hij. 'Waarom kijk je me zo aan?'
Met haar kiezen op elkaar geklemd, zei ze: 'Dat probeer ik je al

vijf jaar te vertellen. Hoe vaak heb ik je niet gezegd dat je wat minder hard moest werken? Maar heb je ooit ook maar een seconde naar me geluisterd? Nee, verdomme. Je negeerde me gewoon...'
'Ik weet het, ik weet het,' onderbrak hij haar. Hij stak zijn hand op. 'Ik heb een fout gemaakt. Jij had gelijk, en ik had ongelijk. Zo, ben je nu gelukkig?'
Meende hij dat?
O ja, fantastisch, dacht ze woest, ik ben vijf jaar bezig met je te vertellen dat je niet zo verdomde hard moet werken, je luistert totaal niet, ons huwelijk loopt op de klippen, en dan ontmoet je de vrouw van je dromen en besluit je dat je toch niet zo hard hoeft te werken... en dan vraag je of ik daar gelukkig om ben?
De aanvechting om hem te slaan werd vervangen door de aanvechting om hem bij zijn revers beet te grijpen, hem door elkaar te schudden totdat zijn tanden en kiezen ervan rammelden, hysterisch te gillen en hem voor van alles en nog wat uit te schelden, stomme, egoïstische klootzak zou nog het minst erge zijn.
Het was óf dat óf van onderwerp veranderen.
'O ja, dolgelukkig,' zei ze met strakke mond. 'En waar is Claire vanavond eigenlijk?'
Waarschijnlijk de armen bijstand aan het verlenen. Op bezoek bij weesjes en zieke kindertjes, zoiets heiligs in elk geval.
'Op Bali.'
Ze knikte. Natuurlijk, hij had wat langer hier moeten blijven om het contract te tekenen. Zich nu al vervelend bij het onderwerp Claire vroeg ze dof: 'Wanneer ga jij, morgen?'
Hij schudde zijn hoofd. 'Ik ga niet.'
'O.' Haar hart ging ineens sneller slaan. 'Waarom niet?'
'Het is uit. We zien elkaar niet meer.'
'O!' Nu sloeg haar hart op hol. Op een belachelijk hoog toontje hoorde ze zichzelf weer vragen, als een papegaai: 'W-waarom niet?'
Hij haalde zijn schouders op, haar blik ontwijkend. Zijn donkere ogen waren helemaal uitdrukkingsloos.
'Het voelde gewoon niet goed, geloof ik. Ze heeft niets verkeerds gedaan, maar ik wist gewoon dat het niets zou worden. Claire is echt een lieve vrouw, maar uiteindelijk niet echt mijn type, denk ik.'

Dulcie was blij dat ze tegen een muur leunde. Er bestond groot gevaar dat ze zou kapseizen. 'Maar... waarom niet?' Ze staarde hem aan, wanhopig op zoek naar aanwijzingen op zijn gezicht. Hij keek haar nog steeds niet aan. Hij stond zich, merkte ze, te concentreren op een bijzonder opwindend stukje behang.
'Het is moeilijk uit te leggen.' Hij haalde zijn handen door zijn haar en streek het weg van zijn voorhoofd.
O god, dacht ze hulpeloos. Ik hou zoveel van je wenkbrauwen.
'Probeer het dan.'
'Nou,' begon hij schoorvoetend, 'ze is altijd in een goede bui. Altijd vrolijk.' Zuchtend schudde hij zijn hoofd. 'Als je iets voorstelt, vindt ze het altijd leuk. God, dit is belachelijk... wat bedoel ik eigenlijk?'
Niet in staat om zich te beheersen, opperde ze: 'Dat ons volmaakte prinsesje je koud laat?'
Hemeltje, hij glimlachte!
'Dat is het, denk ik. Wanneer iemand altijd hetzelfde is, zijn er nooit verrassingen.' Hij schraapte zijn keel. 'Ik geloof dat ik bedoel dat het gewoon... nou ja, zo voorspelbaar was.'
Ze beet op haar lip. Lang leve voorspelbaar!
'En hoe reageerde Claire toen je zei dat je niet met haar verder wilde?' Alsof haar dat wat kon schelen! 'Nee – wacht, niets zeggen – ze vatte het wonderbaarlijk goed op. Als een echte fijne meid, als een topper.'
'Inderdaad.' Patrick keek alsof hij probeerde om niet te lachen.
Toen Dulcie zich omdraaide en naar de hal begon te lopen, riep hij: 'Waar ga je nu weer naar toe?'
'Kom, dan zul je het wel zien.'
Buiten, boven aan het stenen bordes, haalde hij haar in. Het was een ijzige nacht. Op de grond glinsterde rijp, en toen Dulcie sprak, bleven ademwolkjes in de stille nachtlucht hangen. 'Wacht even.'
'Waarop?' Hij vroeg zich af waarom ze haar handen op haar rug had. Het volgende moment hoorde hij het geluid van een rits die werd opengetrokken, en Dulcies jadegroene satijnen jurk belandde in een glanzend hoopje om haar voeten.
'Dulcie...'
'Sst!'
Patrick keek haar na terwijl ze de treden van het bordes af ren-

de naar de fontein die zich in het midden van de cirkelvormige oprijlaan van grind bevond, haar schoenen uitschopte en erin sprong.
De fontein spoot nog wel, maar aan de spuitende stenen beelden hingen ijspegels en een dun laagje ijs kraakte en brak terwijl Dulcie in het bleke maanlicht danste.
Tegen de tijd dat Patrick haar bereikte, was ze doorweekt en rilde ze, maar haar ogen fonkelden als heldere sterren.
'Is d-dit v-v-voorspelbaar genoeg v-voor je?' vroeg ze met tanden die klapperden als castagnetten. Hemeltje, ze had niet verwacht dat ijskoud water zo ijskoud zou zijn. Zelfs in haar wimpers had ze bijna geen gevoel meer...
Ze viel bijna flauw van opluchting toen Patrick haar uit de fontein tilde, zijn jasje om haar schouders gooide, haar in zijn armen trok en weer terug de treden op begon te dragen. 'Je bent knettergek,' zei hij.
'Ik vind het heerlijk als je zo b-bazig doet,' fluisterde ze. 'Jij Tarzan, ik Jane.'
'Gek.'
Ze grinnikte. 'Beter dan saai. Nee – sorry, welk woord gebruikte je ook alweer? De beleefde manier om het te zeggen? O ja... voorspelbaar.'
'Bevriezing, dat is voorspelbaar.' Hij duwde de deur open. 'Welke kant uit is de sauna?'

56

Toen ze in de sauna waren, zag Dulcie – nog steeds in zijn armen – dat hij de thermostaat helemaal opendraaide.
'Ik d-denk dat ik die natte d-dingen maar b-beter uit kan t-trekken.' Ze klappertandde nog steeds dramatisch.
Patrick keek naar haar natte, gebruinde lichaam dat onder het kippenvel zat en naar haar doorweekte pauwblauwe beha en slipje. 'Hebben ze hier geen handdoeken?'
De handdoeken werden in de linnenkast in de ruimte ernaast be-

waard, wist Dulcie, maar ze zette grote ogen op en zei: 'Ik weet niet precies waar ze die bewaren.'
In elk geval werd het snel warmer in de sauna. Patrick zette haar neer op een van de houten banken, ging naast haar zitten en maakte zijn das los.
'Ben ik te bloot of ben jij te gekleed?' vroeg ze luchtig. Als ze hem zover kreeg om ook zijn kleren uit te trekken, dan, wie weet...
'Dulcie.' Hij keek haar aan. Zijn toon was neutraal. 'Waarom ben je in de fontein gesprongen?'
Help, dacht ze, blijkbaar is nu de tijd aangebroken om open kaart te spelen. Goed, daar gaan we dan.
'Waarom ik in de fontein ben gesprongen?' O, o, daar was ze weer aan het papegaaien. 'Nou, om te bewijzen dat ik niet saai was. Ik bedoel, hoeveel bevroren fonteinen denk je dat Claire de afgelopen twintig jaar van dichtbij heeft gezien?'
Hij negeerde het laatste en deed het bovenste knoopje van zijn overhemd open. 'Maar waarom,' vroeg hij langzaam, 'wilde je dat bewijzen?'
Ze haalde diep adem. 'Omdat bij jou weggaan het allerstomste is geweest dat ik ooit heb gedaan. Omdat ik je vreselijk mis. Omdat ik nog steeds van je hou,' vervolgde ze met een stem die ineens een beetje beverig klonk. 'Ik hou van je en ik wou dat we nooit uit elkaar waren gegaan.'
Ze kromp ineen toen hij opstond. Hij stond nu met zijn rug naar haar toe, zijn lichaam half onzichtbaar door de kolkende stoomdampen, zijn hoofd iets gebogen. Hij ging zo te zien weer volledig op in een muur. Deze keer een met houten panelen.
'Hoe lang heb je dit gevoel al?' vroeg hij uiteindelijk, nog steeds van haar afgewend.
'Maanden.' Omdat ze eerlijk wilde zijn, dacht ze even na. 'Vijf, zes maanden, denk ik. Ik heb me ertegen verzet,' voegde ze er berustend aan toe, 'maar het werd alleen maar erger.'
Ze zag dat hij zijn hoofd schudde. Toen draaide hij zich om.
'Waarom heb je dan niets gedaan? Waarom heb je me het niet verteld?' Hij sprak kalm. 'Dulcie, het is niets voor jou om je gevoelens voor je te houden. Als je iets wilt, dan rust je meestal niet voordat je het hebt.'

Dulcie begon het gevoel te krijgen dat ze akelig in het nadeel was. Ze had hem alles verteld, de hele boel er uitgeflapt, en die verdomde Patrick ging er gewoon niet op in. Ze had dat hele ik-hou-nog-van-je-gedoe gedaan, en daar stond hij, en stelde haar vragen alsof hij een quizmaster was.

En hoewel het moeilijk te zien was, met al die stoomwolken die met de seconde dichter werden, was hij niet al te blij, had ze de indruk.

'Toe,' zei hij geërgerd toen ze geen antwoord gaf, 'je hebt geen woord gezegd. Waarom niet?'

Ze keek hem boos aan. 'Het was allemaal Claires schuld. Als zij een kreng was geweest, dan had ik het wel gedaan... ze zou niet hebben geweten wat haar overkwam.' Dulcie beet op haar lip en dacht eraan dat het altijd zo leuk was geweest om met Imelda te strijden. 'Snap je, tegen een kreng kun je krengerig doen,' vervolgde ze in een poging om het uit te leggen, 'maar je kunt toch geen gevecht aangaan met iemand bij wie moeder Theresa vergeleken Cruella deVil lijkt. Trouwens,' ze zuchtte een keer diep, 'iedereen zei steeds dat jullie zo goed bij elkaar pasten, dat ze zo goed was voor je. Ik voelde me net de boze fee – ik verwachtte half en half dat iedereen zou gaan sissen en joelen als ik ergens binnenkwam. En jij was zo gelukkig met Claire... Het leek zo dik aan... Ik denk dat ik dacht dat ik je al die toestanden niet kon aandoen. Ik had het gevoel dat ik al genoeg schade had aangericht,' eindigde ze met een berustende blik. 'Het leek me dat het minste dat ik voor je kon doen, was uit je buurt te blijven.'

Lange tijd zei hij niets. Hij kon het niet. Hij keek naar Dulcie – in haar pauwblauwe beha en slipje en met haar stekeltjeshaar dat nog droop van haar duik in de fontein – en verbaasde zich over haar logica. Het was gewoon niet bij haar opgekomen dat hij blij zou zijn geweest met die toestanden... dat toestanden van zijn mooie, eigenzinnige, impulsieve, van hem vervreemde vrouw precies waren waarnaar hij had verlangd, al sinds de dag waarop ze uit zijn leven was weggelopen.

'Je bent veranderd,' zei hij na een tijdje.

Ze liet haar hoofd hangen, niet goed wetend of dat positief of negatief was bedoeld. 'Ik weet het.'

Een fanatiek gebonk op de deur maakte hen allebei aan het schrikken.
'Dulcie! Dulcie, ben jij daarbinnen? Allemachtig zeg, wat ben je aan het doen? Wat is er aan de hand?'
Het was Imelda's stem. Hoewel Dulcie zin had om niet te reageren, wist ze dat Imelda dan Eddie zou halen met de moedersleutel.
'Niets,' riep ze terug. 'Ik... ik had behoefte aan een beetje rust, meer niet. Even ergens zitten... in mijn eentje...'
'Hm,' kuchte Imelda, 'maar ik heb je jurk hier.'
'O.'
'Die heeft iemand op het bordes gevonden.'
'Aha.'
'Een soort jaren-negentig uitvoering van Assepoesters schoentje,' merkte Imelda ondeugend op.
'Hm.'
'En iemand anders heeft gezien dat je de sauna in werd gedragen.'
'O ja?'
'Heel bazig ook, heb ik gehoord.'
'Is dat zo?'
'Dus vertel me met wie je bent,' gilde Imelda, 'en wat je daar doet!'
'O, zeg zelf, wat denk je dat we aan het doen zijn?'
'Maar... maar met wie?'
'Geen flauw idee,' schreeuwde Dulcie. 'Hij wil me zijn naam niet zeggen.'
Ze hoorden Imelda's voetstappen wegklikklakken door de gang. Patrick fronste zijn voorhoofd. Hij probeerde de stem te plaatsen die hem enigszins bekend was voorgekomen.
'Is ze blond?' vroeg hij aan Dulcie.
Jemig, wat een belangstelling ineens! Wat was dat, dump de oude vriendin en haal de nieuwe maar binnen?
'Je vindt haar toch niet aardig,' zei ze snel. 'Ze is niet jouw type. Ze is nog saaier dan Claire.'
Geamuseerd vroeg hij: 'Je bedoelt voorspelbaar?'
'Je zou haar haten.' Doorratelend tikte Dulcie elk punt af op haar vingers. 'Ze laat haar benen iedere maandag om halfelf harsen...

epileert haar wenkbrauwen iedere donderdagavond...'
Nog steeds bezig om de stem te identificeren vroeg hij: 'Heeft ze mooie benen?'
'... ze laat een emmer vol vet uit allebei haar dijen zuigen, eens per jaar in september...'
'Hoe oud is ze? Rond de dertig?'
'... en een facelift ieder jaar in april.' Dulcie schudde spijtig haar hoofd. 'Ze mag er dan misschien uitzien als dertig, maar ze is eigenlijk drieënzeventig.'
'O,' zei hij, 'dan heb je zo te horen gelijk. Klinkt beslist niet als mijn type.'
'O, verdomme, moet je mij weer horen! Nou lieg ik alweer... ben ik alweer een kreng,' flapte ze eruit. 'Verdomme, die dingen zijn allemaal niet waar. Ik wilde ze niet eens zeggen – ze kwamen er gewoon vanzelf uit!'
'Dulcie...'
'O, het heeft geen zin,' jammerde ze, haar gezicht in haar handen begravend. 'Over een hopeloos geval gesproken... ik wist zo zeker dat ik het kon... de waarheid vertellen, altijd aardig zijn... en hoe lang heeft het geduurd? Ongeveer een halve minuut, langer niet. God, ik ben echt vreselijk.'
'Dulcie, huil je?'
'Geen wonder dat het je niets kon schelen toen we uit elkaar gingen.' Haar stem brak. Ze hield haar vingers stijf voor haar ogen. 'Je was vast blij dat je van me af was. Ik ben gewoon een totaal walgelijk iemand...'
'Dulcie, ik weet dat je niet huilt.' Hij peuterde haar vingers los van haar gezicht.
'Zie je wel?' Ze staarde hem aan, met droge ogen en een gekwelde blik. 'Ik doe het nog steeds, zelfs nu.'
'Waarom dan?'
'Omdat ik niet weet waarom je hier bent,' gilde Dulcie, 'en daar word ik knettergek van!' Ze stopte en liet haar hoofd hangen. Deze keer sprak ze de waarheid. Rustig, zijn blik vermijdend, fluisterde ze de woorden nog een keer. 'Omdat ik niet weet waarom je hier bent.'
Omdat ze naar de grond keek, zag ze het niet aankomen. Toen het gebeurde, kwam de kus als een volledige verrassing.

Uitzinnig van vreugde klampte ze zich aan hem vast. De tranen die nu over haar wangen biggelden, waren echt. Ze wilde dat er nooit een einde aan de kus zou komen, ze zou gewoon zorgen dat het niet gebeurde...

'Ik stik,' zei hij zacht.

'Sorry.' Ze verborg haar gezicht in zijn hals, de hemelse, unieke Patrick-geur opsnuivend. God, als Calvin Klein die geur toch in een flesje kon stoppen...

'Goed,' zijn mond lag tegen haar haar, 'zal ik je vertellen wat je bent?'

Meteen verstijfde ze. Door de kus had ze gedacht dat alles weer goed zou komen; de kus had haar gelukkig gemaakt. Nu was het blijkbaar tijd voor de afrekening.

'Zal ik het leuk vinden om te horen?' Haar stem klonk gedempt.

'Waarschijnlijk niet.'

Maar hij zou het toch zeggen, dus wat voor keus had ze? Ze haalde haar schouders op. 'Toe maar dan.'

'Je bent tactloos.'

Tegen zijn schouder gedrukt, knikte ze.

'Hopeloos ongeduldig.'

Knik.

'Je denkt nooit na voordat je wat doet.'

Knik.

'Je eet veel te veel chips.'

Ze fronste haar voorhoofd. Hoe kon iemand nu te veel chips eten?

'En je bent er altijd van overtuigd dat jij het het beste weet,' vervolgde hij.

Weer een knik.

'Het probleem is dat je, ondanks dat allemaal,' zei hij langzaam, 'toch mijn type bent.'

'Dulcie, Dulcie, moet je horen!'

Imelda weer. Net als de Terminator was ze weer terug.

Dulcie glimlachte naar Patrick, rolde met haar ogen en ging verder met het losmaken van de knoopjes van zijn witte overhemd.

Het gebonk op de deur verdubbelde.

'Dulcie! Zeg nu onmiddellijk wat tegen me! Dit is een noodgeval!'

'Waarschijnlijk heeft ze ergens cellulitis ontdekt,' fluisterde Dulcie. Ze trok Patricks overhemd uit, propte het tot een bal, gooide het over haar schouder en riep: 'Wat dan?'
'Nou, ik heb net ontdekt wie dat stuk was waar ik je daarstraks over vertelde, met wie ik had gepraat, je weet wel.' Imelda klonk opgewonden.
Wat een noodgeval.
'En?' Dulcie maakte Patricks broek los en trok behendig de riem uit de lussen.
'Je zult het vast niet geloven... het is je ex-man!'
Dulcie en Patrick keken elkaar aan.
Dulcie vroeg: 'Wat?'
'Ik weet het, is het niet om te gillen! Twee zielen, een gedachte zeggen ze toch? Maar hoor eens, het is toch uit tussen jullie – ik bedoel, dat is toch allemaal al voorbij – dus zou je het erg vinden als ik een poging bij hem waagde?'
Dulcie probeerde niet te glimlachen.
Patrick trok haar naar zich toe, maakte haar natte beha los en gooide hem in de richting van zijn overhemd.
'Ik weet het niet,' riep Dulcie. 'Misschien ben je wel helemaal zijn type niet.'
Patricks broek kwam op de steeds hogere stapel kleren op de grond terecht.
'Ha! Wedden van wel?' Imelda klonk vol zelfvertrouwen.
Langzamerhand moe van de onderbrekingen wierp Patrick een boze blik door de stoomwolken heen naar de deur.
'Ga weg,' zei hij bot tegen Imelda, 'dat ben je niet.'

'Je moet aardiger tegen haar doen,' fluisterde Dulcie toen Imelda was weggebeend.
'Waarom?'
'Ze heeft mijn jurk.'
In de verte hoorden ze een klok twaalf slaan. Ze hoorden mensen juichen, toeters toeteren en feestknallers afgaan als vuurwerk.
'Gelukkig kerstfeest,' zei Patrick, terwijl hij met een vinger langs de mond van zijn mooie vrouw streek.
Dulcie had haar ogen dicht. Ze kon zich geen gelukkiger kerstfeest voorstellen dat dit. En het rare was, misschien hadden ze

deze scheiding echt nodig gehad, want hoe had ze anders kunnen ontdekken dat het gras bij de buren niet per se altijd groener is? Ik ben veranderd, dacht ze. Ik ben volwassen geworden.
En Patrick? Die is ook veranderd. Hij heeft ontdekt dat te lang en te hard werken niet altijd het belangrijkste in het leven is, en dat lieve, aardige, heilige, volmaakte vrouwen niet per se het soort is waarmee je je leven wilt delen, dat soms een wat minder volmaakt exemplaar leuker is...
Tegen deze tijd hadden ze geen kleren meer om uit te trekken. Met een betoverend lachje duwde Dulcie Patrick zachtjes op de vloer en gleed, naakt, boven op hem.
'En nu wil ik mijn cadeautje,' zei ze.

'Het zit me niet lekker,' verzuchtte Pru.
Eddie stak over het bed heen zijn hand naar haar uit. Ze droeg de donkerblauwe satijnen beha en slipje, de armband van topaas en smaragd en de blauwgroene blouse die hij haar had gegeven, en de hele slaapkamer was bezaaid met cadeaus, glanzend pakpapier en linten. Het was elf uur op eerste kerstdag, de zon scheen de kamer in, en Pru keek bezorgd.
'Hoor eens, ik zal echt niet beledigd zijn,' haastte hij zich haar gerust te stellen. 'Als je iets niet mooi vindt, dan kun je het ruilen. Welke vond je trouwens niks? De armband?'
Ze glimlachte naar hem.
'Ik zei toch dat ik de armband prachtig vond. Ik vind al mijn cadeaus mooi. Maar ik maak me zorgen om Dulcie. Ze was gisteravond ineens verdwenen... Ik wil weten of alles in orde is met haar.'
Eddie streelde haar nek. De huid was als warme zijde, maar de spieren eronder stonden strak van de spanning. Hij had heel erg uitgekeken naar een hele dag alleen met Pru, maar als zij niet gelukkig was, dan was hij dat ook niet.
Hij schoof Arthur aan de kant en pakte de telefoon. 'Wat is haar nummer?'
'Ga jij haar bellen?'
'Als jij haar uitnodigt, dan zegt ze toch dat ze geen vijfde wiel aan de wagen wil zijn,' legde hij uit. 'Als ik bel, dan weet ze dat we het allebei willen.'

Pru's grijze ogen glansden van liefde en dankbaarheid. 'Je bent echt fantastisch.'

Ze keek naar hem terwijl hij het nummer draaide en luisterde. Nog geen minuut later legde hij de hoorn alweer neer.

'Wat is er?' vroeg Pru nog opgewondener dan daarvoor. 'Neemt ze niet op? O god, wat als ze iets stoms heeft gedaan?'

'Berichtje op het antwoordapparaat.' Hij schraapte zijn keel en probeerde Dulcie te imiteren: "'Hoi! Gelukkig kerstfeest – helaas kan ik nu niet aan de telefoon komen, want ik heb totaal te gekke seks met mijn man, maar als je een bericht achterlaat, dan bel ik terug. Maar ga gerust iets anders doen in de tussentijd, want we zijn nog wel even bezig." '

Pru staarde Eddie aan. 'Ik snap het niet. Dulcie heeft totaal te gekke seks met haar man? Met Patrick?'

'Nou ja.' Eddie haalde zijn schouders op. 'Dat stond er in elk geval op.'

'Maar... maar...'

Hij draaide het nummer nog een keer en gaf de hoorn aan haar. 'Hier, luister zelf maar. Het is óf een oud bericht,' zei hij grijnzend, 'óf een heel erg nieuw.'

57

Het fijne aan bij je ouders logeren was dat je een beetje kon aanmodderen net zoals toen je een puber was en dat ze daar niet van schrokken.

Het was tussen de middag op oudejaarsdag en rotweer buiten. Liza lag languit op de bank gepofte rijst uit een grote zak te eten en keek naar de eindscène van *Brief Encounter*. Ze wilde dat Celia Johnson voor deze ene keer haar bibliotheekboek naar haar saaie man zou gooien en de zwart-witte zonsondergang tegemoet zou rennen met Trevor Howard.

Margaret Lawson verscheen in de deuropening van de zitkamer, haar handen aan een keukenhanddoek drogend. 'Stom mens, waarom heeft ze haar kans niet gegrepen?' merkte ze kordaat op.

'Ze had ervandoor moeten gaan met de dokter.'
Liza schepte nog een handvol gepofte rijst uit de zak en propte ze in haar mond.
'Pas op,' zei Margaret Lawson, 'je nieuwe trui zit nu al onder.'
Liza droeg de turquoise met witte trui met zigzagpatroon omdat haar moeder hem voor haar had gebreid, en als iemand je een trui geeft voor kerst dan moet je hem wel dragen, zelfs als je er dan uitziet als Roger Whittaker. Persoonlijk vond ze dat een beetje gepofte rijst op de trui hier en daar best kon.
'Molly McKnight heeft voor vanavond wat vrienden uitgenodigd.'
'Ik wist niet dat ze vrienden had,' zei Liza. Hemeltje, nu praatte ze zelfs al als een puber. Dat kwam vast door de gepofte rijst.
'Nou, in elk geval heeft ze ons ook uitgenodigd,' zei haar moeder, 'dus als je zin hebt...'
Molly McKnights donderstem maakte Liza nog steeds aan het schrikken. Er was nooit iets gezegd, maar ze had het vervelende gevoel dat de buurvrouw met haar scherpe blik precies had geweten wat er die avond in de achtertuin was gebeurd.
'Nee, niet echt.' Ze had sowieso geen zin om sociaal te doen. Ze was nu juist naar Devon gegaan om geen mensen te hoeven zien, om zich niet stoerder voor te hoeven doen dan ze zich voelde. Vooral niet op oudejaarsavond.
'Zelfs niet voor een paar uurtjes?' Haar moeder keek teleurgesteld. 'We hoeven niet per se tot middernacht te blijven.'
'Mama, dan gaan jullie toch gewoon. Ik red me wel. Echt, ik ben liever alleen dan...'
'Nee, nee,' onderbrak Margaret Lawson haar snel, 'geen sprake van. Het was alleen maar een voorstel – je weet hoe we zijn, wij blijven ook net zo lief thuis.'
Liza verborg een glimlach. Dus haar moeder had het artikel in de *Mail* vanochtend ook gelezen, over dat op oudejaarsavond meer mensen zelfmoord plegen dan op enige andere avond van het jaar.
'Mam, ik ga heus geen zelfmoord plegen.'
Margaret Lawson probeerde te doen alsof die gedachte nooit bij haar was opgekomen. 'Liza, wat een idee! Natuurlijk doe je dat niet. Ik zeg alleen maar dat wij ook geen zin hebben om naar

Molly's feestje te gaan. Die zijn altijd vreselijk saai. Ze praat alleen maar over de bezuinigingen in het onderwijs en over dat het tijd wordt om weer lijfstraffen in te voeren. En je krijgt er altijd zelfgemaakte wijn te drinken.'

Toen de deurbel een uur later klonk, zat Liza te geboeid naar *The Great Escape* te kijken om open te doen. Misschien zou het Steve McQueen deze keer wel lukken om zijn motor iets op te voeren en over dat hek te vliegen.

Vaag hoorde ze haar moeder die in de keuken bezig was, mompelen: 'Wie is dat nu weer, verdorie?'

Even later werd de kamerdeur opengegooid. Een wolk van aftershave vulde de ruimte. Liza, die net een doos Cheerios had geopend, draaide zich om om te kijken wie er binnen was gekomen.

Ze bevroor in haar bewegingen toen ze zag wie het was. 'O, mijn god.'

'De Bentley staat buiten,' verkondigde Leo Berenger. Toen Liza niet reageerde, slaakte hij een geïrriteerde zucht, 'Nou, schiet op, mens. We hebben verdomme niet de hele dag de tijd.'

'Ik heb je vriendin Dulcie gebeld,' zei hij kortaf. 'Zij heeft me verteld waar je was. Wat zijn dat voor dingen op je trui?'

'Gepofte rijst.' Liza plukte ze van haar trui. Veel te opgewonden om ze op te eten – haar maag draaide als een wasmachine – kneep ze ze bijna fijn in haar hand.

'Dat is overigens een foeilelijke trui.'

'Dank je. Ik weet het.'

De Bentley raasde over de smalle landweggetjes. Leo hield er duidelijk niet van om rustig aan te doen. Als hij nu al negentig reed, dacht ze met gekrulde tenen, wat voor snelheid zou hij dan wel niet ontwikkelen zodra ze eenmaal op de snelweg waren?

Ze staarde naar de kale, zwarte omtrekken van de bomen die voorbijzoefden en vroeg zich af of dit echt gebeurde.

'We zijn vanochtend teruggekomen uit Washington,' onderbrak Leo haar warrige gedachten.

Dus daar hadden ze Kit naartoe gebracht. Ze ademde langzaam uit, zichzelf dwingend om zich te ontspannen. Haar tenen zaten nu in een kramp.

'Waarom Washington?'
'De artsen hier konden ons geen harde garanties geven. Kits ingewanden waren een puinhoop.' Onder het praten hield Leo zijn blik strak op de weg gericht. 'De chirurg daar was me aanbevolen. Hij is een van de beste thoraxchirurgen ter wereld... en Kit was er slecht aan toe,' voegde hij er bars aan toe. 'Hij had de allerbeste nodig.'
'Maar het komt dus goed met hem?' fluisterde ze.
Leo knikte. 'Het zijn zware maanden geweest. Hij heeft verdomd veel moeten doorstaan, maar ze gaan ervan uit dat hij volledig zal herstellen.'
De opluchting was onbeschrijflijk.
Ze staarde naar de plakkerige troep van kapotgeknepen gepofte rijst in haar hand. Daarna keek ze een beetje duizelig naar Leo Berengers barse profiel.
'Oké. Maar... maar waarom ben ik nu hier?'
Hij toeterde naar een oude vrouw in een Morris Minor die naar zijn smaak niet genoeg opschoot en stak toen een sigaret op.
'Ik gaf jou de schuld van wat er was gebeurd,' zei hij toen, met de voor hem zo karakteristieke botheid. 'En als Kit dood was gegaan, dan was ik je de schuld blijven geven. Maar hij is niet doodgegaan. Hij heeft het gehaald, godzijdank. En hij is nog steeds net zo verdomde koppig als zijn vader.' Nu zag Liza iets van een glimlachje verschijnen. 'Het enige waarover hij sprak – als hij kon spreken – was dat hij met je wilde trouwen. Hem vertellen dat hij je moest vergeten,' zei Leo nors, 'had net zoveel zin als de paus vertellen dat hij een condoom moest gebruiken.' Hij wierp een zijdelingse blik op Liza. 'En uiteindelijk begreep ik dat een van ons zou moeten toegeven.'
Ze schudde haar hoofd, nog steeds verbijsterd over wat er gebeurde.
'Toegeven lijkt me niet helemaal je stijl.'
Zijn glimlach was kort. Hij gaf links aan en draaide de M5 op.
'Kit heeft al genoeg meegemaakt. En over jou zal hij nooit van gedachten veranderen. Ik kan jullie twee niet meer uit elkaar houden.' Hij zweeg even, schraapte zijn keel en zei met tegenzin: 'Het spijt me dat ik je niet heb laten weten waar hij was, maar...'
'Ik begrijp het. Je dacht dat je deed wat het beste was voor hem.'

Net Dulcie, dacht ze; er altijd zo van overtuigd dat ze deed wat goed was, maar vaker wel dan niet bleek ze het verschrikkelijk mis te hebben.
'Hij is mijn zoon. Hij is alles voor me. Ik hou van hem.'
'Dat weet ik. Ik hou ook van hem.'
Een bord flitste langs: Bath 120 km.
'Over een uurtje zijn we er.' Leo drukte het gaspedaal in. 'Als je wilt, kun je wel even proberen te slapen.'
Alsof dat zou lukken. Ze beet op haar onderlip om niet te glimlachen. 'Ik ga niet slapen.'

De verpleegster die door Leo was ingehuurd om voor Kit te zorgen zolang hij nog aan bed was gekluisterd, begroette hen onder aan de trap.
'Hij heeft het afgelopen uur geslapen,' vertelde ze. 'De vlucht heeft hem uitgeput. Als jullie beneden willen wachten, dan waarschuw ik jullie zodra hij wakker is.'
'Mag ik niet meteen naar hem toe?' Liza trilde. Ze moest de trapleuning vasthouden. 'Ik zal heel stil zijn.'
De verpleegster keek naar Leo Berenger. Hij knikte.
'Ga maar naar boven,' zei hij tegen Liza. 'Boven aan de trap rechtsaf en dan de derde deur links. Pauline, dan kun jij mooi een kop koffie voor me zetten.'
Achter zich hoorde Liza Pauline met overdreven geduld zeggen: 'Mr. Berenger, ik ben aangenomen om voor uw zoon te zorgen, niet om koffie voor u te zetten.'
'Goed, goed,' Leo klonk geïrriteerd, 'dan zet je koffie voor jezelf. En geef mij ook een kop als je toch bezig bent.'

Liza opende de deur, sloop stilletjes de slaapkamer in en sloot de deur weer achter zich.
Kit sliep nog.
Een opengeslagen pocket van Dick Francis lag op een stoel die naast het bed stond. Liza legde het boek weg, ging zitten en keek naar Kits gezicht.
Hij was magerder, bleker, maar dat had ze wel verwacht. Wat ze niet had kunnen denken was dat hij nog aantrekkelijker was dan ze zich herinnerde. Alle rondingen en hoeken van zijn gezicht le-

ken op de een of andere manier volmaakter. Zijn haar leek glanzender en voller. Zelfs zijn donkere wimpers leken langer.
Ze merkte ineens dat ze haar adem inhield. Ze mocht hem niet storen. Nog steeds trillend boog ze zich naar voren, dichter naar het bed toe.
Kit opende zijn ogen.
Hij knipperde. 'Heb je iets met Roger Whittaker?'
'Nee.'
'Waarom heb je zijn trui dan aan?'
De glimlach was onveranderd, nog steeds spottend en volkomen onweerstaanbaar, en bezorgde haar nog steeds vlinders in haar buik.
Ze ging rechtop zitten, trok de turquoise met witte trui met zigzagpatroon uit en legde hem op het nachtkastje.
'Dat is al beter.' Hij bekeek haar hemdje, genietend van de manier waarop de zwarte lycra aan haar gouden borsten plakte.
'Ik zou maar oppassen als ik jou was,' zei ze met een nog steeds onvaste stem. 'Als mijn moeder hoort dat je commentaar had op mijn trui, dan breit ze er ook nog een voor jou.'
Hij glimlachte weer. Toen pakte hij haar hand beet. 'Ben je echt hier?'
'Ik ben echt hier.'
'Hoe?'
'Je vader heeft me opgehaald uit Devon. We zijn net aangekomen.'
'Mijn vader.' Hij klonk geamuseerd. Toen schudde hij zijn hoofd. 'Die man is echt niet te geloven. Hij heeft me gewoon ontvoerd. Wist je eigenlijk wel dat ik in Amerika was?'
'Nee, niemand wist het,' antwoordde ze. 'Zelfs de politie niet. Die waren woest.'
'Ik kon je niet eens bellen.' Hij streelde haar hand. 'Ik heb nog geprobeerd om de verpleegsters om te kopen, maar hij was me voor geweest. Het was net alsof ik in een gevangenenkamp zat. Echt, ik droomde steeds dat ik een tunnel aan het graven was om te kunnen ontsnappen.'
'Je bent nu hier,' fluisterde ze.
Hij legde zijn hand op haar wang. Ze leunde tegen zijn hand aan, wetend dat hij haar op hol geslagen hart kon voelen kloppen.

'Dit is nog iets waar ik steeds van droomde. Jou weer kussen,' zei hij.
'Mag dat al?'
'Kan mij het verdommen of het mag of niet. Doe nou maar,' mompelde hij. 'Het is toch oudejaarsavond? En op oudejaarsavond kus je de vrouw van wie je houdt. Alleen' – hij aarzelde – 'wacht even, laat me eerst die gepofte rijst even uit je haar halen.'

VERSIER ME DAN

Voor Tina LaVenture, mijn lieve schoonmoeder.
En ook voor Michael!
Liefs en dank voor alles.
(Kunnen jullie, de eerstvolgende keer dat jullie de tuin doen,
voor een Trevi-fontein zorgen?)

I

‘Opschieten. Jullie zijn te laat. Zoals zo vaak.’ Ash Parry-Jones, die voor de ingang in het portaal stond te wachten, tikte op zijn horloge toen Cleo en Will haastig over het grindpad kwamen aanlopen. ‘Snel naar binnen, anders is er geen plaats meer. Het zit al bijna vol.’

Alsof het een concert van Elton John was of zo. Cleo bleef even staan om Ash’ slordige geel-grijs gestreepte das recht te trekken. ‘Niet zo mopperen. En wat heb je nou weer voor raar overhemd aangetrokken?’

Hij keek beledigd. ‘Heb je het tegen mij?’

‘Ja.’ Ze gaf een liefkozend klopje op zijn kraag. ‘Strepen en krullen gaan niet samen.’

Ze vonden een plekje op een bank links in de kerk waar orgelmuziek opklonk. Terwijl Will het programma van de dienst bestudeerde, probeerde Cleo zichzelf weer onder controle te krijgen. Natuurlijk was het een droevige aangelegenheid – per slot van rekening was het het einde van een leven – maar toch was dit een van de vrolijkste begrafenissen die ze ooit had bijgewoond.

Dat was ook omdat Lawrence LaVentures dood vrolijker was geweest dan de meeste sterfgevallen. Je zou hem zelfs jaloersmakend kunnen noemen. Zoals Lawrence zelf altijd graag had verteld, kwam zijn achternaam van het Franse woord voor geluk hebben, boffen, en hij had zijn naam met alle plezier eer aangedaan. Welke zwierige drieënzeventigjarige weduwnaar zou, als hij de keus had gehad, nu niet op Lawrence’ manier hebben willen sterven, na een heerlijk maal en een verrukkelijke fles Saint-Émilion, in bed met een aantrekkelijke brunette die vele jaren jonger was dan hij?

Natuurlijk was die arme vrouw die hij voor de nacht had ingehuurd wel een beetje geschrokken. Het ene moment hadden ze samen nog de grootste lol gehad terwijl ze allerlei stoute dingen deden, en het volgende moment was ze de slaapkamer weer in gekomen met de fles cognac en twee glazen die ze van Lawrence mee naar boven had moeten nemen, en toen had hij

daar gelegen, achterovergevallen in de kussens van ganzenveren, morsdood.
Terwijl Cleo haar blik door de kerk liet dwalen, vroeg ze fluisterend: ‘Denk je dat zij ook komt?’
‘Wie?’
‘Die vrouw die bij hem was toen hij stierf!’ Die hem welbeschouwd had vermoord. ‘Ik wil weten hoe ze eruitziet.’
‘Ik denk dat we moeten uitkijken naar een vrouw in een leren korsetje,’ mompelde Will, ‘met netkousen, jarretels, hoge hakken...’
Cleo gaf hem een por tussen de ribben en stak toen haar arm door de zijne, blij dat hij was meegegaan. Will kende Lawrence LaVenture niet, maar ze had hem er vandaag per se bij willen hebben, en hij had dan ook braaf een middag vrij genomen van zijn werk. Hij wist ook waarom ze hem had meegevraagd en had haar er niet om uitgelachen, waar ze hem dankbaar voor was. De kennismaking met Will Newman, drie maanden geleden in een bar, was beslist een van de gelukkigste toevalligheden in haar leven geweest. Iemand had haar in een volle bar in Bath van achteren aangestoten, ze had haar drankje over zijn mouw gemorst, met als gevolg dat ze aan de praat waren geraakt... en met wat voor gevolg! Will was aantrekkelijk en charmant, hardwerkend en intelligent... kortom, in elk opzicht volmaakt. Ze had eindelijk de Ware gevonden en was dan ook dolgelukkig.
‘Misschien is zij het.’ Behulpzaam wijzend naar een mollige, kleine vrouw van in de zestig die zich in een al volle bank aan de andere kant van het gangpad perste, zei Will: ‘Dat lijkt me toch echt een klassehoer.’
‘Dat is Effie Farnham van Corner Cottage.’
‘Maar er hangt een leren zweep met sierspijkers uit haar handtas.’
‘Ze fokt cairnterriërs. Dat is een hondenriem.’
‘Zeker weten?’
‘Geloof me nou maar, Effie is niet zo’n zweeptype.’
‘Dat kun je nooit weten. Misschien heeft ze onder die jas wel iets heel ondeugends aan.’
Goed, dit viel echt onder het kopje: ‘Wil ik dit wel weten?’

Maar voordat Cleo zich Effie kon voorstellen in een string met kwastjes, werd ze gelukkig afgeleid door de binnenkomst van Lawrence' familie. Nou ja, wat er van over was dan. Met ingehouden adem keek ze naar het drietal dat door het gangpad kwam aanlopen, de twee bejaarde, zich moeizaam voortbewegende oudere zussen, leunend op hun ebbenhouten wandelstokken met zilveren handvatten en fijn politiek incorrect gekleed in bontjassen, met tussen hen in, zijn tempo aanpassend aan het hunne, Johnny LaVenture.

Hij zag er chiquer uit dan normaal in zijn donkere pak en met zijn gewoonlijk warrige zwarte haar achterovergekamd. Een fractie van een seconde keek hij naar links, en hun blikken vonden elkaar, wat bij haar meteen een pavloviaanse reactie van wrok teweegbracht. Ze kon er niks aan doen; ingeroeste oude gewoonte. Toen wendde Johnny zijn blik af, liep verder en ging tussen zijn oude tantes op de voorste bank zitten.

Cleo boog haar hoofd. Oké, niet aan hem denken. Je gewoon concentreren op de begrafenis. Lawrence mocht dan een onconventionele man zijn geweest, gek op drank en, nou ja, op andere wellustige vrijetijdsbestedingen, maar ze hadden altijd lol met hem gehad. Ze waren hier om een ode te brengen aan een welbesteed leven.

Na de dienst begaf iedereen zich, ineengedoken tegen de ijzige wind, door het park naar de Hollybush Inn waar het eten al klaarstond en de drank gratis was, precies volgens Lawrence' laatste wens. Als jarenlange trouwe klant van de pub, wist hij precies hoe je een goede opkomst kon garanderen.

Ash haalde Cleo en Will in. Hij wreef in zijn handen en zei vrolijk: 'Nou, dat is allemaal goed gegaan. Ik heb echt genoten, jullie ook?'

Nog steeds deed hij alsof hij het over een concert van Elton John had. Cleo zei: 'Je hoort niet te genieten van begrafenissen. Zo meteen ga je het nog vijf sterren geven op Amazon.'

'Dat is niet eens zo'n gek idee. We zouden het in het programma kunnen doen, luisteraars kunnen dan bellen om te vertellen wat hun favoriete –'

'Nee, dat kun je niet maken. Dat is gewoon fout. O god, moet je mijn hakken eens zien.' Bij de ingang van de pub aanbeland, steunde Cleo op een van de tafels buiten en veegde met een papieren zakdoekje de modder en het gras van haar schoenen. 'Zagen jullie dat ik helemaal in de grond wegzakte toen we om het graf stonden? Ik dacht echt dat ik elk moment plat op mijn rug zou vallen.'

'Daarom heb ik ook geen hoge hakken aangetrokken,' zei Ash met een meelevend knikje. 'Maar je ziet er goed uit vandaag. Lekker opgepoetst. Hoewel je eigenlijk geen complimentje verdient met al die ellende die je me bezorgt.'

'Dat is geen ellende, dat heet opbouwende kritiek. Die je trouwens goed kunt gebruiken.' Nadat Cleo haar hakken min of meer had schoongemaakt, gooide ze het modderige zakdoekje in de afvalbak en trok haar strakke beige rok recht. Natuurlijk zag ze er goed uit, daar had ze flink haar best voor gedaan. Uit trots. Wat ook de reden was dat ze Will voor de gelegenheid had meegesleept. Als je tijdens je hele puberteit meedogenloos was gepest en vernederd, wilde je je oude kwelgeest niet onder ogen komen en eruitzien als een... een ezel! Je voelde je gedwongen om zo iemand te bewijzen dat je geen complete loser meer was en heel goed in staat om het soort vriendje in de wacht te slepen dat elk meisje wel... nou ja, in de wacht zou willen slepen.

Daar stond hij dan, vlak achter de deur van de pub om iedereen te begroeten en de condoleances in ontvangst te nemen. In elk geval zou hij haar bij zo'n soort gelegenheid niet aanspreken met –

'Ha Misa.' Met een geamuseerde glans in zijn donkere ogen gaf Johnny haar een hand die het midden hield tussen schudden en knijpen. Het zou zelfs heel goed kunnen dat hij op het punt had gestaan om zich naar haar toe te buigen voor een kus, maar dat wist ze te voorkomen door een stapje naar achteren te doen.

Niet te geloven dat hij me nog steeds zo noemt, dacht ze. 'Ha Johnny. Gecondoleerd met je vader. We zullen hem allemaal missen.'

'Dank je. Ja, ik denk dat het dorp er een stuk stiller op zal worden.' Hij liet zijn blik even over haar heen glijden en vervolgde met een brede grijns: 'Je ziet er goed uit.'

Reken maar van yes, dacht ze. Zich omdraaiend naar Will zei ze: 'Dit is mijn vriend, Will Newman.'

'Gecondoleerd,' zei Will beleefd, terwijl ze elkaar een hand gaven.

'Dank je. Dus onze Misa heeft een nieuwe vriend opgeduikeld. Goed gedaan.' Blijkbaar erg tevreden over zijn woordkeuze, vervolgde Johnny: 'De vorige waren niet veel soeps, heb ik gehoord.'

Zie je nou wat een ramp hij was? Cleo wist de aanvechting om hem lik op stuk te geven te onderdrukken; dat zou per slot van rekening niet erg gepast zijn. Bovendien wist ze verdomme zo snel niks te bedenken.

Toen ze veilig buiten gehoorsafstand waren, zei Will: 'Ik snap wat je bedoelt. Waarom noemt hij je Misa?'

Alle oude gevoelens kwamen meteen weer terug. Alleen iemand die tijdens zijn jeugd ook zo was gekwetst, zou kunnen snappen hoe het was om eeuwig en altijd de gebeten hond te zijn.

'O, dat is zogenaamd een grappige bijnaam. Ik deed altijd erg mijn best op school, lette goed op, stelde heel veel vragen en gaf ook nog antwoorden. Op een dag was ik zo enthousiast dat ik het antwoord op een heel erg moeilijke vraag wist dat ik mijn hand opstak en riep: "*Me, sir!*" Ik, meneer. Nou, iedereen plaste zo ongeveer in zijn broek van het lachen. En toen zat ik nog drie jaar aan die bijnaam vast. Ik was officieel het lievelingetje van de meester. Sommige kinderen dachten zelfs dat ik echt Misa heette.'

'En na al die jaren noemt hij je nog steeds zo.' Will knikte in Johnny's richting.

'Hij heeft hem bedacht.' Cleo kromp ineen bij de herinnering. Het sprak vanzelf dat ze de rest van haar schooltijd niet meer haar hand had opgestoken, geen vragen meer had gesteld en niet meer op de antwoorden had gelet. Oké, misschien kon ze Johnny LaVenture niet overal de schuld van geven, maar hij had er beslist aan meegeholpen. Haar puberale hormonen waren gaan opspelen, ze had aansluiting gezocht bij een groepje wildere meisjes, en haar schoolresultaten waren daardoor flink achteruit gehold. Haar eindcijfers in de vierde klas waren een

complete ramp geweest, maar dat had haar bijna met trots vervuld. Kijk, moet je die verschrikkelijke cijferlijst eens zien! Het bewijs dat ik niet meer het lievelingetje van de meester ben!
'Arme schat.' Voor de grap wreef Will vol medeleven over haar schouder en zei: 'Zal ik hem een pak slaag geven?'
'Ja graag. Nee, doe maar niet. Per slot van rekening is zijn vader net begraven.' Bovendien was Johnny groter dan Will en was hij altijd nogal sportief geweest, maar dat zei ze niet hardop. Het zou eerlijk gezegd behoorlijk gênant zijn als Johnny Will helemaal tot moes zou slaan. Toch was het aardig aangeboden.
Een uur en wat drankjes later begon de stemming erin te raken; iedereen ontspande zich en Cleo's huid prikkelde ook niet steeds meer wanneer ze naar haar aartsvijand keek. Was het stom om nog steeds dat gevoel te hebben? Misschien wel, maar ze kon er niks aan doen. Het was dertien jaar geleden dat ze samen op school hadden gezeten. Zelf was ze op haar zestiende van school gegaan om aan het eerste van haar vele baantjes te beginnen. Johnny had uiteindelijk zijn eindexamen gehaald, met hoge cijfers – Ha! Wie was hier nou de uitslover? Het lievelingetje van de meester? – en was toen naar de kunstacademie gegaan. Daarna was hij naar New York verhuisd, om af en toe terug te keren naar Channings Hill voor een bezoekje aan zijn vader, maar Lawrence had hem blijkbaar al die tijd op de hoogte gehouden van haar niet zo daverende successen op het vriendjesfront. In die jaren zou je nog eerder Elvis in het dorp gespot kunnen hebben dan Johnny. Ondertussen begon hij, dankzij een combinatie van hard werken en zich in de juiste kringen bewegen, langzamerhand beroemd te worden vanwege zijn draadsculpturen. Als het om het geluk van de familie LaVenture ging, dan had ook hij daar zijn portie van meegekregen. In de loop der tijd waren zijn beeldhouwwerken groter geworden, net als zijn roem, met als hoogtepunt een tentoonstelling waarop alle meer dan levensgrote werken waren aangekocht door de steenrijke eigenaar van een casinoketen. Van de ene op de andere dag was Johnny een beroemdheid geworden, met het daarbij behorende oogverblin-

dende supermodel/vriendinetje. En Cleo die over zijn sterrenleven las in de bladen, ontdekte bij zichzelf een mate van wrok waar ze zich niet toe in staat had geacht, gewoon omdat het allemaal zo vreselijk oneerlijk was. Als een aardig iemand iets leuks overkwam, dan gunde je hem dat en was je blij voor hem. Maar dat dit uitgerekend iemand overkwam die het niet verdiende... nou, dat was toch ook oneerlijk?
Will keek op zijn horloge en zei verontschuldigend: 'Ik moet weg.'
'Tuurlijk. Maar fijn dat je bent mee geweest.' Hij had nog een vergadering van zijn werk in Bristol, en aansluitend een squashtoernooi die avond. Ze omhelsde hem, gaf hem een snelle kus op de mond en zei: 'Dan zie ik je vrijdag.'
'Ik verheug me er nu al op. Red je je hier wel?'
'Ja hoor. Mijn grote zus past wel op me.' Abbie, vijftien jaar ouder en lichtjaren verstandiger, stond bij de bar met wat buren te kletsen.
'Ik hoop het. Niet gaan paaldansen,' zei Will. 'Niet flirten met mooie mannen.' Hij knikte naar een paar besnorde oude boeren die in een hoek over hun bier gebogen zaten.
'Succes met het toernooi.' Ze gaf hem nog een kus.
'Dank je. Ik kom vrijdag na mijn werk naar je toe. Dag.' Hij zwaaide even terwijl hij naar de deur liep.
'Ik kan anders ook wel naar jou toe komen,' bood ze aan, 'als dat je soms beter uitkomt.'
'Hm. Nee, ik geloof dat ik liever naar jou toe kom.' Hij glimlachte en trok een gezicht van: je weet wel waarom; de twee vrienden met wie hij een rommelige flat in Redland deelde, waren van het luidruchtige, eeuwig ginnegappende soort en je kon niet echt zeggen dat hun aanwezigheid de romantische sfeer verhoogde. Will, die haar niet graag blootstelde aan hun grove opmerkingen, had haar uitgelegd dat het hem niet zoveel zou kunnen schelen als ze zomaar een vriendinnetje was, maar dat was ze niet, ze was veel belangrijker voor hem dan dat.
Toen Cleo dat had gehoord, was haar hart bijna uit elkaar gebarsten van hoop. Goh, wie weet hoe het er over een jaar tussen hen zou voorstaan. Terwijl ze hem nakeek, slaakte ze een

tevreden zucht. Will Newman. Cleo Newman. Misschien was hij echt de Ware.
Toen begon haar huid weer te tintelen, en een stem achter haar zei: 'Dus dat is je vriendje, Misa?'

2

Werd haar bloed echt warmer of voelde het alleen maar zo? Cleo wist zich te beheersen en knikte. Het was nergens voor nodig om Johnny te laten merken wat voor uitwerking hij op haar had, dat zou hem alleen maar een kick geven, en het was bovendien beneden haar stand.
'En nou heeft hij je zomaar in de steek gelaten?'
'Hij had nog een belangrijke vergadering op zijn werk. Hij heeft een erg verantwoordelijke baan.'
'O ja? Fijn voor hem,' zei Johnny op geamuseerde toon.
Hoe speelde hij het toch klaar dat ze door die paar woorden alweer het gevoel kreeg dat hij haar in de maling nam? Cleo stond gewoon verbaasd over zijn talent daarvoor. Met haar hoofd wist ze misschien wel dat het niet zijn schuld was dat ze haar schoolcarrière vroegtijdig had afgebroken, maar diep vanbinnen voelde het wel een beetje zo. Ze was echt gek op haar baan bij Henleaze Limo's, maar wie weet wat er van haar terecht was gekomen als ze een betere opleiding had gehad. Wat had ze wel niet allemaal kunnen bereiken... misschien was ze wel een... god... een astrofysicus geworden!
Nou ja, misschien had ze dat gewild. Wat het dan ook inhield. Fysica waarschijnlijk, gemengd met... met... astroturf.
'En, is die Will New-Man je grote liefde?'
Zie je nou wel? Hij maakte nu ook al grapjes over Wills achternaam. Hoe zou hij het vinden als ze hem La-di-da-Venture zou noemen? Maar in plaats van te gaan steigeren, zei ze luchtig: 'Misschien. Het gaat op dit moment in elk geval erg goed. En hoe zit het bij jou?'
Johnny grinnikte en trok een gezicht. 'Niet al te best. Tempe-

ramentvolle wezentjes, vrouwen. Het kan soms hard werken zijn.'

Vrouwen, meervoud. Gewoon om haar te laten merken hoe populair hij was, achtervolgd werd door hordes verliefde vrouwen. Ze glimlachte beleefd, zag dat het hem geen bal kon schelen wat ze dacht en vroeg toen: 'Wat gaat er met Ravenswood gebeuren?'

'Ik denk dat ik het ga verkopen. Als dat lukt.' Johnny schudde zijn hoofd. 'Gewoon te koop zetten, z.s.m. Het is natuurlijk niet de beste tijd, maar je kunt nooit weten. Misschien dat iemand het potentieel ervan inziet. Het zou fijn zijn als we nog voor kerst een koper zouden vinden. Bij een snelle verkoop zou ik het appartement onder me kunnen kopen en daar een fantastische galerie van kunnen maken.' Hij zweeg en keek haar aan. 'Waarom vraag je dat? Hebben jouw vriendje en jij soms belangstelling?'

O ja, natuurlijk, het zat er echt dik in dat ze Ravenswood zouden kunnen kopen, met zijn zeven slaapkamers en een tuin groter dan een voetbalveld. Hoewel je het met dat formaat geen tuin meer noemde, maar een landgoed.

'Ik zal het tegen Will zeggen.' En meteen ook maar extra loten gaan kopen. 'Hoeveel wil je ervoor hebben?'

Hij haalde zijn schouders op. 'Morgen komen er een paar makelaars kijken en die zullen dan een prijs vaststellen. Ik heb er weinig verstand van, maar ik schat zo rond de tweeënhalf.'

Tweeënhalf miljoen pond. Cleo zag het getal voor zich, al die nullen die over het papier rolden als je ze moest opschrijven. Had Johnny er ook maar een flauw benul van hoe onwaarschijnlijk veel geld dat was? En dan die terloopse manier waarop hij het zei, alsof het de gewoonste zaak ter wereld was... Nou, misschien zouden Will en zij er toch maar van afzien.

'Nou, succes ermee. Ik zal je niet langer ophouden.'

Toen ze weg wilde lopen, zei hij: 'Die vriend van je. Doet hij soms in verzekeringen of zo?'

'Wat? Nee! Hoezo?'

'Gewoon nieuwsgierig.' Er verscheen een lachje om zijn mond. 'Zo ziet hij er een beetje uit, meer niet.'

Oooooh...

‘Och, och,’ begroette Abbie haar vol medeleven. ‘Ik zag je met Johnny staan praten. Hij heeft je weer het bloed onder de nagels vandaan weten te halen, hè? Hier, neem maar een slokje van mijn Malibu.’

Cleo kon er altijd op vertrouwen dat haar zus haar opbeurde. Abbie zag er vandaag heel mooi uit, met haar fijne honingblonde haar dat in golven op haar schouders viel en met haar lieve gezicht dat gloeide dankzij de subtiele make-up die ze normaal gesproken niet gebruikte, maar wel altijd op ‘hoogtijdagen’.

Aan de andere kant, zusterliefde kende ook zo zijn grenzen. ‘Ik heb een beter idee. Ik haal zelf wel een drankje. Aangezien Lawrence toch betaalt. Johnny dus, in dit geval. Ik neem meteen iets lekker duurs. Een droge witte wijn, graag.’ Cleo gebaarde naar Deborah die achter de bar stond. ‘Lekker, dank je wel. Maar hij is echt geen steek veranderd, hè?’ Ze sloeg de witte wijn gulzig achterover. ‘Hij gaat tweeënhalf miljoen pond vragen voor zijn vaders huis. Hij vroeg zich af of Will en ik geen bod wilden uitbrengen. Hij wil het graag voor kerst geregeld hebben, want dan kan hij nog een appartement kopen in New York en daar een galerie van maken. Ik bedoel, kan het hem eigenlijk wel wat schelen dat Lawrence net dood is? Voor hem is het gewoon een kleine meevaller die precies op het juiste moment komt... God, om van te kotsen gewoon.’

‘Is dat nou een schimpscheut?’ Tom, Abbies man, leek erg in zijn nopjes met zichzelf. ‘Ha, dat woord heb ik nog nooit eerder gebruikt. Maar dat was het wel, hè? Het klonk me echt als een schimpscheut in de oren.’

Cleo lachte, omdat Tom er zo goed uitzag in zijn donkere begrafenispak en felblauwe overhemd dat bij zijn glinsterende ogen paste. Het was altijd weer raar om hem in iets anders te zien dan zijn gebruikelijke werkkleding die bestond uit een stoffig poloshirt en een spijkerbroek. Zelfs zijn korte bruine haren waren geknipt ter ere van Lawrence’ begrafenis. ‘O ja, dit was een schimpscheut. Sommige mensen verdienen die nou eenmaal.’ Ze knikte en nam nog een grote slok wijn.

‘Maar vroeger vond je hem wel leuk,’ zei Tom.

‘Wat?’ Cleo verstijfde. ‘Nietes!’

'Tuurlijk wel. Waarom heb je anders ja gezegd toen hij je een keer mee uitvroeg?'
Allemachtig zeg. Links van Tom ging Abbie ineens helemaal op in een los draadje van haar bronskleurige blouse. Met een hart dat twee keer zo snel begon te kloppen zei Cleo: 'Ik weet niet waar je het over hebt.'
Tom lachte en schudde zijn vinger naar haar. 'Toe zeg, ik weet dat het een tijd geleden is, maar je hebt echt ja gezegd. Tijdens het schoolfeest heeft Johnny LaVenture je mee uitgevraagd en jij zei ja – hé, pas een beetje op mijn drankje!'
'Tom.' Abbie, die hem een por had gegeven, keek hem waarschuwend aan. 'Hou je mond.'
Terwijl Cleo hen met open mond aanstaarde, zei ze langzaam: 'O mijn god, dat weet je dus? Jullie allebei?'
Het was haar diepste, donkerste, beschamendste pubergeheim. Ze had het al die jaren verborgen gehouden, zichzelf voorhoudend dat ze zichzelf weliswaar behoorlijk voor schut had gezet, maar dat haar familie dat in elk geval niet wist.
Alleen... Ze keek van Abbie naar Tom en weer terug... Blijkbaar wisten ze het wel.
'Waarom kun je niet eens gewoon je mond houden?' berispte Abbie hem.
'Ach, het is jaren geleden.' De grijns op Toms gezicht werd breder toen Ash naar hen toe kwam lopen. 'Dat maakt nou toch niets meer uit?'
'Waar hebben we het over?' Ash, wiens nieuwsgierigheid geen grenzen kende, keek hen belangstellend aan.
'Niet zeggen!' flapte Cleo eruit.
'Over die keer dat Johnny LaVenture Cleo vertelde dat hij gek op haar was en vroeg of ze met hem uit wou gaan en ze ja zei.'
Nou fijn, dank je wel.
'O ja, op dat eindfeest van school.' Ash knikte ernstig.
Dit was echt het toppunt. Ash woonde nog maar drie jaar in het dorp. Terwijl Cleo hem aankeek, vroeg ze op hoge toon: 'Weet iedereen het soms?'
'Nou, ja. Hoewel ik dacht dat het geheim moest blijven. Jij mocht niet weten dat wij het weten.'
Cleo slikte. Wat er toen was gebeurd, was erg genoeg om een

meisje voor haar leven te tekenen. Eerlijk gezegd was ze ervan overtuigd dat ze ook voor haar leven was getekend. Ze was met weinig verwachtingen naar het eindfeest gegaan, behalve misschien om een paar alcoholvrije biertjes te drinken, wat te dansen met haar vriendinnen en gewoon lol te hebben. Toen Johnny LaVenture naar haar toe was gekomen en had gevraagd of hij haar even buiten kon spreken, had ze eerst geweigerd, maar hij had zo aangehouden dat haar nieuwsgierigheid het uiteindelijk had gewonnen en ze had toegegeven. Eenmaal buiten had Johnny aarzelend zijn ware gevoelens voor haar opgebiecht. Het bleek dat hij haar alleen maar zo erg had geplaagd om te verbergen dat hij haar echt leuk vond, maar nu kon hij zijn gevoelens niet langer verbergen. En terwijl hij haar dit stond te vertellen, hadden zijn mooie donkere ogen haar smekend aangekeken en hadden zijn trillende handen haar schouders gestreeld. Cleo, gehypnotiseerd door zijn verklaring en nauwelijks in staat om het te bevatten, had tegen de ruwe buitenmuur van de meisjeskleedkamer geleund, ontzettend geraakt door zijn bekentenis; hij moest maandenlang moed hebben verzameld om haar dit te kunnen zeggen.

Vervolgens had Johnny haar aarzelend gevraagd of ze de week daarna een keertje met hem uit wilde, en hoewel ze daar niet echt zin in had, wist ze dat ze niet kon weigeren. Dat zou funest zijn voor zijn zelfvertrouwen. Jongens van zestien raakten snel hun gevoel van eigenwaarde kwijt, het zou wreed zijn om nee te zeggen... gewoon een keertje naar de bioscoop en dan zou ze hem vertellen dat ze beter gewoon vrienden konden blijven...

Dus had ze tegen Johnny geglimlacht en gezegd, ja, natuurlijk wilde ze met hem uit, met in haar achterhoofd ook de bevredigende gedachte dat ha! alle bitches die zijn kant hadden gekozen en haar Misa noemden, nu ook aardig tegen haar zouden moeten doen.

Het was een heftig moment geweest, het soort van ommekeer waar iedere ongelukkige zestienjarige alleen maar van kon dromen, maar het was echt gebeurd en het voelde... god, het voelde fantastisch! Niet alleen zou van nu af aan alles beter gaan, maar ze had ook geen wraak genomen, hem niet voor gek gezet, of iets gemeens gezegd, terwijl ze dat heel makkelijk had kunnen doen! En nu keek hij naar haar alsof hij haar wilde kussen. Nou ja, een kusje kon geen kwaad, toch? Eerlijk gezegd kon ze wel wat oefening gebruiken. Ze hield haar hoofd schuin, sloot haar ogen, tuitte uitnodigend haar lippen en wachtte op –

Gelach vlak boven haar hoofd was wel het laatste waar ze op had staan wachten, maar dat was wel wat ze hoorde. Gevolgd door een heel koor van giechels, een schuivend geluid en het soort van gekletter dat je hoorde wanneer iemand die gevaarlijk op het randje van de wc stond, onder het open raampje, zijn evenwicht had verloren en eraf was gevallen.

Iemand had hen staan afluisteren. Meerdere iemanden, zo te horen. Typisch iets voor de meiden uit haar klas. Weinig volwassen. Maar wat maakte het uit als ze alles hadden gehoord? Terwijl ze geruststellend een hand naar Johnny uitstak, zei ze: 'Maakt niks uit, laat ze maar.' Maar ineens vroeg ze zich af waarom hij haar niet meer aankeek.

Het gegiechel veranderde in hysterisch gelach, en het hoofd van Mandy Ellison verscheen in het raampje. Kraaiend van pret opende ze haar vreselijk grote mond en schreeuwde: 'Ha ha, niet te geloven dat ze erin is gestonken! Echt heel goed gedaan!'

Verbijsterd wendde Cleo zich tot Johnny. 'Wat bedoelt ze?'

Half lachend antwoordde hij, terwijl hij wegliep: 'Sorry, ze had met mij om een vijfje gewed dat het me niet zou lukken.'

Iedereen klauterde inmiddels op de wc-deksels; steeds meer hoofden verschenen in de rij raampjes. Ze begonnen allemaal steeds harder te lachen.

Toen tot Cleo doordrong dat ze echt flink bij de neus was genomen, kreeg ze een knalrode kop.

Johnny haalde zijn schouders op en hield zijn handen in de lucht, zichzelf vrijpleitend van alle schuld. 'Ik had nooit gedacht dat je ja zou zeggen.'

Ze werd verscheurd tussen het verlangen om door de grond te zakken en een overweldigende behoefte om in tranen uit te barsten. 'Dat zei ik alleen maar omdat ik medelijden met je had!'

'Ha ha ha ha ha! Ja, vast!' jouwde Mandy Ellison haar uit.
'Dat is echt zo. Ik val helemaal niet op hem!'
'Maar je dacht echt dat hij op jou viel,' zei Mandy grinnikend. 'Mocht je willen, Misa! Ha, we hebben in tijden niet zo gelachen. En dat allemaal voor een vijfje.' Terwijl ze dat zei, grijnsde ze naar Johnny. 'Een koopje gewoon.'
Tegen de tijd dat Cleo's vader haar kwam afhalen, had ze al meer dan een uur buiten staan wachten. Binnen liep het feest ten einde.
'Alles goed, schat? Dat je hier al staat te wachten! Heb je een leuke avond gehad?'
Ze kon het hem met geen mogelijkheid vertellen. Het laatste wat ze wilde, was dat haar vader medelijden met haar zou hebben. 'Gaat wel.' Het verdriet en de vernedering wegslikkend, zei ze terloops: 'Op het laatst werd het een beetje saai.'
'Ach, wat jammer.' Haar vader gaf haar plagend een duwtje. 'Heb je nog met jongens gedanst?'
'Er was niemand met wie ik wilde dansen. Het zijn allemaal losers,' zei ze.
En nu, in de bar van de Hollybush, was haar schaamte weer net zo groot als al die jaren geleden. Cleo keek Ash, Tom en Abbie aan en vroeg: 'Van wie weten jullie dat?'
Ash wees schouderophalend naar Abbie. 'Had jij het me niet verteld? Een paar jaar geleden?'
'Ik heb het van Tom gehoord,' zei Abbie, 'al vlak nadat het was gebeurd.'
'Ja, geef mij maar weer de schuld. Na de disco had iedereen in de pub het erover, ze lachten zich allemaal rot,' verdedigde Tom zichzelf. 'Stuart Ellison vertelde het ons. Zijn zusje Mandy was erbij toen Johnny dat deed. Het was gewoon een geintje.'
Cleo wist de neiging te onderdrukken om Tom al zijn pas geknipte haren uit de kop te trekken. Dus al die tijd was ze de risee van het hele dorp geweest. En net als bij al die andere goed bewaarde geheimen waarvan je je gewoon niet kon voorstellen dat ze echt geheim konden blijven, had ze er geen flauw idee van gehad.
En wat nog erger was, als ze Johnny er nu naar zou vragen,

was de kans groot dat hij zich die avond op het schoolfeest, toen hij zo gemakkelijk een vijfje had verdiend, niet eens meer kon herinneren.

3

Het TE KOOP-bord stond nu meer dan een week voor het huis. Nadat Johnny zijn notaris opdracht had gegeven overal voor te zorgen, was hij de dag na de begrafenis teruggevlogen naar Amerika. Cleo stopte even met het schoonmaken van de Bentley die ze vanmiddag weer moest rijden om te kijken naar de twee auto's die, aan de andere kant van het park, voor Ravenswood stopten.

Het was echt niet uit nieuwsgierigheid dat ze de boel in de gaten hield; het was pure burenhulp, gewoon opletten of er niet werd ingebroken. Hoewel ze moest toegeven dat de man en de vrouw die uit de donkerbruine Volvo stapten er niet echt als inbrekers uitzagen. En de andere man was duidelijk een makelaar, dat kon ze zelfs van deze afstand zien. Het zou weer echt iets voor Johnny zijn als het allereerste stel dat zijn oude familiehuis kwam bezichtigen, er meteen verliefd op werd en het ter plekke zou kopen.

Cleo leunde over de achterbank van de Bentley heen en was driftig onder de voorbank aan het zuigen, toen iemand in haar kont kneep. 'Oef!' Ze viel voorover, draaide zich op haar zij en richtte de stofzuigermond als een pistool op Ash. 'Laat dat!' Zijn ogen dansten. 'Ik kan er niks aan doen. Altijd als ik een lekker kontje in de lucht zie steken, moet ik gewoon even knijpen.' Hij kwam net thuis van zijn werk. Het nadeel van een ochtendshow op de radio presenteren was misschien dat hij idioot vroeg uit de veren moest, maar het voordeel was weer dat alles er om tien uur al opzat en hij om elf uur terug was in Channings Hill.

Cleo zette de stofzuiger uit en pakte haar poetsdoekje. 'Geef me die bijenwas eens aan. Hoe ging het vandaag?'

'Fantastisch. En als je de moeite zou nemen om te luisteren, zou je dat niet hoeven vragen.' Wat zijn radioprogramma betrof, kende Ash' bescheidenheid geen grenzen. Drie jaar geleden was hij weggekaapt bij een klein commercieel radiostation in Londen om de ochtendhow te gaan presenteren, en sindsdien waren de luistercijfers met zeventig procent gestegen. Hij was de ster van BWR en zeer geliefd bij zijn steeds groter wordende publiek. Niet alleen de plaatselijke bevolking luisterde naar hem, fans uit de hele wereld volgden hem via internet. In zijn programma straalde hij zelfvertrouwen, gevatheid en een onweerstaanbare charme uit. Vrouwen en meisjes van alle leeftijden aanbaden hem, en Ash speelde het spelletje mee door hardop zijn fanmail voor te lezen en zijn luisteraars te vergasten op indiscrete verhalen over zijn woeste, door testosteron aangevuurde, Hollywood-achtige liefdesleven.

In het echte leven bleef er buiten de studio echter weinig van zijn zelfvertrouwen over. Nee, dat was ook weer niet waar; in het gezelschap van vrienden, van mensen die hij kende, ging het prima met hem. Zodra er echter een nieuwe en aantrekkelijke vrouw in beeld kwam, raakte hij iedere keer weer totaal de kluts kwijt. Het was net alsof een Dementor al het leven uit hem zoog. Samen met het zelfvertrouwen verdwenen ook de gevatheid en charme; hun plaats werd ingenomen door een lompe onhandigheid alsof, voor de ogen van het verbaasde publiek, Ash Parry-Jones twaalf jaar jonger werd en veranderde in een ziekelijk verlegen, te dikke en onaantrekkelijke tiener. En hoe Cleo ook op hem inpraatte, niets hielp. Ash was de eerste om toe te geven dat succes de beste wraak was, en qua carrière was hij extreem succesvol, maar het zou leuk zijn als hij lichamelijk dezelfde metamorfose kon ondergaan als Brad Pitt die een keer in *Friends* had opgetreden als de ooit dikke sukkel van school.

Helaas was dit bij Ash niet het geval. Misschien dat hij wat van het overgewicht dat hem tijdens zijn puberteit had gekweld, was kwijtgeraakt, maar er was nog steeds genoeg over; echt slank zou hij nooit worden. Zijn stevige lichaam zou altijd gedrongen blijven. Zijn haar was blondachtig, slordig, onopvallend. En zijn gezicht zag eruit alsof het van restjes was gemaakt: een slappe neus, een onderkin, grillige wenkbrauwen en lichtelijk asymmetrische oren. Hoe clichématig het ook klonk, en Ash was de eerste om dat toe te geven, zijn gezicht was perfect voor de radio. Natuurlijk waren er foto's van hem te vinden op internet voor degenen die nieuwsgierig genoeg waren om die op te sporen, maar het grootste deel van zijn luisteraars had geen flauw idee hoe hij eruitzag. Hetgeen betekende dat meisjes die zich aangetrokken voelden tot zijn radiopersoonlijkheid, de schok van hun leven kregen wanneer ze contact met hem zochten.

'Ik kon niet naar je programma luisteren. Ik was bezig,' zei Cleo.

Ash trok zijn grillige wenkbrauwen op. 'Op dat tijdstip? Dan weet ik wel waarmee.'

'Werk.' Ze sloeg met het poetsdoekje naar hem. 'Heel schattig eigenlijk. Een echtpaar dat vijftig jaar getrouwd was. Als verrassing hadden hun kinderen geld bij elkaar gelegd voor een fantastische vakantie. En vanochtend dachten ze dat ze zouden worden opgehaald door een gewone taxi.' Dit soort mensen, opgetogen en enthousiast omdat ze misschien wel voor het eerst van hun leven in een limousine zaten, waren Cleo's lievelingsklanten. Een welkome afwisseling van de zwijgzame, ambitieuze zakenmannen die haar service voor lief namen, van het oorverdovende kabaal dat overdreven opgewonden kinderen maakten die waren geslaagd voor hun eindexamen, en van de groepjes stomdronken vrouwen op hun vrijgezellenavondjes, die ze bijna niet onder controle kon houden. De dame van vanochtend, de schat, was op de achterbank van de Bentley in tranen uitgebarsten. Tussen het gesnik door had ze hikkend gezegd: 'O, waar heb ik zulke kinderen aan verdiend? Ik ben de gelukkigste vrouw ter wereld!'

'En dan te bedenken dat het nog leuker voor ze was geweest als ze onderweg naar mijn programma hadden kunnen luisteren.'

'Jij weet echt van geen ophouden, hè? Je bent gewoon een hoer van de luistercijfers. Doe eens iets nuttigs en zet een kop thee voor me,' zei Cleo.

'Pardon.' Ash klopte zichzelf op de borst. 'Je hebt het wel tegen een toekomstige wereldster, hoor.'
'Lekker sterk, weinig melk, twee klontjes suiker.'
Hij kuierde naar binnen, om vijf minuten later terug te komen met twee mokken thee. Als een echte heer gaf hij haar de mok met een in bikini geklede vrouw erop, van wie de bikini verdween wanneer de mok warm werd. Terwijl Cleo op het muurtje voor hun tuinen ging zitten, kwamen de drie bezoekers Ravenswood weer uit zetten. Ze bleven even staan praten, toen stapte de makelaar in zijn auto en reed met een vrolijke zwaai weg. Het echtpaar keek nog even naar het dorp en stapte toen in hun Volvo, waarbij de lange man het portier openhield voor zijn vrouw die echte spillebenen had.
'Denk je dat ze het kopen?' vroeg Cleo.
'Zou kunnen. Die vrouw is net een flamingo.' Ash kneep zijn ogen tot spleetjes. 'En ze luistert vast alleen naar Radio 4.'
De smetteloze donkerbruine Volvo reed statig weg, langs de pub, om dan, in plaats van linksaf het dorp te verlaten, om het park heen hun kant uit te komen rijden met een gevaarlijke snelheid van wel vijftien kilometer per uur.
Terwijl Ash de auto met zijn ogen volgde, neuriede hij de herkenningsmelodie van *Jaws*.
Van dichtbij leek de vrouw nog meer op een flamingo, met haar donkere kraaloogjes en scherpe haakneus. Ze moest haar hoofd heffen om te kunnen neerkijken op Cleo en Ash.
'Goedemorgen. Woont u hier?' Haar ogen registreerden de naakte-damemok. 'We hebben net Ravenswood bekeken. Dit lijkt ons wel een rustig dorpje. Vinden de mensen het over het algemeen prettig wonen hier?'
'Prettig?' herhaalde Ash opgewekt. 'Ze vinden het fantastisch. Dus het huis bevalt jullie wel?'
De vrouw kneep haar smalle lippen samen alsof ze een belastinginspecteur was. 'Misschien wel. Maar we willen eerst wat meer over Channings Hill weten voordat we een beslissing nemen. Mijn man en ik houden van rust en kalmte. Is dit een rustig dorp?'
'Echt rustig zou ik niet willen zeggen. We hebben zo onze momenten,' vertelde Ash. 'Het is hier gewoon... gewoon.'

'Wat houdt dat precies in?' De echtgenoot van de vrouw nam hem onderzoekend op.
Cleo vroeg zich af hoe het voor die twee was om met elkaar getrouwd te zijn. 'Niet dat hier vaak feesten worden gegeven of zo,' legde ze uit. 'Het is meer een soort... ongestructureerd lawaai. Zoals jongeren op motoren... Het zijn echt best leuke jongens, maar ze denken gewoon niet aan de herrie die ze maken als ze om het park heen racen.'
Het echtpaar hapte hoorbaar tegelijkertijd naar adem. De vrouw huiverde en zei toen: 'Motoren?'
De koningin was er niks bij.
'Niet allemaal,' stelde Cleo haar snel gerust. 'Sommigen hebben gewoon brommertjes. Maar om twaalf uur is alles afgelopen.'
De ogen van de man puilden er bijna uit. 'De makelaar heeft ons daar niets over verteld.'
'Dat verbaast me niks! Maar de rest van het dorp is echt heel leuk.' Cleo knikte enthousiast. 'Fantastische pub waar van alles wordt georganiseerd. Jullie zullen binnen de kortste keren vrienden maken, vooral als jullie van karaoke houden!'
De Volvo verliet het dorp heel wat sneller dan hij was gekomen.
Ash pakte Cleo's hand beet, gaf er een klapje op en zei: 'Je bent een stoute meid!'
'Nou en? Ik vond ze niet leuk. Die vrouw keek alsof ze mijn ogen eruit wilde pikken.'
'Als ze door jou van die koop afzien, dan komt de makelaar je doodschieten.'
Ze moest toegeven dat ze daar niet bij stil had gestaan. Schouderophalend zei ze: 'Ze pasten hier gewoon niet.'
'O. En het heeft natuurlijk niks te maken met het feit dat je Johnny LaVenture een hak wilt zetten.'
Verdomme nog aan toe, hoe deed Ash dat toch? Terwijl ze haar meest gekwetste gezicht trok, zei ze: 'Wat erg om zoiets zelfs maar te denken.'
'Het is toch een fantastische kans om wraak op hem te nemen? Hij wil heel graag snel verkopen. En door jou gaat dat waarschijnlijk niet gebeuren. Hoeveel hou je eigenlijk van je eigen knieschijven?'
'Er komt heus wel iemand anders kijken die het wel koopt. Ie-

mand die duizend keer beter is, en dan zul je me dankbaar zijn. Bovendien,' zei ze, terwijl ze van het muurtje sprong en hem de lege naakte-damemok gaf. 'Johnny zit in New York. Hij komt er toch nooit achter.'

4

Er was iets gebeurd; Abbie had een dikke knoop in haar maag en ze wist niet wat ze moest doen. Misschien had ze het beter aangekund als ze meer ervaring met relaties had gehad, zoals haar jongere zus. (Hoewel Cleo, voordat ze Will had leren kennen, heel weinig geluk had gehad met mannen.)
Wanneer je echter drieëntwintig jaar getrouwd was met een vrolijke, ongecompliceerde, totaal relaxte man die zich ineens, bijna van het ene op het andere moment, teruggetrokken en afstandelijk was gaan gedragen, dan stond je hele wereld op z'n kop. Tom gedroeg zich als iemand met een vreselijk geheim, dat viel gewoon niet te ontkennen. Bovendien weigerde hij toe te geven dat er iets aan de hand was, wat het allemaal nog erger maakte. Hij had niets meer van de opgewekte en overal grapjes over makende man die hij altijd was geweest. Toen ze het onderwerp vanochtend opnieuw had aangesneden, had hij haar aangekeken met een blik die ze niet van hem kende, en daarna had hij haar toegebeten dat ze erover op moest houden en was het huis uit gelopen.
Het was vreselijk. De afgelopen drie dagen had Abbie zichzelf zitten opvreten van angst. Aangezien hij een man was, stond boven aan haar lijstje verdenkingen de mogelijkheid dat er qua gezondheid iets mis met hem was. Had hij een knobbeltje ontdekt? Was hij al naar de dokter geweest waar hij akelig nieuws te horen had gekregen? Dat was haar angst nummer een. Nummer twee, een idee dat ze tot voor een week als totaal ondenkbaar van de hand zou hebben gewezen, was dat hij een verhouding had. Maar Toms gedrag ging zo compleet tegen zijn karakter in dat het misschien toch niet meer zo ondenk-

baar was. En werd er niet altijd beweerd dat de echtgenote het als laatste te weten kwam? O god, stel je voor dat hij echt iets met een andere vrouw had. Dat hij met haar naar bed ging. Wat als het iemand was die ze kende... dat de verhouding al jaren aan de gang was, maar dat haar rivale nu meer wilde, druk op hem uitoefende, dreigde het aan iedereen te vertellen om hem te dwingen in actie te komen... om die saaie vrouw van hem te dumpen en een nieuw leven met haar te beginnen... misschien was ze al wel zwanger...

Knap deed het steeltje van de roze met gouden glazen appel in haar hand. Shit, en dit waren nog wel de dure ook, van drie pond vijftig per stuk.

'Niet te geloven. Alweer eentje.' Des Kilgour, de eigenaar van het tuincentrum, zag de kapotte kerstversiering toen hij langsbeende. 'Het was vast dat kind in dat rode jasje, hij stond hier net nog –'

'Nee, ik heb het gedaan. Ik heb hem gebroken.' Hoe verleidelijk het ook was, Abbie wist dat ze geen onschuldig kind van vier de schuld in de schoenen kon schuiven. 'Hij brak ineens doormidden. Sorry.'

'Ach, geeft niks, maakt niet uit.' Toen Des merkte dat ze van streek was, temperde hij meteen zijn toon. 'Geen probleem, gewoon een ongelukje.' Hij zweeg even, haalde toen zijn bleke vingers door zijn roodblonde haar en keek haar bezorgd aan. 'Gaat het?'

Abbie knikte, vastbesloten om haar hoofd koel te houden. Des was een goede baas en had altijd een zwak voor haar gehad, en daarom ging hij nu ook niet tegen haar tekeer. 'Het spijt me. Niks aan de hand. Gewoon een van die dagen.'

'Nou, als je de rest maar probeert heel te laten, oké?' Hij gaf haar een joviale klap tegen haar schouder. 'Die appels groeien niet aan de boom!'

Goede baas, vreselijk slechte grappenmaker. Een halfhartig lachje tevoorschijn toverend, zei ze: 'Ik doe mijn best.'

'Trouwens, het is bijna zes uur. Komt Tom je afhalen?'

Ze schudde haar hoofd. 'Hij moest vanavond overwerken.' Of misschien had hij het druk met seks met zijn minnares, dat kon je nooit weten.

O, laat hem alsjeblieft geen minnares hebben...
Des' adamsappel ging op en neer. 'Ik kan je anders wel even naar huis brengen.'
Hoewel het aardig van hem was om dat aan te bieden, schudde Abbie weer haar hoofd. Het was maar anderhalve kilometer lopen van het tuincentrum naar haar huis, en een wandeling zou haar goed doen.
'Oké, dan ga ik maar weer aan het werk. En niet zo somber, hè? Hoe erg kan het nou zijn?'
Ze had haar hele leven al een bloedhekel gehad aan die uitdrukking. Stel je voor dat Tom verliefd was geworden op een andere vrouw? Stel je voor dat die jonger was en vruchtbaar en hij kinderen met haar wilde? Om zichzelf bezig te houden, ging ze de overhoopgehaalde kerstversieringen weer op kleur leggen. Stel je voor dat waar ze het bangst voor was, nu gebeurde?

Wanneer je voor iemand probeerde te koken en deed alsof het de gewoonstc zaak ter wereld voor je was, dan wist je dat je het zwaar te pakken had. Terwijl Cleo de fles wijn opentrok en zichzelf een glas inschonk – gewoon om te kijken of de wijn wel goed was – veegde ze haar pony uit haar ogen en vroeg zich af waarom ze het ook allemaal weer deed. Alleen wist ze het antwoord al: het was net zoiets als een jurk in een modeblad zien staan, naar de winkel rennen om hem te kopen omdat hij bij het model zo goed stond en dan op de een of andere manier verwachten dat jij er dan net zo zou uitzien. Dit was allemaal Nigella's schuld. Ze had naar haar programma's gekeken. Als Nigella een diner van drie gangen klaarmaakte, zag het er heel simpel uit. En daarmee gaf ze Cleo het idee dat het ook echt simpel was, zodat ze Will had uitgenodigd om na zijn werk bij haar te komen eten.
Toen de woorden vrolijk uit haar mond waren gestroomd, had ze er ook werkelijk in geloofd. Ze had gedacht dat ze het kon, dat het binnen haar macht lag om Will zodanig te imponeren met haar kookkunsten dat hij zou beseffen dat ze zonder enige twijfel ook de Ware voor hem was.
Nou ja, dat was het plan geweest. In plaats daarvan werd ze

nu omringd door chaos, klonterige kaassaus, zorgwekkend vreemd smakende kip en verbrande pastinaak.
‘Alles goed hier?’ Will kwam de kleine blauw met witte, rommelig ingerichte keuken binnen drentelen, zich blijkbaar afvragend of hij voor middernacht nog wat te eten zou krijgen.
‘Prima, prima, ik moet alleen… even de laatste dingetjes…’ Fanatiek in de saus roerend, vroeg ze zich af hoe ze in hemelsnaam de klonten uit de saus kon krijgen. ‘Het is zo klaar!’ Het was zo’n soort saus die te dik was om door een zeef te halen. Daar zou hij gewoon in blijven liggen. Het enige wat erop zat, was een pincet pakken en de klontjes er een voor een uitplukken, wat een eeuwigheid zou gaan duren…
‘Wat is dat?’
‘Pastinaak.’ Ze hoorde zelf dat ze in de verdediging schoot. Hoe moest je in godsnaam het dikke gedeelte gaar krijgen zonder de uiteindes te laten aanbranden? Hoe deed Nigella dat met driehoekige groente?
Met een blik op de kaassaus zei Will heldhaftig: ‘De kip ziet er lekker uit.’
O god, de kip. Die was te zout geweest, wat ze had proberen op te heffen met suiker, maar toen had hij zo raar gesmaakt dat ze er wat satésaus bij had gegooid. De zoetige smaak was daarmee echter niet verdwenen en nu leek het akelig veel op pindakaramelbrokken met een verraderlijke hoeveelheid worcestershiresaus. En knoflook. Het sloeg nergens op, ze kon hem dat niet voorzetten, de blik van afschuw op zijn gezicht zou te veel voor haar zijn. Ze zou het moeten opbiechten. Terwijl ze nog een slok wijn nam, schudde ze haar hoofd en zei: ‘Weet je wat? Ik heb –’
Het kabaal van de deurklopper snoerde haar de mond.
‘Wie kan dat nou zijn?’ vroeg Will. ‘Heb je nog iemand te eten gevraagd?’ Er klonk iets van hoop door in zijn stem, alsof het geen slecht idee zou zijn als iemand meehielp om alles op te eten.
‘Nee, misschien zijn het kinderen die kerstliedjes komen zingen.’ Net zo blij met het uitstel van executie als Will, ging Cleo opendoen.
Shit, geen kinderen. Voor de deur stond, met de kraag van zijn

Barbour-jas opgeslagen tegen de kou, Johnny LaVenture. 'Cleo, ik moet even met je praten.'
Cleo aarzelde; altijd wanneer iemand dat tegen haar zei, kreeg ze de idiote neiging iets te gaan roepen als: 'Poesjes!' of: 'Beha!' of: 'Oelewapper!' Maar zo te zien zou hij dat niet grappig vinden. Hij keek eigenlijk zelfs behoorlijk kwaad.
'Oké.' Ze bleef staan waar ze stond. 'Ik dacht dat je terug was naar Amerika.'
'Dat was ik ook. Maar nu ben ik weer hier. Wat is dat voor walgelijke lucht?'
Wat een brutaliteit. Maar aan de andere kant, hij had wel gelijk. De broccoli die ze al wat eerder had gekookt, stond nog in een pan op een zacht pitje, wachtend op de kaassaus die ze erover kon gieten zodra ze iets op de klontjes had verzonnen. Beledigd zei ze: 'Dat is het eten.'
'Er brandt iets aan.' Hij kwam binnen – zonder dat hem dat was gevraagd! – en liep langs haar heen naar de keuken.
'Pardon!' Verontwaardigd volgde ze hem. Het huis leek meteen een stuk kleiner met Johnny erin. Ze hoopte maar dat hij geen modderstrepen op haar crèmekleurige tapijt in de gang zou maken.
'Jezus, ruik je het zelf dan niet?' Johnny liep meteen naar het fornuis, pakte de blauwe emaillen pan met de uitgelekte broccoli erin en smeet hem in het afwasteiltje in de gootsteen. De keuken werd meteen gevuld met een paddenstoelwolk van stoom, vergezeld door een oorverdovend gesis.
'Dat gas hoorde heel laag te staan,' verdedigde ze zich snel. 'Ik dacht dat het stonk omdat het broccoli was!'
Hij hield de nog steeds dampende pan schuin om haar de inhoud te laten zien. De broccolibloempjes waren zwart geworden en zaten vastgeplakt aan de bodem. Nou ja, ze hoefde zich nu in elk geval niet meer het hoofd te breken over hoe ze de klonters uit de kaassaus kon krijgen. Met een opgetrokken wenkbrauw naar de half verbrande pastinaak, de saus en de stukken kip kijkend, vroeg Johnny aan Will: 'Je was toch niet echt van plan om dat te gaan eten?'
Het zou natuurlijk leuk zijn als Will Johnny nu een klap in zijn gezicht gaf, maar het gevaar bestond dat hij het met hem

eens was. Verhit zei Cleo: 'Wacht eens even, ik kan me niet herinneren dat ik je binnen heb gevraagd. Het is mijn huis.' Misschien was het niks vergeleken met Ravenswood, maar het was wel haar huis, het huis waarin ze was opgegroeid, en ze hield van alle hoeken en gaten van deze gezellige, scheve cottage.

'O nee?' Johnny keek haar aan. 'Herinner je je misschien nog dat je hebt gesproken met dat echtpaar dat míjn huis wilde kopen?'

O. Shit.

'Wat?'

'Doe maar niet net alsof je het niet weet. Hoor eens, ik ben niet gekomen om van je kookkunsten te genieten.' Hij schudde vol medelijden zijn hoofd. 'Ik heb de makelaar gesproken. Daarna heb ik het echtpaar gebeld dat geen belangstelling meer had nadat ze met iemand in het dorp hadden gepraat. Daarvoor hadden ze echt veel interesse om te kopen.' Zijn ogen glansden. 'Totdat ze hoorden dat de Hells Angels het dorp iedere avond onveilig maken.'

'Wil je soms beweren dat Cleo ze dat heeft verteld?' Eindelijk schoot Will haar te hulp. 'Dat lijkt me raar.'

Nou, dat was een grote hulp.

'Tja,' zei Johnny langzaam. 'Maar toen ik hun vroeg om degene met wie ze hadden gesproken, te beschrijven, zeiden ze dat het een vrouw van achter in de twintig was met rode strepen in haar bruine haar en een grote sproet onder haar rechteroog.' Hij zweeg even. 'Dus dan zul je snappen waarom ik denk dat het Cleo was.'

Cleo voelde dat Will geschokt was. 'Goed, dat was ik.' Ze rechtte opstandig haar rug. 'Maar je had ze eens moeten zien. Die zouden echt helemaal niet in het dorp hebben gepast.'

'O, ik dacht dat je het had gedaan omdat je het leuk vond mij kwaad te maken,' zei Johnny. 'Nou, gefeliciteerd, dat is je gelukt. Als ik voor kerst geen koper vind, kan ik dat appartement niet kopen dat ik graag wil hebben. Dus daarom ben ik hier. Om jou te vragen zoiets nooit meer te doen. Want echt, ik kan er niet om lachen.'

En dat was dat. Hij draaide zich om en ging weg.

Toen de voordeur achter hem was dichtgevallen, keek Will door de keuken naar Cleo. 'Niet te geloven dat je me daar niks over hebt verteld.'

O god, een man met principes. 'Ik haat het gewoon dat hij altijd alles krijgt wat hij wil.' Ze slaakte een zucht. 'Ben je nu geschokt en teleurgesteld? Heb ik een heel slechte beurt gemaakt?'

Er verspreidde zich een glimlach over zijn gezicht. 'Ik vergeef het je wel.'

Oef, godzijdank! En nu ze toch bezig waren hun fouten op te biechten... 'Er is nog iets,' zei ze. 'Ik kan helemaal niet koken.'

'Goh, laat ik dat nou nooit hebben gedacht.' Grijnzend liep hij naar haar toe. 'Kom hier, geef me een kus. Wie heeft er nou zin in groente?'

'Of in kip. Die is ook afschuwelijk.' Tussen het kussen door zei ze: 'We kunnen wel iets in de pub gaan eten. Wat doe je?'

Zijn handen waren onder haar topje geschoven... oeps, hij maakte haar lila satijnen beha al los.

'Eerst bed,' mompelde hij in haar oor, 'dan pub.'

De stank van aangebrande broccoli had haar ook de eetlust ontnomen. Terwijl ze haar armen om zijn nek sloeg, zei ze blij: 'Dat lijkt me een prima idee.'

5

Abbie lag op zaterdagavond in bad onder een laag schuim te luisteren naar een radioprogramma waar mensen met problemen naartoe konden bellen. Het was de bedoeling dat ze door het aanhoren van de moeilijke levens en dilemma's van andere mensen niet aan Tom zou denken, maar dat gewenste effect bleef uit. Hij was dit weekend gaan vissen met een paar vrienden van zijn werk. Tenminste, dat had hij gezegd. Aan de andere kant, het uitstapje was al maanden geleden gepland, dus misschien was het nog waar ook.

Ze wist gewoon niet meer wat ze moest denken. Misschien kenden zijn vrienden zijn grote geheim wel en dekten ze hem. Iedere keer dat ze aan Tom met een andere vrouw dacht, kreeg ze een steek van angst in haar hart en werd ze kotsmisselijk. Daarna schaamde ze zich weer, omdat een vrouw op de radio in tranen uitbarstte omdat haar man was gestorven en de artsen haar net hadden verteld dat haar zwaar gehandicapte zoon hooguit nog een halfjaar te leven had. Trouw of niet, Tom leefde tenminste nog. O god, tenzij hij ook verschrikkelijk nieuws had gekregen...
'En dan hebben we nu Eric aan de lijn,' zei de presentatrice. 'Welkom, Eric. Wat is jouw probleem vanavond?'
'Nou... eh... het is eigenlijk al jarenlang een probleem.' Eric klonk ongelooflijk zenuwachtig. 'Maar tot nu toe heb ik het altijd onder controle weten te houden. Het punt is dat ik dat geloof ik niet meer kan. Ik kan het niet meer geheimhouden voor mijn vrouw. Want ik hou van haar. Ik haat het dat dit... dat dit tussen ons in staat. Ik moet het opbiechten, maar ik ben zo bang dat ik haar dan kwijtraak. Ik bedoel, stel je voor dat ze het niet aankan?'
'Eric, zo te horen ben je een liefdevolle echtgenoot. En heel erg goed van je dat je de moed hebt opgebracht om te bellen.' De stem van de presentatrice was vriendelijk en troostend, net als honing die over warme toast werd gesprenkeld. 'Dus zeg me maar gewoon wat je geheim is.'
Abbie wachtte. Hij had een verhouding met zijn secretaresse. Of hij had al zijn spaargeld vergokt. Of zijn moeder vermoord.
'Eh... het punt is... dat ik een travestiet ben,' vertelde Eric. 'Ik trek al twintig jaar af en toe vrouwenkleren aan.'
Was dat alles? Abbie slaakte een zucht van teleurstelling. Na alle ellende die ze had doorgemaakt, zou ze dolblij zijn wanneer Tom haar zou opbiechten dat hij zich de laatste tijd zo raar had gedragen omdat hij graag vrouwenkleren aantrok. God, Erics vrouw moest eens weten hoeveel geluk ze had.
'Eric, mag ik je iets vertellen? Dit komt veel vaker voor dan men denkt. Heel veel mannen trekken stiekem de jurken van hun vrouw aan of vinden het fijn om zijden slipjes onder hun dagelijkse kleren te dragen.'

'Dat doe ik ook.' Eric klonk opgelucht. 'Ik ben bedrijfsaccountant. Als mensen zouden weten wat ik onder mijn grijze pak aanhad... Nou ja, ik zorg er wel voor dat dat nooit gebeurt. Ik wil het alleen met mijn vrouw kunnen delen.' Niet in staat om zich in te houden, voegde hij er trots aan toe: 'En allemaal mooie spulletjes, hoor. Niks geen goedkope synthetische troep. Honderd procent zijde van La Perla.'
'O Eric, La Perla is prachtig. Je hebt een erg goede smaak.' De presentatrice was vol bewondering voor hem. 'Maar het is vast lastig om dat voor je vrouw verborgen te moeten houden.'
'Dat is het ook. Het is een ramp gewoon. Ik heb alles in plastic tassen op zolder verstopt, in een doos onder wat oude gordijnen. Maar ik kan gewoon niet meer... Ik wil dat mijn vrouw weet wat ik doe en toch nog van me houdt. Het is mijn droom om samen met haar te gaan winkelen.' Zijn stem had een verlangende klank. 'Maar wat als ze het weerzinwekkend vindt? Als ze wil scheiden?'
Abbie legde de badspons neer en ging rechtop zitten. Er schoten ineens twee dingen door haar hoofd. Eén: hoe onwaarschijnlijk ook, maar wat als Tom een travestiet was? Toen ze een paar jaar geleden waren uitgenodigd voor een verkleedfeest, was hij als dragqueen gegaan! Het was nooit bij haar opgekomen dat hij dat misschien had gedaan omdat hij graag en plein public een blonde pruik met krullen droeg, en make-up en een turkooizen avondjurk. Zelfs al had hij dan geleken op een van Assepoesters lelijke stiefzusjes en hadden zijn beenharen door de netkousen heen gestoken.
En twee: tot nu toe was het niet bij haar opgekomen op zoek te gaan naar aanwijzingen. Wat maar weer bewees hoe ontzettend onnozel ze was. Wie weet wat ze zou vinden als ze het huis doorzocht!
En waarom niet meteen? Alles beter dan dit afschuwelijke niet-weten. Met een soppend geluid hees ze zich op uit bad, droogde zich af en trok haar ochtendjas aan. Daarna liep ze met druipende haren hun keurige, lichtgroene slaapkamer in en stroopte haar mouwen op. Eerst hier. Daarna de studeerkamer waar Tom al zijn papieren bewaarde. En als ze dan nog

niks had gevonden, de ladder op, naar de stoffige zolder vol spinnenwebben. Oké, als zij Tom was en ze had iets te verbergen, waar zou ze dat dan doen?

Veertig minuten later had ze het gevonden. Net toen ze haar zoektocht in de slaapkamer wilde staken, zag ze het. In Toms sokkenlade nota bene. Ze had er bijna niet in gekeken, omdat het veel te voor de hand liggend was. Maar op het moment dat ze papier hoorde knisperen en haar vingers een opgevouwen envelop voelden, wist ze dat dit het was waarnaar ze had gezocht.

De misselijkheid kwam inmiddels in golven, steeds krachtiger. Trillend schoof ze de lade dicht en liet zich op de rand van het bed zakken. O ja, dit was het, geen twijfel mogelijk. Een blauwe envelop, met een poststempel erop van elf dagen geleden. Toms naam en adres op de voorkant, in een vrouwenhandschrift. Als deze brief van zijn minnares was, dan had ze een groot risico genomen door hem te versturen. Tenzij dat de bedoeling was, en ze graag wilde dat het geheim naar buiten kwam.

Abbie sloot haar ogen. Zodra je eenmaal iets wist, kon je het niet meer niet weten. Haar leven zou voorgoed veranderen.

Oké, daar gaan we.

Ze pakte de brief uit de envelop. Toen ze hem openvouwde, viel er een foto op de grond. Haar blote tenen krulden zich van angst, en ze liet de foto voor wat hij was en begon te lezen:

> Lieve Tom,
> Goed, je hebt niets meer van je laten horen, maar omdat je dat wel had beloofd, schrijf ik je nog een keer. Hoopte je soms dat je me kon laten verdwijnen door me gewoon te negeren? Want ik kan je één ding zeggen: dat zal niet gebeuren! Mijn hele leven heb ik me afgevraagd wie mijn vader was en nu ik je eindelijk heb gevonden, geef ik het niet op – echt niet! Ik ben overigens blij dat je het niet ontkent, dat je niet probeert te zeggen dat je misschien wel niet mijn vader

bent, maar volgens mijn moeder lijk ik veel op je. Hoe dan ook, ik doe er een foto bij die vorig jaar van me is genomen (tijdens mijn maffe-hoedjesfase!), dan kun je het zelf zien. Ik kan er best mee door, toch?
En het spijt me echt dat het lastig voor je is in verband met je vrouw, maar daar kan ik toch niks aan doen?
Bel me alsjeblieft snel, zodat we een afspraak kunnen maken. Je hebt geen idee hoe graag ik je wil zien! (Mijn moeder doet je de groeten en zegt dat het haar ook spijt, maar ja, je weet hoe ze is!)
Liefs, Georgia (je dochter die je erg graag wil leren kennen)
xxxxx

Abbie boog zich voorover om de foto op te rapen en draaide hem om. Mocht ze het nog niet hebben geloofd, dan waren Toms lachende, lichtblauwe ogen die haar aankeken vanuit een hartvormig meisjesgezicht, het bewijs. Een stralend meisje, met Toms jukbeenderen en de onmiskenbare vorm van zijn mond. Blonde krullen onder een paarse pet. Ze droeg grote oorringen en een wit spijkerjasje.
Ze kon er inderdaad best mee door. Ze was zelfs beeldschoon. En ze leek zoveel op Tom dat het gewoon belachelijk was.
Abbie knikte langzaam. Dus dat was het; nu wist ze de waarheid. Tom was niet ziek. En hij had ook geen verhouding. Maar die had hij wel gehad, jaren geleden. Haar liefdevolle, eerlijke, volkomen betrouwbare man was haar ontrouw geweest, en zijn minnares had het leven geschonken aan een meisje dat nu, heel begrijpelijk, haar vader wilde leren kennen.
Na alles wat ze samen hadden meegemaakt was het alsof er een mes in haar buik werd gestoken, en toen nog een keer en nog een keer. Abbie legde een hand op haar borst en stootte een jammerkreet van verdriet uit, terwijl haar wereld instortte. Nu ze het wist, kon ze het niet meer niet weten. Haar leven zou nooit meer hetzelfde zijn.

Een uur later ging de telefoon. Op het schermpje zag ze dat het Des was, haar baas. Ze voelde zich zo rot dat ze alleen maar flauwtjes 'Hallo' kon zeggen toen ze opnam. O god, haar keel was zo opgezet van het huilen dat haar stem zelfs heel anders klonk. Te laat wenste ze dat ze niet had opgenomen.

'Abbie? Ben jij dat?' Des klonk verbaasd.

'Ja.' Ze schraapte haar keel en probeerde het nog een keer. 'Hoi.'

'Hoor eens, ik ben met het dienstrooster bezig, en Magda moet woensdag naar de begrafenis van haar oom, dus we hebben te weinig personeel die dag. Zou jij je vrije dag niet naar donderdag willen verzetten?'

'Eh... eh...' Haar hoofd zat vol watten; ze kon nu echt niet vier hele dagen vooruitdenken.

'Is er iets?'

'Nee, nee... ik...'

'Er is wel iets. Zeg het me.'

'Eh...' Doordat hij zo aardig deed, klonk alsof hij zich echt zorgen maakte om haar, verloor ze haar zelfbeheersing. Een enorme snik knalde als een kanonskogel uit haar keel.

'Oké, er is dus wel iets. Is het Tom?' Op hoge toon vroeg hij: 'Heeft hij je geslagen?' Als Superman stond hij al klaar om haar te komen redden.

'Nee, nee, Tom is niet thuis. Hij is gaan v-vissen.' Weer ontsnapte haar een snik. Haar gezicht voelde strak en zoutig aan door alle tranen.

'Ben je helemaal alleen? Oké, blijf waar je bent, verroer je niet. Ik ben er over vijf minuten.'

'Nee... dat is nergens voor nodig...' Maar het was al te laat, Des had opgehangen. Hij was al onderweg.

Abbie had net genoeg tijd om haar gezicht te wassen en ongelukkig naar haar rode ogen in de spiegel te staren voordat de bel beneden ging. Als Cleo thuis was geweest, had ze haar gevraagd om langs te komen. Maar Cleo was in Bristol met Will, en nu Des er eenmaal was, was ze blij met zijn gezelschap; de behoefte om te praten welde in haar op als water in een tuinslang, en ze wist dat Des, een oprecht aardige man, goed kon luisteren.

Toen ze opendeed, wierp hij een blik op haar gezicht en riep: 'Wat is er gebeurd?'

'Het is Tom. Hij heeft een verhouding gehad.' Toen ze hem voorging de huiskamer in, zag ze alles met nieuwe ogen. Het was er mooi en opgeruimd, omdat ze allebei altijd erg trots waren geweest op hun huis. Van het lichtgele behang van Colefax and Fowler met de bijpassende gordijnen tot de glanzende houten vloer en beige kleden, was alles zorgvuldig uitgezocht. Ze keek naar de vrolijke foto's van Tom en haarzelf, die verspreid stonden op tafels en vensterbanken. Ze gooide de dichtstbijzijnde om. 'En een kind.' Ze moest huiveren toen ze het woord hardop zei. 'Een dochter.' *Krak* deed het glas in het liefdevol opgepoetste zilveren lijstje waarin hun trouwfoto zat. O ja, de gelukkigste dag van haar leven. 'Ze heet Georgia.' Boem.

'O Abbie, god, wat erg voor je.' Des keek geschokt. 'En is ze net geboren?'

Ze schudde haar hoofd, pakte de envelop uit de zak van haar ochtendjas en gaf hem aan Des. Ze zag dat hij eerst naar de foto keek en toen de brief begon te lezen.

'Jezus.' Toen hij klaar was, zei hij: 'Dat is niet niks. Maar ze zegt niet hoe oud ze is. Misschien is het voor jullie huwelijk gebeurd.'

'Leuk geprobeerd.' Abbie deed zo haar best om niet te gaan klappertanden dat ze er pijn in haar kaken van kreeg. 'Maar dat kan niet. We zijn altijd samen geweest. Vanaf ons veertiende. Ongelooflijk, hè? Een echte jeugdliefde.' De woorden lagen haar dik op de tong; alles was nu besmet. 'Op mijn zestiende verjaardag zijn we voor het eerst met elkaar naar bed geweest, dat was voor ons allebei de eerste keer. We w-wilden alleen maar elkaar, voor altijd, voor de rest van ons leven. Ha, en dan te bedenken dat ik dat nog geloofde ook!' Krak, het glas van het volgende lijstje viel in stukken op de vloer, en ze kromp ineen toen een scherf van haar blote voet stuiterde.

'Oké, nu is het genoeg. Kom eens hier.' Hij pakte haar hand beet en trok haar weg bij het glas. 'Zo meteen doe je jezelf nog pijn.'

'Alsof ik dat al niet heb.' Hyperventilerend van woede en verdriet, brulde ze: 'Je hebt geen flauw idee hoe ik me voel! Des,

heb je je ooit afgevraagd waarom Tom en ik geen kinderen hebben?'
Hij had een verwonderde blik in zijn ogen. Blijkbaar had hij er nooit over nagedacht. 'Nee.'
'Nou, dat is omdat ík geen kinderen kan krijgen. Gewoon niet. Nooit.' Ze had het gevoel dat ze nu echt haar verstand verloor, maar het kon haar niet schelen. En dat het haar niet kon schelen, was waarschijnlijk het bewijs dat ze dus echt haar verstand aan het verliezen was. Zich er vaag van bewust dat Des haar bij het kapotte glas wegtrok – fijn, nu behandelde hij haar ook nog als een zwakzinnige idioot – barstte ze in tranen uit en zei snikkend: 'En dat maakt het helemaal onv-verdraaglijk, w-want ik heb altijd k-kinderen gewild.'
Superman nam de leiding. Hij nam haar vastbesloten mee de kamer uit, naar de trap. 'Zeg me waar je stofzuiger staat. En ga je daarna aankleden. Ik laat je hier niet alleen achter.'
Wanneer je er helemaal doorheen zat en niet wist wat je moest doen, was het gewoon een opluchting om duidelijke instructies te krijgen. Zich aankleden, dat zou haar wel lukken. Terwijl de Dyson beneden kraakte en bulderde, glassplinters en -scherven opslurpend, trok Abbie een spijkerbroek en een oude, wijde blauwe trui met v-hals aan. Iedereen zei altijd dat zij en Tom het gelukkigste paar waren dat ze kenden, en ze was goedgelovig genoeg geweest om erin te trappen. Terwijl ze zich belachelijk gelukkig en geliefd had gevoeld, had Tom al die tijd voor haar verzwegen dat hij haar ontrouw was geweest. En als je eenmaal één verhouding had gehad… nou ja, waarom dan niet meer? Misschien had hij er wel tientallen gehad.
Het was een onverdraaglijke gedachte, dus dacht ze er niet aan. Nadat ze even had geprobeerd haar haren uit de klit te krijgen, gaf ze het op en bond ze ze vast met een groen elastiekje.
Mocht je eigenlijk wel glas opzuigen met een Dyson of zou hij vanbinnen dan zo verknald zijn dat hij onbruikbaar werd?
Nou ja, ze wist precies hoe dat voelde.

6

Des' flat, boven het tuincentrum, was eenvoudig ingericht, in verschillende crèmetinten, en netter dan ze had verwacht. Hij was zo aardig. Toen hij haar iets te drinken aanbood, zei ze: 'Een glas wijn graag, wit, als je dat hebt.'

Des zei: 'Sorry, ik heb geen wijn in huis. Maar ik kan wel even een fles in de pub gaan halen. Of anders is er nog wat cognac over van vorig jaar kerst.'

Hij was blijkbaar geen grote drinker, wat voor hem pleitte. In de smalle beige keuken vond Abbie bitter lemon in de koelkast en ze zei: 'Nou... dan maar cognac met bitter lemon, dat is ook goed.' Ze kon het niet over haar hart verkrijgen er iets van te zeggen toen Des, die er geen verstand van had, twee gelijke hoeveelheden cognac en bitter lemon in een groot bierglas schonk.

Eerlijk gezegd was het, na de eerste paar slokjes waar ze van moest rillen, best te doen. En de warmte die zich in haar maag verspreidde, werkte ook ontspannend. Nu snapte ze waarom mensen gingen drinken in tijden van nood. Naast haar op de verschoten leren bank, voor de brandende open haard, luisterde Des aandachtig naar haar, vol medeleven knikkend en helemaal haar kant kiezend. Hij onderbrak haar niet, leek het niet erg te vinden dat zij continu aan het woord was en gaf haar trouw de doos met tissues aan wanneer er weer eentje doorweekt was.

'We kwamen erachter toen ik zeventien was. Ik moest naar het ziekenhuis voor allerlei onderzoeken, en toen zeiden ze dat ik onvruchtbaar was. En dat was dat, daar kun je weinig aan doen, hè?' Zonder hem alle bloederige details te vertellen liet ze haar hoofd tegen de gladde kussens vallen. 'Ik wilde toen alleen nog maar dood. Ik dacht dat Tom bij me weg zou gaan. Waarom zou hij bij iemand blijven die geen kinderen kon krijgen? Want we wisten toen al dat we die ooit wilden. Maar hij reageerde fantastisch.' Er rolden tranen over haar wangen en ze druppelden van haar kin af. 'Hij zei dat het niet uitmaakte, dat hij te veel van me hield om me los te laten. Natuurlijk vergat hij te vermelden dat hij als troost stiekem andere vrouwen neukte.'

'Misschien was het iets eenmaligs,' zei Des.

Ze veegde langs haar ogen. 'O, en moet ik me nou beter voelen? Verdedig je hem soms?'

'Nee, nee, echt niet.' Hij kneep even in haar hand. 'Ik snap niet hoe hij je dat heeft kunnen aandoen.' Hij schudde zijn hoofd. 'Hebben jullie nooit adoptie overwogen?'

'Jawel. We trouwden toen ik eenentwintig was en hebben dat toen meteen geprobeerd. Maar iedereen zei steeds dat we daar te jong voor waren; het was alsof we werden gestraft voor onze leeftijd. Maar ik kon niet wachten.' Ze sloot haar ogen bij de pijnlijke herinneringen aan die tijd. Cleo, het ongeplande maar zeer welkome ongelukje van haar ouders, was toen een levendig meisje van zeven geweest, en hoewel Abbie het heerlijk had gevonden om voor haar kleine zusje te zorgen, had het haar wel extra op het gemis van een eigen kind gedrukt. 'Ik wilde zo graag zelf een kind. Iedere dag voelde aan als een maand, en iedere maand als een jaar, en ze zeiden tegen ons dat we over vijf jaar maar terug moesten komen, als we wat meer gesetteld waren. Gesetteld! En als je dan van streek raakt, is dat wat hen betreft het bewijs dat je nog lang niet toe bent aan kinderen!' Ze struikelde bijna over haar eigen woorden. 'Dus toen probeerden we een draagmoeder te vinden, maar dat was echt traumatisch en liep op niks uit... en daarna wilden we dat niet nog een keer meemaken, dus zijn we een paar jaar gaan sparen en lieten we ons informeren over adoptie van een kindje uit het buitenland. Maar dat was allemaal zo ingewikkeld en moeilijk, en ik raakte zo over mijn toeren dat mijn huisarts me kalmeringsmiddelen voorschreef. Ze zei dat het een obsessie voor me was geworden, dat het mijn leven totaal beheerste en dat ik een zenuwinzinking zou krijgen als ik niet oppaste. En toen zei Tom dat het afgelopen moest zijn. Hij zette zijn hakken in het zand en zei dat hij een vrouw wilde, geen gillende gekkin. Hij zei dat we elkaar kapot zouden maken als het zo doorging. En weet je? Na anderhalf jaar ellende kwam dat bijna als een opluchting. We hadden alles geprobeerd, maar er was niets gelukt. Dus gaven we het op en hielden onszelf voor dat we vier jaar zouden wachten. Maar steeds wanneer we er later over begonnen, zag Tom dat ik weer over mijn toeren raakte, en dan zei hij dat hij me dat niet wilde aandoen. En als ik dan overstuur naar mijn huisarts ging, zei ze dat ik mezelf niet hielp met dit soort gedrag en dat ik vanwege mijn geestelijke toestand waarschijnlijk niet eens in aanmerking zou komen voor adoptie.' Ze zweeg even en keek Des aan. 'Dus dat was dat. We zetten er een streep onder, gaven het helemaal op en hielden onszelf voor dat we in elk geval elkaar nog hadden.'

Hij gaf weer een liefdevol kneepje in haar hand. 'Dat wist ik helemaal niet. Het spijt me.'

'Jij kunt er niks aan doen.' Fronsend keek ze naar het lege glas in haar hand en vroeg: 'Heb ik alles gemorst?'

Hij glimlachte. 'Je hebt het opgedronken. Wacht, dan haal ik nog een glas voor je.'

Tegen de tijd dat hij terugkwam uit de keuken, was ze alweer in tranen. 'Sorry, ik snap ook niet waar het allemaal vandaan komt.' Onhandig pakte ze nog een tissue. 'Nou, dit moet allemaal wel heel saai voor jou zijn.'

'Doe niet zo gek. We zijn toch vrienden?' Hij ging weer zitten. 'Er is je gewoon iets rottigs overkomen, en dat heb je nergens aan verdiend.'

Iets rottigs. Tja, zo kon je het ook noemen. Maar hij deed erg zijn best om haar te helpen, en het was een troostende gedachte dat hij aan haar kant stond.

'Ik weet gewoon niet wat ik moet doen.' Haar stem brak. 'Ik kan nog steeds nauwelijks geloven dat hij dat heeft gedaan. Ik kan gewoon niet geloven dat dit g-gebeurt... Ik wil hem zo graag net zoveel pijn doen als hij mij heeft gedaan...'

O nee. O god. Zodra Abbie haar ogen opende, werd ze overspoeld door levendige herinneringen aan wat er de avond ervoor was gebeurd.

Heel levendig.

Met een steek in haar maag van afschuw staarde ze naar de onbekende gordijnen en voelde de onbekende arm op haar middel, de warme adem in haar nek. Hoe had ze het zover kunnen laten komen? Tja, daar wist ze het antwoord al op. Aangevuurd door het tweede bierglas met voornamelijk cognac en een scheutje bitter lemon erin, was ze almaar door blijven ratelen terwijl Des... nou ja, gewoon heel erg aardig was geweest. Vriendelijk, geduldig en oneindig begripvol. Totdat ze uiteindelijk had uitgeroepen: 'Ik bedoel, hoe zou Tom het vinden als ik zoiets deed?' Des had haar toen zwijgend in de ogen gekeken, en eindelijk was het kwartje bij haar gevallen. Als ze heel eerlijk was, moest ze toegeven dat ze zich altijd al tot elkaar aangetrokken hadden gevoeld. Niet dat ze ook maar overwogen om er iets mee te doen, want dat soort mensen waren ze gewoonweg niet. Ze was een gelukkig getrouwde vrouw en Des respecteerde dat.

Maar nu, na alles wat er was gebeurd, tja, waarom niet? Een combinatie van alcohol en het verlangen om wraak te nemen had haar ertoe gedreven. Ze had zich naar hem toe gebogen en hem gekust. Meer niet, alleen maar een kus, maar Des had gretig gereageerd. Ze hadden nog wat gekust, en hoewel dat een vreemd gevoel was geweest, was het wel dé manier om het Tom betaald te zetten, dus was ze doorgegaan. Toen, na een tijdje in Des' armen te hebben gelegen, was de gladde leren bank ongemakkelijk geworden en had Des haar overeind geholpen en mee naar de slaapkamer genomen. Tegen die tijd was ze al flink aangeschoten. Ze had zich zo roekeloos gevoeld dat ze bijna seks met hem had gehad. Zo Tom, eens kijken hoe je dat vindt. Maar toen puntje bij paaltje kwam, had ze er niet mee door kunnen gaan. Des had zijn overhemd uitgetrokken, maar tegen de tijd dat hij haar trui wilde uittrekken, had ze al haar hoofd geschud en nee gezegd, sorry, maar nee. En ze zou hem eeuwig dankbaar zijn dat hij geen druk had uitgeoefend. Hij was meteen opgehouden, had haar getroost toen ze weer was gaan huilen en had gezegd dat het niet erg was, dat hij het fijn genoeg vond om gewoon bij haar te kunnen zijn. Niet lang daarna was ze in zijn armen in slaap gevallen, overspannen en uitgeput en gevloerd door de alcohol. Gelukkig nog met al haar kleren aan.

Ze knipperde met haar ogen en schoof naar de rand van het bed. Ze had een zurige smaak in haar mond, en door de tranenvloed van gisteravond voelden haar ogen pijnlijk en ruw aan, alsof ze waren geschuurd door een krankzinnige timmerman. Op de wekker op het nachtkastje zag ze dat het tien voor zes was. Buiten was het nog aardedonker; het zou nog een uur duren voordat het licht werd.

'Waar ga jij naartoe?'

Schuldbewust draaide ze zich om. Ze zag dat Des naar haar had liggen kijken. Mocht gisteravond al gênant zijn geweest, dit was nog erger. 'Sorry. Heb ik je wakker gemaakt? Ik moet naar huis.'

'Nergens voor nodig. Je mag best blijven.'

Hij was haar baas. Ze had hem gekust en bijna maar niet helemaal met hem geslapen. En toch deed hij nog steeds aardig. Met een misselijk gevoel en nu al bang voor Toms terugkeer vanavond van zijn visuitje, zei ze: 'Dank je, maar ik wil echt weg.'

'Ik zal je even brengen.' Toen hij het dekbed opzij gooide, ving ze een glimp op van zijn naakte borstkas.

'Nee, nee... dat hoeft echt niet.' Haastig liep ze naar de deur; als een van haar buren op dit tijdstip op zondagochtend een auto hoorde, zouden ze misschien uit het raam kijken en zien dat ze werd thuisgebracht.

'Oké, ik weet dat je heel wat met Tom te bespreken hebt.' Hij streek zijn verwarde roodblonde haar naar achteren. 'Maar ik meende het toen ik zei dat je dit niet verdient. Je bent een schat... echt fantastisch...' Toen hij zag dat ze ineenkromp, vervolgde hij snel: 'Je kunt me altijd bellen en naar me toe komen wanneer je maar wilt. Als ik je waar dan ook mee kan helpen, moet je me dat gewoon zeggen.'

'Goed.' Ze knikte. 'Dank je.'

Hij knipperde met zijn ogen. 'Ga je het hem vertellen? Ik bedoel, dat je hier bent blijven slapen?'

'Nee, maak je maar geen zorgen.' Ze zag de opluchting in zijn ogen toen ze haar hoofd schudde. 'Ik zal niks zeggen. Dit is iets tussen ons. Verder hoeft niemand dit te weten.' Ongemakkelijk voegde ze eraan toe: 'En jij vertelt het ook aan niemand?'

Zijn gelaatsuitdrukking verzachtte zich. 'Als jij dat niet wilt, nee.'

'Dank je. Nou, tot ziens dan maar.'
Hij schraapte zijn keel. 'Ik vind het rot om je dat nu te moeten vragen, maar kun jij woensdag voor Magda invallen?'
God, ja, dat was waar ook, daarvoor had hij haar gisteravond gebeld. Als hij dat niet had gedaan, was dit allemaal nooit gebeurd.
'Ja, goed.' Ze knikte hulpeloos. Ze had de nacht doorgebracht in het bed van Des Kilgour en had bijna seks met hem gehad, en dat was allemaal de schuld van Magda's dode oom.

7

Toen Cleo Saskia en Shelley om drie uur de pub in zag komen, wist ze al waar ze de rest van haar zondagmiddag zou doorbrengen.
Hoe had ze ook maar een seconde kunnen denken dat een vastbesloten kind van zes haar terloops gedane aanbod zou vergeten?
'Cleo!' Saskia kwam op haar afstormen. Haar wanten aan touwtjes wapperden in de lucht toen ze haar armen spreidde.
'Sas! Wat fijn dat je er bent!' Terwijl Cleo haar optilde en rondzwierde, deed ze alsof ze bijna struikelde. 'Oef, je bent loodzwaar.'
'Nietes, jij bent zelf zwaar.' Saskia had de slanke gestalte, de twinkelende groene ogen en de aanstekelijke lach van haar moeder. 'Wanneer gaan we? Gauw?'
'Sorry, sorry.' Shelley, haar moeder, streek met een hand over haar keurig opgestoken donkere haar en grijnsde verontschuldigend. 'Ze heeft het er het hele weekend al over. Weet je zeker dat je het niet erg vindt?'
Natuurlijk vond ze het niet erg. Cleo wist hoeveel ze aan Shelley te danken had. Na een reeks weinig opwindende baantjes – als serveerster, administratief medewerkster, gids – was ze drie jaar geleden behoorlijk aan verandering toe geweest toen ze via een vriendin van een vriendin had gehoord dat ze bij Henleaze

Limo's een chauffeur zochten. Die oude mopperkont van een Graham, de eigenaar van het bedrijf, die thuis, vlak bij Henleaze Road in North Bristol, een klein kantoortje had, had eigenlijk nog een mannelijke chauffeur gewild. Shelley, achter in de dertig en gescheiden, had hem weten over te halen om Cleo aan te nemen, en zij was ook degene geweest die haar de fijne kneepjes van het vak had geleerd, en ook hoe ze Graham, die zijn eigen gemopper heel serieus nam, het hoofd moest bieden. Cleo had het meteen met Shelley kunnen vinden, en Saskia – toen ruim drie, inmiddels zes – was alles voor haar moeder. Ze had ook het geheugen van een olifant; maanden geleden had Cleo terloops opgemerkt dat Saskia het misschien wel leuk zou vinden om met kerst naar het Marcombe Arboretum te gaan, waar een verlicht pad door het bos naar een besneeuwde open plek leidde waar brave kindertjes de Kerstman een handje mochten geven. Toen ze had gezegd: 'Je moet je moeder maar vragen of ze je daar mee naartoe wil nemen,' had Saskia vrolijk geantwoord: 'Of jij,' en toen ze had gereageerd met een vaag: 'Ja, maar ik denk dat je moeder het wel leuk vindt om samen met jou te gaan,' had Saskia toegeslagen met de woorden: 'Of wij tweeën, dat zou toch hartstikke leuk zijn?'
Over een aantal jaren, wanneer het aan de man brengen van dubbele beglazing een Olympische sport was geworden, zou de doorzetter Saskia vast thuiskomen met goud, zilver én brons.
Voorlopig deed ze het al erg goed. Zodra Shelley had aangekondigd dat ze op zondagmiddag iemand van Heathrow moest afhalen, had Saskia zonder enige aarzeling gezegd: 'Dat geeft niks, ik kan wel met Cleo naar dat bos van de Kerstman.'
Maar dat maakte niks uit, want het werd vast leuk. Saskia was ontzettend grappig en ze zouden zich vast prima vermaken. Het zou fantastisch worden.
'Je bent een schat,' zei Shelley, die alweer naar de deur liep. 'Ik kom haar om zeven uur ophalen, oké?'
'Prima.'
'Dag, mama! Tot straks!' Saskia trok Cleo, die probeerde haar cola light op te drinken, ongeduldig aan haar arm en zei: 'Kom, opschieten, we moeten weg.'

En eerlijk was eerlijk, zodra ze in Marcombe waren, de auto op het parkeerterrein van het arboretum hadden achtergelaten en over het bochtige, verlichte pad door het bos sjokten, was het ook fantastisch. Mensen waren van heinde en verre op dit evenement afgekomen, en er was alles aan gedaan om het tot iets onvergetelijks te maken. Strategisch geplaatste lampen wierpen gekleurd licht op de bomen, in andere bomen hingen slingers met twinkelende witte sterren, en er was zelfs een sneeuwmachine aan te pas gekomen om de open plek met een feestelijk laagje biologisch afbreekbare sneeuw te bedekken.
'Is hij echt daarbinnen?' vroeg Saskia ademloos, terwijl ze vol bewondering naar het houten peperkoekhuisje keek, met voor de ingang de hulpjes van de Kerstman en een paar echte rendieren die werden omringd door opgewonden gezinnen die voor in de rij stonden.
'Ja, echt.' Cleo kneep even in Saskia's in want gestoken hand en voelde sentimentele tranen achter haar ogen branden. Het was hier zo feestelijk. Dit was waar het om draaide met kerst. Mooie herinneringen scheppen voor kinderen terwijl ze nog jong en onschuldig genoeg waren om in de Kerstman te geloven. Overal om hen heen stonden vrolijke mensen te lachen en te kletsen; uit hun monden kwamen stoomwolkjes terwijl ze met hun voeten stampten en in hun handen wreven. 'Heb je het niet koud, liefje?'
'Nee hoor.' Saskia, die wat witte vlokjes van papier-maché van haar roze gebloemde kaplaars had geplukt, zei: 'Het is geen echte sneeuw.'
'Het is nog beter dan echte sneeuw. Het smelt niet.'
'Maar is de Kerstman wel echt?'
'Natuurlijk is de Kerstman echt.'
Saskia maakte een opgewonden sprongetje. 'Kunnen we nu naar hem toe?'
'Zo meteen, liefje. We moeten eerst in de rij gaan staan.' Het was eerlijk gezegd best een lange rij; ze zouden hier nog wel een tijdje staan. 'Kom, dan sluiten we achteraan, oké? O, kijk eens naar die lichtjes die de lucht in schieten!'
Terwijl Saskia druk ronddraaide en naar de lucht keek, zag Cleo ineens iets waarvan haar hart even oversloeg. Een paar

meter voor hen in de rij droeg iemand precies hetzelfde bruine jack als Will, en toen de man met zijn hand gebaarde, leek hij zelfs een fractie van een seconde op hem, wat nogal eng was. Goh, ze kon bijna niet wachten tot ze hem kon vertellen dat ze hem in de rij voor de Kerstman had zien staan met twee kinderen op sleeptouw.

Alleen...

O...

O god, nee. Nee toch?

Natuurlijk was hij het wel. Het was Will, haar vriend, die niet in Manchester was om de conferentie voor te bereiden die morgen zou plaatsvinden. In plaats daarvan stond hij, hoe ongelooflijk dat ook leek, hier, op nog geen drie meter afstand, in de rij voor de Kerstman te wachten.

Cleo's hart bonsde zo hard tegen haar ribben dat ze alle verschillende stemmen om zich heen nauwelijks kon horen. Haar oren waren gevuld met het trommelgeluid van haar hart. Will was niet getrouwd en hij had geen kinderen, maar toch, op de een of andere onverklaarbare wijze, had een klein meisje in een roze jas en met een glinsterende paarse baret op zijn hand vast, terwijl achter haar een jongetje van een jaar of zes stiekem haar jaszakken stond te vullen met namaaksneeuw.

Cleo werd zich bewust van een hand die aan haar arm trok. Saskia vroeg dwingend: 'Hoeveel cadeaus mag ik vragen? Mag ik er zes vragen?'

'Eh...' De trommels van duizend drumbands denderden nog steeds door haar hoofd zodat ze zich nauwelijks kon concentreren. 'Nee, eentje maar.'

Goed, even logisch nadenken. Zij was hier met Saskia, maar dat wilde toch nog niet zeggen dat Saskia haar dochter was? Nee, natuurlijk niet. Dus logischerwijs gold hetzelfde voor Will. Het was gewoon een vriendendienst van hem om de kinderen van een vriend mee naar het arboretum te nemen, puur uit de goedheid van zijn hart en...

'Mama? Mama!' Een kind in een Postman Pat-anorak wees boos naar Cleo. 'Die mevrouw zegt dat je maar één cadeau aan de Kerstman mag vragen! Maar jij zei dat we er drie mochten vragen!'

O god, haal me hier weg. Haastig, verontschuldigend, stamelde Cleo: 'S-sorry, ik heb me vergist... het zijn er drie.'
'Zie je wel.' Het kind wierp Cleo een triomfantelijke blik toe.
'Drie?' Saskia keek Cleo vragend aan. 'Drie grote cadeaus?'
Afwezig knikte ze. Oké, het zou nu heel prettig zijn wanneer Will zich zou omdraaien, haar zag staan en dan verrukt zou gaan lachen. Hij zou uitroepen: 'Niet te geloven, hebben ze jou ook weten te strikken?' en vervolgens uitleggen dat de conferentie in Manchester op het allerlaatste moment was afgelast en dat zijn baas hem om een enorme gunst had gevraagd en hé, was het niet fantastisch, nu konden ze gezellig allemaal samen in de rij wachten...
'Telt een x-box als een groot cadeau of als een klein cadeau?'
'Wat? Eh... groot.' Terwijl Cleo haar blik afwendde van Will, pakte ze haar mobieltje en scrolde naar zijn nummer. Ze drukte op 'bellen'. Ze wachtte met droge mond totdat zijn mobieltje overging en zag hem het toestel uit zijn jaszak halen, naar het schermpje kijken en het uitzetten.
Cleo spitste haar oren en hoorde het meisje dat zijn hand vasthield, vragen: 'Wie was dat, papa?'
Will glimlachte naar haar. 'Niemand, lieverd. Gewoon werk.'
Gewoon werk.
De buiten-het-werk-se variant.
Het overkwam Cleo niet vaak dat ze niet wist wat ze moest doen, maar terwijl ze naar het drietal keek, had ze geen flauw idee hoe het verder moest. Als zij en Will hier alleen waren geweest, zou ze hem meteen aan de tand hebben gevoeld. Maar dat kon ze moeilijk doen waar zijn kinderen bij waren.
Dus een rechtstreekse confrontatie kon niet.
En hetzelfde gold voor moord. Helaas.
Maar ze kon ook niet weg, want dat zou Saskia vreselijk vinden.
Het kwam er dus op neer dat ze hier vastzat. Terwijl uit de luidsprekers, die verborgen waren in de bomen, kerstliedjes klonken en er namaaksneeuw op hen neerdwarrelde, was ze gedwongen te kijken naar die vieze vuile leugenaar die, tot vanmiddag, haar schat van een vriendje was geweest... Maar wacht eens even, zou het kunnen dat hij weliswaar een leuge-

naar was, maar geen overspelige bedrieger? Cleo dacht snel even na; het was mogelijk dat hij vrijgezel was, dat hij alleen nog niet de moed bijeen had weten te rapen om haar te vertellen over zijn kinderen uit een eerdere relatie, uit angst dat zij hem dan niet meer zou moeten. Want als dat het geval was, dan kon het best eens heel schattig en romantisch zijn om de waarheid op deze manier te ontdekken, een beetje zoals zo'n hartverwarmend einde van die sentimentele films die ze altijd met kerst op tv uitzonden.

Het was een mooi idee, dat echter meteen om zeep werd geholpen toen een vrouw van in de dertig zich langs hen heen haastte; de mouw van haar donkerblauwe jas streek langs Cleo's arm en ze mompelde: 'Sorry...' waarna ze zich bij Will en de kinderen voegde.

'Heb je lekker geplast?' riep het meisje, haar stralend aankijkend.

'Kan het nog harder?' De vrouw wisselde een geamuseerde blik uit met het echtpaar voor hen in de rij. 'Iedereen vindt het vast heel interessant om te horen waar ik ben geweest.'

'Maar jij gaat altijd naar de wc,' bemoeide het zoontje zich ermee. 'Jij moet altijd plassen als we ergens zijn, hè, papa?'

'Altijd,' beaamde het meisje.

'Dat is waar.' Will knikte ernstig.

De vrouw trok zogenaamd een kwaad gezicht en deed alsof ze hem wilde slaan. Will dook weg en gebruikte zijn zoontje als menselijk schild. Het volmaakte gezinnetje dat een volmaakt moment deelde, terwijl er namaaksneeuw neerdwarrelde, gekleurde lampjes de bomen verlichtten en er kerstliedjes klonken; kortom, een volmaakte kerstsfeer.

'Sti-ille nacht, hei-lige nacht...' zong Saskia mee, haar stem zuiver en hoog als helium.

Was dat maar waar. Cleo vroeg zich af wat Will zou doen als ze nu naar hem en zijn gezin toe zou lopen en zichzelf zou voorstellen. Natuurlijk zou ze dat nooit doen, maar stel dat... Want op de een of andere manier was het hem gelukt om drie maanden lang een verhouding met haar te hebben terwijl hij getrouwd was. De vrouw droeg een trouwring en veegde liefdevol wat namaaksneeuw uit Wills haar, en dat deed je niet bij een ex.

Hoe je het ook wendde of keerde, ze was zijn vrouw.
God, het lef van die man, het gigantische lef…
'Aaaa-lles slaapt, slui-mert zacht,' zong Saskia.
De mensen in de rij voor hen draaiden zich om, en toen gebeurde het. De vrouw stootte Will aan en hij draaide zich ook om om naar Saskia te kijken. En toen, als bij zo'n tekening waar je de puntjes met elkaar moet verbinden, ging zijn blik van Saskia's gezicht naar haar arm, toen naar haar in een want gestoken hand die Cleo's hand vasthield, om vervolgens weer omhoog te glijden en uit te komen bij Cleo's strakke gezicht. Ha, en wie deed het nu in zijn broek van angst? Ze zag het aan zijn ogen, trok heel even een wenkbrauw op, maar liet hem verder niets merken. Will keek eerst weg, wendde zich weer tot zijn kinderen en stak zijn handen in zijn broekzakken. Zelfs van deze afstand kon ze de spanning in zijn schouders zien. En hij ademde heel snel, zag ze aan de opeenvolging van stoomwolkjes uit zijn mond.
'Cleo?' Nu de muziek was afgelopen, trok Saskia weer aan Cleo's hand. 'Is een iPod een groot of een klein cadeau?'
'Dat is een groot cadeau, liefje.'
'Maar het is heel klein.' Saskia trok haar groene want uit om met haar duim en wijsvinger aan te geven hoe klein wel niet.
'Maar ze zijn heel duur.'
'O.' Saskia keek haar met grote ogen aan. 'Dus… een hond is goedkoper?'
'Je weet best dat je geen hond kunt nemen.' Ze had zich al afgevraagd hoe lang het zou duren voordat het H-woord werd uitgesproken; Saskia had het de laatste tijd nergens anders over. 'Dat heeft mama je ook al verteld. Voor honden moet je goed zorgen, en dat kost heel veel tijd.'
'En ze moeten ook altijd plassen.' Grijnzend wees Saskia naar de rij voor hen. 'Net als die mevrouw.'
Dit was echt onverdraaglijk.
'Oké, weet je wat?' Met overdreven opgewekte stem liet Cleo het klinken alsof ze het beste idee ooit had. 'Mijn voeten zijn bevroren en de rij gaat echt heel erg langzaam, dus laten we teruggaan naar het café, een lekkere mok warme chocolademelk en een stuk taart nemen, en dan later weer terugko-

men als de rij weg is. Dat is toch een hartstikke goed idee?'
Saskia keek haar geschokt aan, met een blik alsof Cleo had voorgesteld om een lieve puppy op te hangen en zijn pootjes eraf te hakken. Haar onderlip begon te beven. 'Dat wil ik niet.'
'Maar de Kerstman is hier heus nog wel als we straks terugkomen, hoor. Echt waar! En dan hoeven we niet in de rij te staan, dat is toch veel beter?'
Even aarzelde Saskia.
'Sorry dat ik me ermee bemoei,' zei een man op leeftijd die met zijn kleinzoontje achter hen stond, 'maar hoe later je komt, hoe langer de rij is. Om vijf uur is het bijna niet meer te doen. Jullie kunnen beter gewoon in de rij blijven staan.'
Behulpzame oude mannen. Zou je ze niet?
'We blijven hier,' zei Saskia vastberaden.
Zonder iets te zeggen knikte Cleo. Heel fijn.
Veertig helse minuten later was het de beurt aan Will en zijn gezin om naar binnen te mogen bij de Kerstman. Hij had geen enkele keer omgekeken sinds hij had ontdekt wie er in de rij achter hem stond, hoewel hij zich er vast wel van bewust was dat er imaginaire messen in zijn nek werden gestoken. Cleo vroeg zich af of Will soms ook even bij de Kerstman op schoot ging zitten. 'Beste Kerstman, ik ben dit jaar geen brave jongen geweest, ik ben zelfs heel erg ondeugend geweest. Maar mag ik toch een kerstcadeautje? Ik wil graag een cape die je onzichtbaar maakt.'
Of...
'Het enige wat ik voor kerst vraag, is dat mijn vrouw niet ontdekt dat ik een minnares heb.'
O god. Het woord deed haar huiveren. Tot op dat moment was het niet tot haar doorgedrongen dat dat het was wat hij van haar had gemaakt.
Ze slikte de bittere smaak in haar mond weg; technisch gesproken was ze zijn minnares geweest, al was ze zich daar niet van bewust geweest. Alleen al door de gedachte aan het woord kwamen allerlei traumatische herinneringen naar boven. Ze was weer negen, misselijk van angst bij de aanblik van tante Jean die weer eens in alle staten was. Ze had toentertijd niet begrepen wat een minnares was, maar oom David had er een-

tje en het was wel duidelijk dat het een slecht en weerzinwekkend iemand was, nog erger dan een massamoordenaar.
'Cleo? Wanneer mogen wij nou?' Saskia had een rode neus van de kou, maar ze gloeide nog steeds van opwinding.
'Heel gauw.' Cleo tilde haar op voor een knuffel om hen beiden te verwarmen en om niet meer te hoeven stilstaan bij het feit dat er net zo goed met rode viltstift VUILE HOER op haar voorhoofd had kunnen staan.
Toen ging de deur van het houten huisje open en kwamen Will en zijn gezin naar buiten lopen. De kinderen hielden opgewonden hun nog ingepakte cadeaus vast, en hun moeder wisselde vrolijk een paar woorden met de mensen die nu aan de beurt waren. Toen ze langs Cleo en Saskia liep, zei ze glimlachend: 'Hij is echt de moeite van het wachten waard.'
Ze zou de Kerstman wel bedoelen. Niet Will.
'Mogen we ze al openmaken, papa?' Het jongetje rammelde met zijn cadeau.
'Nee, kom, we gaan eerst naar de auto.' Terwijl Will zich met zijn kinderen langs Cleo haastte, ving hij Cleo's strakke blik op. Hij keek haar verontschuldigend aan en met zijn vrouw veilig achter hem, bracht hij even zijn linkerhand omhoog en gaf met een gebaar van duim en wijsvinger te kennen dat hij haar zou bellen.
Cleo wendde nadrukkelijk haar blik af. Drie hele maanden van haar leven verknald. En dan te bedenken dat ze Will als een blijvertje had beschouwd. Ze hadden het op zoveel fronten met elkaar kunnen vinden, en dat was haar al in geen jaren meer gebeurd. Behalve dat ze teleurstelling en woede voelde over het feit dat hij haar aan het lijntje had gehouden, voelde ze zich ook gebruikt en naïef en ontzettend stom!
'Je ziet er heel grappig uit.' Saskia, zorgeloos als altijd, vervolgde stralend: 'Er zit allemaal nepsneeuw in je haar.'
Ja, en moordlust en wraakgevoelens in haar hart.

8

Abbie had aan niets anders kunnen denken dan aan het moment van Toms thuiskomst; ze probeerde te bedenken wat ze zou zeggen, maar toen het eindelijk zover was, hoefde ze helemaal niets te zeggen.
Zijn sleutel draaide om in de voordeur, de weekendtas, de koelbox en de hengels werden in de gang gezet en zoals altijd riep hij: '*Hi, honey, I'm home!*'
Het was hun privégrapje; hij begroette haar altijd met die woorden, maar iedere keer met een ander accent. Vandaag was het Iers, ter ere van het visuitstapje, en omdat zijn accenten niet altijd even gemakkelijk te herkennen waren, voegde hij er met een zwaar Iers accent aan toe: 'Jezus, wat is het koud buiten!'
Gek genoeg klonk hij vrolijker dan de afgelopen twee weken. Kwam dat omdat hij het weekend met zijn dochter had doorgebracht?
Toen verscheen hij in de deuropening van de keuken en zijn gelaatsuitdrukking veranderde op slag. Zodra hij haar zag zitten, wist hij het.
Abbie wist dat ze er vreselijk uitzag, maar dat kon haar niets schelen. Híj had het haar aangedaan. Het was zijn schuld dat ze een trillend wrak was, met rode ogen, een droge mond en een hart vol pijn.
'O god.' Alle kleur trok weg uit zijn gezicht. Zijn hand schraapte over zijn ongeschoren kaak, en hij schudde zijn hoofd. 'Hoe heb je het ontdekt?'
'Dat van Georgia, bedoel je?' Ze herkende haar eigen stem haast niet; ze kon in elk geval niet geloven dat ze deze woorden zei. 'Je… dochter?'
Hij ademde zwaar uit. 'O god. Stond ze soms ineens voor de deur? Ik had haar nog zo gezegd om dat niet te doen. Abbie, het spijt me, ik wilde het je echt wel vertellen, maar –'
'O ja? Nou, dat is verdomd aardig van je!' Onder het schreeuwen drong tot haar door dat hij haar kant uit kwam lopen, met uitgestoken armen. *Boem* deed de keukenstoel toen ze op-

sprong en hem omvergooide. Achteruitdeinzend struikelde ze bijna over de stoelpoten. 'Blijf uit mijn buurt! Hoe durf je! Je denkt toch niet dat ik je nog in mijn buurt wil hebben?'
'Maar –'
'Och hemeltje, Abbie is een beetje van streek,' aapte ze hem gemeen na. 'Maakt niet uit, een kusje en alles komt weer goed!'
Tom bleef stokstijf midden in de keuken staan. 'Ik zei toch dat het me spijt. En ik wist dat het je van streek zou maken. Daarom heb ik het je ook nog niet verteld. Ik probeerde een manier te verzinnen om het je voorzichtig te kunnen vertellen.'
'Goh, wat een held!' Ze zag de schuldbewuste blik in zijn ogen en verwonderde zich over zijn redeneertrant.
'Abbie, voor mij was het net zo'n schok als voor jou. Ik kan nog steeds niet geloven dat het is gebeurd.' Hij schudde zijn hoofd. 'Maar we overleven het wel, echt. We moeten ons er samen doorheen slaan.'
'Dat meen je toch zeker niet?' Jezus, snapte hij dan echt niet hoe ze zich voelde? 'Tom, hoe kan ik je nou ooit nog vertrouwen? Ons hele huwelijk is op leugens gebaseerd! Misschien dat andere vrouwen kunnen leven met wat jij hebt gedaan, maar ik niet. Voor mij is dit het einde. Ik word al misselijk als ik alleen maar naar je kijk... Ik wil niet dat je me ooit nog aanraakt!'
Hij staarde haar aan. 'Abbie, dat is oneerlijk.'
Oneerlijk? Oneerlijk? Een enorme woede welde in haar op. Vanochtend had ze Des Kilgour beloofd dat ze Tom niets zou vertellen over afgelopen nacht, maar misschien zou ze zich toch maar niet aan die belofte houden. Ze had met Des geslapen om Tom te straffen, om hem terug te pakken en ook in de hoop dat ze zich daarna beter zou voelen. Goed, dat had niet gewerkt, maar als ze Tom kon pijnigen door het hem te vertellen, dan was het misschien niet allemaal voor niets geweest... ja, dan zou hij ook eens weten hoe het voelde...
'Dus wat jou betreft, is het feit dat je een verhouding hebt gehad met een andere vrouw iets wat ik... wat ik je gewoon maar moet vergeven.' Ze duwde haar nagels in haar handpalmen terwijl ze de woorden uitspuugde. 'Betekent dat dat jij het ook niet erg zou vinden als ik een verhouding had? Zou je dan ge-

woon zeggen: och hemel, maakt niet uit, we slaan ons er samen wel doorheen? Want als je dat denkt, dan kan ik je één ding vertellen –'

'Ho, wacht eens even.' Fronsend stak hij een hand op om haar het zwijgen op te leggen. 'Wát zei je daar? Waar heb je het over? Het was helemaal geen... verhouding.'

Allemachtig zeg. 'Mij best,' brulde ze, 'alsof dat enig verschil maakt! Dus ze was gewoon een slippertje, een eenmalig iets, een of andere slet met wie je seks hebt gehad... Hoe vaak je het ook met haar hebt gedaan, het resultaat blijft hetzelfde!'

'Nee, nee, nee!' Ongelovig zijn hoofd schuddend, zei hij: 'Heeft ze je dat soms verteld? Georgia... Zei ze dat het een verhouding was?'

'Ik heb haar niet gezien! Ik wil haar helemaal nooit zien!' Abbie trok de brief uit de zak van haar spijkerbroek en legde hem met een klap op de geboende eikenhouten keukentafel. 'Daar staat het allemaal in.'

Er veranderde iets in Toms gezicht. Hij keek naar de brief. Toen keek hij haar weer aan. 'Niet alles.' Zelfs zijn stem klonk anders.

'Je hebt een dochter.' Terwijl ze het zei, voelde ze haar mond vertrekken van ellende. 'Wat valt er nog meer te weten?'

'O Abbie, lieverd... ik hou zoveel van je.'

'Zeg dat niet.'

'Maar het is zo. En er is één vraag die je nog niet hebt gesteld.' Even sloot hij zijn ogen en toen zei hij: 'Je hebt me niet gevraagd hoe Georgia's moeder heet.'

Abbie moest bijna overgeven. Mocht ze al hebben gedacht dat het niet erger kon worden, dan had ze zich vergist. Nu zou hij haar gaan vertellen dat ze de vrouw kende met wie hij stiekem naar bed was geweest. Steeds misselijker zei ze: 'Zeg dan.'

Zijn adamsappel ging op en neer in zijn keel toen hij slikte. 'Ik weet dat het een schok voor je zal zijn.'

'Zeg nou maar gewoon.'

De stilte strekte zich tussen hen uit, en ze kreeg het gevoel dat ze zo zou gaan gillen.

Toen wreef Tom over zijn afgedragen corduroy broek en zei: 'Patty Summers.'

Patty.
Patty Summers.
Wat?
Patty Summers van bijna twintig jaar geleden, met haar golvende zilverblonde haar en lange wijde rokken? Verward probeerde Abbie deze informatie te verwerken; het was wel de meest onwaarschijnlijke naam waarmee hij op de proppen had kunnen komen. Was Tom Patty daarna stiekem blijven zien?
'Ik heb je nooit bedrogen, Abbie. Dat heb ik nooit gewild en dat heb ik nooit gedaan.' Haar verwarring bemerkend liep hij naar haar toe. Met een oneindig lieve stem zei hij: 'Liefje, ze heeft tegen ons gelogen. Ze heeft gelogen!'

Negentien jaar geleden. Abbie herinnerde het zich nog als de dag van gisteren. Ze was vijfentwintig en een panische, kolkende, hormonale maalstroom van wanhoop en ongeduld. Hoe vaker haar werd gezegd dat ze zich moest ontspannen, hoe wanhopiger ze werd. Draagmoeders waren toen steeds in het nieuws, en dat haar afkeurende huisarts had gezegd dat ze dat niet eens moest overwegen, was de druppel geweest. En bovendien, je had er toch geen officiële organisatie voor nodig om zoiets te regelen? Omdat ze er veel over had gelezen, wist ze dat het allemaal niet zo ingewikkeld was, en het leek haar het beste om de touwtjes zelf in handen te nemen. Ze had een advertentie met brief onder nummer gezet in de plaatselijke kranten van Bristol. 'Draagmoeder gezocht voor echtpaar dat zelf geen kinderen kan krijgen. Help ons alsjeblieft, we willen heel graag een baby!'
Niets. Geen enkele reactie. 'Dat zei ik toch?' zei Tom. 'Waarom zou iemand zoiets doen voor een compleet onbekend stel?'
Dus plaatste Abbie de week daarop een aangepaste advertentie: 'Zou jij de draagmoeder kunnen zijn voor een echtpaar dat zelf geen kinderen kan krijgen? Help ons alsjeblieft! Hoge onkostenvergoeding.'
Hoewel Tom op zijn hoede was, steunde hij haar, want haar overweldigende verlangen was groter dan zijn aangeboren terughoudendheid. En vier dagen later kregen ze een brief van Patty Summers die aanbood om hun draagmoeder te worden.

Het was een wonder; eindelijk gebeurde er iets moois. Ze spraken af in een café in Clifton, de chique buurt in Bristol waar Patty woonde. Abbie, zenuwachtiger dan ooit, trok vijf keer andere kleren aan, bang dat een broek in de verkeerde stijl of schoenen die niet trendy genoeg waren, Patty op andere gedachten zouden kunnen brengen. Tom moest van haar hun rode Astra oppoetsen tot hij vanbinnen en vanbuiten glom.
Hoewel ze niet wisten wat ze moesten verwachten, was de eerste ontmoeting toch een openbaring. Patty kwam het café in zwieren, begroette Abbie en Tom als familie die ze in geen jaren had gezien en overdonderde hen met haar warmte en levensvreugde. Ze leek een beetje op Claudia Schiffer, met twinkelende ogen en een brede lach. Geëmotioneerd vertelde ze dat hun advertentie in de krant haar hart had gestolen. Ze was erdoor geraakt. Het was zo'n mooie manier om een ander te helpen, een baby te baren voor een echtpaar dat zelf geen kinderen kon krijgen... ze zou het een eer vinden als ze dat voor hen mocht doen.
Abbie was helemaal betoverd door Patty Summers. Het was aan Tom om de verstandige vragen te stellen. En nee, Patty had zelf geen kinderen – ze was geen moederlijk type, had zelf nooit kinderen gewild – maar ze voelde gewoon dat dit iets was wat ze kon. Ze was zesentwintig, helemaal gezond, gebruikte geen drugs en rookte zelfs geen sigaretten. Haar laatste baan was misgelopen toen ze het had uitgemaakt met haar vriend, die toevallig ook de eigenaar van het café in kwestie was. Daarom had ze de plaatselijke krant ook doorgebladerd, op zoek naar werk. En daarom was het allemaal ook zo logisch. Óf ze kon een of ander saai baantje nemen dat ze niet leuk vond, óf ze kon een jaartje relaxen, een beetje chillen, en een baby krijgen!
Na een uur had Abbie een besluit genomen. Ze kwamen overeen om Patty duizend pond per maand te betalen, zodat ze de huur van haar bescheiden flatje in Clifton en haar andere rekeningen kon betalen. Het was meer dan ze hadden verwacht, maar niet onredelijk als je bedacht wat ze voor hen deed. En het mooie van met Patty in zee gaan, was dat ze bereid was meteen te beginnen – geen eindeloos wachten meer op afspraken en voor de duizendste keer te horen krijgen dat je ge-

duld moest hebben, zodat je gewoon zin kreeg tegen degene die dat zei, te gaan schreeuwen. Patty was er helemaal klaar voor, ze bruiste van enthousiasme en had er net zo'n zin in als zij.
'Duizend pond per maand!' siste Tom toen Patty even naar de wc was. 'Negen maanden lang!'
Maar Abbie was er niet meer van af te brengen. Niets kon hen nog tegenhouden. Ze hadden hun spaargeld, Tom kon overwerken en zelf zou ze 's avonds een bijbaantje nemen. 'We gaan niet tegen haar zeuren. En jij gaat beslist niet onderhandelen.' Ze nam zijn hand onder tafel in een ijzeren greep. 'Tom, denk eens aan de prachtige baby die we zullen krijgen! We doen het gewoon. Het zal elke cent waard zijn. Nu kunnen al onze dromen uitkomen!'
'Ik weet het, ik weet het. Maar we weten niet eens wie ze is. We kennen haar pas een uur.'
'Waag het niet om dit te verknallen.' Abbie had pijn op de borst van angst; ze voelde zich net een kind dat te horen kreeg dat haar verjaardag dit jaar niet doorging.
'We weten niets van haar. Wie zegt dat ze is wie ze is?'
'Dat moet je niet zeggen!'
'Hij heeft gelijk.' Patty, terug van de wc, had hun bezorgde woordenwisseling gehoord, en vervolgde: 'Jullie weten niets van mij.' Ze keek hen aan. 'Oké, zal ik jullie anders mijn huis laten zien? Zou dat helpen?'
Dus dat hadden ze gedaan; ze waren meegegaan met Patty naar haar appartementje op de zolderverdieping van een Georgian huis in Cornwallis Crescent. Het was klein, maar het uitzicht over Bristol was adembenemend. Overal stonden foto's van Patty en haar familie, zowel oude als nieuwe; ze had haar muren zonnig geel geschilderd, en overal lagen boeken en tekenmateriaal en cd's. 'Sorry, ik ben niet zo netjes aangelegd.' Ze wees verontschuldigend naar de kleren op het houten droogrek in een hoek van de kamer. 'Ik ben een sloddervos. Oké, hoe kan ik nog meer bewijzen dat ik te vertrouwen ben? Zal ik jullie mijn bankafschriften laten zien? Zal ik jullie anders voorstellen aan Dilys, mijn benedenbuurvrouw, dan kan ze jullie vertellen dat ik echt heel aardig ben.'

'Dat zouden we kunnen doen,' zei Tom.
'Nee, nergens voor nodig.' Abbie schudde verwoed haar hoofd.
'Jullie moeten het zelf weten. Maar het kan altijd later nog.' Nadat Patty op de kalender had gekeken, vervolgde ze: 'Als ik zo naar de datums kijk, denk ik dat we dit weekend maar meteen moeten beginnen. Zaterdagmiddag zou ik wel kunnen.' Ze keek hen opgewekt aan. 'Vinden jullie dat goed?'
'Aanstaande zaterdag.' Abbie knikte verbijsterd. Het was februari... als het de eerste keer meteen goed ging, konden ze met kerst hun baby hebben.
'Fantastisch!' Patty's zilveren armbanden rinkelden toen ze verrukt in haar handen klapte. 'Dan doen we het hier!'
'Wacht.' Blozend zei Tom: 'Er zal geen... nou ja, geen contact plaatsvinden. Ik bedoel, wij, jij en ik zullen... eh... niks samen doen.'
'Och, was dat het waar je je de hele tijd zo druk om maakte?' Patty barstte in lachen uit. 'Natuurlijk hoeven we geen seks te hebben! We kunnen toch zo'n injecteerding gebruiken? Jij doet je gedoetje in een theekopje of zo, en dan zorg ik voor de meisjeskant van de zaak... Bij een winkel met keukenspullen kun je wel van die spuiten kopen waar je kip mee vult.' Hoofdschuddend vervolgde ze tegen Tom: 'Niet om het een of ander, schat, je bent vast heel goed in bed, maar je bent niet echt mijn type.'
De zaterdag daarop waren ze teruggegaan naar de flat in Clifton. Ze gaven Patty haar eerste cheque van duizend pond zodat ze haar rekeningen kon betalen, en Tom vroeg haar om een officieel document te ondertekenen dat ze door een notaris hadden laten opstellen om ervoor te zorgen dat iedereen zich aan de afspraak hield. Het was niet echt een officieel document – de notaris die hij had benaderd had botweg geweigerd om zijn medewerking te verlenen aan een potentieel ontvlambare situatie – maar het zag er officieel uit en daar ging het om; iemand die slechte bedoelingen had, zou ervan gaan steigeren.
Maar Patty werkte meteen mee. Vrolijk zette ze haar handtekening onder aan het document en vroeg vervolgens of ze een kop thee of een glas wijn wilden. Een halfuur later was de daad verricht, en ze omhelsde hen beiden ten afscheid, pakte nog even Abbies hand beet, legde hem op haar platte buik en

riep uit: 'Moet je je eens indenken, misschien gebeurt het wel op dit moment, hierbinnen! Onvoorstelbaar toch? Is het niet een wonderbaarlijk idee?'

De twee weken daarop kropen pijnlijk langzaam voorbij. Het enige wat ze konden doen, was wachten. Abbie sliep nauwelijks, ervan overtuigd dat het had gewerkt en dat de baby waarnaar ze zo hadden verlangd, al onderweg was. Ze kon nergens anders meer aan denken. Zou het een jongen zijn? Een meisje? Wat voor naam zouden ze kiezen? Was het verkeerd om nu al kleertjes te kopen? Niet heel veel natuurlijk, dat zou stom zijn, maar gewoon een paar kleine witte rompertjes?

Zestien dagen na de inseminatie belde Abbie Patty. 'Hoi, met mij. Eh... heb je al nieuws?'

'O, hallo Abbie! Nee, nog niks...'

'Dus dat is goed nieuws.' Abbie dankte de hemel uit heel haar hart en zag de foetus al voor zich, er stiekem zeker van dat die op zijn plek bleef zitten door haar urenlange visualisaties.

'Nou ja, het is eigenlijk nog te vroeg om iets te kunnen zeggen. Misschien komt mijn menstruatie gewoon wat later.'

'Maar je kunt toch een test doen? Als je wilt, kan ik er wel eentje voor je kopen. Dan kom ik hem wel brengen!'

'Dat is heel lief van je, maar volgens mij is het gewoon nog te vroeg voor een test. Ik bel je wel als er iets gebeurt.'

'Maar –'

'En ik wilde je ook nog even zeggen dat ik een weekje naar mijn moeder in Frankrijk ga, dus dan ben ik volgende week woensdag weer terug. Als ik dan nog steeds niet ongesteld ben, zal ik die test doen en dan weten we het zeker.'

De strak opgewonden veer in Abbies borstkas werd nog strakker opgewonden... nog eens negen dagen van onzekerheid was meer dan ze aankon. Maar ze had geen keus. Ze kon moeilijk naar Cornwallis Crescent rijden en Patty met geweld dwingen om op een staafje te plassen.

Op de een of andere manier wist ze die week en nog wat dagen te overleven. Soms zat ze echt letterlijk de minuten te tellen. Maar het was nog steeds mogelijk om te blijven geloven dat alles in orde was zolang Patty haar niet had gebeld om te zeggen dat het niet zo was.

En toen, op woensdagavond, ging de telefoon, en was het Patty's stem aan de andere kant van de lijn. 'Abbie, met mij. Het spijt me zo, het heeft niet gewerkt. Ik ben vandaag ongesteld geworden.'
Abbie liet zich langs de muur glijden tot ze op de vloer van de huiskamer zat. Geen baby. Het spijt me zo. Pas op dit moment drong tot haar door hoeveel gevoelens ze al had geïnvesteerd in dit niet-bestaande wondertje.
'Abbie? Gaat het? We hebben ons best gedaan. Sorry.'
Goed, kalm blijven, het is niet het einde van de wereld. Al voelde het dan wel zo. Met haar laatste restje zelfbeheersing zei ze: 'Nou ja, dan moeten we het gewoon nog een keer proberen.'
'Ja.' Stilte. 'Alleen... Zou je de volgende keer niet iemand anders kunnen nemen? Want ik wil eigenlijk niet meer.'
'Pardon?' Abbie had het gevoel alsof alle lucht uit haar longen werd geperst. 'Maar je hebt beloofd dat...'
'Ik heb niks beloofd. We hebben afgesproken dat ik verder zou gaan als het niet meteen werkte, maar het is me gewoon een beetje tegengevallen,' zei Patty. 'Dus ben ik van gedachten veranderd.'
'Maar we betalen je ervoor!'
'Abbie, wind je niet zo op. Ik probeer jullie heus geen geld af te troggelen of zo. Natuurlijk hoeven jullie me verder niks meer te betalen... En zodra jullie iemand anders hebben, kun je die het geld geven.'
'Wind je niet zo op!' schreeuwde Abbie. 'Hoe moet ik me dan voelen volgens jou?'
'Nu begin je ook nog tegen me te schreeuwen. Maar ik verander heus niet van gedachten.' Patty's stem had een scherpe klank. 'Bovendien zou het niet praktisch zijn,' vervolgde ze, 'want ik ga weg uit Bristol. Mijn moeder heeft gevraagd of ik niet bij haar in Frankrijk wil komen wonen. Dus zelfs al had ik verder gewild, dan had het niet gekund.'
'Alsjeblieft, blijf alsjeblieft hier. Neem even een paar weken rust, misschien voel je je daarna wat beter, dan kunnen we het nog een keer proberen... Alsjeblieft, ik smeek het je...'
Het was niet erg waardig en het werkte ook niet. Patty maakte snel een einde aan het telefoontje, en Abbie bleef als een

hoopje ellende op de vloer zitten. De twee weken daarna bleef ze in bed liggen; ze weigerde te praten en te eten en te gaan werken. Uit wanhoop reed Tom naar Bristol in een poging Patty op andere gedachten te brengen, maar ze hield voet bij stuk. Ze kon het emotioneel gewoon niet aan, zei ze. Ze had er sowieso nooit aan moeten beginnen. En dat ze uit Bristol vertrok, bleek geen leugen; de flat stond vol verhuisdozen, klaar voor haar verhuizing naar Zuid-Frankrijk.

Toen Abbie dat hoorde, trok ze zich nog verder terug in zichzelf. In paniek vertelde Tom hun huisarts de reden van Abbies instorting, wat hem op een zware preek kwam te staan over hoe onverantwoordelijk en stom het van hen was geweest om zelfs maar te overwegen een advertentie te zetten voor een draagmoeder; iedere idioot kon zien dat dat alleen maar op een ramp kon uitlopen.

Het feit dat hij gelijk had, maakte het er niet gemakkelijker op om hun lot te aanvaarden. Abbie vroeg zich af waarom ze eigenlijk nog de moeite deed om in leven te blijven als ze dan toch zo stom en zielig en nutteloos was. Het enige wat haar ervan weerhield om een overdosis te nemen, was het gevoel dat zelfs dat haar te veel moeite kostte.

Om te zeggen dat ze wilde dat ze Patty Summers nooit hadden ontmoet, was het understatement van het jaar, maar ze had er wel iets van geleerd. Nooit, echt helemaal nooit, zou ze een andere vrouw nog haar verwachtingen en dromen toevertrouwen.

9

Nu, negentien jaar later, drong tot Abbie door dat Tom haar handen vasthield. Ze had het gevoel alsof haar hersens eruit waren gehaald, hard door elkaar geschud als zo'n sneeuwbol en er ondersteboven weer in gezet. Wat hij haar had verteld, kon gewoon niet waar zijn. Toch wist ze diep vanbinnen dat het wel waar was.

'Patty heeft tegen ons gelogen,' zei Tom nog een keer. 'Ze is wel zwanger geraakt bij die eerste poging. Maar ze besefte dat het haar niet zou lukken om de baby af te staan. Ze had niet verwacht dat ze zich zo zou voelen, maar zo was het nu eenmaal. Zodra de hormonen hun werk begonnen te doen, wist ze dat ze het kind zelf wilde houden. Dat heeft ze toen tegen haar moeder gezegd en die beloofde om haar te helpen... en dat was dat.'

'Ze heeft ons ons kind afgenomen. Ze heeft haar gestolen.'

'Wettelijk gezien was het ons kind niet.' Hoewel zijn stem zacht klonk, hoorde ze dat hij er ook onder leed. Dit achttienjarige meisje was half van Patty, half van hem. Ze was zijn biologische dochter, maar met leugens en bedrog was hem de kans ontnomen om haar te leren kennen, van haar te houden, haar te zien opgroeien.

En over leugens en bedrog gesproken... O god, Abbie werd gewoon misselijk als ze aan afgelopen nacht dacht. Ze had geen seks met Des gehad, maar voor hetzelfde geld was dat wel gebeurd. Ze had wel de nacht doorgebracht in zijn bed. Als Tom dat ooit ontdekte, zou dat zijn dood worden. Nou ja, hij moest het dus gewoon nooit ontdekken. Hoe dan ook, ze had helemaal geen tijd om daar nu bij stil te staan. De dochter die ze de afgelopen achttien jaar niet hadden mogen meemaken, leefde en wilde dolgraag haar vader leren kennen.

'Liefje, ik vind het zo erg voor je.' Tom streelde haar haren. 'Ik wist gewoon niet hoe ik het je moest vertellen.'

Hij kon er niets aan doen. Ze had de beste man ter wereld en ze verdiende hem gewoon niet.

'Het geeft niks.' Zouden hij en Georgia een vader-dochterrelatie opbouwen? Zou zij daarbij buitenspel worden gezet? Abbie had het gevoel dat haar hart in tweeën brak, maar het minste wat ze nu kon doen, was Tom steunen. Een flauw lachje tevoorschijn toverend zei ze: 'Nou, volgens mij moet je haar maar eens gauw gaan bellen. Je zult wel hartstikke nieuwsgierig zijn.'

Cleo zat brandend van verlangen op Shelley te wachten die Saskia om zeven uur zou komen afhalen. Ze kon haast niet wachten tot ze haar over Will kon vertellen.

'Hoi! Sorry dat ik zo laat ben – de vlucht van de klant had vertraging!' Om halfacht kwam Shelley binnenrennen. Ze griste Saskia's jas van de trapleuning en riep: 'Sas? Opschieten, schat, we moeten snel naar huis. Je moet morgen weer naar school, dus op tijd naar bed.' Over haar schouder vroeg ze aan Cleo: 'Hoe was het bij de Kerstman? Hebben jullie het leuk gehad?'

'Hartstikke leuk. Eh, wil je niet even een kop koffie? Tien minuutjes maar. Je zult je oren niet geloven als ik je vertel wat er is –'

'Zo, je armen in de mouwen... brave meid, en nu je laarzen aantrekken. Sorry, ik kan echt niet blijven, ik moet Saskia's sportkleren nog wassen en strijken als we thuiskomen. Dat ben ik gisteren helemaal vergeten! Heb je een cadeautje gekregen van de Kerstman, liefje? O, wat mooi! Goed, dan gaan we. Dag!'

Niemand kon wervelwind Shelley tegenhouden wanneer ze haast had. Een paar seconden later waren ze al de deur uit, de auto in en op weg naar Bristol. Cleo bleef met open mond, als een vis die naar adem hapt, achter op de stoep.

Ze barstte echter nog steeds van verlangen om te vertellen wat er was gebeurd, desnoods aan iemand die minder zou meeleven.

Goed, dan moest ze het maar aan Ash vertellen. En hem eerst waarschuwen dat ze hem in elkaar zou slaan als hij het waagde haar uit te lachen.

Behendig sprong ze over het muurtje tussen hun voortuinen en ratelde met de klopper op zijn voordeur. Dat zijn huis stikdonker was, voorspelde echter niet veel goeds.

Nadat ze een paar keer zijn naam door de brievenbus had gebruld zonder antwoord te krijgen, ging ze terug naar huis om Ash op zijn mobieltje te bellen, maar dat stond uit. Deed hij dat soms expres? Toen ze gefrustreerd dan maar haar zus belde, kreeg ze Tom aan de lijn.

'O hoi. Abbie ligt boven in bad. Ik zal zeggen dat je gebeld hebt, maar ze voelt zich niet zo lekker.' Zelf klonk Tom ook een beetje somber toen hij vervolgde: 'Dus ik hoop dat je het niet erg vindt dat ze je waarschijnlijk pas morgen zal terugbellen.'

Jemig, het leek wel een samenzwering.
Nou, ze kon niet thuisblijven. Dan zou ze nog ontploffen. Nadat ze even door de huiskamer had lopen ijsberen, pakte ze haar jasje en zette de tv uit. Misschien was Ash wel in de pub.
Dus niet. Er waren sowieso weinig mensen in de pub, maar nu ze er toch was, wilde ze niet meteen weer teruggaan. Op het randje van een barkruk gezeten bestelde ze een gin-tonic en overwoog even of ze het niet met Deborah die achter de bar stond over de slechtheid van getrouwde mannen kon hebben.
Toen ging de deur die naar de wc-ruimte leidde open en verscheen Johnny. Het drong tot Cleo door dat het halflege glas Guinness dat op nog geen meter afstand op de bar stond, van hem was.
'Je mag wel blijven zitten, hoor.' Hij keek haar geamuseerd aan toen ze, met haar glas in de hand, aanstalten maakte om zich van de kruk te laten glijden, en ging toen op de kruk naast haar zitten. 'Ik ben vanavond niet in de stemming om te bijten.'
Cleo, die heel erg in de stemming was om te bijten, zei kortaf: 'Ik wist niet dat je er nog was. Moest je niet terug naar New York?'
'Ja, eigenlijk wel. Maar het leek me verstandiger om nog even te blijven vanwege het huis. Om te voorkomen dat een zeker persoon nog een keer potentiële kopers afschrikt.'
Net iets voor hem om haar dat eeuwig na te dragen. 'Ik heb toch al gezegd dat ik het niet meer zal doen.'
'Nee, want daar zorg ik wel voor. Nou ja,' verbeterde hij zichzelf, 'dat zou ik doen als we een andere koper konden vinden.'
Wilde hij haar soms een schuldgevoel aanpraten? Ze sloeg haar benen over elkaar, bestudeerde koeltjes haar drankje en nam toen een elegant slokje à la Audrey Hepburn. Het effect werd een beetje tenietgedaan door haar mobieltje dat ineens begon te rinkelen, zodat ze het glas bijna uit haar hand liet vallen en er een koude straal gin-tonic over haar kin haar decolleté in droop.
Goed, echt een decolleté kon je het niet noemen, maar dat was waar het in zou zijn gedruppeld als ze een decolleté had gehad.
'Zonde.' Johnny gaf haar een theedoek. Met een blik op haar

mobieltje dat op de bar lag, zei hij: 'Het is je vriendje. Moet je niet opnemen?'
Ze had Wills naam al op het schermpje zien staan. Hoe hij haar nog durfde te bellen, snapte ze echt niet.
Laten overgaan? Opnemen?
Ach, wat dan nog. Bij de vijfde keer overgaan nam ze op en zei: 'Geen belangstelling,' en hing meteen weer op.
'Ach gut.' Johnny trok zijn wenkbrauwen op. 'Problemen?'
'Niet zo nieuwsgierig, hè?' Cleo was klaar met het droog deppen van de vlek op haar witte T-shirt.
'Ik ben niet nieuwsgierig. Alleen maar bezorgd.'
'Nergens voor nodig. Niks om je mooie hoofdje over te breken.'
'Ik vond jullie gewoon een leuk stel, meer niet. Jullie leken zo gelukkig samen.'
Nu nam hij haar echt in de maling.
Bie-iep, tjirpte haar telefoon, ten teken dat er een sms'je was gearriveerd.
Ik kan alles uitleggen.
Cleo sms'te terug: Grapjas.
Bie-iep. Deze keer luidde zijn sms'je: Ik kom naar je toe.
'Weet je, dat vind ik nou altijd zo leuk aan die ouderwetse dorpskroegen,' zei Johnny. 'De sprankelende gesprekken.'
Hem negerend sms'te ze terug: Nee Nee Nee.
Bie-iep: Alsjeblieft. Ik moet je spreken.
'De humor,' vervolgde Johnny alsof hij het tegen zichzelf had. 'De gevatte antwoorden.'
Allemachtig zeg. Cleo stuurde snel een laatste tekstje: GEEN SPRAKE VAN, zette toen haar mobieltje uit en zei: 'Debs? Nog een keer hetzelfde graag.'
Ze had besloten dat ze net zo goed nog een drankje kon nemen, want ze bleef liever nog even hier dan dat ze in haar eentje thuis een zinloos gesprek met zichzelf moest voeren over hoe stom ze wel niet was geweest.
'Ik betaal wel.' Johnny wilde zijn portefeuille pakken.
'Nee, dank je. Ik wil zelf betalen.'
'Ook dat vind ik zo leuk hier, de vriendelijkheid van de plaatselijke bewoners.'
'Ik ben gewoon niet in de stemming.'

Hij haalde zijn schouders op. 'Misschien kan ik je wel opvrolijken.'
'Zal ik je eens wat vertellen?' zei ze. 'Dat kun je echt niet.'
'Nou, dan zitten we in hetzelfde schuitje, de arme Will en ik.'
Grinnikend vroeg Johnny: 'Komt het ooit wel eens bij je op dat jij het ook niet altijd bij het rechte eind hebt?'
De pub begon langzaam vol te stromen; Johnny ging snookeren met drie spelers van het plaatselijke voetbalteam, en Cleo zette Will even uit haar hoofd door met Deborah te kletsen over sladressings, het liefdesleven van Renée Zellweger en hun favoriete schoenen. Ze was net haar geliefde rode laarzen aan het beschrijven, die ze tijdens de uitverkoop had gekocht en die ongelooflijk mooi waren om te zien, maar helaas een maatje te klein, toen de deur achter haar werd opengegooid en ze een vleugje Armani-aftershave opsnoof.
Zelfs een stom rund kon begrijpen wie er binnen was gekomen. Cleo draaide zich om op haar kruk en keek naar de man die tot een paar uur geleden haar vriend was geweest.
Een man met wie ze zich al een hele toekomst had voorgesteld.
'Ga weg, Will.'
'Cleo, we moeten praten.'
'Misschien dat jij moet praten, maar ik niet.'
'Alsjeblieft.' Zich bewust van de nieuwsgierige blikken om hem heen, zei hij: 'Kunnen we niet even naar jouw huis gaan?'
'Eh... hoe zal ik het zeggen? Nee.'
'Luister. Het spijt me.' Terwijl hij naar haar toe kwam lopen, vervolgde hij op smekende toon: 'Maar ik hou van je.'
Haar adem stokte haar in de keel. Haar hele leven droomde ze er al van dat iemand die woorden tegen haar zou zeggen. In romantische zin dan; natuurlijk hadden haar ouders het in haar jeugd tegen haar gezegd. Maar op de een of andere manier was ze negenentwintig geworden zonder die woorden ooit uit de mond van een vriendje te hebben gehoord, want al haar vriendjes waren stuk voor stuk losers geweest die óf een ziekelijke angst voor die woorden koesterden, óf last hadden van bindingsangst óf... nou ja, haar gewoonweg niet leuk genoeg hadden gevonden om dat tegen haar te zeggen. En nu zei een man eindelijk dat hij van haar hield. En nog in het openbaar

ook. Hij verklaarde haar de liefde, midden in de pub; het kon hem niet schelen wie hem hoorde, wat onder andere omstandigheden heel romantisch had kunnen zijn.
Zoals het er nu voor stond, vervulde het haar alleen maar met woede en teleurstelling omdat hij het voor haar had verpest; haar eerste ik-hou-van-je zou altijd deze blijven, zo onromantisch dus als maar mogelijk was.
'Je hebt tegen me gelogen.'
Wanhopig spreidde hij zijn armen. 'Omdat ik van je hou.'
'Die flat in Redland. Je zei dat je daar woonde.'
'Ik weet het.' Op zijn voorhoofd glom een dun laagje zweet. 'Het is de flat van Rob en Damon. Ik moest dat wel zeggen; ik wilde je niet kwijt.'
Hij maakte het er steeds erger op. Als hij zo doorging, zou ze hem nog met een barkruk om de oren slaan. Ze greep haar glas stevig vast. 'Ga weg, Will. Ga naar huis.'
'Ik wil eerst met je praten. Kom mee naar buiten,' smeekte hij. 'Laat het me uitleggen.'
'Volgens mij wil ze dat je weggaat.'
Sinds wanneer was Johnny eigenlijk gestopt met snookeren en weer op zijn kruk komen zitten?
Will keek hem koel aan. 'Dit is iets tussen mij en Cleo.'
'Cleo wil niet met je praten.'
'Ze moet luisteren naar wat ik te zeggen heb. Onder vier ogen.'
Johnny wendde zich tot Cleo. 'Heeft hij je geslagen?'
'Allemachtig, zeg!' Will ontplofte. 'Natuurlijk heb ik haar niet geslagen!'
Johnny negeerde hem en vervolgde: 'Heeft hij je pijn gedaan? Op wat voor manier dan ook?'
'Dat heb ik niet, verdomme!'
'Nou, je zult toch iets hebben gedaan, anders was ze niet zo van streek.'
Dit was belachelijk; waarom vroeg ze zich eigenlijk nog af of ze het wel hardop zou zeggen? 'Hij is getrouwd,' zei ze kortaf. 'En hij heeft kinderen.'
'O fantastisch.' Wills blik schoot door de pub. 'Het was niet de bedoeling dat dit gebeurde, oké?'
'Hij heeft me drie maanden voorgelogen. Ik heb het vandaag

pas ontdekt. Vraagt je vrouw zich nooit af waar je bent?' vroeg ze.
'Kom nou gewoon even mee naar buiten,' smeekte Will. 'Twee minuutjes maar.'
Met een vermoeide zucht liet ze zich van de kruk glijden.
Naast haar vroeg Johnny: 'Zeker weten?'
Ze knikte. Wills vrouw kon er helemaal niks aan doen; die verdiende het niet om hier publiekelijk te worden vernederd, zelfs al verdiende Will dat wel.
Buiten was het een stuk kouder geworden; over de geparkeerde auto's verspreidde zich een dikke laag rijp, en het gras knerpte onder hun voeten.
'Wat je ook zegt, ik verander toch niet van gedachten.' Cleo sloeg haar armen stevig om haar rillende bovenlijf.
'Ik hou van je,' zei Will.
Zeg dat nou niet.
'Je bent een leugenaar en een bedrieger.'
'Je snapt niet hoe het is. Mijn huwelijk is voorbij. Maar met jou is het anders... als we samen zijn, heb ik het gevoel dat ik weer leef!'
God, wat een cliché. 'Je bent echt walgelijk,' viel ze uit. 'En hoe denk je dat ik me voel? Ik geloofde alles wat je zei! Ik vertrouwde je!'
'Dat komt omdat we zo volmaakt bij elkaar passen.' Hij deed een stap in haar richting. 'Wij horen bij elkaar. Luister, ik heb één keer een fout gemaakt, ik dacht dat Fia de ware voor me was, maar dat is ze niet. Thuis is het een nachtmerrie voor me en –'
'Maar gelukkig heb je ook je leuke dingen, zoals uitgaan en meisjes versieren en doen alsof je vrijgezel bent.'
'Dat heb ik maar één keer gedaan. En dat was meteen de mooiste nacht van mijn leven,' zei hij vurig. 'Alles veranderde toen ik jou leerde kennen... Het was het lot!'
'Blijf van me af.' Cleo deinsde achteruit toen hij zijn hand naar haar uitstak. 'Waag het niet me aan te raken.'
'Maar je moet me geloven, het is de waarheid!'
'Ik ben niet van plan ooit nog iets van je te geloven.'
'Cleo, toen ik –'

'Oké, lang genoeg gepraat.' De deur werd opengerukt en Johnny kwam de pub uit zetten. 'Je kunt nu wel weer gaan. Naar je vrouw en kinderen. Ik zorg wel voor Misa.'
Will keek hem vol weerzin aan. 'Ze haat je.'
'Misschien.' Johnny's mondhoeken begonnen iets te trekken. 'Maar ik denk dat ik op dit moment het minst slechte van twee kwaden ben. Dus opgehoepeld.'
'Jij kunt mij niet vertellen wat ik moet doen,' diende Will hem van repliek.
De lucht stond bol van de testosteron. O god, als ze maar niet gingen vechten.
'Ik zou niet eens willen. Het was maar een voorstel. En rij voorzichtig,' zei Johnny langzaam. 'Waar je dan ook naartoe gaat. Het is glad.' Hij zweeg even en voegde er toen aan toe: 'Net als jij eigenlijk.'
Er was geen gevecht; het gebeurde allemaal in een fractie van een seconde. Will haalde woedend uit naar Johnny die simpelweg zijn arm opstak om de klap op te vangen. Cleo zag het met eigen ogen; het leek net alsof Johnny niks deed, maar toch vloog Will achterwaarts door de lucht alsof hij door een enorm elastiek werd afgeschoten. En toen viel hij op de grond, zijn voeten schoten onder hem vandaan, en hij lag duizelig languit op zijn rug in het berijpte gras.
'O gut,' zei Johnny. 'Nog gladder dan ik dacht.'

10

Alsof ze het hadden afgesproken, liepen Johnny en Cleo tegelijk weg, het park in. Achter hen stond Will op, veegde zichzelf schoon en ging terug naar zijn auto.
De hemel was bezaaid met sterren. Op de gouden gloed van de lantaarnpalen aan de rand van het park na, was het aardedonker. Terwijl het gras onder hun voeten knerpte, stak Cleo haar handen in haar jaszakken en zuchtte. 'Nou moet ik je zeker nog bedanken ook.'

Hij lachte om hoe ze het zei. 'Niet als je dat echt niet aankunt.'
'Hoe deed je dat trouwens?'
'Wat?'
'Gewoon je arm uitsteken en hem door de lucht laten vliegen.'
'O, dat vond je dus wel leuk?' Hij klonk geamuseerd.
'Het was net iets uit een stripverhaal. Kaboem, beng, pats! Maar ik heb je helemaal niks zien doen!'
'Tja, dat is het mooie aan zelfverdediging. Je gebruikt de kracht van je tegenstander tegen hem. Ik heb een paar jaar aan shotokan gedaan. Dat zou je ook eens moeten proberen,' zei hij. 'Je weet nooit wanneer het van pas komt.'
Het was een leuk idee, maar Cleo kende zichzelf. Barstensvol ambitie en goede bedoelingen zou ze aan karate beginnen, om dan een week later haar belangstelling weer te verliezen omdat ze nog geen zwarte band had. Zoals haar docenten zo vaak op haar schoolrapporten hadden geschreven in haar onbezorgde jaren: het ontbrak haar aan ijver en doorzettingsvermogen.
Trouwens, over haar traumatische schooltijd gesproken... 'Wil je me alsjeblieft geen Misa meer noemen?'
'Sorry, deed ik dat dan?'
'Ja, in de pub zei je het.'
'Echt? Macht der gewoonte. Ik zal het proberen,' zei hij. 'Erewoord.'
Toen ze bij haar huis aankwamen, keek Cleo nog een keer over haar schouder om te zien of Will wel echt weg was. 'Nou, bedankt voor het thuisbrengen.' Het voelde vreemd om redelijk vriendschappelijk om te gaan met iemand aan wie je zoveel jaar een hekel had gehad. Terwijl ze haar sleutels pakte, vervolgde ze: 'Misschien dat ik je zelfs wel op een drankje trakteer de volgende keer dat ik je in de pub zie.'
Dat was haar manier om afscheid te nemen, want elkaar de hand schudden zou raar zijn en ze wilde hem beslist geen kus op de wang geven.
Johnny negeerde de hint echter en liep alvast het tuinpad op. 'Misschien dat hij nog terugkomt. Ik blijf wel even bij je.'
'Dat is echt nergens voor nodig.'

'Je weet nooit. En ik vind het ook geen enkel probleem.'
Ze stak de sleutel in het slot. 'Nee, jij niet.'
'Gewoon samen een kop koffie drinken. Je kunt toch wel koffiezetten?' Droog ging hij verder: 'Het is nou ook weer niet zo dat ik je vraag om voor me te koken.'
Gelukkig stonk het deze keer niet naar aangebrand eten. In de keuken deed ze een klein scheutje koud water in Johnny's koffie voordat ze hem de mok gaf.
'Ik zou bijna denken dat je geen prijs stelt op mijn gezelschap.'
'Ach, het is gewoon een van die dagen.'
'Behoorlijk klote, neem ik aan. Om te moeten ontdekken dat je vriendje toch niet zo'n mooie vangst is als je dacht.'
Cleo trok de koektrommel over tafel naar zich toe. Chocoladebiscuitjes stelden je nooit teleur, in tegenstelling tot mannen. En dan te bedenken dat ze met Will had lopen pronken tegenover Johnny, om hem te laten zien wat voor fantastische vriend ze aan de haak had geslagen, zo graag had ze willen bewijzen dat ze niet de loser was om wie hij en zijn vrienden zich al die jaren geleden rot hadden gelachen.
'Je zag het helemaal zitten met hem, hè?'
Allemachtig zeg, er was echt wel verschil tussen meeleven en het iemand inwrijven, hoor.
'Niet echt,' loog ze.
'Lieg niet. Dat was behoorlijk duidelijk.'
Ze rolde met haar ogen om zijn gebrek aan tact. 'Wil je me soms nog ongelukkiger maken dan ik al ben? Voor wie werk je, de antiweldoeners?'
'Ik wil je alleen maar helpen.' Hij glimlachte. 'Ik dacht dat meisjes het fijn vonden om het uitgebreid over dit soort dingen te hebben.'
Ze knikte en zei bits: 'Ja, met andere meisjes.'
'O. Nou, dan houdt het op. Geef me dan maar een biscuitje.'
Er waren er nog maar vier over. Met tegenzin hield ze hem de trommel voor.
Hij pakte er twee. 'Hij is toch een lul,' zei hij. 'Dus opgeruimd staat netjes.'
'Dank je. Dat weet ik zelf ook wel.'
'Je komt wel weer iemand anders tegen. Ooit.'

'Weet je?' Ze schudde haar hoofd. 'Je hoeft heus niet te doen alsof je een meisje bent, hoor, dat past echt niet bij je.'
Hij glimlachte even. 'Ik probeer alleen maar te helpen.'
'Oké. Eén: ik weet ook wel dat ik iemand anders kan vinden als ik dat zou willen. Twee: Will was een vriendje van me, maar niet mijn grote liefde.' Op haar vingers aftellend en zich afvragend wat nummertje drie zou moeten worden – want als je aftelde op je vingers, moest er altijd een nummer drie zijn – vervolgde ze: 'En drie: ik hoef helemaal geen andere man.'
Johnny leunde tegen de koelkast. 'Ah, het aloude liedje: ik heb geen man nodig. Altijd weer leuk als iemand dat zegt.'
Ze zuchtte. 'Wat bedoel je daar nou weer mee?'
'Ik bedoel, het klinkt fantastisch en meisjes zeggen dat soort dingen graag omdat ze dan heel sterk en onafhankelijk lijken, maar het is gewoon niet waar, hè? Diep vanbinnen raken ze in paniek, ze worden steeds wanhopiger, en voordat je het weet, storten ze zich in een nieuwe relatie.'
'Zoiets kan alleen een man zeggen!'
'Maar het gebeurt de hele tijd.' Kalmpjes brak hij een biscuitje doormidden.
'Nou, ik doe dat niet. Ik zou dat nooit doen,' zei ze verontwaardigd.
'Wedden dat je daar over een paar weken al heel anders over denkt? Ik denk dat je voor die... hoe heet hij gaat...' Hij wees naar de muur rechts. 'Die vent van de radio... je buurman.'
'Ash?' Ha, en hij dacht dat hij altijd gelijk had! 'Echt niet! Hij is gewoon een goede vriend. En waag het niet te zeggen dat ik wanhopig ben, want dat is niet zo,' zei ze. 'Ik vind het prima in mijn eentje.'
'Je hoeft niet zo kattig te reageren. Ik geloof je zo ook wel.' Met een geamuseerde blik zei hij: 'Zullen we afspreken dat ik het je over een halfjaar nog eens vraag?'
'Je doet maar.' Aangezien het haar negenentwintig jaar had gekost om zo'n leuke man als Will te vinden, was de kans dat ze tegen die tijd een ander aan de haak had geslagen zo goed als nihil. Maar het was moeilijk bekvechten als je heel nodig moest plassen. Ze liep naar de trap. 'Ik ben zo terug.' Ze kon

het niet laten om even naar de koektrommel op tafel te wijzen. 'En die zijn van mij, oké?'
Toen ze een paar minuten later terugkwam, zat Johnny in een tijdschrift te bladeren dat hij had gevonden. Ondertussen nam hij slokjes van zijn koffie. Die inmiddels lauw moest zijn geworden.
Hij keek op. 'Hoe lang had je ook alweer iets gehad met meneer Getrouwd met Kinderen?'
Hield hij dan nooit op? 'Drie maanden maar. Stelt niks voor.'
'Oké, maar ik wil je toch nog een goede raad geven. Het is een fout die vrouwen vaak maken. En daarmee laten ze zich behoorlijk in de kaart kijken, neem dat maar van mij aan.'
'Waar heb je het nou weer over?' Cleo controleerde de inhoud van de koektrommel; ze zou het echt iets voor hem vinden om de biscuitjes te vervangen door mandarijnen. Nee, de biscuitjes waren er nog. Nou, dan had hij geluk gehad, anders had er wat gezwaaid.
'Je hebt jezelf in elk geval een paar duizend pond bespaard.' Johnny bladerde terug door het tijdschrift totdat hij het artikel had gevonden dat hij zocht, een dubbele pagina met als kop: 'Zorg dat hij deze kerst nog meer van je houdt!'
Woedend zei ze: 'Ik was heus niet van plan om dat voor Will te kopen!'
Hij keek haar aan met een blik die zei: hou een ander voor de gek.
'Echt niet.' Ze had eerlijk gezegd nog liever gehad dat hij haar biscuitjes had opgegeten. Wijzend naar de foto van het Breitling-horloge dat ze had omcirkeld, protesteerde ze: 'Dat heb ik alleen maar gedaan omdat ik het ontwerp mooi vond, de stijl, dat stalen bandje en dat donkerblauwe klokje.' Hoewel het de waarheid was, voelde het als een zwakke leugen. Met een rood hoofd vervolgde ze: 'Ik was van plan om te gaan kijken of ik zoiets kon vinden, maar dan goedkoper.'
'Oké.' Johnny knikte, hoewel het duidelijk was dat hij haar nog steeds niet geloofde. 'Nou, dat is mooi. Want ik kan je één ding vertellen, het is hartstikke gênant om zo'n overdreven cadeau te krijgen.'
'Maar ik wilde helemaal geen –'

'Hij koopt een flesje parfum voor je en een paar goedkope oorbellen, met een beetje geluk dan. En dan geef jij hem...' Johnny raadpleegde het blad. 'Allemachtig zeg, een horloge van drieduizend pond.' Met gespeelde schrik trok hij zijn wenkbrauwen op. 'Wat een gênante situatie voor iedereen. Tenzij hij het niet gênant vindt, maar dat zegt dan weer genoeg over wat voor soort man het is.'

'Ik zeg je nog één keer dat ik helemaal geen horloge van drieduizend pond voor Will wilde kopen! Ik wilde iets in die stijl, maar het mocht niet meer kosten dan vijftig pond!' Ze griste de mok zo woest uit zijn hand dat er koffiespetters over tafel vlogen. 'Op? Mooi zo. En de koekjes ook? Heel goed. Oké, bedankt voor het thuisbrengen, maar je kunt nu wel weer gaan. Ik heb geen bodyguard nodig. Will komt heus niet terug en ik wil in bad.'

Johnny pakte een pen uit zijn jaszak en krabbelde een nummer op het tijdschrift, onder de kop van het artikel. 'Dat is van mijn mobieltje. Mocht hij nog komen en je hebt hulp nodig, dan kun je me altijd bellen.'

Nou, dan kon hij lang wachten.

'Dag.' Kordaat bracht ze hem naar de voordeur.

Johnny bleef even in de deuropening staan. 'Morgen vlieg ik terug naar New York. Dus dan wens ik je bij dezen alvast prettige kerstdagen.'

'Van hetzelfde,' zei ze, zich afvragend of haar kerst inderdaad prettig zou zijn.

Plagend trok hij een wenkbrauw op. 'En we zullen zien of je volgend jaar zomer nog steeds single bent.'

'Zeker weten.' Dacht hij soms dat hij haar voor een onmogelijke opgave stelde? Het was juist hartstikke makkelijk voor haar, een fluitje van een cent, gezien haar rampzalige geschiedenis met mannen.

Johnny beende weg door het park. Cleo keek hem na totdat hij verdween in de ijzige, inktzwarte duisternis. Toen deed ze de deur dicht, liep terug de keuken in en gooide het tijdschrift in de vuilnisbak. Eerlijk was eerlijk, een halfjaar zonder man in haar leven was voor haar helemaal niets nieuws.

11

Wat een puinhoop had ze ervan gemaakt! Abbie kreeg nauwelijks lucht toen ze op maandagochtend op haar werk bij Kilgour verscheen. Sommige mensen hadden een gapend gat op de plek waar hun geweten hoorde te zitten, stoute dingen doen vonden ze vreselijk opwindend en leugens ophangen was een tweede natuur voor hen... dat hoorde allemaal bij de adrenalinestoot die kleur aan hun leven gaf...

Verdomme, waarom zat zij niet zo in elkaar?

O god, en daar had je Des al. Hij haalde kerstbomen uit de schuur en stapelde ze buiten op voor de klanten.

Een ander soort stoot, van het misselijke soort, trok door Abbie heen toen ze naar hem toe liep. Des droeg een rode trui die ze niet kende en zijn spijkerbroek was schoner dan anders. Toen hij haar zag en zijn grijze gebreide muts afdeed, zag ze dat hij ook naar de kapper was geweest. Zijn pas gewassen roodblonde haar was statisch en stond alle kanten uit.

O god, hij had zichzelf een geheel nieuw uiterlijk laten aanmeten.

Des tilde een bijna twee meter hoge spar van zijn schouder en keek haar toen aan met een hoopvolle blik en rode blossen op zijn wangen. 'Alles goed, Abbie?'

'Niet echt, nee.' Nu ze op een paar meter afstand van hem stond, kon ze zijn overdadig aangebrachte aftershave ruiken. Nog een keer om zich heen kijkend of er niemand binnen gehoorsafstand was, haalde ze diep adem en zei toen: 'Ik moet even met je praten, het is belangrijk –'

'Des, moeten alle bomen van drie meter ook naar buiten?' Huw stak zijn hoofd om de hoek van de schuurdeur.

Het koude zweet brak Abbie uit. Dit was precies waarom ze zo slecht zou zijn in overspel, mocht ze dat ooit al serieus overwegen. Huw was getrouwd met Glynis, die in de dorpswinkel werkte en dol was op roddelen. Ze durfde er bijna niet aan te denken dat...

'Nee, er liggen er al genoeg,' zei Des tegen Huw. 'Een stuk of vijf van elke maat is voldoende. Als klanten te veel keus hebben, kunnen ze niet beslissen.' Hij wendde zich weer tot Abbie en voegde er kalm aan toe: 'Gaat het over je rooster? Dan kunnen we beter even naar het kantoor gaan.'

Abbie vond het echt ongelooflijk; geen spoortje van zenuwen in zijn stem, geen fractie van een seconde van aarzeling. Hij zei het als iemand die al jaren met dit bijltje hakte.

Wat maar goed was ook. In elk geval had een van hen zijn hoofd er nog bij.

'Vrouwen en hun dienstroosters. De vloek van mijn leven.' Hoofdschuddend op een van man-tot-man-manier zei Des tegen Huw: 'Als je hiermee klaar bent, wil je dan de kerststerren uitladen? Ik ben over vijf minuten terug.'

Boven trok hij de deur stevig achter zich dicht. 'Oké, vertel me eens wat er is gebeurd. Heb je hem gezegd dat je het weet?'

Zat er geen afluisterapparatuur achter de radiatoren? Zat er iemand onder het bureau? Met droge mond zei ze: 'Ja. Maar het was niet wat ik dacht. O god, dit is zo ingewikkeld...'

'Nog erger dan je dacht? Of minder erg?' Des keek haar onderzoekend aan.

Eerst sprak ze aarzelend, maar toen rolden de woorden steeds sneller uit haar mond terwijl ze alles uitlegde. De hele droevige, tragische situatie. Toen ze klaar was, zei ze met tranen in haar ogen: 'Dus dat is in elk geval nog iets positiefs. Dat Tom me niet heeft bedrogen.'

'Dus... je blijft bij hem?'

'Natuurlijk blijf ik bij hem! Hij is mijn man, ik hou van hem.' Ze veegde met de rug van haar hand over haar gezicht. 'En hij heeft niks verkeerds gedaan.'

'O. Goed. Tja, dan snap ik dat je bij hem wilt blijven.'

'Maar nu is het nog belangrijker dat hij het niet ontdekt van... je weet wel... wat er bijna is gebeurd, eh, laatst.'

'Je bedoelt zaterdag?' Des keek haar verward aan. 'Toen we samen hebben geslapen?'

'O, zeg dat nou niet op die manier!' Het kwam er als een paniekerige schreeuw uit. Terwijl ze verontschuldigend haar hoofd schudde – want ze moest ervoor zorgen dat hij aan haar kant bleef staan – smeekte ze: 'Dat moeten we gewoon helemaal vergeten. Alsof het nooit is gebeurd.'

Hij liet zijn schouders zakken. 'Oké, geen paniek. Als je dat wilt, dan doen we het zo.'
Ze zag dat het langzaam tot hem doordrong dat hij vergeefs hoop had gekoesterd en dat zijn gedaanteverwisseling voor niets was geweest. Een spijtige glimlach tevoorschijn toverend, maakte hij een soort wegwerpgebaar met zijn hand en zei: 'Zo, vergeten. Helemaal weg.'

Het was een regelrechte kwelling om te moeten doen alsof er niks aan de hand was. Tegen de tijd dat Abbie om zes uur thuiskwam, was ze dan ook uitgeput. Om het nog erger te maken, was het Magda en nog een paar andere vrouwen op het werk opgevallen dat Des zich had opgedoft. De hele dag hadden ze hem lopen plagen, hem gevraagd of hij soms verliefd was en geprobeerd om te ontdekken op wie dan wel. Ze hadden van Abbie verwacht dat ze meedeed. Dus had ze zich gedwongen gevoeld om voor de grap te zeggen dat het misschien wel de slanke blondine was die iedere week een zakje vogelzaad in het tuincentrum kwam kopen.
Ze was nog niet binnen of Tom, voor deze ene keer eens vroeg thuis, kwam op haar afstormen. Met glanzende ogen zei hij: 'Ze heeft teruggeschreven.'
Abbie verborg haar teleurstelling. Gisteravond hadden ze samen een tekst opgesteld en naar Georgia's e-mailadres gestuurd. Terwijl ze Tom op Versturen had zien drukken, had een deel van haar gebeden dat ze nooit meer iets van haar zouden horen.
Maar zo simpel was het natuurlijk niet, en de supersnelle reactie was de straf voor haar nukkige en weinig meelevende gedrag. Ze liep met hem mee naar de huiskamer waar de computer stond en bleef achter hem staan toen hij ging zitten en opgetogen naar de e-mail op het scherm keek:

> Ha papa!
> O, mijn god, het voelt zo maf om dat te zeggen! Je wilt niet weten hoe opwindend dat is. Fijn dat je hebt teruggeschreven (eindelijk!!). Je klinkt supergaaf. Maar waarom zou je dat ook niet zijn? Je bent mijn papa!

Ha, nou heb ik het weer gezegd! Oké, je hoeft echt niet in paniek te raken, ik ben heus niet gek, alleen een beetje opgewonden, mocht je dat nog niet hebben gemerkt!

Dus wanneer kunnen we elkaar zien? Ik ben op dit moment in Newcastle, maar ik kan naar je toe komen wanneer je maar wilt. Zou dit weekend je uitkomen? Zeg alsjeblieft ja! Dan neem ik op vrijdag de trein en dan kun je me afhalen van het station, net als in films; je moest eens weten hoe vaak ik daarover heb gedroomd! Zit ik te ratelen? Sorry papa, ik beloof je dat ik normaal zal doen wanneer we elkaar zien.

Laat me weten of vrijdag oké is. Ik wil je zo graag zien!

Liefs, liefs, liefs
Je dochter die je eindelijk te zien krijgt
Georgia
xxxxxxxxxxxxxx

Dat was het. De woorden buitelden bijna van het scherm. Ze klonken alsof ze hadden moeten flitsen en dansen, bestrooid met glittertjes en geschreven in neon. Tom zat er nog steeds als gebiologeerd naar te staren. Blij dat ze achter hem stond, zodat hij haar gezicht niet kon zien, zei ze met gespeelde vrolijkheid: 'Nou, zo te merken heb je haar dolgelukkig gemaakt!'

In de tekst die ze gisteren samen hadden opgesteld, had Tom Georgia verteld over zijn huwelijk en benadrukt dat ze allebei heel nieuwsgierig naar haar waren. Goed, dat was wel niet helemaal waar geweest, maar iets anders had dat kind vast niet willen horen, toch?

In Georgia's opgewonden mailtje werd echter met geen woord over Abbie gerept. Het was enkel en alleen aan Tom gericht. Het was wel duidelijk dat ze alleen geïnteresseerd was in haar vader.

Abbie slikte moeizaam. Het was alsof ze niet bestond. Er druppelde een traan over haar wang. Te laat drong tot haar door dat Tom haar in het computerscherm kon zien.

Hij draaide zich om. 'Ze verheugt zich erop om ons allebei te leren kennen.'

'Het maakt niks uit.'
'Ze is pas achttien. Ze heeft zonder nadenken geschreven wat in haar opkwam.'
'Tom, je hoeft je niet voor haar te verontschuldigen. Wat haar betreft, ben ik irrelevant.'
Hij keek haar verslagen aan. 'Dat is niet waar.'
'Misschien is het beter als je eerst in je eentje met haar kennismaakt.' Ze schudde haar hoofd; in een parallel universum zou Georgia haar dochter zijn geweest en zou zij Georgia's moeder zijn geweest. Maar het was anders gelopen. Ze waren onbekenden voor elkaar en niemand kon daar nog iets aan veranderen. 'Het zal voor jullie allebei gemakkelijker zijn als ik er niet bij ben. Ik wil niet het vijfde wiel aan de wagen zijn. Ze heeft totaal geen belangstelling voor me.'

Wanneer er door de nachtelijke lucht vijfsterrenetensgeuren kwamen aanzweven, waren een zak naturel chips en een flesje mineraalwater niet echt jé van hét.
Maar ja, dat had je als chauffeur. Cleo stond op het parkeerterrein van het restaurant te wachten en eigenlijk mocht ze helemaal geen chips eten in de auto. Maar ze lette heel goed op dat ze geen kruimels morste, en tegen de tijd dat de klanten aan het eind van de avond stomdronken naar buiten kwamen zetten, was de kans groot dat ze het nog niet eens zouden merken als er een volwassen ijsbeer op de voorbank zat.
Dat wist ze omdat een van hen zich al twee keer bij haar was komen verontschuldigen omdat het zo laat werd en slissend had uitgelegd dat ze hier waarschijnlijk nog wel even zouden blijven. Ze had beleefd geglimlacht en hem verzekerd dat het voor haar geen enkel probleem was om nog wat langer te moeten wachten.
Waarom zou het ook? Na elf uur kreeg ze dubbel betaald, en wat de klanten betrof, hun verzekeringsmaatschappij zou de hoge rekening betalen. Het waren succesvolle, hardwerkende directeuren, dit was hun jaarlijkse kerstdiner, en ze mochten zich best eens een pleziertje veroorloven. Cleo gunde ze hun lol wel. Ze had een warme auto om in te wachten, een radio als gezelschap en een mooi boek waar ze zich in kon verdiepen.

Om twintig over elf ging haar mobieltje dat naast haar lag. Waarschijnlijk die ouwe mopperkont van een Graham om te vragen of ze haar klanten al had opgepikt.
Op het scherm zag ze echter een onbekend nummer staan. Cleo kende mensen die dat soort telefoontjes gewoon negeerden, maar dat was niets voor haar; voor haar was het net zoiets als monopoly spelen, maar dan de telefonische variant ervan. En mocht het Will weer zijn, om haar te smeken hem terug te nemen... nou, dan hing ze gewoon op.
'Hallo?' Raden wie het kon zijn, daar ging het om. Was ze tweede geworden in een schoonheidswedstrijd en had ze twintig pond gewonnen? Als kind was dat haar favoriete kaartje geweest, als ze dat kreeg, voelde ze zich gewoon echt mooi. Of stond ze op het punt om een boete te krijgen wegens te hard rijden?
'O... hallo. Met wie spreek ik?'
Cleo bevroor in haar bewegingen. Misschien was het paranoïde van haar dat ze zich meteen schuldig voelde, maar het was een vrouwenstem die erg haar best deed om gewoon te klinken maar toch heel gespannen was. O shit, had Will zijn vrouw soms alles opgebiecht?
Maar als dat zo was, waarom zou ze dan haar naam willen weten?
'Sorry? Ik versta u niet, de verbinding is erg slecht.' Haar chipszak verfrommelend zei Cleo luid: 'Eh, met wie spreek ik, wat wilt u van me?'
Hopend dat het antwoord niet zou zijn: 'Ik wil de bitch doodschieten die met mijn man heeft geneukt. En nog wat, ik sta vlak achter je auto.'
In plaats daarvan zei de vrouw echter, op nog steeds gespannen toon: 'Ik moest dit nummer bellen. Wilt u me zeggen hoe u heet?'
'Sorry, er is geen signaal meer...' Cleo frommelde luidruchtig met de chipszak, vlak voor haar mobieltje, en zette het toen uit. Ze liet het toestel naast zich op de voorbank vallen en staarde ernaar, met een droge mond van angst en een slecht geweten. Ze was echt niet paranoïde. Er bestond geen twijfel over wie haar had gebeld. Op de een of andere manier had Wills

vrouw haar nummer in handen gekregen en was ze achterdochtig genoeg geworden om haar te bellen, hetgeen betekende dat ze misschien niet zeker wist dat haar man vreemdging, maar dat wel vermoedde. Tenzij ze natuurlijk het idee had opgevat dat een of andere schaamteloze slet haar zinnen op haar man had gezet en dat die slet nu moest worden opgespoord en gestraft, want hoe durfde een andere vrouw het in haar hoofd te halen haar man van haar af te pakken... en wat een geluk dat haar broer een huurmoordenaar was die maar al te graag die bitch die het huwelijk van zijn zus probeerde kapot te maken, wilde opsporen en martelen –

'Ah!' Cleo schreeuwde het uit toen het portier aan de passagierskant werd opengerukt. De chips vlogen in het rond toen ze omhoogstuiterde van haar stoel... O god, huurmoordenaars waren nog tot daar aan toe, het was haar slechte geweten dat nog eens haar dood zou worden.

'Oepsj, sorry, sorry, sliep je? Shh, je moet haar niet wakker maken, ze doet een dutje...' Mervyn, de dikste van de verzekeringsmaatschappijdirecteuren, legde een worstachtige vinger op zijn lippen, terwijl hij zich met een bons tegen de rugleuning van de achterbank liet vallen.

'Ik sliep niet.' Terwijl ze snel uitstapte om het portier voor de anderen achter hem open te kunnen houden, veegde ze haastig de kruimeltjes van haar donkerblauwe rok. 'Ik schrok alleen maar. Voorzichtig, zal ik die fles zolang voor u bewaren? Hebben jullie een leuke avond gehad?'

'Fantastisch. Jammer dat je er niet bij was. We hadden je een leuke avond kunnen bezorgen.' De man met het donkere haar schonk haar een zelfverzekerde grijns.

'Ja, dat was vast heel leuk geweest, maar een van ons moet jullie toch naar huis rijden, hè?' Het hoorde bij haar werk om stomdronken klanten te vriend te houden. Toen iedereen zat, zei ze: 'Riemen om allemaal.'

'Je bent best een lekker ding, weet je dat wel? Vindt je vriendje het niet erg dat je dit werk doet?'

Ze glimlachte. 'Je moet toch ergens je brood mee verdienen.'

'Hij wil alleen maar weten of je een vriendje hebt,' legde de dikke behulpzaam uit.

'O. Willen jullie soms muziek horen op de terugweg?'
'Ze doet alsof ze moeilijk te krijgen is. God, daar geil ik toch zo op. Hoe oud ben je, schatje?'
'Zesenzeventig.'
'Echt? Verbazingwekkend gewoon – je ziet er geen dag ouder uit dan drieënzeventig.'
Zijn vriend zei op spijtige toon. 'Je snapt het niet, Merv. Vrouwen vinden het echt helemaal niks als je dat soort dingen zegt.'
Ze bleven nog een paar kilometer grapjes maken, maar toen vielen alle passagiers in een gezamenlijk drankcoma. Genietend van de stilte – nou ja, op het knorrige gesnurk van dikke Merv na dan – reed Cleo over de snelweg terug naar Bristol. Veertig minuten later kwam ze tot stilstand voor het eerste adres, opende het achterportier en tikte de donkerharige man op zijn schouder.
Hij deed zijn ogen open en keek haar wazig aan. 'Hallo, schoonheid.'
'Hoi.' Ze deinsde achteruit voor de alcoholdampen. 'U bent thuis.'
Hij tuurde door het raampje. 'Nu al? Dat is snel.'
'Alles voor onze klanten, meneer.'
'Alles? En zeg trouwens maar gewoon James, hoor,' zei hij, terwijl hij moeizaam uitstapte.
Hij was achter in de veertig, verkreukeld en dronken, maar nog steeds zelfverzekerd genoeg om met haar te flirten. Hij pakte een visitekaartje uit zijn portefeuille en gaf het haar. 'Kijk, dat ben ik. Wat dacht je ervan om snel eens af te spreken? Als je me je nummer geeft, dan bel ik je.'
'Nou, dat is heel aardig aangeboden, maar –'
'Niks geen gemaar. Ik haat het als meisjes dat zeggen.' Pruilend als een klein kind keek hij haar aan. 'Kom op, je moet een beetje genieten van het leven. We zullen het hartstikke leuk hebben, echt waar. Wat is je lievelingsrestaurant?' Hij pakte zijn mobieltje en keek Cleo vol verwachting aan, zwaaiend op zijn benen terwijl hij klaarstond om haar nummer in te toetsen.
Cleo wees achter hem. 'Ik geloof dat daar iemand op u staat te wachten.'

James draaide zich om en kreunde. 'God, waarom slaapt ze nog niet?'
De vrouw, met haar armen over elkaar geslagen tegen de kou, droeg een roze donzige badjas. Haar grote bontpantoffels klepperden toen ze over het tuinpad aan kwam lopen.
'Waarom moet ze altijd alles voor me verpesten?' mopperde James die tegen de auto leunde.
'Hallo. Leuke avond gehad?' Met een blik op het visitekaartje in Cleo's hand zei ze: 'Waarom heb je haar dat gegeven? Je hebt dat arme kind toch niet lastiggevallen, hè? Bah, en je stinkt vreselijk naar drank.' Ze hield haar hoofd scheef om de andere inzittenden te bekijken en zei toen tegen Cleo: 'Sorry hoor, maar als hij een paar glazen gedronken heeft, denkt hij dat hij George Clooney is... Ha, was dat maar waar! Kom, Georgie-boy, naar binnen jij, dan kan zij weer verder.' Terwijl ze de man het pad op duwde, voegde ze eraan toe: 'Waarom zou zo'n leuke jonge meid in godsnaam belangstelling hebben voor zo'n ouwe gek als jij?'
Struikelend over zijn eigen benen mompelde James uitdagend als een klein jongetje: 'Ik mag het toch wel proberen?'

12

Roze jas – blauwe sjaal, roze jas – blauwe sjaal, roze jas – blauwe sjaal. Deze woorden trommelden door Abbies hoofd in de maat met haar snel kloppende hart, terwijl de trein Temple Meads Station binnenreed en langzaam tot stilstand kwam. De deuren gingen open, en de reizigers stroomden de wagons uit, op weg naar de uitgang.
Dit was hem, de trein waar Georgia in zat. Op elk moment kon er een tiener uitstappen met een roze jas en een blauwe sjaal en dan zou ze het meisje zien dat haar dochter had moeten zijn.
En toen gebeurde het. Naast haar hapte Tom hoorbaar naar adem voordat hij zo beheerst mogelijk zei: 'Daar heb je d'r.'

Abbie kneep even in zijn hand en liet hem toen los. Terwijl het meisje haar blik over het perron liet glijden, verwijderde Abbie zich iets van Tom. Hoewel hij erop had gestaan dat ze vanavond meeging, moest de eerste ontmoeting tussen vader en dochter privé zijn. Ze zette zich schrap en keek van een afstandje naar Tom die zijn hand opstak en naar voren liep.
Georgia zag Tom inmiddels ook, en over haar gezicht verspreidde zich een brede lach. Ze slaakte een gilletje van vreugde, rende op hem af en bleef op zo'n twee meter afstand ineens staan om haar mobieltje te pakken. Ze drukte wat toetsen in, hield de telefoon op om Toms gezicht vast te leggen en riep vrolijk: 'Ha papa!'
Toen gooide ze haar rugzak op de grond en wierp zichzelf als een raket in Toms armen.
Hoewel Abbie het bijna niet kon aanzien, lukte het haar niet om haar blik af te wenden. Er keken ook andere mensen, die elkaar aanstootten en glimlachten, in de veronderstelling dat vader en dochter elkaar in geen weken, misschien zelfs maanden, hadden gezien.
Toen maakten Tom en Georgia zich van elkaar los en staarden elkaar zwijgend in de ogen. Abbies maag draaide zich om van jaloezie en ze kreeg een leeg gevoel. Met haar hartvormige gezichtje, slanke figuur en lange, golvende, zilverblonde haren leek Georgia op haar moeder, maar ze was ook onmiskenbaar een deel van Tom. Zoals Abbie al op de foto had gezien, hadden ze dezelfde jukbeenderen, en had hun mond precies dezelfde vorm. En zelfs van deze afstand kon je zien dat hun ogen dezelfde tint hemelsblauw hadden.
Abbie zag dat Tom iets tegen het meisje zei voordat hij haar meenam naar waar zij stond, voor de ingang van WH Smith. Hoewel hij zijn best deed om het niet te laten merken, sprak uit zijn hele houding dat hij enorm trots was.
'Abbie, dit is Georgia.'
'Hallo.' Beleefd gaf Georgia haar een hand. 'Heftig, hè? Moet je zien, ik heb het allemaal opgenomen op mijn mobieltje! Wacht, dan zal ik het even afspelen...'
Met een keel die zo dichtgeknepen was dat ze nauwelijks kon slikken, was Abbie gedwongen om glimlachend toe te kijken

terwijl de video op het kleine schermpje van Georgia's mobieltje werd afgespeeld.
Twee keer.
En toen voor de goede orde nog een derde keer.
'Die ga ik eeuwig bewaren!' Georgia klemde haar toestel tegen haar borst. Toen hield ze haar gezicht naast dat van Tom en vroeg: 'Wil je een foto van ons maken? Lijken we op elkaar? Ja, hè? Vooral onze ogen!'
Uiteindelijk liepen ze dan toch het station uit, naar het parkeerterrein. Nadat Georgia haar rugzak in de kofferbak had gelegd, ging ze automatisch voorin naast Tom zitten.
Abbie, verbannen naar de achterbank, luisterde naar het opgewonden geklets voorin en voelde zich steeds meer buitengesloten. Ze had net zo goed in de kofferbak kunnen gaan liggen.
Toen ze in Channings Hill arriveerden, stapte Georgia uit en bekeek het huis dat al in duisternis was gehuld, maar waarvan de bomen in de voortuin met twinkelende witte kerstverlichting waren versierd. 'Dus hier wonen jullie al van voor mijn geboorte.'
'Ja.' Tom knikte. 'Het bevalt ons hier.'
'Het ziet er mooi uit.' Ze liep achter hem aan het tuinpad op. 'Dus als mama me zoals afgesproken aan jullie had gegeven, dan was ik hier opgegroeid.'
'Inderdaad.' Hij maakte de voordeur open en nam haar mee naar de huiskamer waar hij de lampen aandeed.
Toen Georgia de kerstboom zag, klapte ze in haar handen. 'Jullie hebben een echte kerstboom! Dat heb ik mijn hele leven al gewild. Mama vindt altijd dat ze te veel rommel geven.'
Achttien Kerstmissen die hun waren ontnomen. Abbie zei: 'Zal ik water opzetten voor thee? Hebben jullie daar zin in?'
'Nee, ik drink geen thee. Ik wil koffie.' Georgia pakte Toms linkerhand beet en riep uit: 'Hé, onze vingers hebben dezelfde vorm! Eng gewoon!'
'Eh, wil je suiker in je koffie?' vroeg Abbie.
'Dit is echt heel maf! Kun jij je vingers laten knakken? En je duim achteroverbuigen totdat hij je pols raakt?'

In de keuken klungelde Abbie met de verpakkingen van de koekjes die ze speciaal had gekocht. Terwijl ze wachtte tot het water kookte, zei ze in haar hoofd het alfabet achterstevoren op. Daarna probeerde ze met zeven tegelijk terug te tellen vanaf tweehonderd. Het was de bedoeling dat ze daardoor niet meer hoefde te denken aan wat er in haar huis gebeurde… wat, natuurlijk, nog pijnlijker was dan wat voor buitenechtelijke verhouding van Tom dan ook.
Hoe dan ook, het werkte niet. De brok in haar keel werd steeds groter, en het meisje dat haar dochter had moeten zijn, bleef in de huiskamer maar lachen en schreeuwen en verschillende lichaamsdelen vergelijken met de man die echt haar vader was.
Abbie liep door de achterdeur de tuin in. Het was een hele opluchting om haar tranen de vrije loop te kunnen laten. Ze gleden over haar wangen, binnen enkele seconden ijskoud. Het was vast heel slecht van haar dat ze dit allemaal zo verschrikkelijk vond, maar ze kon er gewoon niks aan doen. Pas nu begreep ze hoe gelukkig en ongecompliceerd en vanzelfsprekend haar huwelijk altijd was geweest.
Georgia's komst had dat allemaal verpest. Hopelijk zou ze na dit weekend, wanneer haar nieuwsgierigheid was bevredigd, weer uit hun leven verdwijnen.
Tja, dromen zijn heel mooi.
De keukendeur ging krakend open, en Abbie veegde snel haar gezicht droog voordat Tom kon zien dat ze van streek was. Toen ze zich omdraaide, zag ze echter dat het silhouet in de deuropening niet dat van Tom was.
'Hallo?' De duisternis in turend, vroeg Georgia: 'Gaat het?'
'Ja, hoor! Ik wilde gewoon even een luchtje scheppen. Waar is Tom?'
'Hij moest naar de wc.' Er viel een stilte. 'Huil je?'
'Natuurlijk niet!' Technisch gesproken was dat waar; ze vond het zo gênant dat ze was betrapt, dat de tranen meteen waren gestopt.
Georgia kwam door de tuin naar haar toe lopen. Toen ze bij Abbie stond, bestudeerde ze nauwlettend haar gezicht en zei: 'Liegbeest.'
Abbie zette zichzelf schrap; zij was de volwassene hier, al voel-

de dat helemaal niet zo. 'Echt, niks aan de hand. Ga maar weer naar binnen. Ik kom ook zo.'
Georgia verroerde zich niet. 'Haat je me?'
'Nee. Nee.' Terwijl Abbie haar hoofd schudde, zei ze: 'Ik haat je echt niet.'
'Mijn moeder dan? Ik durf te wedden dat je mijn moeder haat.'
O god, wat was dit moeilijk. 'Ik geloof niet dat haten het goede woord is. Maar inderdaad, ze heeft me erg ongelukkig gemaakt.' Wat niet echt een toereikende verklaring was, maar hoe moest ze het anders zeggen?
'Dat was niet de bedoeling,' zei Georgia. 'Ze heeft me alles verteld, over wat er toen is gebeurd. Ze wilde het toen doen omdat ze jullie echt wilde helpen. Maar later, zodra ze wist dat ze zwanger was, begon tot haar door te dringen dat ze echt een kind droeg. En toen veranderde haar gevoel, en raakte ze in paniek... Het komt erop neer dat ze van me begon te houden, al was ik dan nog niet eens geboren, al was ik dan nog maar zo klein.' Ze hield haar hand op; haar duim en wijsvinger raakten elkaar bijna aan. 'En toen besefte ze dat ze me toch niet kon afstaan.'
Abbie knikte. Wat moest ze daar nu op zeggen?
'Dus toen heeft ze het aan haar moeder verteld, mijn oma, en ze besloten om me samen op te voeden,' vervolgde Georgia. 'Maar als ze dat aan jou en Tom hadden verteld, dan waren jullie vast hartstikke kwaad geworden en hadden jullie geprobeerd om haar op andere gedachten te brengen en er misschien zelfs wel de politie bij gehaald, en dat zou voor iedereen heel erg zijn geweest. Dus was het gewoon gemakkelijker om te liegen en te zeggen dat ze niet zwanger was. Wat ik wel logisch vind.' Ze haalde haar schouders op. 'Gezien de omstandigheden was dat het beste.'
Achter hen klonk ineens Toms stem. 'Wat doen jullie daarbuiten?'
'Niks. Gewoon wat praten.' Georgia, die alleen een T-shirt aanhad, zei klappertandend: 'Niet te geloven dat we hier gewoon in de ijzige kou staan te praten!'
Abbie moest het vragen. 'Heb je geen vader gemist toen je opgroeide?'

'Dat weet ik eigenlijk niet. Misschien soms wel een beetje. Je kunt moeilijk weten of je iets mist als je het nooit hebt gehad.' Georgia's tanden glansden in het donker. 'Maar het is hartstikke cool dat ik hem nu heb ontmoet.'
Daar ging het allemaal om, hield Abbie zichzelf voor. Dit gebeurde allemaal voor Georgia's welzijn, niet voor het hunne.
'Het spijt me dat ik je aan het huilen heb gemaakt,' ging Georgia verder.
'Maakt niet uit. Jij kunt er ook niks aan doen.'
'Als mijn moeder niet had besloten om me te houden, zou jij mijn moeder zijn.' Haar blonde haren zwaaiden alle kanten uit toen ze haar hoofd schudde. 'Dat is echt zo'n maf idee.'
'Ik weet het.'
'Het punt is, ik heb me mijn hele leven al afgevraagd wie mijn vader was. Ik wilde hem zo graag leren kennen.'
Abbie knikte. 'Ik weet het.' God, ze klonk als een plaat waarvan de naald was blijven steken.
'Dus niet om het een of ander, maar ik heb me niet jarenlang afgevraagd wie mijn moeder was,' zei Georgia, 'want dat wist ik al.'
Dit was belachelijk, ze kon niet weer 'ik weet het' zeggen. Zoekend naar een alternatief zei Abbie: 'Dat is ook zo.'
'Wat zijn jullie toch aan het doen?' riep Tom vanuit de deuropening van de keuken. 'Willen jullie soms de hele avond buiten blijven?'
Georgia rilde. Ze had haar armen stevig om haar middel geslagen.
'Ik kan anders wel een kampvuurtje maken,' zei Tom.
Georgia keek Abbie onzeker aan. 'Meent hij dat?'
'Dat is iets waaraan je zult moeten wennen, je vaders gevoel voor humor.' Glimlachend vervolgde Abbie: 'Kom, laten we naar binnen gaan, voordat we doodvriezen.'

13

'Ik zag ze weggaan.' Cleo wikkelde haar felroze sjaal van haar nek en omhelsde haar zus even. 'Hoe ging het?'

Abbie zuchtte. Het was zondag, aan het eind van de middag, en Tom was Georgia naar het busstation gaan brengen. Ze had de afgelopen twee weken bij vrienden in Newcastle gelogeerd en ging nu terug naar Londen, naar de flat in Paddington waar ze met haar moeder woonde.

'Ach, het had waarschijnlijk nog erger gekund.' Tegen Cleo kon ze in elk geval eerlijk zijn. 'Het is een lieve meid. Maar ik ben blij dat het voorbij is.'

'Voorbij?' Cleo keek weifelend. 'Denk je dan dat ze jullie verder met rust zal laten?'

'Laten we het hopen.' Abbie stroopte haar mouwen op, liet warm water in de gootsteen lopen en deed er afwasmiddel bij; ze had uren in de keuken gestaan om een uitgebreide maaltijd klaar te maken, en het zou aardig zijn geweest als Tom en Georgia hadden aangeboden om de afwas te doen, zodat zij even kon rusten, maar natuurlijk was dat geen seconde bij hen opgekomen.

Bovendien, dat ze het hoopte, wilde nog niet zeggen dat ze het ook echt geloofde.

'Ik had me al afgevraagd of ze niet tot en met kerst zou blijven.'

'Ik ook, maar nee, ze gaat met haar moeder naar Portugal. Patty heeft daar half en half een vriend. Hij heeft ze uitgenodigd een paar weken te komen.' Droog voegde ze eraan toe: 'Hij heeft een enorm zwembad.'

'O, nou. Misschien gaat het nieuwtje er wel vanaf nu ze Tom heeft ontmoet.'

Dat hoopte Abbie dus ook, maar iets vertelde haar dat dat heel onwaarschijnlijk was. Terwijl ze hard over een bord schrobde, vroeg ze: 'En hoe gaat het nou met jou? Nog rare telefoontjes gehad?'

Cleo huiverde. 'Gelukkig niet. Misschien was het toch niet zijn vrouw.'

'Waarschijnlijk was het gewoon iemand die een verkeerd nummer had gedraaid, en heb je je voor niks zo druk gemaakt.' Zelfs midden in haar eigen ellende kon Abbie nog medelijden voelen met haar zusje die nooit veel geluk had gehad met mannen; toen Cleo een jaar of twintig was geweest, had ze aan de lopende band relaties gehad met charmeurs die uiteindelijk toch niet zo charmant bleken te zijn. Sinds die tijd was ze op haar hoede en heel kieskeurig, bang om opnieuw bezeerd te worden. 'Weet je wat, als we jou nou eens een leugendetector geven voor kerst? Als je dan weer iemand leert kennen, kun je hem eerst eens aan een stevig verhoor onderwerpen.'
'Wow, dat zou fantastisch zijn, hè?' Cleo's gezicht klaarde helemaal op. 'God, wat zou ik graag zo'n ding hebben. Als je nagaat wat je allemaal zou kunnen ontdekken, de ravage die je zou kunnen aanrichten!'
Abbie pakte het volgende bord. 'Zoals die keer dat je je haar had geverfd en het felpaars bleek te zijn geworden en je aan mij vroeg of het er niet al te erg uitzag.'
'Ik wist heus wel dat je loog.'
'Ik wilde gewoon niet dat je je al te beroerd over jezelf voelde.'
'O, over liegen gesproken, je weet hoe het hier is.' Cleo trok een gezicht. 'Gisteravond zaten ze in de pub te roddelen over Georgia. Die twee broers van O'Brien maakten grapjes over dat Tom was vreemdgegaan. Volgens mij wil dat verhaal over dat draagmoederschap er bij sommige mensen gewoon niet in.'
'Nou, fijn dan.' Hoewel Abbie niet anders had verwacht, deed het toch pijn; het nadeel van het dorpsleven was al dat geroddel. Zodra Georgia's gelijkenis met Tom was opgemerkt, waren ze genoodzaakt geweest om haar aanwezigheid te verklaren, waarop iedereen wijs had geknikt.
'Maar ik heb ze meteen van katoen gegeven, hoor, waar iedereen bij was. Ik zei dat Tom en jij het gelukkigste paar waren dat we kenden en dat het ziek was om dat zelfs maar te denken, omdat Tom nog nooit is vreemdgegaan en dat ook nooit zou doen. Ik heb gezegd dat jullie huwelijk volmaakt is.'
O god. 'Nou, dank je wel.' Weer dat schuldgevoel; ze concen-

treerde zich gauw op de afwas. 'Was het druk in de pub?'
'Afgeladen! Hoe dan ook, ik heb die lui van O'Brien goed te kakken gezet. Ze zijn waarschijnlijk gewoon jaloers op Tom en jou,' zei Cleo. 'Iedereen weet dat de vrouw van Barry O'-Brien iets heeft gehad met die man van de garage die altijd langskwam, zogenaamd om haar auto te repareren.'
Abbie spatte sop op haar blauwgroene angora trui en bleef fanatiek boenen op een juskom die al schoon was. Over de meeste dingen kon ze eerlijk zijn tegen Cleo, maar er waren grenzen. Zij was de oudere zus, de gelukkig getrouwde, gesettelde zus tegen wie Cleo nog steeds opkeek.
Nee, geen sprake van dat ze haar kon vertellen van Des Kilgour. Cleo zou geschokt zijn. Sommige geheimen moest je gewoon voor jezelf houden.
'Ik heb daar eigenlijk nog nooit over nagedacht,' zei Cleo dromerig, 'maar ik zou eens op internet kunnen zoeken.'
'Waarnaar? Naar de vrouw van Barry O'Brien?'
'Nee, stommerd.' Dat was ook typisch Cleo: haar hersens konden van de ene gedachte naar de andere schieten als een wesp in een fles. 'Om te kijken of je ergens van die leugendetectors kunt kopen zodat ik mijn eigen test kan afnemen.'

'Ik wil echt geen spelbreker zijn,' zei Cleo, 'maar als iemand me nog één keer vraagt of ik al helemaal klaar ben voor kerst, dan ga ik denk ik stampvoeten en gillen en sla ik ze om de oren met een tak mistletoe.'
'Je zou ook kunnen gaan zingen. Kerstliedjes,' zei Ash. 'Dat zal ze leren.'
Cleo kneep hem even. Het was de avond voor kerst, en ze zaten in de pub, naast elkaar op een van de brede vensterbanken als een stelletje oude mopperkonten. 'Waarom vragen mensen dat eigenlijk altijd? Wat maakt het nou uit of we helemaal klaar zijn voor kerst of niet? Over twee uur is het al kerst, dus het is toch te laat om er nog wat aan te veranderen.'
'Bah.' Ash knikte wijs. 'Allemaal onzin.'
'Weet je, ik ben negenentwintig en zit hier met jou, en dat is wel het allerlaatste wat ik van deze kerst verwachtte.' Cleo lik-

te aan haar wijsvinger en depte er de laatste kruimeltjes chips mee op uit het zakje.

Ash nam een slok bier. 'Goh, wat voel ik me nou weer speciaal.'

'Ach, je weet best wat ik bedoel. Ik dacht echt dat het dit jaar anders zou zijn.' Stiekem had ze zelfs gehoopt dat Will op de proppen zou komen met twee vliegtickets naar een of andere glamoureuze stad, al was het maar voor een paar dagen. Stel je eens voor, Parijs met kerst, logeren in het George v, hand in hand langs de oevers van de Seine wandelen, terwijl in de lucht, à la Moulin Rouge, duizenden sterren ontploften.

Maar die mooie fantasie was ontploft toen ze had ontdekt dat Will een vrouw en kinderen had.

'Vermaken jullie je een beetje?' Een glas heffend ter begroeting – en niet zijn eerste van de avond zo te zien – vroeg Des Kilgour vriendelijk: 'Al helemaal klaar voor kerst?'

Oké, Des was de baas van haar zus, dus hem kon ze niet met een tak mistletoe om de oren slaan. Cleo toverde een vrolijke glimlach tevoorschijn en zei: 'Niet echt, maar dat geeft niks!' Toen, onder het motto van 'als je niet van ze kunt winnen kun je maar beter vriendjes met ze worden', voegde ze eraan toe: 'En jij?'

En dan hoorde Des opgewekt te zeggen: 'Ach, de gebruikelijke chaos, je weet hoe het gaat!'

In plaats daarvan zei hij echter: 'Het heeft weinig zin om wat te doen. Ik zit toch in mijn eentje thuis.'

Getver, verkeerde antwoord. 'O. Eh... nou ja, ik neem aan dat je dat zo wilt, een rustig dagje voor jezelf...'

'Nou, ik zou niet durven zeggen dat ik dat zo wil.' Des haalde zijn schouders op. 'Maar zo zit het gewoon.'

'O. Oké.' Cleo friemelde met haar lege chipszakje. Ze voelde zich een beetje rot. Hoewel ze Des Kilgour niet goed kende, wist ze van haar zus dat hij een goede baas was en een aardige man.

'Hoe gaat het met je zus?'

'Prima.'

Des knikte langzaam. 'Mooi... mooi.' Hij zweeg even, stak toen een hand op ten afscheid en zei: 'Nou, wens Abbie en...

eh... Tom dan maar een fijne kerst van me. Ik zie haar volgende week wel weer op het werk. Oké, dan ga ik maar weer eens.'

'Ik weet best wat je dacht,' fluisterde Ash in Cleo's oor toen Des was weggelopen naar de andere kant van de pub. 'Je had hem bijna uitgenodigd voor de kerstlunch bij je zus.'

'Ik weet het, ik weet het.' Zuchtend vervolgde ze: 'Het lijkt me gewoon vreselijk om alleen te zijn met kerst. Als ik alleen zou zijn, zou ik ook door iemand willen worden uitgenodigd.' Toch had ze Des niet uitgenodigd; Abbie had het de laatste tijd al moeilijk genoeg, en ze zou het vast niet fijn vinden om op het allerlaatste moment nog met een extra gast te worden opgezadeld.

'Het komt allemaal door die stomme film.' Toen Ash eerder die avond bij haar langs was gekomen, had hij de dvd op de salontafel zien liggen. 'Je mag van mij nooit meer naar *Love, Actually* kijken.'

'Dat wil ik ook helemaal niet, neem dat maar van mij aan.' Ze had alleen maar gekeken in een poging om zichzelf op te vrolijken, maar in plaats daarvan hadden al die gelukkige eindes haar alleen maar ongelukkig gemaakt, omdat ze daardoor aan haar eigen ongelukkige einde moest denken. Want eerlijk was eerlijk, de kans was klein dat er een Hugh Grant of Colin Firth langs zou komen die haar het hoofd op hol zou brengen. 'Ash, wat als ik nou nooit meer een leuke man tegenkom?'

'Dat gebeurt heus wel. Er duikt vast wel weer een of andere arme ziel op. Zo gaat het nou eenmaal.'

'Ja, maar wat als dat niet zo is? Wat als ik als een ouwe vrijster eindig?'

'Ach, ook dat heeft zijn voordelen. Dan mag je een gehaakte stola dragen,' zei hij. 'En een pince-nez!'

'Jij ook. En een hoedje met frutsels. Weet je, ik heb een idee. We zouden zoiets kunnen zijn als *When Harry met Sally*.' Geïnspireerd pakte ze zijn arm beet. 'We zijn toch goede vrienden? Nou, dan sluiten we een pact! Als we allebei over tien jaar... nee, maak daar maar vijf jaar van, nog geen partner hebben gevonden, dan gaan we trouwen.'

Ash fronste. 'Je bedoelt met willekeurig wie?'
'Nee, stomkop! Met elkaar.'
Hij keek haar vol afschuw aan. 'Maar ik val totaal niet op je.'
'Oké, oké.' Eerlijk gezegd was dat nogal pijnlijk om te horen.
'Ik val ook niet op jou.'
'En bovendien heb je me net uitgescholden voor stomkop.'
'Ja, waarom zou dat zijn?'
'En toch vind je dat we zouden moeten trouwen.'
'Waarom niet? Dat is toch beter dan niets? Je mag in je handen knijpen dat je mij kunt krijgen! Plus dat ik niet alleen wil eindigen,' zei ze, 'in een schommelstoel met een hoedje op.'
'Oké dan. Als je er dan verder je mond over houdt, dan doen we dat. Als we over vijf jaar allebei nog single zijn, gaan we trouwen. Met elkaar.'
'Mooi.' Cleo knikte tevreden. Zo, nu had ze tenminste een vangnet om op terug te vallen. Misschien was het niet erg romantisch, het was wel praktisch.
'En als dat voor mij geen reden is om snel een vriendin te gaan zoeken, dan weet ik het ook niet,' zei Ash.

14

Op Bristol Airport was het stampvol mensen die aankwamen, vertrokken en anderen afhaalden. Cleo, met haar begroetingsbord onder haar arm geklemd, wachtte achteraan in de menigte en keek naar de deuren die opengingen om de volgende lading passagiers door te laten.
Ze stond te wachten op een klant uit Amsterdam, ene Mrs. Cornelia van Dijk, waarvan ze niet wist hoe ze de naam precies moest uitspreken. Nou, hopelijk was dat ook niet nodig. Hoe dan ook, ze zou haar naar het Hotel du Vin brengen, waar ze zou lunchen, en daarna moest ze nog tot zes uur tot haar beschikking staan. Zoals altijd had ze zich bij de naam al een volledig beeld van deze Mrs. Van Dijk gevormd; lang en met grijs haar, in de zestig en graatmager. Ze zou een lan-

ge puntneus hebben, droeg misschien een raar hoedje en zou zelfs wel eens een puntbaard en een snor kunnen hebben...

Goed, dat dan misschien weer niet. Maar haar leraar kunstgeschiedenis was een groot bewonderaar van de schilder Van Dyck geweest, en als je eenmaal een beeld in je hoofd had, kon je dat moeilijk weer van je af –

O mijn god, kijk eens wie er daar door de glazen deuren aan kwam lopen!

Cleo voelde het bekende schokje dat je altijd krijgt wanneer je iemand ergens tegenkomt waar je hem niet verwacht. Johnny LaVenture droeg een lichtbruin suède jasje, een wit overhemd en een zwarte spijkerbroek. Hij duwde een karretje voor zich uit met een hoge stapel donkerblauwe koffers erop. Toen ze op het aankomstbord keek, zag ze dat hij net uit New York was aangekomen.

Hoewel dat nergens voor nodig was, bukte ze zich automatisch, maar het werd steeds minder druk om haar heen, en er waren ook geen handige pilaren of enorm dikke mensen waarachter ze zich kon verschuilen. Bovendien, wat maakte het nou nog uit als hij haar zag?

Toen ze weer rechtop ging staan, merkte ze dat hij haar inderdaad al had gezien.

Met een brede glimlach op zijn gezicht kwam hij op haar af lopen. 'Misa! Sorry... Cleo.' Terwijl hij zichzelf verbeterde, schudde hij zijn hoofd. 'Wat zie je er chic en efficiënt uit in dat uniform. Ben je hier voor mij?'

Hij had een nieuwe aftershave op, citroenachtig en intrigerend. Andere geur, dezelfde brutale manier van doen.

'Als je midden in een sekseverandering zit, misschien wel.' Ze liet hem de naam op haar bord zien.

Hij trok een gezicht. 'Nee, dat ben ik niet. Jammer. Hoe spreek je dat eigenlijk uit?'

'Van Daike,' antwoordde ze luchtig.

Hij fronste een beetje. 'Echt? Zeker weten dat het geen Van Dijk is?'

Verdomme, hij was haar gewoon aan het testen. Echt weer iets voor hem om wel te weten hoe je die naam uitsprak. Ze besloot om van onderwerp te veranderen en met een knikje

naar zijn stapel koffers zei ze: 'Je zult wel flink hebben moeten bijbetalen.'
'Al mijn aardse bezittingen.' Hij gaf de bovenste koffer een klopje.
'Waarom?'
'Waarom denk je?' Hij trok veelbetekenend een wenkbrauw op. 'Ravenswood is nog steeds niet verkocht. Een zeker iemand is erin geslaagd om potentiële kopers af te schrikken. En het is niet het soort huis dat je lang leeg kunt laten staan. Dus ben ik vertrokken uit New York en kom ik weer in Channings Hill wonen. Voorlopig dan.' Hij zweeg even en stelde geamuseerd vast dat haar dat niets beviel. 'Ik weet het, maar je hebt het helemaal aan jezelf te danken. Dus je hoeft niemand de schuld in de schoenen te schuiven.'
Oei. Nou ja, ze had het verdiend. Ze had iets stouts gedaan en dit was haar straf.
Er verder geen tijd aan verspillend, vroeg hij: 'Hoe is het eigenlijk afgelopen met die getrouwde man van je? Die zogenaamd volmaakte vriend?'
Typisch Johnny, hij kon het nooit laten om iemand voor schut te zetten, om je te herinneren aan je onvolkomenheden en mislukkingen.
'Sinds die avond heb ik hem niet meer gezien.' Toen Cleo op het aankomstbord keek, zag ze dat de vlucht uit Amsterdam was geland.
'Heb je alweer een andere vriend?'
'Nee. Ik heb geen man nodig.'
'Zo mag ik het horen,' zei hij met een klein lachje.
God, wat wist hij alles toch altijd goed! Maar... wat was dat voor aftershave die hij ophad? Stiekem snoof ze de kruidige citroengeur op en probeerde hem in haar geheugen op te slaan. Mrs. Van Dijk kon nu elk moment verschijnen. Ze keek Johnny aan en vroeg: 'Word jij nog opgepikt?'
'Natuurlijk, altijd.' Zijn donkere ogen glansden. 'Sorry. Ja, ik word afgehaald. En, bevalt het je?'
Expres cryptisch. Waarschijnlijk gaf het hem een superieur gevoel om de overhand te hebben. Maar het was wel een beetje verbazingwekkend dat hij zo vrolijk deed over het feit dat

hij weer in Channings Hill kwam wonen, terwijl hij het huis zo graag had willen verkopen. Geduldig vroeg ze: 'Of wat me bevalt? Dat ik weer single ben? Dat je wordt afgehaald? Dat kippen eieren leggen?'
'Mijn aftershave. Eerlijk gezegd,' verbeterde hij zichzelf, 'is hij niet van mij. Ik heb hem in de taxfreeshop geprobeerd en volgens mij is het wel wat.' Hij boog zich naar haar toe zodat ze aan zijn hals kon ruiken. 'Wat vind je ervan?'
Hoe kon hij in vredesnaam weten wat ze had gedacht? Had ze als een varken op truffeljacht in de lucht staan snuffen? Nee, echt niet. Behoedzaam deed ze een stapje naar voren en snoof nog een keer. 'Eh... wel goed.'
'Wel goed?' Hij keek teleurgesteld. 'Je bedoelt dat het niet fantastisch is, niet vreselijk, maar gewoon... te doen?'
Dit was echt belachelijk. 'Eerlijk gezegd ruikt hij erg lekker,' zei ze. 'Welk merk is het?' In elk geval kon ze dat nu gewoon vragen zonder dat het als een versierpraatje klonk.
Hij fronste. 'Verdomme. Ik kan het me niet herinneren.'
'Nou, denk dan na.'
'Ik denk ook na! Maar er waren wel honderd flesjes. Ik heb heel veel verschillende in mijn handen gehad... maar deze leek zo lekker dat ik er wat van op heb gespoten... en nu heb ik geen flauw idee meer welk merk het was.'
'Nou, dat is dan niet zo handig, hè?' Er kwamen steeds meer mensen door de glazen deuren zetten en Cleo keek of ze Mrs. Van Dijk zag.
'Het is in elk geval heel irritant.' Fronsend trok hij zijn overhemdkraag naar beneden om haar nog een keer te laten ruiken. 'Weet je echt niet welk merk het is? Ik dacht dat meisjes altijd zoveel verstand hadden van aftershave.'
'Nou, dit meisje niet.' Er kwam een lange, vogelachtige vrouw van in de zestig aanlopen, en Cleo liep weg bij Johnny, hield haar bordje omhoog en zette een vriendelijk gezicht op.
'Ah, fijn, u bent er!' De klant kwam op haar toe lopen, en niet voor het eerst moest Cleo al haar vooroordelen opzijzetten. Terwijl de vogelvrouw naar de uitgang beende, kreeg Cleo het handvat van een duur uitziende koffer op wieltjes in haar handen gedrukt van een welgevormde, wulpse bru-

nette van achter in de dertig, met volle rode lippen en donkere ogen.
Zo zag je maar weer, het was gewoon onvoorspelbaar. Nou ja, het deed er niet toe, ze leek in elk geval aardig. Vrolijk zei Cleo: 'Welkom in Bristol, Mrs. Van...' Dat deed ze altijd met lastige namen; bij twijfel: laat de klant hem zelf uitspreken.
'Van Dijk.' Het was Johnny's stem die de naam uitsprak. Er verscheen een brede grijns op zijn gezicht. 'Of, zoals ik altijd zeg, de prachtige Cornelia.'
Pardon?
'Johnny! Schoonheid, ik wist niet dat je ook achter het bord stond!' Gillend van vreugde gooide Cornelia haar armen om hem heen en kuste hem overdreven op beide wangen.
Oké, dit was duidelijk geen toeval. Cleo keek toe terwijl de vrouw er een hele show van maakte om de lippenstift van Johnny's gezicht te vegen.
Nog steeds grijnzend zei hij tegen haar: 'Je mag er zelf ook zijn. En is dat een nieuwe armband?' Toen hij haar arm ophield en alle kanten uit draaide, schitterden de vele diamantjes.
'Gewoon een kerstcadeautje.' Met stralende ogen biechtte ze op: 'Van mij aan mezelf.'
'Als je in Amsterdam woont zou het ook stom zijn om dat niet te doen.' Johnny keek haar liefdevol aan. 'Wat fijn om je weer te zien.'
'O, lieve Johnny, het is heerlijk om jou ook weer te zien! Goh, ik heb honger. Zullen we gaan?'
Cleo knikte. 'Natuurlijk. Dus jullie rijden allebei met mij mee? Naar Hotel du Vin?'
'Dat zou fantastisch zijn.' Terwijl Johnny zijn karretje naar de uitgang duwde, zei hij terloops: 'Ik had de auto eigenlijk alleen voor Cornelia geboekt. Het was de bedoeling dat ik gisteren al zou aankomen. Maar toen kwam er ineens een spoedvergadering tussen en moest ik mijn vlucht omboeken naar vandaag... En nou zijn we nog gelijktijdig aangekomen ook, wat toch wel een wonder mag heten.' Hij keek Cleo stralend aan. 'Maar wat een goed idee van me, hè, om dat autoverhuurbedrijf van jou te nemen?'

Hm. Wat haar betrof had het minder te maken met aardigheid dan met zijn eeuwige behoefte om de baas te spelen. Toch glimlachte ze en knikte ze en zei ze gehoorzaam: 'Erg goed. Dank je wel.'
Met de bagage in de achterbak – vandaag reed ze in de donkerblauwe Mercedes s – reed Cleo het parkeerterrein voor kort parkeren af en sloeg de weg naar Bristol op, zonder ook maar enig idee te hebben wie Cornelia van Dijk eigenlijk was. Behalve dan dat ze stinkend rijk moest zijn, naar de diamanten te oordelen, en dat ze fantastische, de zwaartekracht trotserende borsten had.
'Oké,' zei Johnny. 'We zijn hier wel een paar uur zoet. Red je je wel?'
Ze stonden voor het Hotel du Vin waar Johnny en Cornelia een tafel hadden gereserveerd voor de lunch.
Cleo knikte. 'Geen probleem. Het is mijn werk om me te redden.'
'Ik kan je wel een kop koffie laten brengen als je wilt.'
'Nee, dat hoeft niet.'
Hij aarzelde even. 'Maar je blijft toch wel wachten?'
Hoe durfde hij! 'Maak je maar geen zorgen,' zei ze. 'Ik ben heus niet van plan om lekker te gaan shoppen en de auto met al jouw aardse bezittingen erin op een of ander onbeveiligd parkeerterrein achter te laten.'
'Schat, maak je niet zo druk, ze past vast heel goed op je spullen.' Terwijl Cornelia haar glanzende haren naar achteren gooide, zei ze: 'Zullen we nu naar binnen gaan? Ik sterf van de dorst!'

Kort na drieën verscheen Johnny weer.
'Zie je wel?' Cleo stapte uit en wees naar de auto. 'Staat er nog steeds. En ik heb je spullen ook niet op eBay verkocht.'
Hij knikte. 'Gelukkig maar. Cornelia is zich even aan het opfrissen. Ze komt zo.'
'Lekker gegeten?'
'Ja, heerlijk. En, wil je niet graag weten wie Cornelia precies is?'
Wat een vraag – natuurlijk wilde ze dat graag weten. Haar he-

le leven lang al wilde ze altijd alles weten... van iets niet weten werd ze knettergek.
Hardop zei ze: 'Nee hoor, waarom zou ik?'
'O. Oké.' Hij haalde zijn schouders op, stopte zijn handen in zijn broekzakken en schopte een steentje weg.
Stilte.
Nog meer stilte.
Allemachtig zeg. 'Nou, vertel dan,' zei Cleo. 'Wie is ze?'
'Een klant.' Johnny glimlachte even omdat ze zich gewonnen had gegeven. 'Een erg rijke klant. Haar man is vorig jaar overleden.'
'Echt?' Ze was geschokt. 'Wat erg.'
'Niet echt. Hij was zesentachtig.'
Bah. Cleo hapte naar adem en probeerde niet vies te kijken toen ze vroeg: 'En zij is...'
'Neem een getal in gedachten en verdubbel dat.' Geamuseerd vervolgde hij: 'Ze heeft een fantastische plastisch chirurg. Maar daar gaat het niet om. Ze is niet mijn vriendin, als je dat soms dacht. Cornelia heeft vorig jaar toen ze in New York was, twee beelden van me gekocht, en ze wil nu opdracht geven voor een derde.'
Cleo knikte, want zo leefden de rijken nu eenmaal. Door haar werk had ze het vaker meegemaakt. Als normale mensen zichzelf wilden trakteren, kochten ze iets op internet of liepen ze een winkel in de buurt in om te kijken wat er zoal was. Terwijl iemand als Mrs. Van Dijk gewoon naar de kunstenaar toe vloog wanneer ze haar zinnen had gezet op een nieuw beeld voor in de huiskamer.
En daar kwam ze net aan. Jemig, was ze echt in de zestig?
Terwijl Cleo het portier voor haar openhield, glimlachte Cornelia vriendelijk naar Johnny. Ze liet even een hand over zijn wang glijden en vroeg toen: 'Lieverd, je ruikt verrukkelijk. Dat is Acqua di Parma toch?'
Johnny's gezicht klaarde op toen hij de naam herkende. 'In een felgeel doosje? Ja, dat moet het dan zijn. Wat ben je toch goed.'
'Colonia Intensa.' Goedkeurend snuffend koerde ze: 'Ik heb altijd gelijk. Wist je dat Cary Grant die altijd op had? En David Niven ook.'

Cleo durfde Johnny niet aan te kijken. Jemig, Cornelia was nog ouder dan ze dachten.

Het was vijf uur. Cleo had Johnny en Cornelia een uur geleden afgezet bij Ravenswood en was nu terug om Cornelia naar Cheltenham te rijden, waar ze een paar dagen bij een oude vriendin zou logeren alvorens weer naar Amsterdam te vliegen.
Johnny deed open en zei: 'Nog heel even, oké?'
'Tuurlijk.' Ze deed een paar pasjes naar achteren, maar hij hield de deur wat verder open.
'Je hoeft toch niet in de auto te wachten? Kom, dan kun je mijn nieuwe atelier zien.'
Nieuwsgierig als ze was, volgde ze Johnny de hal met eiken lambriseringen in, want ze had nog nooit een echt kunstenaarsatelier vanbinnen gezien.
'Nou ja,' verbeterde hij zichzelf, 'het wordt mijn nieuwe studio zodra het af is.'
Ze stonden in de salon, een groot vertrek met een hoog plafond, hoge schuiframen en openslaande deuren die uitkwamen op de tuin achter het huis. Aangezien Lawrence LaVenture meer belangstelling had gehad voor kroeglopen dan voor binnenhuisarchitectuur, maakte de kamer nogal een verlopen indruk. Het gestreepte behang liet los aan de randen, het tapijt zat vol plooien en de banken pasten geen van alle bij elkaar. Aan de muur hingen prenten met jachtscènes, de boekenkasten stonden propvol boeken, en tot haar grote verbazing zag Cleo dat de tv boven op de rug van een rood stenen beeld van een olifant van een meter hoog balanceerde.
'Ik weet het,' zei Johnny droog toen hij haar blik opving, 'maar mijn vader vond het mooi zo. De makelaar biedt het aan als de volmaakte mogelijkheid om je eigen stempel op het huis te drukken. Waarmee hij bedoelt dat het totaal gerenoveerd zal moeten worden.'
'Die olifant vind ik heel mooi!' Onverwacht betoverd door het beeld, liep Cleo ernaartoe. Het beest had een eigenzinnige, ondeugende glinstering in zijn ogen.
'Dat vond mijn vader ook. Het is het eerste beeld van me dat hij echt mooi vond.'

Ze keek weer naar de olifant. 'Heb jij die gemaakt?'
Hij knikte. 'Op mijn zestiende.'
Toen ze gezworen vijanden waren geweest. Maar ook toen had hij al echt talent gehad.
'Hoe dan ook,' zei Johnny, 'nu ik hier kom wonen, gaan er wat dingen veranderen. En in deze kamer zal ik prima kunnen werken.'
Cleo snapte wat hij bedoelde. Ze liep naar een achthoekige eettafel waarop grote vellen papier met schetsen lagen. Terwijl ze de houtskooltekeningen van grazende paarden in een wei stond te bekijken, kwam Cornelia de kamer binnenstormen.
'Daar ben ik dan! Helemaal klaar voor vertrek! Ah, je bewondert mijn mooie paarden? Johnny gaat ze voor me maken. Hij is fantastisch, hè? Ik heb zoveel geluk met hem! Dank je, dank je wel,' riep ze uit toen Johnny haar in haar lange fluwelen mantel hielp. 'Zo, alles geregeld. Ik heb alles. Zullen we gaan?'

15

Een week later was Cleo op weg naar huis van een ritje toen de eerste sneeuw van het jaar begon te vallen. Eerst kleine vlokjes die bijna meteen smolten, gevolgd door snellere, dikkere vlokken die aan de voorruit kleefden en de landerijen aan beide kanten van de weg met een wit laagje bedekten. Het pasgetrouwde stel dat ze eerder die ochtend had opgepikt en afgezet bij de haven van Southampton zou een luxecruise naar de Caraïben maken, en Cleo dacht een beetje jaloers aan hen terwijl ze de M4 verliet en op weg ging naar Channings Hill. Gewoon een dun laagje sneeuw zodat alles er pittoresk uitzag, was mooi. Maar niet zoveel sneeuw dat het hele leven in Gloucestershire stil zou komen te liggen, vooral niet omdat ze vanmiddag nog een rit had.
Haar maag rommelde toen ze het dorp naderde. Ze had in-

eens zin in een kop thee en warme krentenbollen met boter. Wat een beetje frustrerend was, omdat ze geen krentenbollen in huis had. Het was echter geen onoverkomelijk probleem, want ze zou er snel een paar kunnen kopen in het dorp, tenzij iedereen vanochtend ineens naar krentenbollen had gesmacht en ze al op waren.

O ja, warme krentenbollen waar de boter van afdroop. Hoe meer ze eraan dacht, hoe meer trek ze kreeg. Toen ze eindelijk in Channings Hill was, parkeerde ze haar auto voor de winkel en stapte uit.

God, het was echt ijskoud...

Gelukkig was het in de winkel warm. Cleo zwaaide even naar Myrna achter de toonbank en haastte zich toen naar de broodafdeling, maar ze bleef ineens stokstijf staan toen ze Johnny zag. Zijn donkere haar zat in de war en zijn spijkerbroek en sweatshirt zaten onder de verf. En onder zijn linkerarm had hij twee plastic zakken krentenbollen.

Vol ongeloof staarde ze eerst naar de bolletjes en toen naar de lege plank waarop géén zakken krentenbollen meer lagen.

Dit was absurd. Deed hij het soms expres? Had hij soms weer haar gedachten gelezen?

'Goedemorgen! Sorry.' Johnny keek op zijn horloge en verbeterde zichzelf. 'Ik bedoel goedemiddag!'

Alsof dat wat uitmaakte. Ze wees naar de krentenbollen. 'Neem je die allebei?'

Hij keek haar verbaasd aan. 'Ja. Daarom heb ik ze gepakt.'

'Dus je koopt ze echt allemaal?'

'Niet voor mezelf,' zei hij. 'Er zit thuis een ploeg schilders en behangers op me te wachten. Mocht je soms voor Weight Watchers werken,' voegde hij eraan toe, 'en je er zorgen over maken of ik mezelf niet vol zit te proppen, dan kan ik je verzekeren dat dat niet het geval is.'

Dit was niet iets om grapjes over te maken. Van de gedachte dat ze geen krentenbollen zou kunnen krijgen, schoot haar bloeddruk omhoog. 'Hoe groot is die ploeg?' flapte ze eruit.

'Vijf man. Plus ikzelf. Dus twee per persoon.' Hij fronste. 'Is dat een probleem?'

Kon ze het zeggen? Ja, dat kon ze. 'Oké, het zit zo. Ik ben de winkel in gelopen omdat ik echt heel erg graag krentenbollen met boter wilde.'

'O.' Hij keek haar geamuseerd aan en knikte begripvol. 'Ik weet ook waarom.'

'Waarom dan?'

'Mrs. Clifford.'

Allemachtig, hij had nog gelijk ook. Mrs. Clifford, die lieve, gezellige kokkin die al die jaren geleden de scepter had gezwaaid over de keuken van de dorpsschool van Channings Hill. Zodra er sneeuw viel, bakte ze krentenbollen en bracht die op enorme schalen de klas in, doormidden gesneden en besmeerd met een dikke laag boter. Het was traditie dat iedereen twee halve bollen at voordat ze naar buiten gingen om elkaar met sneeuwballen te bekogelen. Wat raar dat ze dat was vergeten. Dus het feit dat Johnny krentenbollen kocht, was toch niet zo toevallig. Het was gewoon een pavloviaanse reactie op de sneeuw.

'We zouden ieder een zak kunnen nemen,' bood ze grootmoedig aan.

Hij trok een wenkbrauw op. 'Heb je die ploeg van mij wel gezien?'

'Kijk, daar heb je Schotse pannenkoeken! Volgens mij vinden ze die veel lekkerder.'

Hij wierp haar een blik toe. 'Geen enkel weldenkend mens heeft liever een saaie pannenkoek dan een warme krentenbol.'

Oké, het was wel duidelijk dat hij haar zat te sarren.

'En er zijn ook nog *crumpets*.' Ze pakte de zak van het schap en zwaaide er uitnodigend mee. 'Crumpets zijn echt het allerlekkerst.'

'O ja?' vroeg hij. 'Waarom neem jij die dan niet?'

Pff. 'Omdat ik een krentenbol wil!'

Hij haalde zijn schouders op. 'Je zou gewone bolletjes kunnen kopen en er krenten in kunnen stoppen.'

'Ik zou ook krenten in jou kunnen stoppen.'

Hij lachte, in de veronderstelling dat ze een grapje maakte. Hij kende haar dus helemaal niet.

'Goed,' zei hij uiteindelijk. 'Twee kun je er wel krijgen, maar een hele zak gaat echt niet.'

Als hij Ash was geweest, had ze een of andere dubbelzinnige opmerking geplaatst over wie er precies een hele zak was. Maar hij was Ash niet. Dus liep ze met hem naar de toonbank en keek toe terwijl hij de twee zakken afrekende. Daarna scheurde hij het plastic van een van de zakken open, vroeg Myrna om een papieren zak, stopte de bollen erin en gaf hem aan Cleo.

'Alsjeblieft.'

Ze probeerde een muntje van vijftig pence in zijn handen te duwen.

'Ik trakteer,' zei Johnny.

'Nou, dank je wel.' Hoewel ze hem liever niks verschuldigd was, was ze niet van plan om in een weinig chique woordenwisseling verzeild te raken over vijftig pence.

Nadat ze de winkel hadden verlaten, bleef Johnny even naast zijn oude Land Rover staan waarmee hij was gekomen. 'Je kunt wel mee naar mijn huis komen, als je wilt. Dan kun je zien wat ze aan het doen zijn. En dan kunnen we gezamenlijk pauze houden en onze krentenbollen roosteren.'

Een vlaag sneeuwvlokken dwarrelde om hen heen. Cleo rilde in haar dunne uniform. 'Nee, dank je. Ik heb over een uur alweer mijn volgende rit.' En niets, helemaal niets, zou haar vreugde over de zuurverdiende krentenbollen verpesten. Bovendien gingen ze in zijn huis misschien wel naar verf smaken.

Mocht ze mee willen. Wat niet zo was.

Johnny reed de Land Rover achteruit de parkeerplaats voor de winkel af en stoof weg, de heuvel op. Inmiddels uitgehongerd en praktisch kwijlend bij het vooruitzicht zo meteen de krentenbollen te gaan roosteren, ze te besmeren met boter en dan haar tanden in het knapperige, krenterige, van boter druipende hemelse voedsel te zetten, volgde ze zijn voorbeeld.

Boven aan de heuvel stak Johnny zijn hand naar haar op en sloeg bij het park rechts af. Cleo nam de linkerafslag en reed de laan met kastanjebomen door, waarbij ze een metaalblauwe Fiesta passeerde die vlak bij het speelveldje geparkeerd stond.

Toen ze haar auto tot stilstand had gebracht voor haar cottage, zag ze dat er iemand achter het stuur van de Fiesta zat. Gewoon maar te zitten, niet aan het bellen of zo. Wat gezien het weer nogal vreemd was. Bij warm en mooi weer kwamen er ouders met kinderen naar het speelveldje, maar vandaag was dat leeg. Terwijl Cleo uitstapte, wierp ze een nieuwsgierige blik op degene achter het stuur. Ze kon niet zien of het een man of vrouw was. En wat moest iemand daar? Bij haar tuinhek aangekomen, bleef ze staan en draaide zich nog een keer om. Misschien was de bestuurder verdwaald, of ziek, of –

Prr-prr-prr deed de motor van de Fiesta, terwijl de bestuurder het contactsleuteltje omdraaide. Prr-prr-prr.

De motor sloeg niet aan. Dus daarom stond die auto daar. Autopech. De bestuurder probeerde nog een keer te starten. Wat een rotmoment om autopech te krijgen, met dit weer.

Prr-prr-prr-prr. Toen de bestuurder gefrustreerd op het stuur sloeg, zag Cleo dat het geen man met kort haar was, maar een vrouw met haar haren in een paardenstaart.

O god. Haar maag ging tekeer als een betonmolen, ze had koude voeten en over nog geen uur moest ze alweer op weg. Het allerlaatste waar ze nu zin in had, was iemand die ze niet kende, haar hulp aan te bieden.

Moest ze aanbieden om te duwen om te kijken of de motor dan aansloeg? Om dan geheid modder en een vieze sneeuwbrij over zich heen te krijgen wanneer de banden door een bevroren plas reden?

Of zou ze gewoon thee gaan zetten, een beetje tv-kijken en twee warme krentenbollen met boter eten?

O god. Ontmoedigd liet ze het houten paaltje van het hek los. Soms wilde ze echt dat ze geen geweten had. Het leven zou een stuk eenvoudiger zijn als ze gewoon haar huis binnen kon dartelen zonder ook maar een greintje schuldgevoel. Maar dat zat er niet in. Langzaam stak ze de straat over, knipperend tegen de sneeuwvlokken in haar ogen en haar ijzige vingers strekkend. Toen ze bij de auto aankwam, stopte de vrouw achter het stuur even met het omdraaien van het contactsleuteltje. Ze keek Cleo afwachtend aan.

O fuck, o nee, dit kon niet waar zijn. Cleo's maag draaide zich om toen haar blik die van de vrouw ontmoette, en ze ineens wist wie het was. Het was alsof ze een knal voor haar kop kreeg. Dit was Wills vrouw – jezus, zijn vrouw! – en ze was in Channings Hill en had haar auto op nog geen vijftig meter afstand van Cleo's huis geparkeerd.

Oké, had Will zijn vrouw over haar verteld? Zocht ze ruzie? Of was het... o god, alsjeblieft... gewoon een heel bizar toeval? Wist de vrouw wie ze was? Cleo had haar herkend omdat ze veertig minuten achter haar in de rij had staan wachten voor de Kerstman, maar Wills vrouw zou zich haar daar beslist niet van herinneren. Dat was gewoon onmogelijk.

Wat betekende dat er nog steeds een kleine kans bestond dat ze niet wist wie er in de sneeuw naast haar auto stond.

De vrouw deed het raampje open. Ze had een fris gezicht, grote bruine ogen en glanzend goudbruin haar dat ze in een paardenstaart droeg, zodat haar buitengewoon aantrekkelijke oren mooi uitkwamen.

Wat een rare dingen vielen je toch op wanneer je in shock verkeerde.

'Hallo. Problemen met de auto?' Cleo had zich nog nooit zo belachelijk Engels gevoeld. Ze klonk heel afgemeten, als iemand uit een zwart-witfilm uit de jaren vijftig. Bovendien was het een ontzettend stomme vraag.

'Eh, ja. Ik weet niet wat het is. De motor leek ineens helemaal dood.'

Was dat een hint voor wat haar te wachten stond? Nou ja, in elk geval was ze niet gaan schelden of uitgestapt om haar in elkaar te slaan.

Met droge mond zei Cleo: 'Ik wil anders wel duwen. Misschien dat de motor dan op de heuvel weer aanslaat.'

Wills vrouw nam haar aandachtig op, alsof ze niet zeker wist of Cleo het nu wel of niet was. Ze zat ook te rillen. 'Oké, laten we dat proberen. Dank je wel.'

'Graag gedaan.' Nadat ze haar tas als een soort rugzak over één schouder had gehangen, zette Cleo zich schrap tegen de achterkant van de Fiesta en gaf hem een harde duw. Ze was sterk, ze kon het... duuuuw...

Niets. De auto ging nog geen centimeter naar voren. Cleo liep

om de auto heen naar de voorkant en zei tegen Wills vrouw: 'Je hebt hem nog op de handrem staan.'
'O. Sorry.'
Ze probeerden het opnieuw. Deze keer bewoog de auto zich langzaam naar voren. Steeds harder duwend riep Cleo: 'Ja, nu!' maar de motor weigerde aan te slaan en ze waren inmiddels ook al onder aan de helling aanbeland. Fantastisch, nu stond de auto pal voor haar cottage, wat nog veel erger was.
'Wacht, ik heb nog wat WD40.' Ze pakte het busje uit de Mercedes, deed de motorkap van de Fiesta omhoog en spoot alle kabels onder.
Nog niks. Inmiddels had ze geen gevoel meer in haar handen en was haar neus rood en pijnlijk van de kou.
'Nou ja. Bedankt in elk geval.' De vrouw klappertandde. 'Ik kan maar beter de wegenwacht bellen.' Ze pakte haar mobieltje.
Cleo stond als een standbeeld naast de auto naar het korte telefoongesprekje te luisteren.
Nadat Wills vrouw de verbinding had verbroken, zei ze: 'Ze worden suf gebeld. Het kan nog wel een uur duren voordat ze hier zijn.' Ze rilde. 'Dat heb ik weer.'
O god, ook dat nog. Cleo slikte moeizaam. Dit was gewoon een surrealistische toestand. Want ze wist wie de vrouw was en ze vermoedde dat de vrouw ook wist wie zij was, maar geen van beiden sprak dat uit, en zij zou dat zeker niet als eerste doen, want... nou ja, wat als Wills vrouw het niet wist?
Maar het punt was: als het iemand anders was geweest die autopech had gekregen in deze ijzige kou, dan zou ze hem of haar zonder enige aarzeling hebben gevraagd even binnen te komen.
Wat betekende dat ze Wills vrouw zou moeten vragen om even binnen te komen, anders zou het raar lijken en dan zou ze zich verraden, en dan zou Wills vrouw meteen doorhebben dat zij degene was die een verhouding had gehad met haar man...
Dit werd al te verwarrend. Terwijl ze met haar koude voeten stampte en in haar handen blies, zei Cleo: 'Nou, je kunt hier niet blijven wachten. Je kunt beter even binnenkomen.'

'Echt?' Wills vrouw knipperde met haar ogen en keek eerst verward en toen opgelucht. Toen ze zichzelf weer had hersteld, pakte ze haar tas en stapte uit. 'Goed dan. Dank je wel.'

Mocht de hele toestand eerst al surrealistisch zijn geweest, het werd nog erger toen ze eenmaal binnen waren. Cleo zette water op, sneed de krentenbollen doormidden en stopte ze in het broodrooster. Terwijl ze boter op de warme broodjes smeerde, maakte Wills vrouw de thee klaar en deed suiker in mokken. Cleo, die met haar rug naar haar toe stond, sprong tien meter in de lucht toen er een theelepeltje op de natuurstenen keukenvloer viel.
Wills vrouw raapte het lepeltje glimlachend op. 'Zenuwachtig?'
'Sorry.' Het zweet kriebelde onder haar oksels. 'Ik schrok gewoon.'
'Het is aardig van je om me binnen te vragen. Hoe heet je?'
Kende Wills vrouw haar naam? Had Will haar die verteld?
'Eh, Cleo.'
'Hoi. En ik heet Fia. Dat komt van Sofia.'
'O. Eh... wil je een krentenbol?'
'Ja, lekker.' Fia pakte het bord aan en zei toen, terwijl ze Cleo recht in de ogen keek: 'Weet je wie ik ben?'

16

Cleo's hart sloeg over. 'Nee.'
'Zeker weten?'
Haal adem, haal adem. 'Waarom zou ik dat moeten weten?'
'Dat dacht ik gewoon.' Fia haalde haar schouders op. 'Je hebt toch een verhouding met mijn man?'
Shit. Cleo sloeg haar hand voor haar mond. Terwijl ze zich op een kruk liet zakken, zei ze: 'Dat hád ik. Verleden tijd. Ik wist niet dat hij getrouwd was, echt niet.'
'Hoe ben je erachter gekomen?'

'Ik heb hem met jou en de kinderen gezien. In de rij in het arboretum bij de Kerstman.' Cleo voelde zich verschrikkelijk. 'Maar zodra ik het wist, was het voorbij. Ik heb het diezelfde avond nog uitgemaakt.'
Fia dacht even terug aan die dag, knikte toen en haalde haar schouders op. 'Will kan heel goed liegen. Het is een van zijn vele talenten.'
Cleo kon nog steeds nauwelijks geloven dat ze dit gesprek voerden. 'Ik voelde me zo rot. Jullie leken zo gelukkig samen.'
'We dachten op dat moment waarschijnlijk ook dat we dat waren.'
'Was jij het die me laatst belde?'
Weer een knikje. 'Ik had een kopie van de nota van zijn mobieltje weten te bemachtigen, en jouw nummer kwam er behoorlijk vaak op voor. Het had natuurlijk iets volkomen onschuldigs kunnen zijn, iets van zijn werk...' Met een klein lachje nam ze een slokje thee. 'Maar toen ik je belde, klonk je zo schuldbewust en paniekerig dat ik zeker wist dat het niet onschuldig was.'
'Ik schrok me toen echt dood. Ik had geen zin in toestanden. En ik wilde al helemaal niet dat jij het zou weten.' Cleo besefte dat zij het van hen tweeën het moeilijkst vond. Haar krentenbol lag koud te worden op haar bord; ze had er zelfs helemaal geen trek meer in, en dat was haar nog nooit overkomen!
'Ach, zo'n grote verrassing was het ook weer niet.' Fia, die haar krentenbol binnen de kortste keren had weggewerkt, vervolgde hoofdschuddend: 'Vorig jaar heeft hij me precies hetzelfde geflikt.'
'Echt?'
'Met een meisje van kantoor. Toen ik het ontdekte, smeekte hij me om vergiffenis. Op zijn knieën.' Bij de herinnering krulden haar lippen iets op. 'En hij bezwoer me dat het nooit meer zou gebeuren. En stom als ik ben, geloofde ik hem. Ik besloot hem nog een kans te geven.'
Vanwege de kinderen. Cleo's hernieuwde schuldgevoel werd gevolgd door een golf van woede. Wills egoïsme maakte zijn gezin kapot, dreigde het leven van zijn kinderen te verwoesten.

Hoewel ze het niet wilde vragen, deed ze het toch. 'En nu?'
'Nou, hij heeft het verknald, hè? Ik laat echt niet nog een keer zo over me heen lopen,' zei Fia. 'En hij verandert toch nooit. Dus ik zet er een punt achter.'
'O god. Het spijt me echt.'
'Je wist het niet. Bovendien kom ik er vast wel overheen. Will speelde altijd graag gelukkig gezinnetje waar anderen bij waren, maar zo leuk was het niet om met hem getrouwd te zijn.' Ze keek naar de onaangeroerde krentenbol op Cleo's bord. 'Ga je die nog opeten, of mag ik hem hebben?'
Cleo schoof het bord over tafel naar haar toe. Arme kinderen, hoe zouden die omgaan met de scheiding? 'Maar waarom ben je vandaag hiernaartoe gekomen?'
'Ik wilde je gewoon zien. Kijken hoe je eruitzag. Ik was niet eens van plan je aan te spreken of zo.' Droog voegde ze eraan toe: 'Die autopech was geen onderdeel van het plan.'
'Maar hoe wist je waar ik woonde?'
'Tja, daar ben ik op illegale wijze achter gekomen.' Fia trok een gezicht. 'Jij zit bij dezelfde provider als Will, en toevallig werkt de broer van een vriendin van mij bij die telefoonmaatschappij. Hij heeft me ook de kopie van de nota bezorgd en daarna heb ik hem weten over te halen om jouw adres op te zoeken. Maar maak je niet druk, ik moest hem beloven dat ik je huis niet in de fik zou steken.'
Toen Cleo twintig minuten later naar buiten keek, zag ze dat het nog steeds sneeuwde. 'Ik mag niet te laat komen voor mijn volgende ritje. Ik moet zo echt weg.'
Fia klapte haar mobieltje open en belde nog een keer de wegenwacht. Fronsend luisterde ze. 'Hoe lang?'
Dit werd erg ongemakkelijk allemaal. Cleo vroeg zich af wat ze nu moest doen.
'Nog twee uur.' Terwijl Fia de verbinding verbrak, vervolgde ze op ironische toon: 'Blijkbaar zijn ze ingesneeuwd.'
'Eh...'
'Het maakt niet uit. Ik snap het. Ik wacht wel in de auto.'
Verdomme. Cleo voelde zich verscheurd; het zou nu nog gênanter zijn om Fia op straat te zetten. Maar ze kon toch ook geen volslagen onbekende achterlaten in haar huis? Alleen was

Fia nog erger dan een volslagen onbekende; ze was de gekwetste, bedrogen vrouw van Will.
Stel je voor dat ze helemaal doordraaide, dat ze al haar kleren kapot knipte en alles stukgooide wat ze maar in handen kreeg?
Cleo aarzelde, nog steeds overspoeld door schuldgevoel. Aan de andere kant, dacht ze, ik heb wel een verhouding gehad met haar man.
Bovendien zou Fia doodvriezen als ze twee uur in die koude auto moest zitten.
'Wacht even.' Cleo pakte haar mobieltje en drukte de sneltoets voor Ash in. 'Hoi, met mij, wat ben je aan het doen?'
'Weinig. Ik zit mezelf te googelen, om te kijken hoe populair ik ben. Het is echt niet te geloven hoe gek ze allemaal op me zijn, ze –'
'Kom hierheen,' onderbrak ze hem. 'Ik heb je nodig.'
Twintig seconden later liet ze hem al binnen. Ash, die een gescheurd geruit overhemd over een verschoten Superman T-shirt droeg, nam een heldhaftige houding aan en zei: 'Dame in nood? Ik ben hier om u te helpen. Wat is het, iets elektrisch? Of weer een jampotje dat je niet open krijgt?'
'Ik moet weer aan het werk. Kun je iemand even bezighouden voor me, ze heeft autopech.' Cleo wees naar de Fiesta die slordig stond geparkeerd bij het tuinhekje. 'Je hoeft haar alleen maar gezelschap te houden totdat de wegenwacht er is.'
'Oké, geen probleem. Ruik ik warme krentenbollen?' Ash haastte zich langs haar heen, maar bleef als aan de grond genageld staan toen hij de huiskamer binnenkwam. 'O. Hallo.' Hij staarde Fia aan en werd meteen knalrood, wat hem niet erg goed stond.
Fia op haar beurt keek bevreemd naar zijn ongekamde haar, zijn vlekkerige gezicht en de armoedige kleren. 'Hallo.'
'Fia, dit is een vriend van me, Ash.' Cleo had geen tijd om voor kinderjuf te spelen; Ash' verlegenheid was zijn probleem. 'Ash, dit is Fia.' Nadat ze hen haastig aan elkaar had voorgesteld, pakte ze haar tas en sleutels. 'En ik moet nu echt weg.' Ze zwaaide even naar Fia. 'Ik hoop dat je auto snel wordt gerepareerd. En sterkte met... die andere dingen.'

'Dank je.' Fia knikte glimlachend. 'Dag.'

Toen de voordeur achter Cleo dichtsloeg, voelde Ash het zweet in zijn handen staan. Dit was het nou, zo ging het altijd. Iedereen dacht altijd dat hij zo vrolijk en zelfverzekerd was, en meestal klopte dat ook, dan was hij vrolijk en zelfverzekerd. Tot het moment waarop hij zich in het gezelschap bevond van een vrouw die hij leuk vond, want dan verschrompelde zijn hele persoonlijkheid en droogde hij uit als een druif.

Hij was eraan gewend. Het ging al jaren zo. Als hij Amerikaan was geweest, dan had hij ongetwijfeld uren en uren op de bank gelegen bij een psychiater en er duizenden dollars aan uitgegeven, om op een dure manier te ontdekken dat hij een laag zelfbeeld had. Maar dat wist hij al, en hij gaf zijn geld liever uit aan snelle auto's, skivakanties en allerlei elektronische gadgets.

Hij nam Fia steels op. Ze droeg een eenvoudige zwarte trui met v-hals en een grijze spijkerbroek die ze in haar laarzen had gestopt. Haar haren, kastanjeachtig bruin en glanzend, had ze in een paardenstaart. Ze had ook echt heel mooie oren.

En hij had geen flauw idee wat hij tegen haar moest zeggen. Inmiddels zou ze wel denken dat hij een of andere imbeciel was, maar daar kon hij niets aan doen. God, wat zag ze er fantastisch uit.

Zeg iets, stomkop.

Hij schraapte zijn keel. 'Wat voor andere dingen?'

Ze keek hem verbaasd aan. 'Sorry?'

Zo ging het nu iedere keer. Hij staarde uit het raam en hoopte met heel zijn hart dat er een auto van de wegenwacht zou verschijnen. 'Cleo zei: "Sterkte met die andere dingen."'

'O, dat.' Fia knikte. 'Nou, ze had toch iets met Will Newman? Ken je hem?'

Hij knipperde snel met zijn ogen. 'Nee.' Jezus, wat was hier aan de hand?

Ze wierp hem een blik toe. 'Het geeft niks. Je mag best ja zeggen.'

Zie je nou wel? Hij kon zelfs niet meer liegen. Meestal was hij daar meesterlijk in. Hij haalde zijn schouders op. 'Ja.'

'Nou, ik ben zijn vrouw,' zei Fia.

'Shit.'
'Dat beschrijft hem helemaal.'
Door haar glimlachje leek ze nog onweerstaanbaarder, waardoor Ash helemaal niet meer wist wat hij moest zeggen. Waarschijnlijk vond ze hem spuuglelijk. Toen hij jong was, hadden de mooie meisjes hem gewoon ronduit verteld dat hij lelijk was. Ze hadden gegiecheld en kotsgeluiden gemaakt bij de gedachte dat ze Dikke Ash zouden moeten kussen. Dus dat was dan weer een voordeel: de meisjes van zijn leeftijd waren inmiddels oud genoeg om niet te zeggen wat ze dachten wanneer Ash binnen gehoorsafstand was.
Maar hij wist dat ze het nog steeds dachten.
De ongemakkelijke stilte duurde voort. Ash bestudeerde zijn handen en keek toen nog een keer of er geen auto van de wegenwacht aankwam. 'Thee?' Het kwam eruit als kikkergekwaak.
Ze keek hem vragend aan. 'Wat?'
'Of je thee wilt.'
'O.' Ze had de opgeluchte uitdrukking op haar gezicht die mensen altijd kregen wanneer ze eindelijk begrepen wat een of andere maffe buitenlander hun duidelijk probeerde te maken. 'Nee, dank je, we hebben net gehad.'
'Oké.' Zijn grootste angst was dat dit een keer zou gebeuren wanneer hij midden in een uitzending zat; dat een of andere vrouw op wie hij stiekem verliefd was ineens de studio binnen zou lopen tijdens een van zijn grappige tirades en dat zijn luisteraars hem dan knarsend tot stilstand zouden horen komen, en dat hij dan veranderde in een debiel die alleen nog eenlettergrepige woorden kon uitbrengen.
'Gaat het?' vroeg ze aarzelend.
Omdat hij zich vernederd voelde, schoot hij meteen in de verdediging. 'Ja hoor, prima. Het is alleen... ach, laat ook maar.' Hij zag de afstandsbediening op de armleuning van de bank liggen en pakte hem opgelucht op. 'Zullen we de tv aanzetten?'

Toen Cleo haar auto voor de cottage parkeerde, keek ze ongelovig naar de ondergesneeuwde Fiesta die nog steeds voor haar tuinhek stond. Dit was belachelijk, het was al acht uur. Hoe was het mogelijk dat Wills vrouw hier nog steeds was? Ze had al uren geleden weg moeten zijn.

En de grote vraag was: waar was ze precies? Want zowel Ash' huis als het hare was in duisternis gehuld.

Tja, domme vraag natuurlijk.

'We zijn in de pub.' Ash moest schreeuwen om boven het rumoer uit te komen. 'Kom je ook?'

'Is de wegenwacht nog niet geweest dan?' Cleo was woest.

'O, jawel, hoor. De auto is gemaakt,' antwoordde Ash.

'Jemig! Wat doet Fia hier dan nog?'

Op een toon die ze niet helemaal begreep, zei hij: 'Volgens mij wil ze niet naar huis.'

17

Cleo verruilde haar uniform voor een legerbroek en een capuchontrui en liep toen door de krakende sneeuw in het park naar de felverlichte pub, waaruit gejoel en gefluit opstegen, gevolgd door de 'Hound Dog' gezongen door iemand die niet erg op Elvis leek.

Zo te horen hadden ze onverwacht een karaokeavond ingelast.

Een golf van warmte en lawaai overspoelde haar toen ze de deur opendeed. Ze had zich niet vergist in wie de zanger was. Frank, de eigenaar van de Hollybush en al zijn hele leven Elvis-fan, stond met de microfoon in zijn hand te draaien met zijn heupen. Zijn publiek klapte en schreeuwde aanmoedigingen. Ash stond het gebeuren vanaf een veilig plekje bij de bar te bekijken. Iets verderop stond Fia woest te klappen. En naast haar, met een glas Guinness in zijn hand en grijnzend om de wat gedurfdere heupbewegingen van Frank, stond Johnny LaVenture.

'Wat is hier aan de hand?' Cleo ging naast Ash staan en gaf hem een beschuldigende por.

'Wat moest ik anders met haar?' Ash leek zelf ook niet al te blij. 'We hebben een hele tijd tv zitten kijken. En toen werd het vijf uur en zag ze dat de lampen van de pub aangingen en omdat de wegenwacht er nog steeds niet was, dacht ik, waarom ook niet, dan hebben we in elk geval iets te doen. En vlak nadat we hier waren, kwamen Johnny en zijn schildersploeg binnen zetten.' Droogjes voegde hij eraan toe: 'En toen vrolijkte ze meteen helemaal op.'

'Maar de wegenwacht is uiteindelijk dus wel komen opdagen.'

Ash knikte. 'Ja. En ze hadden de auto in nog geen vijf minuten weer aan de praat. Maar toen wist Johnny haar over te halen om nog één drankje te nemen... en toen nog één... en nou gaat ze niet meer weg.'

'O god,' kreunde Cleo terwijl ze naar haar ongewenste gast keek. 'Is ze erg dronken?'

'Nog niet, maar dat zal niet lang meer duren.'

Franks optreden zat erop en hij stond nu schaamteloos het applaus te rekken. Fia boog zich naar Johnny toe om hem iets in het oor te fluisteren en pakte daarbij vertrouwelijk zijn arm beet.

'Wat heeft ze je allemaal over Will verteld?'

'Weinig.' Ash haalde zijn schouders op. 'Hij is een klootzak, het is voorbij, ze gaat bij hem weg. Dat is het wel zo ongeveer.'

Weer werd Cleo overspoeld door een schuldgevoel dat ze niet verdiende. 'Arme kinderen.' Toen kromp ze ineen. 'Help, nu gaat ze nog zingen ook...'

Gebrul steeg op toen Fia Franks plaats op het kleine podium innam. Cleo wist bijna zeker dat dit de eerste keer was dat Fia zoiets als een karaoke-apparaat van dichtbij zag. Fia pakte de microfoon, wat gepaard ging met een hoog gefluit dat iedereen door merg en been ging. Toen verkondigde ze: 'Mijn man heeft me bedrogen en vanaf vandaag is mijn huwelijk voorbij! Maar weet je wat? Het leven gaat door, en hij is degene die er het meest onder zal lijden. Want één ding kan ik jullie beloven: "I-I-I... wiiiiillll... surviiiiiiiive!"'

In de pub steeg nog meer gejuich op bij de eerste klanken van de beroemde hit van Gloria Gaynor. Fia's stem klonk nog

slechter dan die van Frank, maar wat ze tekort kwam aan zangtalent, maakte ze goed met haar roekeloze, door alcohol aangevuurde enthousiasme. Johnny's schilders en behangers zongen allemaal mee met het refrein, en iedereen stond te klappen en te stampen, terwijl Fia helemaal uit haar dak ging.
Eindelijk was het nummer afgelopen. Nadat Fia het applaus gretig in ontvangst had genomen, sprong ze van het podium af en ging weer bij Johnny staan die over haar drankje had gewaakt. Cleo zag dat hij geruststellend een arm om Fia's schouders legde en haar feliciteerde met een omhelzing.
'Oké, ik ga ervandoor.' Nadat Ash zijn glas had leeggedronken, vervolgde hij: 'Ik laat het verder aan jou over. Succes ermee.'
Even later zag Fia Cleo ineens staan en ze kwam naar haar toe. 'Hoi! Heb je mijn optreden gezien? Het was voor het eerst dat ik karaoke zong!'
En als ze wist hoe ze klonk, zou het ook voor het laatst zijn. Maar dat was gemeen, en daar ging het ook niet om – dát ze had gezongen, had haar goed gedaan – dus zei Cleo: 'Je was echt... ongelooflijk.' Want dat was echt zo.
Johnny kwam bij hen staan en zei vlotjes: 'Goed was ze, hè?'
'Goh ja. Echt heel moedig.' Opgewekt wendde Cleo zich tot Fia. 'Dus je auto is weer gemaakt!'
'Ja, het was een heel aardige man. Hij bleef zich maar verontschuldigen omdat ik zo lang had moeten wachten, maar ik heb hem gezegd dat het niet uitmaakte. Als hij twee uur eerder was gekomen, dan was ik meteen terug naar huis gereden en dan zouden we niet naar de pub zijn gegaan.' Fia verkeerde nog steeds in een roes door haar inspanningen. 'En dan zou ik al deze fantastische mensen niet hebben leren kennen!'
Het was wel duidelijk welk fantastisch mens ze in het bijzonder bedoelde. Maar hoorden mensen van wie het huwelijk net op de klippen was gelopen, niet minstens zes maanden ongelukkig te zijn? Fia leek er al moeite mee te hebben de zes uur te halen. En wat die twee onschuldige kindjes betrof... zou ze niet thuis moeten zijn om die te troosten en ze rustig voor te bereiden op de grote verandering die hun in hun jonge leventje te wachten stond?

'Willen jullie nog wat drinken?' vroeg Johnny.
'O, dit rondje wil ik betalen!'
'Geen sprake van.' Hij pakte Fia's lege glas uit haar hand. 'Ik betaal. Cleo, wat wil jij?'
'Maar het is al halfnegen.' Cleo keek op haar horloge, het werd toch zeker wel eens tijd dat Wills vrouw naar huis ging? 'Moet je nog niet weg?'
Fia keek haar verschrikt aan. 'Naar huis, bedoel je? Naar Will? Ik dacht het niet.' Ze pakte haar mobieltje, wierp een blik op het schermpje en zei tevreden: 'Tot nu toe zeven sms'jes. Net goed. Laat hij zich voor de verandering maar eens afvragen waar ik uithang!'
Meende ze dat echt? 'Maar de kinderen dan?'
Verbaasd vroeg Fia: 'Hoezo de kinderen?'
Goed, nu kon ze officieel als harteloos worden bestempeld. Op nadrukkelijke toon vroeg Cleo: 'Die verwachten toch zeker wel dat je thuiskomt?'
'O, heerlijk, dank je!' Fia glimlachte naar Johnny en pakte het tot de rand toe gevulde glas van hem aan alvorens zich weer tot Cleo te wenden. 'Nee, hoor. Want ze zijn er niet.'
'Maar je zult toch een keer terug moeten. Is dat fris?' Cleo wees naar het glas met iets wat eruitzag als cola.
'Grotendeels wel, ja.' Nog steeds stralend zei Fia: 'En de rest is Bacardi.'
'Maar wie zorgt er dan voor de kinderen?' Cleo kon het niet helpen, ze moest het gewoon weten.
Fia keek haar bevreemd aan. 'Hun moeder natuurlijk. Ze zijn alleen maar om het weekend bij Will.'
Boink, het kwartje viel eindelijk.
'O... dus ze zijn niet van jou?'
'God, nee! Dacht je dat echt?' Fanatiek met haar hoofd schuddend, begon Fia te lachen. 'Nee, nee, nee, het zijn de kinderen uit zijn eerste huwelijk. Ik bedoel, ze zijn echt wel schattig en ik kan het goed met ze vinden, maar ze zijn niet van mij. Ze wonen bij hun moeder en haar tweede man in Birmingham. Ik heb Will pas drie jaar geleden leren kennen, en toen was hij al gescheiden.'
Allemachtig, het land was bezaaid met vrouwen van Will. Op

het podium stond een van de schilders ‘Do Ya Think I’m Sexy’ te blèren, en iedere keer wanneer hij de vraag stelde, brulden zijn collega’s: ‘Neeeee!’

‘Sorry, ik dacht dat het jouw kinderen waren,’ zei Cleo.

‘Ik vroeg me al af waarom ik zo streng werd ondervraagd. Nou, dan is dat ook opgelost.’ Met een vergevingsgezind gebaar vervolgde Fia: ‘Maar je hebt gelijk dat ik beter niet kan rijden. Hoor eens, kan ik niet bij jou blijven slapen, want in zekere zin is het jouw schuld dat ik hier ben gestrand, toch?’

Moest ze haar alweer uit de brand helpen? Had ze nog niet genoeg voor haar gedaan? Cleo aarzelde. Terwijl ze naar een smoes zocht, kreeg ze een glas witte wijn in haar hand gedrukt door Johnny.

‘Alsjeblieft? Ik zal je niet tot last zijn,’ probeerde Fia haar over te halen. ‘Echt niet.’

‘Eh, het punt is... ik heb het logeerbed niet opgemaakt... en ik moet morgen echt heel erg vroeg weer naar mijn werk.’

‘DO YA THINK I’M SEXY?’

‘NEEEEE!’

‘Dat maakt me niet uit, ik kan gewoon op de bank slapen.’

‘Eh...’

‘Weet je wat,’ zei Johnny, ‘je kunt wel bij mij slapen.’

Cleo zag Fia’s ogen oplichten, en ze kreeg een raar gevoel in haar maag. Nee, nee, dit was geen optie.

‘Echt? Goh, hartstikke bedankt!’

Cleo koos snel eieren voor haar geld. ‘Weet je, het is geen probleem, we kunnen het bed samen wel opmaken. Natuurlijk mag je bij me slapen.’

‘Maar je zei dat je echt heel erg vroeg op moest.’ Duidelijk door het dolle heen van Johnny’s veel betere aanbod, probeerde Fia te doen alsof ze Cleo dankbaar was, maar dat ging haar niet zo goed af. ‘En je hebt al zoveel voor me gedaan.’

‘Maar je kunt helemaal niet bij Johnny logeren...’ Fia kon er natuurlijk niks aan doen; ze kende hem niet. Cleo deed haar best om haar discreet met haar blik duidelijk te maken dat haar leven wel eens op het spel kon staan.

'Hé, niks aan de hand, ik ben geen seriemoordenaar.' Johnny, die Cleo's blik had opgevangen, zei geamuseerd: 'Ze is bij mij in veilige handen, echt waar.'
'Het is zo aardig van je. En je zult echt geen last van me hebben,' beloofde Fia hem. 'Ik heb alleen maar een deken nodig, dan kan ik op de bank slapen.'
'Nergens voor nodig. Het stikt bij mij van de logeerkamers.'
'Het stikt ervan?' Fia giechelde. 'Woon je dan in een soort landhuis of zo?'

18

Terwijl Frank, de kroegbaas, Johnny zijn wisselgeld gaf, zei hij: 'Het grootste huis in het dorp, schat. Buckingham Palace is er niks bij.'
Fia hapte verbaasd naar adem. Ze keek naar Johnny, met zijn sweatshirt dat onder de verf zat en zijn gescheurde spijkerbroek. 'Meent hij dat? Maar sorry... ik dacht dat je schilder en behanger was?'
Cleo trok haar wenkbrauwen op en nam een grote slok wijn.
'Het was het huis van mijn vader. Hij is nog niet zo lang geleden gestorven en nu woon ik er weer. We hebben wel geprobeerd om het te verkopen,' zei Johnny op onschuldige toon, 'maar dat is niet gelukt.'
'Hm, oké.' Fia knikte, maar keek nog steeds alsof ze er niks van begreep.
Johnny wees op de ploeg mannen die zich om het podium had verzameld om hun niet erg sexy collega te pesten. 'Daarom zijn we het huis aan het opknappen. Maar zelf ben ik geen schilder of behanger.'
Met rimpels in haar voorhoofd zei Fia: 'Maar toen ik het aan Ash vroeg, zei hij dat je wel schilder was.'
'Ja, ik schilder ook wel.' Johnny knikte. 'Maar dat is meestal op doek. Niet op muren.'
'O, je bedoelt dat je kunstenaar bent? Wow, dat is echt te gek!'

Ze keek naar hem alsof er engelenvleugels uit zijn rug groeiden. 'Wat voor soort werk maak je?'
'Ach, van alles.' Met gepaste bescheidenheid vervolgde hij: 'Maar tegenwoordig vooral draadsculpturen.'
'Je bedoelt dat je... beelden van draad maakt? O mijn god,' zei Fia ademloos, terwijl langzaam tot haar doordrong wie ze voor zich had. 'Je bent toch niet die man van die enorme beelden... je bent toch niet Johnny LaVenture?'
Cleo vond het ongelooflijk dat Fia zijn werk kende, laat staan zijn naam. Hij was nou ook weer niet zo beroemd als Damien Hirst of Banksy.
'Dat je dat weet,' zei Johnny met een klein lachje. 'Ik voel me gevleid.'
'Natuurlijk weet ik dat. Ik ben dol op je beelden!' riep Fia uit. 'Ze zijn echt fantastisch!'
Cleo's kaken deden pijn van het glimlachen. Dit was Wills vrouw nota bene! Ze wilde niet dat ze langer dan noodzakelijk in Channings Hill bleef.
'Wat fijn om te horen. Complimenten zijn hier meestal dun gezaaid.' Het was wel duidelijk dat Johnny erg in zijn sas was. 'Ik ben blij dat je hier bent gestrand.'
'Ik ook.' Met een stralende blik kwam Fia zichtbaar tot een besluit, en ze grabbelde in haar tas naar haar mobieltje. 'Nou, als je zeker weet dat ik bij je kan slapen...'
Amy Winehouse had inmiddels de plaats ingenomen van Rod Stewart. Deborah was achter de bar vandaan gekomen om 'Rehab' te doen, begeleid door een koor van drie van de schilders/behangers.
'Hoi, ja, alles goed. Sorry? Nee, omdat ik dat niet wilde. Maar ik bel je alleen even om te zeggen dat ik vanavond niet thuiskom.' Terwijl ze het toestel iets van haar oor hield, vervolgde Fia: 'Je hoeft niet zo te schreeuwen. Ik heb een ontzettend aantrekkelijke man leren kennen die me heeft gevraagd om vannacht bij hem te slapen.' Ze glimlachte naar Johnny, ervan genietend dat ze, waarschijnlijk voor het eerst, de touwtjes in handen had. 'Nou, ik mag toch doen wat ik wil? Dat doe jij ook altijd. Nee, het doet er niet toe waar ik ben, dat gaat je trouwens sowieso niks aan.'

Cleo keek naar Fia. Aan haar heldere blik zag ze dat haar besluit vaststond. Ze was aangeschoten, maar niet dronken, en werd eerder aangevuurd door adrenaline dan door alcohol. Zou ze spijt hebben, als ze morgenochtend wakker werd?
Na even naar Will aan de andere kant van de lijn te hebben geluisterd, antwoordde Fia: 'Omdat je stiekem iemand anders hebt geneukt, en dat betekent dat ons huwelijk voorbij is, daarom. Wel waar, dat heb je wel. Nee, dat heb ik niet van haar.' Toen ze Cleo's blik ving, knipoogde ze. 'Als je het dan per se wilt weten, ik heb je de afgelopen drie maanden laten volgen door een privédetective. O ja, natuurlijk was dat duur, maar het was het waard. Hoe dan ook, ik moet nu ophangen. Slaap lekker.' Vrolijk eindigde ze met: 'Je ziet me morgen wel een keer verschijnen, dan kunnen we het over advocaten en zo hebben. Daag!'
Met een zwierig gebaar zette ze haar mobieltje uit, liet het in haar tas vallen en slaakte een diepe zucht.
Johnny nam haar onderzoekend op. 'Gaat het?'
'Ik geloof van wel.' Ze trok een zogenaamd geschokt gezicht. 'Jemig, wie had ooit kunnen denken dat er zoveel kon gebeuren op één dag.'
Cleo wierp een blik op Johnny. Om maar te zwijgen van één nacht, dacht ze.
'Ik heb helemaal nog niks gegeten.' Fia klonk verbaasd. 'Niet sinds die krentenbollen, en dat is uren geleden. Kun je hier ook eten?'
'Nee.' Cleo schudde haar hoofd.
'Shit, ik verga echt van de honger.' Tevreden voegde ze eraan toe: 'En mijn huwelijk is net op de klippen gelopen. Dat moet toch haast wel een goed teken zijn, hè?'
'Ze verkopen wel chips,' zei Cleo. 'En nootjes.' Zelf had ze ook honger. Thuis stond in de koelkast een kant-en-klare eenpersoonsovenschotel met worst op haar te wachten; moeilijk te delen dus, maar als ze het niet aanbood, dan –
'Oké.' Johnny stak een hand op toen Cleo iets wilde zeggen. 'Zullen we hier nog één rondje nemen en dan naar mijn huis gaan? Ik kan biefstuk met aardappelen bakken, of anders een risotto met champignons klaarmaken, en in de vriezer liggen

nog wel drie pizza's.' Hij dacht even na en voegde er toen aan toe: 'En ik heb ook nog een bramenkruimeltaart.'
Jemig, wie dacht hij wel niet wie hij was? Jamie Oliver of zo?
'Wow!' Fia dacht blijkbaar precies hetzelfde, en danig onder de indruk riep ze: 'Niet alleen een wereldberoemde kunstenaar, maar je kunt nog koken ook!'
'Nou, niet echt.' Johnny haalde zijn schouders op. 'De aardappels en de risotto komen uit de vriezer. Maar ik kan heel goed biefstuk bakken.'
Fia keek alsof ze een ongelooflijk goede goocheltruc had gezien. 'Nou, dat vind ik echt al heel goed.'
Tien minuten later gaven twee pas aangekomen klanten op het podium een verbazingwekkend goede vertolking van 'Don't Go Breaking My Heart' van Elton en Kiki, en toen Johnny naar de wc ging, maakte Cleo van de gelegenheid gebruik om Fia even apart te nemen. 'Hoor eens, je kent Johnny niet. Ik vind echt dat je niet met hem mee naar huis moet gaan. Je kunt best bij mij slapen, geen enkel probleem. Ik heb een ovenschotel met worst in de koelkast staan!' Aangezien er maar één worstje in zat, zou ze die wel in tweeën moeten snijden, en er een blik tomaten bij moeten gooien en misschien nog wat witte bonen om genoeg te hebben voor twee. Cleo wierp haar charmantste glimlach in de strijd. 'Echt, dat is veel beter.'
Ze kon Fia gewoon zien nadenken. Hm, biefstuk en gebakken aardappelen versus een halve worst. Kleine cottage versus een pracht van een landhuis. De ietwat humeurige ex-vriendin van je man versus een bijzonder aantrekkelijke flirt van een beeldhouwer...
Dus wat was al met al precies beter?
Fia zocht naar de juiste woorden. Uiteindelijk kwam ze met: 'Dank je, maar ik heb al gezegd dat ik bij hem ga slapen. Het zou onbeleefd zijn om dat nu ineens niet te doen.'
Goh, wie had dat kunnen denken.
Het voordeel was echter dat ze die worst nu helemaal zelf kon opeten. Cleo knikte. 'Goed. Maar mag ik iets zeggen? Johnny is nogal berucht, dus doe niks waar je later misschien spijt van krijgt.'

Fia dacht even na. Toen zei ze: 'Goh, ik had nooit gedacht dat de minnares van mijn man me nog eens zou vertellen wat goed en fout was.'

Dat was onder de gordel. 'Ik was geen minnares! Ik wist niet eens dat hij getrouwd was!'

'Precies. Dus je kunt jezelf moeilijk een expert noemen, hè? Sorry, ik wil niet onbeleefd zijn, maar je hebt mijn leven al aardig overhoopgegooid.' Fia maakte verzoenende, trek-het-je-niet-aangebaren onder het praten. 'Dus waarom zou ik nu niet gewoon mogen doen waar ik zin in heb? Want wie zal zeggen wat er gebeurt? Misschien is dit wel het lot. Ik ben hier vandaag voor het eerst. Ik kwam voor jou, maar het eindigde ermee dat ik Johnny heb leren kennen. En hij is ongelooflijk lief voor me geweest en hij lijkt me echt een aardige man...'

Cleo vroeg zich af wat ze moest zeggen. Moest ze uitleggen dat het juist de bedoeling was van mannen als Johnny LaVenture om aardig over te komen?

'Ik begin me zelfs af te vragen,' Fia zwaaide ondeugend met een vinger naar haar, 'of je niet een heel klein beetje jaloers bent omdat je zelf een oogje op hem hebt.'

Bah, hoe kwam ze erbij! 'Johnny en ik zijn samen opgegroeid in dit dorp. We hebben samen op school gezeten. Dus ik ken hem veel te goed om een oogje op hem te hebben,' zei Cleo.

De volgende ochtend om halfzeven pikte Cleo in Cardiff een actrice van middelbare leeftijd op die de hele weg naar Chichester zat te snurken en op haar smaragdgroene sjaal van Hermès zat te kwijlen. En op tv leek ze altijd zo glamoureus.

Toen Cleo om twee uur 's middags weer thuiskwam, zag ze dat Fia's auto weg was. Eindelijk. De sneeuw was ook bijna weg, Straks zou ze naar de supermarkt gaan om haar voorraad aan te vullen – ze had het gisteravond zo gênant gevonden met die ene worst – maar eerst wilde ze een lekker lang warm bad nemen.

Waarbij ze twintig minuten later werd gestoord – nee! – door het geluid van de deurbel.

Maar iemand die voor de deur stond negeren was voor Cleo net zo onmogelijk als de telefoon niet opnemen, dus hees ze

zich uit bad, trok haar witte badjas aan en sloeg een leuke oranje handdoek om haar hoofd.
Dit kon maar beter de moeite waard zijn. Op zijn minst Ewan McGregor, desnoods Hugh Jackman. Iedere andere man zou een zware teleurstelling zijn.
Bedroefd stelde ze vast dat het geen van beiden was.
En eerlijk gezegd was degene die wel voor de deur stond ook niet echt wat je noemde een troostprijs.
'Hoi!' Fia droeg dezelfde kleren als gisteren, maar ze had wel verse make-up op en lachte stralend.
'Hallo.' Cleo rilde toen een vlaag ijskoude lucht haar natte benen beroerde, en ze trok haar badjas stevig dicht.
'O sorry, ik zag aan je auto dat je weer terug was. Zat je in bad?'
Nee, ik zat naakt een beetje in de gootsteen te rommelen.
'Maakt niet uit. Eh... kom binnen.' Keek Wills vrouw zo opgewonden omdat ze de nacht met Johnny had doorgebracht?
'Nee, ik moet eigenlijk naar huis. Dingen regelen met Will. Ik kwam je alleen even bedanken. Voor gisteren... toen je me probeerde te helpen met mijn auto...' Fia haalde haar schouders op. 'En omdat je een verhouding met mijn man hebt gehad.'
'Ik zei toch dat ik niet wist dat –'
'Ik geloof je heus wel. Maar ik ben er juist blij om!' Fia knikte verwoed. 'Het is het beste wat me is overkomen. Het is echt een pak van mijn hart. Ik voel me eindelijk vrij!'
'O. Nou, dat is fijn voor je.' Wat was er vannacht gebeurd? Cleo wist dat ze dat niet moest vragen, maar vermoedde dat ze het waarschijnlijk wel kon raden.
'Dus dat is dat, ik wilde jou bedanken en ook die vriend van je... eh dinges...' Een vaag gebaar naar het buurhuis.
'Ash.'
'Ja, die.'
'Hij is thuis, hoor,' zei Cleo, 'als je hem soms persoonlijk wilt bedanken.'
'O nee, dat hoeft niet.' Fia wierp haar een blik van verstandhouding toe. 'Hij is een beetje... raar, hè?'
'Hij is helemaal niet raar.'

'Zo bedoel ik het niet! Ik bedoelde dat hij nogal stilletjes is.'
'Meestal niet, hoor. Hij is dj.' Cleo voelde zich geroepen om Ash te verdedigen.
'Wat?' Lachend zei Fia: 'Je bedoelt dat hij de discoavonden in het dorpshuis verzorgt, dat soort dingen?'
'Hij heeft zijn eigen radioprogramma.'
'Wow... wat goed!'
Aan Fia's gezicht kon Cleo zien dat ze dacht dat ze het over een programmaatje van een halfuur, eens in de twee weken, op de plaatselijke zender had. Ze wilde het uitleggen, maar Fia was haar voor.
'Hoe dan ook, ik ga maar weer eens, voordat je doodvriest.' Ze liep het tuinpad af, zwaaide nog even en zei vrolijk: 'Terug naar Bristol om alles te regelen!'
'Het is echt uit met Will?'
'Zeker weten! Als je hem wilt, mag je hem hebben. Graag zelfs.'
'Nee, dank je. Maar wacht even.' Cleo begreep er niks van. 'Gisteren wilde je nog weggaan zonder me zelfs maar gesproken te hebben. Je wist niet eens zeker of ik wel iets met Will had. En nu kun je ineens niet wachten tot je hem kunt dumpen.'
'Ja, fantastisch, hè? Maar het is gewoon het enige juiste besluit.' Fia legde haar hand op haar borst. 'Het is precies zoals Johnny gisteravond in de kroeg zei: we hebben maar één leven. Dus waarom zouden we dat vergooien?'
'Oké, maar –'
'Hij zegt dat Will me niet verdient en dat ik het aan mezelf verplicht ben om iemand te zoeken die me wel verdient.'
'Oké, maar toen –'
'En hij heeft helemaal gelijk!' Hoofdschuddend bleef Fia even bij het tuinhek staan, gloeiend van zelfvertrouwen. 'Ik had het gewoon nodig om dat van een ander te horen. Ik verdien echt beter.' Ze zwaaide nog een laatste keer. 'Dus wens me maar geluk! Dag!'
Cleo keek de blauwe Fiesta na tot hij uit het zicht was verdwenen. Wills vrouw was vannacht beslist met Johnny LaVenture naar bed geweest.

Nou, dan wenste ze haar succes met het wachten op zijn telefoontje.

19

Tien vrouwen, van wie er eentje haar dertigste verjaardag vierde. Tien metallic roze heliumballonnen. Tien glitterende, fluorescerende cowboyhoeden. De grote vraag was echter: hoe moest ze die in de drukte herkennen?
Maar ziedaar, als ze dat niet waren! Toen Cleo het einde van Park Street in het centrum van Bristol bereikte, verminderde ze vaart en zette de auto voor het Hippodrome stil. Wanneer je achter het stuur van een knalroze extra lange limousine zat, trok je altijd veel bekijks. Overal om haar heen stonden mensen naar de auto te staren. Sommigen zouden het misschien een beetje idioot vinden, maar het was gewoon een geintje. Als de klanten het wilden – en als die er veel geld voor wilden betalen om erin te worden rondgereden – kon het toch geen kwaad?
Behalve dan dat de chauffeur van dit soort gezelschappen de kans liep om blijvende gehoorschade op te lopen.
Zichzelf schrap zettend, stapte Cleo uit, en de dames met hun stilettohakken, Stetson-hoeden en ballonnen dromden gillend naar voren. Qua leeftijd klonken ze eerder als dertien dan dertig, maar een barbie-roze Chrysler 300C had nu eenmaal dat effect op mensen.
'Goedenavond dames.' Ze opende de portieren voor hen. 'Zijn jullie er klaar voor?'
'Yes!'
'Yee-haw!'
'O mijn god, moet je dat zien!'
Opgewonden gegil vulde de auto toen de dames het interieur zagen: het glinsterende blauwe tapijt, de stroboscooplampen, de snoeren met veelkleurige lampjes, de tv's en de dvd-spelers. Als eksters stortten ze zich op de banken, enthousiaste kreten

slakend over de sterretjes op het plafond, de ijsemmers en de doos met dvd's.
'*Pretty Woman!*' De jarige job gilde het uit van plezier, terwijl ze de dvd uit de cassette pakte en in de dvd-speler stopte. Waarom hadden ze eigenlijk een hele verzameling dvd's in de auto liggen? De klanten kozen toch iedere keer *Pretty Woman* uit. Als Cleo die film als specialisme mocht nemen in een quiz, dan won ze beslist.
'Goddomme zeg, niet te geloven.' Een van de Stetsons werd naar achteren geduwd en de vrouw die hem droeg, begon te lachen. 'Je bent het echt! Misa!'
O alsjeblieft. Terwijl de moed haar in de schoenen zonk, keek Cleo de zwaar opgemaakte vrouw aan die haar niet eerder was opgevallen. Heel veel lagen mascara. Glanzende goudkleurige oogschaduw, volmaakt geëpileerde wenkbrauwen, beige lippenstift met een iets donkerder lijntje eromheen. Lichtblond omhooggeföhnd haar, gemanicuurde nagels, strak gouden jurkje en sandaaltjes met bandjes.
Ander kapsel, dezelfde zelfverzekerde blik die zei: ik ben beter dan jij.
En dan te bedenken dat ze een muntje hadden opgegooid wie dit ritje vanavond zou krijgen. Shelley had gezegd: 'Jij mag het zeggen. Verjaardagsfuif in Bristol of vrijgezellenavond in Weston.'
Dus enkel en alleen omdat ze vorige week een vrijgezellenavond had gedaan en verandering van spijs deed eten, had Cleo gezegd: 'Ik doe die verjaardag wel.'
Als ze de andere had genomen, had deze ongelukkige ontmoeting nooit plaatsgevonden.
De jarige job, die Jen heette, vroeg belangstellend: 'Wat is er? Kennen jullie elkaar?'
'Van jaren geleden,' antwoordde Mandy Ellison grijnzend. 'We zaten bij elkaar in de klas.'
En we haatten elkaar, dacht Cleo.
'Misa, wat een vreemde naam! Is het soms Spaans?'
'Nee, we noemden haar alleen maar zo,' zei Mandy. Ze stak haar hand op en deed de vijftienjarige Cleo na. 'Me sir! Me sir!' tjilpte ze.

De anderen vielen bijna van de banken van het lachen.
Gedraag je professioneel, niet reageren.
'Weet je dat nog?' Mandy was helemaal in haar element. 'Je was altijd aan het leren! Je werd continu in de maling genomen door ons.'
Cleo glimlachte afwezig, alsof ze zich die tijd nauwelijks kon herinneren. 'Zit iedereen lekker? Mooi zo. Zouden jullie de riemen om willen doen?'
'En dan eindig je als chauffeur! Dus al dat leren heeft je niet veel geholpen!'
Goed, ze was op school zo'n beetje gestopt met leren vanwege het genadeloze geplaag. Bovendien, wat was er mis met chauffeur zijn? Beleefd vroeg ze: 'Klaar voor vertrek, dames?'
Er steeg gejuich op. 'Yes!'
De bedoeling van een limo huren was om daarmee zo veel mogelijk vrienden en bekenden de ogen uit te steken. Dat hield in dat je zo luidruchtig mogelijk door Bristol moest rondrijden en bij een eindeloze reeks kroegen en cafés moest stoppen om iedereen te laten zien met wat voor auto je was, vervolgens snel een paar drankjes achteroverslaan, weer instappen en dan op weg naar het volgende adres.
Het was een erg luidruchtig stel, en bij iedere stop steeg het geluidsniveau. Bij de vijfde stop waren de dames niet meer te stuiten.
'En Misa, nog steeds niet getrouwd?' Mandy, die achter Cleo zat, opende het schuifraampje.
'Nee, en ik heet Cleo.'
'Clee-oo.' Om haar voor gek te zetten, sprak Mandy de lettergrepen met nadruk uit. 'Geen kinderen? Geen vent?' Ze wachtte tot Cleo kort haar hoofd schudde. 'God, ben je dan niet bang om de boot te missen? Gary en ik zijn al acht jaar getrouwd. Shania is vijf, en Brad drie. Gary verdient bakken met geld, dus ik hoef niet te werken. En je zou ons huis eens moeten zien. Vrijstaand, vijf slaapkamers, in Bradley Stoke. We hebben bij elkaar passende BMW's met nummerplaten met onze initialen. Te gek, hè?'
'Helemaal te gek.' Ze reden over Whiteladies Road, op weg naar Henry Africa's bar. Glimlachend bij zichzelf bedacht Cleo

dat Mandy zich behoorlijk belachelijk maakte met haar opschepperij, en dat het typerend was voor haar dat ze nummerplaten met hun eigen initialen wel haar allergrootste prestatie vond.
'Ja, we zijn echt heel gelukkig. Waar woon jij tegenwoordig?'
'In Channings Hill.'
'O god! Neeee! Nog steeds?' Mandy gierde van het lachen. Ongelovig vervolgde ze: 'Wil je niet eindelijk eens gaan leven?'
Waarom had ze in godsnaam niet die vrijgezellenavond in Weston genomen?
'Blijkbaar niet,' antwoordde ze. 'Ik vind het leuk om daar te wonen.' En meestal vond ze haar werk ook leuk. 'Zo, we zijn er. Henry Africa's.'
Om twaalf uur 's nachts hadden ze Clifton Village bezocht, Park Street, Berkeley Square en het Waterfront, alvorens terug te keren naar de drukke, met kroegen bezaaide Whiteladies Road. Dit was de laatste stop van de avond, en Cleo telde de minuten af. De andere vrouwen waren best te pruimen geweest, maar Mandy Ellison was de hele avond blijven opscheppen en had elke kans aangegrepen om een steek onder water te geven.
O nee, ze heette niet meer Mandy Ellison. Ze was nu Mandy Ross, getrouwd met de volmaakte Gary, moeder van twee schatten van kinderen, en met een volmaakt leventje...
Heel anders dan de ouwe vrijster Cleo Quinn, die al het bovenstaande nog moest zien te verwerven.
Cleo, die in de auto bleef wachten, zag dat een luidruchtig, wankelend groepje studentikoze types Callaghan's aan de overkant van de straat probeerde in te komen, waar Jen en de anderen zich op dit moment ook hadden verschanst. De uitsmijters stuurden de studenten weg. Ineens hapte Cleo naar adem toen ze een stelletje naar buiten zag komen, met de armen om elkaar heen geslagen. Ze waren zichtbaar heel erg aangeschoten, en het was wel duidelijk wat de bedoeling was. De man duwde het meisje tegen een muur en liet zijn handen over haar lichaam glijden, terwijl hij haar op de mond kuste. De vrouw die hem enthousiast terug kuste was Mandy.
Jezus. Gebiologeerd staarde Cleo naar het stel. Ze hadden hun

tongen diep in elkaars keel gestoken en stonden enthousiast als een stelletje tieners tegen elkaar op te rijden. Even later, alsof ze bang was gezien te worden, maakte Mandy zich van de man los en trok hem, met de logica van iemand die straalbezopen was, vijf meter verderop het portiek van een winkel in.

Waar ze haar verovering bleef betasten met de subtiliteit van een legerarts die een soldaat onderzoekt. De man op zijn beurt, voelde zich door al dat enthousiasme geroepen om zijn hand aan de achterkant onder haar gouden jurk te laten glijden om haar beha los te maken.

Goh, en ze zei nog wel dat ze zo'n volmaakt huwelijk had.

Bah, voelde Mandy zich niet ongemakkelijk in die kleine string?

En daar had je de rest van het gezelschap, op zoek naar Mandy. Terwijl ze de bar uit stroomden, deed een van de studenten aan wie de toegang was geweigerd, speels een greep naar Jens Stetson. Ze rende hem achterna; haar hoge hakken klikklakten over de stoep. Maar toen ze plotseling het wriemelende stelletje in het portiek zag, bleef ze stokstijf staan en slaakte een oorverdovende gil.

Cleo zag dat Mandy zich doodschrok en in haar tequila-toestand schuldbewust probeerde de identiteit van haar metgezel geheim te houden door zijn hoofd tegen haar borsten te trekken. Van hieruit gezien leek het alsof hij een hoestbui had. Misschien stikte hij wel in haar decolleté. Ineens deinsde Mandy geschrokken naar achteren en duwde de man zo hard van zich af dat hij tegen de winkeldeur aan knalde. Ze krijste vol walging en wankelde over de stoep, met uitgestrekte armen en vingers als klauwen.

O god, hij had over haar heen gekotst.

De rest van de vrouwen schrok zich ook wild, en toen ze de limo aan de overkant van de straat zagen staan, vlogen ze eropaf als jonge eendjes in paniek op zoek naar hun moeder. Nou ja, ze waren dronken, dus dat vliegen moest niet al te letterlijk worden genomen. Het was meer onhandig fladderen, met de gillende Mandy in de achterhoede.

Binnen de kortste keren was Cleo uitgestapt. Van dichtbij zag

de voorkant van het gouden jurkje er rijkelijk gedecoreerd uit.
'Laat me erin! Laat me erin!' Mandy rilde van afkeer. 'Die smerige klootzak... moet je eens zien wat hij heeft gedaan!'
Cleo schudde haar hoofd. 'Je kunt zo niet de auto in. Echt niet.'
'Je moet me erin laten!'
'Ik moet helemaal niks.'
'Hoe moet ik dan thuiskomen?'
Een van de andere vrouwen zei met dubbele tong: 'Met een taxi misschien?'
Jen trok haar neus op. 'Geen enkele taxi wil haar zo meenemen.'
'Godverdomme zeg!' brulde Mandy. 'Ik wil naar huis!'
'Misschien kan ze Gary bellen, vragen of hij haar komt ophalen.'
Mandy haalde haar neus op. 'Ja, dat doet hij vast.' Ze wendde zich tot Cleo, een en al ellende uitstralend. 'Alsjeblieft? Laat me erin.'
'Alleen als je je jurk uittrekt.'
'Wat?'
'Als je hem voorzichtig uittrekt,' zei Cleo, 'en zorgt dat er geen kots op je komt, dan mag je erin.'
Wankelend op haar benen vroeg Mandy met een frons: 'Hoe komt die jurk dan thuis?'
'Die komt niet thuis. Je moet hem in die afvalbak daar dumpen.'
'Neem je me in de maling of zo? Dat ding heeft me driehonderd pond gekost!'
'Mij best.' Cleo haalde haar schouders op. 'Hou hem dan maar aan. Maar dan moet je wel naar huis lopen.'
Aan de overkant strompelde de man die voor alle commotie had gezorgd een zijstraat in. Mandy, met haar gezicht onder de mascara en al bijna weer helemaal nuchter, slaakte een zucht van frustratie en zei toen knarsetandend: 'Goed dan. Wie helpt me uit mijn jurk?'
Jen diende zich enthousiast aan om de rits aan de achterkant open te trekken. Het gouden jurkje gleed van Mandy's schouders en viel om haar voeten op de grond. Mandy begon te

brullen toen tot haar doordrong dat haar beha los was en haar borsten te zien waren.
Voorbijgangers joelden en floten bij de aanblik van de rillende vrouw op hoge hakken en in gebloemde string.
Cleo, die tot haar grote vreugde iets van cellulitis zag – dank u, God – opende het portier van de limo en zei vrolijk: 'Oké, iedereen instappen. Tijd om naar huis te gaan!'
'Gary wordt helemaal gek,' jammerde Mandy. 'Ik heb die jurk met kerst van hem gekregen.'
'Gewoon zeggen dat je er niks aan kon doen.' Jen wierp haar een afkeurende blik toe. 'Dat je, toen je je tong in de keel van die vent stak, niet kon weten dat hij daarvan zou moeten kotsen.'
Mandy's ogen werden spleetjes. 'Oké, oké. Dat hoeft Gary echt niet allemaal te weten.'
Eindelijk kreeg Cleo's geweten weer de overhand. Soms, heel soms, wilde ze echt dat ze geen geweten had. Zuchtend liep ze om de auto heen en opende de kofferbak. Overal – nou ja, bijna overal – op voorbereid, had ze altijd een rol vuilniszakken bij zich. Berustend gaf ze er eentje aan Mandy en wees naar de afvalbak. 'Ga hem maar halen en stop hem hierin.'
'Dank je,' mompelde Mandy toen het allemaal achter de rug was en de stevig dichtgebonden vuilniszak in de kofferbak lag.
Heette dit nou een morele overwinning? Cleo haalde haar schouders op en zei: 'Ik had dat eigenlijk niet moeten doen. Het is tegen de bedrijfsregels.' Ze zweeg even en voegde er toen met een onschuldig lachje aan toe: 'Maar ja, daar ben je oude schoolvriendinnen voor, hè?'

20

'Abbie, we moeten echt beginnen na te denken over onze paasactie. Loop even mee naar mijn kantoor, dan kunnen we het erover hebben.'
Abbie veegde kruimeltjes droge compost van haar handen en

volgde Des naar boven. Het laatste wat ze konden gebruiken was een herhaling van het debacle van vorig jaar toen het eierzoeken was verknald door een brandende zon. Alle chocolade-eieren waren veranderd in kleverige plasjes, en door het hele tuincentrum had het geluid van huilende, ontroostbare kinderen weergalmd.

'Ik heb wel een paar ideetjes,' zei ze, nadat Des de deur achter hen had gesloten. 'Misschien is het dit jaar niet zo zonnig. Maar als dat wel zo is, wat dacht je van die mini-eitjes met zo'n krokant laagje? Of we zouden nestjes van stro in schaaltjes kunnen maken en die weer in grotere schalen gevuld met ijsklontjes kunnen –'

'Prima, dan doen we dat.'

'Of anders zouden we misschien een soort tegoedbonnen of zoiets kunnen verstoppen die ze dan later binnen kunnen inruilen voor de echte paaseieren –'

'Ik heb je niet mee naar kantoor gevraagd om het over Pasen te hebben,' zei Des heel snel, alsof hij net de pin uit een granaat had getrokken die nu over tien minuten zou ontploffen. 'Ik heb echt geprobeerd om te vergeten wat er is gebeurd. Dat ik jou heb gekust... dat we samen waren... Ik heb echt mijn best gedaan, maar het gaat niet weg. Het is allemaal anders geworden. Ik denk continu aan je.'

Abbies hart begon te bonken. 'Des, zeg dat nou niet.' Ze schudde verwoed haar hoofd. 'Je meent het niet.'

'Welles.'

'Nee, ik ben getrouwd!'

'Dat weet ik.' Hij liet verslagen zijn schouders zakken. 'Maar ik wou dat dat niet zo was.'

'Maar ik ben gelukkig met Tom.' Ze kon niet geloven dat hij dit deed.

'Ik wil dit ook niet voelen,' zei Des, 'maar ik kan er niks aan doen.'

'Nou, dat zal toch moeten! Des, het spijt me, maar we hebben het hier wel over mijn leven!'

Hij wreef over de zijkant van zijn gezicht, zichtbaar verscheurd. 'Het is ook mijn leven.'

'Maar er zal niks gebeuren.'

'Geef me gewoon één kans,' smeekte hij.
'Nee.' Ze liep langzaam achteruit naar de deur, 'en je hebt me beloofd dat je dit niet zou doen. Tom betekent alles voor me –'
Ze schrokken allebei toen de telefoon op het bureau ging. Even staarden ze elkaar aan. Wanhopig flapte ze eruit: 'Hou ermee op, Des, oké? Ik meen het. Verman je en laat me met rust. Want dit is gewoon... stom!'
Met een bonkend hart liep ze het kantoor uit, het aan Des overlatend om de telefoon op te nemen. Dit was een ramp. Het dreigde helemaal uit de hand te lopen en dat maakte haar doodsbang. Ze had erop vertrouwd dat hij hun geheim niet zou verraden... maar wat als ze daar niet meer zeker van was? En hoe kon ze hem laten inzien dat het heel belangrijk voor haar was dat hij het geheimhield?
Hoe was het mogelijk dat haar rustige leventje waarin nooit iets gebeurde, zo op zijn kop was komen te staan?

Op zaterdag tijdens lunchtijd stormde Cleo de pub in, maar ze bleef ineens staan toen ze Ash zag zitten. Terwijl ze naar zijn tafeltje wees, zei ze: 'Wow! Je bent aan het eten!'
'Ik snap niet hoe je het doet,' zei Ash bewonderend. 'Het is gewoon een gave, een eng soort zesde zintuig. Je zou detective moeten worden. Hé, geef terug!'
Cleo stak zijn vork in de lasagne en nam een hap om te proeven of het net zo lekker smaakte als het eruitzag. Met grote ogen zei ze: 'Mmm... mmmmm!'
'O nee, geen sprake van.' Hij griste de vork uit haar hand voordat ze nog een hap kon nemen. 'Bestel zelf maar. En neem dan de vispastei, want ik ben benieuwd hoe die smaakt.'
'Vispastei? Ik ben gek op vispastei!' Cleo draaide zich om en zag dat er een menu was geschreven op het schoolbord dat er de afgelopen zes weken was blijven staan nadat Tony, de opvliegende kok, het had uitgemaakt met zijn vriend en er boos vandoor was gegaan om in een restaurant in Malaga te gaan werken. Eerlijk gezegd kon Tony helemaal niet zo goed koken, maar hij was zo snel aangebrand, dat Frank nooit de moed had gehad om hem dat te vertellen.

Cleo's mond viel open toen ze de nieuwe kok met een dienblad vol eten uit de keuken zag komen.
Fia Newman, gekleed in een blauw-wit gestreepte schort en met haar haren in een vlecht om haar hoofd, liep naar een van de andere tafeltjes. Terwijl Cleo ongelovig toekeek, begroette Fia de klanten en zette ze behendig de borden op tafel. Toen haar blik eindelijk op Cleo viel, zwaaide ze en kwam ze naar haar toe.
Alsof ze hier thuishoorde.
'Hoi! Wat vind je ervan?' Fia's bruine ogen fonkelden. 'Ben je verbaasd?'
Cleo had de afgelopen vier dagen een Amerikaanse zakenman door het land gereden, maar ze had het gevoel alsof ze vier maanden weg was geweest. 'Ben jij de nieuwe kok?'
'Morse,' mompelde Ash. 'Marple. Holmes. Je doet echt niet voor ze onder.'
'Nou, ik wilde eigenlijk inwonend karaokekoningin worden, maar dat vond Frank niet goed. Dus dacht ik: laat ik dit eens proberen!'
'Maar... hoe...' Toen Fia vorige week bij haar was langsgekomen om gedag te zeggen, had Cleo niet verwacht haar ooit nog te zullen terugzien.
'Ik weet het! Het is gewoon het lot. Toen ik die avond bij Johnny logeerde, zei ik dat het belachelijk was dat je in zo'n tent als deze niet kon eten, en toen vertelde hij me wat er was gebeurd met de man die hier vroeger werkte, Tony. Ik stond er verder niet bij stil, maar de volgende dag, na de ruzie met Will, drong ineens tot me door dat ik een ander huis zou moeten zoeken, want hij zou nooit weggaan uit zijn geliefde huis.' Ze trok een gezicht. 'En ik moest al helemaal ander werk zoeken, want ik werkte voor Wills moeder, en in Viviens ogen kan haar zoontje geen kwaad doen. Als hij al een verhouding had, dan moest dat gewoon door mij komen.'
'God...'
'Ach, ik heb haar toch nooit gemogen. Het was heerlijk om die tutporseleinzaak van haar de rug te kunnen toekeren. Nu hoef ik tenminste nooit meer aan te horen dat die ouwe heks haar zoontje ophemelt. Dus toen dacht ik aan deze tent,' vervolgde

ze vrolijk. 'Ik wist al dat iedereen hier heel aardig was, dus heb ik Frank gebeld. Nou, en hij leek het een heel goed idee te vinden, zolang ik maar kon koken. Dus ben ik met wat eten van me hiernaartoe gekomen. Het beviel hem wel, en mij beviel het appartement boven de zaak wel, dus daar ben ik dan!'

'Nou... goh... dat is fantastisch.' Wat er allemaal door Cleo heen ging, viel niet te omschrijven met de uitdrukking: gemengde gevoelens. Met haar verstand wist ze dat zij niet degene was die verantwoordelijk was voor het op de klippen lopen van Fia's huwelijk, maar ze was er onbedoeld wel bij betrokken, en ze voelde zich toch schuldig.

'Hoe smaakt de lasagne?' Fia keek naar Ash.

Ash knikte, kauwde, slikte. Uiteindelijk zei hij stralend: 'Eh... lekker.'

'Mooi zo.' Ze wendde zich tot Cleo. 'En hoe zit het met jou? Wil jij nog wat eten?'

'Ik neem de vispastei.'

Fia knikte tevreden. 'Je vindt hem vast lekker.'

Twintig minuten later riep Cleo haar aan tafel. Ze zei: 'Je hebt gelijk, ik vind hem inderdaad heel lekker.'

Misschien vond ze het dan niet echt een leuk idee dat Wills vrouw hier was komen wonen, ze moest toegeven dat ze goddelijk kon koken.

'Ik kook geen chique gerechten.' Fia keek erg zelfingenomen. 'Gewoon de standaarddingen. Maar wel heel goed.'

'Precies wat we hier nodig hebben. Dit is echt heerlijk.' De vispastei was inderdaad sensationeel, bereid met room en wijn, en met bovenop een dikke laag gegrilde kaas. 'Tony was eeuwig dingen aan het uitproberen die mislukten. Kip met marmeladesaus, erwtjes met curry en mango, dat soort dingen. En afgelopen zomer garneerde hij alles met rozenblaadjes en dragon.' Cleo keek even naar Ash. 'Weet je nog?'

'Eh... ja.'

O allemachtig. Zodra Fia weer naar de keuken was verdwenen, zei Cleo grijnzend: 'Je vindt haar leuk, hè?'

'Nee, hoor.'

Ze gaf hem vrolijk een por. 'Wel waar! Want je doet weer lekker dom!'

Ash zette zijn glas neer en zuchtte. 'Oké, luister. Als je veertien bent, is het misschien leuk om er zomaar van alles uit te flappen, maar je bent geen veertien meer, dus je zult snappen dat het voor mij niet grappig is als je dat hardop zou zeggen. Het zou ronduit gênant zijn. Bovendien zou ik het je nooit vergeven. Dus aangezien we zogenaamd goed bevriend zijn, zou ik het op prijs stellen als je dit voor je zou willen houden en mij gewoon de tijd geeft om er weer overheen te komen.'

'Er is geen lol aan met jou.' Cleo trok een gezicht.

'Maar ik meen het, hoor.' Aan zijn blik zag ze dat het geen loze woorden waren. 'Dit is niet zomaar iemand die ik op een feestje heb leren kennen. Ze woont hier nu, wat betekent dat ik haar praktisch elke dag zal zien.' Hij leunde verder over tafel. 'En als jij het haar vertelt, wordt het onverdraaglijk. Dus je moet dat daar...' hij deed alsof hij een rits dichttrok voor haar mond, '... dichthouden. Anders zijn we geen vrienden meer. En dan zal ik je, als buurman, het leven behoorlijk zuur maken.'

Jemig, hij meende het echt. 'Oké, ik zal niks zeggen. Erewoord. Hoe lang duurt het voordat je eroverheen bent, denk je?'

'O, een paar uur.' Geïrriteerd zei hij: 'Hoe moet ik dat nou weten? Ik wou alleen maar dat het niet was gebeurd, het is hartstikke lastig. En daarbij komt ook nog dat ze net bij haar man weg is.' Hij schudde zijn hoofd. 'Dus het zal nog maanden duren voordat ze er weer aan toe is om naar andere mannen te kijken.'

Zo zag je maar weer hoe naïef Ash was. Als om dat te bewijzen, kwam precies op dat moment Johnny de pub binnen, en Fia kwam meteen de keuken uit rennen.

'Hoi, ik vroeg me al af wanneer je zou komen!' Haar hele gezicht klaarde op en haar lichaamstaal was eenduidig. 'Het gaat allemaal hartstikke goed!'

Fia hing duidelijk de theorie aan dat de beste manier om een man te vergeten was om een andere man te nemen. En dan het liefst nog in minder tijd dan andere mensen erover deden om hun tapijt te stofzuigen. Gretig zei ze: 'Wat wil jij?'

'Sorry, ik heb het druk, ik kan niet blijven.' Johnny hield een plastic tas op naar een van de jongens die aan de bar stonden. 'Dave, je bent je kwasten vergeten – ik heb ze in de gootsteen in de bijkeuken gevonden. Fijn dat jullie gisteren al klaar waren. Goed werk.' Toen draaide hij zich om en zei grijnzend: 'Cleo, hoi! Het zal nog raar zijn om dat stel niet meer over de vloer te hebben, echt waar. Toen ik vanochtend beneden kwam, heb ik automatisch thee voor zes gezet, voordat ik me realiseerde dat ik weer alleen was.'
Hij had haar geen Misa genoemd. Het was een godswonder. Om te laten zien dat zij zich ook beschaafd kon gedragen, zei ze: 'Dus het huis is klaar? Hoe ziet het eruit?'
'Het is zo veranderd! Niet te geloven gewoon. Als je wilt, moet je maar eens komen kijken.'
'O... eh...' Nu wist ze even niet wat ze moest zeggen. Ze had geen uitnodiging verwacht. Fia, die naast hem stond, keek ook verbaasd.
'Dan kan ik je meteen laten zien waar ik op het ogenblik aan werk,' voegde hij eraan toe. 'Voor Cornelia.'
Dat wilde ze inderdaad wel heel graag zien. Niet dat ze het Johnny ooit zou vertellen, maar ze had hem stiekem gegoogeld en was – nog stiekemer – verliefd geworden op zijn werk. Sommige van de meer dan levensgrote beelden waren echt adembenemend mooi.
'Een van haar paarden? O, dat wil ik graag zien.' Zich bewust van Fia's blik zei Cleo: 'Hartstikke leuk.'
De grijns op zijn gezicht werd breder. 'Kom maar als je je eten ophebt. Je herkent me zo, ik ben degene die aan het worstelen is met een kilometer staaldraad.'
Het beeld dat dat bij haar opriep, vond ze ineens heel opwindend. Oeps, hoe kwam dat nou? Was dat wat andere vrouwen voelden als ze in de ban raakten van Johnny LaVenture? Terugkerend naar de echte wereld, probeerde Cleo weer vat op zichzelf te krijgen. Het was een glijdende schaal, zoiets als van een gelegenheidsdrinker veranderen in een alcoholist; het ging erom dat je je er continu bewust van was, steeds besefte wat er kon gebeuren en voordat het te laat was een stap terugdeed. Johnny was een onverbeterlijke charmeur die voor

zijn eigen lol eeuwig aan het flirten was. Alleen een gek zou erin trappen.

Of een Fia.

'Oké, ja, misschien tot straks.' Cleo zwaaide met haar vork en at verder.

Johnny nam afscheid van Dave en de jongens aan de bar en liep naar de deur.

Met een teleurgestelde blik riep Fia hem na: 'Kom je vanavond nog langs?'

'Wie weet? Zeg nooit nooit.'

Toen hij weg was, en Fia weer naar de keuken was verdwenen, aapte Ash Cleo's nonchalante toontje na: 'Oké, ja, misschien tot straks.'

'Gedraag je.' Nadat ze hem even in zijn hand had geprikt, veegde ze haar vork af aan het servet. 'Had je soms liever dat Fia daarnaartoe ging?'

'O, dus dat is de bedoeling? Je offert je grootmoedig op door in haar plaats te gaan, goh, wat nobel van je. Neem haar niet, neem mij maar.' Ash schudde zijn hoofd. 'Ik wist niet dat je zo moedig was. Een echte heldin.'

'En ik wist niet dat je zo'n cultuurbarbaar was. Hij is kunstenaar. Ik zou hem heel graag eens aan het werk zien.'

'Waarom? Je hebt mij nooit aan het werk willen zien.'

'Hij is creatief!'

'Dat ben ik ook, verdomme! Ik creëer een radioprogramma,' diende hij haar van repliek. 'En dat is ook een kunst, en ook nog eens een stuk moeilijker dan stukjes draad alle kanten uit buigen. Dat kan iedere debiel.'

Ze glimlachte. 'Ben je soms jaloers?'

'Misschien. Een klein beetje. Oké, natuurlijk ben ik jaloers, verdomme.' Hij gebaarde naar de keuken. 'Ze vindt hem te gek. Dat zie je zo.'

Ach. Cleo leefde met Ash mee. 'Ik weet het, maar daar zal ik het met hem over hebben. Ik zal hem zeggen dat hij haar met rust moet laten.'

Ash knikte langzaam, toegevend dat dit logisch klonk. 'Nou, pas maar op. Hij werkt waarschijnlijk met ontbloot bovenlijf.'

Oké, die gedachte deleten voordat zich een beeld vormde. Terwijl Cleo een dikke garnaal over haar bord schoof zei ze schouderophalend: 'Daar word ik niet warm of koud van.'

21

'Hé, je bent echt gekomen.' Johnny, gelukkig niet topless, leek blij haar te zien toen hij opendeed. Hij droeg een verschoten spijkerbroek, gympen en een wit T-shirt met op de voorkant een diagonale roodbruine veeg.

'Is dat verf?' Cleo wees ernaar; niet echt een vrolijke kleur voor een kamer.

'Wat?' Hij keek naar de veeg. 'O, dat. Nee, dat is bloed.'

'Heeft iemand je neergestoken?'

'Zou je wel willen, hè? Nee, ik heb net gevochten met een paard.' Hij tilde zijn T-shirt op om haar te laten zien waar het bloed vandaan kwam: een lange, verse snee. 'Risico van het vak. Het is gewoon ongelooflijk hoeveel T-shirts per jaar ik verslijt.' Hij nam haar mee de hal in en gebaarde om zich heen. 'Nou? Vind je het er al beter uitzien?'

Het zag er inderdaad beter uit. Beter, frisser, schoner. Er hing nog steeds een verflucht, maar alle rommel was verdwenen. Op de geboende houten vloeren lagen nieuwe kleden, de stopcontacten waren vervangen, en de ramen glansden.

'Veel beter,' zei ze.

'Gelukkig maar. Het heeft me handenvol geld gekost.'

Ze hield haar gezicht in de plooi. 'Goh, ik zou bijna medelijden met je krijgen.'

'Oké, sorry.' Hij lachte even. Bij de salon aangekomen, gooide hij de dubbele deuren open.

'O wow...'

Geen tot op de draad versleten tapijt meer. Geen loslatend behang uit het jaar nul meer. Het hele vertrek, inclusief de houten vloer, was wit geschilderd. Door de hoge ramen stroomde zonlicht naar binnen. Tegen de muur tegenover de deur

lagen enorme rollen staaldraad, en in het midden van de kamer stond het beeld waar Johnny nu aan werkte, een onaf, vier meter hoog beeld van een paard.
Het was verbazingwekkend mooi. Geen wonder dat Cornelia zo'n fan was van Johnny's werk. De foto's van zijn beelden op zijn website gaven in de verste verte geen idee van de emotionele impact die zijn werk in het echt had.
Haar met een flauw lachje opnemend, vroeg hij: 'Vind je het mooi?'
Ze knikte, bijna niet in staat om haar blik van het paard los te maken. Ze liep ernaartoe, over de rollen en stukjes draad heen stappend die her en der op het laken lagen waarop het paard stond. 'Mag ik het aanraken?'
'Ga je gang. Het is minder kwetsbaar dan het eruitziet. Pas op voor de scherpe uiteinden, ik heb ze nog niet omgebogen.'
Het was maar goed dat hij toestemming had gegeven: het zou een regelrechte kwelling zijn geweest om het beeld niet te kunnen aanraken. Bewonderend liet ze haar hand over de flank van het paard glijden. Hoe kon iets dat zo zilverachtig was en gemaakt van staaldraad zo levendig lijken? Het was verbazingwekkend. Met een ongelovig lachje liep ze naar de voorkant van het paard en streelde de trotse ronding van zijn hals. Stel je voor dat je zoiets moois kon – au, die golvende manen waren echt scherp.
Op haar vingertop parelde een bloeddruppel.
Johnny kwam naar haar toe lopen en pakte haar pols beet om de wond te bekijken. 'Oei, die vinger zal geamputeerd moeten worden.'
Cleo trok haar hand terug en zoog het bloed van haar vinger. Terwijl ze een stap naar achteren deed, zei ze: 'Laat me eens zien hoe je het doet.'
'Hoe ik zo'n amputatie doe? Nou, meestal gebruik ik daar een grote oude elektrische zaag voor...' Hij pakte een veiligheidsbril en knikte naar het enige meubelstuk in het vertrek. 'Ga daar maar zitten. Daar is het veilig.'
De lange, strakke bank was bekleed met donkerpaars fluweel. Vanaf haar plekje had Cleo uitzicht op Johnny en het beeld, op de openslaande deuren achter hem, en op het terras en het

landgoed daar weer achter. Terwijl hij aan het werk was, kon ze in het licht van de namiddagzon de pezen en spieren in zijn lichaam zien bewegen. Geen wonder dat hij zulke brede schouders en zo'n platte buik had; het staal moest sterk genoeg zijn om het gewicht van het beeld te kunnen dragen wanneer het af was. Johnny gebruikte zijn hele lichaam om de delen met elkaar te verbinden. Op zijn onderarmen en keel parelden zweetdruppeltjes. Achter de veiligheidsbril had hij zijn ogen samengeknepen tot spleetjes om continu in de gaten te kunnen houden of iedere nieuwe toevoeging wel precies goed was. De concentratie spatte van hem af terwijl hij zich om het werk heen bewoog en eindeloos veel nieuwe stukken draad en verbeteringen aanbracht. Om de zoveel tijd zwiepte er een stuk staaldraad door de lucht, als kwikzilver oplichtend in de zonnestralen. Een paar keer schampte het draad langs zijn arm.

Het was betoverend om Johnny aan het werk te zien. Toen hij eindelijk stopte, had Cleo het idee dat ze er vijftien, misschien twintig minuten had gezeten, maar de schaduwen in de kamer waren een stuk langer geworden en toen ze op haar horloge keek, zag ze dat hij anderhalf uur had gewerkt.

'Niet te geloven dat het al vier uur is.' Ze schudde verbaasd haar hoofd. 'Zo zou een reis door de tijd moeten zijn. Stel je eens voor dat luchtvaartmaatschappijen op langeafstandsvluchten zouden zorgen voor demonstraties draadsculpturen maken, dan was je binnen de kortste keren aan de andere kant van de wereld!'

'Voor mij voelt het ook zo.' Johnny haalde zijn vingers door zijn haar en deed een stap naar achteren om zijn werk van een afstandje te bekijken. 'Zodra ik eenmaal bezig ben, raak ik elk gevoel voor tijd kwijt. Ik kan zo de hele nacht doorgaan.'

Dat was nog eens een beeld om vast te houden.

Hij ontspande zijn schouders. 'Kom, dan drinken we even een kop koffie.'

'Oké. Oef.' Ze had geen gevoel meer in haar linkerbeen waar ze op had gezeten. Ze kwam voorzichtig overeind, maar schudde haar hoofd toen hij haar wilde helpen. 'Nee, het gaat wel.'

'Nog even koppig als vroeger,' merkte hij op. 'Het is óf dat,

óf je bent bang voor mijn onweerstaanbare dierlijke aantrekkingskracht.'
'Ja, of voor je ongelooflijke bescheidenheid.' Ze strompelde hem achterna de keuken in, waar ze tegen het glanzende granieten aanrecht leunde terwijl haar voet stekend en prikkelend weer tot leven kwam. 'Wat is dat eigenlijk met Fia Newman? Was het jouw idee dat ze hier kwam wonen?'
Hij begon koffie te zetten. 'Nee. Ze zat te denken wat ze kon gaan doen. Op een gegeven moment zei ik dat ze met een baan met kost en inwoning twee vliegen in een klap zou slaan, maar ik heb niks over de Hollybush gezegd. Toen ik er gisteravond even naar binnen wipte, was ze daar ineens haar spullen naar boven aan het brengen.'
Haar voet tintelde nu echt heel akelig, als bruistabletten in een glas water. 'En die andere keer?'
'Welke andere keer?'
'Toen ze bij jou bleef slapen.'
Hij draaide zich om om haar aan te kijken. 'Wat wil je nou precies horen?'
'Niks.' Johnny en Fia waren allebei volwassen, en het ging haar niks aan wat ze hadden uitgespookt, maar ze vond het gewoon eerlijk om hem te waarschuwen. 'Maar... ze heeft bij jou gelogeerd. Je was aardig voor haar. En nu, boem, komt ze ineens in het dorp wonen! Ik weet niet of je het beseft, maar jij bent waarschijnlijk de reden van haar verhuizing.'
Ha, ze zag een flits van oprechte verbazing in zijn ogen. Dus dat was echt geen seconde bij hem opgekomen. 'Ik?'
'Ja, jij.' Cleo draaide met haar enkel waar ze langzaam weer gevoel in kreeg. 'Ze is net bij haar man weg. Jij hebt met haar geflirt in de pub, haar uitgenodigd om bij jou te komen eten, haar bij je laten logeren.' Ze zweeg even. 'En nu is ze terug.'
'Oké.' Johnny knikte langzaam. 'Ik snap wat je bedoelt.'
Mannen! Ze hadden echt geen flauw benul. 'Jij bent haar pleister op de wonde.'
Een snelle grijns. 'Ik ben nog onweerstaanbaarder dan ik dacht.'
Cleo pakte de mok koffie aan die hij haar toestak. 'Ze is kwetsbaar.'
'Omdat jij een verhouding hebt gehad met haar man.'

Ze keek hem boos aan, maar hij had wel gelijk, ze voelde zich inderdaad verantwoordelijk. 'Je mag geen geintjes met haar uithalen. Dat zou niet aardig zijn.'
'Hou die preek maar voor je. En je zou ook wel eens wat meer vertrouwen in me kunnen hebben,' zei hij. 'Voor de goede orde: als het moet, kan ik me als een echte heer gedragen. Toen Fia hier laatst logeerde, heeft ze in de logeerkamer geslapen.' Hij zweeg. 'En ik in mijn eigen bed.'
'Nou, mooi dan.' Ze glimlachte opgelucht.
'Krijg ik nou een beloning?'
'Ja. Je krijgt een fijn warm gevoel van de wetenschap dat je juist hebt gehandeld.'
'Fantastisch.' Hij knikte. 'Een fijn warm gevoel. Wat wil een mens nog meer?'
Cleo dronk haar koffie op. 'Het is gewoon om moeilijkheden vragen als je iets met haar zou beginnen.'
'Oké, ik heb het al begrepen. Zo te horen vind je het niet echt leuk dat ze hier woont.'
'Ze lijkt me best aardig. Gewoon normaal. Behalve dat ze een oogje op jou heeft.'
'Die zit.' Hij glimlachte even om haar steek onder water.
Ze zuchtte; zou hij haar nu een bitch vinden? 'Maar het is gewoon... moeilijk, snap je. Steeds als ik haar zie, moet ik aan Will denken. En dan voel ik me weer schuldig.'
'Maar het was toch niet jouw schuld?'
'Met mijn verstand weet ik dat. Maar ik ben wel de reden dat ze bij hem weg is.'
'Vroeg of laat zou dat toch wel zijn gebeurd,' zei hij. 'Je hebt haar een dienst bewezen. En de kinderen waren gelukkig niet van haar.'
Ze knikte. 'Dat is ook weer waar.'
'Als ze nog een paar jaar bij Will was gebleven, dan was de kans groot geweest dat ze samen ook kinderen hadden gehad. En dan zou ze als alleenstaande moeder zijn geëindigd. Dus dat heb je haar allemaal bespaard.'
'Je hebt gelijk.' Nu was het haar beurt om bescheiden te kijken. 'Ik ben eigenlijk een heldin.'
'Een heldin die heel slecht is in de juiste man vinden. Ik be-

doel, hier heb je mij,' hij klopte op zijn borst, 'behoorlijk volmaakt in alle opzichten, en je hebt totaal geen belangstelling voor me.'

Ze knikte. 'Dat is helemaal waar.'

'Maar als er een complete zak als Will Newman opduikt, denk je meteen dat hij de ware is.'

'Oké, misschien vind je het moeilijk te geloven, maar hij wist heel erg goed te verbergen dat hij een zak was. Dat heeft hij met veel andere mensen gemeen,' zei ze op veelbetekenende toon. 'Ze kunnen de indruk wekken dat ze heel erg aardig zijn, maar diep vanbinnen zijn ze tot van alles in staat.'

Hij trok een wenkbrauw op. 'Hebben we het nu over jou? Want ik moet zeggen dat ik vind dat je niet altijd even aardig tegen me doet.'

'Eerlijk gezegd had ik iemand anders in gedachten. Wanneer heb je Mandy Ellison voor het laatst gezien?'

Hij keek haar niet-begrijpend aan. 'Mandy? God, in geen jaren. Wel tien jaar niet, denk ik. Hoezo?'

'Ik heb haar afgelopen weekend gezien. Ze is al tijden getrouwd. Twee kinderen, leuke man, fantastisch leven,' vertelde Cleo vrolijk. 'Ze heeft me er alles over verteld. Ze hebben zelfs nummerplaten met hun eigen initialen.'

Hij klonk niet al te geïnteresseerd toen hij vroeg: 'Werkt ze?'

'Tuurlijk niet. Gary verdient bakken met geld. Ze hoeft niet te werken.'

'Typisch Mandy.' Geamuseerd vervolgde hij: 'Ze hield toen al niet van werken.' Hij keek zwijgend naar haar, terwijl ze haar koffie opdronk en haar tas pakte. 'Je hebt de rest van het huis nog niet gezien. Ik wilde je net mee naar boven nemen.'

Hm, dat was wat je noemde nog eens een aanbod.

Hij klakte met zijn tong. 'Niet op die manier.' Weer kon hij blijkbaar haar gedachten lezen. 'Tenzij je dat heel graag wilt natuurlijk.'

'Heel aardig aangeboden, maar nee, dank je. Ik moet weg. Maar ik vond het erg leuk.' Ze stond op. 'En vergeet niet wat ik over Fia heb gezegd, hè? Niet... eh... nou, je weet wel.'

'Oké. Voorlopig dan.' Zijn ogen glinsterden ondeugend toen hij haar uitliet. 'Hoewel het nog steeds voelt alsof ik ervoor word gestraft dat jij haar huwelijk op de klippen hebt laten lopen. Beetje raar.'

Ze glimlachte naar hem. 'Concentreer je nu maar op dat fijne warme gevoel.'

22

Abbie zat in bad te wachten tot haar gezichtsmasker hard werd toen er werd aangebeld.

En Tom was nog op zijn werk.

Ze reageerde niet, in de hoop dat degene die op de stoep stond het wel zou opgeven. Geen sprake van dat ze ging opendoen met een lichtblauw kleimasker op haar gezicht. Bovendien had die moddertroep haar tweeënhalf pond gekost, dus ze zou het er echt niet afwassen voordat het de kans had gehad om zijn werk te doen, namelijk: haar huid verfijnen, mooier maken en de onregelmatigheden eruit verwijderen,

Maar zoals een hond die er nooit genoeg van krijgt om achter een stok aan te hollen en die steeds weer terug te brengen, bleef degene die voor de deur stond aanbellen. Opnieuw.

En opnieuw.

En opnie-ieuw –

'Ja, ik kom al, hou nou maar op!' Het water klotste over de rand toen Abbie uit bad stapte. Als het Tom was die zijn sleutels kwijt was, zou ze die blauwe smurrie verdorie over zijn gezicht uitsmeren!

Ze trippelde naar beneden en bleef halverwege de gang staan om 'Wie is daar?' te roepen.

Toen hoorde ze 'Hoi, ik ben het!' en haar maag veranderde meteen in beton.

O god. Zonder enige waarschuwing vooraf. Abbie, die helemaal vergat dat ze een gezichtsmasker ophad, deed de deur open en staarde Georgia aan die heel erg bruin was en blonder dan ooit. Bij haar voeten stond een enorme, gehavende grijze koffer.

'Ha Abbie! Jezus, wat zie jij eruit! Is papa er nog niet?'
Het was vast niet haar bedoeling om Abbie te kwetsen met haar luchtig verwoorde vraag, maar toch had deze het effect van nagels die over een schoolbord krassen. Het gezichtsmasker kwam nu eigenlijk goed van pas, want het hield Abbies gezicht in de plooi en haar ware gevoelens verborgen, terwijl ze het in haar hoofd uitschreeuwde. Nee, ga weg, laat ons met rust en waag het niet die koffer naar binnen te brengen.
Hardop zei ze: 'Nee, hij is nog op zijn werk. Wist hij dat je zou komen?'
'Nee, het is een verrassing! Ik heb hem vanmiddag gebeld en gezegd dat ik lag te zonnen op het strand in Praia de Rocha, en hij zei dat ik maar een bofkont was. Maar daar ben ik helemaal niet, en als hij thuiskomt, roep ik: Hallooo, daar ben ik weer!' Georgia keek haar stralend aan. 'Te gek, hè? Denk je dat hij dat leuk vindt?'
'Nou, het zal in elk geval een grote verrassing zijn.' Door de klei die langzamerhand opdroogde, klonk het alsof ze sprak met haar kiezen op elkaar geklemd. En natuurlijk kon ze Georgia niet verbieden om de koffer naar binnen te brengen. Ze stapte opzij toen het meisje hem over de drempel sleepte, de smalle gang in. 'Kom je rechtstreeks van het vliegveld?'
'Nee, we waren de afgelopen paar dagen in Londen. Mama is thuis, de boel uitruimen voordat ze terugvliegt naar Portugal.'
Abbie volgde haar de huiskamer in. 'Hoezo?'
'Omdat ze er weer eens vandoor gaat, goh, wat een verrassing nou.' Georgia trok haar jas uit, waaronder ze een gestreept topje en een limoengele short droeg. 'We hebben er ruzie om gehad. Want ze heeft Christian gedumpt, en nou heeft ze iets met een andere man, Ted. Ik bedoel, we hebben het hier wel over een vrouw van middelbare leeftijd, hoor. Ze kan toch niet haar hele leven achter mannen aan blijven zitten? Dat hoort gewoon niet.'
'Dus die Ted woont ook in Portugal?'
'Woont en drínkt in Portugal.' Georgia trok een gezicht en vervolgde: 'En hij heeft duidelijk laten merken dat hij mij niet moet. Wat ik prima vind, want dat is helemaal wederzijds. Ik liep ze voor de voeten, en hij wilde dat ik uit beeld zou ver-

dwijnen. Dus ik zei: cool, dan ga ik wel in mijn eentje in de flat in Paddington wonen, maar toen zei mama dat ze geen geld had om de flat aan te houden... dus... nou ja, daar hebben we een beetje ruzie om gekregen.' Ze zweeg even om de leren armband met kraaltjes om haar linkerpols te bestuderen. 'Nou ja, een behoorlijk grote ruzie.'

'Och hemeltje.'

Georgia keek haar aan. 'Vind je het goed als ik een kop thee zet?'

'Natuurlijk... sorry, ik had je iets te drinken moeten aanbieden.'

'Maakt niet uit. Weet je, het is heel maf om met je te praten als je al die troep op je gezicht hebt. Zal ik thee gaan zetten, dan kun jij boven dat blauwe spul afwassen.'

Abbie stelde de vraag die continu door haar hoofd spookte, niet, en Georgia beantwoordde hem ook niet. De daaropvolgende zeventig minuten bleef de vraag onuitgesproken, terwijl ze het over Portugal hadden, over hoe hun kerst was geweest, over dat truien altijd zo lubberden aan de zijkant en over het feit dat het zo raar was dat mensen moesten kokhalzen als ze beschimmelde yoghurt zagen, maar dat ze wel met alle plezier blauwe schimmelkaas naar binnen werkten, hoe schimmeliger hoe beter zelfs.

Ze hoefde de vraag ook helemaal niet te stellen, want ze wist het antwoord al. Zelfs de grootste domkop kon het antwoord raden.

Toen kwam Tom thuis, en Abbie zag zijn gezicht opklaren toen hij zijn dochter zag.

Georgia gilde: 'Verrassing!' en vloog hem zo enthousiast om de nek dat hij bijna achteroverviel.

Abbie voelde allemaal steken in haar maag van jaloezie en angst.

'Dus het is goed?' vroeg Georgia, toen ze klaar was met het verhaal over hoe het kwam dat ze er was. 'Ik kan bij jullie blijven?'

Daar had je hem, dat was de vraag. Abbie zorgde ervoor niets van haar gevoelens te laten merken, maar in haar hoofd schreeuwde ze: nee nee nee nee.

'Nou...' Geschrokken maar hoopvol keek Tom haar aan. 'Dat lijkt me... eh... wat vind jij ervan, Abbie?'
Wreed. Wreed en oneerlijk. Hij wist heus wel wat ze dacht. Georgia keek ook geschrokken, alsof het niet eerder in haar was opgekomen dat ze er misschien om zou moeten smeken.
'O god, ligt dit zo moeilijk? Sorry,' flapte ze eruit tegen Tom, 'maar ik dacht dat jullie blij zouden zijn!'
'Liefje, ga zitten, niks aan de hand.' Tom voelde zich rot. 'Natuurlijk zijn we blij... maar het komt gewoon een beetje onverwacht. En hoe lang dacht je precies te –'
'Het geeft niet, papa, het maakt niet uit, ik ga wel terug naar Londen.' Met tranen in haar blauwe ogen deinsde ze achteruit. 'Sorry dat ik jullie heb lastiggevallen... ik vind wel iemand bij wie ik kan wonen...'
'Wacht, je kunt niet zomaar weer gaan, natuurlijk kun je blijven!' Tom wendde zich tot Abbie en flapte de woorden er in paniek uit: 'Dat vind jij toch ook goed, hè schat?'

Cleo was haar teennagels aan het lakken toen de telefoon ging. 'Hallo?' Oeps, daar viel een klodder cyclaamroze nagellak op de zijkant van haar voet toen ze de telefoon tussen haar schouder en kin klemde.
'Hoi, met mij.' Het was Abbies stem. 'Kom naar de pub.'
'Hm? O, nee, dank je, ik ben lekker aan het klungelen thuis. Ik zat net mijn teennagels te lakken en door jouw telefoontje heb ik –'
'Het was geen vraag,' onderbrak Abbie haar. 'Ik zeg je dat je moet komen, want ik heb je nodig.'
'Wat? Waarom?' Cleo draaide de dop weer op het Rimmelflesje en ging rechtop zitten. 'En waarom klink je zo raar? En ik hoor ook een echo...'
'Ik zit op de wc. Ik heb me verstopt. Hoe snel kun je hier zijn?'
Wat was er in vredesnaam aan de hand? 'Nou, op het flesje staat dat het in zestig seconden droogt. En dan hoef ik alleen nog maar wat kleren aan te trekken. O, behalve dat ik mijn wenkbrauwen heb geëpileerd. Zodra ze niet meer zo rood zijn, zal ik –'
'Die wenkbrauwen kunnen me niet schelen,' flapte Abbie eruit.

'Je moet nu meteen hiernaartoe komen.'
Dat kon haar zus makkelijk zeggen, maar Cleo wist uit ervaring dat de huid om haar wenkbrauwen na een fanatieke epileersessie neonrood opgloeide en ook nog heel lang rood bleef. Maar aan de andere kant: Abbie had wel erg wanhopig geklonken. Als een ware heldin kleedde ze zich aan, droogde zo goed en zo kwaad als het ging haar haren en deed nog snel even een minimum aan make-up op, plus witte poeder onder de wenkbrauwen om de ergste schade te verbloemen.
Ze bekeek het eindresultaat in de spiegel. Ze zag er nog steeds belachelijk uit, maar wat dan nog? In zekere zin was het fijn als iemand je nodig had. En aangezien Abbie er geen gewoonte van maakte om haar zo dramatisch te hulp te roepen, kon ze zelfs bijna wel raden waar dit over ging.
Haar vermoeden werd bevestigd toen ze de pub binnenkwam en het blonde meisje met Toms ogen bij Tom en Abbie zag staan. De afgelopen keer had ze Georgia niet ontmoet, maar blijkbaar was het meisje weer opgedoken. Arme Abbie, hopelijk was het maar een kort bezoekje. Zelfs nu al zag ze er bleek en verlaten uit, als het muurbloempje waarmee niemand wil dansen.
'O kijk, daar heb je Cleo.' Verbazing voorwendend gebaarde Abbie haar bij hen te komen. 'Georgia, dit is mijn zusje. Cleo, dit is Georgia. Je raadt het nooit: Georgia komt bij ons wonen! Leuk, hè?'
Verdomme nog aan toe. Geen wonder dat Abbie zo verwilderd keek.
'Hoi. Fantastisch.' Zich afvragend hoe ze het meisje moest begroeten dat onder andere omstandigheden haar nichtje zou zijn geweest, wilde ze haar de hand schudden, maar toen drong ineens tot haar door dat Georgia haar op de wang wilde kussen, zodat het ermee eindigde dat ze onhandig om elkaar heen dansten. 'Voor hoe lang?'
'Wie zal het zeggen?' Georgia boog zich naar Tom toe – god, het was zo raar om te bedenken dat hij haar vader was – en zei vrolijk: 'Misschien ben ik hier nog wel als ik zeventig ben!'
Dus daarom had Abbie zo paniekerig geklonken aan de telefoon.

'Wil je ook iets drinken, Cleo?' Tom had zijn portefeuille al gepakt.
'Ja, lekker.'
'Ik hoop dat je het niet erg vindt dat ik het zeg...' Georgia bestudeerde Cleo even van dichtbij. 'Maar ben je soms allergisch voor oogschaduw? Want je ogen zijn echt knalrood, weet je.'

'Wat kon ik doen?' mompelde Abbie een halfuur later toen ze samen naar de wc waren gegaan. 'Ik kon toch moeilijk nee zeggen? Ze kan nergens naartoe.'
'Maar het is gewoon niet eerlijk tegenover jou.' Cleo omhelsde haar even.
'En Tom is opgetogen; voor hem is het een droom die werkelijkheid wordt. Hij probeert het niet te laten merken, maar dat lukt hem niet echt. Maar iedere keer als ik eraan denk, word ik misselijk.' Abbie schudde haar hoofd. 'En dan houd ik mezelf weer voor dat zij er ook niks aan kan doen en dan haat ik mezelf omdat ik zo vreselijk ben. Ik ben een monster...'
'Luister, je bent nu in shock. En je bent beslist geen monster. Het wordt vanzelf wel gemakkelijker. Alles moet eerst tot rust komen en dan wennen jullie vanzelf wel aan elkaar.' Cleo wist dat ze waarschijnlijk onzin uitkraamde, maar wat moest ze dan zeggen? 'En we hebben het hier wel over Channings Hill. Ze is aan Londen gewend. Over een paar weken verveelt ze zich hier dood en wil ze niets liever dan weer weggaan.'
'Laten we het hopen,' verzuchtte Abbie.
De deur ging open. Opgewekt vroeg Georgia: 'Hadden jullie het over mij?'
Ze had hen niet gehoord.
Abbie toverde een lachje tevoorschijn. 'Nee, hoor.'
'Een klein beetje maar,' zei Cleo.
'Natuurlijk hadden jullie het over mij. Ik ben niet achterlijk. Maar ik vind het niet erg, hoor.'
'Nou, Abbie heeft hoofdpijn, maar ze was bang dat jij zou denken dat ze dat alleen maar als smoes gebruikte om weg te kunnen gaan. Ze voelt zich behoorlijk rot,' vervolgde Cleo, 'dus ze zou eigenlijk echt naar huis moeten en wat pijnstillers nemen.'

'Waarom heb je dat niet gezegd? Natuurlijk moet je naar huis,' riep Georgia uit, overdreven meelevend op de manier waarop mensen dat zijn wanneer de minst populaire gast op een feest zegt dat hij er echt vandoor moet. 'Papa en ik vermaken ons wel.'

'En ik ben er ook nog.' Cleo knikte naar Abbie die het duidelijk helemaal niet naar haar zin had. 'Ga nou maar gewoon naar huis.'

Blij met de smoes ging Abbie weg, en Georgia en Cleo liepen terug naar Tom die aan de bar stond. Belangstellend vroeg Georgia: 'Wie zijn dat daar?'

Terwijl zij op de wc hadden staan praten, waren Johnny en Ash gearriveerd die zich inmiddels gereedmaakten voor een potje snooker. Johnny zag er aantrekkelijker uit dan ooit in zijn witte katoenen overhemd en spijkerbroek, met het haar dat voor zijn donkere ogen viel. Ash, nooit echt goed gekleed, droeg een flodderig rood sweatshirt waarin hij eruitzag als de Kerstman op zijn vrije avond.

'Gewoon wat mannen uit het dorp.' Cleo veranderde meteen van onderwerp. 'En, wat voor werk denk je te gaan doen? Heb je al enig idee?' Ze hadden het hier wel over een meisje dat net wekenlang in Portugal bij het zwembad had gelegen; ze hoopte echt dat Georgia niet dacht dat ze gewoon bij Abbie en Tom kon intrekken en op hun kosten leven als... als... nou ja, zoals miljoenen aartsluie tieners over de hele wereld deden, maar daar ging het nu niet om.

23

'O ja!' Georgia boog zich naar haar toe en zei enthousiast: 'Grappig, daar wilde ik het net met je over hebben. Ik ben van plan een bedrijf op te zetten. Minimale investeringen, maximale opbrengst, flexibele werktijden, hoe lijkt je dat?'

'Jemig,' zei Tom verbaasd. 'Alsof ik de nieuwe Richard Branson op de wereld heb gezet.'

'Wat voor bedrijf?' wilde Cleo weten.
'Strijken.'
Niet helemaal Richard Branson dus. 'Meen je dat?'
'Waarom niet? Ik ben gek op strijken. Al sinds mijn elfde heb ik al onze was gestreken.' Dromerig vervolgde Georgia: 'Het is zo mooi om van iets verkreukelds en slordigs iets glads en moois te maken. Een soort orde scheppen in de chaos. En je kunt één pond twintig per overhemd vragen! Hoe lang doe je er nou over om een overhemd te strijken? Vijf minuten. Simpel als wat. En ondertussen kun je gewoon tv-kijken.' Ze was erg ingenomen met zichzelf. 'Het enige wat ik nodig heb is een strijkijzer!'
'En een strijkplank,' zei Cleo.
'Ja, die ook.'
'En kleerhangers. Heel veel kleerhangers.' Of vergalde ze nu de feestvreugde?
'Nou en? Die kosten niks.'
'En reclamefolders.'
'Oké.'
'En vervoer.'
'Niet als ik tegen mensen zeg dat ze hun spullen zelf moeten langsbrengen en ophalen.'
Tom schudde zijn hoofd. 'Zo werkt het niet. Als je een strijkservice begint, moet je zelf halen en brengen. Je zult echt een bestelbusje nodig hebben.'
'Oké, dan gaat dat strijken niet door.' Georgia blies haar wangen op, ademde luidruchtig uit en schudde haar haren naar achteren. 'Het leek mij een goed idee, maar dat blijkt het dus niet te zijn. En ik wilde nog wel werk uitbesteden aan gepensioneerden. Maar maakt niet uit, dan vraag ik wel een uitkering aan.'
'Wacht eens even –' begon Tom.
'Dan maar werkeloos en op kosten van de staat leven. Veel rustiger ook.' Belangstellend keek ze naar het biljart.
'Hoor eens, we kunnen vast wel –'
'Of anders word ik paaldanseres. Dat betaalt toch goed? En dan kan ik sparen voor een busje. Kijk, ze zijn klaar met snookeren. Zullen we ze vragen of ze een potje met ons willen spelen?'
'Nee.' Cleo wierp een korte blik op Johnny, die stond te la-

chen, en op Ash, die met biljartballen jongleerde en sowieso erg rumoerig was. 'Bovendien is hij te oud voor je.'
'Hoezo? Hoe oud is hij dan?'
'Dertig.'
Georgia's ogen vlogen wijd open. 'Echt?'
Ash, die voelde dat er naar hen werd gekeken, draaide zich om naar Cleo en vroeg: 'Wat is dat? Zitten jullie naar mijn onweerstaanbare rug te gluren?'
Cleo opende haar mond om te zeggen dat ze wel mooiere dingen kon bedenken om naar te kijken, maar Georgia was haar voor. 'Cleo had het net over je. Ik kan bijna niet geloven dat je al zo oud bent.'
Wat? Cleo wist niet wat haar overkwam.
'O, zeg vooral wat je denkt. Hoe oud denk je dan dat ik ben?' wilde Ash weten. 'Vijfenzestig?'
Stralend antwoordde Georgia: 'Ik zou gezegd hebben: een jaar of vijfentwintig.'
'Maar ik ben ook een jaar of vijfentwintig.' Ash trok zijn wenkbrauwen op. 'Wat heeft die heks gezegd?'
'Ze zei dat je dertig was!'
Cleo was stomverbaasd; dat had je als je voorbarige conclusies trok. 'Niet waar. Ik had het over Johnny.'
'Wie is Johnny? O, dat zul jij dan wel zijn.' Georgia keek kort naar Johnny en richtte haar aandacht toen weer op Ash. 'En hoe heet jij?'
Even later stond ze bij het biljart enthousiast te kletsen met Ash. Ze konden het prima met elkaar vinden. Cleo hoorde hem zeggen dat zij, Cleo, al zevenenvijftig was.
'Ze is toch veel te jong voor Johnny?' Naast haar raakte Tom in paniek, want hij dacht hetzelfde als Cleo. 'O god, wat moet ik hiermee aan? Ik heb achttien jaar oefening gemist.'
'Ik zal wel even met haar praten.' Niet dat het veel had uitgehaald bij Fia Newman, maar ze moest het toch proberen, voor Tom. Cleo nam een slok van haar drankje; als alles anders was gelopen, was ze Georgia's tante geweest. De fantastische, trendy tante Cleo met wie je altijd lol had, die nooit over saaie dingen zeurde en haar had geleerd hoe je met stijl een slappe vilten hoed droeg.

Ach, wie hield ze hier eigenlijk voor de gek? Met elke soort hoed leek ze op iemand uit een inrichting die een dagje uit mocht. Haar hoofd had gewoon de verkeerde vorm of zo. Maar ze kon best proberen om een soort tante te zijn, een tante die misschien weinig verstand had van hoeden, maar toch heel gezellig was en die echt goede raad gaf op het gebied van mannen en relaties.

Vooral op het gebied van mannen die je maar beter –

'Ik koop een bestelbusje voor haar,' zei Tom.

'Wat?'

'Gewoon een goedkoop busje, zodat ze dat bedrijf kan opzetten.' Hij had er duidelijk over nagedacht. 'Ik kan niet toestaan dat ze gaat paaldansen.'

'Nou, nee.'

Hij wist ook wel dat Georgia dat alleen maar had gezegd om hem bang te maken zodat hij een busje voor haar zou kopen, maar hij durfde het risico niet te nemen dat ze het toch meende. 'Dus nu heb je haar gezien.' Hij probeerde tevergeefs niet trots te klinken terwijl hij zijn pas gevonden dochter van een afstandje gadesloeg. 'Hoe luidt het vonnis?'

Ze raakte zijn arm even aan en zei vriendelijk: 'Ze is me er eentje, en ze zal je leven behoorlijk op zijn kop zetten. Maar voor Abbie is dit moeilijker dan voor jou. Je moet proberen te voorkomen dat ze zich buitengesloten gaat voelen.'

Hij keek verbaasd. 'Maar ze wordt niet buitengesloten. Dit is iets van ons allemaal.'

Cleo knikte langzaam. Ze was altijd dol geweest op Tom, maar ze wist ook dat hij niet zo goed begreep hoe vrouwen in elkaar staken. 'Ja, maar ik zeg alleen dat zij dat misschien wel zo voelt.'

Hij schudde zijn hoofd; dit ging hem duidelijk boven de pet. 'Misschien, maar over een paar dagen is dat allemaal vergeten.'

Drie potjes snooker later vroeg Georgia: 'Waar is dinges eigenlijk gebleven? Die vriend van je?'

'Johnny. En een vriend zou ik hem niet willen noemen,' zei Ash. 'Hij is gewoon een klootzak die altijd van me wint met

snookeren. Hoe dan ook, hij is twintig minuten geleden vertrokken. Wat betekent dat het mijn beurt is om van jou te winnen.'
'Had je gedacht.' Met kuiltjes in haar wangen schudde ze haar vinger naar hem. 'Prima, laat maar zien. O, je zult je zo vernederd voelen als ik wéér van je win.'
Cleo, die naar hen keek, verbaasde zich erover dat Georgia zich zo te merken helemaal niet druk maakte om Johnny's vertrek.
Om halfelf vertrok Ash ook.
'Wow,' zei Georgia toen hij weg was. 'Ik ben gek op die man.'
Cleo glimlachte; Ash en Georgia hadden elkaar blijkbaar helemaal gevonden. 'Fijn om te horen.'
'En klopt het dat hij single is? Ik bedoel, hij zegt dat hij geen vriendin heeft, maar je weet hoe mannen soms zijn. Ik heb geen zin om hem te versieren en dan later te moeten ontdekken dat hij ergens een vrouw heeft verstopt.'
Versieren? Cleo wist niet wat ze hoorde. 'Als je zegt dat je gek op hem bent...'
'Dan bedoel ik dat ik hem echt helemaal te gek vind! Hij voldoet helemaal aan mijn idee van de volmaakte man, Oké, ik weet het,' ze stak haar kin met puberale koppigheid naar voren, 'maar zo zit ik nou eenmaal in elkaar. Ik val op mannen die me aan het lachen maken. Geloof me, ik heb echt mijn portie mooie jongens wel gehad, maar het verveelt heel snel om in hun mooie ogen te staren en hun volmaakte weet ik veel... tanden en zo te bewonderen. Als ze me niet aan het lachen kunnen maken, heb ik geen belangstelling. Het is dan net alsof je uitgaat met een poster aan je muur.' Haar lippen krulden neerbuigend toen ze het zei.
God, ze meende het echt. In stilte dronk Cleo haar glas leeg; en dan te bedenken dat zij en Tom de hele avond hadden gedacht dat haar bijna-nichtje belangstelling had voor Johnny.
'Wat denk je, vindt hij mij ook leuk?' vroeg Georgia gretig.
'Eh, vast wel.' Cleo keek naar Tom, die zich zichtbaar verbaasde over zijn dochters openhartigheid.
'Mooi zo. Want ik val echt op hem. Heel erg zelfs. Al is hij dan gewoon maar een melkboer. Dus wat denk je, moet ik

hem gewoon mee uitvragen of moet ik wachten tot hij mij vraagt?'
Dat van die melkman gebruikte Ash vaker als smoes om vroeg naar huis te gaan.
'Ik zou nog even wachten,' zei Cleo. 'Mannen vinden het meestal fijner om zelf de eerste stap te zetten. Dat heeft met hun trots te maken.'
'Nou, als hij daar maar niet te lang mee wacht dan.' Georgia's slanke vingers tikten al ongeduldig tegen haar biljartkeu. 'Ik haat het als mensen doen alsof ze geen belangstelling hebben. Dat is gewoon zonde van de tijd.'
Jemig. Als Georgia haar zin kreeg, zouden zij en Ash met Pasen al getrouwd zijn.

Tom was al naar zijn werk. Abbie, die boter op toast smeerde en thee dronk, zou over tien minuten weg moeten. Om hun nieuwe gast niet te storen had ze boven muisstil rondgeslopen, en ze schrok dan ook toen de deur openging en Georgia de keuken binnen kwam drentelen in een groen met paars gestreept nachthemd en met haar haren alle kanten uit.
'Hoi!' Abbie wist dat ze overdreven opgewekt klonk, maar ze kon er niks aan doen; dat gebeurde nou eenmaal steeds. 'Lekker geslapen?'
'Ja, hoor. Ik heb zo raar gedroomd vlak voordat ik wakker werd.' Ze zweeg even. 'Was hier net iemand?'
'Nee. Tenzij je Tom bedoelt. Die is om acht uur vertrokken.'
De hoopvolle blik verdween uit Georgia's ogen. Slaperig haalde ze haar vingers door haar verwarde haren. 'O. Oké. Mag ik een kop thee pakken?'
Wat verwachtte ze nou dat ze zou zeggen? Nee, dat mag je niet?
'Natuurlijk! Je kunt pakken wat je wilt!' Vanbinnen kromp Abbie ineen; daar ging ze weer, verdrinkend in een woud aan uitroeptekens. 'Havermout, toast, we hebben Marmite, honing, abrikozenjam, zwarte-bessenjam, eieren...'
'Ik hoef voorlopig alleen maar een kop thee. Is je hoofdpijn al minder?'
'O!' Abbie was haar zogenaamde hoofdpijn van gisteravond

helemaal vergeten. 'Ja hoor, helemaal weg! En wat ga jij vandaag allemaal doen?'
Schouderophalend liet Georgia een theezakje in een mok vallen. 'Kweenie. Een beetje uitrusten en tv-kijken, denk ik.' Ze trok haar neus op naar de radio op de vensterbank waar een liedje van Neil Diamond uit opklonk. 'Is dat Radio 2?'
Ze zei het op een toon alsof ze bedoelde: Radio Uit het Stenen Tijdperk. Was dit soms haar manier om duidelijk te maken dat ze van nu af aan naar een zender moesten luisteren die hip en helemaal ín was? Met het gevoel alsof ze honderd was, zei Abbie op verdedigende toon: 'Nee, het is –'
'Weet je trouwens hoe laat melkboeren klaar zijn met hun werk?'
'Sorry?' Was dat een strikvraag of zo?
'Je weet wel, mensen die melk rondbrengen. Die beginnen heel vroeg, dus dan zullen ze ook wel vroeg klaar zijn. Ik vroeg me alleen maar af of jij ook wist hoe laat precies.'
'Geen idee. Twaalf uur 's middags misschien.' Georgia overwoog toch niet om melk te gaan rondbrengen? Abbie kreeg ineens haast, en met een mondvol toast keek ze even in de spiegel hoe haar kapsel zat. Ze hield van Neil Diamond. Als ze alleen thuis was geweest, had ze meegezongen, misschien wel even door de keuken gedanst. Dat er nu een superkritische tiener in huis was, zou haar leven meer veranderen dan ze voor mogelijk had gehouden. Ze kauwde, slikte, nam een slok van de nog veel te hete thee en toen nog een hap toast. Dikke kans dat Georgia ook naar andere tv-programma's keek, dat ze het vreselijk zou vinden om naar een natuurfilm te kijken en op een afleidende manier dwars door een belangrijke episode heen zou praten van een of andere serie die haar niet interesseerde, maar waaraan Abbie verslaafd was.
O god, moet je mij eens horen. Ik ben gewoon een vreselijk mens dat –
'Wacht!' Georgia stak een hand op. 'Sorry, maar kun je even stil zijn?'
Dit ging echt te ver. Nu mocht ze niet eens meer toast eten in haar eigen keuken? Gek genoeg merkte Abbie echter dat ze, ondanks haar verontwaardiging, stopte met kauwen. Georgia

luisterde ingespannen ergens naar; had ze een inbreker bij de achterdeur gehoord? Een muis op de houten vloer? Een vogel die zong in de tuin? Misschien hield ze toch van de natuur.
'Wat is er?' Na een paar seconden te hebben meegeluisterd, zei Abbie: 'Ik hoor niks.'
'Hij.' Georgia wees ongelovig naar de radio op de vensterbank. 'Ik weet dat hij het niet kan zijn, maar... God, die stem! Hij klinkt precies als de jongen met wie ik gisteren in de pub heb gepraat... wow, het is gewoon eng...'
Langzaam drong tot Abbie door over wie Georgia het had. Toen Tom en zijn dochter gisteravond thuis waren gekomen, was zij al naar bed geweest. 'O, je kent Ash?'
'Ash! Ja, ja!' Georgia gebaarde woest naar de radio. 'Niet te geloven toch? Deze jongen klinkt echt precies zoals hij!'
Alles werd Abbie nu duidelijk. Ze zei: 'Dat is misschien omdat dit de Ash Parry-Jones Show is.'
Georgia's theelepeltje kletterde op het aanrecht. 'Doe effe normaal.' Haar hoofd flitste van Abbie naar de radio, waarop Ash nu grapjes zat te maken met zijn nieuwslezer. Met grote ogen zei ze: 'Maar... maar hij zei dat hij melkboer was!'
'Ach, dat is een oud grapje van hem. Hij gebruikt het ook in zijn programma en doet dan alsof hij melk heeft rondgebracht voordat hij naar de studio kwam. Hij woont naast Cleo. Maar luister, ik moet nu echt weg, want –'
'Hij heeft een radioprogramma! Fantastisch, zeg! God, is hij goed?' Compleet hersteld van de eerdere muzikale aanval op haar oren, zette Georgia het geluid harder en staarde verbaasd naar de radio. 'Oké, stomme vraag. Natuurlijk is hij goed. Ik kan het alleen nauwelijks geloven. Ik vond hem al fantastisch, maar nu is hij nog beter!'
Abbie liep naar de deur. 'Red je je hier? Ik zie je vanmiddag weer.'
'Ja hoor, ik red me wel,' zei Georgia afwezig. Haar ogen glansden; ze was met haar gedachten heel ergens anders. 'Dit is echt cool, zeg! Dan krijg ik mijn eigen dj!'

24

Fia verbaasde zich over wat er in een maand tijd allemaal kon gebeuren. Nog maar een paar weken geleden was ze iedere ochtend om acht uur opgestaan, om negen uur begonnen aan haar werk in de winkel van haar schoonmoeder en had ze, tussen het beleefd zijn tegen klanten door, de hele dag geduldig moeten luisteren naar de non-stop woordenstroom van roddels, kritiek en ander commentaar op de maatschappij van haar schoonmoeder. Commentaar dat natuurlijk regelmatig werd afgewisseld met loftuitingen aan het adres van haar zoon. Het was allemaal behoorlijk saai geweest, want Vivien herhaalde haar nogal rechtse opvattingen continu in min of meer dezelfde bewoordingen en vond het vooral leuk om, nadat klanten de winkel hadden verlaten, kritiek te leveren op hun kapsels, hun stemmen, hun kledingsmaak. Het was alsof ze aan een acht uur durend make-overprogramma meedeed. Fia had maanden geleden al ander werk willen zoeken, maar steeds als ze dat zei, was Will van streek geraakt en had hij gezegd dat dat een teleurstelling voor zowel hem als zijn moeder zou zijn. En sukkel die ze was, ze had hem geloofd. Maar in werkelijkheid had hij haar op deze manier gecontroleerd, haar geestelijk vastgekluisterd aan hem en Vivien, terwijl hij ondertussen zelf precies kon doen waar hij zin in had.

Nu ze erop terugkeek, vond ze het ongelooflijk dat ze zo onnozel was geweest. Dat kreeg je ervan als je van nature goed van vertrouwen was. Nou, dat was mooi voorbij. Will en zijn akelige kenau van een moeder konden de pot op; ze was nu in een nieuwe levensfase aanbeland en zou zich door niemand meer laten vertellen wat ze wel of niet moest doen.

Ze zou zelf beslissen wat ze wilde en er alles aan doen om het te krijgen ook.

Die niet waagt die niet wint, en dat soort dingen. Bovendien werkte het nog ook. Ze had het erop gewaagd en tot nu toe had ze gekregen wat ze wilde.

Het mooiste was echter nog dat ze haar nieuwe baan heel erg leuk vond. Zelfs al moest ze dan om zes uur op om inkopen te doen voor wat ze die dag zou koken en daarna drie uur in de keuken staan om voorbereidingen te treffen.

'La la la, laaa laaaa.' Terwijl ze meeneuriede met haar cd, schilde ze de aardappelen voor haar *shepherd's pie*, sneed ze in vieren en liet ze in een pan water op het fornuis glijden. Vanuit het keukenraam kon ze de tuin van de pub zien, waar wilde konijnen rondsprongen en vogels als acrobaten aan takken schommelden, terwijl ze zich te goed deden aan besjes en zaadjes. Ze hield van het contrast tussen de volkomen rust 's ochtends en de levendige gezelligheid wanneer de zaak openging. Natuurlijk was het hard werken, maar iedereen was zo enthousiast over haar kookkunsten dat het meer dan de moeite waard was. Ze had nog nooit zoveel complimenten gekregen. Misschien dat het nieuwtje er op een dag vanaf zou zijn, maar tot nu toe ging het goed.

Frank, de pubeigenaar, kwam de keuken in toen ze bezig was uien in boter en olie te bakken.

'Goedemorgen, liefje. Ruikt lekker. Koffie?'

'Hoi Frank. Ja, lekker.' Ze strooide poedersuiker over de uien. 'Ik maak vandaag shepherd's pie, paddenstoelenstroganoff, rundvlees met kerrie, en een hartige kip-preitaart.'

'Lekker. Er zijn al twaalf reserveringen voor de lunch. Een stel vrouwen dat gewoonlijk in de Bear eet, komt hierheen omdat ze goede dingen over ons hebben gehoord. We beginnen bekend te raken, liefje.' Frank sloeg haar op de rug. 'Je wordt nog een beroemdheid hier. Onze eigen Gordon Ramsay.'

Fia barstte niet in huilen uit. Hij bedoelde het als compliment.

'Hé, moet je zien.' Frank keek uit het raam. 'Konijnen. Waar is mijn geweer?'

'Je mag ze niet doodschieten, hoor. Ik vind het leuk om naar ze te kijken.'

'Spelbreker. Zo leuk zijn die krengen niet als ze je hele moestuin leeg eten.' Frank goot heet water in twee mokken en knikte toen naar de cd-speler op een plank boven de koelkast. 'Wat is dat waar je naar luistert?'

'De *Carmina Burana*. Van Carl Orff. Vind je het mooi?'

Hij grinnikte. 'Dat klassieke gedoe heeft me nooit echt geboeid. Geef mij maar Elvis.'

Zou ze hem op andere gedachten kunnen brengen? 'Maar het is heel ontspannend. Ik vind het fijn om het op de achtergrond te hebben aanstaan.'
Frank luisterde een paar seconden, duidelijk niet erg onder de indruk. Toen zei hij: 'Waarom luister je niet naar de radio? Dat is veel vrolijker.'
Vrolijk? Nu was het Fia's beurt om een gezicht te trekken. Wills moeder was een trouw luisteraar van Radio 4 geweest en had hem in de winkel altijd aanstaan. Wanneer Vivien niet bezig was haar klanten te bekritiseren, had ze het druk met het oneens te zijn met zo'n beetje alles wat ze op de radio hoorde, en voerde ze zinloze eenzijdige gesprekken met de presentatoren. Dat ze dag in, dag uit naar haar schoonmoeder had moeten luisteren terwijl die dingen riep als: 'Moet je jezelf nou eens horen, stomme onbenul die je bent', had haar voorgoed genezen van naar de radio luisteren.
'Je moet BWR eens proberen,' hield Frank vol. 'Naar het programma van Ash luisteren. Altijd weer lachen.'
Al haar nekhaartjes gingen meteen overeind staan. Altijd weer lachen. Toch leek dat gek genoeg nog waar te zijn ook. Toen ze gisteravond in de keuken had staan zwoegen, had ze Ash horen lachen in de bar. En toen ze met borden eten de zaak in was gekomen, had ze hem zelfs met eigen ogen kunnen zien lachen; Ash was aan het snookeren met Johnny, hij had grapjes gemaakt en was zo'n beetje de gangmaker van het hele stel geweest. Maar toen zij zich langs hem heen had gewurmd en naar hem had geglimlacht, had hij praktisch door haar heen gekeken en zich omgedraaid alsof ze er niet was. En dat was niet de eerste keer dat dat was gebeurd. Iedereen in Channings Hill had haar met open armen ontvangen, alleen Ash Parry-Jones behandelde haar onveranderlijk als een of andere ongewenste indringer. Eerst had ze gedacht dat hij gewoon een rustige, afstandelijke jongen was die zich niet zo met andere mensen bemoeide. Dat ze de afgelopen twee weken had ontdekt dat hij daarentegen heel zelfverzekerd en joviaal tegen alle anderen deed, was een schok geweest, nee, een klap in het gezicht zelfs. Want dat betekende dat hij expres koel tegen haar deed. Hij vond haar gewoon niet aardig.

Nou, als hij zo onvriendelijk tegen haar deed, dan was ze echt niet van plan om naar dat radioprogramma van hem te luisteren, hoe grappig dat dan misschien ook mocht zijn.
Frank liep de keuken weer uit, en Fia deed bloem bij de uien en daarna een beetje wijn. Tien minuten later kon ze haar nieuwsgierigheid toch niet meer bedwingen, en ze zette de cd-speler uit. Als BWR niet voorgeprogrammeerd was geweest, dan had ze de zender vast niet kunnen vinden, maar nu schrok ze toen ze ineens Ash' stem hoorde. God, wat raar om hem zo te horen, helemaal zoals hij was, speels, opgewekt en totaal relaxed.
'... en dat was Katie Melua, voor degenen onder jullie die van dat soort dingen houden. Maar als ik ooit begraven word met een iPod met maar één artiest erop, dan zou ik mezelf van kant maken als zij dat was. Of George Formby.'
'Wie?' Hij had zo te horen een jonge vrouw bij zich in de studio. 'Is dat die bokser die tegenwoordig van die grillapparaten aanprijst?'
'Volgens mij ben je in de war met George Foreman die ik juist heel graag op mijn iPod in mijn graf zou hebben, want hij is een legende, al zingt hij dan niet. Maar ik heb het over George Formby die ukelele speelt, en dat op een bijzonder irritante manier. En Lonnie Donegan wil ik ook niet. De King of Skiffle. Want ik haat skifflemuziek,' zei Ash. 'Hoewel ik moet zeggen dat ik het woord skiffle wel weer heel mooi vind. Net zoals knickerbocker en likkebaarden.'
'Dat laatste heb je net zelf verzonnen!'
'Nee hoor, het is een bestaand woord,' protesteerde Ash. 'Ik snap ook niet waarom. En het is veel minder erg dan je denkt, want het gaat niet echt om likken aan baarden.'
Het meisje zei: 'Ik vind pietepeuterig een leuk woord.'
'Dat is ook het lievelingswoord van onze producer,' zei Ash. 'Ik snap niet waarom eigenlijk. Misschien omdat hij gebreide truien draagt, en zijn moeder van hem op haar zakdoekje moet spugen voordat ze zijn gezicht schoonveegt –'
Voetstappen voor de keukendeur. Frank kwam terug. Voordat ze wist wat ze deed, had Fia de radio weer omgeschakeld naar cd. Toegegeven, dat was misschien kinderachtig, maar ze

gunde het Ash niet dat hij ooit te horen zou krijgen dat ze naar zijn programma had geluisterd.
Als hij zonder enige reden zo koel en onvriendelijk kon zijn… nou, prima dan. Dat kon zij ook.

'Je kon je geluk zeker niet op, hè?'
Cleo keek in de achteruitkijkspiegel naar haar passagier en raakte bijna verblind door zijn tanden. 'Pardon?'
'Toen je hoorde wie je moest rijden. En dan niet zomaar voor één ritje, nee, voor drie hele weken.'
'Ja. Helemaal waar.' Ze knikte en wierp hem een professionele glimlach toe. Wat een vreugde. Ze waren nog maar nauwelijks onderweg, en nu al bleek haar klant een vervelende zak te zijn.
En dan te bedenken dat die ouwe mopperkont van een Graham dacht dat hij haar een pleziertje deed toen hij haar de opdracht gaf.
'Hier, jij mag deze.' Graham had er nog bij geknipoogd – geknipoogd! – ook toen hij haar vorige week het boekingsformulier had overhandigd. 'Mooie werktijden, en nog een stuk ook zo te zien. Zeg niet dat ik nooit iets voor je doe.'
'O, Casey Kruger!' Shelley, die het kleine, volle kantoortje binnen was gekomen om haar sleutels af te geven, had over Cleo's schouder gekeken. 'Toen hij in *On the Beach* speelde, had ik een poster van hem in mijn kamer hangen.'
Cleo had niet gekeken naar *On the Beach*, een van de succesvolste exportsoaps uit Australië, maar ze wist heus wel wie Casey Kruger was. Net zoals Kylie en Jason en vele andere soapsterren was hij nu aan een muziekcarrière begonnen.
En daar zat hij dan, lui achteroverleunend en gekleed in een zwart overhemd dat halfopen stond, en een superstrakke zwarte spijkerbroek. Hij dronk cola light en zette handtekeningen op een hele stapel publiciteitsfoto's van zichzelf. De komende drie weken trad hij op in de Bristol Hippodrome, als hoofdrolspeler in een nieuwe musical die *Beach Party!* heette. Het was haar taak om hem iedere middag op te pikken bij zijn hotel in een buitenwijk van Bath en hem naar het theater te rij-

den, om hem dan na afloop van iedere voorstelling weer op te halen en veilig terug te brengen naar zijn hotel.

'Hier.' Casey boog zich naar voren en tikte haar op de schouder toen ze bij een kruispunt stonden te wachten.

Cleo draaide zich om en zag dat hij haar een van de foto's wilde geven die hij net had gesigneerd. 'O, dank u. Dat is erg aardig.'

Tja, wat moest ze anders zeggen – nee, dank u, daar word ik een beetje misselijk van?

'Heb je gezien wat ik erop heb gezet?' Casey leek erg tevreden met zichzelf.

Cleo las snel wat er stond: Voor Cleo, je bent een echte *babe,* en als ik je zie raak ik helemaal over mijn toeren! Liefs, Casey Kruger xxx.

Wat minder vleiend was dan het klonk, aangezien Casey tegen ieder meisje 'Je bent een echte babe!' riep. Een paar jaar geleden, bij een of ander benefietoptreden, had hij het zelfs tegen prinses Anne gezegd, en als dat niet bewees dat hij een vervelende zak was, dan wist Cleo het ook niet meer.

'Geinig, hè? En dat van dat toeren heb ik erin gezet omdat je me de komende drie weken rondtoert!'

Ze knikte glimlachend. Als het zo doorging, zou het voelen als drie jaar.

'Volgens mij gaan we het hartstikke leuk krijgen samen.' Grinnikend nipte hij van zijn cola light en deed toen het geblindeerde raampje naar beneden zodat de mensen bij de bushalte hem konden herkennen. Hij knikte en wuifde hoffelijk alvorens het raampje weer dicht te doen. 'Zo Cleo, vertel me eens wat over jezelf. Was je een grote fan van *On the Beach* toen ik er nog in speelde?'

O god, het voelde nu al als drie jaar. Misschien kon ze Shelley zover krijgen om met haar te ruilen.

25

Vanwege een lunch met zijn producer, gevolgd door een voor hem ongebruikelijke aandrang om nieuwe kleren te kopen, was het al vier uur toen Ash thuiskwam. Terwijl hij bezig was een hele berg tassen uit zijn kofferbak te halen, hoorde hij voetstappen achter zich. Doelbewuste voetstappen zo te horen. Een fractie van een seconde dacht hij dat het misschien Fia was, en zijn hart maakte een sprongetje. Hij draaide zich om en stond oog in oog met...

Nee, niet met Fia. Het was Georgie – sorry, Georgia, de achttienjarige spermagedoneerde dochter van Tom Wells. Wat een raar verhaal was dat toch.

'Hoi, alles goed?' Ze maakte een bijzonder opgewekte indruk. 'Ik had je veel eerder thuis verwacht!'

Ash ging rechtop staan, sloeg de kofferbak dicht en zei: 'Nou, sinds ik mijn elektronische enkelband niet meer hoef te dragen, mag ik net zo lang wegblijven als ik maar wil.'

Even werden haar felblauwe ogen als schoteltjes zo groot. 'Had je die echt?'

'Nee.'

'O. Gelukkig maar.'

'Zeg dat wel. Huisarrest is het ergste wat je kan overkomen.'

Ze grijnsde naar hem. 'Ik heb op je staan wachten. Raad eens waarom?'

Hij haalde zijn schouders op. 'Geen flauw idee. Omdat je mijn reeds lang verloren gewaande zusje blijkt te zijn?'

'Doe niet zo flauw! Nee, luister, ik ben je allergrootste fan! Niet te geloven dat je me gisteravond niet meteen hebt verteld dat je dj bent.'

'Ik ben erg bescheiden,' loog hij.

'Even serieus, ik heb vanochtend naar je programma geluisterd... en je was echt fantastisch! En al dat gedoe met die online-luisteraars die je van over de hele wereld mailen en dat je toen dat liedje over ze verzon... dat was echt fantastisch! Jij hebt het leukste radioprogramma dat er is!'

'Dat ben ik toevallig helemaal met je eens.'

'Mag ik binnenkomen?'
'Pardon?'
Ze knikte naar zijn tuinhekje. 'Bij jou thuis. Dan kun je me laten zien wat je hebt gekocht. Grappig eigenlijk, hè? Als ik hier bij mijn vader was opgegroeid, dan zouden we elkaar al jaren kennen. En ik heb je pas gisteren leren kennen, maar toch voelt het alsof ik je al jaren ken! Je kent dat toch wel, dat het meteen klikt tussen twee mensen die elkaar voor het eerst ontmoeten en dat ze het dan heel erg goed met elkaar kunnen vinden? Nou, volgens mij is dat met ons gebeurd. Kom, dan gaan we je nieuwe spullen bekijken. Als je soms zoveel hebt gekocht om indruk op mij te maken, nou, dan kan ik je vertellen dat het heeft gewerkt.'
Ash had al die kleren gekocht in een poging indruk te maken op Fia, maar hij was zich ervan bewust dat hij weinig verstand had van mode. Bij afwezigheid van Cleo kon hij net zo goed raad vragen aan Georgia. Ook al droeg die zelf op dit moment een paars spijkerjasje, een blauwgroene corduroy short over een zwarte panty en een sjaal met spikkels in alle kleuren.
'Je hoeft niet zo naar me te kijken,' zei ze bozig. 'Ik heb een erg goede persoonlijke stijl. Ik ben heel eclectisch.'
Ash rammelde met zijn sleutels. 'Kom dan maar mee.'
In de woonkamer deed ze meteen alsof ze thuis was. 'O, wat een grote!' Ze wees naar de tv. 'En wat heb je het hier leuk ingericht.' Ze keek om zich heen naar de witte muren waaraan zwart-witfoto's hingen, naar het lichtgrijze tapijt en de zwarte suède bank en stoelen. 'Niet té netjes, maar ook weer geen complete puinzooi.'
'Nou, dank je.' Ash, die net druk bezig was tijdschriften en kranten van de salontafel te pakken, liet ze weer vallen.
Ze lachte, waarbij parelwitte tanden zichtbaar werden. 'Ik ga iedere dag naar je programma luisteren. Maar pas nu je kleren eens aan. Nee, je hoeft daarvoor echt niet naar boven te gaan –'
'O jawel. Jezus, wat ben jij er voor eentje?' Ash hield zijn overgewicht graag voor zichzelf; zelfs op het strand trok hij zijn kleren niet uit. Geen sprake van dat hij zich zou uitkleden ten

overstaan van een mager achttienjarig meisje dat geen blad voor haar mond nam.

'Ik ben ik,' zei ze onverstoorbaar. 'Ik ben uniek.'

'Dat merk ik.'

Toen hij weer beneden kwam, nam ze hem met samengeknepen ogen op.

Hij keek naar het overhemd en jasje en schoot meteen in de verdediging. 'Wat?'

'Helemaal fout.'

'Verdomme, ze hebben me anders wel een paar honderd pond gekost.'

'Rustig maar, met die kleren is niks mis. Het gaat om hoe je ze draagt.' Ze stond op van de bank en begon kordaat knoopjes los te maken, manchetten om te slaan, aan kragen te trekken en het overhemd dat hij te strak in zijn spijkerbroek had gestopt, eruit te halen. 'Je moet je ontspannen. Alles moet er vloeiend en casual uitzien. En dit geval,' ze pakte een felgekleurde trui met zigzagstrepen uit een van de tassen alsof het een slang was, 'moet terug naar de winkel.'

De zigzagtrui van Ted Baker was juist een van zijn favorieten.

'Nee, nee.' Hij schudde zijn hoofd. 'Die houd ik.'

'Ach gut,' zei ze meelevend. 'Je hebt er zeker al spijt van dat je me om hulp hebt gevraagd, hè?'

'Om precies te zijn: ik heb je niks gevraagd. Je bent gewoon mee naar binnen gestormd om als een of andere drilmajoor bevelen te gaan schreeuwen.'

'Sorry, ik weet dat ik nogal direct ben, maar ik wil je echt alleen maar helpen.' Ze gooide de tas van Ted Baker op de bank en trok nog eens aan de opgeslagen kraag van zijn jasje. 'Zo, dat is stukken beter. Hoewel ik niet weet waarom ik dit eigenlijk doe, want zo krijg je alleen maar meer meisjes achter je aan.'

Hij keek haar achterdochtig aan. 'Neem je me in de maling of zo?' Want als dat zo was, dan beviel hem dat niets.

'Natuurlijk niet. Waarom zou ik? Je bent fantastisch.' Ze keek hem recht aan met haar felblauwe ogen. 'Snap je dan nog niet waarom ik hier ben? Omdat ik helemaal weg van je ben.'

Hij zuchtte. 'Oké, wie heeft dit allemaal bekokstoofd?' Als het Cleo was, dan draaide hij haar de nek om.

'Niemand!' Georgia streelde even zacht met haar vingers over zijn gezicht. Toen hij achteruitdeinsde, zei ze: 'Ik voelde het meteen gisteravond. Ik had eigenlijk gehoopt dat jij het ook zou voelen. En dat was nog voordat ik wist dat je bij de radio werkte. Wat betekent dat ik niet een of andere gillende groupie ben.'

Ash schudde zijn hoofd. 'Dit is een geintje.'

'Echt niet. Ik geef toe, mooi ben je niet. Maar daar val ik niet op,' zei ze. 'Nooit gedaan ook. Voor mij gaat het om persoonlijkheid. Terwijl al mijn vriendinnen kwijlden bij Zac Efron, had ik foto's van James Corden aan de muur hangen. En nu heb ik jou leren kennen.' Ze deed een stap naar voren. 'Ik vind dat we volmaakt bij elkaar passen. En natuurlijk wil je mij ook.'

Dit was gewoon surrealistisch. 'Waarom zou ik je moeten willen?'

'Omdat ik mooi ben en een fantastische persoonlijkheid heb.' Ze grijnsde. 'Waarom zou je me niet leuk vinden?'

'Maar –'

'Je hoeft niet zo verbaasd te kijken. Dit is mooi! Ik ben zo blij dat ik hiernaartoe ben gekomen.' Ze ging op haar tenen staan en plantte onverhoeds een kus op Ash' nietsvermoedende mond. Voordat hij de kans kreeg zich los te maken, maakte ze zichzelf alweer los en zei: 'En jij zult vanzelf ook blij worden.'

Jezus, ze meende het echt. Hij veegde zijn mond af, die plakte van de lipgloss met meloensmaak. 'Kappen nu. Ik weet niet waar je mee bezig bent...'

'Kom maar, dan zal ik het je laten zien.'

'Nee. Laat me los.' Het was net alsof hij aan het worstelen was met een inktvis. Terwijl hij haar handen van zich aftrok, zei hij vastbesloten: 'Dit gaat echt niet gebeuren. Geen sprake van.'

'Waarom niet? Je wilt toch niet beweren dat ik niet mooi genoeg ben?' Ze was gepikeerd. 'Niet dat ik verwaand wil doen of zo, maar ik weet best dat ik er goed uitzie.'

Hij snapte haar verwarring. Qua fysieke schoonheid speelde ze in een veel hogere divisie dan hij. Hij zei: 'Je bent beeldschoon. Maar je bent pas achttien.'

'Nou en?' Haar stem sloeg over.
'Dat is te jong voor mij.'
'Jemig zeg, ik ben geen klein kind meer. Ik ben volwassen!'
'Dat weet ik ook wel, maar zo zit ik nou eenmaal in elkaar. Ik val gewoon altijd op meisjes van mijn eigen leeftijd of ouder. Dat is gewoon een kwestie van... persoonlijke voorkeur.'
'Dus je hebt geen belangstelling voor me. Je hebt liever iemand die ouder en lelijker is. En waarschijnlijk een stuk dikker ook.' Met haar handen op haar smalle heupen geplant, zei ze: 'Heb je wel enig idee hoe... hoe verkeerd dat is?'
Hij begon te lachen. 'Ja, het zal wel helemaal verkeerd zijn.'
'Om niet te zeggen frustrerend. Nou ja, voorlopig zal ik het er niet meer over hebben, maar denk maar niet dat ik het opgeef,' waarschuwde ze hem, 'want dat is niet zo. Ik kan nog steeds proberen om je voor me te winnen met mijn fantastische persoonlijkheid.'
'Je kunt het natuurlijk altijd proberen.'
'Ik zal je allergrootste fan worden. En leeftijd is niet belangrijk, weet je. Dat heeft helemaal niets te betekenen. Hoe oud ben je eigenlijk? Zevenentwintig? Achtentwintig?'
'Zesentwintig,' antwoordde hij ernstig. 'Eneenhalf.'
'Nou, zie je wel, dat stelt helemaal niks voor! Nee, ik geef het niet op.'
'Nou, veel geluk ermee dan, want het zal niet gebeuren.'
Totaal niet van haar stuk gebracht, veranderde ze van tactiek. 'Ik zou het heel goed doen op de radio. Mag ik een keertje in je programma?'
'Nee, dat mag je verdomme niet!'
'Spelbreker.'
'Ja, jammer dan. En nu moet ik wat mensen bellen, voor mijn werk.' Hij liep langzaam in de richting van de voordeur en vervolgde: 'Dus ik zal je moeten vragen om –'
'Weg te gaan, ja ja. Je wilt dat ik ophoepel. Maar ik weet wat ik wil en ik geef niet op tot ik het heb.' Ze wierp hem een oogverblindende glimlach toe terwijl hij haar naar buiten duwde. 'En nog wat over dat leeftijdsgedoe.'
'Wat dan?'

‘Wanneer jij tweeëntachtig bent, ben ik vierenzeventig.’
O god, waarom zat Fia niet zo schaamteloos achter hem aan?
‘Geloof me,’ zei hij hardop. ‘Wanneer ik tweeëntachtig ben, ben ik dood.’
‘Zie je nou? Zo’n negatieve levenshouding. Ik zou je echt kunnen helpen om daar iets aan te doen,’ zei ze.

26

‘Ash belde me vanochtend.’ Cleo, die een stelletje zakenmannen naar een congres in Manchester had gereden, was na haar werk even bij Abbie langsgewipt. ‘Georgia valt hem lastig. Seksuele intimidatie noemde hij het. Ze heeft zich zo’n beetje op hem gestort!’
‘Wat een bofkont.’ Abbie ging verder met het bedruipen van de kip die ze net uit de oven had gehaald.
Cleo zette de waterkoker aan. ‘Alleen heeft hij helemaal geen interesse. Ze is niet zijn type. Hij zegt –’
‘Niet die,’ flapte Abbie eruit, toen ze zag dat Cleo een pak melk uit de koelkast pakte. ‘Dat is de volle.’
‘Maakt niet uit, ik vind volle melk lekker.’
‘Maar hij is van Georgia. Pak die andere maar, de halfvolle, anders is er niet genoeg voor haar cornflakes, en dan krijg ik weer de schuld.’
Abbie was duidelijk gestrest. Haar haren waren ontsnapt aan het elastiekje dat ze bij elkaar moest houden, ze had rode wangen en ze smeerde de kip snel in met gesmolten boter.
Terwijl Cleo de verkeerde melk terugzette, vroeg ze voorzichtig: ‘Waar is ze?’
‘Met Tom naar bestelbusjes aan het kijken. Ze heeft een busje nodig voor haar strijkbedrijf, dus hij koopt er eentje voor haar.’ Smeren smeren smeren.
‘Ja, daar had hij het al over. Dus ze kan rijden? Ik bedoel, heeft ze een rijbewijs?’
‘O ja. In één keer geslaagd, afgelopen oktober. Een van haar

moeders vrienden was haar rij-instructeur. Dus dat kwam goed uit.'
'Abbie, ga even zitten.'
'Dat kan ik niet, ik moet het eten klaarmaken.' Terwijl ze met haar boterkwastje in de kip prikte, vervolgde ze: 'Alleen mag ik de vulling niet meteen in de kip doen, want daar wordt hij plakkerig van volgens mevrouw. Dus ik moet de vulling in een aparte pan braden en ervoor zorgen dat hij goed knapperig is, anders is het vies.'
Och hemel. Cleo overwoog even of ze haar oudere zus zou herinneren aan de eindeloze ruzies die ze thuis hadden gehad over de beste vorm voor gebakken aardappelen, gewoon of geribbeld, dik òf dun...
'En o wee als ik het fout doe,' ratelde Abbie verder, 'want ik heb vandaag al een slechte beurt gemaakt. God, je zou denken dat ik haar was had gedaan om haar dwars te zitten. Ik heb haar witte topje zelfs nog op de hand gewassen omdat ik er zeker van wilde zijn dat het wit bleef.'
'En toen?'
'Toen heb ik het in de droger gestopt en is het gekrompen. Natuurlijk bleek het haar lievelingstopje te zijn. Dus heb ik mijn excuses aangeboden omdat ik zag dat ze het erg vond, en toen zei ze dat op het label stond dat het niet in de wasdroger mocht.'
'O.' Cleo wist niet goed bij wie haar sympathie op dit moment lag. Een lievelingstopje was een lievelingstopje.
'Dus toen zei ik dat ik nog naar een label had gezocht om te zien wat de wasinstructies waren, maar dat er geen in zat. En toen zei Georgia dat er wel een label in had gezeten, maar dat dat in haar nek kriebelde, dus dat had ze eruit geknipt, maar als ik haar eerst had gevraagd of het in de droger mocht, dan had ze me kunnen zeggen dat dat verboden was.'
Cleo vroeg zich af of dit het moment was om haar te herinneren aan die keer dat ze haar schoolblouse bij de witte was in de wasmachine had gedaan, waarbij ze was vergeten dat er nog een inktpatroon in het voorzakje zat. Toen Abbie later de rampzalige blauwe vlekken op haar mooiste witte spijkerbroek had gezien, was ze helemaal doorgedraaid. Wat heel begrij-

pelijk was, maar het punt was dat het een ongelukje was geweest.

'Wat rot voor je.' Ze sloeg even een arm om Abbie heen. 'Maar het komt vanzelf wel goed. Jullie wennen wel aan elkaar.'

Abbie schudde haar hoofd. 'Ik doe echt mijn best, maar ik voel me gewoon het vijfde wiel aan de wagen. Weet je nog dat we van plan waren om deze zomer een cruise te gaan maken? Daar heb ik altijd van gedroomd. Maar toen ik Tom er gisteren naar vroeg, zei hij dat het nu misschien een beetje onhandig uitkwam. Hij vindt dat we niet zomaar weg kunnen gaan en Georgia hier alleen achterlaten. Maar als ze mee zou gaan, zouden we voor haar een aparte hut moeten boeken, en dat zou de vakantie bijna twee keer zo duur maken, wat we ons toch niet zouden kunnen veroorloven, dus komt het erop neer dat we helemaal nergens naartoe gaan. Maar ach, het is veel beter zo, want wie wil er nou een mooie cruise over de Middellandse Zee maken als je in plaats daarvan je zuurverdiende geld kunt uitgeven aan een of andere ouwe bestelbus?'

Haar stem was gestegen tot gillende-keukenmeidenniveau; het deed bijna pijn aan de oren. Gelukkig werden Cleo's oren gered door een auto die buiten tot stilstand kwam. Ze keek uit het raam. 'Daar heb je ze.'

'Oké. Kalm blijven, kalm blijven.' Abbie haalde een paar keer diep adem en wuifde zichzelf koelte toe met de theedoek. 'Sorry, ik had het gewoon even niet meer. Het komt wel weer goed.'

De voordeur werd met een klap dichtgeslagen en uit de gang klonk er gekletter en gelach. Vlak daarop klonk in koor: 'Hi honey, I'm ho-me!'

Wat Toms standaardgrap was, maar voordat Cleo naar Abbie kon glimlachen om aan te geven dat het allemaal wel goed kwam, hoorden ze Georgia uitroepen: 'O, wow, woon jij hier ook? Wat toevallig! Ik ook! O honey, dus nou zijn we allebei ho-me!'

'Ho-me!' echode Tom. 'En honey, ruik je ook eten?'

'Volgens mij wel, honey! Volgens mij ruik ik... kip!'

Meteen daarna kwamen ze allebei de keuken in stormen, maar

niet voordat Cleo de blik in Abbies ogen had gezien. Vroeger was zij degene geweest die door Tom 'honey' werd genoemd, maar nu was Georgia erin geslaagd om zich dat koosnaampje toe te eigenen en noemden zij en Tom elkaar zo. Misschien was het niet hun bedoeling om Abbie nog meer het gevoel te geven dat ze werd buitengesloten, maar zo pakte het wel uit. En dat vond ze heel erg.
Het had dus weinig geholpen dat Cleo hem gisteravond had gezegd dat hij wat meer rekening moest houden met de gevoelens van haar zus. Tom was duidelijk helemaal weg van Georgia en kon zich niet inhouden.
'Hoi! Is de vulling krokant?'
'Ja, ik heb –'
'Maar de worteltjes kook je toch wel lekker lang? Ik heb een pesthekel aan knapperige groente.'
Abbie schudde haar hoofd en wist een vrolijk lachje tevoorschijn te toveren. 'Maak je maar geen zorgen, ik zal –'
'Je raadt nooit waar we zijn geweest.' In haar handen klappend en van de ene voet op de andere springend, flapte Georgia eruit: 'We zijn naar busjes wezen kijken! En weet je wat we hebben gedaan?'
Abbie opende haar mond om het te raden. 'Hebben jullie soms –'
'We hebben een busje gekocht!' Georgia wierp zich op Tom om hem te omhelzen en sprong als een kangoeroe door de keuken. 'Nou ja, mijn vader heeft een busje voor me gekocht! Hartstikke cool, hè? Zodra we morgen de verzekering in orde hebben gemaakt, kan ik mijn eigen busje ophalen! En hij is blauw!'
Abbie was net een nerveus bruidje dat voor de fotograaf moest poseren en gedwongen was haar glimlach te lang vast te houden. 'Blauw! Wat mooi...'
Oké, zo kon die wel weer. 'Maar je hebt hem niet alleen van je vader gekregen toch?' Cleo kon zich niet meer beheersen; ze moest iets zeggen. 'Ook van Abbie. Het geld is ook van Abbie.'
'Is dat zo? O ja, natuurlijk, daar had ik helemaal niet bij stilgestaan.' Hoofdschuddend zei Georgia vrolijk: 'Nou, dank je

wel, Abbie.' Ze liet Tom net lang genoeg los om Abbie snel even te omhelzen en een kus op haar wang te geven.
Nou ja, een luchtkusje ergens in de buurt van haar wang.
'Graag gedaan, lieverd.' Abbie omhelsde haar vriendelijk, maar binnen de kortste keren stond Georgia alweer naast Tom. Ze pakte zijn arm beet en praatte honderduit over hoe vroeg ze morgenochtend het busje gingen ophalen.
Cleo wierp een blik op Abbie. Ze wilde iets zeggen, maar Abbie schudde haar hoofd.
Het had Cleo nog nooit zoveel moeite gekost om haar kiezen op elkaar te houden.

27

De Tudor rode Bentley Continental convertible uit 1985 was Cleo's lievelingsauto. Hoewel ze liever had dat de ivoorkleurige leren stoelen en het crèmekleurige tapijt niet waren bezaaid met duizenden snippertjes rode en zilveren confetti.
Het was echter moeilijk daar lang over te mopperen terwijl de ochtend zo'n complete verrassing was geweest voor de bruid, die had gedacht in de Mazda van haar oom naar de kerk te worden gereden. Ze was in vreugdetranen uitgebarsten, en Cleo had zelf ook een paar traantjes moeten wegpinken, toen de oom het meisje voorzichtig uit haar rolstoel had getild en op de achterbank van de Bentley had laten zakken. En ze had er ook prachtig uitgezien in haar donkerrode fluwelen bruidsjurk.
Na de plechtigheid had ze het meisje en haar kersverse echtgenoot teruggereden naar het huis van de oom in Downend waar een eenvoudige receptie werd gehouden; ze waren grenzeloos gelukkig geweest. Er waren honderden foto's gemaakt, in de Bentley en voor de Bentley, en om het te vieren waren er hele sneeuwstormen aan confetti de lucht in gegooid. Cleo hoorde dat de ouders van het meisje drie jaar geleden waren omgekomen bij een auto-ongeluk waarbij het meisje zelf invalide was geraakt. Het was altijd de droom van haar vader

geweest om zijn geliefde dochter op haar huwelijksdag in een rode limousine naar de kerk te rijden.
Zoiets liet geen mens onberoerd, toch, tenzij je een hart van steen had. Zoveel onvoorstelbaar verdriet; maar vandaag hadden het meisje en haar jonge echtgenoot laten zien dat alles te overleven viel. Toen ze hand in hand op de met confetti bezaaide achterbank hadden gezeten, had het meisje gezegd: 'Ik ben het gelukkigste meisje ter wereld.' En Cleo had haar onmiddellijk geloofd.
Dus geen gezeur over de confetti, zelfs al was het dan die glinsterende metallic soort die statisch werd en alle kanten uit sprong in plaats van netjes in het mondstuk van de stofzuiger te verdwijnen zoals de bedoeling was. Het kostte gewoon iets meer moeite en –
'Hallo!'
'Au!' Geschrokken van het onverwachte tikje op haar schouder, stootte Cleo haar hoofd aan het autodak, en ze zag even sterretjes. Nadat ze de stofzuiger had uitgezet, schoof ze naar achteren de auto uit en draaide zich om om te kijken wie de boosdoener was.
'O sorry, ik wilde je niet laten schrikken! Heb je je pijn gedaan?' Het meisje was lang en droeg een vierkante bril met een smaragdgroen montuur, van het soort dat kunstzinnige typetjes dragen, en haar magere gestalte ging gehuld in vreemd gestyleerde grijze kleren die waarschijnlijk tien keer zo duur waren als je ooit zou kunnen denken.
'Ik overleef het wel.' Cleo wreef over haar achterhoofd. 'Kan ik je ergens mee helpen?'
'Ik hoop het. We vroegen ons af of we je auto konden lenen!'
Er brak net een waterig zonnetje door de wolken heen en in het park was geen hond te bekennen. Nadat Cleo nog eens goed had gekeken of ze echt geen andere mensen in de buurt zag, vroeg ze: 'We?'
Het meisje straalde. 'Ik werk voor Schofield, en we hebben je bespioneerd! Nou ja, hij dan, en zodra Schofield ergens zijn zinnen op heeft gezet, kan niets hem nog tegenhouden, dus ik hoop echt dat je het goedvindt. We zijn daar,' voegde ze eraan toe, vaag achter zich wijzend.

'Bij Johnny?' Cleo had geen flauw idee wie Schofield was, maar dat het bij Johnny moest zijn, kon bijna niet missen.
'Precies! We doen een fotoshoot... Trouwens, ik ben Terri, de assistente van Schofield... en hij had je auto gezien vanuit een raam boven. Dus heeft hij me hierheen gestuurd om te vragen of we hem mochten lenen, gewoon voor een paar uurtjes.'
Goed, het was halftwee. Cleo dacht snel even na. Ze hoefde Casey pas om vier uur op te halen, dus technisch gezien was het mogelijk. 'Waar moet ik jullie heen brengen?'
'Nergens. We willen de auto alleen maar in de shoot gebruiken, meer niet.'
'Hij is alleen te huur. Ik kan hem niet zomaar uitlenen.' Nou, dat kon ze natuurlijk wel, maar dat was ze niet van plan. 'Honderd pond,' zei ze.
Terri knikte ernstig. 'God ja, natuurlijk, geen enkel probleem!'
Shit, ze had meer moeten vragen. Dit was nou de reden waarom ze een heel slechte marktverkoper in een Marokkaanse soek zou zijn.

Schofield leek net een pezig klein kaboutertje. Hij droeg een geruit honkbalpetje, een verkreukeld zwart linnen jasje en een strakke spijkerbroek in de kleur van vanillevla. Toen hij Cleo als een verloren gewaand familielid omhelsde, kon ze alleen maar blij zijn dat ze dat niet was.
'Schat, je bent mijn redder in nood. Het was een ramp.' Hij klónk zelfs als een kaboutertje. En zijn honkbalpetje was hem veel te groot. Achter hem gaven Johnny's opgetrokken wenkbrauwen te kennen dat Schofield niet de enige was die het een ramp vond. Ze hadden hier duidelijk te maken met Een Artistiek Type.
'Snap je wat ik voor ogen had? Zilver, grijs, wit... alles monochroom.' Schofield begon in het rond te springen en gaf met zijn handen het kader van het tafereel aan: Johnny, in een wit overhemd en een grijze legerbroek, die in de enorme witte ruimte werkte aan het zilverkleurige stalen beeld van een steigerende hengst. En op de achtergrond, zichtbaar door de openslaande deuren, een grijswitte tuin compleet ontdaan van kleur en onder de...

Pardon?
Sneeuw?
Toen Johnny haar verbazing bemerkte, zei hij droog: 'Er is hier een sneeuwmachine geweest. Ze hebben de hele tuin ondergespoten. Het is papier-maché.'
'Dat weet ik ook wel.' Dacht hij soms dat ze achterlijk was?
'Wit... grijs... monochroom,' dreunde Schofield op. 'Maar toen we aan de shoot begonnen, ontbrak er iets. Iets cruciaals... iets wat het hele plaatje kon maken... maar ik kon maar niet bedenken wat dat was. Tot ik boven uit het raam keek en –'
'Mijn Tudor rode Bentley Continental convertible zag.'
'Precies! Precies! Je moet hem daar, achter die bomen, neerzetten... het is de nevenschikking van het paard,' hij wees naar de hengst op zijn achterpoten, 'en de paardenkracht.' Hij maakte een zwaaiend gebaar naar waar de auto zou komen te staan. 'Zie je het voor je? Kun je het nu voor je zien?' Zijn te grote honkbalpetje gleed over een oor toen hij opgewonden knikte. 'Zie je het?'
Cleo knikte. Hij was gillend gek. 'Ja, hoor.'
Ze was tien minuten bezig met een paar centimeter achteruitrijden, vijf centimeter vooruit... 'Nee, nee, weer naar achteren, ietsepietsie,' voordat de Bentley eindelijk naar Schofields tevredenheid geparkeerd was en de shoot opnieuw kon beginnen. Toen ze ontdekte dat van haar werd verwacht dat ze bleef voor het geval dat de auto nog een keer verplaatst moest worden, was ze stiekem in haar nopjes. Ze had nog nooit een echte fotoshoot meegemaakt. Voor deze shoot, die bedoeld was voor een glossy tijdschrift, waren uren uitgetrokken en de aandacht voor detail was ongelooflijk. Behalve Schofield, de hyperactieve kabouter, waren er ook nog Terri, zijn assistente, een styliste genaamd Lorna (oranje jumpsuit, blauw haar, een tanktopje als een soort maliënkolder), een haar- en make-upman genaamd Mike (kaalgeschoren hoofd, geen make-up) en de journaliste die het interview zou doen, genaamd Roz.
In een korte pauze tussen de bedrijven door kwam Johnny naar Cleo toe en mompelde: 'Niet te geloven, zeg. Ik dacht dat

ze alleen maar een paar foto's kwamen maken, dat het in vijf minuten gebeurd zou zijn.'
'O nee nee nee.' Cleo hield haar gezicht in de plooi en schudde langzaam haar hoofd, à la Schofield. 'We hebben meer tijd nodig om de juiste... nevenschikking te vinden.'
'Dat is helemaal waar. Ik had geen flauw idee. Waarom kijk je zo naar me?'
'Heb je haarspray op?'
'Nee!'
Ze tuurde nog wat aandachtiger. 'Make-up?'
'Doe normaal, echt niet.'
'Waarom heb je dan een haar- en make-upman?'
'Ik niet. Roz. Ze wil gefotografeerd worden terwijl ze mij interviewt.'
Mike, die in zijn dozen met cosmetica rommelde, ving hun blik op. Terwijl hij een kwast en een potje met losse poeder pakte, vroeg hij hoopvol: 'Ook wat?'
'Nee, dank je,' antwoordde Johnny.
'Zeker weten? Niet een klein beetje om de glans weg te nemen?'
'Nee, dank je, ik weet het helemaal zeker.' Met een blik op Schofield die een ladder op- en afklom om allerlei mogelijke hoeken uit te proberen, vroeg Johnny aan Mike: 'Is hij altijd zo?'
'O ja. Vandaag is hij nog behoorlijk tam. Bij de laatste shoot die ik met hem heb gedaan, eindigden we in Regent's Park met drie supermodellen in couture, omringd door een stuk of tien straalbezopen zwervers die blikjes bier achteroversloegen.' Zijn lip trilde bij de traumatische herinnering. 'En die wilden allemaal make-up op.'
'Ha.' Roz ging op het randje van een stoel naast Johnny zitten. 'Vorig jaar bij een shoot moest Terri van hem een vrouwelijke parkeerwacht overhalen om naar de studio te komen. Voordat ze wist wat haar overkwam, lag ze al op de grond, met naast haar een beroemde acteur die een stuur in zijn handen hield en een voet op haar borst had gezet. Schofield had zelfs een titel voor de foto. Driving over Miss Daisy.'
'O ja, daar heb ik over gehoord!' Cleo herinnerde zich dat ze

er iets over in de krant had gelezen. 'Is die vrouw daardoor haar baan niet kwijtgeraakt?'
Roz knikte. 'Ja, dat was natuurlijk heel naar. En ook heel oneerlijk.' Ze zweeg even. 'Maar ja, ze was maar een parkeerwacht, dus wie maakt zich daar nou druk om?'
'Oké, iedereen weer in positie.' Schofield hing als een aap aan de ladder. 'Johnny, rechts van het paard, schat, en daarna vertel ik je wel wat je verder moet doen.'
'Fijn,' mompelde Johnny zacht.
'Nog maar een paar uurtjes,' troostte Roz hem.
Mike gaf een klapje op zijn dikke buik. 'Ik verga van de honger. Terri! Terri! We hebben eten nodig!' Voor het geval dat Terri het niet snapte, deed hij alsof hij met mes en vork at.
'Oké, komt in orde.' Terri drukte een toets in op haar telefoon en zei zakelijk: 'Hoi, met Terri, we zijn er klaar voor.' Ze zette haar toestel weer uit en keek Cleo aan. 'Ben je vegetariër?'
'Nee.'
'O, gelukkig.'
Zeg dat wel, dacht Cleo.
Vijf minuten later werd er aangebeld. Terri, die een reflectiescherm voor Schofield ophield, riep: 'Dat zal het eten zijn. Kan iemand even opendoen?'
Cleo ging helemaal op in de shoot. Het belangrijkste was het licht. Schofield was druk aan het werk; hij probeerde iedere beweging van Johnny te vangen terwijl die met het staaldraad in de weer was. Het was eigenlijk heel fascinerend om te zien hoe hij –
'Kan iemand gaan opendoen, alsjeblieft!' brulde Schofield toen de deurbel weer ging.
Oké dan. Cleo stond op.
'Wacht even.' Schofield hield ineens op met fotograferen en keek met samengeknepen ogen door de openslaande deuren naar de Bentley. 'We hebben een... een... chauffeur nodig.'
'Fantastisch idee,' zei Terri hijgerig.
'Jij daar.' Hij draaide zich om naar Cleo. 'Heb je ook een chauffeurspet?'
'Eh ja. Thuis.' Yes, hij ging haar vragen voor de foto, ze kon

haar haren en make-up laten doen, en iedereen die haar kende, zou haar in een glossy tijdschrift kunnen zien staan...

'Wees eens lief en ga die even halen,' zei Schofield.

Toen Cleo de deur opendeed, stond Fia daar met een enorm afgedekt dienblad in haar handen. Achter haar, met nog een dienblad, stond Georgia.

Fia was duidelijk verbaasd Cleo te zien. 'Wat doe jij hier?'

O, dit voelde zo lekker. 'Ze hebben me nodig bij de fotoshoot.'

'O, wat een bofkont ben je ook!' gilde Georgia. 'Mogen we kijken?'

'Terri heeft vanochtend eten bij ons besteld.' Fia, die gewoonlijk geen make-up droeg, had nu een dikke laag van alles en nog wat op. 'Ze belde dat ze het nu willen hebben; zullen we het naar binnen brengen?'

'Ga je gang. Ik hoef alleen maar even iets thuis te gaan ophalen.'

'Ziet Johnny er een beetje lekker uit?'

Cleo wist niet wat ze hoorde; de vraag was van Georgia. 'Pardon?'

'Dat wil Fia weten. Ze heeft zich helemaal volgesmeerd met mascara en zo.' Terwijl Georgia Fia een por gaf, voegde ze er ondeugend aan toe: 'Ze hoopt dat hij naakt poseert.'

28

Over schaamteloos gesproken. In nog geen vijf minuten tijd had Cleo haar nauwelijks gedragen chauffeurspet van de plank in haar kleerkast gepakt, hem snel even afgestoft met haar mouw en was ze alweer terug op Ravenswood. Toen ze binnenkwam, zag ze dat het eten al klaarstond in de keuken en dat Mike en Roz wraps, crostini en puntjes frittata op borden schepten, terwijl Fia en Georgia in de woonkamer nieuwsgierig de fotoshoot volgden.

'Moet je niet terug naar de pub?' vroeg Cleo.

'Het is halfdrie. De keuken is gesloten.' Fia kon haar ogen nauwelijks van Johnny losmaken. 'Bovendien heb ik die fotograaf gevraagd of we mochten blijven, en hij vond het best. Hij zei dat hij het wel fijn vond om publiek te hebben.'
Echt, ze zat naar Johnny te lonken alsof ze een of andere groupie was. Had ze dan helemaal geen trots? 'Nou, goed dan. Maar pas op dat jullie niemand voor de voeten lopen.' Cleo wendde zich tot Georgia, haar bijna-nichtje. 'En wat moest jij trouwens in de pub? Ik dacht dat je druk bezig was een bedrijfje op te zetten.'
'Dat ben ik ook,' zei Georgia verontwaardigd. 'Ik heb gisteren duizend kaartjes laten drukken. En vanochtend ben ik al om zeven uur begonnen met ronddelen. Toen ik even bij de Hollybush binnenwipte om er daar ook wat neer te leggen, vroeg Fia of ik haar kon helpen met het eten hiernaartoe brengen. Bovendien dacht ik dat Johnny misschien ook wel belangstelling zou hebben voor mijn strijkservice.' Ze diepte een dikke envelop op uit de zak van haar spijkerjack en nam er twee blauw met witte visitekaartjes uit. 'Hier, jij mag er ook een. Mooi zijn ze, hè?'
Cleo liet haar blik over het kaartje glijden, waarop stond:

Allemaal opgelet, beste mensen,
Georgia de Strijkkoningin vervult al uw wensen.
En ik ben stukken goedkoper dan u denkt.

Deze opzienbare verklaring werd gevolgd door een telefoonnummer en webadres.
'Want weet je, mensen gooien folders toch altijd weg. Een kaartje zullen ze veel eerder bewaren en op hun prikbord prikken. En gisteren heb ik een website gemaakt.' Bescheiden voegde Georgia eraan toe: 'Hij is echt heel goed.'
O god. 'Die tekst kan zo niet,' zei Cleo.
'Welles.'
'Liefje, dat kan echt niet zo.'
'Wat kan niet?' Johnny kwam bij hen staan, terwijl Schofield alles gereedmaakte voor de volgende opname.
Zonder iets te zeggen gaf Cleo hem het kaartje.

'Zie je wel?' zei Georgia toen Johnny in lachen uitbarstte. 'Hij snapt het.'
'Hij snapt het niet. Hij lacht om je tekst.'
'Dat betekent dat hij hem goed heeft gelezen. Veel beter dan hij zou hebben gedaan als het een of andere saaie standaardtekst was. Het valt op,' legde Georgia uit. 'En sommige mensen zullen waarschijnlijk denken dat ik een beetje dommig ben, dus als ik zeg dat ik goedkoper ben dan ze denken, dan denken ze vast dat ik héél erg goedkoop ben, en dat levert klandizie op.'
'Heel goed.' Johnny knikte, duidelijk onder de indruk. 'Goed gedaan.'
'Ze zullen je vragen wat voor wensen je nog meer vervult,' zei Cleo.
'En dan zeg ik dat ik alleen maar strijk.'
'Oké, waar is dat meisje met de pet? Ah, daar ben je.'
Dit was het dan, haar grote moment. Toen Schofield kwam aanlopen, zette Cleo de pet op en nam een bescheiden houding aan. Ze was nog nooit opgemaakt door een professional. Als ze haar wangen naar binnen zoog, zou haar gezicht dan ook die klassieke, gebeeldhouwde look krijgen?
'Perfect.' Schofield nam de donkerblauwe pet van haar hoofd en bekeek hem van alle kanten. 'Perfect gewoon.'
'Moet ik naar Mike?'
'Waarom?'
'Zodat hij me kan opmaken?'
Niet-begrijpend keek hij haar aan. 'Waarom zou hij dat doen?'
'Nou...' Jemig, was hij zo artistiek dat hij het alweer vergeten was? 'Je wilde toch een chauffeur in de shoot? Je hebt me gevraagd om mijn pet te gaan halen.'
'Dat weet ik. Maar ik wil jou niet als chauffeur.' Hij keek haar bevreemd aan alsof ze net hoorntjes op haar hoofd had gekregen, en over zijn schouder heen zag Cleo dat Fia een hoopvolle blik in haar ogen kreeg. Totdat Schofield die hoop de grond in boorde door te zeggen: 'Ik wil Mike.'
Mike trok een wenkbrauw op en ging door met tortilla eten. Het was duidelijk niet de eerste keer dat hij ineens aan een shoot mee moest doen. 'Tweehonderd. Cash.'
Verdomme, ze had meer moeten vragen voor de Bentley.

'Tenzij... wacht even...' In gedachten verzonken staarde Schofield naar buiten, naar de auto. 'We zouden ook nog iets anders kunnen proberen, er nog een laag aan toevoegen...'
'Geen sneeuw meer,' kwam Terri bezorgd tussenbeide. 'De sneeuwmachines zijn al weg.'
'Geen sneeuw. Ik heb het over een nieuwe laag in het verhaal.' Met samengeknepen ogen de Bentley opnemend, begon hij langzaam te knikken. Toen draaide hij zich om en keek Cleo met hernieuwde belangstelling aan.
Yes, hij wilde haar toch in de shoot! Haar hart klopte nog steeds in haar keel toen ze zijn belangstelling alweer zag afnemen en hij zijn blik op Fia richtte. Cleo zag dat Fia op precies dezelfde manier reageerde. Maar toen...
'Jij,' verklaarde Schofield, terwijl hij Georgia ineens bij de schouders greep. 'We zien de chauffeur in de limousine, hij wordt verleid door een mooi jong meisje. Maar de beeldhouwer gaat zo op in zijn werk, is zo... bezeten van waar hij mee bezig is dat hij helemaal niet merkt wat zich in de auto achter hem afspeelt... ha, ja, perfect!'
'Ik ga helemaal niemand verleiden,' zei Georgia kortaf.
'Ik wil het wel doen!' flapte Fia eruit.
Schofield negeerde haar en richtte al zijn aandacht op Georgia. 'Ik vraag je niet om seks met de man te hebben...'
'Dat moest er nog bij komen,' mompelde Mike.
'Luister. Hij zit gewoon achter het stuur en jij staat op het punt hem te kussen. Je buigt je over hem heen, met je mond iets open.'
'Met mijn kleren aan?'
'O ja, natuurlijk met kleren aan.'
'Driehonderd pond.'
'Tweehonderd.'
'Echt niet.'
'Oké, drie.'
'Afgesproken.' Stralend gaf Georgia hem een high five. 'Cool! Dat is hetzelfde als... als tweehonderd overhemden strijken!'

De daaropvolgende veertig minuten zagen Cleo en Fia Schofield nog honderden foto's nemen van Johnny aan het werk,

met op de achtergrond Mike en Georgia die lol maakten en elkaar bijna kusten.
'Het komt door haar haren,' mompelde Fia. 'Dat is de enige reden dat hij haar heeft gekozen, omdat ze zo blond is.'
Wat heel goed waar kon zijn, maar toch was het heel irritant om het veld te moeten ruimen voor iemand anders, terwijl je je er zo op had verheugd om mee te doen. Het was net als op school als laatste te worden gekozen bij hockey.
'God, wat mooi, hè, om hem zo aan het werk te zien.'
Cleo nam nog een puntje frittata. 'Wie, Schofield?'
'Johnny.' Fia zuchtte. 'Hij is zo... fantastisch.'
'Nou, dat vindt hij zelf in elk geval ook.'
Roz, die wachtte op haar interview met Johnny en rollers in haar haren had voor de foto's van hen samen, vroeg: 'Hebben jullie soms iets met elkaar gehad?'
'Nee. Ik heb het gewoon over mannen zoals hij.' Johnny mocht dan jaren weg zijn geweest uit Channings Hill, ze hadden van zijn vader genoeg verhalen gehoord over al zijn avontuurtjes; Lawrence, die maar al te graag leuke anekdotes vertelde en daarbij ook nog eens vreselijk indiscreet was, had het hele dorp wat dat betreft volledig op de hoogte gehouden. Met een blik op Fia vervolgde Cleo: 'Mannen als Will ook. Ze zijn van hetzelfde laken een pak. Mannen die denken dat ze iedereen kunnen krijgen, dat ze kunnen doen waar ze zin in hebben.'
Fia bleef naar Johnny kijken. 'Nou, hij mag met mij doen waar hij maar zin in heeft. Mij zou je niet horen klagen.'
'Maar dat is precies wat ik bedoel. Hij zou dat doen, en jij zou niet klagen, en dan eindigt het ermee dat jij ongelukkig wordt.'
'Nou en?'
Op speelse toon zei Roz: 'Volgens mij probeert ze te zeggen dat het niet altijd de romance van de eeuw hoeft te zijn. Soms wil een vrouw ook gewoon een lolletje.'
'Precies.' Fia knikte fanatiek. 'En na de rottijd die ik achter de rug heb, vind ik dat ik wel een lolletje heb verdiend.'
Roz lachte. 'Zo mag ik het horen! Als ik niet zo gelukkig was met mijn vriend, zou ik zelf misschien ook wel in de verleiding komen.'

Fia was gewoon een hopeloos geval, dacht Cleo. Ze schrok toen haar mobieltje bliepte. Halfvier. 'Nog tien minuten,' riep ze naar Schofield, 'dan moet ik weg.'
Vijf minuten later was Schofield klaar. Toen hij Georgia meteen contant uitbetaalde, ontplofte ze bijna van vreugde.
'Misschien moet ik hier maar mijn beroep van gaan maken!'
'Dat wordt niks,' zei hij, terwijl hij de foto's op zijn laptop bekeek.
'Mocht je me ooit nog eens nodig hebben, bel dan gerust. Echt, ik meen het.' Georgia gaf hem een van haar visitekaartjes. 'Ik kan ook naar Londen komen. Of waar je maar wilt. Ik zou je muze kunnen worden!'
Schofield wierp haar over de rand van zijn bril een blik toe. 'Vat het alsjeblieft niet verkeerd op, maar je bent te klein om de muze van wie dan ook te zijn. Maar je hebt vandaag goed werk geleverd,' zei hij met een kort lachje. 'Dank je wel.'
'Ik ben ruim een meter zeventig. Kate Moss is nog geen een meter vierenzeventig. Ik kan mezelf ook groot dénken.'
'Zij is Kate Moss. Jij niet.'
'Oké oké, ik snap wat je bedoelt. Mijn knieën zijn niet knokig genoeg. O, dat is een mooie.'
Cleo, die achter haar stond, keek over Georgia's schouder naar de foto die nu op het scherm te zien was en waarop Johnny's gezicht, half in de schaduw en met haar dat over zijn voorhoofd viel, er opvallend dreigend en havikachtig uitzag.
'Ja.' Schofield knikte goedkeurend en markeerde de foto.
'Niet erg flatteus,' merkte Cleo op.
Johnny, die bij hen kwam staan, sloeg een arm om haar schouder. 'Mij gaat het er niet om of het flatteus is.' Hij kneep haar even. 'Maar lief van je om je daar druk om te maken.'
Ze bloosde. 'Ik maak me er niet druk om. Ik stel het alleen maar vast.'
'En ik doe ook niet aan flatteus. Mij gaat het om karakter,' zei Schofield. 'Mooie mensen zijn zelfs moeilijker te fotograferen omdat hun uiterlijk zo afleidt. Dan is het hard werken om mensen zover te krijgen dat ze door de buitenlaag heen kijken.'
'En onder die buitenlaag zijn ze meestal stomvervelend, om-

dat ze nooit hun best hebben hoeven doen om aardig over te komen. Sorry.' Geschrokken van haar blunder schudde Georgia uitdagend haar haren naar achteren. 'Maar het is wel zo. Ik zie mijn hele leven al hoe mijn moeder achter aantrekkelijke mannen met rotkarakters aan zit. Ze behandelen haar gewoon als oud vuil, en iedere keer is het voor haar weer alsof ze een klap in haar gezicht krijgt.' Toen ze hun blikken opving, zei ze: 'Niet letterlijk natuurlijk, maar je snapt wat ik bedoel.'

Dit verklaarde in elk geval enigszins waarom ze als een blok voor Ash was gevallen. Ach, en waarom ook niet? Behalve dan dat Ash omgekeerd geen enkele belangstelling voor haar had, waarschijnlijk omdat hij compleet in de ban was van Fia.

Die op haar beurt weer alleen maar oog had voor de ster van de fotoshoot van vandaag.

En wat haarzelf betrof... ach, laat ook maar. Cleo rammelde met haar autosleutels; ze moest een irritante Australiër ophalen. God, het leven zou een stuk simpeler zijn als het niet zo lastig was om mensen aan elkaar te koppelen die goed bij elkaar zouden passen.

29

Ash staarde naar zijn spiegelbeeld. Jezus, wat had hij? Wat gebeurde er met zijn gezicht?

In zijn nek voelde hij zweetdruppeltjes prikken toen hij zichzelf oppepte om het nog een keer te proberen. Het was wel eens eerder erg geweest, maar nog nooit zo erg als nu. Oké, hij was misschien niet moeders mooiste, maar zijn glimlach had er altijd prima mee door gekund. Over glimlachen dacht je eigenlijk ook nooit echt na. Je glimlachte gewoon naar iemand en je wist dat je gezicht ervan opknapte. Hij had daar zelfs foto's van om het te bewijzen. Hij was prima in staat om op een normale, natuurlijke manier te glimlachen.

Tenminste, zolang Fia Newman niet in de buurt was. Want dan weigerden zijn spieren zich op de gebruikelijke manier samen te trekken, en kreeg hij de stijve grijns van een of andere seriemoordenaar op zijn gezicht.

Ash haalde diep adem en deed nog een poging. Het geprik nam toe; daar had je het weer, precies zoals hij had verwacht. Het was net als impotentie, als je eenmaal impotent was geweest, dan verliet de angst dat het weer kon gebeuren je nooit, zodat het juist weer gebeurde en weer en weer....

Goed, kappen nu. Denken aan impotentie terwijl je er nog niet eens in was geslaagd om op een aanvaardbare manier te glimlachen, was net zoiets als je druk maken over je eerste triatlon, terwijl je nog niet eens kon zwemmen.

'Leuk programma vanochtend,' zei Frank, terwijl hij zijn bestelling voor kipcurry noteerde. 'Dat over die non vond ik te gek.'

'Dank je.' Zie je wel? Als het om Frank ging, kon hij zonder problemen glimlachen. Toen kwam Deborah bij hen staan, en hij glimlachte nog een keer. Oefening baart kunst.

Deborah zei vrolijk: 'Heeft Frank je verteld over dat met die non? Hij moest zo hard lachen dat de koffie uit zijn neus spoot.'

'Misschien moet je daarmee eens gaan meedoen aan een talentenjacht,' zei Ash.

'Kipcurry voor Ash, liefje.' Frank onderschepte Fia die de keuken uit kwam, en Ash voelde meteen de spieren in zijn gezicht trekken. Jezus, zo voelde het vast ook als je de Incredible Hulk was. Oké, gewoon negeren en doorgaan, haar met iets anders afleiden... ja, dat was het, hij moest haar afleiden met waar hij beroemd om was: zijn enorme charisma en gevoel voor humor...

'Hoe zit het met jou? Is het me gelukt om bij jou ook spul uit je neus te laten komen?'

Fia staarde hem aan. Net als Deb. Er viel een verbaasde stilte die waarschijnlijk hooguit twee minuten duurde, maar aanvoelde als twintig minuten. Fijn dan; hij had nog nooit zoveel woorden achter elkaar tegen haar gezegd, en dan kwam hij op de proppen met zoiets.

'Sorry, sorry.' Hij voelde dat hij knalrood werd. 'Zo bedoelde ik het niet. We hadden het over iets uit mijn programma van vanochtend... de strippende non... misschien heb je het gehoord?'
'Nee,' zei Fia kalmpjes. 'Dat heb ik niet gehoord.'
'O. Nou, het was heel grappig.' Hij wilde echt niet zo afwerend klinken, maar zo kwam het er wel uit, waarschijnlijk door zijn strakke gezichtsspieren.
Ze keek hem koeltjes aan. 'Is dat zo?'
Frank zei: 'Fia luistert niet naar jouw programma. Ze is meer van Carmen Miranda en dat soort onzin.'
Er schoot een vrolijk beeld door Ash' hoofd, van een schaars geklede Fia die zwoel op hem af kwam dansen met een waterval aan fruit op haar hoofd.
'*Carmina Burana*,' verbeterde Fia hem. Met een klein lachje vervolgde ze: 'Ik hou van klassieke muziek.'
Klassiek, allemachtig. Ash knikte. 'O ja? Ik ook.'
Haar verbaasde blik was veelzeggend. 'Echt?'
Wat, dacht ze soms dat hij te dom was om klassieke muziek te kunnen waarderen? Dat hij een of andere cultuurbarbaar was? 'Ja, echt,' zei hij.
'En opera dan?'
'Ik ben dol op opera.'
Fia keek alsof ze hem niet geloofde, maar hij haalde zijn schouders op, alsof hem dat niet uitmaakte.
'Wat is je lievelingsopera dan?' Haar stem had iets uitdagends.
'*Madama Butterfly*.' Zo, steek die maar in je zak.
'Van?'
'Puccini.' En die ook. 'Giacomo Puccini,' voegde hij er ten overvloede aan toe.
'Welke opera's heeft hij nog meer geschreven?'
'*La Bohème. Tosca. Manon Lescaut*.' Zo, en nou jij weer.
'Wow.' Met tegenzin moest ze erkennen dat ze onder de indruk was. 'Ik had je niet ingeschat als operaliefhebber.'
Zijn gezicht in de plooi houden ging hem makkelijker af dan een glimlach tevoorschijn toveren waarvan de paarden niet op hol zouden slaan. Om in dezelfde geest te blijven: het leek hem ook gemakkelijker om te proberen iemand anders te imiteren

dan zichzelf te zijn, dus à la Roger Moore als James Bond trok hij een wenkbrauw op en zei langzaam: 'O, ik zit vol verrassingen.'
Opnieuw een verbaasde stilte.
Frank fronste en vroeg toen weifelend: 'Probeer je nou Roger Moore na te doen of lijkt dat maar zo?'
Verdomme zeg. 'Ik zou je het antwoord op die vraag wel kunnen geven,' zei Ash, 'maar dan moet ik je daarna vermoorden.'
Onzekere glimlachjes om hem heen. Het was in de verste verte niet grappig. Misschien kon hij beter zelfmoord plegen en zo iedereen uit zijn lijden verlossen.
Fia verbrak de stilte. 'Nou ja, ik kan maar beter weer aan het werk gaan,' zei ze opgewekt. 'Ik kom je kipcurry over een paar minuutjes brengen, oké? Rijst of friet?'
Ash was gek op friet. Maar alleen cultuurbarbaren namen friet bij hun curry. Mannen die kwaliteitskranten lazen en van opera hielden – en de vrouwen die op dat soort mannen vielen – trokken hun neus op voor mensen die friet bij hun curry bestelden.
'Rijst graag,' zei hij.
'Allemachtig.' Frank bulderde van het lachen. 'Dat is ook voor het eerst. Wat is er met jou aan de hand, jongen? Probeer je wat van die vetrollen van je kwijt te raken?'
Tegen de tijd dat Fia met het eten kwam aanzetten, had Ash iets bedacht.
'Alsjeblieft. Kipcurry met basmatirijst.'
'Dank je.' Er viel een ongemakkelijke stilte terwijl ze een schaaltje papadams en een bakje mangochutney op tafel zette. 'Weet je, soms krijgen we vrijkaartjes voor... eh... dingen.'
Roger Moore had blijkbaar de benen genomen; het drong tot Ash door dat hij weer als vanouds met zijn mond vol tanden stond. 'Bij de radio. Dus als ik... eh... je weet wel, voor iets klassieks... zou je daar dan belangstelling voor hebben?'
Fia zweeg even, alsof het haar moeite kostte te begrijpen wat hij nu precies zei. Toen zei ze: 'Nou, dat lijkt me... te gek. Ja, leuk. Dank je.'
'Fantastisch!' Ash deed zijn best om de adrenalinestoot onder

controle te houden. 'Dank je... Ik bedoel, ik zal eens zien wat er zoal binnenkomt! Waarschijnlijk is er over een paar dagen al wat... want die dingen worden ons continu toegestuurd...'

O, nu was hij in nog geen tien seconden tijd veranderd van mond vol tanden in spraakwaterval... 'En als je denkt dat daar iets leuks bij zit, nou, dat zou fantastisch zijn.' Houd op met steeds fantastisch te zeggen. 'Beter dan dat we die kaartjes weggeven met een of ander dom telefoonspelletje zoals we anders doen. Want dan gaan ze meestal naar complete idioten, zoals vorige week nog, toen kreeg een of andere dronkenlap kaartjes voor *Don Giovanni*, maar hij verstond Jon Bon Jovi...'

'O. Nou. Ik ga maar weer eens aan het werk.' Met een verwonderde blik bij hem weglopend, zei ze: 'Eet smakelijk!'

Achter in de auto zat Casey Kruger te telefoneren. Hij besprak met zijn agent luidkeels de aanbiedingen voor een potentiële boekendeal.

'Jace, Jace, jij moet de voorwaarden stellen, niet zij! Wat ben je, een man of een muis? Zeg ze maar dat ze de pot op kunnen als ze ons niet geven wat we willen, oké? We hebben het hier wel over mijn verhaal, en ik weet wat ik waard ben. Zeg ze maar dat we altijd nog ergens anders heen kunnen gaan.'

Cleo luisterde al niet meer en ging langzamer rijden om een vrachtwagen ruimte te geven. Vanochtend, onder het aankleden, had ze geluisterd naar een tv-interview met een van de meest geliefde oudere actrices van het land, die praatte over haar gelukkige huwelijk van tweeënvijftig jaar met haar man, een acteur die zich inmiddels 'Sir' mocht noemen.

'Liefde op het eerste gezicht? O nee, integendeel zelfs! Toen we elkaar leerden kennen, vond ik hem een vreselijk onaangename man! De ergste die ik ooit had ontmoet! Als iemand me toen had verteld dat ik met hem zou trouwen en de rest van mijn leven bij hem zou blijven, nou, ik denk dat ik me dan voor de eerste de beste bus had gegooid!'

Wat de interviewer aan het lachen had gemaakt, omdat het tegelijkertijd een grappig en leerzaam liefdesverhaal was. Maar zo'n ommezwaai kwam vast niet vaak voor. Cleo kromp gewoon ineen bij het idee dat zij dat met Casey zou hebben. Ze moest er niet aan denken... dat je een gloeiende hekel kon hebben aan zo'n beetje ieder aspect van iemands persoonlijkheid, en dan op de een of andere manier toch van gedachten veranderde en uiteindelijk ontdekte dat je van hem hield... nou, dat was gewoon doodeng. En wat zei het over je oordeelsvermogen?

'Jace, wie doet er hier nou precies moeilijk? Zij of jij? Want ik kan je één ding zeggen, ik kan altijd nog een andere agent nemen.' Stilte. 'Oké. Ja. Fijn om te horen.' Nadat Casey het gesprek had beëindigd en zijn toestel met een zwierig gebaar had dichtgeklikt, zei hij tevreden: 'Ha, dan wil die lul wel luisteren.'

Om de tijd te verdrijven en zichzelf lichtelijk te kwellen, stelde Cleo zich voor hoe het zou zijn als ze echt zijn vrouw was. Zonder te rillen! Lichamelijk deed hij haar weinig, maar ze kon niet ontkennen dat hij een aantrekkelijke man was op wie vast heel veel vrouwen vielen. En misschien had hij, diep vanbinnen, ook zijn goede kanten. Heel misschien. En heel minuscuul en goed verborgen onder een dikke laag kwalligheid. Misschien was hij bijvoorbeeld wel heel erg aardig voor dieren, aanbad hij zijn ziekelijke oma, vergat hij nooit om verjaardagskaarten te sturen... misschien huilde hij wel bij droevige films, was hij fantastisch met kleine kinderen, redde hij jonge vogeltjes die uit het nest waren gevallen en zielig tsjilpend op de grond lagen...

'Allemachtig, moet je die dikke kont eens zien! En dat heeft kinderen. Dus dat betekent dat een of andere arme malloot seks met haar heeft gehad! Die moet stomdronken zijn geweest!'

Cleo gaf het niet op. Misschien was hij diep vanbinnen wel verlegen en onzeker en bang om zijn gevoelens te tonen omdat hij op school altijd was gepest.

'Ha, oudjes van dagen voor ons! Snel, druk het gaspedaal in! Extra punten voor die ouwe taart met die theemuts op haar hoofd!'

Of misschien had hij van zijn moeder alleen maar oud brood en paardenbloemen te eten gekregen en had hij dag en nacht in een hok opgesloten gezeten.

'Hou je van lezen, Casey?' Cleo ving zijn blik in de achteruitkijkspiegel en vroeg met een vriendelijk lachje: 'Wat is je lievelingsboek?'
Er waren zoveel manieren waarop hij haar nu versteld kon doen staan. Hij kon haar bijvoorbeeld vertellen dat hij erg van het werk van Charles Dickens hield.
Of van Tolstoj.
Of van de biografie van Nelson Mandela.
Of van dat boek van die bewonderenswaardige Ierse vrouw die een weeshuis in Vietnam had opgezet en bestierde.
'Ik zal je zeggen wat mijn lievelingsboek is. Ik heb het altijd bij me,' zei hij. 'Het is dit kleine zwarte boekje waarin al mijn favoriete telefoonnummers staan.'
Hij zat als een idioot te grijnzen. Hij wás een idioot. Als er ook maar een greintje aardigheid in Casey Kruger zat, dan was dat inderdaad heel erg diep verborgen.

30

Heel typisch. Net als je vrijkaartjes nodig had, veranderde de radiozender in een kaartjesvrij gebied. De kaartjes voor het grote concert in de Colston Hall dit weekend waren bij een belspelletje al weggegeven aan een boer die beweerde dat hij een grote fan van Prokofiev was. Twee andere kaartjes, voor de jonge tenor die in Londen op dit moment alle vrouwenharten brak, waren naar een enthousiaste vrouwelijke fan gegaan van wie het winnende versierpraatje, mocht ze ooit het geluk hebben hem te ontmoeten, was: 'Hallo, vind je dit doekje naar chloroform ruiken?'
Ash leunde achterover in zijn stoel en tikte met een balpen tegen zijn tanden. Het verstandigste zou natuurlijk zijn om gewoon geduldig af te wachten tot de volgende lading vrijkaartjes arriveerde.
Maar geduld was nooit zijn sterkste kant geweest. En aangezien hij zich in een situatie had gemanoeuvreerd die je toch

bijna een afspraakje kon noemen, was wachten geen optie. Hetgeen betekende dat hij de kaartjes zelf zou moeten kopen. Oké, dan deed hij dat.

Vijf minuten surfen op het web later was de klus geklaard. De dure klus, want het concert was uitverkocht geweest, dus had hij zijn toevlucht tot eBay moeten nemen. Twee stallesplaatsen hadden hem iets meer dan honderd pond gekost. Niet dat hem dat veel uitmaakte, maar het zou wel een beetje frustrerend zijn om te moeten doen alsof hij ze gratis had gekregen. Nou ja, niks aan te doen. Want het was in feite geen echt afspraakje. Als Fia dacht dat hij voor de kaartjes had betaald, zou ze nooit met hem meegaan. Bovendien zou hij dan nooit het lef hebben gehad om haar mee te vragen. Want ze vond hem een lelijke, onhandige, onappetijtelijke boer, en dat kon hij haar niet eens kwalijk nemen. Hij zat vast in geestelijk drijfzand, want hij ging haar steeds leuker vinden en werd daardoor steeds idioter en zwijgzamer in haar aanwezigheid. Op die paar korte, nog meer vernederende momenten na waarin hij allerlei onzin uitkraamde.

Maar dat was het mooie van naar een klassiek concert gaan. Dan was het de bedoeling dat je in stilte naar de muziek luisterde. En wat de pauze betrof, hij kon van tevoren een script voor zichzelf schrijven, dat uit zijn hoofd leren en er niet van afwijken. Ja, een script, dat was de oplossing.

Alles onder controle dus.

Frank begroette Ash en schonk een biertje voor hem in. 'Eet je vanavond hier?'

Ash keek naar het menu op het schoolbord. Alleen de gedachte al dat Fia het eigenhandig had opgeschreven, vond hij opwindend. Een minpuntje was echter dat hij totaal geen trek had. Maar hij wilde ook weer niet dat Fia dacht dat hij haar eten niet lekker vond en dat ze zich dan afgewezen voelde.

'Ze heeft weer gehakt-champignonpastei gemaakt.' Frank keek hem bemoedigend aan. 'Dat was toch je lievelingskostje?'

Stel je voor dat ze dat op het menu had gezet omdat het zijn lievelingskostje was? Het volle gevoel in zijn maag negerend

– verdomme, hij had onderweg naar huis niet die hamburger moeten eten – klopte hij op zijn maag en zei vriendelijk: ‘Hoe kan ik nou nee zeggen tegen die overheerlijke pastei van haar? Zet maar op tafel, Frankie-boy, en wees vooral niet te zuinig met de jus!’

Zo werd het dus niks met er goed willen uitzien voor Fia. Sinds ze hier in de keuken werkte, was hij al ruim drie kilo aangekomen. Nou ja, soms moest je er wat voor overhebben. Het was een kwestie van geven en nemen. Hij zou van nu af aan gewoon niet meer ontbijten.

Toen Fia even later met twee borden de keuken uit kwam zetten, sloeg zijn hart een keer over. Ze was nog mooier dan anders.

‘Eén gnocchi met gorgonzola, één pastei.’ Ze liet haar blik langs de tafeltjes glijden, en Ash voelde even een steek van spijt. Hij had natuurlijk gnocchi moeten nemen. Een man die pastei bestelde, was gewoontjes, saai en niet avontuurlijk. Maar een man die gnocchi bestelde, was mysterieus, exotisch, wellevend en sensationeel in bed.

‘Ja, hier.’ Meneer Gnocchi hief een slungelige arm op; hij zag eruit als een overwerkte ambtenaar die zijn hele leven al was gepasseerd bij promoties.

Ash haalde opgelucht adem. Stereotypen klopten dus niet altijd. Met een al iets beter gevoel, gebaarde hij naar Fia dat hij de pastei was. Door haar eerst meneer Gnocchi te laten bedienen, kon hij haar dadelijk over het concert vertellen. Ja, dat was allemaal prima gepland.

‘Alsjeblieft.’ Ze glimlachte naar hem – beleefd? vriendelijk? verlegen? – en zette het bord voor hem neer.

‘Hoi.’ De spiertjes om zijn mond kregen massaal een paniekaanval bij het vooruitzicht terug te moeten lachen, en hij voelde dat ze zich samentrokken tot een soort enge grijns. Goed, tijd voor een afleidingsmanoeuvre... ‘Die gnocchi klinken ook goed.’

‘O.’ Ze zweeg even. Toen vroeg ze: ‘Wil je de pastei dan toch niet?’

‘Nee... ik bedoel ja... Ik bedoelde alleen maar dat het zo lekker klinkt... gnocchi met gorgonzola...’ Shit, daar deed hij het weer. En deze keer ook nog met een belachelijk overdreven Italiaans accent. Gehaast eindigde hij met: 'Maar dat wil nog niet zeggen dat het ook lekker smaakt, hè?'

Ze keek hem aan. 'Er is niks mis met mijn gnocchi.'

'Nee, nee, zo bedoelde ik het ook niet.' Hij schudde zijn hoofd en ging haastig verder. 'Hoe dan ook, ik heb goed nieuws. Het is me gelukt een paar kaartjes te krijgen voor Richard Mills in de Colston Hall.'

In elk geval had hij nog iets goed gedaan.

Fia keek hem met grote ogen aan en slaakte een gilletje van opwinding. 'O mijn god, echt waar?'

'Echt waar.' Haar hele gezicht was opgeklaard. Zelfs haar pupillen waren groter geworden. Waarom gebeurde dat nou niet als ze naar hém keek?

Fia legde een hand op haar borst en vroeg ademloos: 'Voor welke avond?'

Hij mocht dan veel gebreken hebben, maar hij was niet stom. 'Voor dinsdag,' antwoordde hij. Want op dinsdag was ze altijd vrij. En daarom – wie had dat kunnen denken – had hij kaartjes gekocht voor dinsdagavond.

'Goh, fantastisch zeg! Twee kaartjes voor Richard Mills. Niet te geloven. Je bent echt te gek.'

Ash begon te gloeien. Dit kon wel eens de beste honderdtwintig pond zijn die hij ooit had uitgegeven.

'Je verdient er een gratis toetje voor.' Fia keek hem nog steeds stralend aan. 'Er is kersenkruimeltaart, chocolademousse, perziktaart... zeg het maar.'

'Nou, het is voor mij al genoeg dat jij blij bent.' Haar enthousiasme overtrof echt zijn stoutste verwachtingen. Al wat meer ontspannen voegde hij eraan toe: 'Het wordt vast heel goed.' Goed? Het was gewoon geniaal van hem geweest. Hij zag de avond al helemaal voor zich, samen van tevoren iets drinken, een beetje staan kletsen in de volle theaterbar, geen spoortje ongemakkelijkheid meer nu ze iets deelden wat...

'O mijn god, ik vind het echt zo fantastisch! Oeps, er wachten klanten op me. Ik kan maar beter weer gauw aan het werk gaan.'

Tegen de tijd dat Ash zijn bord had leeg gegeten, waren Fia

en hij al bijna getrouwd. En dan te bedenken dat hij ertegenop had gezien om een hele avond naar Richard 'kijk-mij-eens-een-stuk-zijn' Mills te moeten kijken. Waarschijnlijk zouden ze de eerste dans op hun bruiloft doen op zijn opgeblazen versie van 'O Sole Mio'.

Wat een behoorlijke prestatie was voor iemand wiens lievelingsnummer 'Firestarter' van The Prodigy was.

Maar dat maakte niet uit. Want het zou hún nummer zijn, een eeuwige herinnering aan hun eerste avond samen, toen hij voor heel veel geld kaartjes had gekocht, terwijl hij deed alsof hij ze gratis had gekregen... en wat had ze moeten lachen toen hij haar dat eindelijk had opgebiecht...

'Alsjeblieft.' Deborah verscheen aan tafel om zijn lege bord te vervangen door warme kersenkruimeltaart. 'Fia is echt door het dolle heen. Je hebt haar heel gelukkig gemaakt.'

Een gevoel van zelfvertrouwen overspoelde hem. Met een knipoog zei hij: 'Dat is fijn om te horen.'

'Ik wist niet dat je via je werk vrijkaartjes kon krijgen.'

'Zo af en toe. Deze kwamen toevallig op het goede moment.'

'Ik wou dat wij zulke voordeeltjes hadden. Het enige wat wij kunnen krijgen, is chips waarvan de houdbaarheidsdatum is overschreden.' Deb keek hem hoopvol aan. 'Als je ooit kaartjes voor Take That hebt...'

'Daar zou ik maar niet op rekenen,' zei hij.

Hoewel hij bijna uit elkaar barstte, slaagde hij erin om de kruimeltaart weg te werken. Hij was net klaar toen Fia de keuken weer uit kwam, met een enorme grijns op haar gezicht.

'Moet je horen. Ik heb net Aaron gebeld, een vriend van me, om het te vertellen van die kaartjes. Niet te geloven. Ik heb hem nog nooit zo opgewonden meegemaakt en ik moest je heel, heel erg bedanken van hem.'

Ash kreeg even een flashback naar de Engelse grammaticaproefwerken die zijn middelbareschooltijd tot een hel hadden gemaakt: beschrijf wat er fout is aan bovenstaande alinea.

Hij schudde even zijn hoofd. 'Waarom?'

'Omdat ik hem heb meegevraagd, en hij is echt helemaal weg van Richard Mills. Ik bedoel, echt, je hebt geen idee. Aaron is zijn allergrootste fan!'

Oké, hij wist wat er fout aan was. Terwijl de woorden als een kogelregen door zijn hersens ketsten, probeerde hij het begin van hun gesprek te recapituleren. Op de een of andere manier was er een misverstand opgetreden en –

'En daarom is het ook zo perfect,' ratelde Fia verder, 'want het zou toch doodzonde zijn als ik iemand meenam die Richard Mills gewoon een... nou ja, je weet wel. En dan zou ik er zelf ook veel minder van genieten. Maar met Aaron erbij wordt de avond nog leuker, juist omdat hij zo gek op hem is.'

Ash had zin om die Aaron met zijn Richard-aanbidding de kop in te slaan. Hardop zei hij met iets scherps in zijn stem: 'Maar als hij zo dol op hem is, waarom heeft hij dan zelf nog geen kaartje gekocht?' Vrek, een beetje profiteren van anderen, vrijkaartjes inpikken... alleen waren het geen echte vrijkaartjes, hè? Nee. Dus geen sprake van dat hij dit liet gebeuren als een of andere sukkel die –

'Nee, daarom is het juist zo fantastisch, want normaal gesproken had hij als eerste in de rij gestaan. Maar hij kan het zich tegenwoordig niet meer veroorloven,' vertelde Fia. 'Hij zit helemaal aan de grond.'

Goh, en waarom zou dat zo zijn? Hé, zou dat soms komen omdat die vent een complete loser was?

'En hij verdient het echt dat er weer eens iets leuks in zijn leven gebeurt,' vervolgde ze. 'Hij heeft zo'n vreselijk jaar achter de rug.'

Ash sloot heel even zijn ogen. 'Wie is hij eigenlijk?'

'Hij had vroeger een kleine lijstenmakerij tegenover de winkel van Wills moeder. Aaron is echt een schat, hij doet klusjes voor mensen die dat zelf niet meer kunnen. Hij woonde bij zijn moeder, maar toen kreeg ze alzheimer en moest hij de hele dag voor haar zorgen omdat ze niet naar een verpleeghuis wilde. Daardoor is hij de winkel kwijtgeraakt en heeft hij steeds meer schulden gemaakt... Uiteindelijk hebben ze hun bungalow moeten verkopen en zijn ze naar een klein flatje verhuisd. En de avond voor kerst is ze overleden. Aaron was er kapot van. Ik heb altijd contact met hem gehouden, ik bel hem om de week of zo om te vragen hoe het met hem gaat. Maar dit is de eerste keer dat hij weer echt blij klonk.' Fia boog zich

voorover en greep Ash' hand even beet. 'Dank je wel. Echt, je hebt geen idee hoe belangrijk dit is. En het is zo heerlijk voor de verandering eens een keer iets aardigs voor hem te kunnen doen.'
Allemachtig nog aan toe zeg.
Zijn hart lag als een stuk koud vlees in zijn borstkas, terwijl hij met moeite uitbracht: 'Graag gedaan.'

31

Cleo stond geparkeerd in een zijstraatje en keek van een afstandje naar Casey Kruger die zich een weg baande door de horde fans die zich had verzameld voor de artiesteningang van het Hippodrome.
Hoewel het eigenlijk overdreven was om het een horde te noemen. Om halfelf op deze koude, regenachtige avond in maart waren er zo weinig mensen komen opdagen dat je het hooguit een kluitje kon noemen. Cleo telde er elf, en de meesten waren fans die ze al eerder had gezien, de echte diehards die zich hier iedere avond verzamelden en het heerlijk vonden dat Casey hen herkende en soms zelfs aansprak bij hun naam en hun het gevoel gaf dat hij dol op hen was.
'Ik ben een beroemdheid,' verklaarde Casey, toen hij zich acht minuten later op de achterbank liet vallen. 'Red me.'
Iedere avond maakte hij hetzelfde 'grapje'. Terwijl Cleo langs de fans reed die zich al verspreidden, vroeg ze: 'Ging het goed vanavond?'
'Redelijk.' Hij zuchtte diep. 'We hebben gezongen, gedanst, ze applaudisseerden, ze juichten, we hebben nog wat gezongen.' Stilte. 'Ik heb geprobeerd mijn ex te bellen, maar ze hing op.'
'Ach.' Goed gedaan, ex.
'En daarna heb ik geprobeerd mijn ouders in Australië te bellen, maar die waren er niet.'
'O.'

'Mijn vader is kaal. Ik bedoel, echt helemaal kaal.' Casey schudde zijn hoofd. 'Als een biljartbal.'
'O ja?' Waar wilde hij in godsnaam naartoe?
'Ja.' Hij knikte somber en haalde een hand door zijn haar. 'En raad eens wat ik zag toen ik vanavond in de spiegel keek?'
Cleo manoeuvreerde de auto door het drukke verkeer in het centrum. 'Nou, als je in de spiegel keek, dan neem ik aan dat je... jezelf zag.'
'Heel grappig.' Blijkbaar deed ze qua gevoel voor humor niet voor hem onder. Terwijl Casey zich tegen de leren bekleding liet vallen, vertelde hij: 'Ik zag een kale plek. Achter op mijn hoofd. Nou ja, niet helemaal kaal.' Zijn hand gleed over zijn schedel, op zoek naar de plek. 'Maar het haar wordt er wel dunner. Ik word echt kaal.'
'Nou, ik zie niks.' Arme man; ze moest iets zeggen om hem op te vrolijken.
'Nou, die plek zit er toch.' Hij klonk berustend. 'Dat is de natuur die zegt dat je je beste tijd hebt gehad, dat de pret voorbij is, dat de tijd van het grote versieren erop zit.'
'Toe zeg, zo erg is het nu ook weer niet.'
'O nee? Acht jaar geleden kon ik niet eens over straat zonder bestormd te worden door fans. Ik had een platina dubbelalbum en mijn optredens in Wembley waren uitverkocht. En nu ben ik vierendertig.' Toen hij Cleo's blik in de achteruitkijkspiegel onderschepte, zei hij: 'Nou, goed dan, zesendertig. En vanaf nu kan het alleen maar slechter worden.' Na een korte stilte vervolgde hij: 'Zal ik je eens zeggen hoe dat voelt? Het voelt klote.'
De rit van Bristol terug naar Caseys hotel duurde twintig minuten. Toen Cleo de wagen op de binnenplaats van het hotel tot stilstand bracht, zei hij: 'Sorry, schat. Ik ben vanavond niet echt leuk gezelschap geweest, hè?'
'Dat is ook niet verplicht.' Wie had ooit kunnen denken dat ze nog eens medelijden zou hebben met Casey Kruger? Meestal was hij helemaal vol van zichzelf.
'Vandaag is de trouwdag van mijn ouders. Daarom heb ik ook gebeld.' Hij hield zijn mobieltje op. 'Nou ja.'
'Je hebt gewoon een beetje heimwee. Dat is heel normaal.'

'Dat maakt het nog niet minder erg.' Casey knipte het lampje in de auto aan, draaide zijn gezicht van haar weg zodat ze zijn achterhoofd kon zien en vroeg: 'Wil jij even kijken? Zie je een kale plek? Valt het erg op?'
'Nee. En ik zou het je heus wel vertellen als het wel zo was,' zei ze. 'Ik ben altijd erg eerlijk.'
'Dank je.' Zichtbaar opgelucht keek hij haar met een laconiek lachje aan. 'Je hebt zeker geen zin om even iets met me te gaan drinken, hè?'
Ze aarzelde. Hoe kon ze zo aardig mogelijk nee zeggen?
'Toe nou. Ik beloof je dat ik wat vrolijker zal zijn.'
'Het is al bijna elf uur. Gaat de hotelbar zo niet dicht?' Geen sprake van dat ze mee zou gaan naar zijn kamer.
'Zolang er klanten zijn, blijven ze open.' Wijzend naar het volle parkeerterrein zei hij: 'En zo te zien zijn er nog genoeg.'
'Ik moet nog rijden.'
'Maar als je nu weggaat, zit ik zo meteen in mijn eentje in een hoekje van de bar boven mijn bier te huilen van de heimwee. Maar als je één drankje met me drinkt,' zei hij, 'me gewoon een kwartiertje gezelschap houdt, dan zal ik me een stuk beter voelen.'
De ruitenwissers zwiepten heen en weer. Uit de donkere hemel viel regen, en de druppels roffelden op het autodak.
'Alsjeblieft,' zei hij.
Ze zag een plek om te parkeren vlak bij de ingang van het hotel, met overhangende kamperfoelie die hen tegen de regen zou beschermen wanneer ze naar binnen liepen.
'Goed dan.' Cleo reed achteruit de parkeerplek op. 'Eén glas dan.'

Alleen liep het altijd anders. Eén glas was nooit genoeg. En zeker niet voor Casey, die inmiddels aan zijn vijfde biertje en derde whisky bezig was. Cleo had het gehouden op sinaasappelsap, bubbeltjeswater, gewoon water en appelsap. Het was dorstig werk om te moeten luisteren naar een voormalige superster die was gedegradeerd tot een gemiddelde ster en die alleen maar klaagde over wat voor rotleven hij had.
Tegelijkertijd was het ook fascinerend. Ze kreeg de kans om

een glimp op te vangen van wat er schuilging onder die brutale, overdreven zelfverzekerde buitenkant. Hoe langer ze samen in dat hoekje van de hotelbar zaten, hoe duidelijker het haar werd dat Casey eigenlijk heel onzeker was.
'... want ik had eigenlijk al gesetteld moeten zijn, getrouwd, kinderen, de hele heisa. Ik ben vierendertig...'
'Zesendertig,' bracht ze hem in herinnering.
'Jezus, dat moet je niet zeggen, dat maakt het nog erger. En ik wil echt wel trouwen, echt.' Hij schudde droevig zijn hoofd. 'Maar ik kan gewoon geen goede vrouw vinden. Ik weet niet precies wat ik fout doe. Het eindigt er steeds mee dat iedereen met wie ik wat heb gehad, verhalen over me verkoopt aan de kranten. Het is allemaal zo verdomd... voorspelbaar.'
Dat was waar. Maar ja, Casey was ook niet erg slim wat betreft het uitzoeken van vriendinnen. Hij ging onveranderlijk voor blond, gebruind, met minirok en pruillip. En daar kwam nog bij dat als je een rij van dat soort identieke blondines zou opstellen, Casey zonder mankeren degene zou uitkiezen met een bord boven haar hoofd waarop stond: IK VERKOOP VERHALEN AAN DE KRANTEN!
'Je moet gewoon een aardig meisje zoeken.' Cleo draaide de ijsblokjes rond in haar glas.
'Ik weet het.'
'Iemand die borduurt en aan bloemschikken doet en kan koken.'
'En een geil lichaam heeft.'
'Zie je nou? Misschien is dat wel de fout die je steeds maakt.'
Hij keek haar beledigd aan. 'Hé, ik heb ook zo mijn eisen, hoor. Ik wil echt geen trut met dikke enkels en hangtieten.'
'Dus volgens jou zijn er maar twee soorten vrouwen? Lekkere wijven die zich aan hun tieten hebben laten opereren en trutten?'
Hij fronste. 'Dat klinkt wel erg hard. Het gaat er gewoon om dat ik op sommige vrouwen wel val en op andere niet.' Met een klein lachje vroeg hij: 'Klinkt dat heel erg?'
'Even gewoon uit nieuwsgierigheid: ben ik een lekker wijf of een trut?'
Hij keek haar verward aan. 'Eh...'

'Zou je met iemand zoals ik uitgaan? Theoretisch gezien?'
'God... nou nee. Ik denk van niet. Maar ik wil je niet beledigen, hoor.'
'Dat doe je ook niet. Dus dan ben ik een trut.'
'Nee, nee!'
'Maar je vindt me niet aantrekkelijk. Omdat ik niet geblondeerd ben en geen haarextensies heb.'
'Ik ben heus wel een keertje uit geweest met een brunette,' verdedigde hij zichzelf.
'Wind je niet zo op, ik vis echt niet naar complimentjes. Jij bent ook niet mijn type. Maar dit is wel interessant,' zei ze. 'Geef me nog een paar redenen waarom je niet op mij valt.'
Hij dronk zijn glas bier leeg, veegde zijn mond af, leunde naar achteren en nam haar langzaam op. 'Je hebt je niet aan je tieten laten opereren.'
'Heel goed gezien.'
'Maar dat zou je toch echt moeten overwegen, hoor. Je bent helemaal plat.'
'Ook weer niet helemaal.'
'Het maakt heel veel verschil, geloof me.' Hij wees naar haar blouse en jasje. 'En je draagt ook behoorlijk saaie kleren.'
Allemachtig zeg. 'Dit zijn mijn kleren niet, dit is mijn uniform.'
Hij trok sceptisch een wenkbrauw op. 'Als je niet werkt, draag je dan rokjes tot hier en laag uitgesneden topjes en leren broeken waar je echt in gehesen moet worden?'
'Gek genoeg niet, nee,' zei ze.
Hij spreidde zijn armen. 'Dat bedoel ik dus. Saaie kleren.'
Waarom deed ze eigenlijk nog moeite? Hij was een hopeloos geval. En een dorstig geval ook.
'Ik kom zo terug.' Casey, die naar de wc moest, zei: 'Wil je zo lief zijn om ondertussen nog een rondje te bestellen?'
'Lief maar truttig?'
Hij grinnikte. 'Dat heb ik niet gezegd.'
'Maar ik ben behoorlijk moe. Het is al laat.'
'Eentje maar. Het is fijn om met iemand te praten.' Haar aarzeling bemerkend zei hij: 'Ik wil je er anders wel voor betalen, hoor.'
'Onzin. Eentje nog dan.' Toen hij weg was, riep ze de barman.

'Nog een glas water voor mij alstublieft, en een whisky voor Mr. Kruger.' Het zou een hoge rekening worden; ze was blij dat zij die niet hoefde te betalen.
'Een dubbele?'
'O nee.'
De barman aarzelde. 'Maar die andere waren wel allemaal dubbele.'
Jemig, echt waar? Over dorstig gesproken. 'Deze keer een gewone,' zei ze. 'Doe er maar wat extra ijs in. Hij merkt het verschil toch niet meer.'
Een kwartier later stond ze op om weg te gaan. Casey liep met haar mee naar de gelambriseerde hal, waar hij tegen haar zei: 'Weet je, babe? Ik vond het echt gezellig met je vanavond.'
Babe. Cleo besloot er niks van te zeggen. 'Je bedoelt dat ik voor een trut best wel meeviel.'
'Ik heb je al gezegd dat ik je geen trut vind.' Hij pakte haar elleboog beet en draaide haar naar zich toe. 'Je hebt wel wat, babe. Je hebt... karakter.'
'Zal ik je een geheimpje vertellen? Ík vind het niet erg als dat tegen me wordt gezegd, maar de meeste vrouwen zouden zich heel beledigd voelen.'
'Tegen de meeste vrouwen zou ik het nooit zeggen. Omdat hun karakter er niet zo toe doet. Maar jij bent anders.'
'Ja, ik draag geen leer en heb geen zwaartekracht trotserende E-cup.'
Hij lachte. 'Zie je nou wel? Met jou is het leuk. Je bent grappig.' Abrupt liet hij zich tegen de muur vallen, haar met zich meetrekkend. 'Misschien heb ik het al die jaren fout gedaan... kom eens hier, babe...'
Zijn rechterarm lag om haar middel. Een fractie van een seconde klampte zijn mond zich vast aan de hare, en alcoholdampen prikten in haar neus. Verdomme, ze had dit moeten zien aankomen. Zichzelf vervloekend rukte ze haar gezicht weg en glipte onder zijn linkerarm door die tegen de muur lag.
En zag toen ineens dat Johnny LaVenture vanaf de andere kant van de hal naar haar keek met een niet te duiden lachje om zijn mond.

'Ho, hé, wat ga jij doen?' Casey deed wankelend een stap in haar richting en keek haar verbijsterd aan.
Johnny knikte naar haar. 'Cleo.' Met een knikje zei Johnny. 'Wat een toeval.'
Diep beschaamd om wat hij net had gezien, trok ze haar jasje recht. 'Ik wilde net gaan.'
'Ken je hem?' vroeg Casey met een blik op Johnny. 'Fantastische meid, deze hier,' vervolgde hij. 'Echt een met karakter.' Hij stootte Cleo even aan. 'Zelfs al moet je haar ervoor betalen om je gezelschap te houden.'
Met ogen die schitterden vroeg Johnny: 'Hoeveel vraagt ze?'
Grappig, hoor. Cleo negeerde hem en wendde zich weer tot Casey. 'Tot morgen. Ik kom je om vier uur afhalen.'
'Ik had best meer willen betalen,' zei hij. 'Je had het alleen maar hoeven vragen.'

32

Casey ging wankelend de bar weer in, met in zijn kielzog een walm van whisky. Oké, tijd om te gaan. Cleo verliet het hotel, rende de stenen treetjes af en liep door de plassen spetterend naar de auto.
Net toen ze wilde wegrijden van de plek onder de druipende kamperfoelie, werd er op het raampje aan de passagierskant getikt. Door de druppels op het glas heen leek het net of zijn gezicht aan het smelten was. Ze drukte op de knop om het raampje open te doen.
'Hoi,' zei Johnny.
'Hoi.' In de glinsterende duisternis leken zijn jukbeenderen precies op die van Johnny Depp.
'Ga je naar huis?'
'Gek genoeg wel, ja.'
Hij zei niets, keek haar alleen maar aan.
'Oké, stap maar in,' zei ze.
'Dank je.' Hij ging naast haar zitten.

‘Ik ben anders geen taxi, hoor.’
Hij grinnikte. ‘Je bent een vriendin. Dat is nog beter.’
‘Hm.’ Haar maag kneep zich samen als een oester waarin werd geprikt. Een vriendin. Was ze dat echt?
‘Ik heb vier taxibedrijven geprobeerd, maar die hadden de eerstkomende paar uur geen van alle een wagen vrij. Het is mijn eigen schuld; ik had eerder moeten bellen.’ Hij haalde zijn vingers door zijn vochtige haar. ‘Maar het maakt niet uit. Je kwam precies op het goede moment.’
‘Af en toe heb ik zo mijn nut. En even voor alle duidelijkheid, ik laat me niet voor mijn gezelschap betalen door Australische soapsterren.’ Terwijl ze door het indrukwekkende hek van het hotel reden, vervolgde ze: ‘Hij was dronken.’
‘Dat dacht ik al toen ik zag dat hij je kuste. Sorry.’ Hij stak ter verdediging zijn handen op. ‘Zo bedoelde ik het niet. Natuurlijk wilde hij je kussen. Logisch toch?’
Wat bedoelde hij daar nou weer mee? ‘Als je me in de maling neemt, kun je beter weer uitstappen.’
‘Ik neem je niet in de maling.’ Zijn mondhoeken vertrokken iets. ‘Hoe dan ook, je kunt wel beter krijgen. Wat was dat trouwens met die leren broek en E-cup?’
‘Dat wil je niet weten. Nou ja,’ verbeterde ze zichzelf. ‘Je wilt het vast wel weten, maar laat maar. Wat moest jij trouwens in het hotel?’
‘Een etentje met Mr. en Mrs. Hart-Berkeley. Ze willen een beeld voor hun stoeterij.’ Hij zweeg even. ‘Een E-cup is echt niks voor jou.’
Jemig zeg. ‘Dat weet ik ook wel! Hoeveel heb je eigenlijk meegekregen van het gesprek?’
‘Aardig wat. We zaten vlak achter jullie in de bar.’
Die stomme hoge houten scheidingswandjes ook.
‘Maar puur uit belangstelling, zat je soms naar complimentjes te vissen?’
‘Nee.’
‘Val je stiekem op Casey Kruger?’
‘Nee!’
‘Zeker weten?’
‘Je zag toch dat ik niet wilde dat hij me kuste!’

Hij haalde zijn schouders op. 'Dat zou onderdeel kunnen zijn van het spel.'
'Echt niet.'
'Jammer. Anders had ik de weddenschap gewonnen.'
Dus hij was het niet vergeten. 'Nou, je hebt verloren.' Cleo's maag maakte een raar oesterdansje, en ze had het akelige gevoel dat ze ook wel wist waarom. Ze wilde niet dat Johnny dacht dat ze een oogje op Casey Kruger had. Als ze helemaal eerlijk was – en dit was iets wat ze nooit aan iemand zou vertellen – dan was er maar één man voor wie ze belangstelling had en die zat op dit moment naast haar.
O god. Zo. Eindelijk had ze het zichzelf toegegeven. Ze slikte moeizaam. Haar verwarrende gevoelens voor Johnny LaVenture hadden een herkenbare vorm gekregen. Hij was natuurlijk altijd al heel aantrekkelijk en charismatisch geweest, maar pas de laatste tijd was het tot haar doorgedrongen dat hij een stuk aardiger was dan ze altijd had gedacht. Ze ging iets sneller ademhalen, oprecht geschrokken van wat er met haar gebeurde. Ze mocht hem graag. Heel erg graag zelfs. Maar dat betekende nog niet dat het verstandig was; hij mocht dan zijn goede kanten hebben, hij was ook een –
'Vos,' merkte Johnny op toen een werveling van roodbruin bont de weg over stormde alvorens tussen de struiken uit het zicht te verdwijnen.
Wat heel toepasselijk was, want Johnny had veel trekjes van een vos. Ze waren allebei slim, zelfverzekerd, roofzuchtig en sluw. Ze wisten wat ze wilden en gaven niet op totdat ze het hadden. Met hun winnaarsmentaliteit waren ze op een hypnotiserende manier fascinerend voor andere, minder doelbewuste soorten.
En ze lieten meestal een spoor van onthoofde kippetjes achter.
Cleo concentreerde zich op de weg voor haar, die donker was en glom van de regen. Als ze iets had geleerd in haar leven, dan was het dat je niets moest beginnen met de menselijke equivalent van een vos. Dat moest je jezelf gewoon niet willen aandoen. Want als je dat wel deed, dan kon dat tot je vernietiging leiden.

Als kind had ze haar moeders jongste zusje bewonderd. Tante Jean, met haar twinkelende bruine ogen en sterke gelijkenis met de jonge Audrey Hepburn, had haar altijd overladen met liefde. Ze was altijd vrolijk en zorgeloos, als een prinses die een sprookjesleven leidde. Cleo had zich voorgenomen om later als ze groot was net zo te worden.
Ze herinnerde zich niet precies wanneer tante Jean oom David had leren kennen, maar een van haar favoriete jeugdherinneringen was dat ze, toen ze zes was, bruidsmeisje was geweest op hun bruiloft. Het was een warme, zonnige dag geweest, ze had een glanzend roze jurkje gedragen, met rozenknoppen van dezelfde kleur in haar haren, en Abbie had haar op haar kop gegeven omdat ze na de dienst had gespeeld dat ze een pony was en over het kerkhof had gegaloppeerd.
Het enige andere dat ze zich van die dag herinnerde, was dat ze tijdens de receptie naar buiten was gehold en toen had gezien dat oom David in een steeg stond te kussen met een vrouw die ze niet kende. Hoewel oom David de vrouw behoorlijk goed leek te kennen. Nou ja, in elk geval goed genoeg om haar beha te mogen onderzoeken.
Later, toen ze wat ouder was, had ze, zonder dat het haar ooit echt was gezegd, geleerd dat je maar beter uit de buurt kon blijven wanneer je uit school kwam en tante Jean bij je moeder in de keuken zat. Want tante Jean was helemaal niet meer zo vrolijk in die tijd; ze lachte zelfs haast nooit meer. Ze was juist vaak van streek en praatte aan een stuk door in een mengeling van fluisteringen en gecodeerde verwijzingen naar dingen die niet voor kinderoren waren bestemd. En daarna ging ze altijd huilen, eerst zacht, maar vervolgens steeds harder en snotteriger; ze ging in sneltreinvaart door de zakdoekjes heen en het kon haar niet eens meer schelen dat haar neus liep en dat ze er gewoon niet uitzag. Cleo had vooral die momenten gehaat. Zelfs al snakte ze naar een koekje of limonade, ze weigerde gewoon de keuken in te gaan wanneer tante Jean zo tekeerging. En dat was nog voordat ze van die kleine 'medicijn'-flesjes was gaan meenemen die ze uit haar handtas pakte en in haar kopje thee leegschonk.
'Wat ben jij stil,' zei Johnny.

'Ik zat gewoon te denken.'
'Waaraan?'
'Aan vossen.' Oom David was een vos geweest; een aantrekkelijke flirt, een echte *player*. In die tijd had ze hem graag gemogen, omdat hij grappig was en je altijd met hem kon lachen. Maar al deze jaren later zag ze in dat hij een egoïstische en onverantwoordelijke man was geweest, alleen maar uit op zijn eigen pleziertjes, zonder zich ook maar een beetje druk te maken over het verdriet dat hij anderen daarmee aandeed.
En dat had hij op grote schaal gedaan. Oom David was niet kieskeurig; hij had de ene vriendin na de andere, en tante Jean was eraan onderdoor gegaan. Ze was steeds meer gaan drinken en ze had ontdekt dat een mix van kalmerende middelen en antidepressiva ook goed werkte, dus was ze die met overgave gaan slikken. Als het haar maar de dag door hielp. Ze probeerde van alles, behalve de meest voor de hand liggende oplossing – weggaan bij haar charmante, ontrouwe echtgenoot. Het kwam echter niet bij haar op om bij hem weg te gaan. Ze hield meer van hem dan van wat ook ter wereld. Hij was alles voor haar. Zonder hem zou ze net zo lief dood zijn.
Cleo had haar dat, toen ze op een dag langs de keuken liep, horen zeggen, gevolgd door de reactie van haar moeder: 'Zoiets moet je niet zeggen, Jean. Niemand wil dood.'
Waarop Jean met dubbele tong had gezegd: 'O nee? Mij lijkt het zo gek nog niet.'
Dat gesprek had plaatsgevonden toen Cleo tien was. Iets meer dan een jaar later had haar moeder een hersenbloeding gekregen en was drie dagen daarna in het ziekenhuis overleden, zonder nog bij bewustzijn te zijn geweest.
Het had zo oneerlijk geleken dat tante Jean, die graag dood wilde, nog wel leefde. Terwijl haar moeder, die van het leven had gehouden en die Cleo nog niet kon missen, dood was.
En tante Jean had haar ook niet getroost, geen enkele keer. Ze was gewoon doorgegaan met drinken en trillen en huilen. Maar niet om het tragische verlies van haar zus. O nee. Om David.
Dat was het moment geweest waarop Cleo was gestopt met haar tante aardig te vinden; ze had zelfs een hekel aan haar

gekregen. En tegelijkertijd had ze de eerste steken van angst gevoeld, want dit was dus wat er gebeurde als je te veel van iemand hield die niet van jou hield. De ander werd sterker, en jij werd steeds zwakker en hulpelozer. Hij vernederde je en jij liet het gebeuren. En het eindigde ermee dat je geen enkel zelfrespect meer had, dat het je zelfs niet kon schelen dat andere mensen je uitlachten en nawezen wanneer je wankelend over straat liep met je blouse los zodat je slonzige beha te zien was. Wat natuurlijk heel vermakelijk was voor alle anderen, maar een stuk minder grappig wanneer het je tante was die ze nadeden en uitlachten.
Ze waren in Channings Hill aangekomen. Oké, nu niet meer aan tante Jean denken.
Aangezien het nog steeds pijpenstelen regende, reed Cleo het pad naar Ravenswood op om Johnny voor zijn huis af te zetten.
'Van-deur-tot-deurservice,' merkte hij op.
'Alleen maar omdat het regent.'
'Toch bedankt.'
De beveiligingslampen waren aangesprongen; hij keek haar weer met die ondoorgrondelijke blik aan. Terwijl Cleo over haar wang veegde, vroeg ze verlegen: 'Wat is er? Heb ik iets op mijn gezicht?'
'Ja.'
Toen ze was ingestapt, was er natte kamperfoelie tegen haar haren gezwiept. O god, als het maar geen slak was...
'Dit.' Hij liet de achterkant van zijn wijsvinger onder haar rechteroog glijden. 'Je schoonheidsvlekje.'
Oef, geen slak. 'Dat is een sproetje.'
'Weet je, ik heb dat altijd heel mooi gevonden.' Hij knikte langzaam. 'Een heel mooi sproetje. Je lijkt zo een beetje op Pierrot.'
O god, hij had geen idee wat hij met haar deed wanneer hij haar gezicht op die manier aanraakte.
Tenzij hij precies wist wat hij deed. Wat, eerlijk gezegd, veel aannemelijker was. Ze probeerde zo regelmatig mogelijk te blijven ademhalen en niets van haar gevoelens te laten merken, want dat zou een heel erg slecht idee zijn.
'Oké. Nou, tot ziens dan maar.'

'Nog bedankt voor de lift.'
Ze toverde een lachje tevoorschijn. 'Graag gedaan.'
Johnny stapte uit, boog zich toen door het open portier naar binnen en zei: 'Ik had je graag een afscheidskus willen geven, maar die kus van eerder vanavond leek je ook niet zo te waarderen.'
'Niet echt, nee.'
Hij grinnikte. 'Ik zou een afwijzing niet aankunnen.'
Cleo had een droge mond; haar lippen tintelden toen ze dacht aan wat ze net was misgelopen. Hardop zei ze: 'Dan is het maar goed dat je het niet hebt geprobeerd.'

33

Abbie was in de keuken toen er werd aangebeld. Het bleek Fia Newman te zijn.
'Hoi.' Fia hield een zwarte vuilniszak op. 'Frank heeft het razend druk, dus hij vroeg me om zijn spullen naar Georgia te brengen. Is ze thuis?'
'Ja, ik ben er! Kom maar verder!'
Abbie beet op haar lip; ze wist dat ze blij moest zijn dat Georgia werkte, maar ze begon zich zo langzamerhand een indringer in haar eigen huis te voelen. Toen ze met Fia de huiskamer inkwam, ademde ze de dampende geuren van Lenor en stijfsel in. Pas gestreken overhemden, broeken en jurken op hangertjes hingen als slingers aan schilderijenrails en meubels. De radio, die was afgestemd op BWR, stond luid aan. Op de bank lagen zakken met kleren die nog gestreken moesten worden. Midden in de kamer, gekleed in een Snoopy-topje en een roze-wit gestreepte short, stond Georgia te strijken alsof haar leven ervan afhing. Ze had niet gelogen; ze bleek inderdaad heel goed te kunnen strijken, snel en precies.
'Wow, moet je eens zien.' Fia was zichtbaar onder de indruk. 'Hoeveel kleren heb je hier wel niet liggen?'
'Heel veel.' Stralend draaide Georgia het overhemd op de

strijkplank om en streek een van de mouwen glad. 'Ik ben goedkoper dan alle andere strijkservices in de buurt, dus het komt met ladingen tegelijk binnen. Fantastisch, hè?'

Het was inderdaad fantastisch, dacht Abbie, zolang je maar geen zin had om met een kop koffie op de bank te gaan zitten en in alle rust tv te kijken. De huiskamer was tegenwoordig zo'n beetje verboden gebied. Als er een programma was dat Tom of zij echt wilden zien, dan moesten ze hun toevlucht nemen tot de draagbare tv boven.

'Ongelooflijk toch.' Fia was in een kletsbui. 'Eerlijk gezegd had ik nooit verwacht dat ze het door zou zetten. De meeste tieners zouden daar geen zin in hebben.'

'O, ze is een heel harde werker.' Abbie vroeg zich af hoe Fia het zou vinden als Georgia haar strijkplank midden in de pub zou opstellen.

'Goed, waar zal ik Franks spullen neerzetten?'

'Daar bij de haard. Morgenavond is het klaar. Abbie, wil je die zak even labelen?'

Abbie pakte de rol labels, schreef Franks naam op een ervan en plakte hem op de zak.

'Als het zo doorgaat, zul je dag en nacht moeten werken.' Fia keek naar Georgia die klaar was met het overhemd, het liefdevol op een hangertje hing en het volgende uit de mand bij haar voeten pakte.

'O, ik weet van wie dit is!' Georgia knuffelde het verkreukelde overhemd enthousiast. 'Het is een nieuwe van Ash. Zijn lichaam heeft hierin gezeten. Deze stof heeft lichamelijk contact gehad met zijn borst.'

Verontschuldigend zei Abbie: 'Ze vindt Ash leuk.'

'Dat weet ik.' Fia keek stomverbaasd. 'Iedereen in Channings Hill weet dat.'

'Ik vind Ash niet "leuk".' Liefdevol sloeg Georgia de mouwen van het overhemd om haar hals en begon dromerig te dansen op de radiomuziek. 'Het is ware liefde.'

'Liefde die van één kant komt,' merkte Abbie op. 'Ash heeft geen belangstelling.'

'Nog niet. Maar ik krijg hem wel zover. Met mijn gevoel voor humor en mijn charme en mijn strijkkunsten.'

Fia leek het wel grappig te vinden. 'Maar hij ziet er niet eens goed uit. Hij kan het zich helemaal niet veroorloven om zo kieskeurig te zijn.'
'Precies.' Georgia knikte fanatiek. 'Dat heb ik hem ook gezegd.'
Die arme Ash. Abbie vroeg zich af hoe hij zich zou voelen als hij wist dat er op deze manier over hem werd gepraat.
'Ik bedoel, op wie wacht hij precies?' wilde Fia weten. 'Op Angelina Jolie?'
'Beter van niet,' zei Georgia. 'Mocht ze komen opdagen, dan ga ik echt voor hem vechten.'
'Angelina Jolie heeft meer spierballen dan Rambo,' kon Abbie niet nalaten om te zeggen. 'Ze wint toch van je.'

Toen Cleo in de auto op Casey Kruger zat te wachten, zag ze dat hij ook weer niet al te erg naar haar smachtte. Hij had vanavond gezelschap. Nadat hij handtekeningen had gezet, pakte hij de hand van een vrouw die zich een beetje verdekt had opgesteld en nam haar mee naar de auto.
'Ha Cleo. Alles goed? Ik heb vanavond een vriendin bij me.'
Een blonde vriendin natuurlijk. Hoewel ze iets ouder was dan Cleo zou hebben verwacht. Toen het stel plaatsnam op de achterbank, bestudeerde ze de vrouw heimelijk in de achteruitkijkspiegel en kwam tot de conclusie dat ze halverwege de dertig moest zijn. Ook het spectaculair diepe decolleté en de nepnagels ontgingen haar niet. Caseys nieuwe vriendin was onbetwistbaar aantrekkelijk en beslist de mooiste van het stel dat iedere avond bij de artiesteningang rondhing. Hoewel ze haar daar eigenlijk nog nooit had gezien. Misschien had Casey haar vanavond op de eerste rij zien zitten. Misschien had hij een paar keer haar blik gevangen, geknipoogd en discreet te kennen gegeven dat ze na de show best naar hem toe mocht komen.
Dat had hij in de loop der jaren waarschijnlijk honderden keren gedaan.
De vrouw ving Cleo's blik op in de spiegel, en ze glimlachte, een charmant, vriendelijk lachje. Cleo schaamde zich meteen. Misschien was ze wel echt een oude vriendin van Casey. Misschien kenden ze elkaar al wel jaren en was ze helemaal geen groupie.

Vlak voor de buitenwijken van Bristol vroeg Casey: 'Kun je hier even stoppen? Voor de drankzaak?'
'Geen probleem.' Wat een vrek.
'Niet dat ik zuinig ben of zo,' vervolgde Casey, 'maar de roomservice in dat hotel is belachelijk duur.'
Cleo parkeerde de auto onder een straatlantaarn, en hij raakte even het dijbeen van de vrouw aan. 'Ik ben zo terug. Wat wil jij... eh...?'
'Ik heet Maria. Witte wijn graag. Van de Nieuw-Zeelandse sauvignon, als ze dat hebben.'
Casey knikte en stapte uit.
Door de winkelruit zag Cleo dat het druk was in de zaak en dat er een rij voor de kassa stond. Nou ja. Ze was niet verplicht om een gesprek te beginnen met Casey Krugers zogenaamde vriendin.
Hoewel ze best zou willen weten of hij haar inderdaad had opgepikt van de eerste rij. Had hij alle dames vooraan bekeken en toen deze vrouw met een verleidelijk knikje weten over te halen om de nacht met hem door te brengen?
Vanaf de achterbank vroeg Maria terloops: 'Hoe is dat hotel? Vast wel mooi, hè?'
'Heel mooi.' Cleo ging een beetje scheef zitten en zag dat de vrouw geen trouwring droeg. 'Veertiende-eeuws. En het ligt op een mooi landgoed ook.'
De vrouw wierp haar een innemende lach toe. 'Ik denk niet dat ik veel van het landgoed te zien zal krijgen.'
Wat moest ze daar nou op zeggen? 'Nou ja, hoe dan ook, het is een fantastisch hotel.'
'Hoewel de roomservice belachelijk duur is,' zei Maria droog.
Het was onmogelijk om de vrouw niet aardig te vinden. En Casey, die druk bezig was wijn uit te zoeken, zou nog wel een tijdje wegblijven. Met een knikje naar hem vroeg Cleo: 'Was dit de eerste keer dat je zijn show hebt gezien?'
'Van wie? Van Casey? Ik heb de show niet gezien. Ik heb een pesthekel aan musicals. Maar hoe lang doe jij dit werk al?' Behendig veranderde ze van onderwerp.
'Drie jaar.'
'Is het leuk? Of saai?'

'Van allebei wat.'
'Dat geldt voor iedere baan natuurlijk.'
'Het heeft zijn ups en downs.' Cleo vroeg zich af wat de vrouw deed.
'En woon je hier in Bristol?'
'Nee. Ik woon niet al te ver van Caseys hotel. In een dorp dat Channings Hill –'
'O, dat dorp ken ik!'
'Echt?' Casey had het slechter kunnen treffen; deze vrouw mocht dan tien jaar ouder zijn dan de meisjes met wie hij normaal gesproken uitging, ze was echt heel aardig. 'Ben je wel eens in de Hollybush geweest dan?'
Maria schudde haar hoofd. 'Ik heb iemand gekend die daar woonde, een vriend van me. LaVenture heette hij.'
O god, niet nog een. Was er ook iemand die hij niet had 'gekend'? Op verslagen toon zei Cleo: 'Johnny.'
'Nee, Lawrence.'
'O! Johnny's vader!' Dat was stukken beter. 'Waar kende je die van?'
Maria haalde haar schouders op. 'We waren bevriend.'
'Hij was me er eentje. Iedereen was dol op hem.' Cleo stopte ineens; misschien wist de vrouw het nog niet. 'Eh... ik weet niet of je het weet, maar Lawrence is een paar maanden geleden gestorven.'
'Ja.' Maria zat al te knikken. 'Dat weet ik.'
Het lag op het puntje van Cleo's tong om te vragen of ze ook had gehoord onder welke omstandigheden hij was overleden, toen iets in Maria's gezicht haar daarvan weerhield.
Het kwartje viel... langzaam... eindelijk.
O mijn god.
Hun blikken vonden elkaar. Toen zei Maria vrolijk: 'Dus het is eindelijk tot je doorgedrongen.'
'Jij was dat!' Cleo vond het ongelooflijk dat ze er zo lang over had gedaan om het te snappen.
'Die lieve Lawrence. Gelukkig heeft hij niet hoeven lijden.' Maria's ogen dansten. 'Maar ik kan je wel zeggen dat ik toen flink geschrokken ben.'
In de drankzaak gaf Casey zijn creditcard aan de caissière.

'Ik dacht dat je een groupie was!'
'Casey Krugers grootste fan? Doe me een lol, zeg!' Maria leek geschokt. 'Ik ben meer van de Kaiser Chiefs. Bovendien krijgen groupies niet betaald.'
Daar had ze een punt. Cleo had haar het liefst gevraagd hoeveel Casey haar betaalde voor haar gezelschap vannacht, want ze vond het allemaal even fascinerend.
Vast een aardig bedrag, anders zou hij de drank niet bij een drankzaak hoeven kopen.
Maar nee, dat kon ze echt niet vragen. In plaats daarvan zei ze tactloos: 'We hebben ons toen nog afgevraagd of je je nog op Lawrence' begrafenis zou laten zien.'
Maria schudde haar hoofd. 'Ik was wel uitgenodigd en ik had ook best willen komen, echt waar. Lawrence was een vaste klant van me en ik mocht hem erg graag. Maar het zou voor te veel opwinding hebben gezorgd.'
'Dat is zo. Wie had je dan uitgenodigd?'
'Lawrence' zoon, Johnny.'
'Ken je die dan?'
'Nee, maar hij belde me. Na mijn gesprek met de lijkschouwer. Hij klonk erg aardig.' Belangstellend vroeg ze: 'Is hij dat ook?'
Cleo gaf niet meteen antwoord. Dit was een mogelijk scenario waar ze zich helemaal niet mee bezig wilde houden. 'Hij heeft zo zijn aardige momenten. En ook zijn onaardige.'
'Vast wel een stuk om te zien, hè? Net als zijn vader?'
Op terloopse toon antwoordde Cleo: 'Inderdaad. Maar ja, er zijn ook heel veel mensen die Casey Kruger een stuk vinden.'
Tot haar opluchting zag ze dat Casey op weg was naar de auto, met twee plastic tassen in zijn handen.
'Sorry. Het duurde langer dan verwacht.' De tassen rinkelden toen hij instapte. 'Ik moest allemaal foto's signeren.'
'Maakt niet uit.' Jemig, hoeveel drank had hij wel niet ingeslagen? Er moesten minstens tien flessen in die tassen zitten.
'Ik dacht, ik leg meteen een voorraadje aan. Niks is zo erg als ineens zonder drank te komen zitten.' Nadat hij zich op de achterbank had geïnstalleerd en Maria even in haar knie had

geknepen, vervolgde hij: 'Nou, dat zal ons niet gebeuren. Wij gaan een fantastische nacht beleven, zeker weten!'
Hij had inmiddels de dop van een fles whisky losgedraaid en nam luidruchtig een slok.
Cleo startte de motor weer. Heel even vond haar blik die van Maria in de achteruitkijkspiegel.
God, wat vreselijk seks te moeten hebben met iemand van wie je haren rechtovereind gingen staan.
Daar wilde ze liever helemaal niet aan denken.
Hoeveel Maria ook betaald kreeg, het was nooit genoeg.

34

'Hier. Eet smakelijk!' Toen Fia het bord voor hem neerzette, ving Ash een vleugje van haar heerlijke parfum op. 'Van mij.'
Het was een bord spaghetti bolognese. Normaal gesproken zou hij een grapje hebben gemaakt over haar dubbelzinnige opmerking, maar zoals altijd wanneer hij haar zag, zat hij met zijn mond vol tanden. Bovendien moest hij er meteen aan denken dat dit bord spaghetti hem dus honderdtwintig pond had gekost.
Het was woensdagmiddag tijdens de lunch. Gisteravond waren Fia en haar vriend Aaron – die het toch zo had verdiend! – naar de Colston Hall geweest met zíjn kaartjes, en tot dusverre had ze hem drieënzeventig keer verteld dat het het mooiste concert was geweest dat ze ooit had bijgewoond.
Goed, misschien niet drieënzeventig keer. Maar ze wreef het hem wel in.
'Weet je... hij was toch zo fantastisch.' Fia schudde haar hoofd, vol bewondering voor het talent van Richard Mills, voor zijn aantrekkelijke uiterlijk en zijn betoverende optreden.
Ash vroeg zich af hoe het zou voelen als ze dat een keer over hem zou zeggen.
'Mijn handen doen er zelfs zeer van.' Ze hield ze op om hem haar handpalmen te laten zien. 'Ik heb zo hard geklapt dat ze er nu nog van tintelen.'

Hij lachte geforceerd, zichzelf dwingend om niet te denken aan haar handen die over zijn lichaam dwaalden... nee, nee, hij zat zichzelf zo alleen maar te kwellen, niet aan denken, waarschijnlijk zou ze bij het idee alleen al gillend van afschuw wegrennen.
'En Aaron is nog steeds in de zevende hemel. Hij heeft me vandaag al drie keer gebeld!'
'Fijn. Dat is... fijn.' Ash draaide spaghetti om zijn vork, bracht het geheel naar zijn mond, slaagde erin één sliert tussen zijn lippen te krijgen en liet de rest weer op het bord vallen. 'Shit.' Hij griste het papieren servet van tafel en wreef over de oranje vlekken op zijn overhemd.
'Er zit ook wat op je kin,' zei Fia behulpzaam.
'O. Dank je.'
Ze wees. 'En op je oor.'
'Oké.' Stomme klotespaghetti.
'Nou, ik ga maar weer eens aan het werk.' Vrolijk draaide ze zich om en verdween naar de keuken, onderweg een regel uit een van de aria's zingend uit het repertoire van Richard Mills.
Zuchtend legde Ash zijn smerige servet neer. Hij moest nu toch haast wel het dieptepunt hebben bereikt. Veel erger kon niet. Misschien moest hij maar eens gaan bellen met Anonieme Losers.
Hoi, ik heet Ash Parry-Jones en op mijn werk ben ik grappig, slim en zeer welbespraakt zonder er zelfs maar moeite voor te doen... Ik heb duizenden fans die iedere ochtend naar mijn radioprogramma luisteren omdat ze weten dat het onderhoudend is en ze er heel vrolijk van worden.
Maar buiten mijn werk om ben ik gewoon een sukkel.

Het probleem met beneden wat opruimen en drie vuilniszakken vol troep naar zolder brengen, was dat je die zakken nooit gewoon neerzette en dan weer rechtstreeks naar beneden ging. Eenmaal op zolder kwam het er op de een of andere manier altijd weer van dat je iets zag wat je in geen jaren had gezien, waardoor je helemaal van je plannen werd afgebracht.
Cleo, in kleermakerszit tegen een stapel dekens gezeten, was al twee uur op zolder. Ze had in de koffer gekeken waarin

haar vaders lievelingskleren zaten. Hoewel het vreselijk was geweest om op elfjarige leeftijd haar moeder te moeten verliezen, wist ze dat ze geluk had gehad met haar liefdevolle, aardige vader, die twee ouders in één was geworden en haar, samen met Abbie, heel goed had opgevoed. Ooit zou ze zijn oude wollen truien en verschoten geruite overhemden wel aan een kringloopwinkel schenken, maar nu nog niet.
Daarna had ze in een kartonnen doos gekeken waarin alle boeken zaten die ze als kind mooi had gevonden; die zou de kringloopwinkel echt nooit krijgen, want ze was van plan om er ooit haar eigen kinderen uit voor te lezen, of ze daar nou zin in hadden of niet.
Verder was er nog een doos vol legpuzzels, die ze eigenlijk echt zou moeten weggooien; een eenentwintigste-eeuws kind zou nog niet dood willen worden aangetroffen met een puzzel.
Ze had ook een trommel met de sieraden van haar moeder erin bekeken, een schoenendoos vol oude ansichtkaarten en een archiefdoos met vol gekladde schoolschriften en rapporten erin. Bij het lezen van de rapporten waren er allerlei herinneringen naar boven gekomen – en niet allemaal even goede. Mr. Elliott had geschreven: 'Als Cleo meer belangstelling zou tonen voor geschiedenis dan voor Boyzone, zou er misschien vooruitgang te boeken zijn. Miss Barlow had geschreven: 'Op de tennisbaan is Cleo een enthousiaste leerlinge.' Wat een beleefde manier was om te zeggen dat ze geen bal over het net wist te slaan, maar heel goed was in het weer oprapen ervan. En Mr. Haines, haar wiskundeleraar, had haar beschreven als: 'Snel afgeleid tijdens de les, meestal door zichzelf.'
Wat gewoon sarcastisch was. Zij kon het toch niet helpen dat ze niets snapte van kwadratische vergelijkingen?
Nou ja, twee jaar later had het recht gezegevierd. Mr. Haines was door de politie aangehouden wegens onvoorzichtig rijgedrag en bleek toen slechts gekleed te gaan in een satijnen korset, kousen en kanten jarretels.
Au, ze had geen gevoel meer in haar voet. Nadat ze was gaan verzitten, pakte ze nog een stapel foto's uit de koffer voor haar. Dit was de reden dat ze hier al twee uur zat. Haar vader was nooit ergens heen gegaan zonder camera. Tijdens haar jeugd

had hij voortdurend foto's gemaakt, vaak tegen haar zin. Als kind had ze zich er vaak voor geschaamd.

Bijna twintig jaar later was ze de schaamte echter voorbij en was ze blij dat hij het had gedaan. Hij had het dorpsleven tot in detail vastgelegd en het was hartstikke leuk om te zien hoe iedereen er al die jaren geleden had uitgezien. Toen ze de stapel doornam, kwam ze een foto tegen van zichzelf in de achtertuin, met een heel erg foute korte pony en met haar nieuwe citroengele tuinbroek aan. En hier had je een stel foto's van het dorpsfeest... daar had je Welsh Mac, die toen al zijn haar nog had... en Glynis van de winkel, die een wit broekpak droeg van synthetische kreukvrije stof en hoge hakken die wegzakten in het gras, terwijl ze het hoelahoepstalletje bemande. Ze kwam ook een foto tegen van de jonge en verliefde Abbie en Tom, en nog eentje van Glynis' man Huw bij de biertent; hij zag er verhit uit en stond er maar half op. En – ha! – daar had je Johnny op de achtergrond, in spijkerbroek en een gewaagd gestreept T-shirt, die met wat vrienden aan het rotzooien was voor het werpspel. De volgende foto was er eentje van haarzelf – jemig, zeg – in een zelfgemaakte hoelarok en met bloemen van crêpepapier in haar haren voor de verkleedwedstrijd. Toen nog eentje van Johnny languit in het gras, terwijl hij het keffertje van de dominee chips voerde. En daar had je er eentje van Huw languit in een stoel en inmiddels diep in slaap, niet merkend dat zijn nichtjes achter hem stonden en vrolijk madeliefjes en grassprietjes op zijn hoofd strooiden.

Ze glimlachte om de foto's. De volgende was er eentje van Wayne Carter, die altijd de wildebras van het dorp was geweest en snauwend naar de fotograaf een blikje bier omhooghield. Zijn haar was zwart geverfd en met gel in agressieve stekels gekneed en hij droeg een T-shirt van de Sex Pistols waarin op een strategische plek een scheur zat zodat er een tepelring zichtbaar was, waar het dorp toentertijd danig van geschrokken was.

Tegenwoordig was hij registeraccountant.

Haar mobieltje ging en ze nam op.

'Hoi, met mij.' Haar hart sloeg over; Johnny's stem herkende ze uit duizenden.

'Wat toevallig. Ik zat net naar oude foto's van je te kijken!' Snel voegde ze eraan toe: 'Niet op een stalkerige manier, hoor.'
'Hoe zag ik eruit?'
'Je haar heeft wel eens beter gezeten.'
'En hoe zag jij eruit?'
'Beeldschoon natuurlijk.'
Hij lachte. 'Luister, weet je nog dat je mijn nieuwe eetkamer zo mooi vond?'
'Eh... ja.' Toen hij haar laatst zijn huis had laten zien, was ze verliefd geworden op de kleur die hij voor de muren had uitgekozen, een vol, fluweelachtig topaasgeel.
'Nou, ik heb net wat rommel opgeruimd in de garage, en toen kwam ik nog een tienliterblik van die kleur tegen. Ik wist dat we te veel hadden besteld, maar dat het zoveel was, wist ik niet. En jij zei dat je overwoog om je kamer opnieuw te schilderen, dus ik vroeg me af of je die verf misschien wilde hebben.'
'Ja, fijn, dank je wel!' Tien liter kwaliteitsverf, gratis en voor niets? Fantastisch.
'Als je thuis bent, kan ik hem wel komen brengen.'
'Ik zit op zolder en het is gemakkelijker om er op te klauteren dan er weer vanaf te komen,' zei ze, 'dus geef me vijf minuten de tijd. Maar de buitendeur is niet op slot.'
Johnny aarzelde geen seconde. 'Blijf dan maar waar je bent. Ik ben al onderweg.'

35

Drie minuten later hoorde Cleo de voordeur open- en dichtgaan, gevolgd door voetstappen op de trap. Over de rand van de luikopening turend, vroeg ze: 'Waar is de verf?'
'Die heb ik in de gang laten staan. Wat doe je daarboven?'
'Ik zit naar ouwe spullen te kijken.' Ze liet de foto los die als een blad naar hem toe dwarrelde.
Johnny ving hem op, bekeek de foto van zichzelf voor het

werpspel en schudde zijn hoofd. 'Toen was ik veertien. God, wat zie ik eruit.' Grinnikend klom hij op de stoel onder het luikgat en hees zich – indrukwekkend – behendig de zolder op. Hij keek om zich heen. 'Hier staan nogal wat spullen om te bekijken.'

'Ik zit hier al een hele tijd.'

'Dat snap ik best. Het is leuk hier. Gezellig.'

'Volgens mij heb ik een probleem met loslaten. Het lukt me gewoon niet om iets weg te gooien.' Zich bukkend om de schuine balken en het peertje van veertig watt te ontwijken, liep ze terug naar waar ze net had gezeten. Ze klopte op de opgerolde deken naast zich. 'Kom, dan gaan we foto's kijken. Ik durf ze gewoon niet mee naar beneden te nemen, want dan wil ik ze daar houden.'

'Allemachtig, niet te geloven. Welsh Mac met haar!'

Cleo vond het heerlijk dat hij het net zo leuk vond de foto's te bekijken als zij. Het afgelopen halfuur was voorbijgevlogen. Misschien waren Johnny en zij dan geen echte jeugdvrienden geweest, ze hadden wel dezelfde mensen gekend. Hij slaakte steeds een kreetje van plezier bij het ontdekken van plekken en gebeurtenissen uit hun gezamenlijke, maar gescheiden verleden. Er waren foto's van kerstfeestjes, kampvuren, sportdagen, het paardenevenement in Badminton...

'Hé, daar heb je je tante Jean.' Johnny raapte een foto op die uit een hoesje was gegleden. De foto was ouder dan de andere die zij had zitten bekijken, en er was een jonge Jean op te zien, halverwege de twintig en nog sprankelend van levenslust. Ze droeg een roze met groene jurk en had bloemen in haar lange donkere haren. Ze zat op een hekje, met een klein hondje in haar armen, en lachte naar de camera. Cleo voelde een steek in haar maag van verlangen naar de vrolijke tante die ze was kwijtgeraakt.

'Moet je haar nou toch zien,' zei Johnny verwonderd. 'Wat was ze toen eigenlijk mooi, hè?'

Ze knikte.

'Die ogen.' Hij hield de foto op armlengte afstand en draaide zich toen om om Cleo te bekijken. 'Ze lijkt precies op jou.'

'Ik weet het.'

'Hé, niet huilen.' Hij legde zijn hand op de hare. 'Wat is er nou?'
Alle oude herinneringen waren omgewoeld als modder in een emmer water. Cleo dacht aan die akelige middag toen tante Jean, straalbezopen en nauwelijks nog in staat om op haar benen te staan, had gezegd: 'Moet je ons eens zien, schat, we lijken precies op elkaar, hè? Jij en ik?' Ze had een arm om Cleo heen geslagen voordat die de kans had gehad om te ontsnappen en had een natte kus op haar gezicht gedrukt. 'Je zult net zoals ik worden als je groot bent!'
Wat, als je twaalf was, geen echt opwekkende gedachte was. En stom genoeg had ze die opmerking nooit uit haar hoofd kunnen zetten. Misschien was het idioot, maar nog jarenlang was ze achtervolgd door de angst dat ze op een dag zou veranderen in tante Jean.
'Toe.' Johnny veegde met zijn duim over haar natte wangen. 'Niet huilen. Het spijt me.'
'Het is al over.' Het had vast met haar hormonen te maken. Ze slaakte een zucht om zichzelf weer onder controle te krijgen. Hij vond haar vast een watje.
'Het was vast niet gemakkelijk om op te groeien met zo'n tante.' Terwijl hij het zei, klopte hij haar geruststellend op haar rug. Hij had vandaag geen aftershave op, maar de frisse, natuurlijke geur van hem was zo mogelijk nog hypnotiserender. 'Het was nergens voor nodig om je voor haar te schamen, hoor.'
Ze knikte. 'Maar ze was wel heel gênant. Je wist nooit wat ze nou weer zou gaan doen.' Haar schouders ontspanden zich wat terwijl hij zacht haar rug masseerde. 'Ik schaamde me ervoor dat ik me schaamde. Snap je wat ik bedoel? Ze zette ons allemaal voor schut en ik wou alleen maar dat ze verdween.'
En ze maakte me doodsbang, want als het met tante Jean kon gebeuren, waarom zou het dan ook niet met mij kunnen gebeuren?
'Niemand zal het je kwalijk nemen dat je dat zo voelde.' Zijn stem was troostend; het voelde nog steeds raar dat hij zo aardig tegen haar deed.
'Nou ja.' Terwijl ze nog een stapeltje foto's pakte, zei ze: 'Mijn wens is uiteindelijk uitgekomen. Ze verdween voor altijd.'

Hij knikte. Het was niet nodig om nog iets te zeggen. Tante Jeans lever had het nog een paar jaar volgehouden. Ze was van de ene alcoholische, chaotische crisis in de andere getuimeld alvorens te bezwijken aan levercirrose. Op haar veertigste was ze gestorven; Cleo was toen achttien geweest.

'Dat noem ik nou nog eens stijl,' veranderde Johnny van onderwerp.

Cleo keek naar een foto van zichzelf op haar dertiende verjaardag waarop ze trots een stervormige taart aansneed die was versierd met Smarties. Zo te zien was ze erg in haar sas met de door haarzelf uitgekozen paarse blouse met pofmouwen en het paars met groen geruite vestje.

'Het is maar goed dat je niet kunt zien wat ik daaronder aanhad.' Op de foto stond ze achter een tafel, maar ze herinnerde zich vaag dat ze een oranjebruine katoenen broek van C&A droeg. Nou ja, dat hoefde hij niet te weten.

'Ha!' Johnny proestte het uit toen die stomme broek op de volgende foto werd onthuld.

'Nou, jij zag er anders ook niet altijd zo stijlvol uit.' Om het hem betaald te zetten doorzocht ze een eerder stapeltje tot ze de foto had gevonden waarop hij op het zomerfeest aan het hoofd van de optocht van verklede kinderen liep. Hij was toen een jaar of tien, elf, en droeg een donkerbruine panty, een bruine coltrui en een hoed die was versierd met enorme takken vol blad. Ze wees ernaar. 'Panty.'

'Ik moest een bóóm voorstellen.'

'Ja, een boom met neigingen tot travestie.'

'Tegenwoordig probeer ik die onder controle te houden.'

'Je zag er echt belachelijk uit.'

'Maar ik ben wel derde geworden. Ik heb toen een boekenbon gewonnen.' Stilte. 'En de panty mocht ik houden.'

Ze kreunde bij de volgende foto waarop ze een suikerspin at en roze troep om haar mond en in haar haren had. 'Moet je me daar eens zien.'

'Maar dat is in de loop der jaren stukken verbeterd,' zei hij met een klein lachje. 'Je mag niet klagen over je uiterlijk.'

'Doe niet zo stom.' Ze kromp ineen; om de een of andere reden had hij nog steeds zijn hand op haar rug.

'Je kunt niet zo goed tegen complimentjes, hè? Maar ik meen het echt.'
En tot nu toe was het allemaal zo goed gegaan. Hopelijk merkte hij niet dat haar hart als een razende tekeerging. Op terloopse toon zei ze: 'Ligt eraan van wie ik ze krijg.'
'Je bent een mooie vrouw. Dat is gewoon zo. Geloof me nou maar.' Zijn groene ogen hadden een geamuseerde glans. 'En ik kan het weten, want ik ben kunstenaar.'
Met als specialiteit vrouwen versieren. Maar zelfs terwijl ze dat dacht, reageerde haar lichaam op zijn stem, op zijn lichamelijke nabijheid, op de warme hand op haar rug. En ze schoof ook niet bij hem weg.
Ze verroerde zich helemaal niet.
'Luister,' zei hij wat zachter. 'Ik meen het echt. Volgens mij heb je er geen idee van hoe aantrekkelijk je bent.'
Ze kon echt geen woord uitbrengen.
'Echt.' Hij knikte. 'En ik besef het nu pas, maar ik denk dat ik ook weet waarom.'
'Waarom dan?' Het kwam er als een hese fluistering uit.
'Eerst wil ik je iets vragen. Wat zie je als je in de spiegel kijkt?'
Een nauwelijks zichtbaar schouderophalen. 'Mezelf.'
'Volgens mij niet. Volgens mij zie je je tante.'
Het was alsof ze een stomp in haar maag kreeg. Er welden tranen op in haar ogen. Hij had haar compleet overvallen. Ze had die gevoelens zo lang verstopt; niemand had ooit kunnen raden dat ze ermee rondliep. Johnny had het echter instinctief begrepen uit haar reactie van daarnet. Hij wist dat ze, iedere keer dat ze haar spiegelbeeld bestudeerde, met heel haar hart wenste dat ze niet de wenkbrauwen, de kin en de sproetjes van tante Jean had.
Het enige wat ze had wat tante Jean niet had gehad, was het Pierrot-schoonheidsvlekje onder haar rechteroog.
En het vermogen – godzijdank – om nee te zeggen tegen drank.
'Je hoeft je nergens zorgen over te maken.' Hij schudde zijn hoofd. 'Qua karakter lijk je helemaal niet op haar.'
Hij had gelijk. Het was tijd om die angst achter zich te laten.
Ze ontspande zich wat en zei: 'Dat weet ik.'
Hij zweeg even, fronste toen zijn wenkbrauwen en zei lang-

zaam: 'Weet je, ik heb ineens het akelige gevoel... O god, heb ik je vroeger met haar geplaagd?'
Dus hij wist het nog. Na al die jaren. Met een flauw lachje antwoordde ze: 'Zou kunnen.'
'O god.'
'Het was gewoon flauw gedoe op school. Daar wordt iedereen wel ergens mee geplaagd. En misschien is het een troost voor je om te weten dat je niet de enige was,' zei ze droog.
Hij zuchtte en keek haar beschaamd aan. 'Geen wonder dat je me haatte. Het spijt me.'
Ze knikte. 'Ik weet het.'
'Nee, het spijt me echt.'
'Oké.' Ze glimlachte. 'Je hoeft ook weer niet door het stof te kruipen, hoor.'
'Ik heb het gevoel van wel.'
'Nou ja, ga je gang dan maar, zou ik zeggen.'
'Het spijt me. Het was erg dom van me. Het spijt me echt.'
'Zo kan die wel weer. Je kunt nu wel weer ophouden.' Verbeeldde ze zich het of schoof hij iets naar haar toe?
'Waarmee ophouden?'
'Met je verontschuldigingen aanbieden.'
'O ja. Het spijt me.'
Nou was hij haar echt aan het plagen. En mocht hij haar nu gaan kussen, dan wist ze dat ze zijn kus zou beantwoorden. De vorige keer, in de auto, was het niet gebeurd. Maar ze bevonden zich nu op het randje van het volgende stadium. Iedere centimeter van haar huid tintelde van de adrenaline; ze wilde dat het gebeurde, en hoe lang kon een vrouw nou nog wachten. Hierboven, op de donkere, stoffige zolder vol spinnenwebben, leek het erop dat hij eindelijk tot actie zou overgaan. En ze zou hem niet tegenhouden. Goed, misschien had de plek wel wat romantischer gekund, maar –
Die-diedie, da da da die da!
Cleo verstarde. Soms, heel soms, zou ze echt willen dat er geen mobieltjes waren uitgevonden.
Johnny mompelde in haar oor: 'Je kunt ook niet opnemen.'
Wat een verleidelijke gedachte was, maar uitgerekend vandaag ging dat niet.

'Ik moet. Een van de andere chauffeurs voelde zich vanochtend niet zo lekker, dus ik sta op stand-by.' Tot haar ergernis zag ze op het schermpje dat het inderdaad Graham was. Ze nam op, kruiste haar vingers en zei: 'Hallo, hoe gaat het daar?'
'Don heeft een zware voedselvergiftiging. Hij kan de rit naar Edinburgh niet doen. En ze moeten over veertig minuten worden afgehaald, dus je mag er wel flink vaart achter zetten,' zei hij kortaf.
De moed zonk haar in de schoenen. Het had geen zin om hem tegen te spreken of te proberen eronderuit te komen. Het was haar werk. 'Oké, geen probleem.'
Naast haar fluisterde Johnny: 'Werk?'
Ze knikte.
'Jammer,' zei hij zacht.
Wat wel het understatement van het jaar mocht worden genoemd.
'Waar zijn de klanten nu?' vroeg Cleo.
'In het Marriott Hotel. En kom alsjeblieft op tijd, want het zijn nogal lastpakken.'
Het Marriott was een vijfsterrenhotel in het centrum van de stad, wat op dit tijdstip betekende dat ze vijf minuten had om het stof van zich af te douchen en haar uniform aan te trekken. Terwijl ze opstond, wierp ze een blik op Johnny – zonder ook maar iets te durven laten merken van de spijt die ze voelde – en zei in de telefoon: 'Ik ben al onderweg.'

36

Het was niet de Colston Hall, maar in zo'n kort tijdsbestek had hij niets beters kunnen vinden. Soms moest je er maar gewoon het beste van zien te maken.
'Ik heb nog een paar kaartjes gekregen,' vertelde Ash. 'Voor *Madama Butterfly*, aanstaande dinsdag in het Pargeter Theatre in Clifton.'

'Dat meen je niet.' Fia's gezicht klaarde helemaal op. 'O mijn god, dat is mijn lievelingsopera!'
Dat had hij al gedacht. Weken geleden had Frank hem met smaak verteld dat Fia niet naar zijn radioprogramma luisterde, omdat ze helemaal bezeten was van al dat *Madama Butterfly*-gejodel.
'Het is een rondreizende productie. Ze schijnen behoorlijk goed te zijn.'
'Wat fantastisch! Dank je wel, Ash, wat ontzettend aardig van je!'
O nee, daar trapte hij niet weer in. Die o zo aardige Aaron moest van nu af aan maar voor zichzelf zorgen. Zich schrap zettend, zei hij: 'Het punt is dat ik erheen moet voor mijn programma, daarom hebben ze ons die kaartjes gegeven.'
'O. O, nou. Ik snap het.'
Haar plotselinge omslag was als een mes tussen zijn ribben.
'Maar het is nog steeds *Madama Butterfly*.' Hij had een droge mond; hij kon moeilijk op zijn knieën vallen en haar smeken om met hem mee te gaan. Maar het was zonneklaar dat ze iets anders in gedachten had gehad.
Ze aarzelde, en hij zag haar worstelen met haar geweten. Gelukkig won het fatsoen het en flapte ze er niet uit: 'Ik hak nog liever mijn eigen voeten er af dan dat ik met zo'n dikzak als jij naar de opera ga!' In plaats daarvan toverde ze een glimlach tevoorschijn en zei: 'Nou, dat is ook prima. Het wordt vast fantastisch. Dank je wel dat je me meevraagt.'
'Ja.' Hij kon zichzelf wel een schop geven; weer lukte het hem niet om in haar aanwezigheid normaal antwoord te geven. 'Geen probleem,' zei hij toen. Jezus, wat bezielde hem? Dit was zijn grote kans; het was hem gelukt om Fia met een truc zover te krijgen dat ze met hem uitging. Al was het natuurlijk geen echte date en ging ze alleen maar met hem mee, omdat ze bang was dat hij haar anders nooit meer vrijkaartjes zou geven.
Ondanks alles trok er toch een rillinkje van opwinding en hoop door hem heen.
Misschien stelde het niet veel voor. Oké, het stelde niet veel voor.
Maar het was een begin.

Op tv was een leuk onderdeel van de dans-aerobicsles bezig, en Abbie deed mee terwijl ze de kamer stofzuigde. Ze zette het geluid harder om de muziek boven het geloei van de stofzuiger uit te kunnen horen en danste en zong mee met de instructeur, terwijl ze met de stofzuiger tegen de metalen poten van de strijkplank stootte die nu min of meer permanent in de huiskamer stond opgesteld.

En wat dan nog als ze lawaai maakte? Toen Georgia pas bij hen woonde, was ze zich overdreven bewust geweest van haar aanwezigheid en had ze 's ochtends haar best gedaan om haar niet te storen. Maar er moest nu eenmaal gezogen worden, en ze vond het leuk om met haar lievelingsliedjes mee te zingen en je kon niet eeuwig op kousenvoeten blijven rondlopen.

Trouwens, het was bijna tussen de middag. Hoog tijd dat Georgia eens uit bed kwam.

'En strek en buig en strek en buig,' brulde de fitnessinstructeur op tv. 'En rek en draai en rek en draai met die heupen! En nu strek en rek en buig en –'

'Aaaah!' Abbie gilde toen er een hand op haar schouder werd gelegd.

'Sorry, sorry, ik wilde je niet aan het schrikken maken.' Georgia keek haar met een verontschuldigende blik aan, terwijl Abbie het geluid van de tv uitzette.

'Ik dacht dat je nog in bed lag,' zei Abbie met een rood hoofd. Had ze er erg raar uitgezien? Leek haar kont dik? Had Georgia haar staan uitlachen?

'Ik moet nog heel veel doen. Ik heb vannacht tot drie uur staan strijken.'

Alsof ze dat niet wist; het onregelmatige boink-boink van het strijkijzer en het gemurmel van de tv hadden Abbie knettergek gemaakt toen ze had geprobeerd om in slaap te komen.

'Ik wilde je even zeggen dat ik wegga. Ik moet kleren terugbrengen en ophalen, en ik moet naar de drukker voor nog meer visitekaartjes, dus ik ben pas aan het eind van de middag terug.'

'Oké, prima.' Was het slecht om zo opgetogen te zijn bij het vooruitzicht het huis op haar vrije dag helemaal voor zichzelf te hebben?

'O ja, en er is geen melk meer, dus misschien kun je wat gaan halen. Nou, tot later dan maar.'
Abbie wist zich te beheersen tot Georgia al haar strijkwerk in de bestelbus had geladen en was weggereden. Dit was nou waar ze zich dood aan ergerde, Georgia's egoïsme en totale desinteresse en tactloosheid. In de keuken vond ze een leeg melkpak op het aanrecht en een leeg glas in de gootsteen. Typisch pubergedrag. Hoewel ze wist dat ze waarschijnlijk nog blij moest zijn dat Georgia de moeite had genomen om het haar te vertellen, want anders had ze pas ontdekt dat er geen melk meer was wanneer ze een kop thee voor zichzelf had willen klaarmaken.
Nou ja, ze zou eerst verdergaan met schoonmaken, dan haar trainingsbroek verruilen voor normale kleren om daarna boodschappen te gaan doen. Ze pakte de afstandsbediening om het geluid van de tv weer aan te zetten en ging verder met stofzuigen. Het aerobicsprogramma was afgelopen, maar met stofzuigen verbruikte je ook aardig wat calorieën. En aangezien het een extra leuke dag alleen thuis beloofde te worden, zou ze eens kijken of Glynis vandaag ook van die lekkere karameldonuts had.
Onder de bank was het behoorlijk vol aan het raken. Abbie vond drie lege chipszakken, wat tijdschriften, glittereyeliner, zeven kleerhangers en een ongeopend bekertje perzikyoghurt. Nadat ze de rommel had opgeraapt, en ze weer rechtop ging staan om onder de bank te gaan zuigen, zag ze in haar ooghoeken een flits van donkerrood door het voorraam toen er een auto stopte.
Ze voelde een steekje in haar maag, want het was de auto van Des, en ze gingen nog steeds een beetje ongemakkelijk met elkaar om, al zou een ander dat nooit hebben gemerkt. Terwijl ze de stofzuiger uitzette, zag ze hem uitstappen. Oké, geen enkele reden om nerveus te zijn. Hij kwam natuurlijk gewoon even vragen of ze wilde ruilen met een collega, meer niet. Ze zagen elkaar iedere dag op het werk en het was weken geleden dat hij het voor het laatst had gehad over... over wat er was gebeurd.
Zichzelf dwingend om zich volkomen normaal te gedragen –

en daar had ze inmiddels aardig wat ervaring mee – deed ze open en zei vrolijk: ‘Ha Des! Laat me eens raden, Magda wil dat ik zondag voor haar inval zodat zij zaterdagavond lekker veel kan drinken op het feestje van haar buren.’

‘Nee.’ Hij volgde haar naar binnen, haalde zijn vingers door zijn roodblonde haar en schudde zijn hoofd. ‘Ik wilde je even spreken. We moeten praten.’

‘Waarover dan?’ Haar bezorgdheid stak meteen weer de kop op.

Op zijn voorhoofd bewoog een spiertje. ‘Ik hou van je.’

Ze liet de stofzuigerslang uit haar hand vallen. ‘Wat?’

‘Sorry, ik kan er niks aan doen. Ik moet steeds aan onze nacht samen denken.’ Hij liep naar haar toe. ‘Ik heb geprobeerd om het te vergeten, maar dat lukt me gewoon niet. Ik heb dit nog nooit gevoeld, bij niemand...’

‘Des, ik ben getrouwd!’

‘Dat weet ik, maar hij houdt lang niet zoveel van je als ik. Dat kan gewoon niet. Abbie, ik droom voortdurend over je. Ik wil gewoon dat we samen zijn. Waarom wil je me geen kans geven, dan kan ik het je bewijzen.’

‘Nee, ik heb je al eerder gezegd dat het eenmalig was.’ De angst die haar bij de keel greep, was vermengd met ergernis. ‘Je weet waarom het toen is gebeurd, en het zal nooit meer gebeuren, helemaal nooit.’

‘Maar je wilt me niet eens een kans geven.’ Uit wanhoop liet hij alle voorzichtigheid varen. ‘Ik kan je gelukkig maken. We zouden –’

‘Sst!’ Abbie bevroor in haar bewegingen. Haar huid tintelde van angst. Ze had boven iets horen kraken. Maar daar kon toch niemand zijn? Ze was alleen thuis geweest tot Des was gekomen. Het was vast zomaar een geluid geweest, net zoals je ’s nachts de waterleiding soms ineens kon horen...

O shit, weer dat geluid. En deze keer had Des het ook gehoord. Ze voelde zich misselijk worden, en het zweet brak haar uit toen ze de gang in liep.

Op de trap was niemand. En voor zover ze kon zien op de overloop ook niet.

Maar de schaduw op de overloop had de vorm van een mens.

Met heel haar hart bad ze dat het een inbreker was. O god, laat de gestalte op de overloop een dief zijn, een volslagen onbekende die langs de regenpijp omhoog was geklommen om in te breken... hij mocht haar sieraden hebben, haar fototoestel, alle elektrische apparaten die hij maar kon dragen... Ze wilde hem zelfs wel een handje helpen als dat nodig was. Met een stem die stijf stond van angst riep ze: 'Wie is daar?'
De schaduw bewoog en een stem zei: 'Ik.'

37

Abbie keek naar Georgia boven aan de trap. Georgia op haar beurt keek eerst naar haar en toen naar Des die in de deuropening van de kamer stond.
Abbie zei: 'Des, je kunt nu wel gaan.'
Hij schudde zijn hoofd. 'Het spijt me.'
'Ja, vast.' Georgia keek hem met een stalen gezicht aan.
'Luister, het zit anders dan je denkt.' Door Abbies hoofd tuimelden zoveel verklaringen en verontschuldigingen dat ze geen woord kon uitbrengen.
'O ja? Nou, dat is dan een hele opluchting, want wat ik denk is dat je een verhouding hebt met je baas die van je houdt.'
'Des, zeg haar dat het niet waar is.'
Des zag eruit als een konijn dat gevangen is in het licht van koplampen. 'Maar ze heeft het me horen zeggen. Ik hou echt van je.'
'Weg jij.' Trillend over haar hele lichaam rukte Abbie de voordeur open. Toen Des weg was, sloot ze hem en keek weer naar Georgia. 'Wat doe jij hier eigenlijk nog? Je was twintig minuten geleden vertrokken. Ik heb je zelf zien wegrijden.'
'Als je maar niet denkt dat ik je aan het bespioneren was.' Georgia had haar armen stijf over elkaar geslagen en haar toon was uitdagend. 'Ik had net een paar kilometer gereden toen tot me doordrong dat ik mijn afleverlijst op mijn bed had laten liggen. En op de terugweg ben ik even langs de winkel ge-

reden voor een pak melk zodat jij die straks niet hoefde te gaan kopen. Ik vond dat eigenlijk wel aardig van mezelf.' Onder het praten kwam ze de trap af stampen. 'En toen kreeg ik ineens een leuk idee. Ik heb de auto achter het huis geparkeerd en ben stiekem door de achterdeur naar binnen geglipt om de melk naast de waterkoker te zetten als verrassing voor jou als je naar de keuken kwam. En dan zou je niet snappen hoe die melk daar was gekomen, misschien hadden de kaboutertjes hem wel gebracht! En omdat je nog steeds aan het stofzuigen was, hoorde je me niet binnenkomen, en daarna ben ik naar boven gegaan voor die lijst.' Nadat ze eindelijk even adem had gehaald, vervolgde ze kalm: 'En daar ging het mis. Het spijt me, maar ik kon toch niet weten dat je vriendje op bezoek zou komen?'

Abbie was kotsmisselijk. 'Hij is mijn vriendje niet, je –'

'Je wilt me toch niet echt gaan vertellen dat ik het niet snap? Alsjeblieft zeg. Ik zie dit soort dingen mijn hele leven al! Mijn moeder was eeuwig mannen aan het bedriegen, of anders bedrogen ze haar wel. Daarom vond ik het ook zo fijn dat jij en mijn vader samen zo gelukkig waren. Jullie waren een echt getrouwd stel dat dat soort rotdingen niet deed. Jullie vertrouwden elkaar, en ik vond dat fantastisch. Nou, lekker stom van me dus.' In Georgia's blauwe ogen, die zo akelig veel op die van Tom leken, stond minachting te lezen. 'Maar het zit heel anders, hè? Je bent net zo erg als mijn moeder. Je hebt geheimen en liegt dat het gedrukt staat. Je bedriegt mijn vader. En dat is gewoon zo… zo walgelijk!'

'Hou op!' Uit paniek ging Abbie harder praten. 'Hou op! Ik heb Tom niet bedrogen en ik ben niet walgelijk!'

'Hallo? Ik heb het toch zeker zelf gehoord! Jij en je baas hebben samen de nacht doorgebracht!' Georgia ging nu vol in de aanval. 'Was dat in bed of wil je me soms wijsmaken dat jullie gezellig aan het kanoën waren?'

'Er is niks gebeurd!'

Georgia keek haar vol afkeer aan. 'Dit is zo erg voor papa.'

O god. 'Kunnen we even in de keuken gaan zitten?' Als ze niet ging zitten, zou ze nog omvallen. Terwijl Abbie wankelend langs Georgia heen liep, zei ze: 'Ik zal je alles uitleggen, en je moet naar me luisteren. Want dit is allemaal niet de bedoeling geweest, en het is niet mijn schuld.'

'Je klinkt steeds meer als mijn moeder.'

'Als er al iemand schuldig is, dan is het je moeder,' diende Abbie haar van repliek.

Tien minuten later wist Georgia alles. En hoewel haar boosheid iets was afgenomen, was ze nog steeds niet erg blij. Abbie kon het haar eerlijk gezegd niet kwalijk nemen. Ze was genoodzaakt geweest om dingen te vertellen die ze liever voor zich had gehouden. Ja, ze hadden elkaar gekust. In een tweepersoonsbed, ja. Maar geen seks, helemaal niet, absoluut niet. Dus niet echt overspel.

Alleen leek Georgia daar niet zo zeker van. En ze had nog steeds een blik vol walging in haar ogen, alsof ze gedwongen was om zich dat smerige beeld voor de geest te halen, tot in detail. 'Oké, dus als jij thuis zou komen van je werk en papa boven in bed aantrof met een of andere vrouw, dan zou je dat prima vinden?'

'Nee, natuurlijk niet. Maar het is alleen maar gebeurd omdat ik dacht dat Tom me ontrouw was geweest. Ik was van slag. En het zou echt nooit in me zijn opgekomen om naar Des toe te gaan,' zei Abbie fel. Hoe zou ze Georgia ooit van haar onschuld kunnen overtuigen? 'Hij belde toevallig... en ik was zo over mijn toeren dat hij hiernaartoe is gekomen. Maar ik heb Tom niet bedrogen. En hij hoeft ook niet te weten wat er die nacht is gebeurd. Ik hou van hem. Meer dan van wie of wat dan ook. En hij houdt van mij. Hij zou er kapot aan gaan.' Met haar handen tot vuisten gebald eindigde ze smekend: 'Het is het beste als je het hem niet vertelt.'

Georgia draaide een lok haar om haar duim, steeds strakker totdat hij op een strop leek, en liet toen weer los. Zwijgend nam ze Abbie even op. Toen zei ze: 'Ik hoop maar dat je me de waarheid vertelt.'

'Het is de waarheid.' Abbie kreeg bijna geen adem meer. Ze knikte en schudde toen haar hoofd. 'Dit heb ik allemaal nooit gewild.'

'En wat ga je nu met je baas doen?'

'Niks. Je hebt toch gehoord wat ik tegen hem zei? Des weet

dat ik geen belangstelling voor hem heb. Hij overleeft het wel.'
Ze hoopte met heel haar hart dat Des zijn mond zou houden.
Georgia staarde naar de grond. Toen ze na een tijdje weer opkeek, zei ze: 'Oké, ik zal niks tegen papa zeggen.'
Abbie kreeg een brok in haar keel. 'Fijn.' Maar fijn was wel het understatement van het jaar. 'Dank je,' voegde ze eraan toe, hoewel ze wist dat Georgia het voor Tom deed, niet voor haar.
Het was gewoon eng om te zien hoe Georgia haar schouders op dezelfde manier ophaalde als Tom altijd deed wanneer hij wilde zeggen: je hoeft mij niet te bedanken, hoor. 'Nou ja, ik ga er maar weer eens vandoor. Ik heb nog van alles te doen.'
Met de autosleutels in haar hand liep ze naar de deur.
'Tot straks.' Toen Abbie naast de waterkoker het pak melk zag staan dat vol condensdruppeltjes zat, zei ze snel: 'O, en nog bedankt voor de melk. Heel attent van je. En eh, wat wil je vanavond eten? Zeg maar waar je zin in hebt, dan kook ik dat voor je. Ik kan wel een biefstuk bakken als je wilt! Of wat dacht je van die pikante garnalen met rijst? Nou?'
Georgia keek haar vol medelijden aan. 'Ik geloof dat je nog moet leren dat de eerste regel van liegen is dat je vooral normaal moet blijven doen. Want als je ineens extra aardig tegen me begint te doen, wordt papa vast achterdochtig.'
'Sorry.' Het was tegelijkertijd een wijze les en een klap in het gezicht. Abbie staarde naar haar handen die nog steeds trilden.
Georgia bleef even in de deuropening staan, draaide zich om en zei: 'Doe die pikante garnalen maar.'

'Kom binnen. O, hallo.' Des bloosde toen hij zag wie er op de deur van zijn kantoor had geklopt. 'Kom verder.' Hij wachtte tot Abbie de deur achter zich had gesloten en zei toen: 'Het spijt me van gisteren.'
Hij zag eruit alsof hij de hele nacht geen oog had dichtgedaan.
Nou, welkom bij de club dan. Abbie zei: 'Ja, je zegt wel steeds dat het je spijt, maar je zult me moeten beloven dat je nooit meer naar mijn huis komt!'
'Ik beloof het je.' Hij knikte droevig. 'Hoe is het verdergegaan met jou en Toms dochter?'

'Ze zal niks tegen Tom zeggen. Voorlopig. Maar gisteravond was... vreselijk.' Onverwacht welde er een snik in haar op; het had haar zoveel moeite gekost om te doen alsof er niks aan de hand was. Ze had eten gekookt, de afwas gedaan en daarna de keuken schoongemaakt. Toen Tom haar onder het eten onschuldig had gevraagd of ze ook wist of Des zich dit jaar weer zou opgeven voor het cricketteam, had ze pijn in haar maag gekregen van angst toen ze Georgia's stalen blik aan de andere kant van de tafel had opgevangen. Hoe kon ze dit ooit nog een week... een maand... een jaar volhouden?
'Niet huilen.' Haastig klopte Des op zijn zakken, en toen hij geen zakdoek vond, rukte hij zijn bureaulade open en gaf haar in plaats daarvan een servetje van Burger King. 'Hier, neem dit maar.'
'D-dat ze dat nou net moet hebben gehoord! Het is afschuwelijk.' Abbie veegde langs haar ogen met het dunne, harde papier. 'Ze zei dat ze dacht dat Tom en ik samen gelukkig waren, ze vond het ongelooflijk dat ik hem zoiets had aangedaan. Ze staat helemaal aan zijn kant.'
'Wil je soms dat ik met haar ga praten?'
'God, ben je wel goed bij je hoofd? Geen sprake van! Ze heeft gehoord wat je zei, over... je weet wel...'
'Dat ik van je houd? Dat heb ik inderdaad gezegd en ik meende het.' Des bleef kalm. 'Maar ik zal niks tegen Tom zeggen. Ook niet over onze nacht samen. Wat er verder gebeurt, is aan jou. Als hij het al van iemand hoort, dan weet je dat het niet van mij afkomstig is.'
Was het stom van haar om hem te vertrouwen? Abbie kwam tot de slotsom dat ze Des goed genoeg kende om hem op zijn woord te kunnen geloven. Hij was een fatsoenlijk mens en zou haar niet verraden.
'We zullen gewoon verdergaan alsof er niks is gebeurd.' Hoewel ze zich afvroeg of dat echt mogelijk was, zat er niets anders op. 'Ik wilde eigenlijk ontslag nemen, maar dan zou iedereen willen weten waarom, en ik kan geen reden bedenken.'
'Mooi zo.' Des schudde zijn hoofd. 'Want ik wil niet dat je weggaat. We overleven dit wel, echt.'

38

Au.
Oké, dit was niet grappig. Alsof hij al niet genoeg aan zijn hoofd had.
Au, au. Verdomme. Au.
Goed. Rustig ademhalen. Ja, zo, in en uit, je kunt het –
Au!
Toen Ash de douchedeur vastpakte ter ondersteuning, zag hij zichzelf in de spiegel. Hij leek net Quasimodo. Een dikke, bleke, zielige Quasimodo. Nog erger zelfs, want op alle plaatjes die Ash van hem had gezien, droeg Quasimodo tenminste nog kleren.
Voorzichtig, centimeter voor centimeter, liep hij gebogen als een neanderthaler de douchecabine uit. Je zag altijd wel van die waarschuwingen voor je gezondheid op pakjes sigaretten en in drankreclames op tv, maar waarom kwam het nou nooit eens bij de overheid op om zulke stickers op een shampoofles te plakken?
Waarschuwing: dit in de douche laten vallen en je bukken om het op te rapen brengt ernstige risico's voor de gezondheid met zich mee.
En voor je buigzaamheid.
En dat het nou uitgerekend vandaag moest gebeuren, nog geen vier uur voor zijn allerbelangrijkste afspraakje ooit. Om halfacht zou hij Fia oppikken bij de Hollybush, met haar naar Bristol rijden en dan twee uur naast haar zitten tijdens de opvoering van *Madama Butterfly*. Hij had de minuten afgeteld en was zo opgewonden geweest dat hij de hele dag geen hap door zijn keel had gekregen.
Nou ja, iemand moest er toch opgewonden over zijn. Gisteravond, in de pub, had Tom voorgesteld om vanavond met zijn allen naar de nieuwe James Bond-film in de Vue te gaan. Fia, die net hun tafel aan het afruimen was, had enthousiast gezegd: 'O, ik ben gek op James Bond, mag ik ook mee?' Geschrokken had Ash eruit geflapt: 'Maar wij gaan morgenavond toch naar het Pargeter Theatre?'

Fia, die dat blijkbaar helemaal was vergeten, had een glimlach tevoorschijn getoverd en uitgeroepen: 'O ja, dat is waar ook.' En nu dit. Als klap op de vuurpijl moest hij ook nog eens door zijn rug gaan. Typisch iets voor hem. Nadat hij voorzichtig zijn badjas had aangetrokken, liep hij superlangzaam de trap af. Iedere stap was een kwelling. Oké, gewoon in beweging blijven, misschien dat het dan vanzelf beter zou gaan; misschien zou de spierpijn vanzelf minder worden.
Na twintig minuten leek de pijn echter alleen maar erger te zijn geworden. Het was alsof de Incredible Hulk zijn ruggengraat in een enorme knoop had gelegd en die heel sadistisch steeds strakker aantrok.
Over sadistisch gesproken...
Hoewel hij de afloop van het gesprek dat hij zo meteen zou voeren al wist, deed hij toch een wanhoopspoging.
'Het spijt me,' zei de slome stem van de receptioniste die opnam, 'maar als u de dokter wilt spreken, dan moet u dit nummer tussen halfnegen en tien voor negen 's ochtends bellen.'
Ze klonk helemaal niet alsof het haar speet. Ze klonk alsof ze het heerlijk vond om volwassen mannen aan het huilen te maken.
'Maar ik ben net door mijn rug gegaan.' Shit, zelfs praten deed pijn. 'Om halfnegen vanochtend had ik nog niks.'
'In dat geval kunt u ons morgenvroeg bellen, en dan zullen we proberen nog een gaatje voor u te vinden.'
Waarbij vooral het woord 'proberen' van belang was; 's ochtends was de lijn bijna altijd bezet door wanhopige, zieke mensen die het nummer steeds draaiden.
'Maar ik moet de dokter vandaag nog spreken. Het is dringend.' Ash sprak met zijn kiezen op elkaar. 'Zal ik anders gewoon langskomen en wachten tot alle andere patiënten zijn geholpen?'
'Doe niet zo belachelijk, dat gaat echt niet! De dokter heeft het erg druk.' Geïrriteerd vervolgde de receptioniste: 'Hij zit helemaal vol. Er kunnen niet zomaar mensen langskomen.'
'Maar er moet iemand naar mijn rug kijken!'
'Kunt u zich nog bewegen? Of lukt dat helemaal niet meer?'
'Ik kan me nog een klein beetje bewegen. Maar dat is erg pijn-

lijk.' En ik heb een afspraakje vanavond, ouwe taart. Wat jou natuurlijk al in geen jaren is overkomen!
'Als u zich nog kunt bewegen, kunt u ook tot morgen wachten. Maar als u graag lastig wilt zijn, dan gaat u maar naar de Eerste Hulp. Wij kunnen niets voor u doen.'
Waardoor je je toch afvroeg waarom ze überhaupt de telefoon had opgenomen. En nu beëindigde ze het gesprek ook nog, zodat hij niet eens lekker de hoorn op de haak kon gooien. Sissend van woede strompelde Ash naar de keukenla die tegelijkertijd dienstdeed als medicijnkastje. Hij doorzocht de verzameling maagzuurremmers, pleisters, blikjes spierbalsem en antiseptische sprays, de Vicks-neussprays en de bruistabletten. Pijnstillers, waar waren de pijnstillers? Hij had ze toch niet allemaal opgemaakt zonder –
Oké, gelukkig, nog twee ibuprofen. Daar moest hij het dan maar mee doen. Het was beter dan niets; ze zouden de ergste pijn in elk geval wel verlichten.
Een halfuur later had hij nog net zoveel pijn als daarvoor. Het leek er niet op dat de Incredible Hulk zijn greep wilde verslappen. Het was halfvijf, maar hij kon zo onmogelijk autorijden. Hij overwoog de mogelijkheden. Als hij een taxi belde om naar de Eerste Hulp te gaan, was met geen zekerheid te zeggen hoe lang het zou duren voordat hij daar aan de beurt was. Dus dat ging niet, want het zou zijn dood worden als hij deze belangrijke afspraak misliep.
Op deze manier zou het sowieso zijn dood worden. Nou ja, niet letterlijk natuurlijk. Maar hij moest echt iets anders slikken om dit te overleven. Opnieuw doorzocht hij de medicijnlade. Keeltabletjes. Chirurgische tape. Strepsils. Levertraancapsules ter grootte van druiven, die altijd in je slokdarm bleven steken en waarvan je uit je mond ging stinken naar vis. Hooikoortstabletjes. Slaapdrankje. Zonnebrandcrème die minstens drie jaar oud was... Wacht eens even, slaapdrankje? Daar zat toch pijnstillerspul in? Hij las de zijkant van het flesje. Bevat paracetamol. Fantastisch, hij wist zeker dat je paracetamol en ibuprofen wel samen mocht slikken.
Het kostte enige moeite om de kindveilige dop open te krijgen, wat zijn rugpijn verergerde, maar hij wist de pijn te door-

staan door rustig te blijven ademhalen – god, dit was vast nog erger dan weeën – en nam een paar grote slokken.
Tegen halfzes bestelde hij een taxi om hen naar het theater te brengen, nadat hij nog een heel klein slokje slaapdrank had genomen en er een kwartier over had gedaan om zijn boxershort aan te trekken. Met behulp van een hoepla! werpactie en een klerenhanger. Nog een laatste wanhopige zoekpoging in de medicijnlade leverde een eenzame oranje pil op die was overgebleven van zijn moeders laatste bezoek, toen ze bij hem had gelogeerd om bij te komen van haar halslift, oogwallenreductie en algehele lichaamsliposuctie. Zijn moeder, die zes jaar geleden naar Kaapstad was verhuisd, was een fervent aanhangster van zelfverbetering geworden. Wat haar betreft was een jaar zonder plastische chirurgie een verloren jaar. Ze was een grootverbruikster van pijnstillers. Ash staarde naar het pilletje, want hij had echt dringend hulp nodig.
Omdat hij echter ook niet stom was, belde hij eerst zijn moeder. 'Mam, die oranje pillen die je slikte toen je hier vorig jaar was, waar waren die precies voor?'
'Hallo schat! Jeetje, even denken, oranje, oranje... Waren ze rond of ovaal?'
'Ovaal.'
'Glanzend of mat?'
'Eh, glanzend.'
'O, ik weet het alweer. Het begint met een B... God, moet je mij eens horen, een geheugen als een zeef! Maar waarom wil je dat eigenlijk weten, schat?'
'Er ligt er hier nog eentje. En ik ben door mijn rug gegaan,' vertelde Ash. 'Ik ben echt wanhopig.'
'Ach, dan neem je hem toch, schat? Die dingen hebben me altijd goed door de periodes na een operatie heen geholpen. Maar hoe gaat het verder met je? Ben je al wat afgevallen?'
'Nee.' Hij nam de pil in.
'Heb je nog nagedacht over liposuctie?'
'Gek genoeg niet, nee.'
'Niet meteen zo negatief, schat, je zou het echt eens moeten proberen! Ze hebben liters vet uit me gezogen!'

'Tot horens, mam.' Ash hing op voordat ze hem kon ondervragen over vriendinnen. Sommige vrouwen zagen op latere leeftijd ineens God, maar zijn nauwelijks herkenbare moeder had het licht gezien in plastische chirurgie. Ze was er bovendien van overtuigd dat, als hij haar voorbeeld volgde, zijn liefdesleven daar enorm van zou opknappen.
Ach, en wie weet? Misschien had ze wel gelijk.
God, geen wonder dat het in zijn hoofd zo'n puinhoop was.

39

'Arme jij.' Fia kromp uit solidariteit ook even ineen toen de taxi over een verkeersdrempel reed en Ash naar adem hapte. 'Weet je zeker dat je niet liever weer naar huis wilt?'
'Nee, nee, het gaat wel. Het moet gewoon voor mijn werk.' Ash schudde zijn hoofd. 'Ze hebben een recensie nodig. Bovendien zijn we er bijna.' De pijn was echt minder hevig geworden. De pillen hadden de pijn behoorlijk verdoofd. Ze hadden ook zijn hersens een beetje verdoofd; hij had het gevoel alsof hij onder water zwom, maar dat was best fijn. Ontspannend. Wat hielp. Hij probeerde zowaar grapjes te verzinnen waar hij Fia mee zou kunnen vermaken, wat nog niet eerder was voorgekomen. Niet dat hij ze ook echt hardop maakte, maar ze zaten in elk geval in zijn hoofd.
En af en toe bedacht hij dingen die helemaal niet grappig waren, maar die er dan toch uit kwamen rollen.
Nou ja. Wat maakte het uit; in elk geval voerden ze een soort gesprek, wat beter was dan ongemakkelijk zwijgend naast elkaar te zitten. Hij kromp ineen bij een volgende hobbel in de weg. 'Ik hoop echt dat dit niet de eerste weeën zijn. Ik heb geen zin om midden in de schouwburg een kind ter wereld te brengen.' Verdorie, dat was helemaal niet grappig. Waarom had hij dat nou weer gezegd?
Fia deed meteen met hem mee. 'Dat zou een behoorlijke smeerboel kunnen worden.'

'En dan zou ik de baby Butterfly moeten noemen. Wat vreselijk zou zijn,' zei hij. 'Vooral als het een jongetje is.'
Bij de schouwburg aangekomen, hielp Fia hem voorzichtig uit de taxi. 'Hier, houd mijn arm maar vast.'
Wat hij een heel goed idee vond. 'God, dit had ik tijden geleden al moeten bedenken!'
Ze keek hem stomverbaasd aan. 'Wat?'
'Niks.' Het zwemgevoel was weer terug, alsof zijn hersens onder zijn schedel lagen te deinen. Gearmd liepen ze heeeeel langzaaaaam de treetjes op. 'We zijn net een stelletje bejaarden. Wat waarschijnlijk betekent dat ik toch geen baby krijg. Niks om u zorgen over te maken,' vervolgde hij tegen het echtpaar voor hen dat zich omdraaide om naar hem te kijken. 'Vroeger was ik een vrouw, ik heb een sekseverandering gehad, maar overweeg om me weer terug te laten veranderen. Dat is de pest met vrouwen, hè? Die weten nooit wat ze willen.'
'Luister, we hoeven echt niet te gaan.' Fia bleef staan. 'Je lijkt me een beetje...'
'Dinges. Ik lijk een beetje dinges. Ik weet het, en sorry daarvoor, maar ik kan het best aan.' Hij draaide zich om naar de oudere dame achter hen. 'En ik ben niet dronken, als u dat soms denkt, mevrouw. Ik heb waarschijnlijk te veel pillen geslikt.'
Nu was het de beurt van de oudere dame om geschokt te kijken.
Fia zei resoluut: 'Geen drugs, hoor.'
'Hé, ik vind het leuk als je me verdedigt. Meesterlijk gewoon. Ha, of moet ik zeggen juffrouwlijk! En behoorlijk sexy ook.' Zich er vaag van bewust dat hij dit alleen maar had willen denken, maar blijkbaar toch hardop had gezegd, wilde hij het goedmaken door even naar de oudere dame te knikken en Fia op haar mouw te kloppen. 'Ze kan heel erg goed koken. Haar gepofte aardappels verdienen een Oscar.'
Toen ze eindelijk zaten, vroeg Fia fluisterend: 'Of gebruik je soms wel drugs?'
Ze zag er beeldschoon uit vanavond. 'Nee nee nee nee nee...' Zodra zijn hoofd van de ene kant naar de andere begon te schudden, kon hij het niet meer stoppen. 'Alleen maar pijnstillers.'
'Sterke?'

'Ik geloof van wel. Maar het gaat best.'
De man naast hem zei: 'Ssstt.'
'Wat? Pardon?' Ash gebaarde naar de donkerrode fluwelen gordijnen. 'Ze zijn nog niet eens begonnen.'
'Je bent wel een beetje luidruchtig,' fluisterde Fia in zijn oor. God, wat voelde dat fantastisch. Wat hem betrof mocht ze eeuwig in zijn oor mompelen; hij zou er nooit genoeg van krijgen. Oké, misschien was hij inderdaad een beetje luidruchtig, maar zodra de voorstelling begon, zou hij zich heus wel koest houden. Zich tot de man rechts van hem wendend, zei hij hooghartig: 'Ik heb alle recht om luidruchtig te zijn. Ik ben de recensent van de *Sunday Times*. Dus in principe,' voegde hij eraan toe, 'kan ik net zoveel lawaai maken als ik wil.'

Muziek die in de verte zweefde... hoge kwelende stemmen... en gevoel, heel erg veel gevoel... au...
... nog meer muziek... andere stemmen... hartverscheurend... aaah...
... roffelende trommels... wanhopig verdriet... snikkende mensen... oef... de muziek in de verte bereikte een crescendo... o, hou alsjeblieft op...
... het geluid van applaus... gejuich... steeds harder... o allemachtig, hou nou eens op...
'Wat? Wat is er?' Ash' ogen vlogen open, en hij schoot overeind in zijn stoel, maar door de pijn werd hij meteen weer teruggeworpen. In de war door het applaus vroeg hij: 'Begint het al?'
'Het is al afgelopen.'
'Wat?'
Fia was fanatiek aan het klappen. 'Vond je het niet prachtig?'
Ash' benevelde brein probeerde de warboel te ontrafelen. O nee, hij had het toch niet allemaal gemist? O nee, laat het niet waar zijn. Dat kon toch ook niet, anders zou Fia hem toch niet vragen of hij het ook zo prachtig had gevonden?
Toen zag hij dat ze het tegen de vrouw links van haar had gehad, en niet tegen hem. Terwijl hij haar aanstootte, vroeg hij: 'Eh... ben ik... eh... soms in slaap gevallen?'
'Ja.'

'O god!'
'En je snurkte ook.'
'Nee!' Hij kreeg het warm en koud tegelijk van schaamte.
De man naast hem zei droog: 'O ja.'
Ash kon wel door de grond zakken. 'Erg?'
'Doen je ribben pijn?' vroeg Fia.
'Wat?' Vaardig zijn ribben betastend, ontdekte Ash dat ze inderdaad pijn deden.
'Steeds als je begon te snurken, hebben we je een por gegeven,' legde Fia uit.
'We?'
De man rechts van hem zei: 'Om de beurt.'
'O nee.' Ash' hart kromp nog verder ineen toen hij een nat plekje op Fia's crèmekleurige jasje ontwaarde. 'Je gaat me toch niet vertellen dat ik dat heb gedaan?'
Fia keek naar de vochtige plek. 'Ja, je hebt een beetje gekwijld. Maar dat geeft niet.'
Hij had tegen haar aangeleund en zijn hoofd op haar schouder gelegd. Iets waar hij al zo lang naar had verlangd. En nou had hij het niet eens gemerkt.
'Het spijt me echt heel erg.' Om het nog erger te maken was zijn rugpijn weer op volle kracht terug. Hij had Fia's hulp nodig om op te staan toen het publiek zich langzaam naar de uitgang begaf.
Fia maakte zich niet druk om haar jasje; het kon in de wasmachine, en de uitvoering van *Madama Butterfly* was fenomenaal geweest. Misschien was Ash niet op zijn best geweest, maar hij kon er niets aan doen dat hij in slaap was gevallen. En voor de voorstelling was hij heel grappig geweest, totaal anders dan hoe hij gewoonlijk tegen haar deed. Meestal was hij zwijgzaam, afstandelijk, onvriendelijk en –
'Daar komt ze nu mee.' In de foyer had Ash zijn mobieltje weer aangezet. Nadat hij de tekst op het schermpje snel had gelezen, liet hij hem aan haar zien: Weet het eindelijk weer. Die oranje pil is een tranquillizer. Heel sterk! Liefs, mama xx.
'Had je die soms ingenomen?' Fia moest lachen om zijn gezichtsuitdrukking. 'Eigen schuld, dikke bult. Moet je maar geen pillen van anderen jatten.'

'Ze zei dat het tegen de pijn zou helpen.'
'Nou, dat was ook zo. Je hebt er dwars doorheen geslapen.'
'Fia? Jij hier?'
Fia bleef als door een wesp gestoken staan. Haar nekhaartjes stonden meteen rechtovereind bij het horen van de stem die ze onmiddellijk herkende. Als zij het voor het zeggen had gehad, had ze die stem liever helemaal nooit meer gehoord.
Langzaam draaide ze zich om naar haar schoonmoeder. 'Hallo Vivien.'
'Wat een kleine wereld is het toch! Dat ik jou hier tegen het lijf moet lopen!'
Wat nogal een vreemde opmerking was, vond Fia, aangezien zij degene was die van opera en klassieke muziek hield, terwijl Vivien daar nooit enige belangstelling voor had getoond.
Maar uit beleefdheid vroeg ze: 'Hoe gaat het met je?'
'Wel goed, wel goed. Druk met het inwerken van de nieuwe verkoopster.' Dit was typisch een opmerking van Vivien, bedoeld om Fia in te wrijven dat ze voor veel ongemak had gezorgd door zomaar te vertrekken. 'En met Will gaat het erg goed als je nagaat wat er allemaal is gebeurd. Hij heeft zo'n leuke nieuwe vriendin, echt een schat!' Wat betekende dat Fia niet leuk was geweest en ook zeker geen schat. Vivien liet haar met lila oogschaduw opgemaakte ogen die altijd alles zagen over Ash glijden, en ineens herkende ze hem. 'Bent u niet degene die in slaap is gevallen tijdens de opvoering? Die zo snurkte?'
'Het zou kunnen dat ik een paar keer in slaap ben gesukkeld,' zei Ash. 'Tijdens de saaie gedeeltes.'
Vivien nam hem met een scheef hoofd op. 'God nog aan toe, en jullie zijn hier samen? Fia, is dit je... je nieuwe vriend?' Terwijl ze het vroeg, nam ze alle details in zich op, van Ash' lichtelijk glazige blik tot zijn verkreukelde jasje, van zijn warrige haren tot het te strakke overhemd. Ze sperde haar neusgaten open en vertrok haar mond iets, alsof ze bijna niet kon wachten tot ze Will kon bellen om hem te vertellen met wat voor lichamelijk onaantrekkelijk type Fia het had aangelegd. Wat ze eigenlijk bedoelde was duidelijk: Kon je na mijn zoon echt niks beters krijgen?

Ash, die haar nog nooit eerder had gezien, wist precies wat er allemaal door haar hoofd schoot.

'Nou, Fia is eigenlijk meegekomen om mij een plezier te doen. Mijn vrouw kon vanavond niet.' Hij had het zo bekakt mogelijk gezegd en stak nu zijn hand uit naar Vivien. 'Mag ik me even voorstellen? Humphrey Twistleton-Jakes. Nogal een saaie productie, hè, vond u ook niet?'

'We kunnen maar beter gaan,' zei Fia. 'Onze auto staat buiten te wachten.' Ze glimlachte naar Vivien terwijl ze langs haar heen liepen, wees toen op Ash en zei trots: 'Hij is de recensent van de *Sunday Times*.'

'Nou, nogmaals, het spijt me.' Tegen de tijd dat ze in Channings Hill aankwamen, was het zwemgevoel terug in Ash' hoofd. 'Een behoorlijke puinhoop al met al.'

'Helemaal niet. Ik vond het leuk.' Stukken leuker dan ze had verwacht eerlijk gezegd. Fia vervolgde: 'Dat gezicht van Vivien toen we wegliepen! Ze geloofde je echt. Dat was een van de leukste dingen die ik ooit heb meegemaakt.'

Fia een afscheidskus geven zou een van de leukste dingen zijn die hij ooit had meegemaakt. Maar (a) hij kon zich niet naar haar toebuigen zonder de pijn te verergeren en (b) hij had nog steeds het lef niet om het te doen. Dus zei hij: 'Ik vond die man van jou al niks toen hij met Cleo was.'

'Dat weet ik, dat heeft ze me verteld. Het enige wat ik kan zeggen is dat hij zich goed weet te presenteren en dat we daar allebei voor zijn gevallen. Of misschien hebben we gewoon allebei een slechte smaak op het gebied van mannen.' Ze glimlachte flauwtjes, terwijl ze rusteloos met haar vingers op de hendel van het portier trommelde. 'Dus dat wil ik in elk geval veranderen aan mezelf.'

In Ash' hoofd riep een stem: 'Daar kan ik je bij helpen!'

'Eerlijk gezegd zou jij me daarbij ook wel kunnen helpen,' zei Fia.

Een fractie van een seconde dacht hij dat hij droomde, óf ze had zijn gedachten gelezen, óf hij had het per ongeluk hardop gezegd...

'Jij kent Johnny toch,' ging ze verder. 'Hij heeft het met jou tijdens het snookeren vast wel over... nou ja, je weet wel, dingen... Op wat voor meisjes valt hij meestal?'

Ash zuchtte diep. Wat was dat voor lawaai? O ja, het geluid van zijn hoop die aan scherven viel.

Hij schudde zijn hoofd. 'Dat weet ik niet. Sorry.'

'O.' Fia leek teleurgesteld. 'Nou ja, in elk geval bedankt voor vanavond. En als je die recensie schrijft, zeg dan gewoon dat het meisje dat Butterfly speelde, een toekomstige ster is, dat de jongen die Pinkerton was, zich de rol echt helemaal eigen had gemaakt en dat de enscenering onovertroffen was.'

'Dank je.' Ash knikte. Hij hoefde helemaal geen recensie te schrijven; dat had niemand hem gevraagd.

'En ik hoop dat het snel weer beter gaat met je rug. Sterkte ermee!'

Hij kon haar niet kussen. En in Fia kwam het geen moment op om hem te kussen. Hij keek naar haar terwijl ze uitstapte en even naar hem zwaaide. 'Dag,' zei hij.

Er bestond meer dan één soort pijn.

40

Toen Cleo op weg naar haar werk was, zag ze Johnny's auto voor de dorpswinkel staan. Hij was dus terug van waar hij dan ook was geweest. Haar gevoelens voor hem waren echter niet verdwenen; ze waren zelfs sterker dan ooit. Ze trapte ineens op de rem, bracht de auto tot stilstand en gaf haar hart even de tijd om weer te kalmeren.

Nou ja, een beetje dan. Oké, gewoon doen alsof er niks aan de hand is. De winkel binnenlopen, een krantje of een rolletje pepermunt of zo pakken, een beetje om je heen kijken, Johnny zien en dan heel verbaasd doen... fluitje van een cent.

Net toen ze de winkeldeur wilde openduwen, werd hij vanbinnen opengetrokken. Ze knalde tegen Johnny aan en piepte als een muis die in de val was gelopen.

'Oeps.' Terwijl hij haar opving, zei hij: 'Ha, Cleo. Alles goed?'

'Prima! En met jou? Druk geweest? Was het leuk? O kijk, melk!' God, ze raaskalde als een idioot.
'Ik ben naar –'
'Echt? Wat leuk!'
'Niet echt. Een van mijn tantes heeft een beroerte gehad.'
'O nee!' De laatste keer dat ze zijn tantes had gezien, was op Lawrence' begrafenis geweest. De tantes, die allebei tegen de tachtig liepen, hadden toen rondgehobbeld met hun wandelstokken en er ongelooflijk broos uitgezien. En ze woonden in hetzelfde verzorgingshuis. Zich herinnerend dat ze Clarice en Barbara heetten, vroeg ze: 'Welke van de twee?'
'Barbara. Dat is de oudste.' Johnny had donkere wallen onder zijn ogen, alsof hij een week niet had geslapen. 'Ze is nog steeds buiten bewustzijn en ligt op de intensive care van de NNUH. Het Norfolk and Norwich University Hospital,' legde hij uit toen Cleo hem niet-begrijpend aankeek. 'Het is echt kantje boord op het ogenblik. Ze weten niet of ze het wel haalt.' Hoewel hij er doodmoe uitzag, leek hij wel blij om haar te zien. 'Heb je tijd? Even snel een kop koffie bij mij thuis drinken en wat bijpraten?'
'Ja, leuk!' Ze keek op haar horloge en maakte snel een rekensommetje. 'Ik moet alleen nog even Casey Kruger oppikken en naar Bristol brengen. Over anderhalf uur ben ik weer terug.'
Johnny schudde zijn hoofd echter al. 'Dan ben ik alweer weg. Ik ben hier alleen maar even om wat spullen op te halen. Ik moet zo snel mogelijk weer naar Norfolk.'
Shit. Cleo overwoog even Casey te bellen en te zeggen dat hij die luie, beroemde reet van hem in beweging moest zetten en zelf maar moest zien hoe hij naar het Hippodrome kwam, maar sommige dingen deed je nu eenmaal niet. Hij was haar klant, en klant was koning. 'Sorry, maar nu kan ik niet. Ik moet werken.'
Alweer.
Johnny keek haar met een spijtig lachje aan. 'Jammer. Nou ja, niks aan te doen. Tot de volgende keer dan maar weer.'
Een snel klopje op haar arm, en weg was hij, de heuvel op racend in zijn auto.

Cleo keek hem na tot hij uit het zicht was verdwenen. Arme Johnny. Arme tante Barbara.
Maar het goede nieuws was dat hij niet was weg geweest om een of andere hartstochtelijke relatie te beginnen met iemand die stukken aantrekkelijker was dan de sproetige vrouwelijke chauffeur van de overkant van het park, die dacht een man te kunnen verleiden op een stoffige zolder vol spinnenwebben.

'Ik heb iets voor je waar je geen nee tegen kunt zeggen,' zei Georgia.
Haar ogen straalden, en ze droeg een strak paars T-shirt met voorop de tekst: DYSLEXIE IS COEL EN SEXIE. Ze hield ook iets achter haar rug.
'En als ik dat wel doe?' Ash zette de motor uit en stapte voorzichtig uit de auto. Hij was aan de beterende hand, maar had nog steeds pijn. Veel pijn.
'Dan niks.' Georgia trok haar neus op, terwijl ze van het tuinmuurtje sprong. 'Maar ik heb vanochtend naar je programma geluisterd en nou heb ik iets voor je.'
'O ja?'
'Iets wat je echt heerlijk zult vinden.'
'Ik durf bijna niet te denken wat het kan zijn.'
'Doe niet zo chagrijnig! Mag ik binnenkomen?'
'Mag ik ook nee zeggen?' Ash zocht steun bij het hek toen hij het pad op liep.
'In jouw toestand heb je helemaal niks te zeggen.' Ze danste langs hem heen toen hij de deur had geopend en zei toen triomfantelijk: 'Ta-daa!'
Ze hield haar verrassing op, een klein flesje.
'Als dat witte wijn is, dan is het niet genoeg.'
'Het is geen wijn. Trek je jasje uit.'
'Pardon?'
'En je T-shirt.'
'Waarom?'
'Omdat ik je over je zere rug hoorde klagen. En ik kan heel goed masseren. Wees maar niet bang, alles in het nette. Maar je zult er geen spijt van krijgen. Ik ben echt heel goed.'

Ash liet zijn autosleuteltjes op tafel vallen. Het leek hem het allerslechtste idee ooit.
Aan de andere kant, hij had nog steeds ontzettend veel last van zijn rug en hij kon niet ontkennen dat een massage wel fijn zou zijn.
Bovendien had hij het vanochtend te druk gehad met zijn programma om zijn huisarts te bellen voor een afspraak. Dus dan bleef er weinig keus over. Als je niet onderzocht kon worden door een echte dokter, waarom zou je jezelf dan niet laten masseren door een enthousiaste amateur?
'Vooruit dan maar.' Hij trok zijn jasje uit. 'Waar wil je me hebben?'
'Boven, op bed.'
De glans in haar ogen ontging hem niet. 'Had je gedacht.'
'Spelbreker.' Grijnzend zei ze: 'Oké, dan doen we het wel op de vloer in de huiskamer.'
Ze haalde een badhanddoek van boven, legde hem op het tapijt en deed haar haren in een losse vlecht.
Ash, die te veel pijn had om er zelfs maar aan te denken zijn buik in te houden, liet zich op de handdoek zakken en ging met zijn gezicht naar beneden liggen, nog steeds volledig aangekleed.
'Je moet echt je T-shirt uittrekken,' zei ze.
'Geen sprake van. Ik ga hier niet halfnaakt liggen.'
Ze rolde met haar ogen. 'Flauw, hoor. Dan kan ik de olie niet gebruiken.'
'Het is zo of helemaal niet.'
'Wat ben jij preuts, zeg,' zei ze grinnikend.
Hij moest toegeven dat Georgia wist wat ze deed. Ze knielde naast hem neer en wreef in haar handen om ze op te warmen. Daarna bewoog ze haar vingers in zachte, ritmische cirkels over zijn rug.
'Je moet het zeggen als ik je pijn doe.'
'Het gaat goed,' mompelde hij.
'Beter dan goed. Ik ben hier echt een genie in.' Ze drukte langzaam een voor een op de ruggenwervels en streek daarna aan weerskanten van zijn ruggengraat. Ze rekte en kneedde de spieren en behandelde geduldig iedere vierkante centimeter van zijn rug.

'Hoe lang gaat dit eigenlijk duren?' mompelde hij. Hij voelde dat het hem goeddeed. De spanning verdween langzaam uit zijn strakke, pijnlijke spieren.
'Een kwartiertje, twintig minuten. Zolang je maar wilt.' Speels zei ze: 'Dit ga je morgenochtend toch zeker wel vertellen in je programma, hè?'
Hij glimlachte. 'Misschien wel.'
'Cool! Zou je tussen neus en lippen door ook nog iets meer over me kunnen vertellen, bijvoorbeeld dat ik tegen heel schappelijke tarieven strijk?'
'Dus dat ben ik voor je. Een middel tot gratis reclame.'
'Nietes, maar ik zou het niet erg vinden als je het even noemde.'
'Nou, dat gaat niet, want –'
Klop klop.
'O, wie kan dat nou zijn?' Georgia kwam overeind en was al naar de deur gelopen voordat hij zijn hoofd ook maar omhoog kon doen. Vastgeklonken aan de vloer kon hij alleen maar luisteren naar het geluid van de voordeur die openging en Georgia die riep: 'Hoi! O, wat aardig van je! Heb jij vanochtend ook naar zijn programma geluisterd?'
Was het overdreven om te hopen dat zijn huisarts uit wroeging, omdat hij gisteren geen gaatje voor hem had kunnen vinden, besloten had om hem dan maar thuis op te zoeken?
En dan blijkbaar ook nog wat te eten had meegenomen?
De kruiden- en knoflookwalmen werden sterker, en toen hoorde hij Fia zeggen: 'Eh, ja. Hoe gaat het met zijn rug?'
O god...
'Dat komt helemaal goed.' Vrolijk nam Georgia het bezoek mee de huiskamer in. 'Zodra ik hem met mijn magische vingers onder handen heb genomen!'
Ash, die er eindelijk in was geslaagd om zijn hoofd iets te draaien, zag de geschrokken blik van Fia die in de deuropening stond. Het verbaasde hem niks dat ze schrok, want hij lag er bij als een walrus op het droge.
Godzijdank had hij zich niet door Georgia laten overhalen om ook zijn T-shirt uit te trekken.
'O sorry. Maar ik dacht dat je misschien niet naar de pub zou

kunnen komen voor de lunch.' Wijzend op de mand die ze vasthield, vervolgde Fia onzeker: 'Ik heb cannelloni voor je.'
'D-d-dank je.' De woorden kwamen er stotterend uit, omdat Georgia, zonder enige waarschuwing, met haar knokkels over zijn ribben ging. Hij had nooit goed tegen kietelen gekund.
'Zet maar in de keuken,' zei Georgia tussen het kneden door. 'Ik warm het wel voor hem op als we klaar zijn. Zo, en nu ontspannen en niet je buik inhouden.' Ze kneep liefdevol in zijn vetrollen. 'Ik kan niets voor je doen als je je spieren aanspant!'
Ash voelde dat ze haar vingers in zijn zij duwde en kon zich maar al te goed voorstellen wat voor onappetijtelijke aanblik hij bood. Zijn schedel tintelde van schaamte.
'O, je bent ook zo'n schatje,' barstte Georgia uit, terwijl ze door zijn T-shirt heen handenvol vlees beetpakte en dat als deeg begon te kneden. 'Net een grote knuffelzeehond!'

41

Abbie was bezig een nerveuze vrouw te helpen een keuze te maken uit de aanwezige tuinverlichting op zonne-energie toen ze Magda plagend hoorde zeggen: 'O, kijk eens wat een stuk eraan komt!'
Het was Tom. Zelfs na al die jaren sloeg Abbies hart nog over wanneer ze hem onverwacht zag. Ze glimlachte en wilde net naar hem zwaaien, toen tot haar doordrong dat hij niet haar kant uit keek. Hij leek zijn aandacht ergens anders op gericht te hebben...
O jemig...
Tom liep rechtstreeks op Des af, zonder zijn pas ook maar een seconde te vertragen, en gaf hem toen een klap waarop Muhammed Ali trots zou zijn geweest. Des stortte ter aarde als een zak grind. De vrouwen die in de buurt stonden, begonnen te gillen; zoiets was er nog nooit gebeurd in Kilgour's Garden Centre.

Tom zei helemaal niets. Zonder ook maar een blik om zich heen te werpen draaide hij zich weer om en vertrok.
Iedereen was in shock en had ogen als schoteltjes; monden vielen open, en er werd collectief naar adem gehapt toen Des rechtop ging zitten en er bloed uit zijn neus op de tegelvloer druppelde.
Langzaam draaide iedereen zich om naar Abbie. De angst lag als een steen op haar maag, en ze proefde gal in haar mond toen ze aan hun gezichten zag dat verbazing en verwarring veranderden in achterdocht en dat meteen daarna het besef doordrong dat dit, logischerwijs, iets met haar te maken moest hebben.
De verbaasde stilte maakte plaats voor consternatie. Iedereen begon ineens te praten. Sommigen probeerden Des overeind te helpen en er werden hem zakdoekjes aangereikt om het bloeden te stelpen en de vlekken van de vloer te vegen.
'Is de politie al gebeld?' Dit kwam van de nerveuze zonne-energie-vrouw. Ze sprak met een hoog, paniekerig stemmetje. 'We moeten de politie bellen!'
Op Des' grijsgeblokte overhemd viel vers bloed toen hij zijn hoofd schudde. 'Nee, nee, niet doen.'
Abbie merkte dat steeds meer mensen haar aankeken met een beschuldigende en tegelijkertijd ongelovige blik. De reactie van Des bevestigde wat ze al hadden vermoed.
Magda vroeg: 'Abbie? Wat heeft dit te betekenen? Wat is er aan de hand?'
'Ik... ik weet het niet.' Haar wangen voelden zo heet aan dat ze bang was dat ze vlam zouden vatten.
Huws borstelige wenkbrauwen stonden rechtovereind terwijl hij Des overeind hielp. 'Moet er een ambulance komen?'
'Nee, dat is nergens voor nodig.'
Abbie probeerde te slikken, maar haar mond was te droog. Haar handen trilden. Ze moest met Tom praten, het hem uitleggen.
'Kom, dan gaan we eerst dat bloed er eens afwassen.' Huw had de leiding genomen en bracht Des naar de trap.
'Eh... ik ga maar even naar Tom toe.' Was dat haar stem die hen dat achterna riep? Hij klonk heel anders.

Des draaide zich om en knikte.
Als een automaat liep Abbie naar de uitgang. Op de een of andere manier moest ze dit oplossen, hem uitleggen dat ze niet –
'Ik ga even met je mee.' Magda pakte haar bij de arm.
'Dat hoeft niet.'
'Wat wil je dan? Naar huis lopen? Kom, ik breng je wel even met de auto.'
Toen ze in Channings Hill aankwamen, stond de zilvergrijze bus van Tom al voor het huis.
'Ik ga ook even met je mee naar binnen,' zei Magda resoluut.
'Nee, alsjeblieft niet.' Het laatste wat ze konden gebruiken, was publiek.
'Heeft hij je wel eens eerder geslagen?'
'Nee!'
'Voor alles is een eerste keer,' zei Magda bars. 'Hij heeft Des ook nog nooit geslagen.'
'Zo is Tom niet.' Terwijl Abbie uitstapte, bedacht ze dat ze, als ze echt onschuldig was geweest, zou hebben gezegd: 'Waarom zou Tom mij slaan? Ik heb niks verkeerd gedaan.'
Te laat. Nadat ze een keer diep adem had gehaald, deed ze de voordeur open.
Strijkgoed, overal strijkgoed. De huiskamer was erdoor overspoeld; er hing zelfs een ivoorkleurige trouwjurk voor het raam, aan de gordijnrail. Gelukkig geen Georgia. Alleen Tom, die met zijn rug naar haar toe stond, met zijn armen stijf over elkaar geslagen. Zijn hele lichaam straalde woede uit.
Dit was precies waar ze al maanden bang voor was geweest. En nu was het gebeurd. En het was ook wel duidelijk hoe hij het had ontdekt.
'Hoe kon je?' Toms stem trilde van emotie. Hij draaide zich langzaam om om haar aan te kijken. 'Hoe kon je?'
Abbie sprong ineens uit haar vel. Zonder enige waarschuwing veranderde haar angst in verontwaardiging. 'Ik? Moet je eens zien wat jij net hebt gedaan!' De woorden tuimelden uit haar mond, een wanhoopspoging om hem met gelijke munt terug te betalen. 'Als je erover had willen praten, had je me er gewoon naar kunnen vragen, en dan had ik je alles verteld. Dan

zou het gewoon tussen ons zijn gebleven.' Ze balde haar vuisten en werd misselijk, want van nu af aan zou haar leven niet meer hetzelfde zijn. 'Maar nee hoor, jij moest per se naar mijn werk komen om een scène te trappen, en nu weet iedereen het!'

'Dat kan me geen reet schelen!' Tom, die nooit zijn stem verhief, brulde: 'Ik wil dat iedereen het weet! Van jou en Des Kilgour... Van jullie samen!'

'Ik heb geen seks met hem gehad,' flapte ze eruit, geschrokken van zijn woede. 'Het was maar één nachtje, ik dacht dat jij een verhouding had en ik was van streek en –'

De voordeur werd opengegooid en Georgia riep: 'Waarom zit er een vrouw tussen de struiken in de voortuin?' Ze verscheen in de deuropening, en haar gezicht veranderde toen ze het tafereel in zich opnam. Ze keek van de een naar de ander, en toen wist Abbie wie het aan Tom had verteld.

'Nou, dank je wel.' Abbie schudde haar hoofd tegen Georgia.

'Hoezo?' vroeg Georgia verontwaardigd. 'Ik heb het hem niet verteld, hoor.'

Tom keek zijn dochter ongelovig aan. 'Wacht eens even. Wil je soms zeggen dat je het wist? Dat je het wist van Des Kilgour?'

'Hij kwam hier een keer langs, en ze wisten niet dat ik thuis was. Toen heb ik alles gehoord. Ik moest Abbie beloven om niks tegen je te zeggen. O papa, het spijt me...'

Erger kon Georgia het niet maken. Bovendien loog ze; het kon niet anders of zij zat hierachter. 'Wie dan wel?' wilde Abbie weten. 'Als jij het niet was?'

Georgia hield voet bij stuk. 'Hoe moet ik dat weten? Misschien wel die vrouw die zich tussen de struiken heeft verstopt.' Ze beende naar het raam, gooide het open en vroeg botweg: 'Nou? Was jij het?'

Magda was er altijd al goed in geweest om gesprekken van andere mensen af te luisteren. Terwijl ze langzaam overeind kwam, veegde ze bladeren uit haar haren. 'Natuurlijk niet. Tot vandaag wist niemand er iets van.'

'Dat is omdat er niks te weten valt,' zei Abbie.

'Magda, maak dat je wegkomt,' zei Tom kortaf.

'Als je haar maar niet gaat slaan,' waarschuwde ze hem voordat ze zich omdraaide en zich uit de voeten maakte.
Nadat Magda was weggereden en Georgia het raam had dichtgedaan, keek Abbie naar Tom en vroeg nog een keer: 'Nou, wie heeft het je dan verteld?'
Tom pakte een opgevouwen vel papier uit de zak van zijn spijkerbroek. 'Dit zat onder mijn ruitenwisser.'
Op trillende benen liep ze door de kamer naar hem toe en pakte het papier uit zijn handen. De anonieme brief luidde, in hoofdletters: VAN EEN VRIEND DIE VINDT DAT JE MOET WETEN DAT JE VROUW EEN VERHOUDING HEEFT MET DES KILGOUR. PS. DIT IS GEEN RODDEL. HET IS EEN FEIT.
'Maar het is niet waar.' Abbie slikte moeizaam; hoe vaak moest ze dat nog zeggen? 'Er is niks gebeurd, dat zweer ik je.'
'Je hebt wel bij hem geslapen,' bemoeide Georgia zich ermee. 'In zijn bed. Dan kun je niet zeggen dat er níks is gebeurd.'
Had zij die brief geschreven? Zodat ze het Tom kon laten weten en toch kon volhouden dat ze niks had gezegd?
'We hebben geen seks gehad.'
'Maar je hebt hem wel gekust.'
'Luister, ik wil het hier graag met Tom over hebben. Zou je ons even alleen kunnen laten, denk je?'
Ieder ander zou onmiddellijk weggaan. Georgia, die niet zoals ieder ander was, schudde haar hoofd. 'Nee, ik blijf. Moet je eens zien wat je mijn vader hebt aangedaan.'
Tom was bijna onherkenbaar; zijn gezicht stond grimmig, en hij had een doodse blik in zijn ogen. Logisch dat Georgia zijn kant koos, hem in bescherming nam.
'Laat het me uitleggen,' smeekte Abbie, maar hij stak zijn handen op.
'Je hebt tegen me gelogen. Je hebt geheimen voor me gehad, je hebt God weet wat gedaan, dus waarom zou ik je nu ineens moeten geloven?'
Dit was geen ruzie meer, dit was haar hele wereld die uit haar handen glipte. 'Het was toen jij dat visuitstapje had en ik die brief van... van haar vond,' flapte Abbie eruit, wijzend naar Georgia die reageerde alsof ze een klap had gekregen.
'O, dus nu is het ineens allemaal mijn schuld? O nee, je gaat

me niet de schuld in de schoenen schuiven alleen maar omdat je bent betrapt!'
'Hoor eens, ik probeer alleen maar uit te leggen wat er is gebeurd.' Abbie ging steeds harder praten. Georgia's bemoeizucht was wel het laatste wat ze nu kon gebruiken.
'Nou, dat is nergens voor nodig.' Tom keek haar even vol afkeer aan en wendde toen zijn blik af. 'Laat maar. Want ik wil het niet eens horen.'

'Weet je zeker dat je het niet erg vindt?'
'Natuurlijk vind ik het niet erg!'
'Echt zeker weten?'
'Echt.' Hoe kon ze het nou erg vinden dat haar zus bij haar introk? Cleo bracht Abbie, die er vreselijk aan toe was, een kop thee. Bovendien was ze voor een voldongen feit gesteld; toen ze thuis was gekomen van haar werk, had Abbie zichzelf al binnengelaten in de cottage en de logeerkamer in beslag genomen. Want ze kon niet meer in haar eigen huis blijven.
Toen Cleo had gehoord waarom, was ze stomverbaasd geweest. Het was surrealistisch gewoon, net zoiets als wanneer Abbie zou verkondigen dat ze astronaut wilde worden en bij de NASA in training ging.
Maar dit was echt. Hoe ongelooflijk het ook leek, haar zus was erin geslaagd om, hoe kort dan ook, iets met Des Kilgour te hebben. Die nu, lastig genoeg, verliefd op haar was.
En naar alle waarschijnlijkheid ook een gebroken neus had.
Zo zag je maar weer.
'Ik kon daar gewoon niet blijven. Dat kon gewoon niet.' Compleet van slag en zichzelf steeds herhalend, ratelde Abbie door: 'Want het was twee tegen één. O ja, Georgia heeft helemaal haar zin gekregen. Haar droom is uitgekomen. Van nu af aan heeft ze pappie helemaal voor zichzelf, geen zeikwijf meer dat de boel komt verpesten. Weet je, ik weet zeker dat zij die brief onder Toms ruitenwisser heeft gestopt. Ik heb zo mijn best gedaan om aardig voor haar te zijn en wat krijg ik... stank voor dank. En dan te bedenken dat ik haar vertrouwde...'
Het was halftwaalf. Cleo was doodmoe na een lange dag. 'Maar stel dat ze het niet was?'

'Wie moet het anders zijn? Des heeft het niemand verteld. En ik ook niet. Want ik wist dat dat de beste manier was om het geheim te houden.'
'Misschien heeft iemand jullie gezien.'
'Maar dat is nou net het punt, dat is niet zo. Dat kan niet, want er viel niks te zien!'
Cleo wist niet wat ze daarop moest zeggen. 'Nou, dan weet ik het ook niet. Maar ik weet zeker dat Tom wel weer bijdraait. Je weet hoeveel hij van je houdt.'
'Ik heb hem niks over Des verteld omdat ik hem geen verdriet wilde doen. En nu heb ik het duizend keer erger gemaakt.' Tranen gleden over haar onderarm. 'Hij gelooft me niet meer. Het vertrouwen is weg. En je weet hoe trots Tom is. O god, sorry…'
'Geeft niks. Laat mij maar.' Toen Cleo zich bukte om de scherven van haar lievelingskopje op te rapen, slaagde ze erin in een plas thee te gaan zitten en tegelijkertijd een snee in haar vinger te krijgen. Er druppelde bloed op de vloer.
'Sorry, ik help wel even met opruimen…'
'Nee, dat hoeft echt niet.'
'Niet te geloven dat dit is gebeurd.'
'Abbie, het is maar een theekopje.'
'Dat bedoelde ik niet. Ik heb het over mijn leven. Mijn stomme, hopeloze l-leven…'
Vijf over halftwaalf. Cleo pakte een handjevol tissues uit het doosje dat Abbie in gebruik had en begon de rommel op te vegen. Het zou een erg lange nacht worden.

42

Het was de laatste opvoering van *Beach Party!* in het Hippodrome, en de Casey Kruger-fanclub was vanavond op volle sterkte komen opdagen. Ze waren met een stuk of vijftig in totaal, vooral vrouwen. Synthetische stoffen in overvloed. En te dikke lichamen gepropt in iets te kleine I Love Casey!-T-shirts. Er waren zelfs een paar mannen.

In elk geval regende het niet. Het was er een mooie avond voor. Wat maar goed was ook, want de show was al vijftig minuten geleden afgelopen, en ze stonden nog steeds met hun fototoestellen en handtekeningenboekjes op hun held te wachten. Niemand leek het echter erg te vinden dat hij zich nog niet had laten zien. Blijkbaar was hij vanavond fantastisch geweest. Echt een optreden om nooit te vergeten.

Cleo moest ook wachten, maar zij werd er in elk geval voor betaald. Toen ze hem eerder die dag bij de artiesteningang had afgezet, had hij haar al gewaarschuwd dat het vanavond wel eens wat later kon worden.

'Dat is ze geraden ook, verdomme,' had hij eraan toegevoegd. 'Als het management vanavond niet voor een paar flessen champagne zorgt, dan zwaait er wat.'

Achteroverleunend in haar stoel liet Cleo de opgewonden fans voor wat ze waren en pakte haar mobieltje. Ze had Abbie al gebeld om haar te laten weten dat ze niet voor twaalf uur thuis zou zijn. Eerder die avond had ze ook met Tom gesproken en ontdekt dat hij helemaal geen zin had om zijn vrouw te vergeven dat ze bijna maar niet helemaal met een andere man naar bed was geweest. Ook was het hem helemaal niet bevallen om een preek (zijn woorden) over liefde en vertrouwen te moeten aanhoren van iemand die nog nooit een echte relatie had gehad.

Wat Cleo een beetje kwetsend had gevonden, maar voor deze ene keer had ze zich weten te beheersen en er niet op gereageerd. Hij had per slot van rekening wel een punt. En bovendien voelde hij zich op dit moment zelf erg gekwetst, verraden en in de steek gelaten. Want hoe groter de liefde, hoe groter het gevoel van verraad. Daarom was zij ook lang niet zo van slag geweest toen ze had ontdekt dat Will haar had voorgelogen.

Goed, ze zou Tom voorlopig met rust laten. Toch speelde ze nerveus met haar toestel; wat er gisteren tussen Abbie en Tom was voorgevallen had haar op meer dan één manier aangegrepen. Want in haar ogen hadden die twee altijd een volmaakte relatie gehad, een relatie waarmee Cleo alle andere vergeleek en waar geen enkele aan leek te kunnen tippen.

Misschien was het weer typisch een staaltje kromme vrouwelijke logica, maar als de wereld van Abbie en Tom kon instorten, wat voor hoop bleef er dan nog over voor alle andere mensen?

Wat echter ook weer betekende dat alle moeite die ze de afgelopen jaren had gedaan om te voorkomen dat ze gekwetst zou worden, misschien toch niet zo'n slimme zet was geweest als ze had gedacht.

Het kwam er in feite op neer dat je, als je vroeg of laat toch met een gebroken hart kwam te zitten, je er niet zo druk om moest maken en gewoon moest aanvaarden wat er op je weg kwam. En als dat zo was, waarom zou ze dan niet een tijdje lol kunnen hebben met de aantrekkelijkste man die ze maar kon bedenken?

O, en wie zou dat nou toch zijn? Ze moest lachen om zichzelf en haar kleine geheimpje. Want of ze het nu leuk vond of niet, Johnny LaVenture leek min of meer permanent zijn tenten te hebben opgeslagen in haar hoofd.

Toch zou het helemaal niet raar zijn om hem even te bellen, gewoon om te vragen hoe het met zijn tante ging. Dat was toch heel normaal? Het was een moeilijke tijd voor hem, dus hij zou vast wel blij zijn om een vriendelijke stem te horen.

Eindelijk zwaaide de deur van de artiesteningang open, en toen Casey verscheen, steeg er luid gejuich op onder zijn fans. Ze dromden om hem heen alsof hij net de oorlog had gewonnen. En hij hield in elke hand een fles champagne op, wat de feestvreugde alleen maar verhoogde. Zo te zien was het niet de eerste champagne die hij vanavond onder zijn hoede had genomen.

Cleo keek naar het lichtgevende blauwe schermpje van haar mobieltje, nog steeds in dubio of ze Johnny wel of niet zou bellen.

'Ja-ha!' Toen er een kurk door de lucht vloog, steeg er opnieuw opgewonden gejuich op. Mochten de fans echter hebben gedacht dat ze van de champagne konden meegenieten, dan werd die hoop snel de bodem ingeslagen. Casey hield zijn hoofd achterover en klokte de drank weg alsof hij net een maand in een woestijn had doorgebracht.

Een van de vrouwen gilde opgetogen: 'Kijk, hij knoeit op zijn overhemd! Casey, mag ik het van je borst likken?'
Aangezien ze in de zestig was en als een tonnetje zo rond, zat het er niet in dat dat zou gebeuren.
Cleo scrolde langs de opgeslagen nummers en merkte dat haar adem in haar keel stokte toen ze bij Johnny's naam was aanbeland. Nou, als dat geen teken aan de wand was. Nee! Het enige wat ze ging doen, was als een goede vriendin een vriend bellen om te vragen hoe het ervoor stond in Norfolk.
Of misschien ook niet. Zijn mobieltje stond uit, wat waarschijnlijk betekende dat hij in het ziekenhuis was. Terwijl ze overwoog of ze wel of geen berichtje zou inspreken, werd ze afgeleid door nog meer gegil toen Casey zijn rode zijden overhemd openscheurde en zijn borstkas naar de vrouw van in de zestig duwde. O god, wat ordinair. Cleo zette haar mobieltje uit; ze zou het morgen wel weer proberen. Ze liet het raampje naar beneden zakken en keek naar de vrouw die enthousiast Caseys onbehaarde, zonnebankbruine borst likte... Jezus, was er niet een of andere wet die dit verbood? Ze hoopte maar dat hij de vrouw niet zou vragen om met hem mee te gaan naar zijn hotel.
Tien minuten later kwam Casey wankelend naar de auto toe lopen. Hij schudde zijn hoofd toen Cleo het achterportier voor hem wilde openen en liet zich in plaats daarvan op de stoel naast haar vallen. 'Anders kan ik niet goed met je praten. Vooruit, mijn werk zit erop. Trap dat gaspedaal in voordat dat dikke ouwe wijf zich op de motorkap gooit.' Hij knoeide toen hij nog een slok champagne nam. 'Jezus, wat een inktvis. Ze probeerde de hele tijd om mijn gulp open te trekken.'
'Dat zag ik. Ik had eigenlijk verwacht dat je haar na de vierde of vijfde poging wel zou zeggen dat ze daarmee moest ophouden.'
Hij stootte haar even aan. 'Het was gewoon een geintje. Heeft zij ook weer een leuke avond gehad. En daar gaat het toch om?' Hij nam weer een slok, terwijl Cleo de motor van de auto startte en wegreed. 'Weet je? Ik zal dit hier nog gaan missen. En jou ook.'
'Nou, dank je wel.' Cleo richtte haar aandacht op het drukke

verkeer in het centrum. Even later zag ze dat Caseys ogen waren dichtgevallen en dat zijn mond openstond. Gelukkig. En nu alleen nog maar hopen dat hij niet de hele weg zou snurken als een wrattenzwijn.
Het duurde niet lang of ze hadden Bristol achter zich gelaten. Cleo reed, terwijl Casey sliep. Zijn hoofd viel steeds opzij, en hij hield de halflege fles als een baby in zijn armen. Ongeveer vijf kilometer voor het hotel werd hij ineens met een schok wakker en vroeg: 'En jij dan?'
'Wat bedoel je?'
'Zul je mij ook missen, babe?'
O alsjeblieft. Hardop zei ze beleefd: 'Natuurlijk.'
'Ha, ik wist het wel!' Hij sloeg op zijn been. 'Dus je bent van gedachten veranderd, hè? Je wilt je grote kans met Casey Kruger niet mislopen. Zet de auto aan de kant, babe.'
'Luister, we zijn over vijf minuten al bij het hotel en –'
'Nee nee nee nee! Toe babe, zet de auto even aan de kant. Doe het voor mij, oké?'
Hij was echt stomdronken. Cleo was niet van plan om vaart te minderen. 'Laten we gewoon doorrijden, dan –'
'Verdomme babe, stoppen! Nu!' Terwijl hij het zei, wierp hij zich onverhoeds op het stuur en probeerde het uit haar handen te rukken. De auto zwiepte naar links, net toen de smalle landweg naar rechts afboog.
Als in slow motion, met Caseys 'O *fuck a duck*' in haar oren, trapte Cleo uit alle macht op de rem, maar het was al te laat; de auto knalde door een hek heen en gleed zijdelings de steile helling erachter af.
Het was net alsof je tegen je zin vastzat in de engste achtbaan ter wereld. Cleo gaf zich over aan de bewegingen van de auto, eerst links, toen rechts en vervolgens over de kop. Was dit het? Was dit de manier waarop ze zou sterven? Zouden ze haar de schuld geven van het ongeluk? Zouden de fans van Casey Kruger haar begrafenis verstoren en haar voor van alles en nog wat uitmaken? O nee, die arme Abbie, alsof die al niet genoeg te verstouwen had. En Ash? Zou hij kapotgaan van verdriet? Verdomme, betekende dit soms ook dat ze nooit zou weten hoe Johnny in bed was? Dat was zo oneerlijk, waar-

om had ze niet gewoon... o, wacht eens even, we stoppen nu... Stoppen...
We zijn gestopt.
Langzaam deed ze haar ogen open. Leefde ze nog of dacht ze dat alleen maar, net als dat personage van Patrick Swayze in *Ghost*?
'O fuck,' werd er naast haar gekreund.
Oké, als ze allebei dood waren, betekende dat dan dat ze tot in de eeuwigheid vastzat aan Casey Kruger? Dat zou ze echt niet aankunnen, om voor altijd opgescheept te zitten met de irritantste geest aller tijden.
Nee, ze leefden nog.
'Alles goed?' vroeg ze hees.
'Wat een stomme klotevraag. Wat deed je nou?'
Pardon? Wat zij had gedaan? 'Jij pakte het stuur ineens beet,' bracht ze hem in herinnering.
'Wat? Echt niet!' Hij was woedend. 'Het is jouw schuld.'
Dit was niet het moment om ruzie te maken. Ze zaten vast in het donker, op een steile boshelling, in een auto die over de kop was geslagen. Ze voelde bloed over haar gezicht druppelen. Ze zat onder het glas van de voorruit. Haar nek deed pijn. Net als haar benen. En haar linkerheup deed echt afschuwelijk veel pijn. O god, dit was niet mis. Aan haar kant was de hele auto ingedeukt. Stel je voor dat de benzinetank in de fik vloog? Met haar rechterhand zocht ze naar de hendel van het portier en probeerde het open te maken. Zonder succes.
'Luister,' zei Casey op klagerige toon, 'ik wil niet zeiken of zo, maar kunnen we nou ophouden met die geintjes en gewoon teruggaan naar het hotel?'
'We hebben een ambulance nodig.' Cleo probeerde te bedenken waar ze haar mobieltje had gelaten.
'Mij best, maar zeg ze dat ze een beetje moeten opschieten. Anders is de bar dicht voordat we terug zijn... Wat is er trouwens met mijn fles gebeurd? Hij is leeg.'
Met trillende vingers slaagde Cleo erin haar mobieltje te pakken. Het viel bijna uit haar hand, en haar nekhaartjes gingen rechtovereind staan van paniek, want als ze het liet vallen,

zouden ze hier echt vastzitten. Goed, hebbes, ze hoefde alleen nog maar het alarmnummer in te –

'Cleo? Hé, alles goed?'

Wat?

Verward en in shock vroeg ze zich af hoe het in godsnaam mogelijk was dat ze Johnny's stem hoorde. Werkte hij op de centrale van het alarmnummer? O nee, wacht, dat had ze nog niet gebeld. Ineens drong tot haar door dat ze op het laatst gekozen nummer had gedrukt toen ze de telefoon in haar hand had genomen.

'Cleo? Ben je daar nog?'

Haar ogen vulden zich met tranen, want hij klonk zo dichtbij, terwijl hij in werkelijkheid driehonderd kilometer ver weg zat. 'Ja, ik ben er nog... Johnny, we hebben een ongeluk gehad... we zitten vast in mijn auto en ik heb pijn in mijn nek... Ik moet een ambulance bellen, maar mijn batterij is bijna leeg...'

Zonder enige aarzeling en zonder ook maar een seconde te verspillen zei hij: 'Ik bel ze wel. Waar zit je?'

'Op Pennywell Lane, we zijn van de weg geraakt in de bocht tegenover Parson's Barn... Casey is hier ook... Ik durf me niet te bewegen, en we zitten hier vast...'

'Zeg ze dat ze moeten opschieten, verdomme!' bulderde Casey. 'Ik wil de laatste ronde niet mislopen.'

'Goed, ik ga bellen. Ophangen nu,' beval Johnny. 'En geen paniek, hè? Het komt allemaal wel weer goed.'

En weg was hij. Cleo deed haar ogen dicht. Ze konden nu alleen nog maar wachten.

Naast haar mompelde Casey: 'Verdomme, ik heb in mijn broek gepist.'

'Geeft niks.'

In het donker hoorde ze hem over de stoel schuiven. 'Het is helemaal koud.'

'Misschien heb je champagne op je broek gemorst.'

Nog wat geschuif, gevolgd door het geluid – bah – van Casey die smakte. Toen zei hij opgelucht: 'Ja, het is de champagne.'

Van haar voorhoofd gleed nog een bloeddruppel in haar oor. Het voelde heel akelig, maar ze kon haar nek niet draaien om

het tegen te houden. In haar haren zat ook glas. Niet zo ver weg hoorde ze een uil krassen. Ze begon te rillen. Hoe lang zou het duren voordat de ambulance er was?
Helemaal niet lang, gelukkig. Nog geen paar minuten later hoorden ze een auto aan komen racen. Maar geen sirenes. Misschien deden ze die niet aan wanneer er geen ander verkeer op de weg was. Cleo hoorde de ambulance stoppen, gevolgd door het geluid van een portier dat werd dichtgeslagen en voetstappen die kwamen aanrennen.
Toen ze haar ogen weer opendeed, zag ze Johnny staan, wat totaal onmogelijk was, dus ze wist dat ze hallucineerde.
'Dat werd tijd,' zei Casey met dubbele tong. 'Haal ons hier weg, man. Heb je ook whisky bij je?'
'Johnny?' Zijn naam kwam er schor uit. 'Ben jij dat?'
'Alles in orde. Niet bewegen.' Eindelijk slaagde hij erin om het ontwrichte portier los te wringen. Hij knielde naast Cleo neer en veegde het haar uit haar ogen. 'Kun je je benen nog voelen?'
Met moeite lukte het haar om haar voeten om de beurt te bewegen. 'Ja. Hoe kan het nou dat je hier bent?'
'Ik ben vanavond teruggekomen in Channings Hill.'
'En je tante?'
'Barbara is afgelopen nacht gestorven.'
'O nee. Wat erg.' Toen Cleo probeerde haar hoofd te schudden, verging ze van de pijn.
'Niet bewegen. De ambulance kan er elk moment zijn. Ongelooflijk dat ik er nog eerder ben dan zij.' Johnny streelde haar hand. 'Maar ja, voor mij was het ook maar vijf kilometer. En ik heb als een idioot gereden.'
Zijn aanwezigheid was een grote troost voor haar. 'Ik ben blij dat je er bent.' Uit haar rechteroog biggelde een traan, en ze voelde dat hij hem wegveegde. 'Hoe gaat het met je andere tante?'
'Clarice? Redelijk, alles in aanmerking genomen. Ze is weer terug naar het verzorgingshuis.'
'Heb je dan misschien een blikje bier voor me? Niet om het een of ander,' zei Casey klagerig, 'maar al dat wachten begint me zwaar op de zenuwen te werken.'
Johnny kneep Cleo geruststellend in de schouder. In de verte

hoorde ze het geluid van een sirene – dus die gebruikten ze toch. Hij bleef bij haar en plukte voorzichtig stukjes glas uit haar haren totdat er hulp arriveerde in de vorm van twee politiemannen en twee ambulancebroeders.
Terwijl de broeders Cleo onderzochten, stelden ze haar allerlei vragen. Toen ze hoorden waar ze woonde, begon de oudste van de twee te grinniken en zei: 'O ja, Channings Hill ken ik wel. Daar had ik een vaste klant zogezegd. Jean heette ze. Dorstige dame! Ik denk dat we bij haar onder een voorkeurstoets zaten. God, die was er soms beroerd aan toe, zeg!' Terwijl hij Cleo's bloeddruk opnam, voegde hij er opgewekt aan toe: 'Je hebt haar vast wel gekend. Ik probeer me te herinneren wat haar achternaam was.'
Ging het gevoel van schaamte dan nooit over? Cleo keek de man aan en zei: 'Dat was mijn tante.'
'Ach, sorry, schatje.'
Er viel een ongemakkelijke stilte, en Cleo zag dat hij snoof en de alcoholdampen rook. 'Ja, nu je het zegt, je hebt wel wat van haar weg,' zei hij terloops. 'En hoe zit het met jou, schatje? Heb jij wat gedronken vanavond?'
'Nee.'
'Ha, je moet haar niet geloven, hoor,' zei Casey. 'Dat brutale ding heeft de hele avond wodka achterover zitten slaan.'
De tweede ambulancebroeder trok een wenkbrauw op en vroeg droog: 'En hoe zit het met u, sir?'
Casey maakte een wegwerpgebaar. 'Helemaal niks. Ik ben geheelonthouder. Nog nooit een druppel aangeraakt.'

43

'Tja, hoe zal ik het zeggen?' zei Ash. 'Je hebt er wel eens beter uitgezien.'
'Dank je.' Cleo had hem het liefst een koekje van eigen deeg gegeven, maar ze wist dat hij gelijk had. Bovendien had ze een lift nodig van het ziekenhuis naar huis.

'Hoe zit het met die kerel? Ga je hem nog een proces aandoen?'
Hm, lastige vraag. Ze had al bezoek gehad van Casey Krugers manager, zijn agent en zijn advocaat. Casey, die op wonderbaarlijke wijze ongedeerd was gebleven, ontkende in alle toonaarden dat hij het ongeluk had veroorzaakt. Volgens hem was er een hert voor de auto gesprongen en had Cleo in paniek aan het stuur gedraaid zodat ze van de weg waren geraakt. En als ze het niet eens was met deze versie, dan voelde hij zich genoodzaakt om haar aan te klagen wegens gevaarlijk rijden. Dat zou een verschrikkelijk slechte reclame zijn voor Henleaze Limo's en mogelijk zeer onaangename gevolgen hebben.
Of ze konden het onderling regelen, en dan zou hij de nietonaanzienlijke schade aan de auto vergoeden.
Nog een geluk dat het niet de Bentley Continental was.
'Dat ligt ingewikkeld.' Graham had nu zelf een advocaat in de arm genomen om te vragen wat hij moest doen. Terwijl Cleo zich voorzichtig van het bed liet glijden, zei ze: 'Au, oef.'
Ash schudde zijn hoofd. 'Jij wilde weer baas boven baas zijn, hè? Omdat ik door mijn rug ben gegaan, moest jij expres verongelukken met een limo en in het ziekenhuis belanden. Is je wel eens verteld dat je een na-aper bent en altijd alle aandacht wilt?'
Ze pakte zijn arm beet. 'Jawel, maar jij bent weer beter, dus dan kun je me naar de auto helpen.'
'Zolang ze maar niet denken dat we een stelletje zijn omdat we arm in arm lopen.' Grinnikend vervolgde hij: 'Ik heb ook zo mijn normen, hoor.'
De ontslagpapieren waren ingevuld, en ze mocht het ziekenhuis verlaten. Cleo wist dat ze geluk had gehad; misschien dat ze onder de blauwe plekken zat, maar ze had geen ernstige verwondingen opgelopen. Op de foto's was niets te zien geweest. Ze had snijwonden in haar gezicht en een ernstige whiplash, maar het had veel erger kunnen zijn. En de artsen hadden gezegd dat ze de halskraag maar een week hoefde te dragen.
Een mooie verpleegster met roze wangen en stralende ogen kwam gehaast op hen aflopen. 'O, gaat u al weg? Er is bezoek voor u!'

Graham? Casey Kruger? Nog een advocaat? Nadat Cleo zich stijfjes had omgedraaid naar de dubbele ingangsdeuren van de afdeling, sloeg haar hart over, zoals tegenwoordig steeds gebeurde wanneer ze Johnny LaVenture zag.
'Waarom heeft die verpleegster zo'n rooie kop?' Fluisterend vroeg Ash: 'Heeft hij haar soms net in een linnenkast genomen?' Ash mocht Johnny best wel als mens, maar de uitwerking die hij op vrouwen had – nou ja, op Fia dan – was hem een doorn in het oog.
'Hoi.' Johnny glimlachte flauwtjes toen ze bij hem kwamen staan. 'Dus ze hebben je er al uitgegooid.'
Knikken deed pijn. En door de hoge zachte kraag kreeg ze er waarschijnlijk ook een onaantrekkelijke onderkin van. Bedenkend dat Johnny haar vast wel een kus had gegeven als Ash zijn arm niet zo bezitterig om haar heen had geslagen, zei ze: 'Ja, niks aan de hand. En nog bedankt voor... eh... gisteravond.'
'Graag gedaan. Ik was blij dat ik je kon helpen.' Hij wierp een blik op Ash. 'Ik wil haar ook wel naar huis brengen, hoor, als je geen tijd hebt.'
Ja, alsjeblieft!
'Nee hoor, ik ben speciaal gekomen om haar op te halen.' Ash verstevigde zijn greep. 'Ik breng haar wel naar huis.'
Johnny knikte langzaam. 'Oké. Dan zie ik je binnenkort wel weer. Ik ga vanavond naar Londen en dan weer terug naar Norfolk om Barbara's begrafenis te regelen.'
'Nou, nogmaals bedankt. Voor alles.' Cleo maakte zich los uit Ash' greep en boog zich iets naar voren om Johnny een kus op de wang te geven. Kussen deed nog meer pijn dan knikken, maar de geur van zijn aftershave en de warmte van zijn wang vergoedden veel. Uit haar ooghoeken zag ze bovendien de jaloerse blik waarmee de mooie verpleegster naar hen keek.
'Je mag mij ook wel bedanken, hoor, als je wilt,' zei Ash onderweg naar huis.
'Waarvoor?'
'Je wilde liever met hem meerijden, hè? En wat zou dat nou voor zin hebben gehad? Je valt op Johnny LaVenture, hè? Misschien dat hij zelfs ook wel een beetje op jou valt, aangezien

hij nog niet de kans heeft gekregen om je van zijn lijstje te schrappen.' Ash kon soms heel bot zijn. 'Maar laten we wel wezen, zoals je er nu aan toe bent, kun je toch niks met hem beginnen. En bovendien zie je er niet uit. Dus het enige wat ik zeg, is: laat hem met rust. Of als je jezelf echt voor schut wilt zetten, wacht dan in elk geval tot je weer beter bent.'

Terwijl hij door Winterbourne reed, trok Cleo de zonneklep naar beneden en bestudeerde haar gezicht in het spiegeltje. Haar haren een warboel, overal snijwonden in haar gezicht en een gigantische schuimrubberen halskraag. Ash had inderdaad een punt.

Haar even opnemend voegde hij er vrolijk aan toe: 'Je ziet eruit alsof je in zo'n groentehakmachine vast bent komen te zitten.'

'Dank je.' Wat was het toch fijn om vrienden te hebben. Om het hem betaald te zetten, vroeg ze: 'Hoe gaat het met jou en Fia?'

'Weet je wat?' Ash bleef strak naar de weg voor hem kijken. 'Laten we het volgende afspreken: jij stelt me geen rotvragen en dan zet ik je niet uit de auto zodat je naar huis moet lopen.'

Fia vond het ongelooflijk dat ze zich zo vermaakte. Wie had ooit kunnen denken dat een uitstapje naar de dierentuin zo leuk kon zijn? Maar dat was het echt, en het was nog haar eigen idee geweest ook! Toen ze Ash had gevraagd of hij zin had om mee te gaan, had hij haar stomverbaasd aangekeken. Maar daarna had hij ja gezegd, en dat was het begin van een fantastische dag geweest.

'Waar gaan we nu naartoe? Apeneiland!' Ze pakte hem bij de hand en rende over het grasveld dat de leeuwenkuil scheidde van het apenhuis. 'Ik wil de babygorilla's zien.'

'Nee, eerst naar de ijsberen.' Ash trok haar de andere kant uit. 'Die worden over tien minuten gevoerd. Heb jij wel eens een ijsbeer gevoerd?'

'Dat mag niet.' Fia had de bordjes zien hangen. 'Dat mogen alleen de oppassers.'

'Ja, maar ik heb hier gewerkt. Wist je dat niet?' Hij schudde

zijn blonde haar uit zijn ogen en knipoogde naar haar. 'Dus dan mag het wel.'
En ongelooflijk maar waar, ze hadden de ijsberen gevoerd. Nadat ze hun schoenen en sokken hadden uitgetrokken, waren ze blootsvoets door het ondiepe water gewaad, hadden de ijsberen rauwe vis gegeven en naar hen gekeken terwijl ze in het water plonsden. De andere dierentuingangers, die vanachter het hek jaloers hadden toegekeken, hadden gelachen om Ash' grappen en grollen terwijl hij zich met de ijsberen bezighield. Na een tijdje had ze uitgeroepen: 'Je bent vandaag heel anders dan anders! Ik vind je ontzettend leuk als je zoals nu bent!'
Ash had geantwoord: 'Maar zo ben ik altijd al geweest. Het is je alleen nooit eerder opgevallen.' Daarna had hij haar hand gepakt en haar meegenomen naar de rand waar geen kiezelstenen meer lagen en het diepe water in het zonlicht schitterde. 'Kom, dan gaan we ook zwemmen!'
De menigte had met open mond toegekeken terwijl zij hun armen omhoogstaken en zich als dolfijnen in de lucht gooiden. Een fractie van een seconde voordat ze het wateroppervlak raakte, werd Fia wakker.
Wow, wat een bizarre droom. Ze staarde naar het plafond van de slaapkamer, zich afvragend waar dat allemaal vandaan was gekomen. Gisteravond had ze naar een natuurdocumentaire op tv gekeken, maar dat was over stokstaartjes geweest. En ze was gisteren wel naar de supermarkt geweest, maar niet op de visafdeling...
Wacht, ze wist het al. Gisteravond in de pub, toen ze het eten had gebracht, hadden Frank en Ash een hartstochtelijk gesprek gevoerd over wat het lekkerste toetje van de dag was: vruchtentaart, chocolademousse of... ijs.
Dat had je nou met dromen. Die waren gewoon maf. Maar god, wat had deze echt geleken. En hij vervaagde ook niet zoals andere dromen meestal deden. Ze kon hem nog tot in detail navertellen.
Ze kreeg zelfs een beetje een raar gevoel als ze alleen maar aan Ash dacht. In de droom was hij zo fantastisch geweest, en ze hadden het ook zo goed met elkaar kunnen vinden, alsof ze al jaren elkaars beste vrienden waren. Meer dan vrienden zelfs...

Fia draaide zich om in bed, zette de wekker uit, deed de radio aan en zocht langs de zenders tot ze BWR had gevonden. Begon het programma van Ash niet om zeven uur?
'... op jullie plaatsen voor de grote skippybalwedstrijd. Op de oranje skippybal zien we Gay Pete en op de mannelijke donkergroene skippybal... grrr... zien we Big Bad Bruce op zijn motorlaarzen. Oké, twee keer de studio rond, geen geduw en getrek, een twee drie... en af!'
Gossie, wat voelde het vreemd om zijn stem te horen zo vlak nadat ze samen de ijsberen hadden gevoerd. Maar Ash klonk op de radio net zo vrolijk en relaxed als in de dierentuin. Hoe dan ook, tijd om op te staan. Ze hees zich uit bed, liep naar de badkamer en deed de douche aan. Het water zou gelukkig warmer zijn dan het ijzige blauwe water in de ijsberengracht. Om halfacht was ze klaar met douchen en stond ze haar natte haren te borstelen. Op radio was Ash Gay Pete aan het troosten die roemrijk ten onder was gegaan.
'Arme jij, heb je verloren en dan is ook nog je mooie roze stilettohak gebroken.'
'Bruce speelde vals! Ik had kunnen winnen als hij mijn skippybal niet lek had gestoken met zijn zakmes.'
'Dat horen we nu altijd. Als iemand verliest, ligt het altijd aan de lekke skippybal. Geef nou maar gewoon toe dat je hebt verloren, Pete. Big Bad Bruce is de winnaar. En helaas zul jij daarvoor de prijs moeten betalen...'
Tegen de tijd dat Fia haar haren droog had geföhnd, was Rihanna haar nieuwste single aan het zingen. Toen de muziek was afgelopen, begon Ash te kletsen met Megan, het verkeersmeisje, dat gisteren uit was geweest met de drummer van een plaatselijk bandje.
'Het ging goed. Echt heel goed.' Die arme Megan, ze probeerde discreet te zijn; het was vast lastig om ondervraagd te worden terwijl je wist dat je date misschien meeluisterde.
'Heerlijk gewoon. Zo romantisch,' riep Ash vrolijk uit. 'En wie heeft wie gekust? Oké, je hoeft geen antwoord te geven, jullie hebben elkaar gekust. Hoe is dat afspraakje eigenlijk tot stand gekomen? Dat kun je ons toch wel vertellen? Hoe krijgt een langharige thrashmetal-drummer met tatoeages en meer-

dere piercings een schattig Doris Day-typetje dat van puppy's en haarbandjes en koekjes met roze glazuur houdt, zover dat ze met hem mee uitgaat?'

Fia trok haar lade met ondergoed open en pakte haar favoriete blauwe lingeriesetje.

'Oké dan.' Hoewel Megan lachte, klonk ze ook een beetje opstandig. 'Als je het dan echt wilt weten, hij heeft mij niet gevraagd, ik heb hem gevraagd.'

'Wat?' Ash deed alsof hij geschokt was. 'Je bedoelt dat hij je misschien niet eens leuk vond?'

'Ik wist dat hij me leuk vond. Ik had gezien hoe hij naar me keek. Maar ik bleef maar wachten, en hij zei steeds niks. Dus na een tijdje drong tot me door dat ik zelf de eerste stap zou moeten zetten.'

'Waarom deed hij dat dan niet?'

'Omdat hij bang was om afgewezen te worden.'

'Ja vast. Je probeert me toch niet wijs te maken dat onze langharige, getatoeëerde trashmetal-drummer verlegen is?'

Megan klonk trots toen ze zei: 'Jawel. En weet je? Ik vind het leuk als een man verlegen is. Dat is een heel aantrekkelijke eigenschap. Niet dat jij dat zult snappen.'

'Ha, vergis je niet,' diende Ash haar meteen van repliek. 'Ik heb geen zelfvertrouwen. Diep vanbinnen ben ik erg verlegen.'

In de studio begon iedereen te lachen.

'Ja ja,' zei Megan. 'Daar trappen we mooi niet in.'

'Ik kan af en toe best verlegen zijn,' zei hij, en Fia had hem bijna geloofd. Na een korte stilte vervolgde hij echter gladjes: 'Maar wil je nu niet eens met een echte man uitgaan? Heb je morgenavond wat te doen?'

Terwijl het vrolijke geplaag in de studio verderging, trok Fia haar witte koksklederen aan. Megan protesteerde en zei dat haar nieuwe drummervriendje het waarschijnlijk niet leuk zou vinden als ze met iemand anders uitging, en Ash zei dat het stom van haar was om zo'n kans te laten lopen, dat ze niet wist wat ze miste. Daarna begonnen vrouwelijke luisteraars sms'jes te sturen. Ze boden zichzelf enthousiast aan als plaatsvervangster en smeekten Ash om een afspraakje.

'Oké meiden, even kalmeren graag,' beval hij. 'Ik kan mezelf

niet in stukjes delen en jullie weten ook dat ik nog steeds last heb van mijn rug. O god, en nu krijg ik weer een sms'je van Keira Knightley. Keira, schatje, hoe vaak moet ik het je nog zeggen? Je bent gewoon mijn type niet. Gewoon loslaten. Ga verder met je leven.'
'Op wie val je dan wel?' wilde Megan weten.
'Een echte heer vertelt dat nooit. Bovendien zou een echte heer nooit zo stom zijn om het uitgerekend aan jou te vertellen. Misschien dat er iemand is die mijn hart sneller kan doen slaan,' zei hij op speelse toon, 'maar dat is iets wat alleen mij aangaat, niet jou.'
'O!' bemoeide Gay Pete zich ermee. 'Bedoel je mij soms?'

44

Op de bank in de huiskamer lag Cleo te luisteren naar het geluid van borden die uit de keukenkast werden gepakt en opnieuw werden gerangschikt op volgorde van grootte. Of op kleur en patroon. In elk geval werden ze op de een of andere manier opnieuw gerangschikt. Met heel veel lawaai en gekletter. En het zag er niet naar uit dat het gauw klaar zou zijn. Haar zus wist van ellende niet wat ze moest doen, dus was ze, om zichzelf bezig te houden, aan een ongekend fanatieke voorjaarsschoonmaak begonnen.
Wat aan de ene kant wel fijn was, maar tegelijk ook irritant. Want als Cleo gewoon had gewerkt, dan zou het heerlijk zijn geweest om aan het eind van de dag thuis te komen in een glanzend, smetteloos, supernetjes huis.
Alleen was ze niet aan het werk. Ze was officieel herstellende. En op de bank liggen was helemaal niet zo leuk als je noodgedwongen naar al die koortsachtige activiteiten in de rest van het huis moest luisteren. Zoals Abbie zich had geërgerd aan Georgia met haar gestrijk in de huiskamer, zo ergerde Cleo zich nu aan haar; ze had het geluid van de tv al drie keer harder gezet en kon nog steeds niks horen.

'Abbie? Abbie!'
'Wat is er?' Haar zus verscheen in de deuropening. 'Heb je zin in roerei? Soep? Thee?'
'Nee, dank je. Waarom kom je niet gewoon even hier zitten, even een beetje relaxen?' Cleo klopte uitnodigend op de bank. 'Kom, *Masterchef* is op tv.'
Abbie schudde haar hoofd. 'Nee, ik ben net je kastjes aan het schoonmaken. En ik controleer al het eten. Er staat een pot stroop die al zes jaar oud is!'
'Ik houd niet van stroop.'
'Waarom gooi je hem dan niet weg?'
Omdat het een soort natuurwet was dat, als je iets weggooide, je het binnen twee weken ineens heel erg nodig had. 'Ik dacht dat ik die stroop misschien nog wel eens zou kunnen gebruiken,' zei ze.
'Ja, om die pot tegen iemands hoofd te gooien misschien. Dan weet je zeker dat die meteen buiten westen is.'
Cleo vond het verschrikkelijk dat haar zus zo ongelukkig was. 'Zal ik anders nog een keer met Tom praten? Dit kan toch niet zo doorgaan?'
'Ik heb het al geprobeerd. Jij hebt het geprobeerd.' Abbie schudde haar hoofd. 'Hij haat me en zal echt niet van gedachten veranderen.'
Eerlijk was eerlijk, dat was zo. Cleo's laatste poging had ongeveer net zoveel effect gehad als een muis die op de poot van een olifant trapt. Tom kon Abbie niet vergeven wat ze had gedaan. Dat ze niet echt seks met Des had gehad, deed er gewoon niet toe.
Abbie draaide zich om en verdween weer de keuken in. Binnen een paar seconden begon het bam-beng-gekletter van het serviesgoed opnieuw. En dat zou waarschijnlijk nog tot diep in de avond doorgaan.
Cleo pakte haar mobieltje – haar betrouwbare, levensreddende mobieltje – en belde een nummer. Toen er werd opgenomen, fluisterde ze: 'Help.'

Om halfacht voelde Cleo zich, dankzij drie glazen wijn, al een stuk beter. Misschien dat er nog een paar mensen raar naar haar zaten te kijken, maar dat kon haar niks meer schelen. Hier in de Hollybush was ze onder vrienden. Ze wist best dat ze er vreselijk uitzag, maar dat had je nou eenmaal met ongelukken; het genezingsproces was, drie dagen na het ongeluk, in volle gang. Ze had geluk gehad. De snijwonden en blauwe plekken op haar gezicht zagen er nu misschien niet uit, maar het waren slechts oppervlakkige verwondingen die over een week helemaal verdwenen zouden zijn.

Kon ze maar hetzelfde van haar zus zeggen.

Ze zuchtte diep. 'Hoe moet het nou verder? Wanneer houdt het nou eens op?'

'Hebben we het over de wereld?' vroeg Ash.

Ze gaf hem een por. 'Nee, ik heb het over Abbie. Mijn zittende huurder. Behalve dan dat ze nooit zit, want ze is eeuwig aan het schoonmaken. En aan het mopperen op mij omdat ik de bovenkant van de klerenkasten of de achterkant van de tv de afgelopen maand niet heb gestoft.'

'Als ze bij jou klaar is, stuur haar dan alsjeblieft naar mij toe.'

'Als je wilt, kan ze ook bij jou komen wonen, hoor. Van mij mag het.' Cleo liet haar hoofd tegen haar stoel vallen. 'O, moet je mij nou horen. Vreselijk gewoon. Ze is mijn zus en ik hou heel veel van haar, maar ik wil echt niet dat ze tot mijn veertigste bij me blijft wonen.'

'Wie zegt dat zij dat wil?'

'Wie zou dat nou niet willen? Ik ben fantastisch en onweerstaanbaar.' Terwijl ze het zei, begon haar maag te rommelen.

Ash pakte de menukaart. 'En uitgehongerd.'

'Ja, dat ook.'

Fia legde de laatste hand aan Ash' jachtschotel en Cleo's aardappelschotel, die zo op tafel konden. Gek genoeg stond de droom van afgelopen nacht haar nog steeds levendig voor de geest. Ze had het vanochtend niet kunnen laten om Ash' programma helemaal af te luisteren en begreep nu waarom het zo populair was. Ash wist in de studio een eigen wereldje te creëren waar luisteraars dolgraag deel van wilden uitmaken. Iedereen deed mee, en de grappen en grollen kwamen van twee kanten. Ash was vlijmscherp, vreselijk grappig en maakte af

en toe de raarste gedachtesprongetjes. Het was duidelijk dat zijn vele fans hem aanbaden.
Toen ze echter twintig minuten geleden de bestelling van Cleo en Ash had opgenomen, had Ash haar nauwelijks een blik waardig gekeurd. Iedere keer als ze hem zag, kreeg ze het gevoel dat ze hem onbedoeld iets verschrikkelijks had aangedaan. Hoewel ze van plan was geweest om haar droom aan hem te vertellen, had ze dat ineens niet meer gedurfd.
Dit was gewoon belachelijk. Nadat Fia platte peterselie over de jachtschotel had gestrooid, zette ze de borden op een dienblad. Als ze iets had gedaan wat Ash niet zinde, dan moest hij haar dat gewoon vertellen. Hij verwachtte toch niet van haar dat ze het vanzelf wel zou raden?
'Alsjeblieft,' zei ze opgewekt toen ze de borden voor hen neerzette. 'Een jachtschotel en een aardappelschotel.'
Ash' kaken verstrakten. 'Dank je wel.'
'Ha, lekker!' Terwijl Cleo haar servet uitspreidde, zei ze: 'Daar had ik toch zo'n zin in!'
Oké, gewoon niet op letten dat Ash haar zelfs niet had aangekeken. 'Ik heb vannacht zo maf gedroomd,' zei Fia. 'En jij kwam er ook in voor!'
'Ik? O nee, toch niet weer naakt, hè?' Cleo trok een gezicht. 'Ik droom altijd dat ik ergens buiten ben en dat ik vergeten ben om mijn kleren aan te trekken.'
'Jij niet. Ash.'
'Heb je over Ash gedroomd? Ha, was hij naakt?'
'Nee, we waren in de dierentuin, ijsberen aan het voeren.'
'Wow, dat klinkt romantisch, zeg.'
Toen Fia had verteld dat Ash in haar droom voorkwam, had ze gezien dat Ash verstijfde. En nu keek hij Cleo aan met een mengeling van angst en afschuw. Snel zei Fia dan ook: 'O nee! Het was helemaal niet romantisch! Juist niet. Hij wilde dat ik met hem in het ijskoude water zou duiken... en het stonk vreselijk naar rauwe vis, en al die zeehonden die daar rondhopsten... bah, het was echt smerig.'
'Dat hoor ik.' Ash prikte zijn vork door de laag gebakken aardappels op zijn jachtschotel; het was duidelijk dat hij het niet prettig vond om in andermans dromen te figureren.

Een beetje van streek door zijn gedrag, zei Fia: 'Ja, nou, ik heb niet expres over je gedroomd, hoor. Als ik had kunnen kiezen, had ik wel over David Tennant gedroomd.'
Ash keek haar aan alsof hij dacht: mens, laat me met rust. Kalm zei hij: 'Ik ook.'
'Ja, dat willen we allemaal wel!' riep Cleo snel om de ongemakkelijke stilte te verbreken.
Zie je nou wel? Nou had ze het weer gedaan. Wat had Ash toch tegen haar? Het lag op het puntje van haar tong om het hem te vragen, maar het was druk in de pub en het was niet verstandig om een scène te trappen. Dus bloosde ze alleen maar en zei rustig: 'Eet smakelijk.' Daarna ging ze terug naar de keuken.
'Wat ben je ook een sukkel,' zei Cleo, nadat Fia was verdwenen.
'Hou je mond.'
'Je deed weer hartstikke raar.'
'Alsof ik dat zelf niet weet.'
'Zal ik anders even met haar gaan praten en –'
'Je waagt het niet, hè? Geen sprake van.' Ash schudde verwoed zijn hoofd. 'Als je dat doet, dan zul je een vreselijke dood sterven.'
'Maar –'
'Toen jij zei dat haar droom romantisch klonk, schrok ze zich dood. Ik zag toch hoe ze keek? Ze vond het echt afschuwelijk. Vorige week kwam ze langs toen Georgia me masseerde en nou droomt ze ineens dat ik met van die moddervette zeehonden aan het zwemmen ben. Dus laat nou maar, oké?'
'Oké. Maar mag ik –'
Hij verhief zijn stem. 'Nee!'
'Maar ik wil alleen –'
'Cleo, nee!'
'Maar een hapje van je jachtschotel proeven,' zei ze snel.
Hij zuchtte. 'Ga je gang dan maar. Je bent echt een ramp.'
'O, mag ik ook een hapje proeven?' vroeg Georgia die net binnenkwam. Ze liep naar hen toe, griste de vork uit zijn hand en nam een hap. 'Mmm, lekker. Hoe gaat het trouwens met je?'

'Ik verheug me op de rest van mijn jachtschotel,' antwoordde Ash.
'Hoe is het met je rug?'
'Een stuk beter.'
'Zie je wel? Dat komt door mij! Ik zei toch dat ik heel goed was?' Ze wapperde met haar handen voor zijn gezicht. 'Ik kan gewoon toveren met deze vingers. Als je nog een keer gemasseerd wilt worden, dan zeg je het maar.'
Cleo keek hoopvol naar Tom, die samen met Georgia was binnengekomen. Misschien konden ze even praten.
Tom schudde echter zijn hoofd en zei: 'Ik wil het niet over Abbie hebben. We komen gewoon rustig even iets drinken.'
'Niet al te rustig, hoop ik,' reageerde Georgia meteen. 'Ik ga me echt niet in een hoekje zitten vervelen, hoor.'
'Daar was ik al bang voor,' merkte Ash op.
'Maar eigenlijk houd je van me,' zei Georgia met stralende ogen. 'Goed programma, zeg, vanochtend. Ik zeg tegen al mijn klanten dat ze naar je moeten luisteren.'
Cleo bekeek haar met gemengde gevoelens. Georgia was een lieve meid en in veel opzichten ook erg grappig, maar met haar komst had ze wel veel overhoopgehaald. Ze bleef volhouden dat zij niet degene was die Tom over Abbies avontuurtje met Des had verteld, maar ze vond ook dat het beter was dat hij het nu wist.
'Gaan jullie maar lekker eten. Misschien dat jullie straks zin hebben in een potje snooker met ons.' Wijzend op het biljart, voegde ze er speels aan toe: 'Als jullie dat aandurven tenminste.'
'Ja, straks misschien,' zei Ash. 'Als jij me belooft dat je niet gaat janken als ik je helemaal inmaak.'
Georgia en Tom begaven zich naar het biljart.
Cleo had het zo druk met hen nakijken dat ze wat saus op haar borst knoeide. 'O shit, heb ik weer.'
Ash trok zijn wenkbrauwen op. 'Tja, en dat terwijl je er vanavond verder zo goed uitzag.'
Cleo wist best dat ze er helemaal niet goed uitzag met al die snijwonden op haar gezicht en haar ontzettend mooie halskraag en haar ongewassen haar – maar dat kwam door Ab-

bie, die met haar schoonmaakwoede al het warme water had gebruikt. Nou ja, wat maakte het uit. Terwijl ze over de vlek op haar topje wreef, stak ze haar tong uit naar Ash. 'Gelukkig ben ik hier maar met jou.'

Twintig minuten later zwaaide de deur open en kwam Welsh Mac binnen. Nadat hij zich op een barkruk had gehesen, zei hij tegen Deb: 'Een biertje graag, schatje. Johnny is trouwens ook weer terug, ik heb hem net gezien. Hij komt zo ook hierheen.'

Johnny was terug? Hij kwam hierheen? Cleo ging meteen rechtop zitten, tegelijkertijd blij en beschaamd. Dit was ook zoiets wat haar altijd overkwam.

Met iets van leedvermaak in zijn stem mompelde Ash: 'Nou heb je er zeker spijt van dat je je haren niet hebt gewassen, hè?'

Sommige mensen verdienden gewoon een schop.

Onder tafel ritste Cleo haar tas open en voelde stiekem of ze iets bij zich had waarmee ze de snijwonden kon verdoezelen. Verdorie, geen camouflagestift, maar wel een poederdoos. Nou ja, dat was beter dan niets.

En ja, natuurlijk wilde ze dat ze de moeite had genomen water te koken en haar haren boven de gootsteen te wassen, maar of dat zo goed zou zijn geweest voor haar nek...

'Ik ga even naar de wc.'

'Om je op te doffen?' Ash deed alsof hij in zijn zakken zocht en vroeg onschuldig: 'Wil je mijn lippenstift soms lenen?'

'Heel grappig.'

'Shit, vergeten. Maar ik heb wel een papieren zak die je over je hoofd kunt trekken.'

Ze schopte hem nog een keer onder tafel. 'Pas maar op jij, anders vertel ik Fia dat je van haar houdt en dat je haar wilt kussen en met haar wilt trouwen.'

Droevig schudde hij zijn hoofd. 'Tja, daar gaat je kans om jezelf een wat minder eng uiterlijk te geven. Nu is het te laat. Johnny is er al.'

45

Cleo draaide zich om toen de deur openging. Ach, het was ook weer niet zo dat Johnny de snijwonden op haar gezicht nog niet had gezien. Ze veegde nog wel snel even met het servet over de vlek op haar topje. Toen kwam Johnny binnen, en zijn aanblik bezorgde haar haar grootste adrenalinestoot ooit. O god, ze had het echt zwaar te pakken. Hij droeg een wit katoenen overhemd over een donkerblauw T-shirt en een door ouderdom zacht geworden Levi's. Zijn donkere haar hing over zijn voorhoofd, zijn mooie gelaatstrekken waren als gebeeldhouwd, en hij lachte om iets wat iemand links van hem net had gezegd.

Toen kwam zijn tot dusverre onzichtbare metgezel in beeld en de bruisende opwinding zakte meteen weer in, als een ballon die lek werd geprikt. Het meisje was niet alleen lang, blond en belachelijk mooi, Cleo wist ook wie ze was. Dankzij de wonderen van internet wist ze veel meer dan ze wilde weten. Want dit was Honor Donaldson, een van de bekendste exportproducten van Australië. Ze was een maatje-meermodel van ruim een meter tachtig, maar in de echte wereld zou je haar verre van maatje meer noemen. Met haar weelderige maat 42-rondingen en smetteloze, zongebruinde huid had ze de modellenwereld stormenderhand veroverd. En toen er interviews waren gevolgd, en het publiek haar levendige karakter had leren kennen, was de rest van de wereld ook als een blok voor haar gevallen.

Een ander klein weetje over haar had Cleo ontdekt toen ze – o, schandalig gewoon! – Johnny had gegoogeld. En dat was dat hij en Honor, voordat hij weer in Channings Hill was komen wonen, zeven maanden lang een relatie hadden gehad.

En daar was ze dan. Ze hield Johnny's hand vast en maakte hem aan het lachen. Bovendien was ze buitenwerelds mooi.

Nee, nee, nee, dit was helemaal niet de bedoeling.

Naast Cleo vroeg Ash fronsend: 'Is dat eh… dinges niet?'

'Ja.' Helaas zag ze er verre van dinges uit.

'O mijn god!' riep Georgia uit, en liet het snookeren meteen

voor wat het was. 'Jij bent toch Honor Donaldson? Ik ben een fan van je!'
'O, dank je wel, liefje. Wat zie jíj er goed uit, zeg!' Honor, van wie bekend was dat ze iedereen om haar vinger wond, glimlachte naar Georgia alsof die haar het grootste compliment ooit had gegeven. 'Goh, ik vind het hier nu al leuk! Johnny, je moet me echt aan iedereen voorstellen, hoor.' Zelfs haar stem was mooi; ze klonk net als Nicole Kidman.
'Tuurlijk, maar ik ga eerst even wat te drinken halen.' Heel even keek Johnny Cleo aan, en ze zag dat hij haar met zijn ogen iets duidelijk wilde maken... God mocht weten wat... voordat hij doorliep naar de bar.
'Wow,' mompelde Ash.
Het drong ineens tot Cleo door dat Fia naast haar stond, met een dienblad vol vuile borden in haar handen en een verbijsterde blik in haar ogen bij het zien van Johnny en Honor samen. Blijkbaar was zij niet de enige van wie alle hoop de grond in was geboord.
'Dat is gewoon oneerlijk,' fluisterde Fia.
Cleo zag dat Ash helemaal kapotging van ellende, want hij wilde dat Fia dat voor hém zou voelen. En het was wel duidelijk dat dat nooit zou gebeuren. Wat Fia betrof, was hij net zo aantrekkelijk als een beschimmelde ouwe koelkast.
Omdat het geen zin meer had zich op te kalefateren, ritste Cleo haar tas dicht. Ze wist niet met wie ze meer medelijden had: met Ash of met zichzelf.
Nog geen paar minuten later, een beetje als in het scenario van dromen dat je naakt was en hoopte dat niemand het zou merken, kwam Johnny Honor Donaldson al aan hen voorstellen. Van dichtbij zag ze er nog bruiner en schitterender uit, zo mooi dat je mond er gewoon van openviel. Ze droeg eenvoudige kleren, een wijde beige linnen broek en een iets lichter beige topje, een crèmekleurig vest en espadrilles. Haar haren waren goudblond, haar ogen kastanjebruin.
'O god, wat zie jij eruit! Je gezicht! En je nek! Vreselijk, hè?' Honor schudde vol medelijden haar hoofd. 'Ben jij die van dat ongeluk?'
Nee, ze zag er altijd zo uit. Cleo knikte. 'Ja.'

'Johnny heeft me er alles over verteld! Dat was toch met Casey Kruger? Ik heb hem een paar jaar geleden een keer ontmoet. Jezus, wat een irritant mannetje is dat, zeg.'
Cleo baalde een beetje, want ze wilde Honor helemaal niet aardig vinden. Maar hoe kon je nou een hekel hebben aan iemand die dat zei? 'Tja.' Ze had de spijker op de kop geslagen.
'Nou, leuk om je te leren kennen. Het is zo cool om eindelijk eens hier te zijn, Johnny heeft het er altijd over.' Onder het praten leunde ze tegen Johnny's borst en hield haar hoofd liefdevol naar hem op. 'En het is fantastisch dat het weer aan is met Johnny. Hij heeft hier vast heel wat harten gebroken, hè?'
Cleo had helemaal geen gevoel meer. Zwakjes zei ze: 'O, vast wel.' Ze merkte dat Ash moeite had om zijn ogen van Honors goddelijke decolleté af te houden. Oké, nu wist ze met wie ze het meest medelijden had. En dat was niet met Ash.
In de felverlichte wc-ruimte bekeek Cleo zichzelf in de spiegel. Geen borsten, beige plastic halskraag, aantrekkelijke sausvlek op haar T-shirt, gezicht vol langzaam genezende snijwonden. Leuk. Hoewel het zinloos was, pakte ze toch de poederdoos uit haar tas en probeerde de onappetijtelijke krassen weg te werken.
Het resultaat was dat ze er nog erger uitzag, met een pokdalig gezicht vol poeder dat zichtbaar amateuristisch was aangebracht. Hopeloos gewoon. Bovendien, wat maakte het nog uit?
Voor de wc-ruimte liep ze Johnny tegen het lijf. Natuurlijk.
'Ik wilde je even zeggen dat het me spijt.' Hij dwong haar hem aan te kijken. 'Dit was helemaal niet gepland. Honor dook onverwachts weer op... maar, nou ja, je weet wel, ze is hier nu eenmaal...'
God, viel dit in de categorie van iemand heel voorzichtig een blauwtje laten lopen? Cleo werd misselijk. Ja, dat was het. Johnny had last van zijn geweten, hij wist dat hij tot voor kort had overwogen dat een korte flirt met haar wel leuk zou zijn, maar dat de zaak nu anders lag. Zijn ex was terug in zijn leven, en toevallig was ze ook nog een van de meest begeerlijke vrouwen ter wereld. Dus het kwam erop neer dat zij, Cleo, moest begrijpen dat ze vergeleken met... nee, sorry, vergelijken had niet eens zin. Dus dat was dat.

Gelukkig kaatsten deze gedachten razendsnel door haar hoofd. Zonder aarzelen zei ze dan ook luchtig: 'Je hoeft je nergens voor te verontschuldigen, hoor. Honor is hartstikke leuk, en zo aardig ook. Bovendien wordt het tijd dat je je eens serieus gaat settelen. Je bent ook niet een van de jongsten meer!'

Het klonk behoorlijk overtuigend, al zei ze het zelf.

'Dank je.' Zijn blik viel op haar borst; keek hij nu naar de sausvlek of naar haar armetierige borstjes? 'Oké, dat was het dan, ik had gewoon het gevoel dat ik het even moest uitleggen.' Omdat hij blijkbaar graag van onderwerp wilde veranderen, vervolgde hij: 'Maar hoe gaat het nou met je? Hoe is het met je nek?'

Cleo voelde aan het plastic geval dat op dit moment haar hoofd op haar schouders hield en haar dwong rond te lopen alsof ze een bezemsteel had ingeslikt. Vrolijk antwoordde ze: 'Best wel goed.'

Heel anders dan met haar hart.

'Het had veel slechter kunnen aflopen.' Het leek alsof hij nog iets wilde zeggen, maar Cleo kon het niet meer aan. Ze wist niet hoe lang ze de schijn nog kon ophouden, en het enige wat ze kon doen, was teruggaan naar haar tafel voordat ze iets zei of deed waar ze later spijt van zou krijgen.

Toen ze de pub weer in kwamen, zagen ze dat Honor een rondje aan het bestellen was. Naar hen wuivend riep ze: 'Cleo! Ik zocht je al! Nog een witte wijn?'

'Eh, nee, dank je.'

'Niet zo flauw. We nemen allemaal nog wat. Toe, laat me nog een drankje voor je bestellen.'

Dit was lichtelijk surrealistisch. Honor Donaldson, Australisch supermodel, vroeg haar smekend of ze haar alsjeblieft op een drankje mocht trakteren. Onder andere omstandigheden zou dit voor Cleo het hoogtepunt van het jaar zijn geweest.

Maar niet nu Honor net triomfantelijk opnieuw de man voor zich had gewonnen met wie zij, Cleo, bijna iets was begonnen. En dat die relatie waarschijnlijk tot mislukken gedoemd zou zijn geweest, deed er niet toe. Johnny had haar hart veroverd, en misschien lag het dan niet echt helemaal aan scherven, er zat beslist een barst in.

'Het zou lekker zijn,' loog ze, 'maar ik ben echt doodop. Ik kan beter naar huis gaan.'
'Ze is een lichtgewicht,' legde Ash uit aan Honor.
Heel opvallend, dacht Cleo. In Fia's aanwezigheid was het altijd net alsof hij zijn tong had ingeslikt, maar bij Honor, op wie hij dus blijkbaar niet viel, was hij volledig op zijn gemak.
'Ik slik sterke pijnstillers, dus dat gaat niet goed samen met alcohol.' Terwijl Cleo ten afscheid naar iedereen zwaaide, zei ze tegen Honor: 'Ash weet alles van de combinatie pillen en alcohol, vraag maar aan hem wat er dan gebeurt.'
Voor de pub bleef ze even staan om diep adem te halen. In elk geval had ze nog iets van haar waardigheid weten te bewaren. Want ze wist dat er daarvan, na nog een paar drankjes, helemaal niets zou zijn overgebleven.
En dan?
Dan eindigde je in de goot, met je rok omhoog zodat iedereen je onderbroek kon zien, net als tante Jean.

Het was kwart over elf, en Frank zette iedereen eruit. Wat prima was natuurlijk. Ash was het er helemaal mee eens, vooral omdat hij om vijf uur alweer op moest. En hij had al vier... nee, vijf... nee, eerder iets van zes of zeven biertjes gedronken vanavond.
Goed, acht misschien, maar beslist niet meer.
Acht biertjes. Dat betekende dat hij morgenochtend een knallende koppijn zou hebben en een taxi naar de studio zou moeten nemen. Nou ja, soms moest je gewoon je eigen lichaamsgewicht aan Kronenbourg drinken en de gevolgen daarvan als een man dragen.
En dat had Ash vanavond noodgedwongen gedaan. Fia's reactie op de komst van Honor Donaldson was als een klap in zijn gezicht geweest. Fia was stapel op Johnny. Ze had geen oog voor lelijke, dikke radiopresentatoren. Mocht hij ooit al serieus hebben gedacht dat ze misschien anders over hem zou kunnen gaan denken, dan kon hij die hoop nu laten varen.
Maar ach, gelukkig was er dan altijd nog alcohol om de klap te verzachten. En er waren wel meer vrouwen dan Fia toch?

Andere meisjes vonden hem wel leuk. Nou ja, eentje in het bijzonder dan.

'O, wat heb ik het koud.' Toen ze de pub verlieten, deed Georgia net alsof ze rilde zodat ze zich tegen hem aan kon nestelen. 'Brrr.'

Tom wenkte haar. 'Georgia, kom. Dan gaan we naar huis.'

'Ik kom zo, papa. Ash wil me een dvd lenen, dus ik loop even met hem mee.'

'Maar –'

'Pap, ik red me wel! En ik heb een sleutel bij me.' Ze hield hem op. 'Tot straks.'

Tom aarzelde; hij voelde zich zichtbaar verscheurd. Toen draaide hij zich om en verdween in het donker.

Ash fronste. 'Wat voor dvd?'

'*Mamma Mia!*'

'Ik ben geen meisje, hoor! Ik heb geen dvd van *Mamma Mia!*'

'O nee? Nou, dan leen ik wel een andere. Daar doe ik echt niet moeilijk over.'

Tegen de tijd dat ze bij zijn huis aanbeland waren, was het zonneklaar wat Georgia's bedoelingen waren. Ze had het wel eerder geprobeerd, maar Ash had haar steeds afgescheept met smoesjes. Ze was zijn type niet, ze was pas achttien, hij viel helemaal niet op haar, allemaal van dat soort kleine dingen...

Maar dat was toen hij nog had gehoopt dat Fia ooit tot bezinning zou komen en hem de kans zou geven om haar te tonen dat hij ook zijn goede kanten had.

En dit was nu.

46

Eenmaal binnen vroeg Georgia opgewekt: 'Heb je ook iets te drinken?'

'Eh, er liggen nog een paar flesjes bier in de ijskast.' Ach, een meer of minder maakte nu ook niet meer uit. Ash liet zich op

de bank vallen en zei: 'Kun jij ze even halen? En de dvd's staan in die kast daar. Je mag lenen wat je maar wilt.'
Even later was Georgia alweer terug in de kamer, met een geopend flesje in elke hand. Haar zilverblonde haar werd verlicht door de ganglamp achter haar. 'Ik wil jou.' Stilte. 'Betekent dat dat ik jou mag lenen?'
Ash keek haar aan. Normaal gesproken zou hij een opmerking hebben gemaakt over dat ze een boete zou moeten betalen als ze hem niet op tijd terugbracht, maar hij was niet in de stemming om grapjes te maken. Georgia was een eigenwijs, amusant meisje van achttien dat wist wat ze wilde. Ze was bovendien mooi; weinig mannen zouden nee tegen haar zeggen.
Hij hoefde helemaal niets te zeggen. Alsof ze zijn gedachten kon lezen, liep ze door de kamer naar hem toe en zette de flesjes neer. Als een kleine, krachtige, warmte zoekende raket stortte ze zich op hem en duwde hem in de kussens en plantte haar armen aan weerszijden van zijn schouders. Ze kuste hem vastbesloten op de mond.
Jemig, die liet er ook geen gras over groeien.
'Ik wist wel dat je uiteindelijk toe zou geven.' Zich even van hem losmakend, glimlachte ze naar hem.
De woorden weerkaatsten in Ash' hoofd. Ironisch genoeg waren het de woorden die hij tegen Fia had willen zeggen wanneer ze eindelijk voor zijn charmes zou zijn gevallen. Maar aangezien dat toch niet zou gebeuren, had het geen zin daar nu nog langer bij stil te staan. Georgia had het soepele lichaam van een danseres, en welke man zou niet met haar naar bed willen? Terwijl hij haar beetpakte, vroeg hij: 'Je krijgt zeker altijd je zin, hè?'
Haar ogen glansden triomfantelijk. 'O ja.'
Alleen bleek het deze keer anders te lopen. Hij kuste haar nog een keer, maar zijn gedachten waren bij Fia. De meeste mannen zouden daar misschien geen punt van maken, maar Ash wist dat hij anders was. Misschien was het ouderwets – oké, misschien was het wel belachelijk – maar hij was nooit een aanhanger geweest van seks om de seks. Als hij nu met Georgia naar bed ging, dan betekende dat dat hij haar gebruikte. En wat zou dat voor gevolgen hebben voor hun vriendschap?

'Sorry.' Ash schudde spijtig zijn hoofd. 'Maar ik kan dit niet.'
Ze leek verbaasd. 'Waarom niet?'
'Het voelt niet goed. We zijn vrienden.'
'Maar we zouden meer kunnen zijn dan dat!'
'Nee. En onze vriendschap zou erdoor worden verpest, echt.' Voorzichtig schoof hij haar van zijn schoot.
Georgia, met haar blonde haar in de war, zag dat hij het meende. 'Nou, dit is me nog nooit gebeurd.'
'Het ligt niet aan jou. Het ligt aan mij,' zei hij.
'Ja doei! Dat weet ik ook wel.'
'Ik bedoel, je bent heel mooi. Je hebt niks verkeerds gedaan.'
'Ook dat weet ik. O god!' flapte ze eruit. 'Maar ik vind je zo leuk. Ik wilde echt met je naar bed!'
'Sorry. Ik weet ook niet wat ik verder nog moet zeggen.'
Ze schudde haar hoofd. 'Ik hoorde je vorige week in je programma zeggen dat je verlegen was. En ik dacht dat dat misschien de reden was waarom je me steeds afwees. Dus nam ik me voor de eerste de beste gelegenheid die zich voordeed, aan te grijpen.'
Ash glimlachte flauwtjes. Bijna was het haar gelukt.
'Nou ja, dat was het plan.' Georgia stond op, pakte haar tas en hing hem over haar schouder. 'Ach, ik heb het tenminste geprobeerd.'
Ze zei het opgewekt, en Ash stond opgelucht op. 'Inderdaad. En je bent echt een fantastische meid. Kom, dan breng ik je even naar huis.'
'Dat hoeft niet. Ik red me wel.'
'Dat weet ik.' Hij sloeg een arm om haar schouders en gaf haar een vriendschappelijk kneepje. 'Maar aangezien ik een echte heer ben, loop ik toch even met je mee.'

Fia, die niet kon slapen, stapte weer uit bed en liep naar de keuken om thee te zetten. Ze nam de mok mee naar de slaapkamer, waar ze de gordijnen opentrok en op een kussen in de vensterbank ging zitten. Dit was het eerste huis waar ze woonde met een echt uitzicht en niet alleen maar een rij huizen aan de overkant. Hier, onder de balken van de pub, kon ze over het park en de huizen eromheen uitkijken. Daarachter, in de

verte, lagen de heuvels, bespikkeld met lichtjes. Het was prachtig om te zien.
Ze was echter te onrustig om ervan te kunnen genieten. Er waren twee redenen waarom ze zo gespannen was. Terwijl ze van haar thee nipte, vroeg ze zich af wat ze aan moest met het sms'je dat ze had gekregen vlak voordat ze naar bed was gegaan.

Hoi, alles goed? Knuffel van Molly en Rob. Ze missen je en willen je graag zien. Dit weekend misschien? Liefs Will x

Toen ze het berichtje had gelezen, hadden haar ogen zich gevuld met tranen. Hoewel ze gek was geweest op Rob en Molly, waren het niet háár kinderen. Dus toen ze Will had verlaten, was ze er min of meer van uitgegaan dat ze ze nooit meer zou zien. Het moest echter onverdraaglijk treurig zijn voor kinderen in die situatie, de producten van gebroken huwelijken, om steeds maar weer te worden gedwongen zich aan te passen zodra er nieuwe partners in het leven van hun ouders opdoken. Fia wreef over haar gezicht. Ze had Rob en Molly ook gemist. Maar het vooruitzicht om Will terug te zien, was minder aanlokkelijk.
Dus dat was het ene probleem dat haar bezighield. En dan waren er nog Johnny en Honor Donaldson. Hun verschijning vanavond in de pub – de terugkeer van Honor in Johnny's leven – had haar compleet gevloerd. Al haar hoop en fantasieën waren de bodem in geslagen, want tegen zo'n vrouw kon niemand op. Je kon wel zeggen dat ze weer met beide voeten op de grond stond.
Ze nam nog een slok thee. Het was heel raar geweest in de pub vanavond. En wat was er in vredesnaam aan de hand met Ash en Georgia? Ash had het ene biertje na het andere achterovergeslagen en Georgia had zich nog openlijker verliefd gedragen dan anders. Het was echt een bizarre situatie geweest. En ze waren tegelijkertijd vertrokken, hoewel er vast niks zou zijn gebeurd. Natuurlijk niet; Tom was er ook bij geweest. O god, wat had ze toch veel om over na te denken. Geen wonder dat ze niet kon slapen...

Aan de overkant van het park zag ze een voordeur opengaan en gouden licht naar buiten vallen. Toen Fia haar hoofd tegen het raam duwde, herkende ze meteen de twee mensen die uit Ash' cottage kwamen. Ash en Georgia liepen over het tuinpad en toen de laan in. Ze hadden hun hoofden naar elkaar toe gebogen en leken in een geanimeerd gesprek gewikkeld te zijn. Georgia had haar arm om Ash' middel geslagen en zijn arm lag om haar schouders. Op een gegeven moment bleven ze staan, en Ash plantte een tedere kus op Georgia's voorhoofd. Fia maakte zich meteen los van het raam; ze had het gevoel alsof ze een stomp in haar maag had gekregen. Ze had geen flauw idee waarom die kus zo hard aankwam, maar het viel niet te ontkennen dat het zo was.

Terwijl ze naar het stel keek dat naar Georgia's huis wandelde, vormde haar warme adem condens op het raam. Ze zagen er ook echt uit als een stelletje; ze had totaal niet verwacht dat dit zou gebeuren. En ze hadden net enige tijd samen doorgebracht in Ash' cottage...

Toen ze uit het zicht waren verdwenen, bleef Fia nog even bij het raam staan. Haar thee werd lauw, terwijl ze alle gebeurtenissen nog eens overdacht. Over de weg sloop een vos die daarna in een tuin verdween. In de verte hoorde ze een uil krassen, en hoe meer haar ogen aan het donker wenden, hoe meer sterren ze kon zien pinkelen aan de zwartfluwelen hemel.

Na een tijdje verscheen Ash weer in beeld, met zijn handen in zijn zakken. Hij bleef even staan en leek, verlicht door het oranje licht van de straatlantaarn, haar een ogenblik recht aan te kijken. Ze deed een stap naar achteren, met een bonkend hart, hoewel hij natuurlijk helemaal niet naar haar had gekeken; óf hij had de vos tussen de struiken gehoord óf hij had gewoon even naar de pub gekeken.

Daarna liep hij door naar zijn cottage, maakte de voordeur open en verdween het huis in.

Fia liet zich van de vensterbank glijden, sloot de gordijnen en ging weer in bed liggen. Na al het bier dat Ash vanavond had gedronken, zou hij er een zware dobber aan hebben om morgenvroeg zijn programma te presenteren.

'Vind je het niet gek dat ik het je vraag?' Nadat Fia het hele Will-en-de-kinderenrelaas uit de doeken had gedaan, keek ze Cleo aan. 'Het lijkt me hartstikke leuk om Rob en Molly weer te zien, maar ik heb echt geen zin om iets met hen en Will samen te doen. En voor hen zou dat toch ook verwarrend zijn? Ik wil niet dat ze denken dat we weer bij elkaar komen.'
Cleo knikte. 'Waarom zeg je hem dat niet gewoon? Zeg gewoon dat je graag iets alleen met de kinderen doet.'
'Ja, ik weet het. Dat zou ik ook best kunnen doen, maar het punt is dat het maanden geleden is dat ik ze voor het laatst heb gezien. En ik heb eigenlijk nog nooit iets met ze gedaan zonder Will erbij. Hij was er gewoon altijd bij. Hij is hun vader. Ik vind het echt heel leuk om ze weer eens te zien, maar ik heb er ook een beetje een raar gevoel bij.' Ze trok een gezicht. 'En ik weet ook niet precies wat ik met ze moet gaan doen. We zouden naar de bioscoop kunnen gaan, maar ja, dan zit je gewoon naast elkaar in het donker naar een film te kijken. En de dierentuin kunnen ze wel dromen...'
Jakkes, de dierentuin, dacht ze.
Cleo nam haar nieuwsgierig op. 'Waarom bloos je ineens?'
Jemig, alleen de gedachte aan de dierentuin maakte al dat ze het helemaal warm kreeg; die ijsbeerdroom zou haar vast haar hele leven blijven achtervolgen. Ze wapperde driftig met de kraag van haar blouse. 'Gewoon een paniekaanval, omdat ik niet weet wat ik moet doen.'
Cleo dacht even na. 'Goed, wat dacht je van zondagmiddag?'
Fia knikte; ze had Frank al om een middagje vrij gevraagd, dus dat was het probleem niet. Hij had beloofd om de bediening te doen, als zij het eten van tevoren klaarmaakte. 'Ik zou vanaf één uur kunnen.'
'Oké.' Nadat Cleo een toets op haar mobieltje had ingedrukt, zei ze: 'Ha Shelley, heeft Saskia al plannen voor zondag? Nee? Vraag haar eens of ze zin heeft om iets leuks te gaan doen met haar fantastische tante Cleo. Leuk, dan zie ik haar om één uur. Dag!'
Ze hing op en knikte triomfantelijk naar Fia. 'Zo, geregeld, dan gaan we samen. Jij, ik en de kinderen. Het is Schatzoekersdag – dat vinden ze vast heel leuk.'

'Goh, dank je.' Fia was ontroerd. 'Wat aardig van je.'
'Ja, hè?' Cleo straalde, ze vond zichzelf ook erg aardig. 'Ik heb Sas ook al een poosje niet gezien, dus het werd tijd voor een uitstapje. En ik heb nog een week ziekteverlof, omdat ik er zo eng uitzie.'
'Je ziet er niet eng uit.' Wat bijna waar was; de lelijke krassen op Cleo's gezicht vielen met de dag minder op. 'Maar schatzoeken klinkt perfect. Waar is het?'
'In het Marcombe Arboretum.'
Fia sloeg een hand voor haar mond. 'Waar de Kerstman toen ook was?'
'Ja, niks aan te doen.' Grijnzend vervolgde Cleo: 'Maar wel toepasselijk, hè?'

47

Onder het lopen voelde Abbie dat ze klamme handen kreeg. Belachelijk, het was haar eigen huis, ze mocht daar alles pakken wat ze maar wilde, en er waren nu eenmaal een paar dingen die ze nodig had. Toch had ze gewacht tot ze wist dat er niemand thuis zou zijn. Tom was op zijn werk, en ze had Georgia twintig minuten geleden zien wegrijden in haar busje.
Zo, ze was er bijna. Ze had haar naaidoos nodig en de keukenweegschaal – want die had Cleo niet – plus een paar glazen ovenschalen. Bovendien wilde ze de schemerlamp met de kap van struisvogelveren meenemen, omdat die nu eenmaal van haar was en ze er dol op was.
Geen auto's op de oprit, mooi zo. Op de een of andere manier leek het verkeerd dat het huis er vanbuiten nog precies hetzelfde uitzag, terwijl haar eigen leven zo compleet op zijn kop was gezet. Ze zette zichzelf schrap, stak de sleutel in het slot en maakte de voordeur open. Ze durfde te wedden dat het binnen rommelig zou zijn; Tom was nooit zo'n opruimer geweest. En er zouden ook overal zakken staan vol kleren die Georgia nog moest strijken, er zouden gestreken kleren aan

hangertjes aan de gordijnrails hangen, en overal lege koffiekopjes –

'O mijn god!' Toen ze de deur van de huiskamer openduwde, zakte ze bijna door haar knieën. Dat ze onverwacht iemand op de bank zag liggen, was al schokkend genoeg, maar toen tot haar doordrong wie het was, was het alsof de lucht uit haar longen werd geslagen.

'Allemachtig, kijk eens wie we daar hebben!' Patty Summers ging rechtop zitten, nam de oordopjes van haar iPod uit haar oren en legde de *Heat* die ze had liggen lezen opzij. 'Dat is lang geleden!'

Abbies oren suisden. Ze staarde naar Patty, gebruind en blond en gekleed in een witte satijnen ochtendjas. Háár witte satijnen ochtendjas. Na een tijdje stamelde ze: 'W-wat doe jij hier?'

'O god, dat is een lang verhaal!' Hoofdschuddend zei Patty: 'Het komt erop neer dat het uit is tussen mij en Ted. Heeft Georgia je over Ted verteld? Nou, dat bleek dus een waardeloze gozer te zijn. Altijd maar golfen met zijn vrienden... ik werd er stapel van. Dus toen kregen we daar een beetje gezeik over en heeft hij me eruit geschopt. Wat zijn mannen toch klootzakken, hè? Dus ik dacht, ik ga terug naar Engeland, eens kijken hoe het met mijn mooie dochter en haar vader gaat! Ze had me verteld dat jij hier niet meer woonde, dus ik wist dat er plek voor me was als ik zin zou hebben om een tijdje te blijven. Dus zo zit het. Daar ben ik dan!'

Stilte. Abbie staarde naar Patty op de bank. Uiteindelijk zei ze: 'Dat is mijn ochtendjas.'

'Ja, dat weet ik, maar Georgia zei dat ik hem wel mocht lenen omdat ik zelf geen ochtendjas heb. Moet je kijken, hij is me veel te groot!'

Dat mens spoorde echt niet. 'Ja, omdat hij van mij is.'

'Wat bedoel je nou? Dat je hem terug wilt?' Patty trok haar blonde wenkbrauwen op. 'Moet ik hem nu meteen uittrekken?'

Had ze er eigenlijk wel iets onder aan? Waarschijnlijk niet. Abbies huid tintelde van woede.

Haar boze blik opvangend, zei Patty: 'O, ik snap het al, je bent nog steeds kwaad op me vanwege dat met de baby. Ben je daar nou nog niet overheen?'

Het gesuis werd steeds harder. 'Waarom zou ik?'
'Omdat het bijna twintig jaar geleden is.'
'Je hebt mijn kind gestolen.' De tranen sprongen Abbie in de ogen toen ze dat zei.
'Niet waar. Het was mijn kind. Ik heb haar gehouden omdat ik van haar hield.'
'Ik wilde dat kind zo graag.'
'Maar je hebt haar nu toch? Ze is zelfs bij je ingetrokken, en toen ben je zelf nota bene weggegaan! Sorry dat ik je plannen toen in duigen heb laten vallen, maar je kunt me echt niet de schuld geven van de puinhoop die je van de rest van je leven hebt gemaakt.' Patty's ogen schitterden toen ze zich nader verklaarde: 'Ik weet alles over jou en je baas, dus kom hier alsjeblieft niet de vermoorde onschuld spelen.'
Abbie concentreerde zich op haar ademhaling. Patty Summers woonde in háár huis met háár man en háár dochter. Ze droeg zelfs háár mooiste satijnen ochtendjas. Een rauw en pijnlijk gevoel van verdriet welde in haar op; hoe lang zou het nog duren voordat Patty het bed met Tom deelde? Of was dat inmiddels ook al gebeurd? O god, niet aan denken. Niet aan denken!
'Maar wat kom je hier eigenlijk doen? De keuken opruimen? Want het is daar een puinhoop, dat kan ik je wel vertellen,' zei Patty monter.
Niet zo'n erge puinhoop blijkbaar dat ze zelf met haar luie reet van de bank kwam om de keuken schoon te maken.
'Ik kom wat spullen halen.' Ze liep door de kamer om de struisvogellamp te pakken, maar zag meteen dat een van de ingewikkelde keramieken takken van de voet was afgebroken en dat er in de lampenkap zelf een scheur zat.
'Ja, dat heb ik ook gezien,' zei Patty. 'Georgia heeft hem van de tafel gestoten.'
Abbie zette haar lievelingslamp weer terug. Je kon je beter maar niet hechten aan spullen.
Tien minuten later had ze de andere dingen bij elkaar verzameld waarvoor ze was gekomen.
'Ik zal tegen Tom zeggen dat je langs bent geweest,' zei Patty.
'Je doet maar.'

'Ze kunnen het goed met elkaar vinden, hè, Tom en Georgia?'
'Ja hoor.' Abbie wilde alleen nog maar weg.
'Ik ben zo blij voor haar dat ze hem heeft gevonden. En hij zegt dat ze zijn leven heeft veranderd.' Patty zweeg even en wees naar de sleutel die door het katoen van het zakje op Abbies blouse heen te zien was. 'Heb je die nog nodig? Want Tom heeft geen reservesleutel, en ik zou graag mijn eigen sleutel hebben.'
Brutaal mens. Maar ja, het zou ook kinderachtig zijn om te weigeren. Bovendien, zou ze na vandaag überhaupt nog wel zin hebben om hier terug te komen? Abbie pakte de sleutel uit haar zak en legde hem – klik – op de glazen tafel.
'Dank je!' zei Patty.
Baby. Man. Huis. Ochtendjas. Sleutel. Had ze misschien ook nog belangstelling voor een net uit de borst van een rivale gerukt hart, zodat ze daar eens lekker op kon gaan stampen? Met een brok in haar keel ter grootte van een ei zei ze: 'Graag gedaan.'

Het beloofde een leuke dag te worden, alleen was het op dit moment allemaal nog niet echt leuk. Cleo voelde zich een beetje schuldig om de opluchting dat ze aan Abbie was ontsnapt; ze was meteen een stuk vrolijker geworden toen ze zondagmiddag rond lunchtijd op weg ging naar de Hollybush. Haar gezicht was aardig geheeld, en het was de eerste keer dat ze buiten geen halskraag droeg en er min of meer weer normaal geuitzag. Bovendien scheen de zon en was de temperatuur gestegen tot 21 graden, zodat iedereen zich een stuk beter voelde. Behalve Abbie dan, die op het ogenblik als bezigheidstherapie de bijkeuken zo fanatiek aan het schrobben was dat die kon wedijveren met een operatiezaal.
Cleo's hoge verwachtingen werden echter enigszins getemperd door Honor Donaldson, die weliswaar vrolijk en aangenaam gezelschap was en ook echt een aardige meid, maar het stond niet echt hoog op Cleo's verlanglijstje om de hele tijd te moeten aanhoren hoe gelukkig zij en Johnny wel niet waren.
'Ik bedoel, het was eigenlijk allemaal mijn schuld. Als ik er nu op terugkijk, vind ik het ongelooflijk dat ik zo stom ben ge-

weest. Maar ja, zo zit een mens in elkaar, hè? Er gebeuren dingen, en dan laat je je gewoon meeslepen. Ik leerde die andere man kennen en toen had ik zoiets van, wow, dit is helemaal te gek, want hij schonk me zoveel aandacht en hij was zo heftig. Bovendien was hij filmproducer, dus dat kwam ook goed uit. Hij kende iedereen, alle beroemdheden. Wat klinkt dat verschrikkelijk, hè? Ik ben ook niet trots op mezelf, maar ik dacht toen echt dat ik verliefd op hem was. Dus maakte ik het uit met Johnny, pats boem. Ik brak zijn hart. Hij was er kapot van.' Honor schudde bedroefd haar hoofd bij de herinnering eraan. 'Ik vond het wel rot natuurlijk, maar ik ging helemaal op in die fantastische nieuwe relatie, dus hield ik mezelf voor dat ik er goed aan deed.' Ze stopte, in afwachting van een reactie.

Gehoorzaam vroeg Cleo dan ook: 'Maar dat was niet zo?'

'Natuurlijk niet! Die man was een complete ramp, overdreven bezitterig, paranoïde, enzovoort enzovoort. Ik besefte dat ik de grootste fout van mijn leven had gemaakt. Ik bedoel, hij gaf me heel veel cadeaus, diamanten armbanden, een Maybach, een Picasso... maar hij maakte me niet gelukkig. En al die feesten bleken ook behoorlijk saai te zijn. Dus toen begon ik Johnny echt te missen, maar ik hield mezelf voor dat ik geen contact met hem moest opnemen. Ik had hem zo ongelukkig gemaakt, hij verdiende een kans om zijn leven opnieuw op te bouwen. Maar toen liep ik bij een opening zijn agent uit New York tegen het lijf, en die vertelde me over zijn tante. Nou, en dat was dat.' Honor legde een gebalde vuist op haar borstkas en vervolgde: 'Ik kon er niks aan doen, ik wist gewoon dat ik hem moest bellen. O god, en toen ik zijn stem weer hoorde, wist ik meteen wat me te doen stond. Ik vond het gewoon een onverdraaglijke gedachte dat hij helemaal in zijn eentje in Norfolk zat. Dus toen heb ik mijn koffers gepakt, ben rechtstreeks naar de luchthaven gegaan en heb de eerste de beste vlucht naar Londen genomen. En weet je hoe ik wist dat ik echt van hem hou?'

'Eh... nee.'

'Er waren geen eersteklasplaatsen meer, en ook geen businessclass, en toen heb ik gewoon economyclass gevlogen,' vertelde Honor trots.

Cleo schudde haar hoofd. Wat een verschrikking moest dat zijn geweest!
'Maar het was het waard. Ik heb een taxi naar Norfolk genomen en ben naar Johnny's hotel gegaan. Toen heb ik de manager zover gekregen dat hij Johnny naar de receptie liet komen... o wow, het was net iets uit een film.' Met glanzende ogen vervolgde ze: 'Iedereen keek toen Johnny de trap af kwam. Ik spreidde mijn armen en zei: "O schatje, ik hou zoveel van je! Ik ben er voor je." En al die toeristen deden van "Aaaahhh" en het was zo verschrikkelijk romantisch allemaal... O jezus, moet je mij zien, als ik eraan denk, krijg ik gewoon weer tranen in mijn ogen!'
Dat was zo. Maar het stond haar erg goed. Zelfs het wit van haar ogen bleef Persil-wit. Cleo keek toe terwijl de half lachende, half snikkende Honor een Swarovski-traan wegveegde, en zei toen: 'Als ik zoiets deed, zou het echt helemaal fout aflopen. Zo'n man zou dan zeggen: "Sorry, schat, een beetje te laat, ik heb al iemand anders." '
'O, maar ik wist dat dat niet zo was,' zei Honor zelfverzekerd.
'O?' Cleo werd misselijk. 'Hoe dan?'
'Ik heb hem gegoogeld. Ik heb zijn naam ingetypt plus nieuwe vriendin.' Honor haalde haar schouders op alsof dat toch vanzelfsprekend was. 'Helemaal niks te vinden.'
'Maar stel dat hij stiekem iemand had?' God, was ze soms masochistisch of zo?
'Nee hoor, want dat heb ik hem natuurlijk ook gevraagd.' Glimlachend vervolgde Honor: 'Er was niemand anders. En nu we weer samen zijn, zal dat ook niet gebeuren, neem dat maar van mij aan!'
Oké, nu was ze officieel een masochiste.
Reddingstroepen arriveerden een paar minuten later in de vorm van Johnny zelf die Honor kwam ophalen. Ze zouden alvast naar Norfolk rijden voor de begrafenis van morgen. Nadat Honor zich elegant van de barkruk had laten glijden en Johnny zwoel op de mond had gekust, zei ze: 'We hadden het net over je.'
Cleo had een droge mond gekregen; hoe zou het zijn om door Johnny te worden gekust? Dat zou ze nu nooit meer te weten

komen. En moest je ze eens zien zo samen, echt het volmaakte paar. Honor zag er oogverblindend uit in een paars omslagjurkje en met zilveren sieraden om. Johnny droeg een lichtgrijs overhemd en een zwarte broek. Ze gingen eerst langs bij tante Clarice in het verzorgingshuis om de laatste voorbereidingen voor de begrafenis te treffen.

Toen Johnny Cleo heel even in de ogen keek, maakte haar hart een sprongetje. 'Weer in het land der levenden? Je ziet er een stuk beter uit. Hoe gaat het met je nek?' vroeg hij.

'Goed, hoor.' Ze knikte net om het te bewijzen toen ze door het raam een turkooisblauwe Fiat het parkeerterrein op zag rijden. Shelley en Saskia waren gearriveerd.

'Fijn om te horen. Oké, wij moeten maar eens gaan.' Hij rammelde met zijn sleutels naar Honor.

'Ik hoop dat de begrafenis morgen goed gaat.' Wat een rare opmerking nou weer. Maar wat moest ze anders zeggen?

'Dank je. Tot ziens dan maar.' Johnny legde zijn hand op Honors rug terwijl hij haar naar de deur duwde.

Cleo wist nog precies hoe dat voelde...

'Tot over een paar dagen allemaal!' Honor zwaaide over haar schouder.

Fia, die klaar was in de keuken, zei berustend: 'Ze is echt aardig, hè? Het zat er natuurlijk wel in dat hij zo iemand aan de haak zou slaan.'

'Dat denk ik ook,' mompelde Cleo.

Johnny en Honor liepen naar buiten, en Saskia en Shelley kwamen binnen.

Blij met de afleiding spreidde Cleo haar armen.

'Mama zegt dat je een ongeluk hebt gehad en dat ik niet mag zeggen dat je er raar uitziet.' Saskia omhelsde Cleo. 'Maar je ziet er helemaal niet raar uit.'

'Vorige week nog wel,' vertelde Cleo haar.

Saskia's gezicht betrok even. 'O, ik wou dat ik je toen had gezien. Was er heel veel bloed?'

'O ja, emmers vol.'

'Ik vind bloed leuk! Ik ben een keer van een klimrek gevallen en toen kwam er allemaal bloed uit mijn neus!' Saskia schudde haar hoofd als iemand die het allemaal al eens eerder had

meegemaakt en vervolgde toen: 'De dokter in het ziekenhuis zei dat ik heel moedig was.'
Cleo knikte ernstig. 'Dat weet ik nog.'
Achter Saskia rolde Shelley met haar ogen; Saskia mocht dan denken dat ze heel moedig was geweest, in werkelijkheid had ze het hele ziekenhuis bij elkaar gekrijst.
'Saskia, dit is mijn vriendin Fia. Zij gaat ook mee schatten zoeken.' Goed, het was wel een beetje maf om Fia een vriendin te noemen, maar wat moest ze anders zeggen? Dit is Fia van wie ik het huwelijk kapot heb gemaakt omdat ik een verhouding had met haar man?
Shelley vertrok weer. Een paar minuten later kwam Will het parkeerterrein op rijden met Rob en Molly.
Fia liep naar buiten om de kinderen te begroeten die ze al vijf maanden niet had gezien en die ontroerend blij leken om haar weer te zien.
Toen was het Cleo's beurt om Saskia mee naar buiten te nemen en aan iedereen voor te stellen.

48

Will nam Cleo van top tot teen op en zei toen kalm: 'Hallo.'
'Hoi.' Het was altijd fijn om iemand totaal te zien instorten nadat je het met hem had uitgemaakt. Helaas was dat niet met Will gebeurd. Hij zag er strak en fit uit in zijn roze poloshirt en netjes geperste broek; zijn haar was iets korter dan anders. Verder droeg hij glanzend gepoetste loafers en een nieuw duur horloge. Ook had hij veel Armani-aftershave op. Wat echter wel fijn was, was het feit dat hij geen enkele uitwerking op haar had. Geen steekje, geen flakkering, geen spoortje van aantrekkingskracht of spijt.
Zou het niet fantastisch zijn als ze hetzelfde bij Johnny kon voelen? Bestond er maar een knopje waarmee je je gevoel gewoon kon uitzetten.
Will wendde zich weer tot Fia. 'Dus hier woon je tegenwoordig.'

'Ja, en ik werk hier ook.' Ze wees op de pub achter haar. 'Ik vind het heerlijk.'
Hij grijnsde neerbuigend. 'Mama zei dat ze je laatst was tegengekomen. Je had een of andere dikke dronken kerel bij je. Je nieuwe vriend?'
'Ik heb geen nieuwe vriend,' zei Fia vriendelijk. 'Oké, zullen we dan maar gaan?' Ze pakte Molly's hand. 'We zijn om zes uur weer terug.'
'Prima. Dan zal ik er ook zijn om ze op te halen.'
'We gaan schatzoeken,' deelde Saskia Molly mee op de toon van een aardige schooljuffrouw. 'We moeten rupsen en blaadjes en dat soort dingen zoeken.'
Molly, die vijf was, keek de zesjarige Saskia met grote ogen aan. 'Moeten we die opeten?'
'Nee, ze zijn van papier en er staan aanwijzingen op.'
'Ik kan niet lezen.'
'Geeft niks.' Saskia, helemaal in haar element, zei blij: 'Ik help je wel.'

Ash, die aan het snookeren was met Welsh Mac, zag dat Will Newman een glas alcoholarm bier bij de bar bestelde en toen aan een tafel in de hoek ging zitten. Hij had Will al niet gemogen toen hij met Cleo ging, en hij mocht hem nog minder nadat hij had ontdekt hoe hij Fia had behandeld. Wat een klootzak. Nou ja, dat deed er niet meer toe. Ze hoefden geen beleefdheidsgesprekjes meer te voeren. Over een paar minuten zou Will zijn drankje opgedronken hebben en zou hij weer vertrekken. En dan hoefde hij niet meer jaloers te zijn op de man die met Fia getrouwd was geweest en haar zo liefdeloos en respectloos had behandeld dat –
'Yes!' riep Welsh Mac triomfantelijk toen Ash de witte bal in de zak stootte. 'Dat is nummertje vier. Dus ik heb gewonnen. Ik krijg een vijfje van je.'
Ze legden de ballen klaar voor het volgende potje. Omdat Ash Will de schuld gaf van zijn gebrek aan concentratie, kreeg hij een nog grotere hekel aan hem.
Halverwege het tweede potje kwam Georgia's moeder de pub binnen. Niet dat Ash haar eerder had gezien, maar iedereen

in Channings Hill wist dat ze in het dorp was en, eerlijk was eerlijk, ze had geen naamplaatje nodig. Behalve dat ze bruine ogen had in plaats van felblauwe, leek ze akelig veel op Georgia. Ze was lang en slank en droeg een crèmekleurig kanten topje met schouderbandjes en een kort lichtgroen rokje dat de meeste vrouwen van veertig niet meer straffeloos zouden kunnen dragen. Iedereen keek naar haar, ook Will Newman.

In een tijdsbestek van nog geen vijf minuten was Ash getuige van een masterclass flirten met een volslagen onbekende. Het was een openbaring, bijna als het aanschouwen van een goed gechoreografeerde dans. Terwijl Georgia's moeder een gin-tonic bestelde en argeloos om zich heen keek, dronk Will zijn glas leeg en ging naast haar staan aan de bar. Er werden blikken en zogenaamd oppervlakkige, beleefde lachjes uitgewisseld. Gevolgd door wat betekenisvollere lachjes. Toen legde Georgia's moeder – o ja, ze heette Patty Summers – zacht een vinger op Wills rechteronderarm om zijn polshorloge te kunnen bewonderen. In reactie hierop boog Will zich naar voren en mompelde iets waar ze erg om moest lachen. Toen draaide ze zich om op haar kruk zodat haar blote knieën bijna, maar net niet helemaal zijn supernetjes geperste broek raakten. Will had haar onverdeelde aandacht, en hij genoot met volle teugen. Je kon de testosteron gewoon in de lucht proeven, de tintelingen voelen, de verleidelijke charme bijna inademen.

'Daar kun je nog iets van leren, jongen,' zei Welsh Mac, terwijl hij zijn keu inkrijtte.

Inderdaad. Alleen zou hij dat nooit onder de knie krijgen, want Patty en Will voelden zich lichamelijk tot elkaar aangetrokken en daarvoor moest je allereerst lichamelijk aantrekkelijk zijn. Terwijl hij de gebeurtenissen aan de bar volgde, vielen hem de overeenkomsten op met de paringsrituelen zoals hij die wel eens in natuurdocumentaires had gezien: het jezelf opdoffen, veelbetekenend oogcontact, aanrakingen en geanimeerde interactie. Will zat flirterig te lachen en Patty wriemelde zich uit haar kleren...

Nou ja, niet echt natuurlijk, maar dat zou niet lang meer duren. En als ze dat deed, zou Will Newman niet protesteren, dat was zeker.

Ze hadden een leuke middag gehad. Het schatzoeken was een groot succes geweest, de kinderen hadden het prima met elkaar kunnen vinden, de zon had de hele middag volop geschenen, en Cleo werd eindelijk niet meer door iedereen aangekeken alsof ze Elephant Man was. Wat kon een mens zich nog meer wensen?
'Will is er al.' Cleo wees naar zijn auto toen ze het parkeerterrein bij de pub op reden.
Behalve dat Will in geen velden of wegen te bekennen was. De auto was leeg, de Hollybush was 's middags gesloten en de tuin van de pub was verlaten.
'Hij zal wel een eindje zijn gaan wandelen. Ik bel hem wel even.' Fia pakte haar mobieltje, belde en hing weer op. 'Hij staat uit. Net als vroeger,' mompelde ze droog.
'Ik heb dorst, mag ik wat drinken?' vroeg Saskia vanaf de achterbank.
'Ik moet plassen,' verklaarde Molly.
'Ik heb honger. Zijn er nog koekjes?' wilde Rob weten.
'Geen probleem, dan gaan we naar mijn huis.' Cleo reed de auto achteruit weer de straat op. 'Waar kan Will nou in godsnaam uithangen?'
Ash kwam zijn huis uit lopen toen hij de auto tot stilstand hoorde komen voor de cottages. 'Leuk gehad?'
'Geweldig,' antwoordde Cleo. 'Heb jij Will misschien gezien?'
Hij wachtte tot de kinderen waren uitgestapt en in huis verdwenen. Toen zei hij zacht, zonder Fia aan te kijken: 'Will is samen met Georgia's moeder uit de pub weggegaan.'
Cleo fronste haar voorhoofd. 'Hè? Hij kent haar niet eens.'
'Ondertussen wel, denk ik,' zei Ash.
'Maar zijn auto staat er nog, dus waar kunnen ze nou naartoe zijn?'
Ash haalde zijn schouders op. 'Tom en Georgia zijn vandaag naar een of ander motorcrossevenement in Devon.'
Niet te geloven! Cleo pakte haar mobieltje, belde het nummer van Abbies oude huis en liet de telefoon talloze keren overgaan. 'Niks.'
Abbie, die naar buiten kwam met de kinderen en drinken en koekjes, vroeg: 'Wat is er?'

Cleo bracht haar op de hoogte van het laatste nieuws. 'Ze moeten daar haast wel zijn. En we kunnen niet eens naar binnen, want jij hebt haar je sleutel gegeven.'
Abbie wierp haar een blik toe. 'Ik ben niet helemaal op mijn achterhoofd gevallen. Dat was de sleutel van de voordeur. Die van de achterdeur heb ik gehouden.'
Will had beloofd de kinderen om zes uur af te halen. Het was nu halfzeven. Niet dat de kinderen het overigens erg leken te vinden; Saskia was dol op Ash, en samen lieten ze zien dat hij heel goed op één been door de tuin kon rennen, terwijl zij aan zijn arm hing. Molly en Rob draafden achter hen aan en gilden: 'Ik ook, ik ook!'
Cleo nam een besluit. De kinderen bleven bij Fia en Ash, en Abbie en zij gingen naar Abbies oude huis. Toen ze daar aankwamen, keek Abbie door het raam van de huiskamer. 'Niemand te zien.'
Cleo belde aan en wachtte. Niets. Toen ze echter een stap naar achteren deed en naar boven keek, zag ze heel kort iets bewegen achter het slaapkamerraam. 'Boven is iemand.'
Abbie siste verontwaardigd. 'Dat is ónze slaapkamer.'
Cleo klakte met haar tong. 'Stel je voor dat het inbrekers zijn. We kunnen maar beter even gaan kijken, vind je ook niet?'
Ze slopen over het pad dat naar de achtertuin leidde. Abbie opende de achterdeur, en ze liepen naar binnen. In de gootsteen stond een hele berg afwas, het aanrechtblad was smerig, en er hing een scherpe alcohollucht.
Cleo werd overspoeld door jeugdherinneringen. Het was net alsof ze weer tien was en thuiskwam uit school, zich afvragend of tante Jean soms weer laveloos op de bank zou liggen. Toen Abbie boven de slaapkamerdeur opende, walmde hen een sterke geur van gin tegemoet. Cleo en Abbie namen het tafereel samen op. Patty Summers lag voor pampus op bed, naakt op haar buik en zacht snurkend. Op de grond lag een lege ginfles. Uit de cd-speler klonk luid Snow Patrol, en het hele tapijt was bezaaid met popcorn en kleren.
Cleo keerde met de punt van haar schoen de zwarte boxershort om. Armani natuurlijk. Will had het altijd al leuk gevonden om aftershave en ondergoed van hetzelfde merk te dragen.

'Waar is hij gebleven?' vroeg Abbie.
Dat was niet moeilijk te raden, aangezien het onwaarschijnlijk was dat hij zich in een van de laatjes van de nachtkastjes had verstopt.
Cleo, die wel van een beetje theater hield, liep naar de klerenkast en trok de deuren met een zwierig gebaar open.
'Oké, oké.' Will, met zijn handen voor zijn onderlichaam, schudde zijn hoofd en schoot meteen in de verdediging. 'Ik was in slaap gevallen, oké? Laat me me even aankleden, dan kom ik de kinderen zo ophalen.'
'O nee, want je hebt gedronken.'
'Niet waar. Alleen tussen de middag een paar.' Hij knikte naar het bed. 'Die daar heeft voor twee gedronken.'
Cleo's mondhoeken gingen iets omhoog. 'Waarom had je je in de kast verstopt?'
'Ik hoorde de deur beneden opengaan. Ik kon toch niet weten dat jij het was? Misschien was het haar man wel.'
'Nou ja, je hebt in elk geval lol gehad,' zei Cleo opgewekt. 'En daar gaat het om.'
Will wierp haar een vuile blik toe. 'Hoe ben jij trouwens binnengekomen?'
'O, wist je dat niet? Herinner je je mijn zus nog?' Cleo wees naar Abbie. 'Nou, dit is haar huis. En haar bed.'
'O god.' Will werd lijkbleek. 'Maar dat kon ik toch niet weten?' Hij schudde zijn hoofd. 'Ik ken die vrouw net. Ze is echt hartstikke gestoord.'
'Hé, pas een beetje op je woorden, hè?' Patty was wakker en had zich omgedraaid. Ze glimlachte wazig naar hen en wapperde ter begroeting met haar vingers. 'Wat is hier aan de hand? Ik wist niet dat we publiek hadden.'
Zo te horen kwam er nog meer publiek aan. Beneden werd een sleutel in het slot gestoken, de voordeur ging open en met een klap weer dicht.
'Allemachtig, zeg,' zei Will kreunend, nog steeds met zijn handen voor zijn onderlichaam. Hij wendde zich smekend tot Cleo: 'Kan ik ook een beetje privacy krijgen zodat ik me kan aankleden?'
'Maak je niet druk, ik heb dat allemaal al eens eerder gezien,'

zei Cleo stralend, met haar voet stevig op de boxershort. Terwijl ze haar pink opstak, voegde ze er vrolijk aan toe: 'En ik heb mijn zus ook helemaal op de hoogte gebracht.'
'Mam?' De vraag werd meteen gevolgd door het geluid van Georgia's voetstappen op de trap.
Patty knipperde met haar ogen. Ze schoot snel overeind, veegde een paar blonde lokken uit haar met mascara besmeurde ogen en riep boven de muziek uit: 'We zijn hier, schatje.'
Cleo raapte snel de boxershort en broek van de grond en gooide ze naar Will. Samen met Abbie liep ze de slaapkamer uit, en ze had net de deur achter zich dichtgetrokken toen Georgia de overloop op kwam.
'Wat gebeurt hier allemaal?' Roodverbrand van haar dagje uit naar de motorcross nam Georgia Cleo en Abbie achterdochtig op. 'Wat doen jullie hier? Is ze dronken?'
Abbie knikte. 'Ja, maar verder niks aan de hand. Nergens voor nodig om daar naar binnen te gaan, liefje.'
'Toe zeg, we hebben het hier wel over mijn moeder, hoor. Denk je soms dat ik dit niet eerder heb meegemaakt?'
'Vast wel, maar er is iemand bij haar.'
'Goh, wat een verrassing.' Ze zei het op afstandelijke, ironische toon, maar er klonk ook iets van schaamte in door.
De slaapkamerdeur ging open, en Will, die zich met de snelheid van het licht had aangekleed, haastte zich langs hen heen.
'Beetje aan de jonge kant, hè, mam?' Georgia keek vanuit de deuropening naar het bed waarop haar moeder er weinig fatsoenlijk bij zat.
'Krijgen we dat weer,' zei Patty sloom.
Georgia keek Abbie even zuchtend aan. 'Sorry.'
'Ach liefje, jij –'
'Laat mij maar even.' Georgia's lichaamstaal was vastberaden, haar manier van doen kordaat. 'Ik ben eraan gewend. Gaan jullie nou maar.'
Beneden kwamen ze op weg naar buiten Tom tegen. Hij keek hen expres niet aan.
'Patty ligt in jouw bed.' Niet in staat zich te beheersen, vroeg Abbie: 'Is ze soms ook met jou naar bed geweest?'

Toms kaken stonden strak. 'Nee, ik ben met niemand anders naar bed geweest. In tegenstelling tot jou.'
'Kom.' Omdat dit niet het moment was voor een echtelijke twist, duwde Cleo haar zus de voordeur uit. 'Laat nou maar. We moeten terug.'

Fia keek naar Molly en Rob die met Ash en Saskia in de tuin speelden. Ash, die een soort stormbaan had geïmproviseerd, riep instructies. Ze gilden alle drie van het lachen terwijl hij hen hielp over lage muurtjes te rennen, door het gras tussen de schutting en de appelboom te rollen, zich onder de houten bank door te wurmen en over de rij bloempotten heen te springen.
'Nou ik! Nou ik!' gilde Molly. Nog voordat Ash de kans kreeg om Rob los te laten, greep ze Ash' hand al beet.
Fia moest onwillekeurig glimlachen; hij was zo goed met kinderen, wie had dat ooit kunnen denken?
Haar aandacht werd echter afgeleid door Will die op hen af kwam lopen, op twintig meter gevolgd door Cleo en Abbie. Het was duidelijk dat Will kwaad was.
'Dus ze hebben je gevonden.' Even vroeg Fia zich af of Cleo misschien, diep vanbinnen, wilde dat Will en zij nog samen waren.
'Ja, dat zie je.' Hij stak een arm op om de aandacht van Rob en Molly te trekken. 'Kom. Tijd om te gaan.'
'Papa, je bent te laat,' zei Rob, trots omdat hij kon klok kijken.
'Mogen we nog even blijven?' smeekte Molly. 'Alsjeblieft? We zijn een stomme baan aan het doen!'
'Nee, we moeten weg.' Terwijl Will Ash achterdochtig opnam, zei hij tegen Fia: 'Is dat soms die vent met wie mijn moeder je heeft gezien?'
Hij was echt verschrikkelijk. En dan te bedenken dat ze met hem getrouwd was geweest. Hardop zei ze: 'Ja, we hebben toen een hartstikke leuke avond gehad.'
Vijf minuten later, nadat Fia afscheid had genomen van de kinderen, nam Will hen door het park mee naar het parkeerterrein bij de pub.

Ash keek hen na. 'Als de kinderen er niet bij waren geweest, had ik hem een klap voor zijn kop gegeven.'
'En dan had ik je toegejuicht,' zei Cleo.
Fia, die de hele dag al foto's had genomen, zei: 'En dan had ik er een foto van gemaakt en die op internet gezet.'
Alleen Abbie was met haar gedachten ergens anders. Afwezig zei ze: 'Arme Georgia.'

49

Op dinsdag was het prachtige weer van het weekend nog slechts een verre herinnering. Toen Abbie uit het slaapkamerraam keek, moest ze rillen bij de aanblik van de regen die neerkletterde en de takken van de bomen achter het huis die heen en weer zwiepten in de storm. Arme Cleo, op haar eerste werkdag na haar ziekteverlof moest ze een auto vol zakenlui naar Gatwick rijden.
Abbie voelde zich lichtelijk schuldig, want zij kon comfortabel thuisblijven en dus zou ze eigenlijk blij moeten zijn. Maar dat was ze niet. Ze voelde zich constant verdrietig en ze wist dat het geen pretje was om met haar onder een dak te moeten wonen. Hoe Cleo dat aankon, was haar een raadsel. Het werd tijd dat ze zichzelf eens flink onder handen nam en weer aan de toekomst ging denken. Ze kon Cleo niet eeuwig tot last blijven. En ze moest ook een andere baan gaan zoeken.
In haar ochtendjas liep ze naar beneden. Ze zou een kop thee zetten, zich op de bank nestelen en kijken of er iets leuks was op tv.
Halverwege *Britain's Got Talent* ging de bel. Een of andere gestoorde goochelaar had net – ogenschijnlijk – zijn arm afgezaagd met een cirkelzaag. Het publiek hapte verschrikt naar adem toen er een fontein van bloed over het podium spoot. Abbie hapte ook naar adem toen ze opendeed en Des Kilgour nat en verwaaid op de stoep zag staan.
'Mag ik even binnenkomen, Abbie?'

Ze aarzelde. 'Waarom?'
'Ik moet met je praten.'
'Des, het lijkt me beter van niet.' O god, hij was toch niet gekomen om haar te zeggen dat hij nog steeds van haar hield? Haar hart ging als een gek tekeer van de zenuwen. 'We hebben elkaar niks meer te zeggen.'
'Dit gaat om iets anders dan de vorige keer.' Hij zweeg, zichtbaar gegeneerd. 'Het gaat over... over iets wat ik heb ontdekt.'
Ze aarzelde nog steeds. Des was een aardige man; het was ook weer niet zo dat ze bang voor hem was.
'Alsjeblieft.'
Ze deed de ketting eraf en trok de deur verder open. 'Goed dan.'
Over Des' regenjas gleden druppels naar beneden die plasjes vormden op de parketvloer.
Nadat Abbie op de bank was gaan zitten, met haar ochtendjas stevig om zich heen geslagen, vroeg ze: 'Wat is er dan?'
Des bleef voor de haard staan, met zijn handen diep in zijn zakken gestoken. 'Weet je nog dat je dacht dat het Georgia was die Tom over ons had verteld?'
Ons. Ze wilde dat hij dat woord niet gebruikte. 'Dat kon niet anders. Ze was de enige die het wist.'
'Maar ze was het niet.' Hij schudde zijn hoofd.
Abbie werd misselijk. 'Wat wil je me nou vertellen? Dat jij het was?'
'God nee!' Verslagen zei hij: 'Natuurlijk was ik het niet!'
'Wie dan? Wie heeft die brief geschreven en onder Toms ruitenwisser gestopt?'
'Glynis.'
'Wát? Glynis? Van de winkel?' Dit sloeg nergens op. Hoe was Glynis het nou te weten gekomen? Dat was gewoon onmogelijk.
'Ze was ons niet stiekem aan het afluisteren, hoor, maar... ze hoorde het toevallig.'
Abbie vond het nog steeds ongelooflijk. 'En dat heeft ze jou verteld?'
'Nee, Huw,' antwoordde Des. 'Ze heeft het hem gisteravond pas verteld. Hij is vanavond naar me toe gekomen. Hij vond dat ik het moest weten.'

'Ik snap niet hoe dat heeft kunnen gebeuren.'
'Het was mijn schuld.' Hij schuifelde ongemakkelijk heen en weer. 'Glynis was in de winkel aan het werk toen de telefoon ging. Toen ze opnam, hoorde ze ons praten. En ik weet al hoe het is gebeurd,' zei hij snel. 'Voordat jij die ochtend bij mij op kantoor kwam, had ik Huw thuis proberen te bellen. En toen jij bij me was, en we aan het praten waren, moet ik per ongeluk op de herhaaltoets van mijn mobieltje...' hij deed het voor door op het zakje van zijn overhemd te tikken waar hij zijn mobieltje altijd in had, '... hebben gedrukt. Dus toen Glynis opnam, kon ze ons horen praten. Ik denk dat het klonk alsof we echt een verhouding hadden. En ze is zelf heel recht door zee. Dus ze was behoorlijk geschokt. Ze wilde niet dat bekend werd dat zij degene was die de roddel verspreidde, maar ze vond wel dat Tom moest weten wat er achter zijn rug om gebeurde.'
'O god,' Abbie wreef over haar gezicht terwijl Des' woorden langzaam tot haar doordrongen. Het klonk heel logisch allemaal.
'Sorry, maar ik vond dat ik je dat even moest vertellen.' Des haalde zijn vingers door zijn roodblonde haar. 'Huw vindt het ook vervelend.'
'Oké. Nou, dank je wel. Nu weten we tenminste wie het was.' Toen ze hem uitliet, zei Des nog: 'Iedereen op het werk mist je, hoor. Niet alleen ik. Als je wilt, kun je morgen zo weer beginnen.'
'Dat is heel aardig van je, maar dat zou te ingewikkeld zijn. Dat kan ik echt niet.' Abbie wist best dat Tom haar niet terug wilde, maar het bijgelovige deel van haar durfde niet weer bij Des te gaan werken voor het geval Tom dat ontdekte terwijl hij net op het punt stond om van gedachten te veranderen.

De takken kraakten en zwiepten, en bladeren wervelden als spoken in het rond, terwijl de storm om haar heen raasde. Iedereen was binnen vanavond. Abbies paraplu was binnenstebuiten gewaaid; ze gaf het op en liet de regen in haar gezicht slaan. Binnen een paar minuten was ze bij haar oude huis.

Hoewel het al elf uur was, brandde er nog overal licht. Maar wat voor rotweer het ook was, ze peinsde er niet over om naar binnen te gaan.
Niet dat haar dat gevraagd zou worden.
Ze zette zich schrap. Ze wist niet eens of Georgia wel thuis was. Misschien was ze wel uit. En Georgia was degene die ze wilde spreken.
Haar hart bonkte in haar keel. Nou ja, ze zou het zo wel merken.
Het was toch Georgia die opendeed. Ze schrok zichtbaar toen ze Abbie zag staan. 'O. Papa is er niet.'
Mooi zo. 'Dat maakt niet uit. Ik wilde jou even spreken.' Ze zag dat Georgia's rechterhand in het verband zat.
Georgia trok de deur iets verder open, deed een stapje opzij en zei: 'Kom verder.'
'Nee, eh, liever niet...' Een windvlaag sloeg haar in de rug, en ze viel bijna om.
Georgia begreep wat ze dacht. 'Mama is er ook niet. Ik ben alleen thuis.'
'Goed dan,' reageerde Abbie opgelucht.
In de huiskamer hingen nog meer kleren dan anders. Georgia kromp ineen van de pijn toen ze het stomende strijkijzer pakte.
Oké, ik kan het beter maar meteen zeggen voordat Tom en Patty terugkomen, dacht Abbie. Zonder er verder doekjes om te winden, zei ze: 'Ik kom je mijn verontschuldigingen aanbieden. Ik heb je ervan beschuldigd dat je Tom hebt verteld van... nou ja, je weet wel. En toen jij zei dat dat niet zo was, wilde ik je niet geloven. Nou, inmiddels weet ik dat je het inderdaad niet was. Ik zat fout en dat spijt me heel erg.'
Georgia stopte met strijken. Ze zette het strijkijzer voorzichtig op het rekje en vroeg: 'Wie was het dan?'
Abbie legde uit wie de anonieme brief had geschreven en waarom. 'Volgens mij kreeg Glynis last van haar geweten, want ze wist dat ik dacht dat jij het was.' Ze schudde haar hoofd en greep haar kapotte paraplu nog wat steviger beet. 'Nou ja, zo is het dus gegaan. Nogmaals, het spijt me.'
'Oké. Maar je had me gewoon moeten geloven.' Georgia leek

opgelucht en bedroefd tegelijk. 'Want ik ben heel eerlijk.'
'Dat weet ik. En er is niets zo erg als ergens van te worden beschuldigd als je het niet hebt gedaan. Daarom wilde ik je ook spreken, want ik voelde me er zo rot over...' Abbies stem stierf weg toen Georgia haar hoofd voorover liet vallen en er een traan op de strijkplank druppelde. Eerst een en toen – plop – nog een. 'Nou moet je niet gaan huilen! Je hebt niks verkeerds gedaan.'
'Wel waar.' Georgia stak haar kin naar voren en zei met trillende stem: 'Ik heb alles in de war geschopt. Ik had hier nooit moeten komen. Logisch dat je me haat, want moet je eens zien wat er allemaal is gebeurd sinds ik hier ben. Ik heb je leven verknald.'
O god. Abbie schrok zich wild. 'Dat is echt niet zo...'
'Wel waar.' Georgia's mond trilde van de inspanning die het haar kostte om niet te gaan huilen. 'Ik ben niet achterlijk, ik weet best hoe het voor jou moet zijn geweest. Ik heb alles verpest en het s-spijt m-me... Als ik niet was gekomen, dan waren Tom en jij nog bij elkaar geweest.'
Abbie kon het niet meer aanzien. Ze liep naar Georgia toe en nam haar in haar armen.
Georgia begon luidkeels te snikken.
'Och liefje, niet huilen, ssst.' Met een brok in haar keel trok Abbie haar wat dichter tegen zich aan.
'Au!' Ineenkrimpend trok Georgia haar hand die in het verband zat los.
'Sorry, sorry.' Abbie wilde Georgia loslaten, maar merkte dat dat niet lukte; Georgia had zich aan haar vastgeklampt als een koalabeertje. 'En jij kunt er echt niks aan doen. Ik ben degene die er een puinhoop van heeft gemaakt. Het is echt niet jouw schuld... o god, nou begin ik ook nog te huilen... Luister naar me, je hebt niks verkeerds gedaan!' Haar eigen tranen vielen nu in het haar van de dochter die ze nooit had gehad. Ze streelde Georgia's zijdeachtige haren en klopte haar op de rug alsof ze een baby was. 'Je moet niet huilen. Jemig, moet je eens zien hoe we erbij staan! Wat zal je moeder wel niet zeggen als ze zo binnenkomt?'
'Mijn moeder kan niet binnenkomen. Ze zit in Portugal.'

'Wat?'
Georgia snufte en wreef over haar natte gezicht. 'Ze is mijn moeder en ik hou echt wel van haar, maar het is een ramp om met haar in één huis te wonen. Ik heb haar gezegd dat ze hier niet kon blijven.'
'Maar is ze terug naar Portugal? Ik dacht dat haar vriend haar eruit had gegooid.'
'Ja, Ted. Dat was de laatste. Ze is nu weer bij Christian, de vriend vóór Ted.'
Abbie moest dit even verwerken. 'En waar is je vader?'
'Hij heeft een klus in Bournemouth, dus hij blijft daar een paar dagen. Ik ben alleen thuis.'
'En wat is er met je hand gebeurd?'
'Ik heb me gebrand aan het strijkijzer.'
'Laat mij er eens naar kijken.'
Met tegenzin haalde Georgia het verband eraf.
'Oei.' Abbie kromp ineen toen ze de verse driehoekige brandwond in Georgia's handpalm zag.
'Ja, erg, hè? Ik liet de strijkbout vallen en toen wilde ik hem snel opvangen,' zei Georgia droog. 'Zo slim ben ik nou.'
'Maar zo kun je toch geen strijkbout vasthouden!' Dat moest vreselijk veel pijn doen.
Georgia wees naar de zakken met kleren. 'Ik moet wel. Ik kan mijn klanten niet in de steek laten. Zondag heb ik een dagje vrij genomen om iets leuks met papa te doen, dus toen heb ik gisteren achttien uur achter elkaar staan strijken. En ik loop nog steeds achter.'
Ze was lijkbleek, leed pijn en zat er emotioneel en ook lichamelijk helemaal doorheen.
Abbie zei: 'Och, arm kind toch,' en trok haar jas uit.
'Je hoeft me echt niet te helpen, hoor.' Georgia kreeg opnieuw tranen in haar ogen toen ze zag dat Abbie haar mouwen opstroopte.
'Ik weet dat het niet hoeft, maar ik wil het toch.' Abbie glimlachte naar het meisje dat ze met ongelooflijk veel trots graag haar dochter had willen noemen. 'En ik ga door zolang het nodig is. Als je je nuttig wilt maken, zet dan maar even water op. Ik zou best een kop thee lusten.'

50

'Hoi, kun je even langskomen? Ik heb iets voor je om je te bedanken voor laatst.'
'Och, lieverd, dat hoeft toch helemaal niet.' Abbie smolt toen ze Georgia's stem hoorde; het was zo fijn dat ze weer vrolijk klonk. 'Je hoeft echt geen cadeautjes voor me te kopen.'
'Nou, daar is het te laat voor, want het is er al. Ik zou het anders wel met het busje komen brengen,' zei Georgia, 'maar ik kan het niet tillen in mijn eentje.'
Was het soms een laurierboompje in een pot, een reusachtige vaas, een levensgrote krokodil van keramiek? Van Georgia kon je alles verwachten. Toen Abbie bij het huis aankwam en wilde aanbellen, ging de voordeur al open.
Georgia sloeg haar armen om haar heen. 'Hoi, ik moet meteen weg! Je cadeau is in de huiskamer... Ik hoop dat je het leuk vindt!'
En weg was ze. Het busje racete de laan uit, en Abbies knieën veranderden in spaghetti. Want haar cadeau was niet meer in de huiskamer, het was verhuisd naar de gang.
'Ik heb behoorlijk op mijn kop gehad van mijn dochter,' zei Tom. 'En ze heeft me ook wat dingen uitgelegd die ik eigenlijk zelf al had moeten begrijpen, maar daar was ik te kinderachtig voor.'
Abbies hart klopte in haar keel. Toms stem was een beetje onvast, en in plaats van zijn stoffige werkkleren droeg hij een schone spijkerbroek en het blauw-groen gestreepte overhemd dat ze hem met kerst had gegeven. Ze zag aan zijn houding dat hij zich niet op zijn gemak voelde; hij had het altijd al moeilijk gevonden om over zijn gevoelens te praten. Zacht vroeg ze: 'Wat voor dingen?'
'O, weet ik veel...' Tom liet zijn tong over zijn lippen glijden en staarde naar het plafond. 'Dingen als dat ik je zo heb gemist en dat ik van je hou en dat de afgelopen paar weken de ergste van mijn leven zijn geweest...' Nu hij eenmaal was begonnen, tuimelden de woorden eruit. 'En dat ik óf door moet gaan met me ongelukkig voelen óf mijn trots moet inslikken

en vergeten wat er is gebeurd en jou zeggen dat ik niet zonder jou wil leven. Want die andere dingen doen er niet toe, dat was een vergissing, en ik wil gewoon dat het tussen ons weer zoals vroeger is.' Hij schudde zijn hoofd. 'Ik heb overdreven gereageerd. Ik zei dat ik het je nooit kon vergeven, maar dat heeft me geen steek verder geholpen. Ik heb er al die tijd continu aan moeten denken. Ik wist dat ik de dingen op een rijtje moest zetten, maar pas door Georgia ben ik gaan inzien dat ik daar niet eeuwig mee kon wachten. Het kwam gewoon door die stomme trots van me dat ik niet eerder met je wilde praten.' Toms stem brak even. 'Ik heb me als een idioot gedragen, en dat spijt me, en misschien heb ik wel te lang gewacht, misschien geniet je wel van je nieuwe vrijgezellenleventje. Maar ik hou zoveel van je, echt. En als je terug wilt komen, ben ik de gelukkigste man op aarde.'

Met een bibberig lachje keek ze hem aan. Dit was waarom ze haar hele volwassen leven al van hem hield. Tom was eerlijk, principieel, loyaal en sterk. Misschien had hij moeite om zijn gevoelens te uiten, maar dat maakte het nog meer bijzonder wanneer hij dat wel deed. Met een brok in haar keel vroeg ze: 'Weet je het zeker?'

'Ja, ik weet het zeker.' Hij knikte, terwijl hij haar diep in de ogen keek. 'En je zou Georgia er ook heel gelukkig mee maken.'

Gebeurde dit echt? Ze wierp zich in zijn armen, en deze keer was het Tom die tranen in zijn ogen kreeg. Tom, die anders nooit huilde.

'Mij spijt het ook,' zei ze. 'Ik wou dat het niet was gebeurd, maar ik kan het niet terugdraaien. Ik was zo verschrikkelijk ongelukkig, en toen heb ik een vreselijke fout begaan. Maar ik heb geen seks gehad met Des Kilgour, dat zweer ik je...'

'Sst, het is al goed. Ik geloof je. Ik wil alleen maar dat je terugkomt.'

Duizelig van geluk kuste ze hem. 'Ik heb je zo gemist. Ik wil niets liever dan terugkomen.'

Hij drukte haar even tegen zich aan, overspoeld door emotie. 'Mooi zo. En er gaan hier ook een paar dingen veranderen.'

Wat? Ging hij nu ineens de man des huizes spelen? Ging hij regels opstellen? Geschrokken vroeg ze: 'Zoals?'

Tom deed een stapje naar achteren en trok haar de deuropening van de huiskamer in. 'Kijk maar. Zie je niet dat er iets is veranderd?'
Veranderd? En toen zag ze het ineens. Jemig! Er hingen nergens kleren, er stonden geen propvolle zakken, er stond geen strijkplank voor de tv. De kamer was weer in zijn oude, nette, pre-Georgia staat teruggebracht. En zag er heel leeg uit...
Haar hart bonkte van angst. Haar eerste reactie was schrik. O nee, dit was wel het laatste wat ze wilde. 'Gaat Georgia weg? Gaat ze ergens anders wonen?'
Hij nam haar voorzichtig op. 'Zou dat helpen?'
'Nee! Nee, ik wil niet dat ze weggaat!'
Hij ontspande zich en begon te glimlachen. 'Nou, dat is maar goed ook, want ze gaat helemaal nergens heen.'
Abbie gebaarde naar de kamer. 'Maar waar is alles dan gebleven?'
'Ach, je weet hoe Georgia is, die hoeft nooit ergens lang over na te denken. Een van haar klanten heeft een reclamebedrijf in Cheltenham. Hij heeft haar een baan aangeboden als receptioniste. Ze heeft Ethel en Myrtle Mason ingehuurd voor het strijkwerk. Dat doen ze gewoon bij hen thuis. Georgia zal het strijkgoed halen en brengen voor en na haar werk. Dus dat is allemaal geregeld. Wij hebben ons huis weer terug.'
'En ik heb mijn man terug.' Abbie streelde zijn lieve, o zo vertrouwde gezicht.
'En ik heb mijn mooie vrouw terug.' Hij kuste haar en kuste haar nog eens. Toen zei hij: 'Dat noem ik nog eens een resultaat.'
Een uur later ging Abbies mobieltje. Toen ze zag wie het was, glimlachte ze en zei: 'Hoi.'
'Ik heb me heel lang weten te beheersen, maar nu houd ik het echt niet meer uit. Nou?' wilde Georgia weten.
Geduld was nooit een van haar sterke kanten geweest.
'Hoe laat kom je thuis en wat wil je eten?' was alles wat Abbie zei.
'Yes! Is alles nu echt weer goed?'
'Meer dan goed. Dankzij jou. Wat dacht je van kip uit de oven?'

'Ja, lekker! Met heel veel gebakken aardappels. En kun je de vulling apart doen, want anders –'
'Ja ja, ik weet het.' Het drong tot Abbie door dat wat ze voelde onvoorwaardelijke liefde was. Haar geluk was grenzeloos. Terwijl ze in Toms hand kneep, zei ze in de telefoon: 'Want de vulling is lekkerder als hij krokant is.'

Het was net zoiets als naar een groot winkelcentrum gaan om eens lekker te shoppen en dan te ontdekken dat alle winkels dicht zijn. Fia, die de radio aandeed om naar Ash' programma te luisteren, geloofde haar oren niet toen ze de stem van een volslagen onbekende hoorde.
Had iemand de radio op een andere zender afgestemd zonder het haar te vertellen? Nee, hij stond nog steeds op BWR. Jemig, wie was deze man die zat te babbelen over rijen voor de kassa in de supermarkt? Hij was niet eens grappig. En wat deed hij in Ash' programma? Hoe durfde hij?
Was het raar om zo verontwaardigd en teleurgesteld te zijn? Nou, jammer dan. Fia bleef luisteren totdat de indringer gemoedelijk zei: 'En voor degenen die net hebben ingeschakeld, hallo, ik ben Max Margason en ik vervang Ash vanochtend. Die arme Ash, hij is zijn stem kwijt! Zou hij al onder de kussens op de bank hebben gezocht? Ha ha ha! Want daar blijken mijn autosleuteltjes meestal te liggen als ik die kwijt ben!'
God, wat een irritant mannetje. Maar ze wist nu in elk geval wat er met Ash aan de hand was. Keelontsteking, niet erg handig voor een radiopresentator. Arme Ash, hopelijk voelde hij zich niet al te beroerd. Misschien ging ze na de lunch maar even bij hem langs om te vragen of hij iets nodig had.
'Tenzij hij gewoon schoolziek is,' babbelde Max verder. 'Hè, Megan? Dat zou ook heel goed kunnen. Misschien heeft hij wel een erg leuke nacht achter de rug, met een lekker jong ding en... en had hij vanochtend gewoon geen zin om op te staan! Ha ha ha!'
Hoe durfde hij dat te zeggen? Wat een idioot, wat een irritant, helemaal niet grappig kereltje. Fia had enorm veel zin om hem een klap te geven.

Toen Fia tijdens de lunch de keuken uit kwam lopen, zag ze tot haar verbazing Ash aan de bar zitten. Dus hij was toch niet ziek. Had hij dan gelogen tegen zijn baas bij het radiostation? Had hij zich inderdaad ziek gemeld omdat hij zo'n fantastische nacht had gehad?
En wat nog belangrijker was, met wie dan wel?
'Hoi.' Ze voelde zich... niet echt jaloers. Maar ze wilde het wel per se weten.
Ash keek op en wapperde ter begroeting met zijn vingers. Zijn blonde haar zat in de war en was nog nat van het douchen. Hij droeg een blauw-wit gestreept katoenen overhemd over een wit T-shirt en een verschoten spijkerbroek. Hij gebaarde haar te komen en schreef iets op een felroze Post-It-blaadje: Keelontsteking. Hallo!
Oef, wat een opluchting. Fia wist dat ze stond te stralen als een malloot, maar ze kon er niks aan doen. Ze was blij dat hij gisteren geen fantastische nacht had gehad, blij dat hij niet had gelogen. 'Ik weet het. Ik heb vanochtend die andere vent op de radio gehoord.'
Ash trok een wenkbrauw op en schreef: Dat is een zak.
'Dat kun je wel zeggen.'
Hij scheurde het blaadje af en schreef op het volgende: En schrijven.
Ze lachte. 'Ik had eigenlijk verwacht dat je thuis in bed zou liggen. Hoe gaat het?'
Ash krabbelde: Goed! Alleen heb ik geen stem meer. Ben naar de dr geweest, zei dat ik rust moet nemen.
'Arme jij.'
Ash keek niet naar haar; hij concentreerde zich op zijn volgende bericht: Sinds wanneer luister je naar mijn programma???
Dat hij naar zijn Post-It-blokje keek, wilde nog niet zeggen dat ze niet hoefde te blozen. 'O, al een tijdje. Ik vind het leuk. Klassieke muziek kan ik de hele dag nog horen. Ik moet altijd lachen om jou en Megan.'
Ze zag dat hij een rode nek kreeg toen hij de volgende woorden neerkrabbelde. Misschien had hij wel koorts zonder dat hij het wist.
Hij had geschreven: Mooi zo! Ik ben grappiger dan Megan.

'Dat spreekt voor zich.'
Met een klein lachje schreef hij: Daarom sprak ik het ook niet hardop uit.
'Heb je honger? Of doet eten zeer?'
Hij knikte eerst en schudde vervolgens zijn hoofd.
'En wat wil je dan?' Fia wees naar het schoolbord met het menu van vandaag erop.
Ash maakte twee hoorns met zijn wijsvingers.
'Kip.'
Hij keek haar aan.
'Sorry, biefstuk. Oké, met salade of scherpe saus?'
Ash wapperde fanatiek met zijn hand voor zijn mond.
Ze glimlachte toen zijn mobieltje ging. 'Komt er zo aan. Zal ik die voor je opnemen?'
Hij keek wie het was, schudde zijn hoofd en krabbelde: Het is mijn agent maar.
Tien minuten later, toen ze met de biefstuk terugkwam, zat Ash nadenkend voor zich uit te kijken.
'Alles goed?'
Na een korte aarzeling gaf hij haar zijn mobieltje en gebaarde dat ze naar zijn voicemail moest luisteren.
Ze besefte dat hij niet nadenkend keek, maar geschokt. Was er soms iemand doodgegaan? Was hij ontslagen? Ze zette het bord voor hem neer en pakte zijn mobieltje aan.
'Ash? Luister. KCL heeft ons benaderd. Ik heb net een telefoontje gehad van de grote baas daar – hij is een echte fan van je. Hij wil dat je daarnaartoe vliegt om kennis te maken met het team. Gewoon eens kijken wat je ervan vindt.' Ash' agent had een ernstige, indringende, agentachtige stem, een stem die bedreven was in het slijmen met cliënten. Zijn woorden veroorzaakten koude rillingen over Fia's rug. 'Maar ze willen je echt; wat hen betreft is de zaak al rond. En we hebben het hier over veel geld. Dus wat dacht je ervan? Wat een resultaat, hè? Ik zei toch dat het de moeite waard was om te proberen? Bel me, jongen. Tot gauw!'
Fia zette de telefoon uit en slikte moeizaam. 'Wow, dat klinkt... fantastisch. Waar zit KCL?'
Ze tuurde naar het Post It-blokje, terwijl hij schreef: Sydney.

'Australië?' Stomme vraag. Bovendien wist ze al dat hij heel veel enthousiaste Australische fans had; die stuurden continu mailtjes naar het programma. Ash noemde hen zijn koalaknuffelbeertjes.
Hij knikte.
God, Australië. De andere kant van de wereld. Totaal overdonderd zei ze: 'Ik wist niet dat je overwoog om te emigreren.'
Hij haalde hulpeloos zijn schouders op.
'Nou, leuk voor je. Sydney. Wow.' Goed, dit begon een beetje stom te worden, ze moest ophouden met steeds 'wow' te zeggen. Ze toverde een glimlach tevoorschijn. 'Bondi Beach. Barbecues. Bier... en dan al die zon!' O god, moest je haar nou toch horen, het was alsof ze wilde dat hij het eerste het beste vliegtuig nam.
Deborah kwam bij hen staan. 'Fia, tafel drie wil bestellen. Wil je dat ik ga?'
Wilde ze dat? Fia zou het niet weten. Het enige wat ze wist, was dat een vreemde paniekerige angst bezit van haar had genomen en dat ze het gevoel had dat ze elk moment kon gaan huilen.
Oké, beheers je. Ze schudde haar hoofd naar Deborah. 'Nee, nee, ik ga er meteen naartoe.'
Maar goed ook waarschijnlijk, voordat ze zichzelf midden in de pub gigantisch voor schut zette zonder zelf precies te weten waarom.

51

Af en toe heb je van die dromen die heel levensecht lijken, maar soms gebeurt het ook dat, als een donderslag bij heldere hemel, het leven je ineens zo surrealistisch voorkomt dat je je afvraagt of je niet droomt.
Cleo staarde Fia aan die door het park was komen aanstuiven om haar te spreken. Het was negen uur 's ochtends, het was

helder en zonnig, en ze had de rode Bentley staan wassen waarmee ze later die dag een echtpaar zou ophalen dat hun veertigjarig huwelijksfeest vierde.

'Sorry, zeg dat nog eens.'

'Ik wil niet dat Ash naar Australië verhuist. Ik wil niet dat hij weggaat.' Buiten adem en met iets wanhopigs over zich flapte Fia eruit: 'Het punt is dat ik hem echt heel leuk vind, maar hij doet altijd heel raar tegen me... Ik weet niet wat ik verkeerd heb gedaan, maar in het begin kon hij me niet uitstaan, dat was wel duidelijk, en toen veranderde er iets en leek hij ineens anders, en toen begon ik me ook anders te voelen, maar het is allemaal zo raar en verwarrend, en nu dat met Australië ook nog, en ik ben gewoon zo bang...'

Jemig. Cleo was stomverbaasd; ze had Fia nog nooit zo meegemaakt. 'Maar wat wil je dan dat ik doe?'

'O god.' Fia haalde haar vingers door haar haren. 'Waarschijnlijk wil ik gewoon van je horen of hij ooit iets tegen jou heeft gezegd.'

'Over Australië?'

'Over mij! Ik wil van je weten of hij ooit heeft gezegd dat hij me echt niet mag.' Ze zweeg even en schudde haar hoofd. 'Of dat je denkt dat hij me, diep vanbinnen, toch wel een beetje aardig vindt... je weet wel, zodat ik iets heb waarmee ik aan de slag kan.'

Cleo nam haar ernstig op, het verwarde blonde haar, de afwezigheid van make-up, de opgewonden blik. 'Geen van beide.'

'O. O.'

'Het is niet zo dat hij je niet mag.'

'O?' Er flakkerde hoop op in Fia's ogen.

'En ook niet zo dat hij je een beetje aardig vindt.'

'O.' Fia liet haar schouders zakken. 'Dus.'

'Hij mag je heel erg graag.'

Totale verwarring. 'Wat?'

Werkelijk, soms konden mensen echt blind zijn! Cleo zei: 'Ik dacht dat je dat wel wist! Het was zo duidelijk, ik dacht dat je het wist en gewoon beleefd was en deed alsof je niks had gemerkt.'

Fia wist niet meer hoe ze het had. 'Maar hij negeerde me totaal! Hij zei bijna nooit een woord tegen me. Meestal wilde hij me niet eens aankijken!'

'Ja, hallo?' Cleo keek haar aan met een blik van: dat je dat niet snapt. 'Zo doen verlegen mensen dat.'

'Verlegen?' Fia sloeg ongelovig een hand voor haar mond. 'Ik heb hem op de radio wel een keer horen zeggen dat hij verlegen was, maar ik dacht dat hij een grapje maakte.'

'O nee.' Cleo begon te grijnzen en schudde haar hoofd. 'Vanaf de allereerste keer dat hij je zag, is hij stapelverliefd op je. Ik heb hem nog aangeboden om je dat te vertellen, maar hij zei dat hij me dan in stukken zou hakken. En eerlijk gezegd heb ik geen seconde gedacht dat je op hem zou vallen. Jij had alleen oog voor Johnny.'

'Misschien wel, in het begin dan. Maar sommige dingen zullen gewoon nooit gebeuren, hè?' Schouderophalend maakte Fia korte metten met dat idee. 'Maar daar hebben we het niet over. Laten we het over Ash hebben. Wat moet ik nou doen?'

Cleo wilde dat zij ook verliefd kon worden op iemand anders en Johnny helemaal uit haar hoofd kon zetten. Helaas leek hij daar permanent zijn tenten te hebben opgeslagen. Maar daar ging het nu niet om; als er iemand was met een nog rampzaliger liefdesleven dan zij, dan was het Ash wel. Dit was fantastisch voor hem. 'Makkelijk zat. Vertel het hem gewoon.'

'O god, mijn hart! Ik weet niet of ik dat wel durf.' Alleen al bij de gedachte daaraan greep Fia trillend naar haar hart. 'Hij is de afgelopen twee dagen ook niet in de pub geweest. En vanavond moet ik werken… Wil jij het hem niet vertellen?'

'Wat moet ik dan zeggen? Mijn vriendinnetje vindt je heel erg leuk? Beetje kinderachtig, hè?' Cleo trok een gezicht. 'Het is veel beter als je het zelf zegt.'

Fia aarzelde en friemelde zenuwachtig aan haar horlogebandje. 'Eh… volgens mij durf ik dat niet. Nou ja, misschien moet ik maar even wachten. Misschien dit weekend…'

Cleo snapte soms niks van mensen. Zelf niet van het soort dat dingen uitstelde – tenminste niet als het leuke dingen waren – riep ze: 'Maar dit is iets leuks! We hebben het hier niet over het invullen van een aangiftebiljet! Dit wil je hem toch zeker wel meteen vertellen?'

'Ja ja, maar het komt allemaal nogal onverwacht.' Fia was aan het hyperventileren en deed een stapje naar achteren. 'Ik moet er nog even over nadenken hoe ik het precies zeg.'
Oké, genoeg geleuterd. Fia moest echt een schop onder haar kont krijgen. De koe bij de horens vattend, zei Cleo: 'Maar je kunt helemaal niet meer wachten. Want dan is het te laat. Je moet het nu doen!'
Fia zette grote ogen op. 'Hoezo?'
'Omdat hij ontslag neemt, wist je dat niet?' zei Cleo hoofdschuddend, terwijl ze achter haar rug haar vingers kruiste. 'Dat heeft hij me gisteren verteld, hij zei dat hij geen enkele reden had om hier te blijven, dus dat hij dan net zo goed naar Australië kon gaan. En heeft hij je ooit over zijn baas verteld?'
'Nee, wat is daarmee dan?'
'Ze kunnen elkaar niet uitstaan! Ash gaat vanochtend live in zijn programma ontslag nemen... God mag weten wat hij dan gaat zeggen.'
'Vandaag?' Van schrik kreeg Fia rode vlekken in haar hals.
'Aan het eind van het programma. Hij zei dat hij nog een paar dingen kwijt wilde over hoe de zender wordt gerund. Ik zei dat dat alleen maar moeilijkheden zou geven, maar dat kon hem niks schelen, omdat hij toch weggaat.' Cleo raakte helemaal buiten adem. God, wat was ze toch briljant.
Fia keek op haar horloge. 'Het is tien over negen. O mijn god, je moet hem echt tegenhouden!'
'Nee, jíj moet hem tegenhouden,' zei Cleo.
'Hoe dan?'
'Bel hem. Nu.'
'O god, nee. Dat kan ik echt niet. Hem bellen?' Fia schudde verwoed haar hoofd. 'Echt niet.'
Cleo legde de tuinslang neer en wierp haar een afgemeten blik toe. Toen pakte ze haar mobieltje uit haar broekzak en zei op kordate, maar vriendelijke toon: 'Er zit weinig anders op als je hem niet kwijt wilt raken.'
Fia raakte helemaal in paniek, maar gaf zich uiteindelijk toch gewonnen. 'Goed dan,' fluisterde ze angstig.
Yes!
Binnen zei Cleo dat Fia op de bank moest gaan zitten. Ze toets-

te het nummer van het radiostation in en vroeg naar Megan. Ze werd meteen doorgeschakeld.

'Megan? Hoi, je spreekt met Cleo Quinn! Mag ik je wat vragen? Heb je wel eens voor goede fee willen spelen?'

Megan, Ash' weer- en verkeersmeisje en algehele duvelstoejager, was altijd in voor een geintje. 'Hoi, Cleo! Je bedoelt met zo'n toverstafje en een tiara? Natuurlijk!'

'Luister. Niet aan Ash vertellen wie er aan de lijn is, maar ik heb hier een vriendin die hem iets heel belangrijks wil zeggen. En geloof me, het wordt hartstikke goed.'

'O ja?' Megans belangstelling was meteen gewekt. 'Kun je niet al een heel klein beetje verklappen?'

'Nee, het moet een verrassing blijven, maar je zult het te gek vinden, echt. Kun je haar dan na de volgende plaat in de uitzending laten komen?'

Fia slaakte een geschrokken kreet. 'Ik ga het echt niet op de radio zeggen! Kan ik niet gewoon even met hem praten zonder dat het in de uitzending komt?'

'Nee, want de speaker van mijn mobieltje is kapot, dus dan zou ik niet kunnen horen wat Ash zegt,' legde Cleo vrolijk uit. 'En als je in de uitzending komt, kan ik het wel volgen!'

'Is zij dat op de achtergrond?' vroeg Megan. 'Hoe heet ze?'

'O god,' jammerde Fia. 'Niet zeggen hoe ik heet, hoor!'

'Fia.'

'O nee, ik kan dit echt niet! Ik ben zo misselijk. Ik kan het niet.'

'O, Fia,' zei Megan geïntrigeerd. 'Is dat niet de kokkin uit de pub? Ash heeft het altijd over haar.'

'Ja, omdat hij heimelijk verliefd op haar is.' Cleo keek stralend naar Fia, terwijl ze zei: 'Maar verder weet niemand dat nog.'

'O, dit wordt helemaal te gek. Ik hoor het nu al.' Megan, die altijd en eeuwig werd geplaagd door Ash, slaakte een kreet van vreugde. 'Kan ik hem eindelijk betaald zetten dat hij altijd aan iedereen vertelt dat ik eigenlijk met een piemel geboren ben. Oké, geef haar maar.'

Fia had het zweet in haar handen staan. Ze was zo bang dat ze bijna het mobieltje liet vallen dat Cleo haar overhandigde. Dat haar dit nou weer moest gebeuren.

'Dit is echt stukken gemakkelijker dan het hem in zijn gezicht te moeten zeggen,' sprak Cleo haar bemoedigend toe.
Fia hoorde echter nauwelijks wat Cleo zei, want Megan zei in haar andere oor: 'Fia? Hoi. Ik heb al zoveel over je gehoord! Oké, als dit nummer is afgelopen, kom je in de uitzending. Zeg Ash wat je te zeggen hebt, maar houd het kort, oké? En probeer niet naar jezelf te luisteren op de radio, want we werken met twee seconden vertraging, en dan raak je alleen maar in de war.'
'Oké,' piepte Fia. Haar verwarring kon echt niet groter worden dan die al was, dacht ze. Het leek net alsof ze buiten haar lichaam was getreden. Met een blik op Cleo die zat te draaien aan de tuner van haar oude transistor, schudde ze haar hoofd en zei: 'Je mag hem hier niet aandoen. En ik kan het ook niet als jij meeluistert. Neem maar mee naar de keuken.' Ze kon het echt niet aan dat Cleo er getuige van zou zijn dat ze zichzelf misschien internationaal voor schut zette.
Toen eindigde het nummer dat op de radio werd gedraaid, en in haar oor hoorde Fia Megan aankondigen: 'Dat was Leona Lewis met haar nieuwe single, en nu hebben we een *mystery*-beller op de lijn voor Ash. En ik wil dat jullie allemaal goed luisteren, want ik heb uit welingelichte bronnen vernomen dat het de moeite waard zal zijn.'

52

'Wat krijgen we nou?' protesteerde Ash. 'Is dit een grap? Toch niet weer die mafkees van een psychotherapeut uit Arizona, die –'
'Het is niet de psychotherapeut,' onderbrak Megan hem. 'Het is een dame die luistert naar de naam Fia, en die je geloof ik al kent. Hallo, Fia! O, en mag ik de luisteraars even vertellen dat Ash net helemaal rood is geworden! Maar het staat hem goed.'
'Hoi, met mij.' Fia kwam tot de ontdekking dat haar mond in

staat was om woorden voort te brengen, hoewel ze het gevoel had dat haar hersens net in een blender hadden gezeten.

'Fia?' Ash klonk stomverbaasd.

Oké. Fia deed haar ogen dicht; ze moest dit doen, dat moest gewoon. Niet denken aan wie er allemaal meeluisteren. Dit was tussen Ash en haar. Ze schraapte haar keel en zei: 'Het punt is... iemand heeft me net verteld dat, eh, dat je me wel, eh, leuk vindt. En ik vroeg me af of dat echt zo was. Want als dat zo is, dan wil ik je zeggen dat ik jou ook heel leuk vind, en de reden dat ik je dit nu vertel, is omdat je dan misschien van gedachten verandert over Australië.'

'Australië...' Ash herhaalde het woord alsof hij in trance was.

Ze moest nu doorzetten. Ze was begonnen, dus ze zou het afmaken ook. 'Dus het komt er eigenlijk op neer dat ik niet wil dat je gaat.'

Verbluft vroeg hij: 'Waarom niet?'

Fia maakte haar tong los van haar verhemelte. 'Omdat ik je zou missen. Niet te geloven dat ik dit allemaal op de radio zeg. Maar als je die baan in Sydney dolgraag wilt, prima. Vergeet dan dat ik dit heb gezegd. Maar als het wel wat uitmaakt, dan wil ik dat je weet dat ik heel blij zou zijn als je hier bleef, want ik vind je echt heel erg leuk. Echt heel erg.'

'Dat leuk-vinden,' zei Ash. 'Sorry dat ik het vraag, maar toch even voor de zekerheid: is dat bedoeld op een platonische, alleen-maar-goede-vriendenmanier?'

Fia haalde diep adem. 'Nee, het is niet platonisch bedoeld.'

O god, ze had het gezegd.

Ash schraapte zijn keel en vroeg met hese stem: 'Meen je dat, Fia?'

Alsof ze dit zou doen als ze het niet meende. 'Ja, ik meen het echt.'

'God, ik kan het bijna niet geloven.'

Er borrelde zonder enige waarschuwing een lach in haar op. 'Ik ook niet!'

'Dit is... te gek.'

'Ja, hè? Vind je mij ook echt leuk?'

'Ja. O ja. Je moest eens weten.'

'Ga je naar Australië?'

'Nee nee nee. Ik heb ze dagen geleden al gebeld om te zeggen dat ik die baan niet wil.'

Fia geloofde haar oren niet. 'Dagen geleden?' jammerde ze. 'Maar ik dacht dat je vandaag je ontslag wilde indienen... ik bedoel... eh...'

De keukendeur vloog open, waardoor Fia weer met beide benen op de grond kwam te staan.

Cleo stak haar hoofd om de deur en zei vrolijk: 'Oeps, sorry, dat gedeelte was gelogen.'

Wat? 'Hoezo?'

'Ja, doei. Omdat je anders niet zou hebben gebeld!'

Het drong tot Fia door dat aan de andere kant van de lijn Megan en de anderen in de studio aan het fluiten en joelen waren. Megan zei opgewekt: 'O hemel, je zou eens moeten kunnen zien hoeveel sms'jes en mailtjes er binnenkomen – mijn hele schakelbord licht op als de Starship Enterprise!'

'Luister, ik moet dit programma eerst afronden,' zei Ash, 'en dan kom ik meteen naar huis. Ik kan er over een uur zijn. Waar kan ik je vinden?'

O god, ze was zo gelukkig. Wat een ochtend, en hij was nog lang niet voorbij. Niet in staat om de grijns van haar gezicht te nemen, antwoordde ze vrolijk: 'Hier. Ik wacht hier op jou.'

In Channings Hill luisterden Abbie en Georgia in stilte naar de rest van het programma. Toen zette Abbie de radio uit. 'Och lieverd, ben je nu erg verdrietig? Ik weet dat je hem heel leuk vond.'

Georgia veegde met een vinger de kruimeltjes op haar bord bij elkaar, zich afvragend wat ze precies voelde. Dus zo zat het, Fia van de pub was verliefd op Ash. En Ash was blijkbaar al maanden in stilte verliefd op haar. En nu waren ze een stel, zo stapel op elkaar dat je het bijna door de radiogolven heen kon voelen.

Ash mocht dan wel haar type zijn geweest, andersom was dat om wat voor reden dan ook, niet het geval.

Daar zou je toch eigenlijk teleurgesteld om moeten zijn. Maar het punt was: zíj kon er niks aan doen. De reden waarom hij niet met haar naar bed had gewild, was niet omdat ze on-

aantrekkelijk en een complete afknapper was, maar simpelweg omdat ze niet Fia Newman was.
Wat toch een troostende gedachte was.
'Ja, ik vond hem heel leuk. Maar zo belangrijk is het ook weer niet,' zei Georgia schouderophalend. Ze schudde haar haren naar achteren. 'Ash heeft zijn kans gehad en die heeft hij verknald.'
Op weg naar de gootsteen kneep Abbie haar even liefdevol in haar schouder. 'Niet bij de pakken neer gaan zitten, hoor. Je bent een fantastische meid en je vindt wel iemand anders. Hij weet niet wat hij mist.'
Georgia glimlachte en ontspande zich weer. Tot dusverre had dit jaar haar een nieuw thuis gebracht, een nieuw gezin en twee nieuwe banen, dus echt klagen kon ze niet. Hardop zei ze blij: 'Zo is dat.'

Toen Ash vijftig minuten later thuiskwam, stond Fia voor zijn cottage op hem te wachten. Zijn hart sloeg over toen hij haar zag staan in haar grijze topje en rok, met haar goudbruine haar wapperend in de wind.
Wat minder romantisch was, was dat Cleo naast haar stond en zeer in haar sas leek met zichzelf. Ze zouden dit nog tijden moeten aanhoren; ze was echt een ramp wanneer ze wist dat ze iets goed had gedaan.
Ash stapte uit de auto, wees naar Cleo's openstaande voordeur en zei: 'Wegwezen.'
'Wat flauw.' Triomfantelijk voegde ze eraan toe: 'Dit heb je wel aan mij te danken, hoor.'
'Dan nog. Dag.'
Tot zijn verbazing ging ze inderdaad naar binnen. Hij wendde zich tot Fia. Haar amberkleurige ogen glansden. 'Je bent zo mooi,' zei hij met een stem die hees was van emotie.
Fia ontspande zich zichtbaar. Er brak een brede, onbeheerste lach door op haar gezicht. Zonder enige aarzeling liep ze naar hem toe en kuste hem op de mond. O god, dit was fantastisch... haar lippen waren warm en zacht... ze duwde haar lichaam tegen het zijne. Hij ontdekte dat die verschrikkelijke verlegenheid op miraculeuze wijze als sneeuw voor de zon ver-

dween. De verlegenheid die zijn geest had verlamd en had gemaakt dat hij bijna niet meer kon denken, laat staan praten, was weg. Met zijn armen nog steeds om haar heen, maakte hij zijn mond van haar los en zei: 'Niet dat ik me beklaag, maar hoe komt dit zo ineens?'

'Je kwam niet meer in de pub,' antwoordde Fia. 'Het was al drie dagen geleden dat je dat bericht van je agent kreeg, en afgelopen nacht kon ik niet slapen omdat ik steeds aan je moest denken. En toen ging ik vanochtend naar Cleo en die zei dat je naar Australië ging.'

'O.' Hij had het kunnen weten.

'En toen zei ze dat je ontslag ging nemen, live op de radio vanochtend, en dat je dan je baas zou vertellen wat je wel niet van hem dacht.' Ze schudde haar hoofd. 'Dus toen besefte ik dat ik je moest tegenhouden voordat je dat deed. Alleen wist ik dus niet dat het allemaal gelogen was.'

Ash streelde haar gezicht. Haar huid was zacht als zijde. 'Je bent fantastisch.'

Fia sloeg haar armen stevig om hem heen. 'Maar het heeft gewerkt, dus ik kan niet al te boos op haar zijn. Vertel me eens waarom je hebt besloten om niet naar Australië te gaan?'

Hij keek haar geamuseerd aan. 'Zie je mij echt liggen op Bondi Beach? Duizenden strakke gebruinde lichamen en één aangespoelde walvis?'

'Hou op. Je bent niet dik. Oké,' verbeterde ze zichzelf, 'een klein beetje dik. Maar ik vind het mooi. Jij bent jij.' Ze liet haar hand over zijn bovenlichaam glijden. 'En je bent beslist geen walvis.'

'Maar ik zal nooit een wasbord hebben,' zei hij.

'Mijn man had dat. Wasborden zijn niet iets om over naar huis te schrijven. Bovendien voelen ze niet eens lekker aan, alleen maar keihard en bobbelig.'

Hij glimlachte. 'Nou wil ik er helemaal nooit meer een.'

Toen pakte hij haar hand en nam haar mee over het tuinpad naar binnen. De echte reden waarom hij die baan in Sydney niet serieus had overwogen, was Fia. Maar dat zou hij haar een ander keertje wel vertellen.

Nu hadden ze belangrijker dingen te doen.

53

'Hoi, met mij.' Zodra Cleo de stem aan de andere kant van de lijn herkende, maakte haar maag de gebruikelijke salto. 'Luister, wil je iets voor me doen?'
Cleo aarzelde; wilde ze nog wel iets voor Johnny doen? Sinds Johnny en Honor vorige week na de begrafenis waren teruggekeerd uit Norfolk, waren ze vaak weg geweest. In de *Daily Mail* van gisteren had een foto gestaan van hun aankomst bij een chic mode-evenement in Knightsbridge. Honor had er fantastisch uitgezien in een rode tafzijden jurk in zeemeerminstijl, waarin haar befaamde rondingen prachtig uitkwamen. Johnny had een designerpak gedragen. Bij het artikel had een quote van Honor gestaan: 'Opofferen? Hoezo opofferen? Het enige wat belangrijk is, is liefde, en ik ben nog nooit zo gelukkig geweest.'
In het bijbehorende artikel had Cleo gelezen dat Honor Donaldson een miljoenendeal met een beroemd cosmeticamerk had afgeslagen, omdat ze daarvoor naar Venezuela zou moeten en drie maanden gescheiden zou zijn van Johnny. Honor had haar besluit toegelicht met de woorden: 'Onze relatie is de eerste keer stukgelopen door de grote werkdruk. Dat laten we niet weer gebeuren. Dat we samen zijn, is belangrijker dan hoeveel geld er op de bank staat.'
Wat ongetwijfeld waar was, maar nog steeds niet fijn om te lezen. Cleo vond het geluk van anderen – nou ja, het geluk van Johnny en Honor – moeilijk te verdragen. Hoe dan ook, terug naar hier en nu. Cleo zette zich schrap. 'Wat dan?'
Tenzij... Zou het niet fantastisch zijn als hij belde om te zeggen dat het over en uit was met Honor en dat hij haar wilde vragen om langs te komen om hem te helpen haar spullen in te pakken?
God, dat zou echt te gek zijn.
'Heb je plannen voor vanavond?' vroeg Johnny.
Hm, zo'n vraag waarbij je jezelf uitleverde nog voordat je precies wist waaraan. Nou, daar trapte ze echt niet in. 'Wat moet ik dan voor je doen?' vroeg ze voorzichtig.

'Het punt is, Clarice is bij ons. Ze blijft een paar dagen logeren. Geestelijk gaat het prima met haar, maar lichamelijk is ze behoorlijk zwak, en ik wil haar niet alleen laten. Maar we zijn uitgenodigd voor een opening vanavond en daar wordt geld ingezameld voor een goed doel... Ik had die mensen beloofd om mee te doen en ik wil ze niet in de steek laten.'

Dus dat was het. Het kwam erop neer dat zij als Assepoester thuis moest blijven, terwijl Johnny en Honor naar het grote bal gingen. 'Dus je wilt dat ik kom babysitten.'

'Een paar uurtjes maar. We zijn om twaalf uur weer thuis. Maar alleen als je wilt. Als je iets anders hebt, niks aan te doen,' zei hij, 'dan vraag ik het wel aan iemand anders.'

Ze aarzelde; haar hersens waren zo geprogrammeerd dat ze het altijd moeilijk vond om nee te zeggen als iemand haar iets vroeg. Dat zat gewoon in haar genen, dus ze kon maar beter ja zeggen, anders kreeg ze weer last van haar geweten.

Bovendien had ze toch geen plannen voor vanavond. Een gezichtsmasker opdoen en een grote zak chips eten telden waarschijnlijk niet mee. 'Oké, ik kom wel. Hoe laat wil je me hebben?'

Even kwam er geen reactie, en ze vroeg zich af of de verbinding was verbroken. Toen zei hij: 'Echt? Fantastisch. Je bent een schat. Kun je om acht uur?'

Hij had haar gered toen ze in een greppel was gereden. Natuurlijk moest ze hem nu uit de brand helpen. En misschien werd het nog wel leuk ook. Zichzelf dwingend om vrolijk te klinken, antwoordde ze: 'Geen probleem. Dan zie je me om acht uur.'

'Ha, daar ben je! Kom verder, ik vind het zo aardig dat je dit wilt doen!' Honor begroette haar warm bij de deur en nam haar mee naar de huiskamer. 'Kom, dan zal ik je voorstellen aan Clarice. Arm oudje, ze is een beetje chagrijnig, maar ze blijft maar een paar dagen. Zo, daar zijn we dan.' Ze duwde de deur open en ging wat harder praten. 'Tante Clarice, dit is Cleo. Ze houdt je vanavond gezelschap, is dat niet leuk?'

'Hoe moet ik nou weten of dat leuk is? Misschien is ze wel vreselijk saai.'

Oké dan.
'Nou, dat is niet zo,' zei Honor. 'Ze is hartstikke leuk.'
'En ik ben chagrijnig.' Johnny's oude tante keek haar over de rand van haar leesbril aan. 'Maar dat komt vooral omdat je me steeds arm oudje noemt en doet alsof ik zo doof als een kwartel ben.'
'Hoi, alles goed? Fijn dat je wilde komen.' Johnny kwam haastig de kamer in lopen, ondertussen zijn jasje aantrekkend. Hij knikte naar Cleo en toen naar zijn tante. 'Je zult het prima met Cleo kunnen vinden. Er staat whisky in de kast en eten in de koelkast. Neem maar waar jullie zin in hebben. We zullen het niet te laat maken.'
'Liefje, wil je me even helpen?' Honor kwam aanlopen met een smalle gouden ketting. Ze deed haar haren omhoog en wendde Johnny haar vlekkeloze rug toe zodat hij haar de ketting kon omdoen.
'Zo. Klaar.' Hij deed een stap naar achteren.
'Nou, dan kunnen we gaan!' Met het soort glimlach dat Cleo het gevoel gaf dat ze zelf ongeveer net zo aantrekkelijk was als een doodgereden kikker, wapperde Honor met haar gemanicuurde vingers naar hen en zei: 'Tot straks! Veel plezier!'
Nadat ze waren verdwenen, aapte Clarice haar droogjes na: 'Veel plezier. Hm, dan had ik er beter aan kunnen denken om mijn tijdmachine mee te nemen.'
Clarice was achter in de zeventig, mager als een lat en met een bijna doorzichtige huid. Ze had haar grijze haar in een ballerinaknotje en ze droeg een eenvoudige witte blouse, een lichtgroene wollen rok en een vest in een iets donkerder kleur groen. Geen make-up. Grijze ogen die alles zagen. Indrukwekkende diamanten knopjes in haar oren en een stevig stalen horloge om haar linkerpols.
Cleo ging tegenover haar zitten. 'Nog gecondoleerd met uw zus.'
'Dank je wel.' Clarice knikte kort en sloeg het boek dicht dat op haar schoot lag. Nadat ze haar leesbril zonder montuur had afgezet, vervolgde ze: 'Eerst Lawrence, toen Barbara. En nu is er nog maar een van ons over.'
'Blijft u hier lang?'

'Nee, een paar dagen maar. En dan weer terug naar het verzorgingshuis.'
'Hoe is het daar?'
'Vol oude mensen. Die aan de lopende band doodgaan. God, wat is het lachen daar. En dan al die sprankelende gesprekken.' Clarice slaakte een zucht.
'Als u het daar niet fijn vindt, waarom woont u daar dan?' wilde Cleo weten.
'God mag het weten. Het was Barbara's idee, toen het huis ons te groot werd. En haar leek het wel te bevallen. Ze was er gelukkig.' Clarice zweeg even. 'Maar het is niet mijn idee van de hemel.'
'Kunt u dan niet gewoon weggaan?'
'Hoe bedoel je, weglopen met het circus?' Met een kort lachje vervolgde Clarice: 'Helaas ben ik een oudje dat op instorten staat, mocht je dat nog niet zijn opgevallen. Ik heb het aan mijn hart, aan mijn gewrichten, aan mijn ogen, noem het en ik heb het. O ja, het is ontzettend leuk om oud te zijn en een lichaam te hebben dat langzaam uit elkaar valt.' Schouderophalend maakte ze korte metten met dit onderwerp. 'Maar genoeg over mij en mijn gammele botten. Zullen we het over iets interessanters hebben? Johnny zei dat je chauffeuse was.'
De uren die volgden, vlogen voorbij. In tegenstelling tot wat Cleo had verwacht, vermaakte ze zich prima. Clarice mocht dan een oudje zijn dat op instorten stond, ze was enorm onderhoudend, net zo scherp en schunnig als de beste stand-upcomedian met een groot gevoel voor humor. Hoewel Cleo er eerst tegen op had gezien om haar een hele avond gezelschap te moeten houden, was ze nu blij dat ze was gekomen. Clarice stelde haar allerlei vragen en gaf bijtend commentaar. Ze vertelde ook over haar familie en had prachtige verhalen over Johnny's kindertijd.
'Hij kwam een keertje bij me logeren toen hij… o, zes of zeven was. We zaten in de auto toen er ineens een muis over mijn voet rende. We kregen verdomme bijna een ongeluk! En Johnny zei: "O, ik was helemaal vergeten dat ik Harry in mijn jaszak had. Arme Harry, als we een ongeluk hadden gekregen, was hij misschien wel doodgegaan." '

Cleo was zo'n hopeloos geval dat ze alleen al bij het horen van de naam Johnny vlinders in haar buik kreeg. Het gevoel snel onderdrukkend, zei ze: 'Dat is mij ook bijna een keer overkomen. Ik had een cliënt achterin zitten, en we reden over de M5 toen hij zei: "Geen paniek, miss Quinn, maar ik moet u waarschuwen dat mijn slang op weg is naar uw versnellingspook." '

'Ha!' Clarice morste bijna met haar whisky met water. 'Zo'n collega heb ik ook eens gehad.'

'Nee, dit was echt een slang.' Rillend bij de herinnering zei Cleo: 'En ik reed honderddertig op de buitenste rijstrook.'

Clarice nam een slokje en keek haar met samengeknepen ogen aan. 'Quinn... Quinn... Interessant. Ben je soms maar een paar maanden jonger dan Johnny?'

Cleo knikte. 'Ja.'

'Hm. Eind augustus jarig?'

Dit werd een beetje eng. Was ze helderziend of zo? 'Eh... ja,' antwoordde Cleo. 'Op 25 augustus. Hoe weet u dat?'

Clarice leek erg in haar nopjes met zichzelf. 'We hebben elkaar al eens ontmoet, lieverd.'

'Tja, ik was op Lawrence' begrafenis. Daar heb ik u toen gezien, en na afloop nog in de Hollybush, maar we hebben elkaar toen niet gesproken...'

'Nee, niet toen. Jaren daarvoor al.' Clarice keek haar geamuseerd aan. 'Nee, dat is flauw van me. Dat kun jij je niet herinneren. Want het was nog voor je geboorte.'

Cleo aarzelde; dit werd langzamerhand echt heel bizar. Op haar hoede zei ze: 'Dat snap ik niet.'

'Ik was hier een weekendje op bezoek bij Lawrence en zijn gezin. Half augustus, en er werd toen een zomerkermis gehouden in het park. Het was een zonnige dag,' herinnerde Clarice zich hardop. 'Heel warm. Ik droeg Johnny, en hij probeerde steeds zijn zonnehoedje af te trekken.'

Het beeld van Johnny met een katoenen zonnehoedje op was iets om te koesteren. 'En toen?' zei Cleo.

'Ik was met Johnny's moeder toen er een man naar ons toe kwam. Zijn vrouw was zwanger en nogal over haar toeren, omdat ze bijna was uitgerekend, maar haar baby schopte ineens niet meer. Ze waren natuurlijk allebei over hun toeren, doodongerust, maar omdat het weekend was, was de dokterspraktijk gesloten. En ze waren doodsbang dat er iets met de baby was gebeurd. Dus heb ik aangeboden om zijn vrouw te onderzoeken.'

Cleo kon eindelijk het verband leggen. 'Omdat u dokter was.'

'Verloskundige, om precies te zijn,' verbeterde Clarice haar kordaat. 'En het echtpaar heette Quinn. We zijn naar hun huis aan de andere kant van het park gegaan waar ik je moeder heb onderzocht. Ik weet zelfs nog hoe ze heet, want ze had dezelfde naam als mijn assistente. En ik kon Belinda geruststellen, je leefde nog. Ik heb je toen zelfs wakker gemaakt, en je begon te schoppen als een ezel. Je ouders waren zo opgelucht. Je was heel erg gewenst, want ze hadden zo lang op je moeten wachten. Dus zo zit het.' Tevreden met zichzelf vervolgde ze: 'En een week later of zo belde Lawrence me om te zeggen dat Belinda Quinn het leven had geschonken aan een gezond meisje. Dus misschien hebben we nooit eerder gepraat, maar ik heb flink tegen je aan zitten porren en jij op jouw beurt hebt me geschopt, wat heel... allemachtig!' Ze stopte ineens. 'Lieverd, huil je?'

Verlegen schudde Cleo haar hoofd. 'Nee, niet echt...' Met de achterkant van haar handen veegde ze langs haar natte wangen. 'Nou ja, een beetje misschien...'

'Nou, ik ben dan al wel een tijdje met pensioen, maar ik weet heus nog wel hoe tranen eruitzien. Het spijt me, lieverd, heb ik soms iets verkeerds gezegd? Ik wilde je echt niet aan het huilen maken.'

'Nee, nee, niks aan de hand.' Cleo slaagde erin een glimlach tevoorschijn te toveren. 'Let maar niet op me. Mijn moeder is gestorven toen ik elf was, dus het is gewoon altijd fijn om iets over haar te horen.'

'Ze was een erg aardige vrouw. Heel dankbaar ook. Ik was blij dat ik haar kon helpen. Maar zou je nu zo lief willen zijn om wat crackers en kaas voor me uit de keuken te gaan halen? Dan zullen we het daarna over jou hebben. O, en hier...' De diamanten aan Clarice' reumatische vingers schitterden toen ze haar lege glas ophield. 'Schenk me nog wat whisky in, lieverd.'

Vlak voor middernacht kwamen Johnny en Honor thuis.
'We zijn thuis!' zong Honor, wat Cleo een somber gevoel bezorgde, want ze zei het alsof ze het meende. Ravenswood was nu haar huis, en zij en Johnny waren een echt stel. Een oogverblindend, gouden stel dat alles mee had.
Johnny bekeek hen vanuit de deuropening. 'Alles goed hier?'
'Perfect. We hebben een ontzettend leuke avond gehad.' Terwijl Clarice op Cleo's hand klopte, vervolgde ze: 'Ik had me geen betere babysitter kunnen wensen.'
Hij glimlachte even. 'Mooi.'
'En jullie?'
'Ook leuk.' Johnny haalde zijn schouders op. 'De avond was een groot succes. De kunst was... interessant.'
'Modern,' bemoeide Honor zich ermee. 'Dus het zag er allemaal uit alsof het was gemaakt door een stelletje dronken apen. Overal verfspetters. Maar we hebben een ton opgehaald, en daar gaat het om. Goed, ik ga naar bed. Welterusten allemaal! Dag dag, Clarice!' Ze blies hen een kusje toe en verdween naar boven.
'Dag dag,' zei Clarice droog.

54

'Clarice is niet gelukkig in dat verzorgingshuis. Ze heeft het er alleen maar volgehouden omdat ze haar zus niet in de steek wilde laten. Maar nu heeft ze geen enkele reden meer daar nog te blijven.'
Johnny had aangeboden om even met Cleo mee naar huis te lopen en Cleo had het aanbod meteen geaccepteerd. Ze vond dat hij dit moest weten en ze vermoedde dat Clarice, ondanks haar grote mond, er zelf nooit over zou beginnen.
Hij knikte bedachtzaam. 'Ja, dat vroeg ik me al af.'
'Ze noemt het de wachtkamer van God. Ze vindt het er vreselijk.'
'Is het zo erg?'

‘Ja,’ zei ze vastbesloten.
Johnny schoof zijn handen in zijn jaszakken terwijl ze door het natte gras liepen. ‘Nou, dan moeten we iets anders verzinnen.’
‘Mag ik iets zeggen?’
In het donker zag ze dat hij glimlachte. ‘Kan ik je daarvan weerhouden?’
Alleen met een kus, dacht ze. Maar dat zal niet gebeuren, dus daar moet je niet eens aan denken.
Hardop zei ze: ‘Je tante is een fantastisch mens. Ik mag haar erg graag.’
‘Ik ook.’
‘Maar toen ze tegen me zei dat ze het zo erg vond in het verzorgingshuis, vroeg ik haar waarom ze niet deze kant uit verhuisde. En toen zei ze dat ze dat niet kon doen, omdat jij je dan verplicht zou voelen om steeds bij haar op bezoek te gaan. Ze wil je niet tot last zijn en ze wil ook geen druk op je uitoefenen.’
Johnny bleef staan. ‘Ze is de enige familie die ik nog heb. Waarom denkt ze dat ik het gevoel zou krijgen dat ze druk op me uitoefent?’
‘Ze zegt dat je je eigen leven hebt en dat je geen tijd hebt voor een of andere ouwe tante. En daarom vertel ik het je nu.’ Ze keek hem aan. ‘Hoewel ik haar heb beloofd dat ik niks tegen je zou zeggen. Maar ik ken toevallig een goed verzorgingshuis in Bristol. Een van mijn vaste klanten woont daar, en ze vindt het er heerlijk.’
‘En als ik thuis ben, kan ze bij mij komen logeren… dan zou het handig zijn als ze in de buurt woonde,’ zei Johnny. ‘Waar is dat verzorgingshuis precies? Hoe heet het? God, ze heeft veertig jaar lang beginnende artsen de stuipen op het lijf gejaagd. Ze is zo’n kenau dat ik niet kan geloven dat ze het me niet zelf heeft gezegd.’
‘Ze houdt rekening met je. Ze wil je niet tot last zijn.’ Bijna overstromend van emotie zei Cleo: ‘Mocht je het ooit niet in je eentje aankunnen met haar, dan kun je natuurlijk altijd op me rekenen.’ O god, nu klonk ze vast als een of andere engerd die alles aangreep om maar contact met hem te hebben.

Toen ze bij haar cottage aankwamen, raakte Johnny lichtjes haar arm aan. Door het onverwachte contact begon ze te rillen van onderdrukt verlangen.
Hij keek naar haar. 'Hé?'
Ze schudde hulpeloos haar hoofd; ze kon moeilijk opbiechten wat ze voor hem voelde en hoe ongelukkig ze zich voelde na Honors terugkeer in zijn leven. 'Niks. Ik ben gewoon een beetje moe.'
Zijn donkere ogen glansden. 'Ik bedoelde, hoe heet dat verzorgingshuis?'
'O god, sorry...' Het was maar goed dat het donker was; ze voelde dat haar wangen knalrood werden, en ze sloot haar ogen even. 'Neild House, in Clifton, op de Downs.'
'Ik ga thuis meteen even hun website bekijken.' Hij zweeg. 'Bedankt voor vanavond. Je houdt nog wat van me tegoed.'
Tegoed? Wat dan? Een ogenblik van onstuimige hartstocht? Ze keken elkaar aan, en Cleo vroeg zich af of hij soms dacht wat zij dacht. Wat zou er gebeuren als ze hem nu beetgreep, gewoon deed waar ze zin in had en zich, o god, op hem stortte? En was het verbeelding of had hij –
'Joehoe!' Het gejuich kwam uit het donker, meteen gevolgd door het geluid van rennende voeten en gehijg en onderdrukt gelach. Toen Cleo en Johnny zich omdraaiden, zagen ze Ash over het gras komen aanrennen met zijn gestreepte overhemd uit zijn broek en een giechelende en gillende Fia in zijn armen. Ze kwamen net uit de pub en het was niet moeilijk te raden waarom ze zo'n haast hadden om thuis te komen. Terwijl Cleo naar hen keek, was ze blij voor hen dat ze zo gelukkig waren, hoewel Ash' timing nogal te wensen overliet.
Maar misschien was dat maar beter ook.
'Goedenavond!' Ash grijnsde van oor tot oor toen hij hen zag. Hij zette Fia op de grond, maar hield zijn arm om haar heen geslagen; de afgelopen dagen waren ze zo'n beetje onafscheidelijk geweest; het was alsof ze geen minuut zonder elkaar konden.
'Ook goedenavond.' Johnny knikte, glimlachte even en zei toen: 'Oké, dan ga ik maar.' Hij keek Cleo aan met een niet nader te duiden blik. 'Nogmaals bedankt.'

Met moeite maakte ze haar ogen los van zijn mond en hoorde zichzelf opgewekt als een akela zeggen: 'Graag gedaan, ik vond het echt leuk. Slaap lekker!'
Ash kneep Fia even in haar middel en mompelde: 'Voorlopig nog niet.'
Glimlachend fluisterde Fia terug: 'Nee, we hebben eerst nog andere lekkere dingen te doen.'
God, pas verliefde mensen. Soms werd je er echt kotsmisselijk van.
Vanachter haar donkere raam keek Cleo Johnny na die door het park terugliep naar Ravenswood. En naar de weelderige en onweerstaanbare Honor Donaldson die op dit moment hoogstwaarschijnlijk naakt in zijn kingsize bed op hem lag te wachten.
Niet dat ze zijn bed ooit had gezien, maar ze durfde te wedden dat het kingsize was.
Bij de buren hoorde ze gegil en uitbarstingen van de slappe lach. Cleo wreef met haar hand over haar gezicht en draaide zich weg van het raam. Het was niet echt fijn om je in je eigen huis ongewenst en ongeliefd en het vijfde wiel aan de wagen te voelen.

De afgelopen acht dagen waren voorbijgegaan in een werveling van werk. Het voordeel daarvan, had Cleo ontdekt, was dat het je bezighield en ervoor zorgde dat je niet continu aan het dagdromen was over je laatste onbevredigende ontmoeting met Johnny LaVenture, voordat hij en Honor weer uit het dorp waren verdwenen. Nou ja, misschien dat ze niet continu aan hem dacht, maar toch nog te veel. Het nadeel was dat ze uitgeput raakte, en vandaag had ze er alweer zo'n lange dag op zitten. Een heeeel laaaange dag. Die helaas nog niet voorbij was. Toen ze die ouwe mopperkont van een Graham had gebeld om te proberen onder de derde rit uit te komen, had hij haar in duidelijke bewoordingen te verstaan gegeven dat dat er niet in zat.
'Maar ik heb vanochtend die rit naar Heathrow ook al gedaan.' Ze vroeg zich af of die man wel een hart had. 'En dat trouwjubileum in Devon. Kan iemand anders deze rit niet doen?'

'Nee, dat kan niet, verdomme.' Graham slaakte een geïrriteerde zucht. 'Ik heb toch al gezegd dat iedereen al wat heeft?'
Cleo probeerde haar rug te ontspannen; ze was kapot en kon echt niet meer. 'En Shelley dan?'
'Die moet met haar dochtertje naar de tandarts.'
Jemig, waar was dat nou voor nodig? Saskia was pas zes. Ging het er bij melktandjes juist niet om dat ze eruit vielen?
Tja, dat kon ze waarschijnlijk niet als argument gebruiken. Dus berustte ze in haar lot en verbrak de verbinding. Hoewel ze vanochtend al om acht uur was begonnen en er tot nu toe meer dan zeshonderd kilometer op had zitten, zag het ernaar uit dat ze nog een paar uur te gaan had. En nog minstens honderdvijftig kilometer om iemand die Lady Rosemary heette op te halen van haar huis in Stratford-upon-Avon en naar haar dochter in Shepton Mallet te brengen.
Omdat sommige mensen nu eenmaal niet per trein reisden.
Cleo kon gewoon uittekenen hoe die Lady Rosemary zou zijn. Om te beginnen luidruchtig, op een achteloze, hooghartige manier. Ze zou klagen over hobbels in de weg, ze zou te veel make-up op hebben en zoveel parfum dat je neus ervan verschrompelde, en iedere keer dat ze gedwongen werden om voor een zebrapad te stoppen, zou ze geïrriteerd zuchten, want hoe haalden mensen in polyester rokken en foeilelijke trainingspakken het in hun hoofd om te willen oversteken wanneer...
Nou ja, het had geen zin om daar al te lang bij stil te blijven staan. Cleo sprak zichzelf even moed in; ze was moe, ze had rugpijn en ze had een kutleven. Maar ach, de rit was geboekt, en zij moest het doen. Dat kreeg je ervan als je onmisbaar was.
Een uur later was ze er bijna. Compton Court lag diep in de binnenlanden van Warwickshire en bleek extreem goed verstopt te zijn. De batterij van haar navigatiesysteem was leeg, en ze moest Lady Rosemary om acht uur afhalen. Toen ze eindelijk bij een kruispunt was, zag ze dat van de rustieke houten wegwijzer de armen waren afgebroken – dat zou in deze streken wel doorgaan voor tienerlol. Ze zette de auto stil aan de kant van de weg en pakte de stratengids uit het handschoenenvakje. Stratengidsen hadden tenminste geen irritan-

te, robotachtige stemmen, hun batterijen raakten nooit leeg, ze waren betrouwbaar en –

Fuck.

En ze werden bij elkaar gehouden door een spiraal met scherpe uiteinden die zomaar een gat in je panty konden veroorzaken op het moment dat het je echt niet uitkwam.

Shit, een gat én een ladder inmiddels, en dat net op de dag dat ze geen extra panty bij zich had. Als dit niet het bewijs was dat ze een kutleven had, dan wist ze het ook niet meer.

Drie kilometer verderop was er mogelijk redding in de vorm van een klein benzinestation dat er zo te zien al vanaf de jaren vijftig stond. Twee ouderwetse pompen op een heel klein voorpleintje tussen stapels gebruikte banden en wat stoffige, roestige auto's. Wonderbaarlijk genoeg bleek het wel open te zijn. Een dikke man in een vieze overall stond te prutsen aan de motor van een oude bestelwagen. Cleo stapte uit en zei: 'Hallo, ik ben op zoek naar Compton Court.'

De man ging rechtop staan en veegde zijn worstachtige vingers af aan een doekje. 'Je moet naar Lady Rosemary? Gewoon deze weg af rijden, de tweede rechts nemen en dan zie je na zo'n zevenhonderd meter de ingang aan je linkerhand.'

'Dank u. Eh, is uw winkel ook open?'

De man knikte en zei: 'Ga je gang.'

Het was misschien overdreven om het een winkel te noemen. De kleine ruimte maakte deel uit van de garage, en het rook er naar stof en olie. Je kon er chips kopen, pakken houdbare melk, flesjes fris en groente uit de tuin. Verder waren er nog wat schappen met autobladen, benzineblikken, flessen motorolie, hoesjes van rekstof voor om het stuur, en een doos moeren.

En toen, dat was het tweede wonder, zag ze een verzameling regenkapjes, plastic regenjassen en doosjes panty's.

Dat was het goede nieuws. Het slechte nieuws was dat de panty's allemaal 40 denier waren, extra large en vleeskleurig. Het ergste soort dat je je maar kon voorstellen.

Cleo wendde zich tot de man die haar de winkel in was gevolgd. 'Eh, heeft u geen andere panty's?'

'Nee, het spijt me.'

‘O. Ik vraag het omdat er een gat in mijn panty zit, maar deze zijn een beetje oma-achtig.’
Hij stak een sigaret op. ‘Het zijn de panty’s van mijn vrouw.’
Bah.
‘O. Sorry.’
‘Ze is vorig jaar overleden.’ Hij blies een rookwolk uit. ‘Dus toen dacht ik, ik kan ze net zo goed verkopen.’
Allemachtig zeg. Nou ja, in elk geval zaten ze nog in hun doosjes; zijn vrouw had ze dus niet echt gedragen. ‘Wat erg. Dan neem ik deze.’ Ze rekende snel af; blote benen zouden een stuk beter staan, maar ze werd geacht bij haar uniform een panty te dragen en Lady Rosemary was er vast zo eentje die zich ging beklagen als er wat aan haar outfit mankeerde.
Anderhalve kilometer verderop reed ze een oprit op en trok de panty aan. Hij had de kleur van sterke thee en was echt enorm groot, zodat hij om haar benen slobberde als een slang die zijn huid er al half heeft afgeschud. Nou ja, pech gehad.
De aanwijzingen van de benzinepomphouder volgend bereikte ze eindelijk de ingang van Compton Court. De zon was net ondergegaan, in de schemering kwam een mist opzetten, en langs de oprijlaan stonden kastanjebomen.
Heel mooi allemaal. Het was zo’n huis dat je wel eens in een woonblad zag staan dat je bij de tandarts doorbladerde. Heel erg Jane Austen eigenlijk. Cleo raakte al in een beter humeur toen ze het eind van de oprijlaan bereikte. Ze kon het helemaal voor zich zien hoe de vrouw des huizes hier een chic bal gaf en haar gasten dan op het bordes begroette, heel elegant en –
‘O, hoi, ben jij de chauffeur?’ Uit het huis kwam een tienermeisje aanlopen met een paar gezichtspiercings, fluorescerende roze oogschaduw en een spijkerbroek in luipaardprint. Met haar mobieltje tegen haar oor geklemd en gebarend met haar vrije hand, zei ze: ‘Ze zijn achter, gewoon het pad door de rozentuin nemen en dan onder de boog in de taxushaag door… ja, weet ik, ik heb Zan ook verteld dat ze een slettebak was, maar hij geloofde me niet!’
Dit was waarschijnlijk niet Lady Rosemary.
Het meisje, dat weer helemaal opging in haar telefoongesprek,

liep weer naar binnen en schopte de deur met een blote voet achter zich dicht.
Het goede nieuws was dat Cleo's benen haar niet eens waren opgevallen.
Omdat de panty ook te wijd zat om haar middel, moest Cleo hem met haar hand ophouden terwijl ze door de mistige schemering liep. Het grind knerpte onder haar schoenen, en in de lucht hing de geur van pas gemaaid gras. Ze hoorde roeken krassen in de bomen, en boven haar het geronk van een eenmotorig vliegtuigje dat een zilveren spoor naliet in de steeds donkerder wordende hemel. Boven het gazon zweefden witte mistflarden. Toen Cleo door de goed onderhouden rozentuin liep, begon ze in de verte stemmen te horen. Voor haar bevond zich de taxushaag, ruim drie meter hoog, met een doorgang erin van zo'n twee meter hoog. Achter de doorgang was iets aan de hand; toen ze ernaartoe liep, klonken de stemmen steeds luider en door het gat in de haag ving ze ook glimpen op van kleur en beweging.
Zo te zien een of ander tuinfeest. Hoewel de timing natuurlijk bizar was, want het werd nu heel snel donker. Cleo boog zich even voorover in een poging om de accordeonvouwen uit haar panty te strijken, maar pakte toen gewoon de tailleband beet en trok hem zo ver mogelijk omhoog.
Toen viel alles op zijn plaats. Terwijl ze onder de boog door liep, werd er ergens een lichtknop ingedrukt. De tuin baadde ineens in het licht, en de verzamelde menigte begon te klappen.
Cleo's hart maakte een dolfijnachtige buiteling van ongeloof. Ze voelde de adrenaline door haar lichaam schieten, en haar huid tintelde toen ze op een lege plek tussen de bomen een hertengezin zag staan, zorgvuldig uitgelicht. Het trotse mannetjeshert, met zijn grote gewei als vleugels uitgestrekt, keek het publiek recht aan. Rechts van hem stond het bevallige vrouwtje met gebogen nek te grazen. En tussen hen in bevond zich hun jong, speels en nieuwsgierig.
Het was geen echt hertengezin, maar een beeldhouwwerk van roestvrij staal en meer dan levensgroot. Het mannetjeshert was meer dan drie meter hoog. Het effect van de beelden-

groep, die baadde in het zilverwitte licht en werd omringd door bomen, was hemels, onwerelds. En de vrouw die het applaus in gang had gezet, trok nu de maker van de beelden naar voren.

55

Johnny glimlachte. Hij droeg een donkerblauw overhemd en een spijkerbroek en zag er bescheiden en ongelooflijk aantrekkelijk uit. Cleo kon het niet helpen; de onverwachte aanblik maakte een stortvloed van emoties bij haar los. Afgelopen week was er niemand op Ravenswood geweest, en niemand had geweten waar hij was.

'Ik wil Johnny bedanken omdat hij gestalte heeft weten te geven aan mijn droom. Hij heeft zelfs mijn stoutste verwachtingen overtroffen, en ik ben dan ook erg blij met mijn mooie beelden en weet nu al dat ik er tot aan mijn dood van zal houden!' De vrouw – zou het Lady Rosemary zijn? – was begin vijftig; ze was gezet en vrolijk en droeg een bodywarmer en een versleten corduroybroek. Tja, daar ging ze met haar vooroordelen. De vrouw omhelsde Johnny even en verkondigde toen: 'Maar het wordt een beetje fris, dus zullen we maar weer naar binnen gaan? O hallo!' Ineens zag ze Cleo staan bij de hoge taxushaag. 'Er is een nieuwe gast gearriveerd. Kom je mijn lievelingskunstenaar wegkapen?'

Cleo merkte dat de gasten haar nieuwsgierig aankeken toen ze op weg naar het huis langs haar heen liepen. Lachten ze haar soms uit om haar rimpelige panty? Toen iedereen was verdwenen op hen drieën na, nam de vrouw Cleo's handen tussen de hare en zei vriendelijk: 'Ik heb al zoveel over je gehoord, lieverd. Trouwens, ik ben Rose.'

Wat was hier aan de hand? Cleo zei: 'Hallo, ik ben Cleo. Eh... moet ik u naar Shepton Mallet rijden?'

'Nee, lieverd, je brengt Johnny naar huis. Zo, dan ga ik mijn dorstige vrienden maar eens wat te drinken inschenken. En jullie zijn natuurlijk ook van harte welkom.' Terwijl ze wegliep door de boog in de taxushaag, keek ze Johnny nog even stralend over haar schouder aan en zei vrolijk: 'Leuk meisje. Mooie sproeten. Rare panty!'

En toen bleven ze met zijn tweeën achter op de open plek tussen de bomen, samen met het hertengezin dat zo kunstzinnig belicht werd, terwijl om hen heen de avond viel en het gras getooid werd met witte mist.

Cleo durfde Johnny nu pas aan te kijken. Er was beslist iets aan de hand, maar niemand legde het haar uit. Het was net alsof je droomde dat je op het podium stond, maar dat niemand je had verteld in welk stuk je speelde.

Goed, niet op de zaken vooruitlopen. Met droge mond vroeg ze: 'Wat is er met Shepton Mallet gebeurd?'

Johnny haalde diep adem. 'Sorry, dat was Rose' idee.' Hij klonk minder zelfverzekerd dan anders, wat al heel vreemd was.

'Waarom heeft ze al zoveel over me gehoord?'

'Ik heb hier de afgelopen acht dagen gewerkt. En toen zijn we aan de praat geraakt.' Hij zweeg even. 'Ik moest met iemand praten, anders zou ik gek zijn geworden. En het was haar idee jou hiernaartoe te lokken. Als je had geweten dat ik hier was, was het geen verrassing geweest.' Droog voegde hij eraan toe: 'En Rose is erg van de verrassingen.'

Cleo's hart had nog nooit zo snel geklopt. Om zichzelf wat tijd te geven om na te denken, vroeg ze: 'Hoe gaat het met Clarice?'

'Heel goed. Volgende maand verhuist ze naar Neild House.'

'Dat is... fantastisch.'

'Ja.'

Ze zette zich schrap. 'En met Honor?'

'Met Honor gaat het ook goed. Prima.' Weer een korte stilte. 'We zijn uit elkaar. Ik heb het vorige week uitgemaakt.'

Hemeltje, meende hij dat? Ze kon zich niet meer beheersen en flapte eruit: 'Echt waar? Waarom? Waarom zou je het nou uitmaken met haar?'

Hij stak zijn hand op om haar het zwijgen op te leggen. 'Ik wil je eerst iets uitleggen. Toen ik in Amerika woonde, had-

den Honor en ik iets met elkaar, maar dat ging niet erg goed. Eigenlijk was de relatie al zo'n beetje doodgebloed, maar toen ik het echt uit wilde maken, raakte Honor in paniek. Daarna leerde ze een andere man kennen en zei ze tegen mij dat het uit was tussen ons. Op die manier was zij niet degene die was gedumpt. Wat ik prima vond. Ik was opgelucht. Maar ongeveer een maand geleden liep die nieuwe relatie stuk toen tot haar doordrong dat hij gewoon een zak was. En toen belde ze mij, terwijl ik in Norfolk was waar tante Barbara op sterven lag. Voordat ik goed en wel doorhad wat er gebeurde, zat ze al in het vliegtuig. En ze had ook nog een miljoenendeal laten lopen om bij mij te kunnen zijn, dus wat moest ik doen? Zeggen dat het allemaal heel leuk en aardig was, maar liever niet?' Hij schudde zijn hoofd. 'Dat kon ik haar niet aandoen. Ze is een lieve meid, er zit niks kwaads bij. Dus had ik het gevoel dat ik mee moest doen, het nog een keertje moest proberen.'
'Tot een week geleden.' Cleo stond te klappertanden. 'Wat gebeurde er toen?'
'Wil je dat echt weten?' Hij keek haar strak aan. 'Oké, dan zal ik het zeggen. Jij gebeurde.'
'Wat?'
'Weet je nog die keer dat ik je vroeg om Clarice een avondje gezelschap te houden?'
'Ja.' O god, wat moest ze nou met al die adrenaline?
'Je zei dat je het zou doen. En toen vroeg je hoe laat ik je wilde hebben.' Johnny wachtte even en keek toen naar de grond. 'En toen wilde ik het liefst zeggen dat ik je voor altijd wilde hebben.'
Stilte. In de verte kraste een uil. Cleo rilde; gebeurde dit echt? Het voelde wel alsof het echt gebeurde, maar zeker weten deed ze het niet.
'En op dat moment wist ik wat me te doen stond,' vervolgde Johnny. 'Zelfs al zou ik mezelf daarbij compleet voor schut zetten. Want misschien voel je wel helemaal niks voor me, maar sinds mijn terugkeer naar Channings Hill moet ik gewoon steeds aan je denken.'
Zou hij kunnen horen hoe snel haar hart klopte? Het was net alsof een kangoeroe zich een weg uit haar borstkas probeer-

de te beuken. Met een voorzichtig lachje vroeg ze: 'En wat dacht je dan?'
'Alleen maar goede dingen. Ik meen het. Sinds mijn vaders begrafenis zit je... hier.' Hij tikte tegen zijn slaap.
O god, wat fantastisch. 'Maar waarom ik, waarom niet Honor?'
'Oké, uit de losse pols.' Hij telde af op zijn vingers. 'Als jij een nagel zou breken, zou je dan je manicure bellen en zeggen dat ze het eerste het beste vliegtuig moest nemen om je te komen helpen?'
'Misschien,' zei ze.
'Als ik fronste en mijn voorhoofd bewoog, zou je dan steeds aan mijn kop blijven zeuren dat ik een botoxbehandeling zou moeten nemen?'
'Zou kunnen.'
'Als ik je vertelde dat ik regelingen aan het treffen was om mijn tante naar Bristol te laten verhuizen, zou je dan zeggen: "Jezus, moet dat echt? Dan wil ze vast de hele tijd bij ons logeren!" '
Hij wist Honors accent precies te imiteren.
Geschokt, maar tegelijkertijd opgetogen, vroeg Cleo: 'God, zei ze dat echt?'
Hij haalde zijn schouders op. 'Maar dat is niet de reden waarom ik het heb uitgemaakt. Ik heb het uitgemaakt omdat ze niet jou is. Oké, zal ik je nu iets bekennen?'
'Ja, graag.'
'Ik vind je grappig en lastig en je hebt geen idee hoe mooi je bent.' Hij zweeg. 'Jij bent de reden dat ik weer in Channings Hill ben komen wonen.'
Ze knipperde met haar ogen. 'En dat moet ik geloven?'
'Het is zo. Wil je nog een bekentenis horen?'
'O ja,' zei ze.
'Deze is een beetje gênant.'
'Die zijn het leukst om te horen.'
'Toen ik die weddenschap met je afsloot over dat je het volgens mij nog geen halfjaar zonder vriendje zou uithouden, was dat omdat ik niet wilde dat je meteen weer een relatie zou beginnen.'

Haar maag kronkelde van blijdschap. 'Om hoeveel geld ging het ook alweer? Ik wil deze weddenschap erg graag winnen.'
'Ik ben nog niet klaar met mijn bekentenissen.'
'Sorry. Ga verder.'
'Ik wil je al maanden kussen.' Hij schudde zijn hoofd. 'Heel erg graag. God, al die tijd, en ik heb je nog niet eens gekust...'
Ze slikte. 'Ik word nou wel een beetje zenuwachtig.'
'Waarom?'
'Stel je voor dat ik heel slecht ben in kussen. Misschien kus ik wel als een wasmachine.'
'Komt het geen seconde bij je op dat ik misschien ook wel zenuwachtig ben?' vroeg hij.
Ze schudde haar hoofd. 'Nee, dat is echt onzin. Jij bent nooit zenuwachtig.'
'Anders niet, nee.' Hij ging iets dichter bij haar staan. 'Maar nu wel. Want ik heb je net verteld wat ik voor je voel en jij hebt nog helemaal niks teruggezegd. Misschien ga je me zo wel vertellen dat ik de pot op kan.'
Ze keek hem aan. Het klonk alsof hij het meende, maar hoe kon dat nou? Johnny was de meest zelfverzekerde man die ze kende. In een opwelling legde ze haar hand op het warme driehoekje van zijn borstkas dat zichtbaar was in de v-vorm van zijn openstaande overhemd...
Boem-boem-boem-boem...
Johnny zuchtte gegeneerd. 'O god, kun jij mijn hart ook horen kloppen?'
Wat raar eigenlijk dat ze zich in al die jaren geen moment had afgevraagd of mannen zich daar soms ook zorgen om maakten. Er verspreidde zich een lachje om haar mond toen ze zijn hand pakte en tegen haar hals hield.
Beng-beng-beng-beng...
Johnny voelde het en ontspande zich zichtbaar. 'Bijna net zo snel als het mijne.'
Kuste hij haar of kuste ze hem? Cleo had geen flauw idee hoe het ging; het enige wat ze wist, was dat hun monden elkaar halverwege vonden en dat het wonderbaarlijk genoeg net was alsof die elkaar al kenden.
Hij sloeg zijn armen om haar heen; zij haalde haar vingers

door zijn haar, en het voelde allemaal zo volmaakt dat ze wilde dat het nooit meer ophield.
Wat ook een tijdje zo was. Tot ze zich uiteindelijk uit ademnood van elkaar moesten losmaken.
Johnny streelde glimlachend haar gezicht. 'Lijkt in de verste verte niet op een wasmachine.'
'Jij ook niet.'
Hij raakte het sproetje onder haar oog aan. 'Wil je mijn laatste bekentenis horen?'
'Zeg maar.' Ze snapte niet hoe ze nog op haar benen kon staan.
'Ik hou van je. Echt. En ik voel me zo'n groentje, want dit heb ik nog nooit voor iemand gevoeld.'
Ik hou van je. Daar had je het. De laatste die dat tegen haar had gezegd, was Will, die dag in de pub toen ze tegen hem had gezegd dat ze niets meer met hem te maken wilde hebben. Het was haar allereerste 'ik hou van je' geweest, en helemaal fout.
Deze keer voelde het echter heerlijk. Want het was Johnny die het zei, en het voelde fantastisch, gewoon helemaal goed. Ze slikte; ze wist niet eens meer óf ze nog wel op haar benen stond. Als Johnny haar niet had vastgehouden, had ze vast in een hoopje op de grond gelegen. Ze zei zacht: 'Ik hoop niet dat dit een of andere grap is...'
'O god, nee, hoe kom je daar nu bij? Daar heb ik me nog jarenlang schuldig over gevoeld...'
'Waarover?'
'Over die stomme weddenschap. Op het schoolfeest.' Hij schudde beschaamd zijn hoofd. 'Ik heb je daar al zo vaak mijn verontschuldigingen voor willen aanbieden, maar daar had ik gewoon het lef niet voor. En daarna dacht ik – hoopte ik – dat jij het was vergeten, dus dat het geen zin had om er weer over te beginnen. Maar je was het niet vergeten, hè? Het spijt me echt heel erg.'
Hij meende het. Als door een wonder voelde ze zich ineens bevrijd van de last van die gênante herinnering. Blij zei ze: 'Zo, ik ben het nu vergeten. Maar ga verder met wat je wilde zeggen.'
'Oké, misschien dat ik nu een beetje op de zaken vooruitloop,'

vervolgde hij, 'maar jij bent degene op wie ik al die jaren heb gewacht. Want ik weet dat ik de rest van mijn leven bij je zou kunnen blijven. Bij je wíl blijven...' Nog een kus, en toen vroeg hij met onvaste stem: 'Wil je me de kans geven om dat te bewijzen?'

'Beloof me maar niks. Laten we maar zien hoe het loopt, oké?' zei ze.

'Mij best, maar ik weet wat ik voel, en ik weet dat ik me aan deze belofte zal houden. Ik zal heus niet van gedachten veranderen over jou.' Aan de blik in zijn ogen zag ze dat hij het meende. 'Jij bent alles wat ik ooit heb gewild.'

Cleo voelde haar hart uitzetten van vreugde. Pas toen hij die woorden uitsprak, durfde ze aan zichzelf toe te geven dat ze er altijd naar had verlangd om dit uit de mond van Johnny LaVenture te horen. Als hij het jaren geleden had gezegd, had het nooit gewerkt. Maar nu... nu was het goed, het was volmaakt! Ineens hield ze haar hoofd schuin. Wacht eens even...

'Wat is dat voor geluid?'

Johnny ging rechtop staan en luisterde ook. Hoe zwak het geluid ook was, het klonk als een soort gejuich.

'O, dat is niks.' Nadat hij zich even had omgedraaid om te kijken, zei hij geamuseerd: 'Dat is Rose maar. Die viert dat haar plannetje is geslaagd.'

Eerder die avond had Cleo zich kort afgevraagd wie er nou zo'n spectaculaire beeldengroep kocht om hem dan op een open plek tussen de bomen neer te zetten, aan het zicht onttrokken door een hoge taxushaag.

Nu ontdekte ze echter dat de plaatsing van de beelden, net als de stenen van Stonehenge, zorgvuldig was uitgedacht; door de boog in de haag heen waren ze zichtbaar vanuit de glazen oranjerie aan de zijkant van het huis.

En ze zag nu ook dat Johnny en zij, net als het stalen hertengezin achter hen, verlicht werden door een rij spotlights.

En Rose was niet de enige die zwaaide en juichte. Al haar gasten hadden zich achter de hoge ramen verzameld; je kon wel stellen dat ze echt in het middelpunt van de belangstelling stonden.

'We moeten voor het fatsoen nog even wat gaan drinken,' zei

Johnny. 'Dan kan Rose even genieten van haar glorieuze moment.'
'Ik durf niet, het wordt vast heel gênant,' zei Cleo.
'Onzin, we overleven het wel. Hé, waar ga je naartoe? Jezus, waarom trek je al je kleren uit?' Geschrokken vervolgde hij: 'Ik kan ook bijna niet wachten, maar we kunnen hier echt niks doen. Iedereen kijkt.'
Achter de haag, net uit het zicht van de oranjerie, deed Cleo wat er gedaan moest worden en zei: 'Geen paniek. Ik kleed me niet uit, ik trek alleen die afschuwelijke panty uit. Hier, stop hem even in je broekzak.'
Johnny hield hem op en bekeek hem liefdevol, de gerimpelde, lelijke panty in de kleur van sterke thee. 'Goed, maar we zullen hem voor altijd bewaren. Als herinnering aan een onvergetelijke dag.' Toen ze onder de haag doorliepen, sloeg hij een arm om haar middel en fluisterde: 'Je mag hem onder je trouwjurk dragen als we gaan trouwen.'
Dacht hij soms dat ze helemaal achterlijk was? 'Ik heb een veel beter idee,' zei ze. 'Waarom trek jíj hem niet aan op onze trouwdag?'